HEYNE
BUCHER

Von Ellen Tanner Marsh sind als Heyne-Taschenbücher erschienen:

Gezähmtes Wildes Herz · Band 01/7796
Der Glanz der Seide · Band 01/7882
Wogen der Zärtlichkeit · Band 01/7962
Im Bann der Liebe · Band 01/8034
Zauber des Verlangens · Band 01/8174
Stürme der Leidenschaft · Band 01/8219

ELLEN TANNER MARSH

HELD MEINES HERZENS

Roman

Deutsche Erstausgabe

WILHELM HEYNE VERLAG
MÜNCHEN

HEYNE ALLGEMEINE REIHE
Nr. 01/8384

Titel der Originalausgabe
SCARLET AND GOLD
Aus dem Amerikanischen übersetzt
von Hilde Linnert

3. Auflage
Redaktion: Werner Bauer

Printed in Germany 1993
Umschlagillustration: Longaron/Norma, Barrcelona
Umschlaggestaltung: Atelier Ingrid Schütz, München
Satz: IBV Satz- und Datentechnik GmbH, Berlin
Druck und Bindung: Elsnerdruck, Berlin

ISBN 3-453-05313-3

Meiner Lektorin Meg Blackstone
in Zuneigung gewidmet.

1. Kapitel

Athena Courtland nahm den Dreispitz ab und trieb den Hengst zu einem scharfen Galopp an. Der frische Herbstwind zerrte an ihrem Chignon, als wolle er die langen, goldenen Locken frei flattern lassen. Athena hatte sich diese Ungehörigkeit erst erlaubt, als das Haus hinter einem Hügel verschwunden war, denn sie wollte sich bei ihrer Rückkehr keiner langweiligen Strafpredigt ihrer Tante aussetzen. Weil Tante Amelia sich vor Ballycor fürchtete, hatte sie Athena ausdrücklich verboten, ihn zu reiten; sie war davon überzeugt, daß das riesige Tier eines Tages am Tod seiner jungen Herrin schuld sein würde.

Seit Tante Amelia in Courtland Grace lebte, hatte sie Athenas Freiheit merklich eingeschränkt, und obwohl sie es gut meinte, war ihre widerspenstige Nichte darüber verärgert. Niemand hatte ihr je zuvor verboten, Ballycor zu reiten; sie empfand den Verlust ihres ungebundenen Lebens als beinahe genauso schmerzlich wie den Tod ihres Vaters elf Monate zuvor.

Es hatte kein Begräbnis für den Herrn von Courtland Grace gegeben, denn sein Schiff war von den Franzosen versenkt und seine Leiche nie gefunden worden. Man hatte einen einfachen Gedenkgottesdienst abgehalten, dem nur seine vier Kinder und die engsten Freunde der Familie beiwohnten. Erst lange nachdem in dem kleinen Dorffriedhof der Grabstein mit seinem Namen neben dem Grab seiner Frau Fiona aufgestellt worden war, hatte Fletcher daran gedacht, an Tante Amelia zu schreiben.

Athena hatte darüber gespottet, daß ihr ältester Bruder darauf bestand, Amelia zu verständigen. Alle wußten, daß sie sich nie mit ihrem Schwager vertragen hatte; sie hatte Courtland Grace zum letzten Mal besucht, als Athena sieben Jahre alt gewesen war.

Doch Tante Amelia hatte alle überrascht, indem sie trotz der Entfremdung von ihrer Familie erklärte, daß sie ihre angenehme Wohnung in Boston aufgeben und nach Courtland Grace übersiedeln würde. Sie war zutiefst darüber bestürzt gewesen, daß Athena allein im Haus lebte, seit ihre Brüder Jeremy, Colm und Fletcher in die Provinzmiliz eingetreten waren, und hatte sich verpflichtet gefühlt, als Anstandsdame und Erzieherin für ihre Nichte einzuspringen.

Für diesen Entschluß gab es gute Gründe. Nicht nur, daß die Kolonie das Kampfgebiet der französischen und englischen Truppen war, was jede junge Frau in größte Gefahr brachte, sondern es war auch ungehörig, daß Athena allein in einem so großen Haus wie Courtland Grace lebte und nur von einer Handvoll Bediensteter betreut wurde. Amelia war entsetzt gewesen, als sie bei ihrer Ankunft einem ungebärdigen Geschöpf gegenüberstand, das nichts mehr mit dem sanften Kind gemein hatte, an das sie sich erinnerte.

Ihrer Ansicht nach hatte Athena Courtland sich zu einer äußerst rebellischen jungen Frau entwickelt, die mit ihrer Dienerschaft wie mit Ihresgleichen sprach und alle gesellschaftlichen Konventionen mißachtete. Athena weigerte sich, mit Handschuhen und Häubchen auszugehen, und ließ sich nicht dazu überreden, auf ihre farbenfrohe Garderobe zu verzichten und ein schwarzes Trauerkleid zu tragen, wie es der Anstand erforderte. Amelia konnte es nicht fassen, wie nachlässig Foster Courtland seine einzige Tochter erzogen hatte, und sie erklärte, in Courtland Grace bleiben zu wollen, bis Athena sich wie eine wohlerzogene junge Dame benahm.

Natürlich hätte Athena lieber allein auf dem Familienbesitz gelebt. Sie hatte keine Angst vor den Franzosen oder den plündernden Indianern, die sie im Kampf gegen die Engländer unterstützten. Sie hatte Tykie, der auf sie aufpaßte, und Diener, die ihr geliebtes Zuhause erbittert verteidigen würden, wenn es notwendig sein sollte. Außerdem störten sie die von ihrer Tante erlassenen Einschränkungen, denn sie hatte sich immer vollkommen sicher gefühlt, wenn sie allein durch den an das Weideland der Courtlands grenzenden Wald ritt.

Athena trieb den prachtvollen Schimmel trotzig zu noch schnellerem Galopp an. Ihre dunkelblauen Augen funkelten, als der Boden unter den trommelnden Hufen des Pferdes verschwamm. Graziös beugte sie sich über Ballycors kräftigen Hals, während er ohne zu zögern eine niedrige Steinmauer nahm.

Sie war eine hervorragende Reiterin und bot auf dem großen Hengst ein atemberaubendes Bild. Ihr Reitkleid war aus blauem Samt, die schmalen Schultern gebauscht, der weite Rock mit zitronengelbem Satin paspeliert. Ihr kleiner Dreispitz war mit einer Rosette im gleichen leuchtenden Gelb schmückt. Sie hielt ihn in der behandschuhten Hand, ritt gegen den Wind und genoß mit leicht geöffneten Lippen ihre Freiheit.

Athenas Gesicht wäre nach den damaligen Schönheitsbegriffen nie als schön bezeichnet worden. Ihr Kinn war zu kräftig und ihre Nase zu gerade, und dennoch hätte keiner der heißblütigen Gentlemen des Staates West York je behauptet, daß Athena Courtland nicht schön war. Sie besaß jene Schönheit, die für einen mit Kerzen beleuchteten Salon zu unbändig und zu verführerisch ist. Ihr schimmerndes Haar hatte die Farbe reifen Weizens, und in der Tiefe ihrer saphirblauen Augen schien ein silbernes Feuer zu brennen. Ihre Gestalt betonte ihr Aussehen, denn sie war größer als die meisten jungen Frauen und bewegte sich beneidenswert graziös.

Sie war von ruheloser Energie erfüllt, und Fletcher hatte

sie oft mit einem jungen Füllen verglichen, das nur aus Beinen und Übermut besteht. Genau diese Mischung aus jugendlichem Überschwang und hochmütiger Gleichgültigkeit fesselte ihre zahlreichen Verehrer, während jedes weibliche Wesen sie als äußerst undamenhaft abtat. Athena hatte darüber gelacht, denn ihr waren sinnlose Konventionen verhaßt, und es war ihr gleichgültig, was andere von ihr hielten; sie hatte auch nicht vor, sich irgendwem zuliebe zu ändern.

»Schon gar nicht diesem arroganten Lümmel Stephen Kensington zuliebe«, murmelte sie vor sich hin und runzelte verdrossen die Stirn, als ihr im gleichen Augenblick einfiel, daß sie den Kensingtons morgen nachmittag einen Besuch abstatten würden. Stephen war erst vor kurzem aus England zurückgekehrt, und obwohl seine Eltern aus diesem Anlaß einen Ball geben wollten, war Tante Amelia zu ungeduldig, um bis dahin zu warten. Man konnte nie wissen, wie viele eifrige Mütter inzwischen ihre heiratsfähigen Töchter im Salon der Kensingtons zur Schau stellten, hatte sie erst heute morgen beim Frühstück der gleichgültigen Athena erklärt.

Athenas Augen blitzten verärgert, als sie sich an den listigen Ausdruck auf dem blassen Gesicht ihrer Tante erinnert. Tante Amelia hatte offensichtlich vor, ihre Nichte mit dem reichen Kensington-Erben zu verheiraten, doch Athena dachte nicht daran, Stephen zu ermutigen, vor allem nicht nach seinem Benehmen bei ihrem letzten Zusammentreffen.

Am Abend vor seiner Abreise hatte sich in Kensington Manor eine kleine Gesellschaft versammelt, doch die Stimmung war alles andere als festlich gewesen, denn überall im Atlantik lagen französische Fregatten auf der Lauer, so daß die Überfahrt zu einem gefährlichen Wagnis wurde. Daraus ergaben sich hitzige Diskussionen über den Krieg, und in ihrem Schutz gelang es Stephen,

Athena unbemerkt auf den Balkon zu lotsen. Sie war heute noch wütend auf sich, weil sie auf ihn hereingefallen war.

Stephen hatte keine Zeit vergeudet, sondern sich sofort ihr gegenüber Freiheiten herausgenommen. Er hatte sie leidenschaftlich geküßt, und sein heißer Atem auf ihrem Hals hatte ihr eine Gänsehaut über den Rücken gejagt. Athena hatte ihn geschlagen, und als sie damit nichts erreichte, hatte sie ihn getreten und gebissen. Der leicht zerzauste, aber sonst unversehrte Stephen hatte sie mühelos abgewehrt und sie lachend als kleine Wildkatze bezeichnet. Athena war überzeugt davon, daß ihm ihre Gegenwehr sogar Spaß machte, und er hatte sie erst losgelassen, als sie gedroht hatte, lauthals zu schreien. Sie sah noch immer sein lüsternes Grinsen vor sich, als er ihr versprach, ihr nach seiner Rückkehr noch leidenschaftlicher nachzustellen.

»Er soll es nur versuchen!« murmelte sie. Ihre Brüder waren zwar nicht da, um sie zu beschützen, aber sie war kein hilfloses kleines Mädchen mehr, das Schutz brauchte. Stephen Kensington war es einmal gelungen, sie zu überrumpeln, aber wenn er es noch einmal versuchen sollte, mußte er sich auf eine unangenehme Überraschung gefaßt machen. Das gleiche galt für Tante Amelia, wenn sie erwartete, daß Athena seine widerlichen Annäherungsversuche lammfromm über sich ergehen lassen würde.

Athena warf den Kopf zurück und verscheuchte die Gedanken an Stephen Kensington. Der Tag war viel zu schön, um ihn mit etwas derart Unwichtigem zu verderben. Die Berge ringsum waren mit dunkelgrünen Kiefern bestanden, zwischen denen Ahornbäume und Eichen bereits begannen, die Farbe zu wechseln. Die Wälder würden bald rot und golden leuchten, und die frische Luft würde ein Vorbote des Winters sein.

Es tat ihr nicht leid, daß der Sommer vorbei war. Er war lang und die Ernte gut gewesen, und vielleicht würde der Herbst das Ende des Krieges bringen. Sie konnte sich nicht vorstellen, daß die territorialen Streitigkeiten zwischen England und Frankreich noch lange weitergehen würden. Einmal mußten sich die beiden Länder schließlich über die Grenzen von Acadia und dem großen Gebiet zwischen dem Alleghenygebirge und dem Mississippi einigen – ein Gebiet, in dem auch ihr geliebtes Zuhause lag. Die Neue Welt war doch wirklich so groß, daß sie jedem unbeschränkt Raum bot, aber die Feindschaft zwischen England und Frankreich war zu alt und zu tief verwurzelt, als daß eines der beiden Länder nachgeben wollte.

Der Konflikt war vor fünf Jahren ausgebrochen, als die Franzosen in Pennsylvanien am Allegheny eine Kette von Forts errichteten, die die Ausbreitung der englischen Kolonien nach Norden verhinderte. Als die Franzosen auf die offizielle Aufforderung, die Forts aufzugeben, nicht reagierten, hatte Virginias Gouverneur Dinwiddie eine kleine Streitmacht der Kolonialtruppen ausgesandt, um sie zu vertreiben, und daraus hatte sich die erste Schlacht dieses Krieges entwickelt. Das einen Monat dauernde Geplänkel hatte keine Entscheidung gebracht, und England hatte Truppen über den Ozean gesandt, um den Kolonisten zu helfen, jedoch wiederum erfolglos.

Vor zwei Jahren hatte Englands äußerst fähiger Premierminister William Pitt beschlossen, den Konflikt endgültig zu beenden, indem er Tausende von Soldaten in die Kolonien schickte, die die Franzosen nach Kanada zurücktreiben sollten. Damals war Athenas ältester Bruder Fletcher in die Miliz eingetreten und hatte seinem Vater ernst erklärt, daß er nicht zu Hause bleiben könne, wenn fremde Truppen das Land verteidigten, das er liebte. Seinem Vater war es sehr schwer gefallen, diesen Entschluß zu akzeptieren, aber schließlich war Fletcher mit dem Segen der ganzen Familie in den Kampf gezogen. Athena hatte ihn seither nur einmal – beim Gedenkgottesdienst für ihren Vater – gesehen, doch er schrieb, so oft es ihm möglich war.

Jeremy und Colm, die kurz nach dem Tod ihres Vaters in die Miliz eintraten, waren weit weniger mitteilsam, doch Athena hatte nichts anderes erwartet und war ihnen deshalb nicht böse. Sie brachten bestimmt nicht die Geduld auf, Briefe zu schreiben, denn sie haßten alles, was nach Schule roch, und zogen es vor, im Wald zu jagen, Wild im Schuppen auszunehmen oder Tykie auf den Feldern zu helfen.

Im Gegensatz zu den Zwillingen war Fletcher in bezug auf die Klassiker gut bewandert und sprach vier Sprachen fließend, darunter Latein. Er war jedoch alles andere als ein Bücherwurm, und Athena hatte ihn oft mit den sehnsüchtigen Blicken geneckt, die ihm weibliche Wesen zuwarfen. Er war neun Jahre älter als sie und war ihr unnahbar und ehrfurchtgebietend vorgekommen, obwohl er immer Zeit für sie hatte, wenn sie ihn brauchte. Die übermütigen Zwillinge Jeremy und Colm hingegen waren nur drei Jahre älter als ihre Schwester, und sie hatten Athena unter ihre Fittiche genommen, wenn der Vater oder Fletcher zu beschäftigt waren, um sich um sie zu kümmern. Sie wußte nicht mehr, wie oft die beiden sie in eine Klemme gebracht oder wie viele Streiche sie ihr gespielt hatten, aber sie hatten sie jagen, schießen und im Herrensitz reiten gelehrt und ihr die unberührte Schönheit der Wälder und Berge nahegebracht.

Athena wurde unvermittelt traurig. Sie wußte nicht, wer ihr mehr fehlte: die Zwillinge, Fletcher, oder ihr Vater, und plötzlich machte ihr die verbotene Freiheit keinen Spaß mehr. Im Augenblick wirkte sogar Tante Amelias Gesellschaft reizvoller als die Einsamkeit der sonnenbeschienenen Wiese, die sie gerade überquerte. Sie setzte entschlossen ihren Dreispitz auf und wendete Ballycor, um zurückzureiten. Das große Tier schnaubte verärgert, weil sein Vergnügen zu Ende sein sollte, und Athena erlaubte ihm als Trost, zu galoppieren.

Erst als sie den letzten Hügel hinter sich hatten, zwang sie ihn zum Trab. Vor sich hatte sie noch den Zaun, der den Garten von Courtland Grace von den Weiden trennte, deren smaragdgrünes Gras mit den leuchtend gelben Stengeln der Goldrute gesprenkelt war. Dahinter erstreckten sich das Haus und die Nebengebäude, deren dunkle Schieferdächer in der Sonne glänzten. Athenas Urgroßvater Nicholas Courtland hatte selbst den ersten Stein gelegt, und seine Initialen waren noch immer stolz oberhalb der Feuerstelle im Arbeitszimmer in die massive eichene Kamineinfassung geschnitzt.

Das Haus war zwei Stockwerke hoch und machte mit seinen zahlreichen Giebeln und der weißgetünchten Fassade einen eleganten Eindruck. Die Flügel östlich und westlich vom Hauptteil waren aus Backstein, und ihre strengen Linien wurden durch hohe Ahornbäume und Fliederbüsche gemildert, die im Frühjahr weiß und lavendelfarben leuchteten. Hinter dem Haus stand die große Steinscheune, und zwischen ihr und dem Hauptgebäude lag der Küchengarten, in dem noch später Mais, Bohnen und Kohl wuchsen und den die Köchin Prudence eifersüchtig hütete.

Athena lenkte Ballycor auf die Wagenspur, die von den Feldern zur Scheune führte. Als sie den dunkelhaarigen Mann entdeckte, der am Tor lehnte und sie beobachtete, begann sie zu lächeln. Sie hob grüßend die Hand und ritt auf ihn zu.

»Hat dich Tante Amelia hinter mir hergeschickt?« fragte sie; falls dem so war, hatte Tykie sich bestimmt keine große Mühe gegeben, sie zu finden.

»Diesmal haben Sie Glück gehabt, Miß Athena.« Der hochgewachsene Schotte erwiderte ihr Lächeln. »Mistreß Bower ist noch nicht von dem Besuch zurück.«

Die dunkelblauen Augen funkelten übermütig. »Dann müssen wir ihr ja nicht verraten, daß ich ausgeritten bin.«

»Ich erzähle Ihrer Tante überhaupt nichts, Miß Athena«, erwiderte Tykie entschieden. Er ergriff die Zügel des Hengstes und wartete, bis Athena aus dem Sattel geglitten war. Sein Lächeln wurde breiter und seine kräftigen weißen Zähne leuchteten in dem bärtigen Gesicht. »Mistreß Bower mag es ohnehin nicht, wenn ich zu ihr spreche.«

Das stimmt, dachte Athena, während sie ihm in den Stall folgte. Tykie jagte Tante Amelia Angst ein, weil er ein Riese mit struppigem schwarzem Bart und durchdringenden schwarzen Augen war. Er trug einen kleinen goldenen Ohrring in einem Ohr und hatte immer einen blitzenden Dolch im Stiefel stecken. In der Stadt West York war er allgemein geachtet, und es gab nur wenige, die wagten, ihm in die Quere zu kommen. Angeblich war er ein Freibeuter oder sogar ein Pirat gewesen, bevor Foster Courtland ihn als Aufseher über den großen landwirtschaftlichen Besitz anstellte, der zu Courtland Grace gehörte.

Tykie wirkte zwar furchteinflößend, aber Athena liebte ihn zärtlich und vertraute ihm blind. Unter dem rauhen Äußeren verbarg sich eine sanfte Seele, und Tykie tat nur, als wäre er ein Rauhbein, weil es ihm Spaß machte, wenn andere sich vor ihm fürchteten, vor allem Tante Amelia. Trotzdem war es besser, seinen Zorn nicht zu wecken, denn dann wurde Tykie Downs fürchterlich. Selbst Athena war ihm gegenüber vorsichtig, auch wenn sie sich Freiheiten herausnehmen durfte, die er keinem anderen durchgehen ließ.

Tykie führte Ballycor in den Stall, danach lehnten er

und Athena an der Tür und beobachteten den Hengst, der sich über sein Heu hermachte. Athena legte den Kopf zurück, blickte zu Tykie auf, und ihr junges Gesicht strahlte.

»Ballycor wird von Tag zu Tag schneller. Er wird Master de Vries' Dreijährigen mühelos schlagen.«

Tykie rieb sich die Hände. »Sehr viele Leute wetten auf dieses Pferd, Miß Athena.«

»Master de Vries' Dreijähriger mag ja schnell sein, aber Ballycor wird gewinnen«, stellte Athena selbstsicher fest und tätschelte den glatten Hals des Schimmelhengstes. Im Gegensatz zu den übrigen Besuchern der allmonatlichen Pferderennen in West York reizte sie das Wetten nicht. Sie genoß die Spannung, wenn sie zusah, wie Ballycor mit wehendem Schweif über den Rasen donnerte und um Längen vor seinem Gegner durchs Ziel ging.

Das große Tier war erst einmal besiegt worden, und auch nur deshalb, weil es im vergangenen Frühjahr auf dem feuchten Rasen ausgeglitten war. In wenigen Tagen würde Ballycor gegen den geheimnisvollen Dreijährigen antreten, den Egon de Vries aus England hatte herüberbringen lassen. Bis jetzt hatte noch niemand das Tier zu sehen bekommen, aber es war angeblich das schnellste Pferd in den Kolonien. In jedem Salon, jeder Werkstätte, jedem Wirtshaus zwischen West York und Albany war von nichts anderem als von dem bevorstehenden Rennen die Rede, und auch Athena war von fieberhafter Erwartung erfüllt.

Tykie musterte Ballycors kräftiges Hinterteil. »Man hat mich gefragt, wann ich endlich anfangen werde, das Tier richtig zu trainieren. Man will mir nicht glauben, daß das einzige Training, das er noch braucht, ein paar Ausritte mit seiner Herrin sind.«

»Laß die Leute doch denken, was sie wollen. Es verbessert seine Chancen und die Quoten.«

»Und Ihnen sind Ihre Ausritte auch wichtiger als jedes

ernsthafte Training, nicht wahr, Miß Athena?« fragte Tykie vielsagend. Der zärtliche Blick, mit dem sich Athena von Ballycor verabschiedete, sprach mehr als Worte.

»Ich muß jetzt hineingehen.« Athena streifte zögernd die Handschuhe ab. »Tante Amelia wird bald nach Hause kommen, und ich habe ihr versprochen, bis zu Mittag mit meiner Näharbeit fertig zu sein.«

»Warten Sie noch einen Augenblick, Miß Athena.«

Ihr Samtrock raschelte leise, als sie sich umdrehte. »Worum geht es?«

Tykies schwarze Augen funkelten. »Während Sie fort waren, ist ein Brief für Sie gekommen. Der Kesselflicker hat ihn gebracht.«

Athena hielt den Atem an, während er ein verblaßtes Stück Papier aus der Weste zog. »Hat er gesagt, von wem er ist?« Obwohl sie versuchte, ihre Aufregung zu verbergen, zitterte ihre Stimme. Sie hatte von Fletcher zum letzten Mal vor einigen Monaten gehört.

Das bärtige Gesicht grinste breit. »Nein, Miß Athena, aber dieses Gekritzel kann nur von Master Jeremy stammen.«

Athenas Augen wurden groß. »Der Brief ist von Jeremy?«

Er hielt ihr das Schreiben hin. »Sehen Sie selbst, Mädchen.«

Sie griff mit zitternden Händen danach und erbrach rasch das Siegel. »Es ist wirklich von ihm, Tykie!« rief sie, während sie die beinahe unleserliche Unterschrift begutachtete.

»Ich hoffe, daß es dem jungen Master gutgeht«, meinte Tykie.

»Ich werde es dir sofort sagen«, versprach Athena, während sie sich auf einem duftenden Heuballen niederließ. Tykie zog sich diskret zurück, kam aber sofort wieder angelaufen, weil sie begeistert aufschrie: »Oh, Tykie, es ist eine wunderbare Nachricht!«

Er mußte lächeln, als er die vor Erregung geröteten Wangen bemerkte; ihre blauen Augen strahlten wie die tiefen Seen seines geliebten Hochlands, wenn das Sonnenlicht auf sie fällt. An ihrem Rock hingen Heufäden, aber sie bemerkte sie kaum.

»Master Jem geht es doch gut, nicht wahr?« erkundigte sich Tykie. Es war erst der dritte Brief, den die Zwillinge in den zehn Monaten, die sie bei der Miliz waren, geschrieben hatten.

»Ihm und Colm geht es gut«, berichtete Athena glücklich, »doch ihre Kompanie wurde im März geteilt.«

Tykie runzelte die Stirn. »Die Jungen sind nicht mehr zusammen?«

Athena überflog das Gekritzel noch einmal, denn Tykie konnte nicht lesen, und deshalb mußte sie ihm genau erzählen, was in dem Brief stand. »Colm befindet sich jetzt in New Haven, aber Jem weiß nicht, wann die Kompanie wieder vereint wird.« Obwohl der Brief so ärgerlich kurz und uninformativ war, leuchteten ihre Augen immer noch. »Mehr kann ich dir im Augenblick nicht sagen, Tykie; wenn du Genaueres wissen willst, kannst du ihn selbst fragen. Seine Kompanie ist nach Albany unterwegs, und er ist davon überzeugt, daß er Zeit haben wird, nach Courtland Grace zu kommen.«

Der große Schotte stieß einen Jubelruf aus, hob Athena hoch und drückte sie so fest an sich, daß er ihr beinahe die Rippen brach. Sie erwiderte die Umarmung lachend, dann stellte er sie vorsichtig auf den Fußboden. Als er sie ansah, waren seine Augen feucht.

»Dafür danke ich Gott, Mädchen.«

»Athena!«

Der leise, aber deutlich schrille Schrei kam vom Haus. Athena legte die Hand auf den Mund.

»Das ist Tante Amelia.« Sie warf einen verzweifelten Blick auf ihr Reitkleid, denn selbst wenn Tante Amelia ihre Aufmachung nicht bemerkte, würde sie der ihr anhaftende Stallgeruch verraten. Sie stöhnte, denn eine Strafpredigt war ihr zutiefst zuwider.

»Gehen Sie zur Hintertür hinein«, riet ihr Tykie. »Ich werde Mistreß Bower ablenken, bis Sie Ihr Zimmer erreicht haben.«

Ihre vollen Lippen verzogen sich zu einem verständnisinnigen Lächeln. »Wenn es um mich geht, scheust du nicht einmal vor einem Verbrechen zurück, nicht wahr?«

Tykie zuckte mit den Achseln. »Ich muß mich um Sie kümmern, Mädchen, das hat Ihr Vater bestimmt von mir erwartet.«

Bevor sie durch die kleine Tür schlüpfte, die den Stall von der Milchkammer trennte, blickte sie noch einmal zu ihm zurück. »Bitte erzähl ihr nichts von Jeremys Brief, es ist besser, sie erfährt erst davon, wenn wir genau wissen, was er vorhat.«

Tykie blinzelte ihr verschwörerisch zu. »Über meine Lippen wird kein einziges Wort kommen, Miß Athena.«

Athenas Herz jubelte, während sie durch die kühle Scheune lief. Sie konnte es kaum glauben, daß Jeremy in Albany war und Zeit haben würde, sie zu besuchen. Sie wartete an der Tür, bis Tykie ihre Tante in ein Gespräch verwickelt hatte, und rannte dann über den Rasen ins Haus.

Sie lief die Treppe hinauf und schlug die Tür ihres Zimmers hinter sich zu. Im nächsten Augenblick war sie aus ihrem Reitkleid geschlüpft und hatte ein abgetragenes, aber noch akzeptables Trauerkleid aus schwarzem Satin angezogen, dessen Stehkragen und Ärmel mit schwarzen Seidenspitzen eingefaßt waren. Sie vergrub Handschuhe, Reitpeitsche und Dreispitz in den tiefsten Tiefen ihres Kleiderschranks, zog ihre Haarspangen heraus und bemühte sich vor dem Spiegel, das Haar so aufzustecken, wie ihre Tante es gern sah.

Die eigenwilligen goldenen Locken ließen sich nicht bändigen, und Athena schleuderte die Schildpattbürste mit einem ungeduldigen Ausruf auf das Bett. Dann las sie Jeremys Brief noch einmal und versteckte ihn schließlich unter ihrem Kopfkissen. Als sie die Stimme ihrer Tante aus der Halle im Erdgeschoß hörte, trat sie auf den Korridor hinaus.

Amelia Bower blinzelte kurzsichtig zu ihrer Nichte hinauf. »Wo bist du gewesen, Kind?«

»In meinem Zimmer«, antwortete Athena sittsam.

»Hast du denn nicht gehört, daß ich dich gerufen habe?«

»Es tut mir leid, Tante, aber ich habe nichts gehört.«

»Hast du deinen Strumpf gestopft?« Athena benahm sich viel zu unschuldig, und Amelia wurde mißtrauisch.

Athena zögerte, weil sie nicht schon wieder lügen wollte, doch in diesem Augenblick tauchte am anderen Ende des Korridors Prudences Tochter Mercy, Athenas Zofe, auf und winkte ihr. Sie trug ein Körbchen unter dem Arm und hielt jetzt einen Strumpf hoch, dessen zerrissene Ferse makellos gestopft war.

»Ich bin gerade fertig geworden, Tante«, rief Athena hinunter und lächelte Mercy dankbar an.

»Sind Sie wieder ausgeritten, Miß Athena?« erkundigte sich Mercy flüsternd, während sie ihrer Herrin ins Zimmer folgte. Als sie das in der Ecke liegende Reitkleid erblickte, schnalzte sie mißbilligend mit der Zunge. »Eines Tages wird man Sie erwischen.«

Athena warf den Kopf zurück. »Das ist mir egal. Ich werde das Reiten nicht aufgaben, nur weil Tante Amelia befürchtet, daß Ballycor mich verletzen könnte.«

Mercy kicherte. Ihre braunen Augen funkelten und die roten Locken unter dem gestärkten Häubchen tanzten. »Er hat Sie oft genug abgeworfen.«

»Er ist temperamentvoll, aber nicht gefährlich«, stellte Athena sachlich fest. Sie nahm der Zofe das Körbchen ab und fügte hinzu: »Du ahnst nicht, wie dankbar ich dir dafür bin, Mercy. Tante Amelia verlangt bestimmt nur deshalb von mir, daß ich meine Strümpfe stopfe, weil sie weiß, wie sehr ich diese Arbeit hasse.«

»Ich habe nicht lange dazu gebraucht, Miß, und ich habe es gern getan.«

Das junge Mädchen runzelte mißbilligend die Stirn, während sie sich in Athenas Zimmer umsah. Sie hatte es erst vor einer halben Stunde in Ordnung gebracht, und jetzt sah es aus, als hätte hier ein Wirbelwind getobt. Getragene Strümpfe hingen über dem Pfeilerspiegel, und ein Paar schlammige Reitstiefel stand auf dem Bettvorleger. Die Tagesdecke des Himmelbetts war hoffnungslos zerknüllt, und die mit Chintz eingefaßte Wolldecke lag auf dem Boden. Sie rümpfte die Nase, weil aus dem Kleiderschrank Pferdegeruch drang, sammelte rasch die anstößigen Gegenstände ein und hielt das Reitkleid in die Höhe.

»Ich werde es auf den Dachboden hängen, damit es auslüftet«, schlug sie vor. »Sonst merkt Mistreß Bower, daß Sie ausgeritten sind. Fühlen Sie sich nicht wohl, Miß?« fügte sie hinzu, als sie merkte, daß Athena ihr nur mit halbem Ohr zuhörte.

»Du wirst es nicht glauben, Mercy, aber ich habe heute einen Brief von Jeremy erhalten.«

Mercys Augen wurden groß. »Wirklich, Miß? Geht es ihm gut? Und wie geht es Master Colm?«

»Jeremy befindet sich in Albany und hofft, daß er Urlaub bekommen wird, damit er uns besuchen kann.«

Mercys sommersprossige Wangen wurden feuerrot, was Athenas Verdacht bestätigte, daß das Mädchen viel mehr für Jeremy übrig hatte, als sie zugab. Sie schloß ihre Zofe lachend in die Arme. »Ich kann es nicht erwarten, ihn wiederzusehen.«

Mercy erwiderte die Umarmung schüchtern. »Es wird herrlich sein, Miß Athena«, stimmte sie träumerisch zu. »Wann wird er Ihrer Ansicht nach kommen?«

»Wahrscheinlich wird er es uns rechtzeitig schreiben. Aber bis dahin darfst du meiner Tante nichts verraten.«

»Vielleicht wird er eines Tages einfach vor der Tür stehen«, meinte Mercy. Dann warf sie besorgt einen Blick in den Spiegel und stellte verzweifelt fest, daß ihre roten Locken wieder einmal unter ihrem Häubchen hervorschauten. Mistreß Bower hatte ohnehin ständig etwas an ihrem Aussehen auszusetzen. Nicht auszudenken, wenn Master Jeremy sie in diesem Zustand erblickte.

»Mach dir keine Sorgen, Mercy«, beruhigte sie Athena. »Ich kenne meinen Bruder – er wird uns sicherlich vorher verständigen.« Sie griff nach dem Körbchen mit der Flickarbeit. »Jetzt muß ich Tante Amelia zeigen, daß der Strumpf tatsächlich gestopft ist.«

Während sie hinunterlief, summte sie vor sich hin. Jeremy kam nach Hause, und sie konnte es kaum erwarten. Wie sollte sie nur die Zeit bis dahin überstehen?

Athena gähnte, während sie darauf wartete, daß Mercy mit ihrer Frisur fertig wurde. Sie stampfte ungeduldig mit dem Fuß auf den Boden, und Mercy schüttelte verzweifelt den Kopf.

»Ich werde nie zurande kommen, wenn Sie nicht stillhalten, Miß Athena«, schalt sie. Es war schon schwierig genug, die widerspenstigen Locken zu zähmen, ohne daß ihre Herrin ungeduldig herumfegte.

»Entschuldige, Mercy.« Athena versuchte sich zu beherrschen. »Ich bin todmüde. Ich habe heute Nacht kein Auge zugetan, weil ich darüber nachgedacht habe, wie ich Tante Amelia dazu bringen könnte, mich doch nach Albany fahren zu lassen.«

»Sie hat Ihnen schon gesagt, daß Sie es Ihnen nicht erlaubt«, rief ihr Mercy ins Gedächtnis und versuchte, nicht zu enttäuscht zu klingen. Sie hatten zwei Tage lang ungeduldig auf eine Nachricht von Jeremy gewartet und dann erfahren, daß er keinen Urlaub bekommen hatte.

Athena hatte prompt beschlossen, nach Albany zu reisen und Jeremy aufzusuchen, aber Tante Amelia hatte es ihr rundweg abgeschlagen. Daraufhin spielte Athena mit dem Gedanken, sich heimlich auf den Weg zu machen, aber die entsetzte Mercy hatte es ihr ausgeredet. Es war für eine junge Frau gefährlich, allein zu reisen, noch dazu bei Nacht, wie Athena vorhatte.

»Vielleicht sollten Sie ihr die Wahrheit sagen«, schlug sie vor, aber Athena schüttelte den Kopf.

»Es wäre mir ausdrücklich verboten, etwas mit Soldaten zu tun zu haben, selbst wenn sie zu Jeremys Kompanie gehören.«

»Sie könnten ihr erklären, daß Sie ihn nicht in der Kaserne aufsuchen und deshalb den anderen Soldaten nie in die Nähe kommen würden«, ließ Mercy nicht locker. »Dann würde sie bestimmt mit Ihnen hinunterfahren.«

»Ich bin sicher, daß sie es mir aus Bosheit verbieten würde. Ich habe gestern den Saum meines besten Kleides zerrissen, als ich Tykie half, den Zaun instand zu setzen, und Tante Amelia war außer sich. Sie würde mir die Reise verbieten, um mich zu bestrafen.«

Mercy schlang die dicken Flechten geschickt zu einem Krönchen und steckte es sorgfältig auf Athenas Kopf fest. Die goldenen Strähnen schimmerten im Sonnenlicht, das durch das Fenster fiel. Mercy trat zurück, um ihr Werk zu bewundern, und mußte zugeben, daß Miß Athena die einzige Frau war, die in einem schwarzen Kleid so atemberaubend schön aussehen konnte. Um das strenge Schwarz zu mildern, legte sie ihrer Herrin eine elfenbeinfarbene Perlenkette um den Hals und erklärte entschieden: »Ich glaube nicht, daß Mistreß Bower so etwas tun würde.«

Athena verkniff sich eine boshafte Bemerkung. Es sah Mercy ähnlich, daß sie von allen Menschen nur das Beste annahm, sogar von Tante Amelia, deren übertriebene Ansprüche und ständige Kritik der Dienerschaft von Courtland Grace das Leben schwer machten. Nein, sie war davon überzeugt, daß Tante Amelia ihr die Reise verbieten würde; sie mußte sich eben etwas einfallen lassen, um nach Albany zu gelangen. Schlimmstenfalls würde sie trotz Mercys Einwänden allein reisen.

Als Athena das Frühstückszimmer betrat, begrüßte sie der angenehme Duft von Tee und frisch gebackenen Zimtbrötchen. Wie alle Räume des Hauses wies auch dieser in hellen Farben gehaltene Tapeten auf, die Fiona einige Jahre vor ihrem Tod aus England hatte kommen lassen. Die Möbel, die Foster selbst angefertigt hatte, waren aus Kiefern- und Apfelholz, und ein bunter Teppich bedeckte den polierten Fußboden. Das Sonnenlicht drang durch die zahlreichen Fenster herein, so daß der Raum golden leuchtete.

Amelia Bower saß wie üblich am Kopfende des Tisches. Auch sie trug ein schwarzes Kleid, dessen Kragen den langen Hals bedeckte und bis zu ihrem Kinn reichte. Ihr stumpfes braunes Haar war zu einem strengen Knoten zusammengefaßt, und die Falten um ihren schmalen Mund vertieften sich mißbilligend, als ihre Nichte eintrat.

Athena hatte nie verstehen können, daß diese häßliche, kaltherzige Frau mit ihrer graziösen, sanften Mutter verwandt sein sollte. Obwohl sie sich kaum an Fiona Courtland erinnert, wußte sie doch, daß diese nie so tyrannisch und streng gewesen war wie Tante Amelia. Kein Wunder, daß ihr Vater nichts für seine Schwägerin übrig gehabt hatte.

»Guten Morgen, Tante«, grüßte Athena höflich und

glitt in ihren Stuhl. Sie schloß aus Amelias mürrischem Gesichtsausdruck, daß diese wieder etwas an ihrem Aussehen auszusetzen hatte, und war deshalb nicht überrascht, als Amelia die zarte Teetasse entschlossen abstellte.

»Dein Kleid hat offensichtlich ausgedient, Athena! Ich werde dafür sorgen, daß du ein neues bekommst.«

Athena blinzelte verblüfft. Es stimmte zwar, daß dieses Kleid fadenscheinig war und daß ihr die Ärmel zu kurz geworden waren, aber daß Tante Amelia auf einem neuen Kleid bestand? Für gewöhnlich verabscheute sie jede Extravaganz und erinnerte ihre Nichte immer wieder daran, daß ihre eigenen Kleider weit über zehn Jahre alt und immer noch in ausgezeichnetem Zustand waren.

»Es ist überhaupt an der Zeit«, fuhr Amelia fort, »daß wir eine passende Garderobe für dich zusammenstellen. Ursprünglich hatte ich warten wollen, bis das Trauerjahr um ist, aber weil du gestern dein bestes Kleid zerrissen hast und in diesem wie ein Gassenkind aussiehst, müssen wir schon jetzt etwas unternehmen.«

Athena sah ihre Tante mißtrauisch und ungläubig an. Sollte das heißen, daß sie tatsächlich demnächst die Trauerkleidung ablegen konnte?

»Die Ernte ist vorbei, und ich nehme an, daß jetzt die gesellschaftliche Saison beginnen wird«, fuhr Tante Amelia fort. »Obwohl ich bezweifle, daß West York auch nur entfernt an die Saison in Boston heranreicht, wird es doch sicherlich wenigstens eine oder zwei Abendveranstaltungen geben, glaubst du nicht?« Sie wartete die Antwort nicht ab, sondern sprach weiter: »In diesem Aufzug kannst du jedenfalls nicht daran teilnehmen, deshalb schlage ich vor, daß wir morgen früh nach Albany fahren. Ich habe deine Garderobe durchgesehen und kann einfach nicht zulassen, daß du diese

Kleider weiterhin verwendest.« Sie erschauerte, als sie daran dachte, was sie in Athenas Kleiderschrank vorgefunden hatte.

»Du wirst die Dienste eines anerkannten Couturiers in Anspruch nehmen«, fügte sie entschieden hinzu, »und ich habe erfahren, daß der beste Couturier der Kolonie ein Holländer namens van Ties in Albany ist. Wir werden morgen die notwendigen Kleider bei ihm bestellen.«

»Ja, Tante«, murmelte Athena gehorsam. Es war ihr zwar gleichgültig, was Tante Amelia von ihren alten Kleidern hielt, aber damit war ihr Problem unerwarteterweise gelöst. Eine Reise nach Albany! Ihre Augen begannen zu leuchten. Es machte ihr nichts aus, daß Stunden voll langweiliger Anproben vor ihr lagen, denn jetzt würde sie Jeremy doch noch sehen.

2. Kapitel

Die blasse Septembersonne ging bereits unter, als die Kutsche mit Athena, ihrer Tante und Mercy in der Handalaer Street vor einem hohen Haus mit Giebeldach hielt. Athena, die selbst kutschiert hatte, wand die Zügel um den Bremshebel, raffte den Rock zusammen und wollte hinuntersteigen.

»Warte einen Augenblick, Athena«, befahl ihre Tante scharf und musterte das Haus sichtlich mißbilligend. »Ich bezweifle, daß diese Pension das richtige für uns ist. Sie wirkt verwahrlost und keineswegs sauber. Wer weiß, wie die Zimmer aussehen.«

Athena zwang sich zur Geduld. Infolge der engen, gewundenen Straßen und der ungepflegten Häuser machte ganz Albany einen heruntergekommenen Eindruck, und sie war davon überzeugt, daß diese Pension weder besser noch schlechter war als die übrigen, aber sie wollte keine Zeit mit unnötiger Quartiersuche vergeuden. Sie und Mercy hatten vielsagende Blicke gewechselt, als das Fort auf dem Hügel oberhalb der Stadt in Sicht gekommen war, und Athena konnte es nicht erwarten, Jeremy aufzusuchen.

»Ich bin sicher, daß alles in Ordnung sein wird«, versicherte sie deshalb ihrer Tante, sprang auf die Straße, überquerte die kleine Veranda, bevor Amelia protestieren konnte, und zog am Klingelstrang.

Der holländische Besitzer erschien in einem sauberen Hemd und mit reiner Schürze, was Amelia besänftigte, und benahm sich so ehrerbietig, daß sie ihre Befürchtungen vergaß. Ein diensteifriger junger Bursche trug ihre Koffer die knarrende Treppe hinauf, während sich der Besitzer persönlich um Pferde und Kutsche kümmerte. Die sparsame Amelia hatte nur ein Zimmer mit zwei Betten gemietet; Mercy sollte auf einem Feldbett in einem Alkoven schlafen. Weder ihr noch Athena machte dieses Arrangement etwas aus; sie waren glücklich, daß sie hier waren, und Athena begann schon zu überlegen, wie sie sich davonstehlen konnte.

»Wollen wir etwas essen, bevor wir Mijnheer van Ties aufsuchen?« fragte sie, setzte sich auf das Bett und versuchte, ihre Ungeduld nicht zu zeigen.

»Ich bin viel zu müde, um heute noch auszugehen«, erwiderte Tante Amelia scharf und bedeutete dem Jungen, die Reisetasche auf ihr Bett zu stellen. Der Bengel hatte Athena nicht aus den Augen gelassen, und diese räkelte sich zu allem Überfluß vollkommen undamenhaft auf dem Bett. Nicht nur ihre Schuhe waren zu sehen, sondern sogar ein Stück ihrer Strümpfe und wohlgeformten Knöchel.

»Das genügt, danke«, fuhr Amelia den errötenden Jungen an, der schleunigst verschwand. »Ich werde jetzt ruhen«, wandte sie sich an ihre Nichte. Athenas erwartungsvolles Gesicht stimmte sie noch ärgerlicher. Wie konnte das Mädchen nach der langen, staubigen Fahrt nur so frisch aussehen? Dann fiel ihr ein, daß Athena vielleicht deshalb aufgeregt war, weil sie neue Kleider bekommen sollte. War es denkbar, daß das unmögliche Geschöpf sich endlich für sein Aussehen interessierte?

»Mijnheer van Ties erwartet uns erst morgen«, fuhr Amelia wesentlich sanfter fort, »aber vielleicht möchtest du ihn heute aufsuchen und schon einige Stoffe auswählen. Ich sehe sie mir dann morgen an.«

Athena warf Mercy, die die Toilettensachen ihrer Herrin auspackte, einen Blick zu. »Bist du sicher, daß du nicht mitkommen willst?« fragte sie.

Amelia massierte sich die Schläfen. »Ich brauche Ruhe,

Kind. Ich bin auf der Fahrt so durchgerüttelt worden, daß ich jetzt Kopfschmerzen habe.«

Athena murmelte etwas Mitfühlendes und verließ dann eiligst mit Mercy das Zimmer.

»Sie wollen doch nicht zu Fuß gehen, Miß Athena!« protestierte Mercy, als sie mit ihrer Herrin auf die vordere Veranda der Pension trat.

Athena blickte lachend die zum Fort führende Yonkheer Street hinauf. »Es ist nur halb so weit und weniger steil als der Weg zum Brunnenhaus bei uns«, stellte sie fest.

»Es geht nicht um die Entfernung, Miß Athena, sondern um die Umgebung. Es gehört sich nicht, daß Sie zu Fuß gehen.«

Athena sah sich um. Weil der Nachmittag ungewöhnlich warm war, saßen die Bewohner der umliegenden Häuser auf ihren Veranden. Die meisten waren Holländer; die Männer rauchten Pfeife, die Frauen hielten schreiende Kinder auf dem Schoß, und alle betrachteten neugierig die beiden jungen Frauen.

»Laß dich nicht durch die Leute stören«, antwortete Athena leichthin. »Wir sind hier, um mit Jeremy zu sprechen, alles andere kümmert uns nicht.«

Sie setzte sich in Bewegung, und Mercy folgte ihr zögernd. Zu Hause hatte Athena nur dann Soldaten gesehen, wenn eine Kompanie durchmarschierte, hier jedoch gab es sie überall. Britische Soldaten in roten Röcken marschierten mit blitzenden Bajonetten an ihnen vorbei, Milizmänner in blauen Tuchröcken und roten Kniehosen wurden auf den Feldern gedrillt, und kurz vor dem Fort kam ihnen eine Kompanie Hochländer entgegen. Mercy starrte ihnen mit offenem Mund nach.

»Haben Sie das gesehen, Miß Athena?« flüsterte sie ungläubig. »Sie tragen Faltenröcke.«

»Der Kilt gehört zur traditionellen Uniform der Hochländer«, erklärte ihr Athena amüsiert. »Tykie hat uns doch erzählt, daß er ebenfalls einen getragen hat, bevor König Georg sie nach der Stuart-Revolte verbot.«

Mercy war rot geworden. »Das weiß ich, aber es ist etwas anderes, wenn man Männer in dieser Aufmachung sieht. Es ist – es ist einfach skandalös.«

Athena hatte die hochgewachsenen Schotten äußerst attraktiv gefunden, als sie mit schwingenden Kilts und Felltaschen stolz und diszipliniert an ihr vorbeimarschiert waren.

»Einen guten Tag, Ladies. Was führt Sie zum Fort?«

Beim Klang der rauhen Stimme blickte Athena auf. Ein Soldat in Milizuniform mit lässig über die Schulter gehängter Muskete war von der Palisade heruntergekommen und stand jetzt vor ihnen. Er war älter als die Soldaten, an die Athena gewöhnt war, und seine Uniform war alles andere als sauber. Dunkle Bartstoppeln bedeckten sein Kinn und ihr gefiel die Art nicht, wie er sie ansah.

Sie hob den Kopf und erwiderte gleichmütig seinen Blick. »Mein Bruder ist zur Zeit in Albany im Quartier, Sir. Ich möchte ihn besuchen.«

Der Soldat kniff mißtrauisch die Augen zusammen. Athena wußte, daß sie in ihrem fadenscheinigen schwarzen Kleid nicht besonders aussah, und auch ihre Haare hatten sich geweigert, sich ordentlich aufstecken zu lassen. Aber sie hatte nicht vor, sich von diesem schäbigen Milizmann einschüchtern zu lassen.

»Mein Bruder heißt Jer –« begann sie, aber der Soldat schüttelte ungeduldig den Kopf.

»Von mir aus könnte er General Abercromby persönlich sein, Miß. Kein Zivilist darf ins Fort.«

Athena wußte nicht weiter. Sie hatte alle möglichen Schwierigkeiten erwartet, aber keine so unsinnige Vorschrift.

»Gehen wir lieber, Miß Athena.« Mercy zupfte ihre Herrin vorsichtig am Ärmel. Es gefiel ihr nicht, daß weitere

Soldaten zum Tor herausgekommen waren und sie interessiert musterten. Ihr war heiß, sie war müde, und sie hoffte nur, daß Athena nicht eigensinnig versuchen würde, den Posten umzustimmen.

Doch Athena war nicht bereit, sich durch ein so lächerliches Hindernis aufhalten zu lassen. »Sie verstehen mich offenbar nicht, Sir«, sagte sie hochmütig. »Ich habe ihn beinahe ein Jahr lang nicht gesehen, und ich werde erst nach Hause gehen, wenn ich mit ihm gesprochen habe.«

Auf das Gesicht des Soldaten trat ein breites Lächeln. Sie war hübsch, und wenn sie die Augenbrauen hochzog und ihn mit verächtlich gerümpfter Nase ansah, erinnerte sie ihn an ein beleidigtes Kätzchen. Es tat ihm leid, daß er ihren Wunsch nicht erfüllen konnte.

Das Lächeln schwand von seinem Gesicht. »Ich bedaure, Miß«, erklärte er entschieden. »Kein Zivilist darf das Fort betreten, so lautet die Vorschrift, und an die halte ich mich.«

Athena beherrschte sich nur mit Mühe. »Kann ich ihm wenigstens mitteilen lassen, daß ich hier bin?« fragte sie gereizt. »Vielleicht kann er in der Stadt mit mir zusammentreffen.«

Noch während sie sprach, schüttelte er den Kopf. »Tut mir leid, Miß, die Sicherheitsbestimmungen sind verschärft worden. Wir bekommen erst Urlaub, wenn...« Er unterbrach sich, weil ihm bewußt wurde, daß er mit einem Zivilisten nicht über militärische Angelegenheiten sprechen durfte. »Wir dürfen das Fort nur verlassen, wenn wir einen Auftrag ausführen müssen, und die Truppen dürfen Botschaften weder empfangen noch absenden.«

»Wir sollten gehen, Miß Athena«, wiederholte Mercy, der klar war, daß ihre Herrin im nächsten Augenblick die Beherrschung verlieren würde. Wer konnte wissen, was dieser schreckliche Mann mit der Muskete tun würde, wenn Athena begann, ihn zu beschimpfen. Sie erschauerte. Die Armee verhaftete doch keine Zivilisten, oder?

»Du hast vielleicht recht«, sagte Athena so sanft, daß Mercy sie erstaunt ansah. »Wenn das Fort abgeriegelt ist, können wir die Hoffnung aufgeben. Vorausgesetzt, daß Sie die Wahrheit sprechen, Sir.«

Die blauen Augen funkelten so zornig, daß der Soldat in die Defensive gedrängt wurde. »Ich bin ein ehrenhafter Mann, Miß, und ich würde Sie einlassen, wenn der Befehl nicht von General Abercromby persönlich gekommen wäre. Alle Truppen müssen sich bei Tag im Fort und nach dem Zapfenstreich in ihren Unterkünften aufhalten, mehr kann ich Ihnen nicht sagen.«

Das genügte Athena. Sie lächelte ihn liebenswürdig an, worauf er errötete, ergriff Mercy am Arm und marschierte den Hügel hinunter. Sie sprachen erst wieder, als sie sich zwischen den Geschäften und den Häusern mit den Giebeldächern und den vergoldeten Wetterfahnen befanden.

»Was sollen wir jetzt tun, Miß Athena?« fragte Mercy unglücklich. Ihr war heiß, sie war durstig und hatte Steinchen in den Schuhen, so daß ihre Füße schrecklich schmerzten.

»Was wir tun?« wiederholte Athena unschuldig. »Genau das, was wir vorhatten. Wir treffen Jeremy.«

»Haben Sie denn nicht gehört, was der Soldat gesagt hat?« fragte Mercy verständnislos. »Master Jeremy darf das Fort nicht verlassen – wie wollen Sie ihn dann treffen?«

»In dem ich ihn in seiner Unterkunft aufsuche.«

Diese einfache Feststellung brachte Mercy gänzlich aus der Fassung. »In seiner Unterkunft? Zivilisten dürfen das Fort nicht betreten, das haben Sie selbst gehört.«

»Ich habe ja auch vor, mich nach Einbruch der Dunkelheit hineinzuschleichen«, erklärte Athena, als wäre dies die einfachste Sache der Welt.

»Nein, Miß Athena, bitte nicht!« Mercy war blaß geworden. Sie war an die haarsträubenden Streiche ihrer Herrin gewöhnt, aber das ging entschieden zu weit. »Man wird Sie erwischen und verhaften«, rief sie und lief hinter Athena her, die unbeirrt weitergegangen war.

»Man wird mich nicht erwischen«, meinte Athena hochmütig. »Niemand wird mich sehen.« Sie hatte von Jeremy und Colm gelernt, wie man sich anschleicht; die beiden waren bei einem jungen Seneca-Krieger in die Lehre gegangen. »Und um ganz sicherzugehen, werde ich ein dunkles Hemd und dunkle Kniehosen tragen.«

»Und wo wollen Sie diese Kleidungsstücke hernehmen, Miß Athena?«, fragte die praktische Mercy. »Soll Mijnheer van Ties sie vielleicht anfertigen?«

Athena warf ihrer empörten Zofe einen amüsierten Blick zu. »Du wirst ja sarkastisch, Mercy! Ich habe dir offenbar zuviel zugemutet – es wäre besser gewesen, wenn ich dir meinen Plan nicht verraten hätte.«

»Er wird scheitern!« rief Mercy so laut, daß sich einige Vorübergehende nach ihr umdrehten. »Selbst wenn Sie diese Kleidung auftreiben – wie wollen Sie sich aus dem Zimmer stehlen? Sie wissen, daß Ihre Tante einen sehr leichten Schlaf hat.«

»Wenn ihre Kopfschmerzen bis zum Abend nicht vergangen sind, wird sie ein Pulver nehmen, und danach könnte nur eine französische Invasion sie wieder aufwekken.«

Mercy stöhnte, denn sie wußte, daß das stimmte. Sie suchte verzweifelt nach einem Argument, das ihre Herrin umstimmen würde. Vielleicht wird es ihr nicht gelingen, diese Kleidungsstücke aufzutreiben, dachte sie hoffnungsvoll. Schließlich kann sie Kniehosen nicht auf der Straße von einem Fremden kaufen.

Doch Mercy hatte wie üblich die Hartnäckigkeit ihrer Herrin unterschätzt. Athena verbrachte eine halbe Stunde in Mijnheer van Ties' elegantem kleinem Laden, wählte einige Stoffe aus, verabschiedete sich dann vom strahlenden Holländer und kehrte eilig mit Mercy in die Pension zurück.

»Geh hinauf und sieh nach, ob meine Tante etwas braucht«, befahl sie und schob das Mädchen zur Treppe. Mercy blieb lange genug im Korridor, um zu sehen, daß Athena in das Vorderzimmer schlenderte, wo der Sohn des Besitzers eifrig die Möbel polierte. Jetzt erst fiel ihr ein, wie bewundernd der Junge Miß Athena bei ihrer Ankunft betrachtet hatte. Es würde ihre Herrin wahrscheinlich nur ein sanftes Lächeln kosten, damit sie bekam, was sie brauchte.

Athena tauchte einige Minuten später triumphierend mit einer rostbraunen Kniehose, einem blauen Baumwollhemd und einer Hirschlederjacke im ersten Stock auf. Ihr Bewunderer hatte in seinem Eifer sogar vergessen, sie zu fragen, was sie mit den Sachen vorhatte.

»Nicht nur das«, erzählte Athena Mercy flüsternd, um ihre Tante nicht zu wecken, die schnarchend im Bett lag, »sondern er hat mir auch erklärt, wie ich ins Fort gelange. Am Osttor steht nur ein Posten, und das Westtor beim Fluß ist meist unbewacht. Ich müßte ohne Schwierigkeiten hineinkommen.«

»Woher wollen Sie wissen, daß er die Wahrheit sagt?« fragte Mercy besorgt. Sie sah im Geist bereits, wie Athena verhaftet und vor den Oberbefehlshaber gebracht wurde.

»Er ist noch nicht alt genug, um in die Miliz einzutreten, aber er hat das Fort oft besucht. Er kennt die Lage jedes einzelnen Tors und sogar die Namen der Posten, die heute nacht Dienst haben.«

Als Athena bemerkte, wie verängstigt Mercy war, fügte sie entschlossen hinzu. »Ich werde mit Jeremy sprechen, Mercy, ganz gleich, was ich dazu unternehmen muß, aber ich brauche deine Hilfe.«

»Meine Hilfe?« Mercy schluckte krampfhaft.

»Ja. Du kannst alles zunichte machen, indem du dich meiner Tante gegenüber verrätst, oder du kannst mir helfen, indem du dich benimmst, als wäre alles in Ordnung.«

»Ich werde mein Bestes tun, Miß Athena«, murmelte Mercy unglücklich. Sie wußte aus langer Erfahrung, daß es keinen Sinn hatte, wenn sie versuchte, Athena von ihrem Vorsatz abzubringen.

Für Athena war der Abend nervenaufreibend. Tante Amelia wachte rechtzeitig zum Abendessen auf und behauptete, daß sie die Folgen der anstrengenden Reise vollkommen überwunden hätte. Sie wollte ganz genau wissen, welche Stoffe ihre Nichte ausgesucht hatte, und Athena mußte sie ihr detailliert beschreiben. Tante Amelia langte kräftig zu beim Abendessen – Suppe, gebratenes Geflügel und frisches Brot –, und Athena machte sich bereits auf die Möglichkeit gefaßt, daß sie ihren Plan nicht ausführen konnte.

Um elf Uhr verkündete Amelia gähnend, daß sie sich zurückziehen wolle. »Bring mir ein Pulver aus meinem Retikül«, befahl sie Mercy, die gerade die Betten für die Nacht zurecht machte.

»Fühlst du dich nicht wohl, Tante?« platzte Athena erleichtert heraus.

Doch ihre Tante merkte nichts. »Es ist nur eine Vorsichtsmaßnahme, Kind. Wenn ich jetzt kein Pulver nehme, wache ich morgen mit hämmernden Kopfschmerzen auf.«

»Vorbeugen ist besser als heilen«, stellte Athena fest und warf Mercy einen triumphierenden Blick zu.

Eine halbe Stunde später schnarchte Amelia wie ein Sägewerk. Athena, die regungslos im Bett gelegen hatte, streifte vorsichtig das Nachthemd ab und schlüpfte in die Kniehose. Die Ärmel des Hemdes reichten ihr bis zu den

Fingerspitzen, und sie rollte sie ungeduldig auf. Dann stopfte sie die weite Kniehose in ihre Reitstiefel.

Sie hatte ihr Haar aufgesteckt gelassen, zog jetzt die gestrickte Mütze, die sie für Jeremy angefertigt hatte, über den Kopf und schlüpfte in die Hirschlederjacke. Sie bot einen merkwürdigen Anblick, doch sie wurde wenigstens nicht von Unterröcken behindert, wenn sie ins Fort schlich.

»Gehen Sie jetzt, Miß Athena?« flüsterte Mercy ängstlich.

»Ja, aber ich werde nicht lange ausbleiben. Mach dir keine Sorgen.«

»Was soll ich tun, wenn Ihre Tante aufwacht, bevor Sie zurückkommen?« fragte Mercy mit zitternder Stimme.

»Behaupte, daß du geschlafen und nichts bemerkt hast. Noch einmal, mach dir keine Sorgen; Tante Amelia wird nicht aufwachen, und ich werde früher wieder da sein, als du glaubst. Soll ich Jeremy von dir grüßen?«

»Ach, bitte ja, Miß.«

Athena lächelte.

Sie verließ geräuschlos das Zimmer, und Tante Amelia schnarchte friedlich weiter. Die Treppe knarrte laut, aber niemand reagierte darauf. Athena schob vorsichtig den Riegel an der Vordertür zurück und trat ins Freie. Die Fensterläden der Häuser an der Straße waren fest geschlossen, und nur eine streunende Katze beobachtete sie. Am Himmel glitzerten die Sterne, und im hohen Gras am Straßenrand zirpten Grillen. Athena zog die Mütze tiefer über die Locken und ging entschlossen zum Fort hinauf.

Major Lochiel Blackmoor musterte gereizt das dicke Bündel Papiere, das ihm jemand über den vollgeräumten Schreibtisch hinweg entgegenhielt. Wieder ein Berg sinnloser Berichte, die er bis zum Morgen lesen und korrigieren mußte, dachte er müde. Doch als er aufblickte und bemerkte, daß der Überbringer der Papiere ein stattlicher Gentleman mit rotem Gesicht und Backenbart war, trat an die Stelle des Ärgers Verblüffung, und er lächelte amüsiert.

»Sind Sie zum Laufburschen degradiert worden, Kompaniefeldwebel?« erkundigte er sich. »Seit wann bringen Sie die Berichte?«

»Seit ich Barrett vor einer Stunde zu Bett geschickt habe«, knurrte der Kompaniefeldwebel. »Der arme Kerl schwankte schon vor Erschöpfung.«

Der hochgewachsene, dunkelhaarige Mann am Schreibtisch rieb sich die Augen. »So geht es uns allen. Der elende Papierkram ist daran schuld. Ein ausgezeichnetes Mittel, um den Kampfgeist eines Mannes zu untergraben.«

»Das stimmt. Ich möchte wissen, wer in diesem Krieg das Sagen hat, die verdammten Bürokraten oder die Generäle.«

Lochiel antwortete nicht, denn wenn es um die Unfähigkeit der Generäle der Vereinten Kontinentalen Armeen ging, geriet Kompaniefeldwebel Andrew Durning in Weißglut. Seit dem Frühjahr hatten die Franzosen in jeder größeren Schlacht gesiegt, auch beim katastrophalen Angriff auf Fort Ticonderoga im Juni, der General Abercromby über sechshundert loyale Hochländer gekostet hatte.

Lochiel Blackmoors Gesicht verdüsterte sich, als er sich an das schreckliche Gemetzel erinnerte. Er hatte im Laufe des Feldzugs viele Männer sterben sehen, und obwohl er sich zwang, mit dem Schmerz zu leben, wollte sich diese Wunde nicht schließen.

»Ich helfe Ihnen, wenn Sie wollen«, machte sich der Kompaniefeldwebel erbötig und zeigte auf den Papierstapel, den er auf den Schreibtisch des Majors gelegt hatte.

Lochiel warf einen Blick auf die Uhr. »Es ist beinahe Mitternacht, Andy. Lassen wir es bis morgen liegen.«

Das rote Gesicht verzog sich zu einem Grinsen. »Ich habe nichts dagegen einzuwenden.« Er gähnte herzhaft, kratzte sich und fügte zufrieden hinzu: »Ich bin schon unterwegs ins Bett.«

Lochiel blieb allein zurück, hatte jedoch keine Lust, sich mit dem riesigen Stoß von Papieren zu befassen, die, wie er aus langer Erfahrung wußte, nur endlose Statistiken enthielten. Sein Adjutant konnte sich am Morgen darüber hermachen.

Er erhob sich und trat ans Fenster; trotz seiner Größe bewegte er sich sehr geschmeidig. Er verschränkte die Hände auf dem Rücken und blickte durch das schmutzige Glas hinaus. Morgen wartete viel Arbeit auf ihn, weil die Truppen demnächst nach Norden marschieren würden, aber er hatte noch nicht das Bedürfnis, zu Bett zu gehen. Wenn nur...

Er hob den Kopf und löschte, ohne sich umzudrehen, die Lampe, die hinter ihm auf dem Schreibtisch brannte. Jetzt lag das kleine Büro im Dunkeln, und er konnte besser erkennen, was ihm draußen auf dem leeren Exerzierplatz aufgefallen war. Da war es wieder: jemand, der sichtlich zu den Unterkünften unterwegs war, bewegte sich verstohlen von Schatten zu Schatten.

Lochiel runzelte die Stirn. Wer, zum Teufel, konnte das sein? McCutcheon? Der Junge hatte seit Ticonderoga mehrmals damit gedroht, zu desertieren. Oder war es Skelley, der trotz der Ausgangssperre eine mitternächtliche Spritztour unternommen hatte? Die Huren in Albany waren angeblich besonders attraktiv, und Skelley war zuzutrauen, daß er sich selbst davon überzeugen wollte.

Die Müdigkeit war schuld daran, daß Lochiel in Wut geriet. Wer immer da draußen in die Unterkunft zurückschlich, verstieß gegen den Befehl, und Major Blackmoor hatte vor, ein Exempel zu statuieren. Die Offensive gegen Quebec würde demnächst beginnen, und er durfte nicht zulassen, daß sich die Disziplin lockerte.

Athena blieb zwischen den Büschen stehen, um zu Atem zu kommen. Sie wußte, daß ihr nicht viel Zeit zur Verfügung stand, und war deshalb den Hügel hinaufgelaufen. Das kleine Westtor war tatsächlich unbewacht gewesen, Athena hatte den hölzernen Bolzen rasch lockern können und war hineingeschlüpft.

Das Fort wirkte im blassen Mondlicht unheimlich. Athena hatte bereits die Unterkünfte auf der anderen Seite des Exerzierplatzes entdeckt. Obwohl die meisten dunkel waren, drang zu einigen Fenstern noch Licht heraus, und sie sprach sich selbst Mut zu. Sie war davon überzeugt, daß keiner der Soldaten sie verraten und daß sie ihren Bruder ohne große Schwierigkeiten finden würde.

Doch sie war nicht mehr so optimistisch wie noch vor einer Stunde. Sie stand vor einer Reihe von Gebäuden, hatte keine Ahnung, wo sie mit ihrer Suche anfangen sollte, und bedauerte allmählich, daß sie nicht einfach eine Nachricht in das Fort geschmuggelt hatte.

»Jetzt ist es zu spät dafür«, murmelte sie. Sie holte tief Luft und trat aus dem Schatten ins Freie.

»Moment mal, Junge!«

Athena quiekte entsetzt auf, als sie jemand von hinten am Kragen packte. Ein eiserner Ring legte sich ihr um den Hals, und als sie sich losreißen wollte, grub er sich schmerzhaft in ihr Fleisch.

»Lassen Sie mich los!« befahl sie wütend.

»Stillgestanden, Junge! Das ist ein Befehl.«

Doch Athena hatte nicht vor zu gehorchen. Ihr wurde erst jetzt klar, daß der Ring um ihren Hals eine langfingrige, beeindruckend kräftige Hand war, und daß ein Arm ihren Brustkorb umschloß und ihr den Atem nahm. Sie wehrte sich erbittert, denn wenn der Arm nur ein Stückchen hinaufglitt, würde er die verräterische Rundung ihrer Brüste erreichen.

»Lassen Sie mich los!« wiederholte sie, und jetzt lag Panik in ihrer Stimme. Wenn man sie vor den Befehlshaber brachte und dieser herausbekam, wer sie war, würde man vielleicht den armen Jeremy für ihr Benehmen verantwortlich machen.

»Ich habe nicht vor, dich loszulassen, Freundchen, und wenn du nicht sofort stillstehst, verbringst du die nächsten Nächte im Stock, hast du mich verstanden?« Die tiefe Stimme sprach mit dem Akzent eines Hochländers aus dem Nordwesten Schottlands.

Athena hörte auf, sich zu wehren, und der Fremde ließ sie los. Sie rieb sich den schmerzenden Hals, legte den Kopf zurück und sah ihn vorwurfsvoll an. Als ihre Blicke einander trafen, wurde ihr Hals trocken.

Vielleicht war es das schwache Licht, oder ihre Fantasie spielte ihr einen Streich, aber sie hätte schwören können, daß seine Augen silbern waren, so silbern wie das Meer in einer Mondnacht. Auch sein Haar war silbern, doch im nächsten Moment wurde ihr klar, daß es tiefschwarz war und daß das Mondlicht sie getäuscht hatte. Sein Gesicht war kantig, und sie wußte nicht, ob er jung oder alt, häßlich oder schön wie der Teufel war.

Athena starrte ihn wortlos an, und ihre Empörung verwandelte sich in Verwirrung. Sie hatte noch nie einen beunruhigenderen Mann kennengelernt, und dennoch wußte sie nicht, was er an sich hatte, daß ihr Hals wie zugeschnürt war und ihr Herz wild hämmerte.

»Was, zum Teufel?«

Er sog scharf die Luft ein. Er hatte sie zuerst nur flüchtig gemustert, und erst als er erkannte, daß sie nicht zu seinen Männern gehörte, betrachtete er sie eingehender.

Lochiel Blackmoor war bis ins Innerste erschüttert. Er hatte noch nie im Leben in solche Augen geblickt. Ihre Farbe wechselte im Mondlicht von tiefem Onyx über Saphirblau zu Silber. Das entschlossene kleine Gesicht, das unter einer dunklen, gestrickten Mütze zu ihm aufblickte, war viel zu zart und zu jung für einen Soldaten – oder überhaupt für einen Mann.

Er riß ihr unvermittelt die Mütze vom Kopf, und Athena schrie erschrocken auf. Die schweren Flechten fielen auf ihre Schultern herab und glänzten im Mondlicht wie gesponnene Seide.

»Wie heißt du, Mädchen?« Lochiel konnte es kaum fassen, daß er keinen widerspenstigen Soldaten, sondern eine geheimnisvolle, traumhaft schöne Frau vor sich hatte.

Er faßte sie an den Armen, und Athena erschrak über die Wärme, die sie in seiner Nähe einhüllte. Sie hatte das Gefühl, daß dieser breitschultrige, silberäugige Mann sie allein durch seine Gegenwart erdrückte.

»Lassen Sie mich los!« rief sie wieder, und ihre hohe, verängstigte Stimme war so laut, daß sie alle Schläfer in den Unterkünften wecken mußte. Sie holte aus und versetzte ihm einen raschen, schmerzhaften Tritt gegen das Schienbein.

Lochiel lockerte fluchend seinen Griff, so daß sie sich losreißen konnte. Er fluchte wieder und griff nach ihr, aber das weiche Leder ihrer Jacke glitt ihm durch die Finger. Im nächsten Augenblick hatte die Dunkelheit sie verschluckt, und ihm blieben nur die gestrickte Mütze und die Erinnerung an ihre dunkelblauen, zornigen Augen.

»Was ist los?« fragte eine Stimme.

»Ich habe eine Frau schreien gehört!« antwortete eine zweite.

In den Unterkünften waren die Lichter angegangen,

und etliche Männer drängten zur Tür hinaus, während sie hastig die Uniformen überzogen.

»Das ist doch Major Blackmoor«, rief ein junger Rekrut, als er den Offizier erblickte, der allein auf dem Exerzierplatz stand.

»Was ist geschehen, Major?« fragte ein anderer Mann.

»Was geschehen ist?« fragte Lochiel Blackmoor so drohend, daß seine Männer einander beunruhigt ansahen. »Ich kann Ihnen sagen, was geschehen ist, Korporal Martin. Ein Mann Ihrer Kompanie hat gerade versucht, eine Prostituierte in die Unterkünfte zu schmuggeln.« Er musterte die kleine Gruppe aufmerksam. »Der Schuldige soll sich sofort melden.«

Die Männer scharrten mit den Füßen und sahen einander mißtrauisch an.

Normalerweise blickten sie weg, wenn einer von ihnen gegen die Vorschriften verstieß, aber mit Major Blackmoor war im Augenblick bestimmt nicht gut Kirschen essen.

»Ich bitte um Entschuldigung, Sir«, sagte Korporal Martin zögernd, »aber wir haben alle geschlafen. Ich glaube nicht, daß sie einen von uns besuchen wollte.«

Die übrigen murmelten zustimmend und nickten.

Der Major musterte die verlegene Gruppe ironisch. »Ich soll also glauben, daß sie von sich aus in das Fort geschlichen ist? Daß sie in der Stadt kein Geschäft gemacht hat und hier auf Kundenfang gehen wollte?«

Keiner der Männer brach das Schweigen, und Major Blackmoor mußte sich schließlich eingestehen, daß keiner von ihnen etwas damit zu tun hatte. Trotzdem war er entschlossen, herauszubekommen, wer die junge Frau in der Hirschlederjacke war, und sein schmerzendes Schienbein erinnerte ihn daran, daß er ihr bei ihrem nächsten Zusammentreffen mit dem größten Vergnügen den Kragen umdrehen würde.

»Also gut«, meinte er schließlich, »es hat keinen Sinn, wenn wir die Nacht im Freien verbringen. Ich erwarte Sie nach dem Wecken in meinem Büro, Korporal Martin, und hoffe, daß Sie den Verantwortlichen mitbringen werden.«

»Aye, Sir«, erwiderte der schlaksige Schotte mürrisch. Das hatte ihm noch gefehlt: ein verdammter Blödmann, der eine Hure in die Unterkünfte schmuggeln wollte. Es würde sie teuer zu stehen kommen, denn der Major sah aus, als wolle er sie mit Haut und Haaren verschlingen.

Lochiel Blackmoor warf die Mütze zornig auf den Schreibtisch. Während er zusah, wie die Lichter in den Unterkünften ausgingen, wurde ihm bewußt, daß er seine Männer ungebührlich scharf angefaßt hatte. Huren gehörten zum Soldatenleben und stärkten sogar den Kampfgeist der Männer. Warum hatte ihn dann gerade dieses Mädchen so in Wut gebracht?

Lochiel wußte es nicht.

Es hatte bestimmt nichts damit zu tun, daß sie schön war, obwohl sie weiß Gott zu jung und zu unschuldig wirkte, um ihren Lebensunterhalt damit zu verdienen, daß sie ihren Körper an Soldaten verkaufte.

Er sah immer noch die großen, blauen, silbern schimmernden Augen vor sich und verstand nicht, wieso sie seine Seele so tief erschüttert hatten.

Was hatte ihn in dem Augenblick berührt, als sie einander ungläubig anstarrten? Bestimmt nicht ihre Schönheit, obwohl er widerwillig zugeben mußte, daß er noch nie in seinem Leben eine so atemberaubende Erscheinung gesehen hatte. Vielleicht hatte sie eine längst begrabene Erinnerung in ihm geweckt?

Er konnte es nicht sagen.

Er griff nach der Mütze und knüllte sie geistesabwesend zusammen. Ein grimmiges Lächeln spielte um seine Lippen. Morgen würde er dafür sorgen, daß die Besitzerin der Mütze und der Mann, der sie ins Fort geholt hatte, vor ihn gebracht wurden. Er würde ihnen schon zeigen, was es bedeutete, einem Offizier von Seiner Majestät Siebenter Hochländer Kompanie in die Quere zu kommen.

3. Kapitel

»Würdest du bitte aufhören herumzuzappeln, Athena? Das ertragen meine Nerven nicht. Was ist denn los, Kind?«

Athena legte das Messer, mit dem sie gespielt hatte, weg, und sah ihre Tante unschuldig-erstaunt an. Insgeheim brannte sie vor Ungeduld und konnte es nicht erwarten, daß ihre Tante endlich in die Stadt fuhr, wie sie versprochen hatte. Athena hatte Ballycor vor über einer Woche zum letzten Mal geritten, und sie sehnte sich danach, wieder mit ihm über die Felder zu galoppieren.

»Entschuldige, Tante.« Sie suchte krampfhaft nach einer Erklärung für ihr schlechtes Benehmen am Frühstückstisch. »Ich kann es kaum erwarten, daß meine neuen Kleider eintreffen. Wann wird er sie deiner Meinung nach liefern?«

Amelia Bowers strenges Gesicht wurde weicher. »Mijnheer van Ties hat versprochen, sie zu schicken, sobald sie fertig sind, und ich habe ihn gut bezahlt, damit er sie sofort anfertigt. Vielleicht kommen sie morgen oder übermorgen, und ich hoffe – ach du meine Güte!«

»Was ist denn, Tante?« Athena versuchte besorgt, den Text auf dem goldgeprägten Schreiben zu lesen, das Tante Amelia entfaltet hatte, während sie sprach. Ein Bote hatte es an diesem Morgen gebracht, und Athena hatte das protzige Siegel von Egon de Vries erkannt, woraufhin ihr Interesse erloschen war.

Aber Tante Amelias Reaktion machte sie neugierig, und ihr schlechtes Gewissen brachte sie auf die unmöglichsten Gedanken. Hatte Master de Vries irgendwie herausbekommen, daß sie versucht hatte, Jeremy zu besuchen? Sie waren vor fünf Tagen aus West York zurückgekehrt – also hatte der wohlhabende Holländer genügend Zeit gehabt, durch einen seiner zahlreichen Bekannten in Albany von Athena Mißgeschick zu erfahren.

Das ist Unsinn! sagte sie sich streng. Niemand im Fort hatte sie erkannt, schon gar nicht der Hochländer mit den Silberaugen, der sie ertappt und ihr beinahe den Hals gebrochen hatte. Nur Mercy wußte von ihrem Abenteuer, und das arme Ding war wegen des Fehlschlags so enttäuscht gewesen, daß sie nicht einmal nach Einzelheiten gefragt hatte. Kein Mensch auf der Welt ahnte auch nur, daß Athena Courtland versucht hatte, sich als Junge verkleidet in die Baracken von Fort Albany zu schleichen.

Und niemand würde es je erfahren! Athena hatte unglaubliches Glück gehabt, als sie dem Offizier mit den eisernen Fingern entwischt war; sie war froh, daß sie ihn niemals wiedersehen würde. Es war eine Ironie des Schicksals, daß sie bei ihrer Rückkehr nach Courtland Grace einen Brief von Jeremy vorgefunden hatte, in dem er ihr mitteilte, daß er in wenigen Tagen nach Norden unterwegs sein und sein Möglichstes tun würde, um sie zu besuchen. Athena war das Risiko also unnötigerweise eingegangen, tat das ganze aber mit einem unbekümmerten Achselzucken ab.

»Sind es Nachrichten aus Bountiful?« fragte sie jetzt. Der Besitz der de Vries lag auf der anderen Seite von West York.

»Es ist eine Einladung«, erwiderte Tante Amelia mit leuchtenden Augen. »De Vries gibt zu Ehren des neuen Oberkommandierenden, General Jeffrey Amherst, einen Ball.«

Athena bekam große Augen. »Ist General Abercromby abgelöst worden?«

Tante Amelia warf ihrer Nichte einen ungeduldigen Blick zu. »Ich habe wirklich nicht die leiseste Ahnung,

Kind.« Ihr Ton besagte deutlich, daß Athena sich über solche Angelegenheiten nicht den Kopf zerbrechen sollte.

Inzwischen überlegte Athena bereits, ob die strengen militärischen Sicherheitsmaßnahmen in Albany etwas mit der Ernennung von General Amherst zu tun hatten, und was die Zurückversetzung von General Abercromby für die Kriegsführung bedeutete. Sie hatte plötzlich Angst um Jeremy und Colm, die vielleicht bald über die Berge marschieren und sich den Franzosen in Kanada stellen würden, und um Fletcher, der in einem Außenposten in einer der Küstenprovinzen stationiert war.

»Auch viele der Offiziere und Adjutanten des Generals haben Einladungen zu dem Ball erhalten«, fuhr Tante Amelia fort. »Ich hoffe sehr, Athena, daß deine Kleider bis dahin fertig sind, denn es wird anscheinend ein ganz großes gesellschaftliches Ereignis.«

Tante Amelia träumte offensichtlich bereits von den schneidigen jungen Offizieren, die an diesem Abend anwesend sein würden. Athena wußte, daß ihre Tante von ihr erwartete, so viele Eroberungen wie möglich zu machen. Und wenn sie bei dieser Gelegenheit einen Heiratsantrag erhielt, würde dies für ihre Tante den Gipfel des Glücks bedeuten.

»Wir haben nicht mehr genügend Zeit, um uns darauf vorzubereiten«, jammerte diese inzwischen. »Es ist ärgerlich, daß ich Mijnheer von Ties kein genaues Lieferdatum vorgeschrieben habe.«

»Ich könnte ja eines meiner alten Ballkleider tragen«, schlug Athena vor, was zu einem entsetzten Aufschrei führte.

»Ich werde nicht zulassen, daß du einen von diesen – unmodernen Fetzen trägst, vor allem, wenn du Katrine de Vries beim Empfang gegenüberstehen wirst!«

Athena warf Prudence einen vielsagenden Blick zu, und die Köchin hielt sich die Hand vor den Mund, um nicht laut zu kichern. Sie war mit Wills, dem einzigen Lakaien der Courtlands, hereingekommen, um das Abräumen des Frühstückstisches zu überwachen. Alle Bediensteten von Courtland Grace wußten, daß Mrs. Bower die älteste Tochter der de Vries für Athenas gefährlichste Rivalin hielt. Tante Amelia war geradezu fanatisch dazu entschlossen, ihre Nichte vor Katrine de Vries unter die Haube zu bringen, und die unausgesprochene Rivalität zwischen den beiden jungen Frauen hatte seit Stephen Kensingtons Rückkehr aus England zugenommen.

Athena war es gleichgültig, ob es Katrine gelang, als erste einen Ehemann zu ergattern. Von ihr aus konnte Katrine jeden jungen Mann haben, der ihre Aufmerksamkeit erregte – und das betraf alle männlichen Wesen der Umgebung, die keine kurzen Hosen mehr trugen. Katrine hielt Athena für ihre beste Freundin, aber diese hatte nie ein launenhafteres Wesen kennengelernt. Katrine wechselte ihre Freundinnen genauso häufig wie ihre Hemden, und hatte mit ihrer scharfen Zunge mehr Tratsch in der Kolonie verbreitet als jede andere Klatschbase.

Für Athena war Katrine eines der langweiligsten Geschöpfe der Welt, sie bemühte sich aber um Fletchers willen, freundlich zu dem Mädchen zu sein. Egon de Vries, einer der einflußreichsten Männer der Kolonie, war in seine Tochter vernarrt, und für Fletcher war es wichtig, bei seinen Geschäften auf ihn zählen zu können. Athena wollte ihrem Bruder nicht die Chance nehmen, in die Fußstapfen seines Vaters zu treten, indem sie Egon de Vries oder seine dumme Tochter verärgerte.

»Ich werde Tykie sofort nach Albany schicken«, verkündete Tante Amelia entschlossen. »Er soll deine Kleider holen, und du, Athena, mußt mit Mercy deine Garderobe durchgehen und dich vergewissern, daß die passenden Handschuhe und Accessoires für den Ball vorhanden sind.« Sie preßte ärgerlich die Lippen zusammen. »Wenn sie nur die Einladungen vor unserer Reise nach Albany ausgeschickt hätten! Du wirst bestimmt einen neuen Fächer brauchen, und als ich zum letzten Mal nachsah, hatte jeder deiner Strümpfe ein Loch.«

»Ich könnte Tykie erklären, was er in Albany zu erledigen hat«, schlug Athena vor, weil sie wußte, daß ihre Tante vor dem riesigen Schotten Angst hatte. »Inzwischen kannst du meine Sachen selbst durchsehen und dich persönlich vergewissern, daß alles in Ordnung ist.«

Ihre Tante fand diese Idee ausgezeichnet, denn sie hegte den Verdacht, daß ihre Nichte ihre Habseligkeiten nur sehr oberflächlich begutachten würde. Sie rief laut nach Mercy und verschwand mit raschelnden Röcken, während Athena zum Stall lief. Wenn Tante Amelia sich in der in Athenas Schubladen und Kleiderschränken herrschenden Unordnung zurechtfinden wollte, hatte diese mindestens eine halbe Stunde Zeit für einen Ausritt.

»Ich bringe Ihnen gern Ihre Kleider, Miß Athena«, erklärte Tykie sofort. »Da habe ich gleich Gelegenheit herauszubekommen, ob Ihr Bruder sich noch in der Stadt aufhält.« Er half ihr, Ballycor zu satteln und musterte sie dann mißbilligend. »Sie wollen doch nicht in diesem Kleid reiten, Miß Athena?«

»Ich hatte keine Zeit, hinaufzugehen und mein Reitkleid anzuziehen.« Sie strich über ihr schwarzes Seidenkleid und bedauerte wieder einmal, daß ihre neue Garderobe noch nicht eingetroffen war, denn Tante Amelia wollte ihr erst dann gestatten, die Trauerkleidung abzulegen.

»Dann nehmen Sie Ihren Umhang, Miß«, beharrte Tykie, ohne Ballycors Zügel loszulassen. »Es ist kühl, und außerdem wird Ihr Kleid dann nicht nach Stall riechen.« Athena zwinkerte ihm zu. Tante Amelia hatte wirklich eine sehr feine Nase.

Der Umhang hing an einem Haken in der Nähe der Vordertür, und als Athena ihn herunternahm, hörte sie lautes Poltern aus ihrem Zimmer im ersten Stock. Sie lächelte. Tante Amelia zwang Mercy offensichtlich, jede einzelne Schublade auszuleeren – es würde längere Zeit dauern, bis sie fertig waren.

Einige Minuten später war sie unterwegs. Der kühle Herbstwind fächelte die goldenen Locken, die ihr Gesicht umrahmten. Ihr pfauenblauer Samtumhang bildete einen faszinierenden Gegensatz zum düsteren Trauerkleid. Sie hatte die Kapuze zurückgestreift, und der Silberfuchs-Besatz umschmeichelte ihr Kinn.

Die Wälder hatten sich beinahe über Nacht in eine rotgoldene Farborgie verwandelt, und Athena atmete die würzige Luft tief ein. Wie sehr liebte sie die Einsamkeit des Waldes; ein sehnsüchtiger Ausdruck trat auf ihr Gesicht, als sie sich daran erinnerte, wie oft sie und ihre Brüder die Gegend durchstreift hatten.

Sie hatte nie Angst gehabt, denn sie hatten immer Musketen mitgenommen, um sich gegen Bären zu verteidigen, und die Irokesen, die in diesem Gebiet lebten, waren stets freundlich gewesen.

Athena genoß es noch immer, allein zu reiten, obwohl sich die Kolonie im Kriegszustand befand. Von herumziehenden Indianern drohte ihr keine Gefahr, denn die meisten Stämme, die zur irokesischen Nation gehörten, kämpften auf der Seite der Engländer, während die verräterischen Algonkins nach Norden gezogen waren, um die Franzosen zu unterstützen. Jetzt, da ihre Brüder fort wären, brauchte Athena die Abgeschiedenheit der Berge mehr denn je. Sie riskierte gern Tante Amelias Zorn, wenn sie ihr einige Zeit entschlüpfen und die Einsamkeit vergessen konnte, die sie so sehr bedrückte.

Eine halbe Stunde reichte kaum aus, um Ballycor alle Gangarten durchmachen zu lassen, und der große Hengst gehorchte nur widerstrebend, als Athena ihn heimwärts wendete. Sie tätschelte ihm liebevoll den glatten Hals.

»Dir ist es wahrscheinlich gleichgültig, wenn ich dafür bestraft werde, daß ich dir heute Bewegung verschafft habe, aber mir nicht.«

Athena wußte, daß es einige Zeit dauern würde, bis sie wieder ausreiten konnte, und spornte Ballycor zum Galopp an, damit er sich noch ein wenig austoben konnte. Als sie zwischen den Bäumen davonstob, wehte der Samtumhang hinter ihr her, und die Sonne verwandelte ihre Locken in geschmolzenes Gold.

»Habt ihr es auch gesehen, Jungs, oder haben mich meine Augen getäuscht?«

Die Frage kam von einem bärtigen Soldaten in der Uniform Seiner Majestät Hochländer, der gerade noch rechtzeitig aus dem Wald hinausgetreten war, um die davonstürmende Athena zu sehen.

»Sie war kein Traum«, beruhigte ihn einer seiner Kameraden und stellte seinen schweren Tornister ab. »Hast du diese Brüste gesehen?« fügte er hinzu und schmatzte mit den Lippen. »Wie zwei gefangene Täubchen, die sehnsüchtig darauf warten, freigelassen zu werden.«

»Von Leuten wie dir, Skelley, was?« sagte ein anderer lachend und versetzte dem Angesprochenen einen Rippenstoß.

»Habt ihr denn nicht gemerkt, daß es sich um eine Dame handelt?« fragte der Bärtige zornig.

»Ach, hör schon auf, Hugh«, neckte ihn ein dritter. »Du träumst immer von Feen und Zauberwesen. Die da hat viel zu verlockend ausgesehen, um eine Nymphe zu sein.«

Eine leise, aber entschiedene Stimme unterbrach Hughs zornigen Protest. »Jetzt reicht es aber, Korporal.

Wir sind hier, um das Gelände zu erkunden, und nicht, um über die einheimischen Schönheiten zu streiten.«

»Haben Sie sie denn nicht gesehen, Sir?« ließ Hugh nicht locker.

»Ich habe nur einen kurzen Blick auf sie werfen können«, gab Major Blackmoor zu. »Aber mir ist klar, daß sie nicht bei Trost sein kann, wenn sie allein durch den Wald reitet.«

»Ich würde ihr gern die Kehrseite versohlen, um ihr klarzumachen, daß sie sich anders zu benehmen hat«, bemerkte der blonde Soldat lachend. Sein Offizier sah ihn streng an und deutete auf den Tornister zu seinen Füßen.

»Ist dir dein Tornister zu schwer, Skelley? Soll ich ihn von jemand anderem in die Stadt zurücktragen lassen?«

Die Männer grinsten, und Skelley errötete bis zu den Haarwurzeln. »Es geht schon, Sir.« Er nahm rasch seinen Tornister wieder auf.

Athena war inzwischen zu Hause angelangt und stellte erleichtert fest, daß niemand ihre Abwesenheit bemerkt hatte. Tante Amelia war mit den Schals, Handschuhen und Fächern, die Mercy in einer Truhe auf dem Dachboden entdeckt hatte, mehr als zufrieden. Ihre Aufregung wirkte ansteckend, und sogar Athena begann sich auf den Ball bei de Vries zu freuen. Wenn sie Glück hatte, würde sie Gelegenheit finden, sich mit General Amherst zu unterhalten und sich danach zu erkundigen, wo sich die Kompanie ihres Bruders jetzt befand. Das allein war den Ballbesuch wert.

Athena hatte schon immer den Verdacht gehabt, daß die Familie de Vries nur deshalb Bälle gab, um ihren Reichtum zur Schau zu stellen, und der Offiziersball bildete keine Ausnahme. Im prächtigen Salon von Bountiful brannten in den Kristallüstern übertrieben viele Kerzen, und die unschätzbaren silbernen Ornamente spiegelten das Licht in allen Regenbogenfarben wider. Diener in leuchtend roter Livree bewegten sich mit Tabletts, auf denen geriffelte Gläser mit verschiedenen Getränken standen, durch die Menge. Vier Violinen, eine Baßgeige und zwei Flöten spielten süße Weisen, die zur stuckverzierten Decke emporstiegen, während die Musiker in einem Alkoven verborgen blieben.

Egon de Vries stand am Anfang der Empfangsreihe; er trug eine Perücke und einen dunkelgrauen Anzug aus Genfer Serge; seine Weste aus mecklenburgischer Seide war mit Silberfäden durchwirkt. Seine Frau stand in einem malvenfarbenen Seidenkleid neben ihm; ihre hochaufgetürmten Locken waren ausgiebig gepudert.

»Es ist ein Vergnügen, dich zu sehen, meine liebe Athena«, sagte Egon de Vries herzlich, als das junge Mädchen vor ihm knickste, denn er hatte sie ins Herz geschlossen. Während er sie dem Earl von Loudon und General Amherst vorstellte, überlegte er, warum ihm Athena an diesem Abend so verändert vorkam. Sie war immer schon bezaubernd gewesen, aber diesmal schien sie von innen her zu strahlen, obwohl sie in letzter Zeit eher bedrückt gewirkt hatte. Er hätte gern gewußt, was sie so verändert hatte.

Marianne de Vries hatte den Grund für diese Veränderung in dem Augenblick erkannt, in dem das junge Mädchen graziös den Ballsaal betrat. Athena trug nicht mehr Trauer, und Marianne war klar, daß Amelia Bower das Wiedererscheinen ihrer Nichte in der Gesellschaft bewußt für diesen Ball geplant hatte. Athenas Kleid hätte allerdings auch dann Aufmerksamkeit erregt, wenn sie in den letzten zwölf Monaten nicht schwarz getragen hätte. Es schimmerte silbern wie eine frisch geprägte Münze. Goldene Bänder, die den gefältelten Vorderteil ihres Rockes kunstvoll zusammenrafften, gaben den rüschenbesetzten, leuchtend blauen Unterrock frei. Unter dem gekräuselten Saum lugten zierliche Ballschuhe aus Saffianleder hervor, die mit Silberfäden verziert waren, und in der schlanken Hand trug sie einen Fächer aus dunkelblauer Seide mit silbernem Griff.

Im Vergleich zu den prachtvollen, in allen Edelsteinfarben schimmernden Kleidern der übrigen weiblichen Gäste waren Silber und Blau einfache Farben, doch sie betonten Athenas Schönheit so sehr, daß man den Blick nicht von ihr wenden konnte. Ihre ungepuderten Locken leuchteten im Kerzenlicht, und ihre großen, ausdrucksvollen, lebhaften Augen wirkten dadurch noch dunkler. Ein liebenswürdiges Lächeln spielte um ihre Lippen, als sie Marianne de Vries' Hand ergriff.

Während sie mit Lord Loudon und General Amherst plauderte, waren ihr Katrines drohende Blicke bewußt, die dem General die Hand besitzergreifend auf den Arm gelegt hatte. Katrine ärgerte sich, weil ihre Erzrivalin ein Kleid trug, das ihre goldene Schönheit noch besser zur Geltung brachte. Sie hatte erwartet, daß Athena in einem der langweiligen schwarzen Kleider erscheinen würde, an die sich alle gewöhnt hatten, und war auch deshalb so wütend, weil Athena an diesem Abend wieder tanzen durfte.

»Dein neues Kleid steht dir sehr gut, Athena«, sagte Katrine säuerlich. »Ich freue mich, daß du endlich die Trauer ablegen kannst.«

In Wirklichkeit wünscht sie mich in die Hölle, dachte Athena vergnügt, und um ihre Rivalin zu ärgern, erlaubte sie dem General, ihre Hand länger als schicklich zu halten. Katrine trug ein mädchenhaftes, weißes Kleid, dessen Ärmel und Ausschnitt mit Brüsseler Spitzen besetzt waren. An Hals und Ohren funkelten Saphire, die die Aufmerksamkeit auf ihre blauen Augen lenken sollten. Das Weiß war offensichtlich bewußt gewählt, um alle in Frage kommenden männlichen Ballbesucher daran zu erinnern, daß Katrine unverheiratet und noch zu haben war.

Unglücklicherweise sah sie infolge des weißen Kleides noch farbloser aus, und in dem hellen Licht der Kronleuchter wirkten ihre gepuderten blonden Locken stumpf und leblos. Athena verließ die Gastgeber, so rasch es ihr möglich war, und überließ es ihrer Tante, mit Mrs. de Vries Konversation zu machen. Sie war bald von Bekannten umgeben, die sie längere Zeit nicht gesehen hatte, und unterhielt sich fröhlich mit ihnen. Trotzdem ließ sie die Eingangstür nicht aus den Augen und bemerkte dadurch, daß General Amherst den Ballsaal gemeinsam mit Egon de Vries verließ. Wahrscheinlich waren jetzt alle Gäste eingetroffen, und die beiden Männer hatten sich zu einem Gespräch unter vier Augen zurückgezogen, bevor der General den Ball eröffnete.

Athena entschuldigte sich bei ihren Verehrern und eilte hinter General Ambert her. Master de Vries würde bestimmt nichts dagegen haben, wenn sie seinem Gast einige Fragen stellte. Später würde sie vermutlich nicht mehr zu ihm vordringen können.

Die letzte Tür am Ende des Korridors war geschlossen. Athena wußte, daß sie in das Arbeitszimmer des Hausherrn führte und klopfte zögernd. Doch niemand antwortete, und als sie die Tür vorsichtig öffnete und eintrat, stellte sie fest, daß der Raum leer war. Auf dem Schreibtisch stand eine brennende Lampe und beleuchtete die schweren Brokatvorhänge und den Stich von Hogarth über dem Kamin. Sie drehte sich enttäuscht um, doch ein Gentleman in scharlachrotem Satin vertrat ihr den Weg.

»Oh!« sagte sie schuldbewußt.

»Guten Abend, Athena«, erwiderte der Mann spöttisch. »Sie haben doch noch nicht genug vom Ball? Der Abend hat eben erst begonnen.«

»Sind Sie mir hierher gefolgt?« fragte Athena mißtrauisch. Sie hatte inzwischen Stephen Kensington erkannt und ihre Fassung wiedergewonnen.

Er zuckte mit den Achseln. »Im Ballsaal war es unmöglich, Ihnen auch nur in die Nähe zu kommen. Ich muß zugeben, daß ich über die jungen Schnösel verärgert war, die sich an Ihre Fersen hefteten. Ich habe durch einen glücklichen Zufall bemerkt, daß Sie den Ballsaal verlassen haben. Was hat Sie eigentlich hierhergeführt?«

»Ich habe jemanden gesucht.« Athena hatte nicht die Absicht, ihm zu verraten, was sie vorgehabt hatte, und wollte keinesfalls länger mit ihm allein bleiben. »Würden Sie mich jetzt entschuldigen, Mr. Kensington?«

Als sie sich an ihm vorbeidrängte, ergriff er ihren Arm. Ihre Schönheit bezauberte ihn, und die Glätte ihrer Haut war beinahe genauso verführerisch wie das gleichmäßige Klopfen des Pulses unter seiner Hand. Sie konnte nicht unschuldig sein, denn ihre betörenden Augen schienen ihm genau zu sagen, was sie wollte. Der zarte Duft ihres Haares reizte ihn, und ihm stieg wieder das Verlangen zu Kopf, das ihn erfüllt hatte, als er ihren weichen Körper auf der Terrasse seiner Eltern in die Arme geschlossen hatte.

»Athena«, murmelte er heiser. Seine Hand glitt von ihrem Arm zur Taille und liebkoste die gerundete Hüfte.

»Lassen Sie mich los!« befahl Athena mit zusammengebissenen Zähnen. Sie hatte nicht vor, seine Annäherungsversuche noch einmal zu dulden.

»Während ich fort war, sind Sie noch schöner geworden.« Er beugte den Kopf, so daß sein heißer Atem über ihre Haare strich. »Ich hätte es nicht für möglich gehalten, aber...« Seine Stimme verklang, während er den Kopf beugte, um sie zu küssen.

Athena stieß einen angewiderten Ton aus und wandte sich von ihm ab. Sie griff nach hinten, wo ein Brieföffner auf dem Tisch lag. Er war zwar stumpf, aber die Klinge war lang, und der Ausdruck in ihren Augen sagte dem plötzlich vorsichtig gewordenen Stephen, daß sie nicht zögern würde, ihn zu gebrauchen.

»Sie sind ein wildes, kleines Ding, nicht wahr?« fragte er sanft, achtete aber darauf, außerhalb ihrer Reichweite zu bleiben. Sie freute sich, weil sie die Oberhand hatte.

Allmählich machte ihr die Szene Spaß. »Vielleicht haben Sie recht, aber ich kenne keine bessere Methode, mit der sich eine junge Frau gegen die unerwünschten Aufmerksamkeiten eines Gentleman wehren kann«, sagte sie spöttisch, warf den Kopf zurück und sah ihn herausfordernd an.

Stephen betrachtete sie einen Augenblick lang nachdenklich. Es würde schwerer sein, als er angenommen hatte, diese temperamentvolle Schöne herumzukriegen, aber ihr Widerstand reizte ihn um so mehr. Diesmal mußte er sich geschlagen geben, aber die Schlacht war noch nicht zu Ende.

»Ich bitte um Verzeihung, Athena«, sagte er galant, »und bedaure, daß mein Benehmen Ihnen den Eindruck vermittelt hat, sie müßten gegen mich zur Waffe greifen. Ich werde mich in Zukunft bemühen, mich zurückhaltender zu benehmen.«

Er verbeugte sich tief und zog sich zurück, und Athena sah ihm mit dem Brieföffner in der Hand verwirrt nach. Tat es ihm wirklich leid, oder versuchte er es jetzt mit einer anderen Taktik? Sie preßte die Lippen grimmig zusammen, während sie den Brieföffner auf seinen Platz zurücklegte. Es gefiel ihr überhaupt nicht, daß sie die Aufmerksamkeit von Stephen Kensington erregte hatte, und ihre Augen leuchteten kriegerisch. Solange Fletcher noch zu Hause gewesen war, hätte der arrogante Lümmel so etwas nie versucht. Wenn er sie weiterhin belästigte, würde sie ihm unmißverständlich zeigen, was sie von ihm hielt.

Plötzlich ging die Tür hinter ihr auf. Athena griff instinktiv nach dem Brieföffner und wirbelte mit der Waffe in der Hand herum. »Ich äußere keine leeren Drohungen, Sir!« fuhr sie ihn an. »Verschwinden Sie!«

»Ich habe das Zimmer ja noch gar nicht betreten, Mistreß. Sie werden mich doch nicht deshalb erdolchen?«

Beim Klang der tiefen Stimme ließ Athena die Hand sinken und biß sich auf die Lippen, als sie in schiefergraue Augen blickte, die sie überrascht und amüsiert musterten.

»Meine arme Mutter weinte, als ich in die Kolonien segelte, denn sie war davon überzeugt, daß mich ein wilder Indianer skalpieren würde. Was wird sie erst sagen, wenn sie erfährt, daß ich mein Leben und meine jungenhaften Locken durch eine wilde Frau verloren habe, die einen Brieföffner schwang?«

Athena antwortet nicht auf die unverschämte Bemerkung. Sie musterte den scharlachroten Waffenrock mit den schwarzen Aufschlägen und die breiten Schultern, die er bedeckte, ungläubig. Weiße Hosen und goldene Tressen vervollständigten die Uniform, aber das war es nicht, was ihr den Atem verschlug. Es war sein Gesicht, das sie erst einmal im Leben in einer warmen Mondscheinnacht gesehen, aber niemals vergessen hatte.

Seine vorschriftsmäßige Perücke betonte seine große, edle Stirn, während seine grauen Augen sie weiterhin unverwandt musterten. Eine seiner dunklen Augenbrauen war hochgezogen, was ihm einen spöttischen Ausdruck verlieh. Sein Gesicht war scharf geschnitten, doch Athena störten weder das sardonische Lächeln um die schön geschwungenen Lippen noch die arrogante Haltung seines langen, muskulösen Körpers.

Sie schluckte krampfhaft und verfluchte ihr Pech. Was würde er tun, sobald er sie erkannte? Den versammelten Gästen von ihrem törichten Abenteuer erzählen? Katrine würde von der amüsanten Geschichte begeistert sein. Sie hätte am liebsten laut gestöhnt, weil das Schicksal sie ausgerechnet mit dem Mann zusammenbrachte, der sie dabei ertappt hatte, als sie in das Fort Albany geschlichen war.

Er hatte sie doch erkannt, oder? Sie hob tapfer den

Kopf, um sich dem Unvermeidlichen zu stellen. Sie konnte nicht wissen, daß Major Lochiel Blackmoor das junge Mädchen auf dem nächtlichen Exerzierplatz längst vergessen hatte, und statt dessen an die wilde, goldene Erscheinung dachte, die vor einigen Tagen vor ihm davongeritten war.

Obwohl er nur einen kurzen Blick auf ihr seidiges, wie reifer Weizen schimmerndes Haar geworfen hatte, spürte er instinktiv, daß diese herausfordernde junge Frau mit der Reiterin identisch war. Lochiel hätte nicht geglaubt, daß sie so atemberaubend schön war. Er hatte noch nie einem so wilden, anziehenden Geschöpf gegenübergestanden, dessen dunkelblaue Augen vor innerem Feuer zu glühen schienen, als sie seinen Blick kühn erwiderte. Sie hatte eine hochmütige, gerade Nase und ein kräftiges Kinn, das ihrem ovalen Gesicht Charakter und einen seltsam pikanten Ausdruck verlieh. Ihr Brustansatz und die schlanke Taille, die durch das über den Hüften gebauschte Kleid betont wurde, mußten das Auge eines jeden Gentleman entzücken. Doch statt dessen musterte Lochiel die glitzernde Klinge in der Faust der jungen Dame, denn ihr entschlossener Gesichtsausdruck besagte deutlich, daß sie vorhatte, die Waffe zu gebrauchen, falls es nötig wurde.

Die silbernen Augen funkelten boshaft. »Man hat mir erzählt, daß die Kolonisten eine ungestüme Gesellschaft sind, und nachdem ich meine Unterkunft mit Soldaten aus den Provinzen geteilt habe, glaube ich diese Behauptung, aber ich hätte nicht angenommen, daß sie auch auf die Damen in den Kolonien zutrifft.«

Die tiefe Stimme mit dem leicht schottischen Akzent klang amüsiert, und Athena runzelte die Stirn, weil er sich über sie lustig machte. Wollte er sie verspotten, bevor er zugab, daß er wußte, wer sie war? Da hatte er sich in ihr getäuscht.

»Die bedauerliche militärische Lage in den Kolonien zwingt uns, uns selbst zu schützen«, erwiderte sie kühl.

Er sah sie überrascht an. »Wollen Sie damit andeuten, daß Sie sich gegen die Aufmerksamkeiten eines der hier anwesenden Offiziere verteidigt haben?« Er erinnerte sich plötzlich an die Worte, die ihm diese wilde Furie entgegengeschleudert hatte, als er das Arbeitszimmer betrat. In diesem Fall war es seine Pflicht einzugreifen, obwohl ihm der Gedanke keine Freude bereitete.

Seine plötzliche Veränderung erschreckte Athena. Sie hatte sich gerade noch gegen seinen sanften Spott gewehrt und stand jetzt einem strengen Inquisitor gegenüber, der ihr beinahe Angst einjagte. »Nein«, gab sie schließlich zu, »es war kein Offizier.«

Sie hatte offensichtlich nicht vor, mehr zu sagen, und Lochiels strenges Gesicht wurde weicher. Es überraschte ihn nicht, daß ein unbekannter Gast sich ihr gegenüber Freiheiten herausnahm. Im Gegenteil, er fand es merkwürdig, daß sie sich zur Wehr gesetzt hatte. Ihre Augen funkelten leichtfertig, obwohl ihr die Röte in die Wangen gestiegen war, und er konnte sich gut vorstellen, daß ihr die Rolle der Verführerin Spaß machte.

»Vielleicht sollte ich Sie in den Ballsaal zurückbegleiten«, schlug er vor, weil er es für klüger hielt, sie ihren Eltern zu übergeben, bevor ihr Bewunderer es sich anders überlegte und wieder zurückkam. Egon de Vries wäre bestimmt nicht damit einverstanden, daß jemand in seinem Arbeitszimmer ermordet wurde, noch dazu auf so brutale Weise mit einem Brieföffner. »Es würde Ihnen also Spaß machen, mich vor den versammelten Gästen bloßzustellen?« fuhr ihn Athena an. Ihre Augen unter den goldenen Wimpern waren vor Zorn noch dunkler geworden. »Falls Sie eine Bemerkung über mein Benehmen machen wollen, würde ich vorschlagen, daß Sie es unter vier Augen tun.«

»Ich habe nicht vor, mich mit irgendwem über Ihre persönlichen Gewohnheiten zu unterhalten. Wenn Sie Lust haben, Ihre Ehre in Egon de Vries' Arbeitszimmer aufs Spiel zu setzen, dann ist das Ihre Sache.«

Athena schrie empört auf und stürzte sich auf ihn, um ihm eine Ohrfeige zu versetzen. Lochiel befürchtete, daß sie den Brieföffner jetzt doch noch verwenden würde und kam ihr zuvor. Seine Finger schlossen sich mit eisernem Griff um ihr Handgelenk und drückten unbarmherzig zu, bis die Waffe auf den Boden fiel. Er war davon überzeugt, daß er sie abgewehrt hatte, und ließ sie los, aber Athena war nicht bereit, diese Schmach auf sich sitzen zu lassen. Sie ballte die Faust und versetzte dem ahnungslosen Lochiel einen kräftigen Hieb in den Bauch. Er ächzte erschrocken, während Athena vor Schmerz nach Luft schnappte, weil ihre Hand gegen eine Wand aus Muskeln geprallt war.

Lochiel richtete sich stöhnend auf und stellte fest, daß die Frauen der Kolonisten einfach verrückt waren. Zuerst diese unverschämte Prostituierte in Albany, deren wohlgezielter Fußtritt einen beeindruckenden violetten Fleck auf seinem Schienbein hinterlassen hatte, und jetzt diese in Seide gekleidete Barbarin, der offenbar ein Profi die Anfangsgründe des Boxens beigebracht hatte.

Er sah sie an und stellte zu seiner Verblüffung fest, daß sie ihn herausfordernd musterte, als wäre sie bereit, den Kampf aufzunehmen.Sie wirkte überhaupt nicht schuldbewußt, sondern widerspenstig und entschlossen. Lochiel war mit seiner Selbstbeherrschung am Ende. Er stand mit zwei Schritten bei ihr, packte sie an den Schultern und schüttelte sie erbarmungslos. Seine Wut nahm zu, als er spürte, wie weich sich ihre nackte Haut unter seinen Händen anfühlte.

»Jemand müßte Ihnen Manieren beibringen, Mistreß.« Er beutelte sie, bis die Haarnadeln aus ihren Locken glitten. Eine lange, seidige Strähne fiel auf ihre Schulter herab und schlang sich um sein Handgelenk. »Am liebsten würde ich Sie hier und jetzt übers Knie legen«, fuhr er fort, »aber ich werde das Vergnügen lieber Ihrem Vater oder Ihrem Ehemann überlassen, falls Sie einen haben.« Sicherheitshalber schüttelte er sie noch einmal. »Ich hoffe nur, daß der Unglückliche sich Ihre Launen nicht gefallen läßt.«

Athena versuchte verzweifelt, ihn wegzustoßen. Sie schlug erfolglos auf seine breite Brust im scharlachroten Rock ein. Sie keuchte, ihre Wangen waren vor Anstrengung gerötet, aber sie war nicht bereit aufzugeben. Sie würde ihm schon zeigen, was mit Leuten geschah, die wagten, sie so zu behandeln. Sie würde –

»Was ist denn hier los, Athena?«

Der erschrockene Ausruf kam von der Tür, und zwar von der beunruhigten Katrine. Sie hatte bemerkt, daß Stephen Kensington sich nicht im Ballsaal befand, und hatte sich auf die Suche nach ihm begeben. Als sie die Tür zum Arbeitszimmer öffnete, glaubte sie im ersten Augenblick, daß Stephen Athena in den Armen hielt, dann erst merkte sie, daß der breite, ihr zugewandte Rücken in einem Waffenrock steckte. Sie atmete erleichtert auf, und in ihr Gesicht trat ein berechnender Ausdruck. Es war offensichtlich, daß die beiden sich im Arbeitszimmer ihres Vaters heimlich getroffen hatten. Athenas Wangen waren gerötet und ihre Augen leuchteten, und daran waren sicherlich leidenschaftliche Küsse schuld. Katrine warf einen bewundernden Blick auf die kräftigen, sonnengebräunten Hände, die Athenas weiße Schultern umklammerten. Man sieht sogar die Spuren seiner Finger auf ihrem Fleisch, dachte sie und erschauerte entzückt.

Als Athena Katrines Stimme hörte, erstarrte sie, während Lochiel sie zuvorkommend losließ. Er drehte sich ruhig um und wollte die Situation mit einer scherzhaften Bemerkung bagatellisieren, obwohl er fand, daß der kleinen Hexe recht geschah, wenn sie sich rechtfertigen mußte. Ein leiser Aufschrei von Athena und ein Ruck an seinem Ärmel veranlaßten ihn, sich ihr wieder zuzuwenden. Einige Haarsträhnen hatten sich in seinen Messingknöpfen verfangen.

»Sie müssen sich nicht beeilen«, zischte sie, während er begann, die Strähnen zu entwirren. »Katrine ist fort und zweifellos schon dabei, jedem einzelnen Gast diese Szene zu schildern.«

»Ich habe es überhaupt nicht eilig«, beruhigte Lochiel sie. »Wenn ich ein kleines bißchen zerre, so nur deshalb, weil Sie keine bessere Behandlung verdienen.«

Sie versuchte empört sich loszureißen, merkte aber sofort, daß sie so nicht loskam. Er kicherte amüsiert, und sie biß die Zähne zusammen und zwang sich stillzuhalten, obwohl sie innerlich vor Empörung zitterte. Wie gern hätte sie Katrine das käsige Gesicht zerkratzt, und diesem unverschämten Kerl hätte sie am liebsten den Schädel mit dem schweren gläsernen Briefbeschwerer eingeschlagen, der so verlockend auf dem Schreibtisch lag.

Zum Glück konnte Lochiel Athenas mörderische Gedanken nicht lesen, denn sie hätten seinen Jähzorn geweckt. Statt dessen fiel ihm auf, wie stumpf die Messingknöpfe im Vergleich zu den schimmernden goldenen Strähnen wirkten. Als er sie endlich entwirrt hatte, ließ er sie langsam durch die Finger gleiten und bewunderte ihre seidige Glätte.

Athena stand unbeweglich vor ihm und hielt den Kopf gehorsam gesenkt. Als ihr sein Schweigen auffiel, blickte sie endlich auf und stellte fest, daß sein Gesicht nur wenige Zoll von dem ihren entfernt war und seine Augen sie prüfend musterten. Er hielt eine lange goldene Locke zwischen den Fingern, und Athena errötete heftig und riß sich los.

»Warten Sie einen Augenblick, Mistreß«, befahl Lochiel, als sie sich wortlos an ihm vorbeidrängte.

Athena drehte sich im Türrahmen um und sah ihn herablassend an. Lochiel war noch nie einer so strahlenden Schönheit begegnet und bedauerte einen Augenblick lang, daß es seine Schuld war, wenn ihr jetzt im Ballsaal einige unangenehme Augenblicke bevorstanden.

»Sie werden doch sicherlich Ihr Haar in Ordnung bringen wollen.«

Athena preßte die Lippen zusammen, denn ihr war klar, daß sie in diesem Zustand nicht zur Gesellschaft zurückkehren konnte. Ohne zu antworten, drehte sie ihr Haar zu einer dicken Strähne zusammen und steckte sie sorgfältig auf ihrem Kopf fest. Lochiel beobachtete sie, und als sie das zerdrückte Oberteil ihres Kleides zurechtrückte, bemerkte er die roten Spuren seiner Finger auf ihren nackten Schultern und runzelte die Stirn.

»Vielleicht ist es noch nicht zu spät, um Miß de Vries zu erklären, was wirklich geschehen ist«, meinte er, denn er hatte unerklärlicherweise ein schlechtes Gewissen und hielt es für seine Pflicht zu verhindern, daß über diese goldene Schönheit erbarmungslos getratscht wurde.

Athena sah ihn mit gespieltem Erstaunen an. »Sie können sich tatsächlich wie ein Gentleman benehmen, Sir? Das hätte ich nicht gedacht.«

Sie verließ den Raum, bevor er antworten konnte, eine Vision aus Silber und Gold, deren Seidenkleid leise raschelte und die den kleinen Kopf hoch erhoben trug. Lochiel bezweifelte, daß sie wirklich den Mut aufbringen würde, allein in den Ballsaal zurückzukehren, folgte ihr und entdeckte sie zu seiner Verblüffung in den Armen eines jungen Offiziers, der mit ihr über das Parkett wirbelte. Lochiel blickte zu Katrine de Vries hinüber, die mit Lord Loudon tanzte, aber als ihre Blicke einander trafen, sah sie ihn nur gleichgültig an.

Als Athena den Ballsaal betrat, war sie ebenfalls darüber erstaunt gewesen, daß niemand sie anstarrte oder einem Nachbarn verstohlen etwas zuflüsterte. Sie hatte sich zwingen müssen, zur Gesellschaft zurückzukehren, aber sie war entschlossen gewesen, sich den Abend weder durch Katrine noch durch den widerlichen Hochländer verderben zu lassen. Als der Tanz zu Ende ging, war sie endlich davon überzeugt, daß Katrine niemandem etwas erzählt hatte. Ihre Rivalin tanzte an ihr vorbei und Athena sah ihr verwirrt nach. War es denkbar, daß Katrine ihre Bosheit abgelegt hatte?

Natürlich hatte Katrine nichts dergleichen getan. Obwohl sie Mühe hatte, nicht mit der Neuigkeit herauszuplatzen, hatte sie sie bewußt für sich behalten. Bevor sie die Öffentlichkeit über Athena Courtlands empörendes Benehmen informierte, wollte sie darüber nachdenken, ob sie die Geschichte nicht lieber für einen besseren Zeitpunkt aufheben sollte. Sie lächelte befriedigt. Diese Information war viel zu wichtig, um für Alltagstratsch vergeudet zu werden, und sie war davon überzeugt, daß sie ihr irgendwann bessere Dienste leisten würde. Bis dahin sollte Athena ruhig in Verzweiflung versinken.

Das hatte Athena keineswegs vor. Sobald ihr klar wurde, daß Katrine tatsächlich den Mund hielt und Major Blackmoor nichts von ihrem Abenteuer in Albany verriet, genoß sie den Abend in vollen Zügen. Sie tanzte mit zahllosen Offizieren, deren Komplimente jedem törichten jungen Mädchen, das sie ernst nahm, den Kopf verdreht hätten, und es gelang ihr sogar, durch unverfängliche Fragen herauszubekommen, wo sich die Regimenter ihrer Brüder zur Zeit befanden.

Es gelang ihr auch, General Amhersts Interesse zu erregen, so daß er sie zweimal hintereinander zum Tanz aufforderte, und obwohl er aufreizend verschwiegen war, hatte sie doch den Eindruck, daß er ein guter Stratege war.

Nach dem zweiten Tanz führte sie General Amherst zu ihrer Tante zurück, die unterhalb des großen Fensters saß und sich heftig zufächelte. Sie kamen an Katrine de Vries vorbei, die gerade an Stephen Kensingtons Arm auf das Parkett schwebte. Athena reagierte auf den neidischen Blick der Jüngeren mit einem arglosen Lächeln. Es amüsierte sie, daß Katrine annahm, sie habe sich heimlich mit Major Lochiel Blackmoor von Seiner Majestät Siebenter Hochländer-Kompanie getroffen.

Athena wußte inzwischen, wer er war. Sein gutes Aussehen und seine breiten Schultern waren dazu angetan, das Interesse der Weiblichkeit zu erregen. Die Mädchen hatten über ihn getuschelt, und Athenas Tanzpartner hatten ebenfalls seinen Namen erwähnt. Sie war allerdings nicht sonderlich von ihm beeindruckt. Wenn man etwas für arrogante Männer mit scharfgeschnittenen Gesichtern übrig hatte, konnte man ihn sicherlich als gut aussehend bezeichnen. Doch sie hatte festgestellt, daß er sich schlecht benahm, jähzornig und keineswegs höflich war. Daran änderte auch die Tatsache nichts, daß er sie nicht bloßgestellt hatte.

Sie nahm an, daß er diese Information für eine bessere Gelegenheit aufbewahrte, und das war ihr unangenehm. Sie traute Lochiel Blackmoor nicht über den Weg, und es war ihr äußerst peinlich, daß ausgerechnet er ihr Geheimnis kannte. Sie hätte sich ihm im Arbeitszimmer stellen sollen, statt durch seine Anwesenheit aus der Fassung zu geraten. Verdammt! Wer gab ihm das Recht, mit ihr Katze und Maus zu spielen? Sie war nur froh, daß er sie nicht zum Tanz aufgefordert hatte, denn sie wußte nicht, ob sie sich ihm gegenüber beherrscht hätte.

»Es war eine großartige Party«, seufzte Tante Amelia, als Wills die Tür der Kutsche hinter ihnen schloß und sie in die Nacht davonrumpelten. »Ich bin stolz auf dich, Athena. Man hat mir unzählige Komplimente über dein

Aussehen und dein Benehmen gemacht. Sogar Lord Loudon erwähnte, daß er dich bezaubernd findet.«

»Wie nett von ihm«, murmelte Athena, die mit geschlossenen Augen in der Polsterung lehnte. Was der Earl von ihr hielt, ließ sie vollkommen kalt.

»Auch deine Mutter wäre heute abend stolz auf dich gewesen«, fügte Amelia hinzu, obwohl sie wußte, daß ihre Nichte ihren Erfolg zum größten Teil ihrer Tante verdankte. Schließlich war sie es gewesen, die Athenas vernachlässigte Erziehung in die Hand genommen hatte. Sie hatte das Mädchen den ganzen Abend genau beobachtet und zu ihrer Freude nichts an ihr auszusetzen gehabt. Eine einzige Kleinigkeit störte die angenehme Erinnerung an den Ball, und zwar ein Gespräch zwischen Katrine de Vries und Stephen Kensington auf dem Tanzparkett, kurz bevor der Ball zu Ende ging.

Amelia hatte das Paar genau beobachtet, um sich zu vergewissern, daß Stephen sich nicht für Athenas Erzrivalin interessierte. Katrine hatte sich auf die Zehenspitzen gestellt und Stephen etwas ins Ohr geflüstert, worauf dieser sie erschrocken angesehen hatte. Dann hatten beide sich umgedreht und Athena nachgesehen, die in den Armen eines älteren Offiziers an ihnen vorüberschwebte. Katrine hatte triumphierend gelächelt und Stephen hatte nachdenklich die Lippen zusammengepreßt. Amelia hätte sehr gern gewußt, was Katrine gesagt hatte.

Sie seufzte und rutschte unruhig auf dem Sitz herum. Wenn Athena Stephen Kensington erobern wollte, würde sie ihm weit mehr Aufmerksamkeit schenken müssen. Sie öffnete bereits den Mund, um Athena zu erklären, was sie zu tun hatte, überlegte es sich aber wieder. Sie waren beide müde, und Athena dachte zweifellos nur an das übermorgen stattfindende Rennen.

Amelia war darüber entsetzt, daß ihre Nichte sich für einen so gefährlichen Sport interessierte. Sie hatte versucht,

Athena den Besuch der Rennen zu verbieten, die allmonatlich stattfanden, aber diese hatte sich so entschieden geweigert ihr zu gehorchen, daß Amelia nachgeben mußte. Zu allem Überfluß bestand Athena darauf, Tykie jedesmal zu den Rennen mitzunehmen, und Amelia mißfiel es zutiefst, daß Athena mit diesem riesigen Schotten in der Öffentlichkeit erschien. Ihr lief ein Schauer über den Rücken. Sie hoffte nur, daß Stephen Athena bald heiraten und sie dazu überreden würde, keine Rennen mehr zu besuchen. Noch erfreulicher war die Vorstellung, daß Stephen sie zwingen würde, Tykie zu entlassen. Mit diesen optimistischen Gedanken klappte Amelia ihren Fächer zu und träumte von dem weichen Bett, das sie zu Hause erwartete.

4. Kapitel

Es war ein frischer Herbstmorgen; an solchen Tagen strömte Athenas Blut rascher durch ihre Adern. Die atemberaubende Pracht des Oktobers hatte ihren Höhepunkt erreicht, und die Ahornbäume auf dem Besitz der Courtlands leuchteten scharlachrot. Während Athena über das taunasse Gras ging, vernahm sie den Ruf der Wildgänse, die über den blauen Himmel nach Süden zogen. Ihre Wangen waren vor Kälte gerötet und ihre Augen funkelten, und sie zog ihren laubgrünen Samtumhang dicht um sich, während sie in den Stall eilte. Ballycor, der das Wetter genauso aufregend fand wie sie, tänzelte nervös an der Leine und ließ sich auch von Tykies erfahrener Hand nicht beruhigen.

»Wenn er heute nicht in Hochform ist, dann gebe ich die Pferderennen auf«, erklärte der Schotte.

Athena mußte lächeln, als sich einer der Stallburschen

mit einem Sprung aus der Reichweite von Ballycors Hufen brachte. Der Hengst konnte es sichtlich nicht erwarten, ins Rennen zu gehen. »Das verdanken wir der Kälte. Es ist ein Glück, daß das Wetter umgeschlagen hat«, meinte Athena.

»Ja, Miß.« Tykie musterte ihren grünen Umhang und den gelben, mit schwarzen Bändern besetzten Rock. »Werden Sie ihn selbst in die Stadt reiten?«

Athena verzog den Mund. »Das geht nicht. Tante Amelia hat herausbekommen, daß ich es beim letzten Mal getan habe, und hat es mir ausdrücklich untersagt.«

»Wir werden ihn hinter dem Einspänner herlaufen lassen«, tröstete sie Tykie. Wenn Master Courtland noch am Leben wäre, so daß keine Mrs. Bower dumme Verbote erlassen konnte, würde das Mädchen den Hengst beim Rennen reiten. Natürlich würde sie damit den Klatschtanten von West York Stoff für Monate liefern, aber die zerrissen sich auch so den Mund über sie. Nun würde der junge Evan Whistler Ballycor reiten, während Miß Athena betrübt beim Ziel auf dem Geländer sitzen würde.

»Mach endlich weiter, Junge«, knurrte Tykie den Stallburschen an, um Athena nicht merken zu lassen, wie leid sie ihm tat. Er begriff noch immer nicht, wie sie es geschafft hatte, sich in sein Herz zu schleichen, obwohl sie ein so ungezogener Wildfang war. Er sollte sie eigentlich nicht bedauern, sondern sehnsüchtig darauf warten, daß Master Fletcher nach Hause kam und sich um sie kümmerte; er war der einzige Mensch, dessen Autorität sie anerkannte.

Als Athena und Tykie auf dem Rennplatz eintrafen, war bereits eine ansehnliche Menschenmenge versammelt. Ballycor trabte unruhig hinter dem Wagen her. Es war der zweite Tag des alljährlich im Herbst abgehaltenen Jahrmarkts, und die Straßen waren voller Pferde, Ochsen und Schafe, die zum Kauf angeboten wurden. In rasch errichteten Buden wurden Waren zur Schau gestellt, und die dramatischen Ankündigungen eines Quacksalbers hatten zahlreiche Kunden angelockt. Der Geruch von Melasse, Bonbons und geräucherten Würsten vermischte sich mit dem süßen Duft des Heus, das den Tieren als Futter vorgeworfen wurde.

Der Jahrmarkt und die Rennstrecke befanden sich auf dem großen Dorfanger. Dahinter lag das Rathaus, und vor ihm erinnerten der Pranger und der Stock die Bürger von West York daran, daß die Stadt keinen Verstoß gegen das Gesetz duldete. Die Straßen waren von weißgetünchten Häusern gesäumt, und die vor ihnen stehenden Eichen und Ahornbäume leuchteten herbstlich.

West York war eine angenehme Stadt, denn sie lag zwischen den Vorbergen in einem smaragdgrünen Tal, und Athena hatte sie ins Herz geschlossen. Doch heute hatte sie weder für die Stadt noch für den Jahrmarkt Augen. Sie dachte, genau wie alle anderen Anwesenden, an das Rennen; das Stockfechten oder die Schweinerennen, die nachher stattfinden würden, interessierten sie nicht; sie wollte nur sehen, wie ihr Schimmelhengst es mit Egon de Vries' geheimnisvollem Dreijährigen Hyperion aufnahm.

Wetten war eine Leidenschaft der Kolonisten, und Pferderennen stellten die beliebteste Unterhaltung dar. Normalerweise wurden Rennen zwischen zwei solchen Pferden nur in privatem Rahmen abgehalten und Einladungen ausgesandt, aber General Amherst hatte darum ersucht, daß seine Soldaten zusehen durften, und nach einigem Hin und Her hatte Egon de Vries einer öffentlichen Veranstaltung zugestimmt.

Athena war das alles gleichgültig, denn sie war davon überzeugt, daß Ballycor gewinnen würde, und ihre Augen leuchteten vor Aufregung, als Tykie ihr vom Wagen herunterhalf. Sofort drängten sich etliche Männer um den Hengst, um seine Kondition zu beurteilen, und anerkennendes Gemurmel wurde laut, als er schnaubend und tänzelnd den Kopf zurückwarf, weil er es nicht mochte, wenn ihm Fremde nahe kamen.

»Laß dem Jungen mehr Platz«, befahl Tykie, schlang sich die Zügel des Hengstes um die Hand und schob die Neugierigen weg.

Athena folgte ihm hoch erhobenen Kopfs, ohne die bewundernden Blicke der Männer zu beachten. Ihr mit dunklem Biberfell besetzter grüner Umhang flatterte im Wind, so daß man die schlanken, gerundeten Hüften sah. Ein kleiner Hut, dessen Schleier mit Zuchtperlen besetzt war, saß auf den glänzenden Locken, und die schwarze Feder, die ihn schmückte, wippte neben ihrer Wange. Viele der Männer waren nicht Ballycors wegen zum Wagen geeilt, sondern um einen Blick auf seine Besitzerin zu werfen.

Während Tykie und Evan den Hengst zum Sattelplatz führten, ging Athena zur Tribüne, auf der sich die Männer versammelt hatten, die dem Rennen als offizielle Beobachter beiwohnten. Die Zuschauer, an denen Athena vorbeikam, lüfteten höflich den Hut; sie raffte den schweren Rock und stieg die kurze Treppe zur Tribüne hinauf.

Doch sie mußte stehenbleiben, weil etwas an ihrem Saum zerrte. Sie drehte sich um und sah, daß ein Männerschuh auf ihrem Unterrock stand. Ihr Blick wanderte in die Höhe, und sie war im Begriff, den Fremden mit einer scharfen Bemerkung auf seine Unachtsamkeit aufmerksam zu machen, als ihr die Worte im Hals steckenblieben, denn vor ihr stand Major Lochiel Blackmoor. Seine dichten schwarzen Haare glänzten im Sonnenschein; er sah jünger aus als zwei Abende zuvor mit Perücke – und wirkte wesentlich attraktiver, als Athena lieb war. Sie begann ungeduldig mit dem Fuß auf die Treppe zu klopfen, und Lochiel, der sich gerade von dem Mann verabschiedete, mit dem er sich unterhalten hatte, wandte sich ihr zu.

Sein erster Eindruck war ein überaus liebliches Gesicht, das von dichtem Pelz umrahmt war und über dem eine schwarze Feder wippte. Die Augen, die ihn ansahen, waren so blau wie der Herbsthimmel, und die Augenbrauen waren fragend hochgezogen.

»Miß Courtland«, sagte Lochiel und verbeugte sich höflich. »Ich hoffe, Sie haben sich bereits davon erholt, daß es auf der Soirée von Mr. de Vries so spät geworden ist.«

Athena hatte keine Lust, auf seinen höflichen Versuch einzugehen und Konversation zu machen, auch wollte sie nicht an ihr peinliches Zusammentreffen im Arbeitszimmer von Mr. de Vries erinnert werden. So weit es sie betraf, hatte es diese Szene nie gegeben, und wenn Major Blackmoor über ihr Abenteuer in Albany Stillschweigen bewahrte, war es seine Sache.

»Sie stehen auf meinem Rock, Sir«, sagte sie eisig.

Auf das sonnengebräunte Gesicht trat ein boshaftes Lächeln, und Lochiels Fuß gab den Unterrock frei. »Ich bitte um Entschuldigung, Miß. Anscheinend ist es mein Schicksal, jedes Mal, wenn wir einander treffen, ihrer Person in irgendeiner Form Schaden zuzufügen.«

Aber Athena hatte sich bereits abgewandt, und Lochiel erhaschte nur noch einen Blick auf ihre sich herausfordernd wiegenden Hüften, bevor sie von den wartenden Herren umringt wurde. Er sah die Spitze ihrer schwarzen Feder zwischen den gepuderten Köpfen, hörte ihr leises, melodisches Lachen und wußte, daß sie die Männer mit einem Blick ihrer Augen bezauberte. Athena Courtland ist eine meisterhafte Verführerin, dachte er, während er in der fröhlich plaudernden Menge untertauchte; doch er stellte erleichtert fest, daß ihr Zauber ihn völlig kalt ließ.

»Ist Ihr Hengst heute in Form, Miß Courtland?« erkundigte sich der Earl von Loudon. Er hatte zwar auf Egon de

Vries' Dreijährigen gesetzt, aber er wünschte den blauen Augen, die ihn so hinreißend anlächelten, trotzdem Erfolg.

»Ballycor ist immer in Form, Eure Lordschaft«, erwiderte Athena, »und der heutige Tag macht da keine Ausnahme.« Während sie sprach, bewunderte sie die riesige silberne Punschschüssel auf dem Tisch hinter dem Lord, und stellte sich vor, wie gut sie sich im Salon von Courtland Grace zwischen Ballycors bisherigen Trophäen machen würde.

»Da bist du ja, Athena! Ist das Wetter nicht prachtvoll? Ach, ich bitte um Entschuldigung«, rief Katrine de Vries und errötete, als sie bemerkte, wie viele gut aussehende Männer in Uniform anwesend waren. »Ich wollte nicht stören«, fügte sie mit sittsam gesenkten Augen hinzu, obwohl Athena davon überzeugt war, daß sie die Menschen förmlich umgerannt hatte, um nur möglichst rasch zu der Tribüne zu gelangen. Jetzt hob Katrine den Kopf, um jedem einen Blick auf ihren neuen Hut zu ermöglichen, und senkte dann wieder affektiert die Augen.

»Ist dein Vater auch hier?« fragte Athena, die allmählich die Geduld mit Katrines Effekthascherei verlor.

»Mama und ich haben nicht auf ihn gewartet, denn er wollte Hyperion selbst herbringen. Er muß jeden Augenblick eintreffen.« Katrine konnte sich nur schlecht auf die Konversation konzentrieren, weil sie vor allem darauf achten mußte, daß ihr die riesigen Federn, die ihren Hut schmückten, nicht in die Augen fielen. Vielleicht hatte ihre Mutter doch recht gehabt und der Hut war ein wenig zu groß geraten. Hoffentlich riß der Wind keine Feder weg.

Inzwischen verabschiedete Athena sich von den Umstehenden und begab sich zu Tykie, der am Stamm einer Eiche lehnte und zusah, wie Evan Ballycor aufwärmte. Sein goldener Ohrring glitzerte in der Sonne, als er sich ihr zuwandte.

»Haben Sie den Dreijährigen von de Vries gesehen? Er steht dort drüben.«

In der Menge der Neugierigen entdeckte Athena die rotbraune Kruppe eines nervös tänzelnden Pferdes. Dann bäumte sich das Tier unerwartet auf und schnaubte gereizt, während der Stallknecht die Leine erbittert festhielt.

»Er ist schön«, murmelte sie bewundernd.

»Und unruhig«, fügte Tykie hinzu. »Master de Vries wird es die nächsten ein bis zwei Jahre nicht leicht mit ihm haben.«

»Ballycor war genauso. Glaubst du, daß der Dreijährige schnell ist?«

Tykie nickte. »Er ist nur auf Schnelligkeit gezüchtet. Jetzt verstehe ich, warum de Vries ein solches Geheimnis um ihn gemacht hat.«

Athena schob das Kinn vor. »Ballycor kann ihn trotzdem schlagen.«

Tykie legte ihr beruhigend die Hand auf die Schulter. »Ich habe auf ihn gewettet, Miß.«

Das Rennen ging über eineinviertel Meilen, und der Sieger mußte zwei von drei Läufen gewinnen. Während die Pferde und ihre jungen Jockeys zum Start geführt wurden, verteilten sich die Zuschauer entlang der Bahn und versuchten, einen möglichst guten Platz zu ergattern. Athena sah mit angehaltenem Atem zu, wie General Amherst die Pistole zum Startschuß hob. Sie ließ Ballycor und den vierzehnjährigen Evan, der im Sattel klein und unscheinbar wirkte, nicht aus den Augen. Evan war ein talentierter Reiter und einer der wenigen Menschen, die Ballycor auf seinem Rücken duldete.

Die Pistole knallte, und beide Pferde donnerten über die Rennbahn. Der englische Dreijährige ließ sich durch das aus der Menge aufsteigende Gebrüll ablenken und verlor wertvollen Boden, während Ballycor unbeeindruckt weiterstürmte. Die an dem Parcours stehenden Soldaten in den scharlachroten und blauen Uniformen sahen nur einen weißen Strich vorüberschießen, als Ballycor mit drei Längen Vorsprung gewann.

»Warum habe ich nur auf dieses englische Biest gesetzt«, beschwerte sich ein hinter Athena stehender Zuschauer enttäuscht.

»Du hättest genauer hinschauen sollen«, meinte sein Nachbar. »Das Pferdchen ist ja hübsch anzusehen, aber es kann nicht laufen.«

Athena hütete sich davor, sich so rasch ein Urteil über das Tier zu bilden. Beim zweiten Lauf würde sich Hyperion an die Menschenmenge und den Lärm gewöhnt haben und schwerer zu schlagen sein. Sie plauderte bis dahin mit Bekannten und war erleichtert, weil Katrine bei ihrer Mutter auf der Tribüne blieb, wo sie von einem Kreis von Verehrern umgeben war. Einer von ihnen war Stephen Kensington, und Athena wandte sich rasch ab, damit er nicht auf die Idee kam, sie aufzusuchen. Sie war froh, daß er sich nicht um sie kümmerte; auch Major Blackmoor war verschwunden.

Als Hyperion zum zweiten Lauf an den Start geführt wurde, war er viel ruhiger, und Athenas Herz schlug schneller. Ballycor hatte es mit einem gefährlichen Gegner zu tun. Sie stellte sich am Ziel neben Tykie und hielt den Atem an, als die Pistole knallte. Als die Pferde in ihr Gesichtsfeld gerieten, schrie sie entsetzt auf, denn Hyperion führte mit einer halben Länge Vorsprung. Er rannte großartig, mit langen, gleichmäßigen Schritten, und ging mühelos vor dem weißen Hengst durch das Ziel. Die wild gestikulierende Menge versetzte ihn jedoch in Panik, denn er scheute plötzlich nach rechts, prallte mit Ballycor zusammen und warf Evan aus dem Sattel.

Athena drängte sich an den Zuschauern vorbei, während Tykie, der vor ihr bei Evan eingetroffen war, sich besorgt über die regungslose Gestalt des Jungen beugte. Ballycor graste ruhig in einiger Entfernung, doch als er seine Herrin erblickte, trottete er zu ihr. Sie war erleichtert, weil er nicht verletzt war, und legte ihm den Arm um den Hals.

»Ist alles in Ordnung, Evan?« fragte sie besorgt, als Tykie den Jungen auf die Beine stellte. Evan grinste unsicher, zuckte aber zusammen, als Tykie seinen linken Arm untersuchte.

»Er ist nicht gebrochen«, verkündete Tykie schließlich erleichtert, »aber ich kann dich den letzten Lauf nicht reiten lassen, Junge.«

Evan sah ihn ungläubig an. »Und was wird aus dem Rennen?«

Tykie schüttelte den Kopf. »Tut mir leid, Junge.«

»Wichtig ist nur, daß du keine schwere Verletzung davongetragen hast, Evan«, fügte Athena tröstend hinzu.

Evan blinzelte, um die Tränen zurückzudrängen, die ihm in die Augen stiegen. »Der Arm ist halb so schlimm, Miß Athena. Ich kann Hyperion immer noch schlagen, das weiß ich.«

»Nicht, wenn dein Handgelenk schon anschwillt«, widersprach Tykie. »Wir werden es Doktor Nolan zeigen.«

»Aber was ist mit dem letzten Lauf?« ließ Evan nicht lokker. »Sie werden doch nicht zulassen, Miß, daß Ballycor verliert, weil er nicht antritt?«

»Wir können aber nichts anderes tun«, meinte Athena, obwohl es ihr sehr schwer fiel, sich kampflos geschlagen zu geben.

»Sie können ihn selbst reiten, Miß«, meinte Evan. »Ballycor kennt Sie besser als mich, und Tykie sagt, daß Sie besser reiten als die meisten Männer. Übernehmen doch Sie den letzten Lauf.«

»Das ist unmöglich«, widersprach Athena. »Es kommt nicht in Frage, Tykie«, fuhr sie fort, als der Schotte sie abschätzend musterte. »Meine Tante wäre nie damit einverstanden, und außerdem kann ich in einem Kleid kein Rennen reiten.«

»Das Rennen wird vorbei sein, bevor Ihre Tante etwas davon erfährt«, meinte Tykie, »und was die Breeches betrifft, so können Sie sich sicherlich welche ausleihen.«

Athena blieb hart. »Es tut mir leid, aber es geht nicht. Wir müssen Master de Vries unser Bedauern ausdrücken und uns aus dem Rennen zurückziehen.«

Auf der Tribüne unterbrach Katrine de Vries ihren Flirt mit Stephen Kensington und Major Blackmoor. »Was ist am Ziel eigentlich los?« fragte sie. »Hyperion hat doch den zweiten Lauf gewonnen.«

»Das Ergebnis ist offiziell«, beruhigte sie Stephen. »Den zweiten Lauf hat das Pferd Ihres Vaters gewonnen.«

»Es würde mich nicht wundern, wenn Athena Courtland für die Unruhe dort unten verantwortlich wäre. Ich könnte wetten, daß sie das Ergebnis angefochten hat. Sie wissen, was für eine schlechte Verliererin sie ist.«

Lochiel, den Katrines leeres Geschwätz anödete, benützte die Gelegenheit, um sich zu verabschieden. Er bedauerte schon, daß er sich von ihr hatte festhalten lassen, weil sie ihm einige Freunde vorstellen wollte. Einer von ihnen war ein Kerl namens Kensington gewesen, der Lochiel so feindselig gemustert hatte, daß dieser sofort auf Distanz ging. Er hatte keine Ahnung, was Kensington von ihm wollte, und es war ihm auch gleichgültig. Er ging zur Rennbahn und vergaß den arroganten Dandy und das oberflächliche Gänschen.

Während er sich dem Ziel näherte, sah er sich um. Egon de Vries sprach ernst mit seinem Jockey und untersuchte dabei die Beine des Dreijährigen. Weiter unten wurde der weiße Hengst, der Athena Courtland gehörte, von einem hochgewachsenen, kräftigen Mann am Zügel gehalten. Die langen, dunklen Haare reichten ihm bis zum Hals, und in einem Ohr glitzerte ein goldener Ohrring. Er war ein Riese, und die Menschen, die ihn ansprachen, behandelten ihn offensichtlich mit Respekt. Lochiel wurde neugierig. War das einer von Miß Courtlands Stallburschen? Wenn ja, dann umgab sie sich mit sehr seltsamen Individuen.

In diesem Augenblick entstand in der Menge Unruhe, weil Ballycors neuer Jockey auf den Parcours kam. Einige Bewunderer begleiteten ihn, und etliche Zuschauer klopften ihm auf die Schultern und wünschten ihm Glück. Lochiel hielt nach Athena Ausschau, konnte sie aber nirgends entdecken und fand es merkwürdig, daß sie sich nicht blicken ließ.

Die Menge jubelte anerkennend, als der Riese mit dem Ohrring Ballycors Jockey in den Sattel hob. Als Pferd und Reiter an ihm vorbeigeführt wurden, musterte Lochiel den Jockey interessiert. Der junge Reiter saß gut im Sattel und ließ die Beine in den Steigbügeln locker schwingen. Er wendete den Kopf, und die Blicke der beiden kreuzten sich. Der Junge wurde rot und drehte den Kopf rasch wieder weg, aber Lochiel hatte ihn bereits erkannt.

»Verdammt noch mal!« fluchte er leise. Obwohl er von Anfang an gemerkt hatte, daß Athena ein übermütiges Geschöpf war, hätte er ihr nie den Mut zugetraut, Herrenkleidung anzulegen und an einem Rennen teilzunehmen.

Doch Lochiel war nicht über ihr Benehmen entsetzt, sondern über ihr Aussehen. Sie hatte die Haare unter einer Mütze versteckt und ihn mit ihren großen, blauen Augen angesehen – genau wie in jener Nacht in Albany. Obwohl Lochiel die ungebärdige Prostituierte nie mit Athena Courtland in Verbindung gebracht hätte, erkannte er den unverschämten Jungen in Reithosen und Stiefeln wieder. Für ihn stand es zweifelsfrei fest, daß es sich bei beiden um die gleiche Person handelte.

Seine Miene verfinsterte sich, während er zusah, wie

Athena zum Start ritt. Es überraschte ihn nicht mehr, daß sie den Mut gehabt hatte, sich in das Fort zu schleichen, denn er konnte sich jetzt sehr gut den Grund dafür vorstellen. Sie hatte einen Liebhaber unter den Soldaten – vermutlich einen der Milizmänner, die zusammen mit seinen Leuten untergebracht waren. Wenn er sich richtig erinnerte, würde die gleiche Miliztruppe in ein bis zwei Tagen durch West York marschieren.

Er betrachtete nachdenklich das junge Gesicht unter der Kappe. Athena hatte die Zügel fest um die schlanken Finger geschlungen, beugte sich tief über Ballycors Hals und wartete auf das Startzeichen. Ob sie wohl wieder versuchen würde, mit ihrem Geliebten zusammenzukommen, obwohl General Amherst vorhatte, ein Zusammentreffen zwischen Soldaten und Zivilisten zu verhindern? Es würde Lochiel nicht wundern, wenn ihr das vollkommen egal wäre.

Er preßte die Lippen verärgert zusammen, denn es freute ihn nicht, daß er durch Zufall hinter Athenas Geheimnis gekommen war. Kein Wunder, daß sie ihn auf dem Ball so wütend angegriffen hatte. Sie hatte ja gewußt, wer er war. Wahrscheinlich fragte sie sich immer noch, warum er sie nicht bloßgestellt hatte. Seine Augen wurden schmal. Konnte er mit der Information, die ihm ohne sein Zutun zugefallen war, etwas anfangen?

Der scharfe Knall des Startschusses und das wilde Gebrüll der Menge brachten ihn in die Gegenwart zurück. Der weiße Hengst und der braune Dreijährige wirbelten Erdschollen auf, als sie lospreschten. Athena war offensichtlich die weitaus bessere Reiterin. Sie beugte sich weit vor, der Knieschluß stimmte und ihr schlanker Körper bewegte sich im gleichen Rhythmus wie der des Hengstes. Im nächsten Augenblick überquerte sie die Ziellinie ein gutes Stück vor dem Dreijährigen.

Die Menge jubelte ihr zu, und sie war bald von Menschen umringt, die ihr gratulieren wollten. Lochiel sah zu, wie sie sich die Mütze herunterriß, so daß die goldenen Locken herabfielen, sich vorbeugte und den Hals des Hengstes umarmte. Der Riese mit dem goldenen Ohrring hatte sich bereits durch die Menge an ihre Seite gedrängt, und sein Grinsen erinnerte Lochiel an einen Piraten, der gerade eine Galeere mit einem Goldschatz gekapert hat. Ein rätselhaftes Lächeln spielte um Major Blackmoors Lippen. General Amhersts Feldzug entwickelte sich recht interessant.

5. Kapitel

Stephen Kensington riß sich den Hut vom Kopf und warf ihn dem Diener achtlos zu. Der große Reitmantel mit den Goldlitzen und den Messingknöpfen folgte und traf den armen Kerl voll ins Gesicht. Stephen entschuldigte sich nicht. Er hatte es nicht einmal bemerkt, und als er jetzt die Tür zum Arbeitszimmer seines Vaters hinter sich zuschlug, war sein Gesicht wutverzerrt. Zum Glück waren seine Eltern und seine Schwestern noch nicht nach Hause gekommen. Es war nicht in der Stimmung, sich die Berichte seiner Schwestern über den Jahrmarkt anzuhören oder die Süßigkeiten zu kosten, die sie mitgebracht hatten. Er wollte allein bleiben und ungestört nachdenken.

»Wünschen Sie zu Abend zu speisen, Sir?« fragte ein weiterer Diener.

»Nein. Ich wünsche, nicht gestört zu werden.«

Der Diener verbeugte sich wortlos. Sein Gesichtsausdruck verriet nicht, was er von dem einzigen Sohn der Kensingtons hielt, dessen einjährige Abwesenheit von der gesamten Dienerschaft begrüßt worden war.

Als Stephen allein war, schüttete er Rum in ein Glas und ließ sich in den lederbespannten Lehnstuhl seines Vaters fallen. Sein Gesichtsausdruck wurde immer düsterer. Er war äußerst schlechter Laune, und die Erinnerung daran, wieviel er durch Egon de Vries' hochgepriesenen Dreijährigen verloren hatte, heiterte ihn keineswegs auf. Am meisten ärgerte ihn jedoch das kurze Zusammentreffen mit Major Blackmoor; je länger er an diesen Offizier dachte, der Athena Courtlands Geliebter war, desto zorniger wurde er.

»Verdammtes Weibsstück«, murmelte er und füllte sein

Glas neu. Wie konnte sie es wagen, einen gewöhnlichen Soldaten ihm vorzuziehen? Hatte Blackmoors Uniform sie geblendet oder waren die Geschichten schuld, die man sich über ihn erzählte? Sie konnte doch nicht so dumm sein, sie zu glauben. Er hatte Erkundigungen über Lochiel eingezogen, nachdem Katrine ihm von dem empörenden Zwischenfall auf dem Ball erzählt hatte. Er hatte von der Tapferkeit des Majors bei den Kämpfen um Oswego und Fort William Henry gehört. Er hatte nur Lob für einen angesehenen Führer und fähigen Soldaten vernommen, der sich schon vor zehn Jahren als junger Hauptmann in dem Konflikt um die österreichische Erbfolge ausgezeichnet hatte.

Stephen hatte diese Berichte für blanken Unsinn gehalten und über die Warnung gelacht, daß man Major Blackmoor besser nicht in die Quere kam. Er war zwar gut gebaut und wirklich hart, aber er war Schotte und noch dazu Hochländer, und es war allgemein bekannt, daß sie Heiden waren. Es war nicht möglich, daß Athena einen barbarischen Ausländer einem Mann wie Stephen vorzog.

Stephens Hand schloß sich fester um das Glas. Er sah Athena in der eng anliegenden Reithose, die sie beim Rennen getragen hatte, vor sich. Ihr kleines Hinterteil wiegte sich beim Gehen so verführerisch, daß ein Mann kaum der Versuchung widerstehen konnte, ihre Hüften zu streicheln. Bei dem Gedanken daran regte sich seine Männlichkeit. Er wollte Athena besitzen, brannte vor Verlangen nach ihr, und es war qualvoll, daß sie einem Schotten von niedriger Geburt gewährt hatte, was sie Stephen versagte. Er konnte sich ihren glatten, vollkommenen, elfenbeinfarbenen Körper vorstellen; sie lag mit gespreizten Beinen im Bett und bat ihren Geliebten, sie zu nehmen, während er den dunklen Kopf über ihre ovalen Brüste beugte und seine Hände über die verborgenen Rundungen glitten, die Stephen so gern erforscht hätte.

Der Stuhl knarrte, als er sich mit einem Ruck aufsetzte. »Es ist an der Zeit, dem Spuk ein Ende zu setzen«, knurrte er mit schwerer Zunge. Er würde einen Weg finden, um das Liebespaar zu trennen, um Athena keinen anderen Ausweg zu lassen, als sich an ihn zu wenden, damit er das Feuer löschte, das in ihr brannte.

Seine Augen leuchteten boshaft. Athena würde dafür bezahlen, daß sie ihn abgewiesen hatte. Sie würde dafür bezahlen, daß sie einem Soldaten etwas geschenkt hatte, das von rechts wegen ihm gehörte. Und er wußte auch schon, welche Waffe er dafür verwenden würde: Athenas Bruder Jeremy Courtland. General Amherst hatte auf dem Rennplatz nebenbei erwähnt, daß heute nach Mitternacht sieben Milizregimenter in West York eintreffen würden. Als Stephen darauf hinwies, daß sich Athenas Bruder bei ihnen befand, war der General entzückt gewesen. Er hatte zwar angeordnet, daß die Truppen das Quartier nicht verlassen durften, aber weil Miß Courtland eine so bezaubernde Person war, würde er Jeremy erlauben, zu Hause zu schlafen. Es sollte eine Überraschung für sie sein, hatte er augenzwinkernd hinzugefügt, und Stephen hatte dem General versprochen, Athena nichts zu verraten.

Während Stephen sich schwankend erhob, reifte in seinem Geist ein Plan, der zwar zum großen Teil vom Zufall abhängig war, ihm aber reichlich Genugtuung verschaffen würde, wenn er gelang. Er würde sich damit nicht nur an Athena für ihren Wankelmut rächen, sondern der darauffolgende Skandal würde ihr keine andere Wahl lassen, als sich ihm zuzuwenden. Er runzelte die Stirn, als er sich daran erinnerte, wie heftig sie seinen Annäherungsversuch im Arbeitszimmer von Mr. de Vries zurückgewiesen hatte, während Major Blackmoor bereits im Hintergrund wartete, um Stephens Stelle einzunehmen.

»Bald wirst du mir gehören, meine Schöne«, flüsterte er, während er seine Hose zurechtrückte, um den Druck auf sein erigiertes Glied zu mildern. Er riß die Tür auf und rief nach seinem Mantel. Es wäre eine erfreuliche zusätzliche Dividende, wenn Major Blackmoor deshalb vor ein Kriegsgericht käme, dachte er böse lächelnd.

Obwohl im großen Haus von Courtland Grace noch einige Lichter brannten, waren die Schlafzimmer im kleinen Westflügel dunkel, als Stephen sein Pferd vor der großen Eingangstür anhielt. Der Ritt durch die kalte Nacht hatte sein benebeltes Gehirn geklärt, aber er war noch immer entschlossen, seinen Plan auszuführen, ganz gleich, wie gering die Erfolgsaussichten waren. Wenn Athena bereits zu Bett gegangen war, würde nichts daraus werden, aber Stephen ließ sich nicht so schnell entmutigen.

Er klopfte energisch, und der erschreckte Wills öffnete. »Ich fürchte, daß sich Mrs. Bower schon vor einiger Zeit zurückgezogen hat«, sagte er, bevor Stephen ein einziges Wort gesprochen hatte.

In Wirklichkeit hatte Amelia eine ansehnliche Menge Beruhigungsmittel eingenommen, als sie von Athena erfuhr, was sich auf dem Rennplatz abgespielt hatte. Zunächst war sie dramatisch auf dem Sofa zusammengebrochen, und als sie wieder zu Atem gekommen war, hatte sie Athena so laut ausgescholten, daß die Dienerschaft alles mitbekam. Sie würde Tykie am Morgen entlassen und dafür sorgen, daß Ballycor bei der nächsten Versteigerung verkauft wurde. Sie würde Athena sofort in Miß Masons Pensionat in Boston schicken, was sie schon längst hätte tun sollen. Aber vielleicht war es noch nicht zu spät, um sie vor der endgültigen Verderbnis zu bewahren.

Athena hatte schließlich die Geduld verloren und Mercy um Tante Amelias Medizinfläschchen geschickt. Amelia hatte erleichtert Gebrauch davon gemacht, und ihre letzten zusammenhängenden Worte hatten dahingehend gelautet, daß niemand, nicht einmal Stephen Kensington, Athena jetzt noch heiraten würde. Dann hatte sich Tante Amelias Zimmertür hinter ihr geschlossen, und im Haus war Ruhe eingekehrt. Die Dienerschaft hatte erleichtert aufgeatmet, und deshalb empfand Wills das Auftauchen von Mr. Kensington als äußerst lästig.

»Ich möchte mit Miß Courtland, nicht mit Mrs. Bower sprechen«, antwortete Stephen kühl. »Ich habe Nachrichten über ihren Bruder Jeremy erhalten und nehme an, daß sie sie lieber jetzt als am Morgen erfährt.«

»Was ist mit Jeremy?« fragte ihre Stimme besorgt von der Treppe her.

Wills, der plötzlich viel weniger feindselig aussah, öffnete die Tür, und Stephen trat ein. Athena stand in einem grauen Wollkleid vor ihm, das trotz seiner Einfachheit ihre Schönheit betonte. Stephen konnte den Blick nicht von den schlanken Hüften und den festen, jungen Brüsten wenden, die durch das enganliegende Kleid betont wurden. Er war hingerissen, denn er hatte sie noch nie mit offenem Haar gesehen, das ihr bis zu den Hüften hinunterhing.

Erst als sie ihm die Hand auf den Arm legte, fiel ihm wieder ein, weshalb er gekommen war. Sie atmete mit leicht geöffneten Lippen und ihre großen, blauen Augen sahen ihn unverwandt an.

»Sie haben gesagt, daß Sie Nachrichten von Jeremy haben. Geht es ihm gut?«

»Bitte entschuldigen Sie, daß ich Sie belästige, aber es sind gute Nachrichten, und ich wollte Sie nicht bis zum Morgen darauf warten lassen.«

Athenas erwartungsvolles Lächeln versetzte sein Blut in Wallung. Sie hatte ihn noch nie so freundlich angesehen. Er nahm sich vor, vorsichtig zu sein, um keinen Verdacht zu erregen. Sie war kein dummes Gänschen wie Katrine de Vries, sondern hatte keine Angst davor, zu beweisen, daß sie Verstand besaß. Das war das einzige, was ihn an ihr störte.

»Gehen wir in das Arbeitszimmer.« Athena faßte ihn entschlossen am Arm, ohne sich um Wills mißbilligenden Gesichtsausdruck zu kümmern.

Stephen hatte keinen Blick für die schöne Innenausstattung von Courtland Grace übrig, sondern ließ Athena nicht aus den Augen. Diese hatte die Tür geschlossen und wandte sich ihm jetzt erwartungsvoll zu. »Ihr Bruder wird heute nacht mit seiner Kompanie in West York eintreffen«, begann Stephen. »General Amherst hat mir erzählt, daß kein Soldat Urlaub bekommt, aber mir ist eingefallen, wie man das umgehen könnte.« Er hielt inne, damit sie erfaßte, daß er vorhatte, ihr zu helfen.

Athena antwortete nicht, sondern sah ihn unverwandt an; bei diesem Blick hätte sich in jedem anderen Mann das schlechte Gewissen geregt. Doch Stephen konnte vor Verlangen nach ihr kaum noch denken. Ihre Nähe und der zarte Duft ihres Haares überwältigten ihn.

»Ich kann natürlich nichts versprechen«, fuhr er fort, »aber ich halte es für möglich, daß ich ihm eine Nachricht zukommen lassen kann. Mein Vater hat unser Haus für eine Einquartierung zur Verfügung gestellt, und ich bin davon überzeugt, daß Jeremys Regimentskommandant bei uns wohnen wird. Wenn Sie Ihrem Bruder einen Brief schicken wollen, werde ich bestimmt die Erlaubnis erhalten, ihn Jeremy zu übergeben.«

Athenas Augen strahlten. »Natürlich möchte ich ihm einen Brief schicken. Wären Sie wirklich in der Lage, Stephen, ihm das Schreiben zukommen zu lassen?«

»Ich werde mein Bestes tun«, versprach er. Er sah zu, wie sie sich über den Tisch beugte, ohne zu bedenken, daß sie ihm dadurch den Blick auf ihren Brustansatz freigab, und hastig eine Botschaft kritzelte. Ihr dankbarer Blick, als sie ihm die zusammengefaltete Nachricht überreichte, gab ihm die Gewißheit, daß er an diesem Abend einen besonderen Platz in ihrem Herzen erobert hatte.

»Ich bringe Ihnen die Antwort morgen früh«, versprach er. Er wußte nicht, daß Athena schon darüber nachdachte, wie sie ohne ihn Jeremys Hausarrest umgehen konnte. Sie bemerkte es kaum, als er sich verabschiedete, weil sie schon so eifrig am Pläneschmieden war. Wenn sie bis zum Morgen keine Antwort von Jeremy erhielt, würde sie zu den Kensingtons hinüberreiten, obwohl Tante Amelia vorhatte, sofort mit ihr nach Boston aufzubrechen. Und für den Fall, daß es Jeremy gelingen sollte, sich in dieser Nacht fortzustehlen, würde sie ihr Zimmerfenster offen lassen, damit sie ihn sicher hörte. Sie blies die Lampe aus und tanzte glücklich aus dem Raum.

Stephen hielt sein Pferd außer Sichtweite des Hauses an, zog das Briefchen heraus und las es im schwachen Licht der Sterne. Sie hätte ihm nicht besser in die Hände spielen können.

›Liebster‹, lautete der Brief, ›komm sofort, denn du fehlst mir so sehr. Ohne dich bin ich so einsam. Deine Athena.‹

Stephen begann zu lachen und spornte sein Pferd zum Galopp an. Er mußte den Brief nur noch dem Mann übergeben, für den er in Wirklichkeit bestimmt war, und konnte sich dann zurücklehnen und darauf warten, daß Jeremy Courtland aus dem Krieg heimkehrte.

Major Blackmoor rieb sich erschöpft den Nacken, während er abstieg und sein Pferd dem schläfrigen Stallburschen übergab.

»Ich bin froh, daß wir da sind«, seufzte Kompaniefeldwebel Andrew Durning, der müde zu Lochiel hinüberhumpelte. »Allmählich hinterlassen diese Feldzüge ihre Spuren. Früher machte es mir nichts aus, wenn mich der General nachts zu sich kommen ließ, aber jetzt...« Er verstummte und schüttelte den ergrauten Kopf. »Wenn die Franzosen mich nicht skalpieren, bleibe ich nach dem

Ende des Krieges zu Hause und lebe von meiner fürstlichen Pension.«

»Nach zwei Wochen würden Sie sich zu Tode langweilen«, lächelte Lochiel. Obwohl sich Andrew Durning ständig über sein mühevolles Leben als Soldat beschwerte, hing er an seiner Kompanie und erwartete vom Schicksal nur, daß es ihn in seinen Stiefeln sterben ließ. Die Zusammenkunft, die General Amherst überraschend einberufen hatte, und von der Lochiel und der Kompaniefeldwebel zurückkamen, ließ ihn hoffen, daß das Kriegsglück sich wenden würde, und dann würde der Krieg bald zu Ende sein. Wenn der Großangriff auf Quebec, den General Amherst plante, Erfolg hatte, dann war es sehr gut möglich, daß Andy im Sommer schon zu Hause war.

»Ich habe in meinem Spind eine Flasche Whisky«, bemerkte der Kompaniefeldwebel, während die beiden Männer zu ihren Zelten gingen. »Trinken Sie noch ein Gläschen mit mir?«

Lochiel grinste. »Vor einer Minute haben Sie mir noch erzählt, wie erschöpft Sie sind.«

»Ja, aber Scotch ist ein gutes Schlafmittel.«

»Ein andermal, Andy, danke.«

»Das Bett, in dem Sie schlafen werden, ist sehr schmal«, rief ihm Andy ins Gedächtnis. »Sie sind selbst schuld daran, denn Sie haben das Zimmer im De-Vries-Haus abgelehnt. Ich habe gehört, daß es dort Bettdecken aus Satin und Matratzen aus Gänsedaunen gibt«, fügte er sehnsüchtig hinzu, »ganz davon zu schweigen, daß Ihnen die reizende Miß Katrine am Morgen den Tee serviert hätte.« Lochiel lachte kurz. Wenn es einen Menschen gab, den er morgens beim Erwachen nicht erblicken wollte, war es Miß Katrine, die mit ihrem sinnlosen Geschwätz einen Mann in Rekordzeit in den Wahnsinn treiben konnte. Sie war der Hauptgrund gewesen, warum er Mrs. de Vries' Angebot, bei ihnen zu wohnen, abgelehnt und sein eigenes Zelt vorgezogen hatte. Außerdem wollte er sich nicht verweichlichen, indem er unter einem Dach und in seinem Bett schlief.

Lochiel verabschiedete sich von Andy und ging über das Feld, auf dem trockene Haferhalme unter seinen Stiefeln knisterten, zu seinem Zelt. Barrett, seine aufmerksame Ordonnanz, hatte die Lampe für ihn brennen lassen. Lochiel runzelte die Stirn, als er einen Mann erblickte, der auf einem Schemel neben seinem Bett saß.

Der Fremde erhob sich rasch. »Major Blackmoor?«

Lochiel nickte mißtrauisch. Was, zum Teufel, konnte der Kerl wollen?

»Ich habe auf sie gewartet, Sir. Ich soll Ihnen eine Nachricht übergeben.«

Der Fremde hielt Lochiel ein zerknittertes Stück Papier hin, aber dieser griff nicht danach, sondern musterte das runde Gesicht und die schwieligen Hände des Boten, der den östlichen Dialekt sprach. »Wer hat dich hierher geschickt?«

»Miß Courtland, Sir. Ich bin Landarbeiter auf Courtland Grace. Sie hat mir aufgetragen, Ihnen dieses Papier sofort zu überbringen. Ich warte schon seit einiger Zeit, Sir.«

Lochiel sah ihn erstaunt an. Was, zum Teufel, wollte diese Person jetzt wieder von ihm?

»Sie hat gesagt, daß ich es Ihnen persönlich übergeben muß«, fuhr der Bursche fort. Seine Stimme klang jetzt bittend, denn Lochiel hatte das Papier noch immer nicht entgegengenommen. Statt dessen musterte er den jungen Brewster so scharf, daß dieser unruhig wurde.

»Ich wäre Ihnen dankbar, wenn Sie es annehmen würden, Sir«, sagte er so höflich, wie es ihm möglich war. Worauf wartete dieser verdammte Fremde? Kensington würde das Geld nur herausrücken, wenn er das Schreiben tatsächlich dem Major übergab. »Es ist spät, und ich muß zurück.«

»Miß Courtland erwartet also keine Antwort?« fragte Lochiel und griff endlich nach dem Brief.

Brewster bemühte sich, seine Erleichterung nicht zu zeigen. »Sie hat nichts davon gesagt, Sir.«

»Es ist trotzdem besser, wenn du wartest.« Lochiel war davon überzeugt, daß er Grund haben würde, Athena auf ihre Mitteilung zu antworten.

Brewster zuckte mit den Achseln und setzte sich wieder auf den Schemel, während Lochiel das Schreiben entfaltete und es überflog. Seine grauen Augen verengten sich, und in seiner Wange zuckte ein Muskel.

»Das Schreiben ist auf keinen Fall für mich bestimmt.« Etwas in Lochiels Stimme jagte dem Landarbeiter eine Gänsehaut über den Rücken.

»Sie sind doch Major Lochiel Blackmoor, oder? Miß Courtland hat mir ausdrücklich gesagt, daß es nur Ihnen und niemand anderem gehört.«

Er schrie erschrocken auf, als kräftige Hände ihn an der Vorderseite seines Hemdes packten und ihn hochhoben. »Wenn du lügst, schneide ich dir persönlich die Zunge heraus«, knurrte der Major.

Der Gedanke an das Geld, das ihn erwartete, verlieh Brewster ungeahnten Mut. Er war an und für sich nicht gerade schüchtern, und Stephen hatte ihn als Boten ausgewählt, weil er sich nicht so leicht ins Bockshorn jagen ließ. Außerdem war es Brewster gleichgültig, wenn ihn der Fremde verprügelte, denn Geld war für ihn wichtiger als gekränkter Stolz.

»Warum sollte ich lügen?« jammerte er sehr überzeugend. »Warum sollte ich den Brief Ihnen bringen, wenn er an jemand anderen gerichtet ist? Ich befolge nur den Befehl von Miß Courtland.«

Lochiel ließ ihn los. Hatte Athena tatsächlich mit diesem Brief ihn gemeint? Was bezweckt sie damit? Sicherlich nicht das, was sie andeutete. Machte sie sich einen Spaß mit ihm, um sich dafür zu rächen, wie er sie in Albany und auf dem Ball behandelt hatte? Verdammt, es war ihm unmöglich, den Grund zu erraten.

»Verschwinde.« Lochiel stieß Brewster aus dem Zelt, der sichtlich erleichtert in die Dunkelheit verschwand. Einen Augenblick lang herrsche Stille, dann richtete sich Lochiel auf, steckte das Schreiben ein und trat ins Freie. Jemand mußte Athena Courtlands kleinen Spielchen ein Ende bereiten. Vielleicht ließen ihr andere Männer, die von ihrer Schönheit geblendet waren, alles durchgehen, aber Lochiel gehörte nicht dazu. Er würde ihr zeigen, wie gefährlich es war, mit dem Feuer zu spielen. Sie war ein verwöhnter Fratz, der dringend eine Tracht Prügel brauchte, und er hatte nicht übel Lust, sie ihr selbst zu verabreichen. Er befahl dem verblüfften Stallknecht, sein Pferd wieder zu satteln.

Der kalte Oktoberwind blies ihm ins Gesicht, während er durch die Dunkelheit ritt. Er war täglich mit seinen Männern in dem Gebiet unterwegs gewesen und fand sich ohne Schwierigkeiten zurecht. Als die elegante Fassade endlich vor ihm auftauchte, kochte er bereits vor Wut. Würde ihn Athena vor dem Haus erwarten, oder beobachtete sie ihn von ihrem Fenster aus und freute sich darüber, daß es ihr gelungen war, ihn an der Nase herumzuführen? Er preßte die Lippen drohend zusammen.

In gehöriger Entfernung vom Stall band er sein Pferd an einen Pfahl. Es hatte keinen Sinn, die Hunde oder die Stallburschen zu wecken, doch er bemühte sich nicht, seine Anwesenheit zu verheimlichen und ging unbekümmert quer über den Rasen. Dann vernahm er einen leisen Pfiff, wie ihn Kinder beim Spielen als Signal verwenden, und blieb stehen. Leichte, leise Schritte ertönten hinter ihm und er drehte sich um. Als er Athena erblickte, stockte ihm der Atem, denn sie sah wie eine Erscheinung aus dem Feenreich aus.

Für Lochiel schien die Zeit stillzustehen, als Athena auf ihn zuschwebte. Sie trug ein hauchdünnes Nachthemd, das im Sternenlicht silbern leuchtete. Die Haare fielen ihr offen auf die Schultern, während sie mit ausgestreckten Armen auf ihn zukam. Ihre Haut schimmerte am Halsausschnitt wie Seide, und der Wind preßte den leichten Stoff an ihren Körper, so daß der Umriß ihrer langen, schlanken Beine deutlich zu erkennen war. Das war die wahre Athena, deren überirdische Schönheit endlich von allem befreit war, was ihr die Konvention tagsüber aufzwang.

Lochiel hatte geglaubt, für ihre Reize unempfindlich zu sein, doch er hatte sich geirrt. Sie war ihm nun so nahe, daß er die sanft geschwungenen Lippen sah und ihr leises, glückliches Lachen hörte.

»Ich habe gewußt, daß du kommen wirst. Ich habe es gewußt.«

Sie schlang ihm die Arme um den Hals und drückte ihn an sich, so daß ihr zarter Duft ihn betörte und er die Rundungen ihrer Hüften und die festen Brüste unter dem hauchdünnen Nachthemd spürte. Sie stellte sich auf die Zehenspitzen und küßte ihn auf die Wange.

»Ich habe gewußt, daß du kommen wirst, sobald du meinen Brief erhältst. Ich warte seit Mitternacht auf dich.«

Sie seufzte glücklich und lehnte den Kopf an seine Schulter. Lochiel kämpfte vergeblich gegen die Welle des Verlangens, die ihn überflutete, und seine Männlichkeit richtete sich heiß und fordernd auf. Sein Zorn war verflogen, und das Begehren, das an seine Stelle getreten war, ließ ihn erzittern. Er begriff nicht, warum er diesem Gefühl so machtlos gegenüberstand, denn er hatte sich seit Beginn des Feldzugs oft genug mit einem der Mädchen aus dem Troß vergnügt. Doch jetzt war er von einer berauschenden, ursprünglichen Leidenschaft erfüllt, die ausschließlich Athena galt.

Seine Hände umfaßten ihr Gesicht, damit er es mit Küssen bedecken konnte. Doch sie hatte sich verkrampft und von ihm gelöst, weil ihr bewußt geworden war, daß mit ihrem Bruder etwas nicht stimmte. Sie legte den Kopf zurück, blickte zu ihm auf und zuckte erschreckt zurück, als sie Lochiels Gesicht erkannte.

»Sie!« keuchte sie, und das Entsetzen in ihrer Stimme war unüberhörbar. Lochiel wußte sofort, daß er nicht der Mann war, den sie erwartet hatte.

Wenn er ruhiger gewesen wäre, hätte er wahrscheinlich darüber nachgedacht, wer ihm einen so gemeinen Streich spielen konnte. Er hätte Athena beruhigt und den Namen der Person in Erfahrung gebracht, der sie den Brief anvertraut hatte. Doch ihr Gesichtsausdruck, als sie vor ihm zurückwich, ließ seinen Zorn wieder auflodern und verstärkte sein Verlangen.

»Vielleicht bin ich nicht der Liebhaber, den Sie erwartet haben«, knirschte er und riß sie in seine Arme. »Aber ich verspreche Ihnen, daß ich Sie besser befriedigen werde als jeder andere.«

»Sie sind ja verrückt!« Athena wehrte sich gegen seine Arme. »Wie können Sie wagen –«

»Wenn Sie verführerische Einladungen ausschicken wie diejenige, die ich heute abend irrtümlicherweise erhielt, ist es leicht möglich, daß Sie mehr bekommen, als Sie erwartet haben.«

Athena schnappte nach Luft. Der Brief, den sie Stephen gegeben hatte! Wieso war er statt zu Jeremy in die Hände von Major Blackmoor gelangt? Was sollte sie jetzt tun? »Bitte, Sie mißverstehen es«, flüsterte sie und versuchte sich von den kräftigen Händen, die sie festhielten, aber auch von den Gefühlen, die ihr Herz wild klopfen ließen, zu befreien. Sie hatte Angst vor diesem fremden Mann, aber auch Angst vor der Erkenntnis, daß es nicht nur Furcht war, die sie erschauern ließ. Die Berührung von Lochiels Händen erfüllte sie mit neuen, gefährlichen, unwiderstehlichen Gefühlen, und ihr schwindelte.

»Sie mißverstehen es«, widerholte sie. »Der Brief war nie für sie bestimmt –«

»Das spielt keine Rolle, Athena«, unterbrach er sie rauh. Der unerträgliche Gedanke, daß ihre Leidenschaft jemand anderem galt, weckte seine Eifersucht. »Das Schicksal hat mich heute nacht anstelle deines Geliebten hierher geführt, und ich habe nicht vor, dich gehen zu lassen.«

Noch während er sprach, wurde ihm klar, daß der Hunger in ihm nie gestillt werden würde, wenn sie sich ihm nicht freiwillig schenkte und sich dem Liebestaumel rückhaltlos hingab.

»Athena«, murmelte er, als sie nicht antwortete, und als er in ihr Gesicht und in die großen Augen blickte, stöhnte er auf. Er zog ihren Körper, der keinen Widerstand leistete, an sich und beugte sich zu ihr, bis seine Lippen die ihren fanden.

Lochiels harter, fordernder Kuß raubte ihr den Atem. Ein Schauer, der von der geheimen Stelle zwischen ihren Beinen ausging, überkam sie. Ein unwiderstehlicher Drang, der so alt war wie die Menschheit, pochte in ihren Adern. Sie wußte nicht, ob die Nacht, das Sternenlicht oder die berauschende Berührung des männlichen Mundes auf ihren Lippen ihr zum erstenmal in ihrem Leben klarmachte, was sie wollte, wofür sie geboren war.

Lochiel band Athenas Nachthemd auf, schob es ungeduldig zur Seite, und ließ seine Hand zu ihrer Hüfte gleiten. Das Nachthemd fiel zu Boden und sie stand nackt, in Silber getaucht vor ihm; ihre aufgelösten goldenen Haare hüllten ihre Schultern ein. Sie hatte den Kopf zurückgelegt und wartete auf den nächsten Kuß; Lochiel hatte das Gefühl, eine heidnische Gottheit in den Armen zu halten, denn keine irdische Frau konnte so schön sein.

Aber sie war warm und wirklich, und er preßte seine Lippen aufstöhnend auf die ihren. Er zog sie enger an sich, so daß Athena zum ersten Mal in ihrem Leben erfuhr, was es bedeutete, von einem Mann umarmt zu werden, der sie leidenschaftlich begehrte. Sie spürte die drängende Härte seines Glieds zwischen ihren Schenkeln, und das Leder seiner Reithose scheuerte an ihrer Haut. Sie drängte sich an ihn, ohne genau zu wissen, was sie wollte, aber sie wußte, daß sie in Lochiels Armen die Erfüllung finden würde. Der fordernde Druck seines harten Glieds brannte auf ihrer Haut, und sie sehnte sich nach der süßen Erlösung, die nur von ihm kommen konnte.

Lochiel legte sie in das Gras, und seine Küsse, während er sich auszog, steigerten ihre Erregung. Er warf die Kleidungsstücke achtlos zur Seite, und Athena öffnete nur einmal die Augen, als er innehielt, um ihre Schönheit zu bewundern. Sie hatte zwar noch nie einen nackten Mann gesehen, aber sie erkannte trotzdem, daß sein Körper mit den breiten Schultern, der muskulösen Brust und den sehnigen Armen von außergewöhnlicher Schönheit war. Sie betrachtete unbefangen das dunkle Haarbüschel zwischen seinen Schenkeln und sein erigiertes Glied, das ihr bewies, wie sehr er nach ihr verlangte.

Ihr Blick wanderte zu seinem Gesicht zurück. Es war schön, und die klassische Vollkommenheit seiner Züge berührte sie tief. Sie erinnerte sich an die Nacht, in der sie dieses Gesicht zum ersten Mal gesehen hatte, und in der die silbernen Augen sie aus der Fassung gebracht hatten. Jetzt wußte sie, daß sie damals nur auf seine urtümliche Männlichkeit reagiert hatte, und genauso war es ihr im Arbeitszimmer von Mister de Vries ergangen.

Auch Lochiel dachte an diese Nacht und daran, wie ihn ihr Anblick im Innersten erschüttert hatte. Jetzt erwachte dieses Gefühl wieder. Diese Frau bedeutete für ihn die Erfüllung. Er legte sich neben sie und schloß ihre Schenkel mit den seinen ein. Sein Glied pulsierte an ihrem Bauch, und sein nächster Kuß war heiß und verlangend. Seine erfahrene Hand glitt über ihren Körper und liebkoste sie. Seine Zunge erforschte ihren Mund, und Athena erwiderte die Liebkosung. Ihre Arme schlangen sich um seinen Rücken, und er drückte sie noch fester an sich.

Dann griff er nach ihren Hüften und schob ihren Körper unter den seinen. Athena hielt den Atem an, als die Spitze seines Glieds ihre Scheide berührte, und spreizte die Beine, um ihn in sich aufzunehmen, damit er die schmerzende Leere in ihr füllen konnte. Sie wölbte sich ihm entgegen, und seine Hände schlossen sich um ihr Gesäß. Sein Eindringen ließ ihren Atem stocken, doch der kurze Schmerz erhöhte nur den süßen Sinnestaumel dieses Augenblicks.

Sie klammerte sich an ihn, genoß die Wildheit ihrer Vereinigung, und jeder Stoß brachte ihn tiefer in das Wesen ihres Frauentums. Die Wellen der Leidenschaft rissen sie mit sich fort, bis seine Liebe sie wie Feuer erfüllte. Sie stöhnte leise, und er ergoß sich in sie, bis sie beide immer wieder zur Erfüllung gelangten.

Ihre Körper verschmolzen zu einem, und auch nach dem vollkommenen Höhepunkt blieben sie noch in dieser Stellung liegen, weil keiner gewillt war, den Zauber durch Worte zu brechen.

Für Athena waren keine Worte nötig, denn als sie ihn ansah, lag ihr ganzes Herz in diesem Blick. Sie fuhr mit dem Finger den Umrissen seines Gesichts nach. Lochiels Herz zog sich zusammen, und er verstand nicht, warum ihn diese unschuldige Geste so rührte. Er liebkoste ihre Lippen mit den seinen, und sie klammerte sich fester an ihn. Ihr Körper bewegte sich unter dem seinen, und er spürte, daß sein Glied sich in ihr rührte.

Er löste sich sanft von ihr. Obwohl die Versuchung groß war, sie nochmals zu besitzen, wußte er, daß es nicht sein durfte. Bei ihrer Vereinigung hatte das Gefühl seinen Verstand vollkommen ausgeschaltet, aber jetzt war ihm klar, daß er sein Herz gänzlich verlieren würde, wenn er sie noch einmal nahm. Er konnte es sich nicht leisten, von Athena abhängig zu werden.

»Mußt du gehen?« flüsterte sie, als er nach seinem Hemd griff. Die Enttäuschung in ihrer Stimme rührte ihn, aber er zeigte es nicht.

»Ja. Ich muß noch einige Berichte fertigstellen.«

Sein gleichgültiger Ton erschreckte sie; sie setzte sich auf und strich ihm zärtlich mit der Hand über die Wange. Er zuckte bei der Berührung zusammen, und sie sah ihn wortlos an, weil sie nicht verstand, warum er sich so plötzlich von ihr zurückzog. Lochiel kämpfte gegen den Drang, sie in die Arme zu schließen; ihr Haar fiel über ihre Brüste herab, und sie sah atemberaubend schön aus. Was konnte es schon ausmachen, wenn er sie wieder nahm – sie sehnten sich doch beide danach.

Doch er durfte sich nicht hinreißen lassen. Er mußte das wahnsinnige Verlangen nach ihr unterdrücken, denn er konnte sich keine solchen qualvollen Gefühle leisten. Er war davon überzeugt, daß er nur einer von vielen Liebhabern war, die Athena bereits gehabt hatte und bestimmt weiterhin haben würde. Er zog die Reithose an, ohne sie anzusehen.

»Bitte, Lochiel.« Athena nannte ihn zum ersten Mal beim Vornamen, und der Schmerz in ihrer Stimme machte es ihm unmöglich, sie zu überhören. Er sah sie fragend an, während er sein Schulterplaid umlegte, hütete sich aber davor, den Blick über ihren Körper schweifen zu lassen.

Sie stand auf. »Was habe ich getan? Warum bist du böse auf mich?«

Diese Frage hatte er nicht erwartet, genausowenig wie ihre forschenden Augen. Er sah weg, doch sein Blick wurde von dem dunklen V zwischen ihren Schenkeln angezogen, und sein Verlangen regte sich wieder.

»Du hast nichts getan, meine Liebe«, antwortete er freundlich, »du hast mir nur an einem langweiligen Abend eine äußerst angenehme Abwechslung verschafft. Ich danke dir dafür.«

Weil er ihr in diesem Augenblick den Rücken zuwandte, sah er die Verzweiflung in ihrem Gesicht nicht. Sie wich zurück wie ein Kind, das man ungerechterweise schlägt, und verstand nicht, wieso der zärtliche Liebhaber, der ihr Herz gestohlen hatte, grundlos so hart und gefühllos wurde. Sie biß sich auf die Lippen und unterdrückte die Tränen; schließlich hatte sie es nicht besser verdient. Was wußte sie schon von Lochiel Blackmoor? Nur, daß er ein Held, ein Berufssoldat war, der genau wie Tykie 1745 beim Sturz der Stuart-Dynastie alles verloren hatte, als die blutdürstigen Engländer aus Rachsucht in das schottische Hochland einfielen. Tykie war Pirat geworden, um den Kummer über den Verlust seiner Familie zu vergessen. Hatte eine ähnliche Tragödie Lochiels Herz versteinert, so daß er sie jetzt so verletzen konnte.

Lochiel hatte sich inzwischen angekleidet, und sein Gesicht war unbewegt, als er sich Athena zuwandte. Sie konnte nicht ahnen, daß nur die Jahre, in denen er gelernt hatte, seine Gefühle hinter der strengen militärischen Haltung zu verbergen, es ihm ermöglichten, sie leicht spöttisch anzublicken, als wäre für ihn im Augenblick nur wichtig, daß er möglichst rasch zu seinem Brandy zurückkehrte.

»Gute Nacht, meine Liebe«, sagte er lässig. »Ich hoffe, daß ich zu deinen schönen Erinnerungen gehören werde.«

Er war nicht auf den scharfen Schmerz gefaßt, als Athena ihm ins Gesicht schlug. Kalter Zorn stieg in ihm hoch, aber er zwang sich, ruhig zu bleiben.

»Das habe ich wahrscheinlich verdient«, gab er zu, bevor er sich endgültig abwandte. Hinter sich vernahm er ein Geräusch, das er nicht erwartet hatte; ein Schluchzen, das rasch unterdrückt wurde. Er wäre weich geworden, wenn er nicht gehört hätte, wie sie über das Gras davonlief. Einen Augenblick lang blieb er regungslos im Mondschein stehen, dann ging er rasch zu seinem Pferd und band die Zügel los. Doch er hielt inne, als das Tier den Kopf hob, die Ohren spitzte und zur Auffahrt hinübersah. Er führte es schnell in den Schatten des großen Kastanienbaums und griff instinktiv nach seiner Satteltasche. Wie alle Schotten hatte Lochiel immer seinen Dolch bei sich. Seine Hand umschloß den verzierten Griff, als er einen Mann sah, der ein Kochgeschirr, eine Muskete und einen Tornister über der Schulter trug und zu Fuß die Auffahrt heraufkam. Obwohl die Last schwer war, schien sie dem Fremden nichts auszumachen, denn er ging schneller, sobald er das Haus erblickte, und verschwand in einer kleinen Seitentür, die er offensichtlich gut kannte. Lochiel preßte die Lippen zusammen und trieb sein Pferd zum Trab an. Er hatte Athena Courtland also richtig eingeschätzt. Kaum hatte er ihr Verlangen gestillt, trat ein anderer Liebhaber an seine Stelle.

»Verdammte Hure«, knurrte er. Er war ein Narr gewesen, weil er hierhergekommen und ihren Verführungskünsten erlegen war. Ich muß sie vergessen, dachte er, und ließ sein Pferd in Galopp fallen. Es würde nicht leicht sein, denn obwohl der Zorn in ihm brannte, konnte er an nichts anderes als an ihren seidigen, vollkommenen Körper und die Leidenschaft in ihren Augen denken.

Er knirschte mit den Zähnen, weil es ihn anwiderte, daß er sich wie ein Schuljunge benommen hatte, der sich betören läßt. Obwohl Athena aufgeschrien hatte und zusammengezuckt war, als er in sie eindrang, war sie bestimmt keine Jungfrau mehr gewesen. Trotz seines Verlangens hatte er sich einen Augenblick lang zurückgehalten, weil er befürchtete, daß er einem schrecklichen Irrtum erlegen war. Doch jetzt nahm er an, daß alles nur Theater gewesen war und daß es wahrscheinlich ihr Vergnügen steigerte, wenn sie sich benahm, als würde sie entjungfert.

Verdammt! Warum war Athena jemals in sein Leben getreten? Es war eine Qual und Strafe, sich vorzustellen, wie sie mit gespreizten Beinen unter dem Mann lag, den er auf der Auffahrt gesehen hatte, und vor Lust leise stöhnte. Er konnte nur hoffen, daß General Amherst den Feldzug demnächst beginnen würde, so daß West York und Athena Courtland bald nur noch eine undeutliche Erinnerung sein würden.

Als Lochiel absaß, fuhr er sich mit der Hand durch das Haar. Dabei nahm er einen zarten, erregenden Duft wahr und ihm fiel ein, daß er Athena beim ersten Kuß an seine Brust gedrückt hatte. Ja, es war eine Qual, denn er hatte den frischen Duft ihres Haares tief eingeatmet; er haftete noch immer an ihm, und er konnte sie immer weniger vergessen. Er marschierte zornerfüllt in sein Zelt und schwor sich, Athena Courtland aus seinem Gedächtnis zu tilgen.

6. Kapitel

»Wachen Sie auf, Miß Athena, wachen Sie bitte auf.«

»Was ist denn los, Mercy?« Athena öffnete ein Auge und sah, daß ihre Zofe heftig gestikulierend in der Tür stand. Ihr ganzer Körper schmerzte, und ihr Mund brannte von Lochiels leidenschaftlichen Küssen. Als ihr Tränen in die Augen traten, holte sie tief Luft und erinnerte sich daran, daß sie sich geschworen hatte, nie mehr an ihn zu denken. Dennoch hatte sie sich vergangene Nacht vor Kummer und Sehnsucht stundenlang schlaflos im Bett herumgewälzt.

»Master Jeremy ist hier«, erklärte Mercy. »Ich bin in sein Zimmer gekommen, um Staub zu wischen, und da lag er tief schlafend auf der Tagesdecke.«

Athena blieb der Mund offenstehen. »Was?«

Mercy nickte heftig. »Es ist wahr, Miß. Er hat nicht einmal die Stiefel ausgezogen, und ich bezweifle, daß er sich in der letzten Zeit häufig gewaschen hat – er riecht jedenfalls so.«

Athena zuckte zusammen, als sie sich rasch erhob und vor den großen Spiegel trat. Nicht nur ihre Lippen waren wund, sondern sie hatte überall am Körper blaue Flecke. Sie war nur froh, daß man ihrem Gesichtsausdruck nicht ansah, wie ihr zumute war. Dadurch war sie imstande, sich Mercy unbefangen zuzuwenden.

»Wir werden ihn nicht wecken, Mercy.«

»Warum nicht?« Mercy konnte ihre Enttäuschung kaum verbergen.

»Er hat offensichtlich einen langen Marsch hinter sich und muß sich ausruhen. Geh hinunter und sage der Dienerschaft, daß sie so wenig Lärm wie möglich machen soll. Und Prudence soll Pflaumentörtchen backen, du weißt, wie gern er sie ißt.«

»Natürlich, Miß, ich habe es nicht vergessen«, strahlte Mercy. Doch dann wurde sie ernst. »Was ist mit Mrs. Bower? Sie ist noch nicht heruntergekommen, aber als ich vorüberging, habe ich sie in ihrem Zimmer rumoren gehört.«

»Ich werde ihr selbst von Jeremy erzählen.«

»Das habe ich nicht gemeint, Miß. Seine Ankunft stört ihre Pläne.«

»Was für Pläne?«

»Sie wollte doch nach Boston fahren, Miß. Sie hat Wills befohlen, Tykie heute früh zu entlassen, und ich sollte dafür sorgen, daß Ihre Koffer noch vor dem Frühstück gepackt werden.«

Athena schnaubte ganz undamenhaft und begann, ihre Haare zu bürsten. »Ich möchte den Menschen sehen, der es wagt, Tykie zu kündigen. Ich würde mich jedenfalls nicht trauen.« Sie freute sich so sehr über Jeremys Heimkehr, daß sie sogar wieder lachen konnte. Tykie entlassen! Ihr Bruder würde mit seiner Ansicht darüber bestimmt nicht hinter dem Berg halten.

Lochiel Blackmoor hingegen war ein arroganter Lümmel, den sie nie wieder sehen wollte. Sie war nur froh, daß sie rechtzeitig entdeckt hatte, was für ein gewissenloser Schuft er war. Sonst hätte sie sich womöglich wirklich in ihn verliebt, nur weil er der erste Mann war, dem sie sich hingegeben hatte. Der Major war ihr vollkommen gleichgültig, und sie hoffte, daß ihr Benehmen in der vergangenen Nacht das deutlich gemacht hatte.

»Stimmt etwas nicht, Miß Athena?« fragte Mercy, die gerade ein Kleid für Athena aus dem Schrank nahm. Es sah ihrer Herrin nicht ähnlich, so lange zu schweigen, noch dazu, wenn Master Jeremy gerade auf Urlaub gekommen war.

»Es geht mir ausgezeichnet, Mercy. Ich freue mich auf Tante Amelias Gesicht, wenn ich ihr mitteile, daß wir nicht nach Boston übersiedeln und daß Tykie auf Courtland Grace bleibt.«

Mercy seufzte erleichtert auf. Miß Athena war wieder ganz die alte; sie drehte sich zu dem vor ihr hängenden Kleid um und bemerkte dadurch den schmerzlichen Ausdruck in Athenas Gesicht nicht. Diese konnte zwar nicht leugnen, daß die Ereignisse der vergangenen Nacht sie verändert hatten, doch Lochiels Verhalten nachher hatte sie zutiefst gedemütigt. Das würde sie ihm nie verzeihen.

Als Athena einige Minuten später hinunterkam, nahm sie zum erstenmal seit langer Zeit wieder eine festliche Stimmung im Haus wahr. Wills pfiff sogar bei der Arbeit und Nancy, das Mädchen aus dem Dorf, das Mercy und Prudence tagsüber half, summte, während sie den silbernen Teekessel blank rieb. Durch das offene Fenster drang Tykies Stimme, der im Stall zwar falsch, aber fröhlich ein schottisches Lied sang.

Der Schmerz in Athenas Herz ließ ein wenig nach. Auch wenn Jeremy nur kurz zu Hause blieb, würde er ein bißchen Fröhlichkeit und Ordnung in ihr aus den Fugen geratenes Leben bringen. Seine Anwesenheit würde ihr helfen, Lochiel zu vergessen, und es würde beinahe so sein, als lebte ihr Vater noch.

»Da sind Sie ja, Miß. Die Muffins sind noch warm, und ich habe ein frisches Glas Brombeermarmelade aus dem Keller geholt.« Prudences rundes Gesicht glühte, als sie die Platte mit den warmen Muffins, die sie vorsichtshalber in ihre Schürze gewickelt hatte, ins Zimmer brachte. »Im Ofen backen ein Dutzend Pflaumentörtchen, und Mercy holt aus dem Brunnenhaus frische Buttermilch. Master Jeremy trinkt sie so gern zum Frühstück.«

Sie war fort, bevor Athena antworten konnte, und murmelte vor sich hin, daß sie Wills auftragen würde, für das

Abendessen eine fette Brathenne zu schlachten. Athena lehnte sich zurück und freute sich über Prudences Glück; doch sie war froh, daß sie noch einen Augenblick allein sein konnte. Sie mußte sich sammeln, bevor Jeremy erschien, oder, was Gott verhüten möge, Tante Amelia herunterkam und ihre Moralpredigt vom vergangenen Tag fortsetzte. Was würde sie erst sagen, wenn sie wüßte, was sich heute nacht im Garten zwischen ihrer behüteten Nichte und dem schottischen Offizier abgespielt hatte? Dann würde ihre Behauptung, daß Athena für immer zugrunde gerichtet war, wenigstens zum Teil zutreffen.

Athena biß die Zähne zusammen. Das war keineswegs komisch, und plötzlich fühlte sie sich unbehaglich. Jemand, der genau wußte, was er tat, hatte ihren Brief Lochiel zugespielt. Aber wer? Stephen? Das war nicht wahrscheinlich, denn Stephen hatte ja gewußt, daß der Brief für Jeremy bestimmt war. Wieso war er dann in Lochiels Besitz gelangt? Und wußte die Person, die ihn dorthin geschickt hatte, auch, daß Lochiel sofort nach Courtland Grace geritten war.

Athena schluckte krampfhaft. Es war ihr gleichgültig, wenn der Tratsch sie mit Major Blackmoor in Verbindung brachte, auch wenn ihr Ruf bei den Stadtbewohnern dadurch für immer litt. Doch ihr Verhalten von heute nacht war indiskutabel; wie wohl ihre Brüder darauf reagieren würden, wenn sie erfuhren, daß ihre Schwester sich einem schottischen Offizier an den Hals geworfen hatte? Und was erst die boshafte Katrine de Vries mit diesem Wissen anfangen konnte! Athenas Blick wurde starr, und ihre Finger umkrampften das Messer, mit dem sie Marmelade auf ihr Muffin strich. Wenn diese Hexe auch nur –

»Du bietest einen entzückenden Anblick, kleine Schwester.«

Zwei kräftige Arme umschlossen sie; Athena sprang mit einem Jubelschrei auf. Einen Augenblick lang hielten

Bruder und Schwester einander umschlungen, dann schob Athena Jeremy von sich und betrachtete ihn unter Freudentränen.

»Du hast dich sehr verändert, Jeremy«, stellte sie bewundernd fest. Obwohl sie groß war, überragte Jeremy sie jetzt um gute zehn Zentimeter. Er trug die goldblonden Haare lang, und seine breiten Schultern, die sonnengebräunten Arme und die muskulöse Brust bewiesen, daß er eine harte Ausbildung hinter sich hatte. Doch Athena bemerkte diese Veränderungen nur nebenbei, denn sie suchte vor allem in seinem Gesicht nach Hinweisen darauf, daß er gelitten hatte, daß zehn Monate Krieg ihn für immer geprägt hatten.

Seine blauen Augen funkelten jedoch noch immer unternehmungslustig, und auch sein übermütiges Lächeln war ungetrübt. Beide Zwillinge hatten sich immer unbekümmert ins Leben gestürzt und sich nie von Traurigkeit überwältigen lassen. Und wenn sie doch einmal Kummer hatten, dann überspielten sie ihn mit dummen Späßen. Aber es gab nur wenige Menschen, die loyaler, hilfsbereiter und mitfühlender waren als Colm und Jeremy Courtland. Obwohl das Grauen des Schlachtfelds nicht spurlos an ihm vorübergegangen war, ließ sich Jeremy nicht von der Erinnerung daran verfolgen, so daß er seiner Schwester so gegenübertreten konnte, wie sie es erwartete: fröhlich lächelnd und unternehmungslustig.

Athena schloß ihn wieder in die Arme und durchnäßte sein Hemd mit Tränen der Erleichterung, weil er heil und unversehrt und immer noch der übermütige Junge war, von dem sie vor so langer Zeit Abschied genommen hatte. Jeremy war genauso gerührt wie sie.

»Auch du hast dich verändert, Süßes«, murmelte er. Sie war zwar immer ein schönes Kind gewesen, aber in dem einen Jahr war aus dem übermütigen Mädchen eine erwachsene Frau geworden, deren Anmut sogar ihrem Bruder auffiel. Ihr taubengraues neues Wollkleid mit der engen Taille und den raschelnden Unterrücken aus Perlsatin, die unter dem Saum hervorlugten, bewies, daß sie eine modebewußte junge Dame war. Er fragte sich jetzt besorgt, ob es von ihm und Colm richtig gewesen war, sie einfach allein zu lassen und ihr in diesem schwierigen Lebensabschnitt nicht zur Seite zu stehen.

»Ist es dir gut gegangen?« fragte er so besorgt, daß ihre Tränen noch schneller flossen. »Ist es dir schwer gefallen, den Besitz zu leiten, während die alte Hexe sich überall einmischte?«

Athena kicherte. »Du meinst Tante Amelia. Wir hatten Meinungsverschiedenheiten, aber ich – ach, Jemmy, müssen wir jetzt darüber sprechen? Du mußt am Verhungern sein, und es gibt so viel zu erzählen. Komm, setz dich. Prudence hat Pflaumentörtchen gebacken.«

Jeremy ließ sich mit einem zufriedenen Seufzer in einen Stuhl fallen. »In den letzten Wochen habe ich nur halb durchgebratenes Wild und Pemmikan gegessen«, gestand er. »Du hast keine Ahnung, wie sehr ich mich nach einem Courtland-Frühstück gesehnt habe.«

Athena runzelte die Stirn. »Haben sie euch nicht genügend zu essen gegeben? Der Gouverneur hat Lord Loudon gegenüber damit geprahlt, daß die Miliz aus West York besser verpflegt sei als alle anderen Abteilungen.«

Jeremy hatte den Mund voll, und so sie mußte warten, bis er hinuntergeschluckt hatte. »Ich bin nicht mehr bei der Miliz«, erklärte er ihr stolz, als er wieder sprechen konnte. »Ich bin bei den Rangers.«

Athena bekam große Augen. »Bei Rogers' Rangers? Wie wunderbar, Jeremy. Dorthin wolltest du ja immer schon.»

Die Rangers waren eine Elitetruppe, deren Angehörige der berühmte Indianerscout Major Robert Rogers persönlich auswählte. Im Gegensatz zu den Provinzmilizen, deren Ausbildung zu wünschen übrig ließ und die nicht viel von Guerillataktik verstanden, waren die Rangers Scharfschützen, und die Geschicklichkeit, mit der sie sich im Wald bewegten, hatte ihnen den Ruf eingetragen, die Augen und Ohren der Armee zu sein.

»Mir hätte nichts Besseres widerfahren können«, bestätigte Jeremy, »und ich hoffe, daß sie auch Colm bald aufnehmen werden. Man führt ein ganz anderes Leben, wenn man ein Ranger ist. Als Colm und ich zur Miliz kamen, haben wir sofort festgestellt, wie schlecht es um sie bestellt ist. Es klingt unpatriotisch, aber die Soldaten unserer Miliz sind weit und breit die am schlechtesten ausgebildeten. Meine Kompanie bestand zum größten Teil aus Grünschnäbeln, die Heimweh hatten und jede Nacht nach ihrer Mama flennten. Das Essen war miserabel, der Sold kam nie, und du kannst dir nicht vorstellen, was sie uns für Waffen gegeben haben.«

Athena hörte ihm voll Bewunderung und Grauen zu. Die wenigen Briefe, die sie von Fletcher erhalten hatte, und die Gespräche mit ihren Bekannten hatten ihr keine Vorstellung vom Krieg vermittelt. Natürlich kannte sie Jahreszahl und Ort jeder einzelnen Schlacht seit Beginn des Krieges, aber niemand hatte ihre Fragen wirklich beantwortet. Sogar Lord Loudon und General Amherst hatten auf dem Ball über sie gelacht und ihr nachsichtig erklärt, daß junge Damen sich nicht mit solchen Problemen belasten sollten, denn die Provinzmilizen seien gut ausgebildet und würden außerordentlich gut verpflegt.

»Nicht einmal die Regulars«, fuhr Jeremy fort – er bezog sich auf die Truppen, die aus England herübergebracht worden waren, um die Kolonisten zu unterstützen –, »haben eine Ahnung vom Kampf Mann gegen Mann. Die Indianer haben ihnen beigebracht, wie man einen Menschen von hinten skalpiert, und dadurch ist alles noch schlimmer geworden.« Er nahm einen Schluck Tee und verzog das Gesicht. »Haben wir denn keine Buttermilch?«

»Mercy holt gerade welche aus dem Brunnenhaus«, antwortete Athena.

Jeremy grinste. »Die liebe kleine Mercy. Hat sie ihr Herz inzwischen einem anderen geschenkt?«

»Du darfst sie nicht necken«, warnte ihn Athena, denn ihr Bruder hatte offenbar keine Ahnung, daß Mercys Gefühle für ihn sich verändert hatten; sie war in dem Jahr seiner Abwesenheit ebenfalls erwachsen geworden. Athena war schon neugierig, was ihr Bruder sagen würde, wenn er statt einem gerade den Kinderschuhen entwachsenen Mädchen einer hübschen jungen Frau gegenüberstand.

»Wir nennen sie Rotröcke«, fügte Jeremy hinzu.

»Wen?«

»Die Regulars. Sie und die Provinzmilizen können einander nicht ausstehen. Die Milizen beschweren sich darüber, daß die Regulars keine Ahnung davon haben, wie man kämpft, und machen sich über die Paraden, die gesamte militärische Präzision und sogar über die scharlachroten Uniformen lustig. Die Regulars behaupten wieder, daß die Miliz ein undisziplinierter Haufen von Hinterwäldlern ist, denen man verbieten sollte, Uniform zu tragen. Ich bin froh, daß ich bei den Rangers bin. Bei uns gibt es keine kleinlichen Eifersüchteleien. Wir sind die besten und wissen es.«

Athena lachte mit ihm und war froh darüber, daß er so lässig vor ihr saß und sich benahm, als wäre er nie fort gewesen. Sie erkannte erst jetzt, wie sehr sie um ihn gezittert und gebangt hatte, nicht nur wegen der französischen Kugeln, sondern auch wegen des Schadens, den der Krieg der Seele eines Menschen zufügen kann. Sie wollte ihn nach Colm fragen und sich erkundigen, ob Jemmy etwas von Fletchers Regiment gehört hatte, aber sie spürte, daß er das Bedürfnis hatte zu sprechen. Sie würde ihre Fragen später stellen.

»Ich habe nichts gegen die Regulars«, sagte Jeremy gerade. »Eine Armee braucht Disziplin, und die haben sie sicher. Was ich wirklich bewundere, sind die Hochländer. Alles, was Tykie von ihnen behauptet hat, entspricht der Wahrheit. Sie sind vollkommen furchtlos. Ich habe selbst gesehen, wie sie nur mit ihren Schwertern bewaffnet – sie nennen sie Breitschwerter – in die französischen Reihen gesprungen sind, und sie gefällt haben wie Bäume, obwohl die Franzosen sie mit geladenen Musketen erwarteten.«

Athenas Hals war plötzlich wie zugeschnürt. »Die Siebente Hochländerkompanie liegt seit einigen Tagen in West York. Die meisten von ihnen lagern auf dem Besitz von Egon de Vries. Kennst du sie?« Sie hatte nicht vorgehabt zu fragen, aber die Worte schienen von selbst zu kommen.

»Die Siebente war vergangene Woche in Albany mit der West Yorker Miliz im gleichen Quartier, aber ich –«

»Gott sei gepriesen, Master Jeremy, Sie sind wirklich nach Hause gekommen!«

Prudence hastete strahlend ins Zimmer und blickte erschrocken auf, als Jeremy aufsprang und sie hochhob.

»Stellen Sie mich wieder auf den Boden, Sie schlimmer Junge«, protestierte sie.

Er gehorchte. »Ich kann dir gar nicht sagen, wie mir deine Kochkünste gefehlt haben, Prue«, meinte er augenzwinkernd.

»Ich habe Pflaumentörtchen gebacken und auch Sahne geschlagen.« Prudence schob hastig ihr Häubchen zurecht, das ihr über die Augen gerutscht war. Sie stellte die dampfenden Törtchen auf den Tisch und atmete erleichtert auf, weil keines zerquetscht worden war.

»Und ich habe die Buttermilch gebracht«, meldete sich Mercy schüchtern von der Tür her und trat dann mit dem Tonkrug in der Hand ins Zimmer. Sie hatte noch nie so hübsch ausgesehen; der Oktoberwind hatte ihre roten

Locken zerzaust und Farbe in ihre Wangen gebracht. Jeremy starrte die bezaubernde Erscheinung verblüfft an, denn er hatte sie nur als schüchternes Kind in Erinnerung.

Er hätte ihr sicherlich ein Kompliment gemacht, das die Röte auf ihren Wangen vertieft hätte, wenn nicht eine dröhnende Stimme erklungen wäre, so daß sich alle umdrehten.

»Master Jeremy ist also nach Hause gekommen, aber niemand hat daran gedacht, es dem alten Tykie zu erzählen. Ich habe es mir aus dem Lärm und dem Durcheinander in der Küche selbst zusammenreimen müssen.«

Tykie stapfte bedrohlich ins Zimmer und kniff die Augen zusammen, als er die um den Tisch versammelte Gruppe erblickte. Wills und Nancy waren hinter Mercy hereingekommen, um Jeremy zu begrüßen, so daß es tatsächlich aussah, als hätte man Tykie absichtlich vergessen.

»Ihr feiert, was?« brüllte er, und Mercy und Nancy zuckten erschreckt zusammen, während Athena genau wußte, daß er nur seine Freude verbergen wollte. »Na schön, unterhaltet euch nur, während der arme Tykie in den Stall zurückgeht und weiter Geschirre putzt. Hier will ihn ja niemand haben, das steht fest.«

»Fest steht nur, daß der alte Tykie jetzt noch widerborstiger ist als früher«, grinste Jeremy und umarmte den Mann, der ihm ein zweiter Vater gewesen war. Obwohl Jeremy in dem einen Jahr nicht nur gewachsen, sondern auch in die Breite gegangen war, verschwand er beinahe zwischen Tykies Armen, in dessen Augen Tränen standen. Das hätte er natürlich nie zugegeben, obwohl er keinen Grund hatte, sich zu schämen, denn alle Augen waren ein wenig feucht, und sogar Wills mußte sich abwenden und sich energisch schneuzen.

»Was um Himmels willen soll das Bedeuten?«

Amelia Bower hatte es sich zwar angewöhnt, nie laut zu

sprechen, aber wenn sie verärgert war, ließ ihre Stimme sogar die lauteste Gesellschaft erschrocken verstummen. Das gelang ihr auch hier, und selbst der furchtlose Tykie fand einen Augenblick lang keine Worte.

»Nun, Athena?« fragte Amelia eisig. Sie hatte die Lippen fest zusammengepreßt, als betrachte sie Athena endgültig als einen hoffnungslosen Fall. »Was soll dieses... rüpelhafte Benehmen? Ich habe dir Dutzende Male gesagt, daß es der Dienerschaft nicht gestattet ist –«

»Beruhige dich, Tante. Wir feiern, und du kannst gern daran teilnehmen.«

Amelia schnappte nach Luft, als ihr jemand schmatzend einen Kuß auf die Wange drückte. Dieser jemand zwinkerte ihr übermütig zu; er hatte die gleichen Augen wie Fiona, und Amelia wurde schneeweiß, stieß einen erstickten Schrei aus und fiel in Ohnmacht. Tykie, der sich trotz seiner Größe unerwartet rasch bewegen konnte, fing sie im letzten Augenblick auf.

»Lege sie im Salon hin«, wies ihn Athena an und schickte Mercy um Riechsalz hinauf. Prue und Nancy beugten sich besorgt über die Ohnmächtige, während Athena und Jeremy einander ansahen.

»Ich hätte nie gedacht, daß ich eine solche Wirkung auf unverheiratete Frauen ausübe«, meinte er, weil er annahm, daß Athena erschrocken war und er sie beruhigen wollte. Zu seiner Verblüffung lachte sie vergnügt und legte ihm die Arme um den Hals.

»O Jeremy, ich bin ja so froh, daß du nach Hause gekommen bist. Du verstehst es offensichtlich am besten, unsere liebe Tante Amelia zu behandeln.«

Als Athena am Abend in den Salon kam, mußte sie wider Willen lächeln, denn ihr Bruder stand steif und mürrisch vor dem Kamin. Er fühlte sich im braunen Anzug und der eng anliegenden Weste sichtlich unbehaglich und runzelte die Stirn, als Athena ihn kritisch in Augenschein nahm.

»Sag kein Wort, Athena«, warnte er sie. »Am liebsten würde ich heute abend nicht fortgehen. Ich komme mir vor wie eine von Prudences bratfertigen Hennen, bevor sie in das Backrohr geschoben werden.«

»Du hast vergessen, was ein Gentleman an Unbequemlichkeiten auf sich nehmen muß, um modisch zu sein. Trotzdem fehlt offenbar etwas, und obwohl du großartig aussiehst, bekomme ich nicht heraus – ach, natürlich! Wo ist deine Perücke?«

Jeremy fuhr sich erschrocken mit der Hand durch die widerspenstigen blonden Locken. »Meine was? Meine Perücke? Bist du verrückt? Ich werde nie freiwillig eines von diesen heißen, juckenden Dingern aufsetzen.«

»Ich fürchte, daß Tante Amelia darauf bestehen wird. Du weißt, wie wichtig ihr der äußere Anschein ist, vor allem, wenn es um die Kensingtons geht.«

»Es ist schon ein besonderes Pech, daß ich genau an dem Abend Urlaub habe, an dem Leda Kensington eine Dinnerparty gibt«, jammerte er. »Es ist mir nicht nur gleichgültig, daß Stephen heil über den Ozean zurückgekommen ist, sondern ich habe auch nicht das Bedürfnis, ihm dazu zu gratulieren. Der eingebildete Kerl war mir immer schon zuwider, und daß ich jetzt auch noch eine Perücke tragen soll –«

Athena begann hilflos zu kichern, und seine Augen wurden schmal. »Du hast mich wieder einmal auf den Arm genommen, was? Das muß bestraft werden.«

Er umschlang sie mit einem Arm und begann sie zu kitzeln. Athena versuchte quiekend, sich zu befreien, und dabei lösten sich ihre Locken. Erst als sich Tante Amelia von der Tür her räusperte, gab Jeremy seine Schwester frei. Athena schob sich die Haare aus der Stirn, und Jeremy begrüßte seine Tante mit einer spöttischen Verbeugung.

»Wie du siehst, Tantchen, sind wir in glänzender Stimmung und bereit, uns auf den Weg zu machen. Soll ich nachsehen, ob Wills schon mit der Kutsche vorgefahren ist?«

Amelia nickte unsicher, denn Fionas jüngster Sohn war ihr ein wenig unheimlich. Er war nie unhöflich oder respektlos, aber sie wurde den Eindruck nicht los, daß er sich über alles lustig machte. Kein Wunder, daß Athena so ungebärdig war. Ein leicht zu beeinflussendes Mädchen mußte zwangsläufig zu einem Wildfang werden, wenn es mit solchen Brüdern aufwuchs.

»Bring deine Haare in Ordnung, Athena, während dein Bruder sich um den Wagen kümmert.« Obwohl sie die Rauferei geschmacklos fand, zog sie es vor, die beiden deshalb nicht zu tafeln. Athena verschwand gehorsam in die Halle, in der ein großer Spiegel hing.

»Ist es immer so schlimm mit ihr?« flüsterte Jeremy, als er wieder hereinkam.

Athena kicherte, denn an diesem Abend konnte ihr nichts die Laune verderben. »Manchmal ist es noch viel schlimmer. Sie beherrscht sich heute abend nur, weil du sie so sehr an Mutter erinnerst.«

»Oder weil ich sie mit meinem jungenhaften Charme bezaubert habe. Hör auf, an deinen Haaren herumzuzupfen. Die Frisur ist in Ordnung, und du bist der personifizierte Liebreiz, mein geliebtes Schwesterchen.« Er ergriff sie bei den Händen und drehte sich mit ihr im Kreis, bis ihr jadegrüner Rock um ihre Knöchel wehte und man die Spitzen ihrer smaragdgrünen Ballschuhe sah.

Athena lachte, und Jeremy fand, daß sie schöner war, als es für ein Mädchen gut sein mochte. Er hatte plötzlich das Bedürfnis, sie zu beschützen. Gerade weil Athena so ungekünstelt und schön war, konnte sie leicht einem erfahrenen Schürzenjäger zum Opfer fallen.

Heute abend stand sie zwar unter seinem Schutz, aber

schon morgen würde es anders sein, und er beschloß, ein ernsthaftes Wort mit ihr zu reden, bevor er zu den Rangers zurückkehrte. Er war nur um drei Jahre älter als sie, doch er war beim Militär zum Mann gereift, und sie war noch ein unerfahrenes Kind. Ihre Mutter war tot, Fletcher, der älteste von ihnen, weit fort, und deshalb war es seine, Jeremys Aufgabe, seine Schwester vor den Fallstricken der Welt zu warnen.

»Was ist, Jeremy?« fragte Athena, als sie seinen finsteren Gesichtsausdruck bemerkte.

Er schüttelte die düsteren Gedanken ab und legte ihr den Arm um die Schultern. »Ich habe darüber nachgedacht, wie ich ganz allein deine glühenden Verehrer in Schach halten soll, ohne gewalttätig zu werden!«

»Mrs. Kensington hat uns versichert, daß nur ein kleiner Kreis geladen ist, also wirst du diese Aufgabe mühelos lösen können.« Athena griff nach ihren Handschuhen und ließ sich von Jeremy den Umhang umlegen. »Lassen wir Tante Amelia nicht warten.«

Die Luft war frisch und kalt und die Sterne glitzerten am Himmel, als die drei ins Freie traten. Von einem Fenster im Hauptflügel aus blickte Mercy hinunter, um Jeremy in seiner eleganten Aufmachung zu bewundern. Er sah wirklich gut aus, fand Athena; er wurde ihrer schönen Mutter immer ähnlicher.

Colm und Jeremy sahen ihrer Mutter ähnlich, während Athena und Fletcher das kräftige Kinn und die scharfgeschnittene Nase ihres Vaters geerbt hatten. Doch Fletcher war der einzige, der wie ihr Vater dunkle Haare hatte, was ihm Athenas Ansicht nach eine gewisse Vornehmheit verlieh.

»Das soll ein kleiner Kreis sein?«

Sie schreckte aus ihren Gedanken hoch und sah hinaus. Sie waren bereits bei den Kensingtons angelangt, und

Wills mußte die Pferde im Schritt gehen lassen, weil sich die Kutschen auf der Auffahrt zum Herrenhaus stauten.

»Es überrascht mit nicht, daß Leda Kensington so viele Gäste eingeladen hat«, bemerkte Tante Amelia. »Sie hat sich darüber geärgert, daß Marianne de Vries Lord Loudon und General Amherst in ihrem Haus einquartiert hat.«

»Sie streiten noch immer wie zwei Hennen im Hühnerhof, was?« meinte Jeremy.

Athena drückte sich die Hand auf den Mund, um nicht laut zu lachen, und war froh, daß Amelia ihnen gegenüber saß und Jeremys Bemerkung nicht gehört hatte. Sie hielt es für absolut unschicklich, schlecht über Bekannte zu sprechen, obwohl jeder wußte, daß Leda Kensington und Marianne de Vries um die führende Rolle in der Gesellschaft kämpften. Die Kensingtons hatten ihren Besitz in Parzellen aufgeteilt und verpachtet – eine Maßnahme, die die Courtlands verabscheuten – und konnten sich dadurch Extravaganzen leisten, um die reichen Holländer, die weiter oben am Fluß lebten, auszustechen.

Der ganze Staat West York profitierte von dieser Rivalität, denn ihre Folge waren prunkvolle Parties und Bälle, bei denen die beiden Gastgeberinnen einander ständig zu überbieten suchten. Athena hielt diese Entwicklung für äußerst lästig; noch dazu taten die beiden Konkurrentinnen, als wären sie eng befreundet.

Doch heute abend hatte Athena andere Sorgen. Während sie das Haus mit den hell erleuchteten Fenstern betrachtete und die Gäste scharf beobachtete, schlug ihr das Herz bis zum Hals. Es war sehr wahrscheinlich, daß sie heute abend Lochiel Blackmoor gegenüberstehen würde, und dieser Gedanke machte sie nervös. Sie war so sicher gewesen, daß auf dieser Party nur die Bekannten der Kensingtons anwesend sein würden – was sollte sie nur tun, wenn er ebenfalls eingeladen war? Sie konnte ihm nach den Ereignissen der vergangenen Nacht nicht gegenübertreten.

»Was ist los, Liebes?« fragte Jeremy, als sich ihre Hand in die seine schob. Er konnte ihr Gesicht im schwachen Licht nicht erkennen, aber er spürte, daß etwas sie beunruhigte.

»Du wirst dich heute abend benehmen, wie es sich für eine junge Dame gehört, Athena«, mischte sich Tante Amelia scharf ein. »Ich hoffe nur, daß dein empörendes Verhalten auf dem Rennplatz deinem Ruf keinen nicht wieder gutzumachenden Schaden zugefügt hat. Es wäre mir lieber, wenn du nicht so kurz danach eine Gesellschaft besuchtest, aber ich habe die Einladung vor Tagen angenommen. Du könntest jedenfalls die Gelegenheit benützen, um zu beweisen, daß du trotz deiner letzten Unüberlegtheiten gute Manieren besitzt.«

»Ja, Tante.« Athena war im Augenblick nicht in der Stimmung, mit ihrer Tante zu streiten.

Jeremy geleitete sie in die hell erleuchtete Halle. Der Boden war aus schön poliertem Schiefer, und an den getäfelten Wänden strahlten Wandleuchter aus Messing. Leda und Ambrose Kensington standen in der Nähe der Tür und begrüßten die Gäste. Ihre Töchter, die neben ihnen standen, trugen zwar verschiedenfarbige, aber sonst genau gleiche Kleider, und man hätte sie für Zwillinge halten können, obwohl Eliza um zwei Jahre älter war als Aramintha. Sie waren genauso unattraktiv und dick wie ihre Eltern.

Als Eliza Jeremy erblickte, geriet ihr Fächer in heftige Bewegung, und sie flüsterte ihrer Schwester etwas zu. Daraufhin musterte auch Aramintha den gut aussehenden jungen Mann; beide würdigten Athena keines Blicks. Zum Glück reagierten die plaudernd herumstehenden Männer anders.

Athena trug ein smaragdgrünes Samtkleid und elfenbeinfarbene, leise raschelnde Unterröcke. Mercy hatte ihr die Haare zu Ringellöckchen gekämmt, die ihr auf die Schultern fielen; infolge von Jeremys Übermut hatten sie sich ein wenig aufgelöst, aber dadurch wirkte Athena nur noch verführerischer. Die dreiviertellangen, mit elfenbeinfarbenen Rüschen besetzten Ärmel betonten ihre schlanken Arme, und der tiefe Ausschnitt brachte ihren Brustansatz vorteilhaft zur Geltung.

Athena bemerkte die bewundernden Blicke nicht; sie musterte die Anwesenden genau und atmete erleichtert auf, als sie feststellte, daß keine einzige Uniform in Sicht war. Leda Kensington wollte ihre Mitbürger offensichtlich vergessen lassen, daß Krieg herrschte, daß die Franzosen im Land standen und daß es in West York vor Militär wimmelte. Gespräche über den Krieg waren nicht erwünscht, es sei denn in den den Herren vorbehaltenen Räumen. Der Abend war meisterlich geplant, und Leda konnte wieder einen Punkt zu ihren Gunsten buchen.

Da Leda in Jeremy einen möglichen Bewerber um die Hand einer ihrer Töchter sah, begrüßte sie ihn überschwenglich, ließ aber Athena dafür links liegen. Athena wußte, daß Stephens Mutter der Meinung war, sie sei nicht die richtige Braut für ihren geliebten Sohn.

Das Gefühl beruhte auf Gegenseitigkeit. Doch noch während Athena Ambrose Kensington die Hand hinhielt, suchte ihr Blick bereits Stephen, denn nur er konnte ihr erklären, wie Major Blackmoor in den Besitz ihres Briefes gelangt war.

»Jeremy, Miß Courtland, es tut gut, euch wieder zusammen zu sehen.«

Stephen stand hinter ihnen. In seiner schneeweißen Halsbilde glitzerte ein blutroter Rubin, er trug eine goldfarbene Seidenhose und einen pfauenblauen Rock – kurz, er war der vollendete Dandy. Bei diesem Anblick kehrte Athenas Abneigung gegen ihn verstärkt wieder. Wie hatte sie ihm nur den Brief an Jeremy anvertrauen können? War er daran schuld, daß die Mitteilung in Lochiels Hände gelangt war? Verdammt, wenn das der Fall war, dann würde er es büßen.

»Es ist schön, dich wiederzusehen, Stephen«, sagte Jeremy mit gespielter Herzlichkeit. Keiner der Courtland-Brüder hatte jemals viel für Stephen und seine Lebensweise übrig gehabt.

»Und ich freue mich, daß du Urlaub bekommen hast.« Stephens Blick wanderte von Jeremy zu Athena und zurück. »Wann bist du nach Hause gekommen?«

»Gestern spät nachts. Ein Farmer hat mich mit seinem Karren von Albany mitgenommen, und das letzte Stück bin ich zu Fuß gegangen.«

»Ich kann mir den Aufruhr im Haus vorstellen, als du unangemeldet aufgetaucht bist.«

Jeremy, der schon im Begriff war, mit Athena in den Ballsaal weiterzugehen, schüttelte den Kopf. »Ich habe mich sehr bemüht, niemanden zu wecken.«

»Wir haben seine Anwesenheit erst heute morgen entdeckt«, fügte Athena hinzu und wunderte sich, als Stephen die Stirn runzelte. Sie hätte ihm gern weitere Fragen gestellt, aber Jeremy zupfte sie jetzt offen am Ärmel.

»Dort drüben steht Trey Warwick. Ich habe ihn zum letzten Mal gesehen, bevor ich zur Miliz ging. Wer ist das hübsche Mädchen neben ihm?«

»Seine Frau«, lächelte Athena.

Jeremy sah sie verblüfft an. »Trey ist verheiratet? Das hätte ich nie geglaubt! Entschuldige uns, Stephen.«

»Selbstverständlich. Ich hoffe, daß wir uns später unterhalten können, Miß Courtland. Vielleicht reservieren Sie mir einen Tanz nach dem Abendessen.«

»Gern.«

Die Mahlzeit war üppig; sie bestand hauptsächlich

aus Wild aus den umliegenden Wäldern; Wein, Champagner und heißer, gewürzter Apfelwein flossen in Strömen.

Athena konnte es kaum erwarten, daß die Hausfrau die Tafel aufhob, denn sie wollte mit Stephen wegen des Briefes sprechen. Als sie endlich Gelegenheit dazu bekam, fragte sie ihn geradeheraus, was er damit getan hatte.

»Ich habe ihn einem meiner Lakaien mit dem ausdrücklichen Befehl anvertraut, ihn Ihrem Bruder sofort nach seinem Eintreffen zu überreichen. Jeremy hat selbst erzählt, daß er sein Regiment nicht hierher begleitet hat, sondern direkt nach Courtland Grace gegangen ist. Vermutlich befindet sich der Brief noch immer bei Charles – er schenkt Ihrer Tante gerade Champagner ein. Soll ich ihm auftragen, Ihnen das Schreiben zurückzugeben?«

Athena biß sich auf die Lippen. Sie spürte, wie ihr das Blut in die Wangen stieg und wollte Stephen nicht merken lassen, daß sie ratlos war.

»Das ist nicht notwendig«, antwortete sie schließlich. »Jeremy ist zu Hause, also hat der Brief keinen Sinn mehr. Werfen Sie ihn einfach weg.«

Stephen sah sie verärgert an, weil er eine andere Reaktion erhofft hatte. Konnte sich das Mädchen so gut verstellen? Oder hatte Lochiel Blackmoor auf den Brief nicht reagiert?

Es spielte keine Rolle mehr; Jeremy hatte sich ins Haus geschlichen und war nicht über die beiden Liebenden gestolpert, wie Stephen gehofft hatte. Sein Plan war schiefgegangen, aber er tröstete sich schnell. Er würde der flatterhaften Miß Courtland schon zeigen, was man sich einbrockte, wenn man mit einem fremden Soldaten ins Bett ging.

Er umklammerte ihre Hand unwillkürlich fester. Er war noch immer verrückt nach ihr und hätte sie am liebsten in diesem Augenblick in den Garten geführt, ihr das Mieder heruntergerissen und die Lippen auf ihre Brüste gedrückt.

Er zwang sich, an etwas anderes zu denken, denn seine Männlichkeit begann sich zu regen, und das mußte in den eng anliegenden Kniehosen auffallen. Er wirbelte sie über das Parkett und lächelte sie hingerissen an, doch Athena war dabei nicht wohl zumute. Etwas stimmte nicht, und obwohl sie nicht wußte, was sie störte, war sie fest entschlossen, Stephen nie wieder zu vertrauen.

»Gott sei Dank, daß das vorbei ist«, seufzte Jeremy, als er irgendwann nach Mitternacht in die Polsterung des Wagens sank. »Ich habe schon geglaubt, daß der Abend nie mehr zu Ende gehen wird.«

»Ich bin stolz auf euch«, stellte Tante Amelia fest, während sie ihren Umhang enger um sich zog. Die Nachtluft war kalt und feucht, und sie freute sich schon auf das warme Feuer, das in ihrem Zimmer auf sie wartete. »Du hast den Charme deines Vaters geerbt, Jeremy, und du, Athena, hast heute deinen Ruf wiederhergestellt.«

»Danke, Tante«, murmelte Athena.

Amelia Bower hatte natürlich bemerkt, daß Stephen Kensington zweimal mit ihrer Nichte getanzt hatte, eine Auszeichnung, die keinem anderen Mädchen zuteil geworden war.

»Ich muß morgen zeitig aufstehen«, fügte Jeremy gähnend hinzu. Er hatte sich über das Wiedersehen mit seinen alten Freunden gefreut und sich geschmeichelt gefühlt, weil die jungen Mädchen, mit denen er tanzte, ihn als Helden bewunderten. Doch er hatte sich bald gelangweilt, denn er hatte im Grunde wenig für solche Gesellschaften übrig. Die Abneigung gegen Prunk und hohlen Schein war offensichtlich ein Kennzeichen der Courtlands.

»Ziehen die Rangers morgen weiter?« Athena war bemüht, sich ihre Enttäuschung nicht anmerken zu lassen. Er sollte nicht wissen, wie einsam sie sich ohne ihn fühlte.

»Ich muß mich bei Major Rogers melden, von dem ich alles Weitere erfahren werde. Ambrose Kensington hat mir heute erzählt, daß die Siebente Hochländerkompanie und die in West York einquartierten Regulars im Morgengrauen abmarschieren. Wir werden wahrscheinlich die nächsten sein.«

Athenas Hals schnürte sich zusammen. Lochiel zog also morgen weiter. Sie hätte es sich denken können, denn Jeremy hatte ihr erzählt, daß ein Angriff auf Quebec geplant war.

Ihr Herz war wie betäubt. Die Rangers würden zweifellos an diesem Angriff teilnehmen, und Fletchers Regiment würde sie vermutlich dabei unterstützen.

Athena empfand zum erstenmal in ihrem jungen Leben tödliche Angst. Es war durchaus möglich, daß alle Männer, die sie liebte, an dieser Schlacht teilnehmen würden, denn General Amherst hatte den Bürgern von West York versichert, daß dieser Feldzug der letzte dieses Krieges sein würde.

Sie würde es nicht ertragen können, wenn sie einen von ihnen verlor.

Mit Ausnahme von Major Blackmoor, sagte sie sich zornig. Wahrscheinlich hätte sie ihn im Lauf der Zeit liebgewonnen, aber er hatte sich ihr gegenüber so gefühllos verhalten, daß sie nichts dagegen hatte, wenn er gegen die Franzosen in den Kampf zog.

»Sei nicht traurig, Süßes«, tröstete sie Jeremy, »ich werde das Gespräch mit Major Rogers möglichst kurz halten, so daß wir den Abend zusammen verbringen können. Ich werde auch versuchen, etwas über Colm und Fletcher zu erfahren.«

»Würdest du das wirklich tun?«

»Für dich tue ich doch alles, mein Liebling«, behauptete

er. In Wirklichkeit wollte er sie nur beruhigen, denn er machte sich Fletchers wegen Sorgen, dessen Regiment an der kanadischen Grenze schwere Verluste erlitten hatte. Es würde auch für ihn eine Erleichterung sein, wenn er erfuhr, daß ihr ältester Bruder am Leben und wohlauf war.

Athena wünschte ihrem Bruder gute Nacht und ging in ihr Zimmer, wo Mercy zusammengerollt tief schlafend auf dem Bett lag. Athena rüttelte sie wach und erzählte ihr bereitwillig von den Ereignissen auf dem Ball, während Mercy das Fischbeinkorsett aufhakte, in das Athena den ganzen Abend eingezwängt gewesen war.

»Es tut gut, wieder atmen zu können.« Athena streckte und dehnte sich erleichtert. »Kniehosen sind viel bequemer und ich bedaure, daß ich nicht als Junge zur Welt gekommen bin.«

»Wenn man Mrs. Bower Glauben schenkt, sind Sie ohnehin schon ein halber Junge«, kicherte Mercy. »Erzählen Sie mir noch einmal, mit wem Master Jeremy getanzt hat.«

»Morgen«, gähnte Athena undamenhaft. »Jetzt bin ich zu müde.«

Sie schlief in dem Augenblick ein, in dem sie den Kopf auf das Kissen legte, und dann träumte sie von dem Ball. Sie tanzte mit Stephen, der sie viel zu fest an sich drückte, und als sie den Blick hob, entdeckte sie, daß es nicht Stephen, sondern Lochiel war, der mit ihr durch den Saal glitt.

Athena lächelte im Schlaf und kuschelte sich tiefer in die Federn. Doch etwas störte ihren Traum; es klang, als würde Ballycor wiehern. Athena war plötzlich hellwach und begriff, daß das zornige Wiehern des Hengstes Wirklichkeit war.

Sie stand auf und lief barfuß zum Fenster. Als sie durch das beschlagene Glas blickte, stellte sie fest, daß es bereits hell wurde. Sie konnte kaum glauben, daß sie so lange geschlafen hatte.

Im Stall war es jetzt still, und in Tykies Räumen oberhalb des Stalls brannte kein Licht. Doch Athena wußte, daß sie das Wiehern nicht geträumt hatte. Sie warf einen Morgenmantel über und schlich die Treppe hinunter, denn Ballycor geriet nicht ohne Grund außer sich. Sie beschloß, weder Jeremy noch Wills zu wecken, nahm aber vorsichtshalber Fletchers alte Muskete mit. Die Waffe gab ihr ein gutes Gefühl der Sicherheit, obwohl das unnötig war, wenn Tykie sich in der Nähe befand.

Die Morgenluft war kühl, und Athena fröstelte, als sie über den Rasen lief. Die weißgetünchten Ställe schimmerten im grauen Licht unheimlich, und als sie näherkam und murmelnde Männerstimmen hörte, stockte ihr der Atem.

Was war los? Wo war Tykie? Sie überlegte kurz, ob sie nicht doch zurückgehen und Hilfe holen sollte. Infolge der fürstlichen Beträge, die die Armee für Pferde bezahlte, hatten die Pferdediebe überhand genommen. Es waren für gewöhnlich Landstreicher, die vor nichts zurückschreckten, und Athena fühlte sich ihnen nicht gewachsen. Doch als Ballycor wieder zornig wieherte, schob sie diesen Gedanken beiseite. Wenn sie versuchte, Jeremy und Wills zu wecken, würden die Diebe über alle Berge sein, bis sie die beiden aus dem Bett geholt hatte. Wenn sie ihren geliebten Hengst retten wollte, mußte sie die Einbrecher selbst vertreiben; Athena umklammerte die Muskete fester und trat in den Stall.

Bei dem Anblick, der sich ihr bot, traute sie ihren Augen nicht. Tykie lag an Händen und Füßen gefesselt auf dem Boden, und drei Männer in Milizuniform waren damit beschäftigt, ihn festzuhalten. Zwei weitere Männer versuchten, Ballycor ein Halfter überzustreifen, doch der Schimmel trieb sie jedesmal, wenn sie seine Box betraten, mit Zähnen und Hufen zurück. Es war schwer festzustellen, wer von den fünfen es schlechter getroffen hatte.

»Wenn ihr nicht sofort verschwindet, schieße ich.«

Fünf erschrockene Augenpaare wandten sich ihr zu. Vor ihnen stand eine entschlossene junge Frau, die kaum mehr als ihr Nachthemd am Leib trug und eine Muskete in der Hand hielt. Sie stützte die Waffe so mühelos auf die Hüfte, daß allen klar war, daß sie damit umgehen konnte.

»Bindet ihn los.« Athena deutete mit dem Kopf auf Tykie, ohne den Mann mit der Korporaluniform, der offensichtlich der Anführer war, aus den Augen zu lassen.

»Das ist nicht Ihr Ernst«, platzte dieser heraus. »Wir haben es zu fünft kaum geschafft, ihn zu fesseln.«

»Bindet ihn los«, wiederholte Athena; ihr Finger krümmte sich um den Abzug.

»Kommen Sie, Korporal, Sie werden doch keine Angst vor ihr haben. Sie ist fast noch ein Kind«, meinte einer der Männer.

»Und eine Schönheit«, fügte ein zweiter hinzu.

Alle fünf waren inzwischen aufgestanden, und der Ausdruck, mit dem sie Athena musterten, war beunruhigend. Tykie schien es auch zu merken, denn er begann wieder, wild um sich zu schlagen; weil er einen Knebel im Mund hatte, konnte er dabei nicht fluchen.

»Kommt mir nicht näher«, warnte Athena, als die beiden kräftigsten Soldaten langsam vorrückten. Einer von ihnen musterte sie grinsend, denn sie hatte vergessen, den Schlafrock zu schließen, und über dem gestickten Rand ihres Nachthemds waren ihre Brüste teilweise zu sehen.

»Wir wollen Ihre Pferde, Miß. Wir wollen niemandem Schaden zufügen.«

»Und was ist mit ihm?« fragte Athena und zeigte auf Tykie. »Ihr habt einen Bürger der Kolonie gefesselt und geknebelt, und behauptet, daß ihr niemandem Schade zufügen wollt. Außerdem stehlt ihr die Pferde eurer Landsleute. Ich habe geglaubt, daß ihr gegen die Franzosen und nicht gegen die Engländer kämpft.«

»Du hast eine ganz schön scharfe Zunge«, stellte der größte Soldat fest. »Man sollte ihr Manieren beibringen, was, Korporal?«

»Seien Sie friedlich, Mann«, sagte der Korporal. Es war offensichtlich, daß er sich bei seinen Männern nicht durchsetzen konnte.

»Bleiben Sie, wo Sie sind«, wiederholte Athena und richtete die Muskete auf den großen Soldaten. »Wenn Sie einen Schritt näherkommen, schieße ich.«

»Tatsächlich?« fragte er unbeeindruckt. Sein Grinsen jagte ihr Angst ein und sie bedauerte jetzt, daß sie Wills und Jeremy nicht geweckt hatte.

»Wie willst du mich denn aufhalten, Mädchen? Du wirst doch nicht einen von unseren Leuten erschießen wollen? Du hast selbst gesagt, daß ich kein Franzose bin.«

»Daß du Kerl es wagst, dich mit Miß Courtland zu vergleichen, betrachte ich als Unverschämtheit«, sagte eine leise, aber deutlich drohende Stimme von der Tür her.

Athena fuhr herum und erblickte Lochiel Blackmoor, der lächelnd im Türrahmen lehnte. Doch die Art, wie er die Männer vor ihm musterte, war ausgesprochen unangenehm, und sie begannen, dem Korporal unsichere Blicke zuzuwerfen.

Alle bis auf den Riesen, dessen Grinsen noch gemeiner wurde, als er Lochiels Kilt bemerkte. »Habe ich dich beleidigt, Mädchen?« fragte er verächtlich.

»Du sprichst mit einem Major, Peters«, rief ihm der Korporal nervös ins Gedächtnis.

Peters lachte kurz. »Glauben Sie, daß ich vor einem Rotrock Respekt habe, der noch dazu ein Kleid trägt?«

Athena Herz blieb beinahe stehen, als sie den Ausdruck auf Lochiels Gesicht sah. Ihre Freude bei seinem Anblick verwandelte sich in Angst, als ihr klar wurde, wie gewalttätig er werden konnte. Peters schien es auch zu merken, und der Wechsel vom bösartigen Pferdedieb zum respektvollen Untergebenen war beinahe komisch.

»Wir haben unsere Befehle, Sir. General Amherst benötigt Pferde für den Marsch nach Norden, und wir sollen alles requirieren, was brauchbar ist.«

»Ich kenne den Befehl des Generals«, erwiderte Lochiel ruhig, doch der Unterton in seiner Stimme ließ Athena frösteln. Bis jetzt hatte er sie kein einziges Mal angesehen; wußte er nicht, daß sie hier war, oder übersah er sie absichtlich?

Sie konnte nicht wissen, daß ihm ihre Anwesenheit sehr stark bewußt war, daß ihre offenen Haare und der enganliegende Morgenmantel aus Musselin in ihm wieder das Verlangen nach ihr geweckt hatten.

»Mir ist klar, daß ihr die Befehle befolgen müßt«, fuhr Lochiel fort, »aber ich kann mir einen Schimmel nicht in unserer Armee vorstellen, weil wir uns oft bei Nacht und Nebel anschleichen müssen. Außerdem könnte ein so schwer zu bändigender Hengst für die anderen Pferde gefährlich werden. Euer Hauptmann Hitchcock schloß sich meiner Ansicht an, als ich mit ihm darüber sprach, und gestattete mir, in seinem Namen einzugreifen.«

Er bemerkte den dankbaren Blick, den Athena ihm zuwarf, beachtete sie aber weiterhin nicht, sondern schlenderte zu Tykie hinüber.

»Bindet diesen Mann los und entschuldigt euch bei Miß Courtland«, fügte er hinzu.

»Bitte, Sir, könnten Sie ihn vielleicht losbinden?« flehte der Korporal. »Ich habe diesen Gesichtsausdruck schon bei anderen Männern gesehen und kann nicht für unsere Sicherheit garantieren, wenn wir ihn selbst freilassen.«

Lochiels Lippen zuckten. »Ich verstehe, Korporal. Dann würde ich aber vorschlagen, daß Sie sich so rasch wie möglich von hier entfernen, denn ich bezweifle, daß Miß Courtland und ich ihn zurückhalten können, wenn er seine Fesseln erst einmal los ist.«

Den fünf Soldaten fiel es schwer, ihre Erleichterung zu verbergen, und sie beeilten sich, ihre Entschuldigungen bei Athena anzubringen.

Sobald sie fort waren, trat Stille ein, nur Tykie schlug nach wie vor um sich. Lochiel beobachtete ihn einen Augenblick lang amüsiert und durchschnitt erst dann seine Fesseln mit seinem Dolch.

»Diese Hurensöhne«, brüllte Tykie, sobald er sich den Knebel aus dem Mund gerissen hatte. »Haben sie Ihnen etwas getan, Mädchen?«

»Mir geht es großartig«, versicherte ihm Athena.

»Die verdammten Soldaten haben sich auf mich gestürzt, als ich herunterkam, um nachzuschauen, warum Ballycor unruhig war«, explodierte Tykie. »Sie mußten sich zu fünft mächtig anstrengen, um mich festzuhalten, aber es ist trotzdem eine Beleidigung, die ich nicht auf mir sitzen lasse. Hören Sie, Junge!« Sein dicker Zeigefinger bohrte sich in Lochiels Brust. »Ich stehe in Ihrer Schuld, aber jetzt muß ich hinter den Kerlen her.«

Bevor jemand antworten konnte, stieß er einen lauten Schlachtruf aus und stürzte davon. Lochiel und Athena sahen einander erschrocken an und begannen dann zu lachen.

»Danke, daß du gekommen bist«, sagte Athena, als sie wieder Luft bekam. »Ich weiß nicht, was sonst geschehen wäre.«

Bei ihren Worten wurde Lochiel ernst. Einen Augenblick lang lag ein seltsamer Ausdruck in seinen silbergrauen Augen. Athena errötete heftig, zog sich zu Ballycor zurück und begann, seine samtige Schnauze zu streicheln.

»Ich konnte nicht zulassen, daß Ballycor an der Front

landet«, erklärte Lochiel. »Er ist ein Reit-, kein Kriegspferd.«

Athena konnte ihn von der Box aus nicht sehen, aber seine Stimme klang kühl und gleichgültig, und sie haßte sich, weil sein Benehmen sie schmerzte. Sie konnte nicht wissen, daß Lochiel nur deshalb gekommen war, weil er Ballycor für sie retten... und sie wiedersehen wollte.

Er hatte sich eingeredet, daß er sich nur einmischte, um zu verhindern, daß ein prachtvolles Tier dem Krieg geopfert wurde. Doch jetzt wußte er, daß er sich selbst belogen hatte.

»Athena«, sagte er rauh, und sie sah ihn an. Die Entfernung, die sie voneinander trennte, machte ihn rasend.

»Komm aus der Box heraus«, befahl er. »Ich muß dem Menschen, mit dem ich spreche, gegenüberstehen.«

Zu seiner Überraschung gehorchte sie. Ihr Morgenrock stand am Hals offen, und er bemerkte, daß dort eine Ader heftig pochte. War es Angst, die ihren Atem rascher gehen ließ, oder etwas anderes? War es möglich, da auch sie die Spannung spürte, die zwischen ihnen herrschte?

Er wollte es wissen. Er mußte sie zum letzten Mal berühren, zum letzten Mal die Süße ihrer Lippen spüren, bevor er sie für immer verließ. Er erinnerte sich dunkel daran, daß er sich auf dem Ritt hierher vorgenommen hatte, sich nicht von ihren Verführungskünsten bezaubern zu lassen.

Sie zitterte vor Verlangen am ganzen Körper, als seine Arme sie umschlangen, und flüsterte leise: »O Lochiel«.

Er beugte den dunklen Kopf und zog sie heftig an sich.

»Athena! Was, zum Teufel, ist hier los?«

Sie lösten sich voneinander, als sie Jeremys Stimme aus dem Hof vernahmen. Lochiel schüttelte mit undurchdringlichem Gesicht den Kopf. »Ich bin wieder ein Narr gewesen«, stellte er fest. »Mir hätte klar sein müssen, daß du dich nicht mit dem begnügen wirst, was ich dir geben kann.«

Sie blickte ihn verständnislos an. »Was meinst du damit, Lochiel? Was habe ich getan?«

Er lachte rauh. »Spiel nicht die Unschuldige, meine Liebe. Darauf falle ich nicht mehr herein!«

»Athena!« rief Jeremy wieder. Im nächsten Augenblick stand er in langen Unterhosen barfuß in der Tür. »Ich habe gehört, wie Tykie wie ein wütender Stier davongestürmt ist. Was ist geschehen?«

Er verstummte, und sein Blick wanderte von dem Hochländer zu dem unglücklichen Gesicht seiner Schwester. »Athena?« er legte ihr brüderlich den Arm um die Schultern. »Was ist geschehen? Ist alles in Ordnung?«

»Ich möchte mich jetzt verabschieden, Miß Courtland. Es gibt offenbar nichts mehr, was ich für Sie tun kann.« Lochiel verbeugte sich kurz vor Athena und verließ den Stall, ohne den jungen Mann, der sich Athena gegenüber so vertraulich verhielt, eines Blickes zu würdigen. Als er sein Pferd bestieg und davongaloppierte, war sein Gesicht steinern, er war von Bitterkeit erfüllt. Er war wirklich ein Narr gewesen. Er war Hals über Kopf davongeritten, um Athenas Pferd zu retten und sie wiederzusehen, und hatte nicht bedacht, daß ihr Liebhaber vielleicht noch bei ihr war.

Du Idiot, beschimpfte er sich, denn er hätte beinahe sein Herz einer Frau zu Füßen gelegt, die kälter und berechnender war als alle, die er bis jetzt kennengelernt hatte. Athena hatte ihm schon einmal gezeigt, daß man ihr nicht vertrauen konnte, und er war so dumm gewesen, sich noch einmal an der Nase herumführen zu lassen. Nie wieder, schwor er sich, während er Courtland Grace für immer den Rücken kehrte.

7. Kapitel

Als Major Blackmoor sein Quartier verließ, wies ihm der kalte Aprilwind voll ins Gesicht, und das gefrorene Gras knirschte unter seinen Stiefeln. Er blieb stehen, überblickte den leeren Exerzierplatz und sah zu, wie der dunkle Rauch eines Feuers zum Himmel stieg. Eine kurze Tauwetterperiode hatte den Bach, der am Fort vorbeifloß, anschwellen lassen, und sein Rauschen war bis hierher zu hören.

»Major?«

Er drehte sich um und sah seine Ordonnanz, die mit einem Bündel Papiere zu ihm gelaufen kam.

»Befehle aus Albany, Sir.«

»Danke.« Lochiel nahm die Papiere entgegen, und Barrett steckte sofort die Hände in die Taschen seines fadenscheinigen Mantels und stampfte mit den Füßen.

»Kalt, Barrett?«

»Seit wir Weihnachten in Albany verbracht haben, Sir, war mir kein einziges Mal warm.« Auf sein vom Wind gerötetes Gesicht trat ein sehnsüchtiger Ausdruck, als er sich an die Baracken erinnerte, in denen das Hochländerregiment die Feiertage verbracht hatte. In den riesigen steinernen Herden hatte Tag und Nacht Feuer gebrannt, und kaum jemand hatte Lust verspürt, sich ins Freie zu wagen.

Obwohl Barrett die endlosen Stunden des Nichtstuns verhaßt gewesen waren, hätte er sein jetziges frostgebeuteltes Leben jederzeit dagegen getauscht. Er schüttelte den Kopf, als ihm einfiel, wie aufgeregt er gewesen war, als die Marschbefehle eintrafen. Warum war die Kompanie auch ausgerechnet in die eisigen Hügel südlich des Ontariosees geschickt worden!

»Ich bin kein Hochländer wie Sie, Sir«, fuhr Barrett fort, der sich darüber wunderte, daß dem Major die bittere Kälte nichts ausmachte. Blackmoor trug lediglich Uniform und Schulterplaid und war zudem noch barhäuptig. Die meisten Hochländer spürten die Kälte nicht. Nach einem langen Marsch wickelten sie sich erschöpft in ihre Plaids, ließen sich auf den Boden fallen und schliefen sofort ein, ganz gleich, ob sie in Schlamm oder Schnee lagen.

»Im Vergleich zu den Wintern zu Hause sind die hiesigen mild«, erklärte ihm Lochiel. Es fiel ihm schon leichter, an das einsame Bergtal zu denken, in dem die Blackmoors seit drei Jahrhunderten gelebt hatten. Die Zeit milderte sogar den Schmerz darüber, daß er alles, was er besaß, an die rachsüchtigen Engländer verloren hatte. Sie hatten die Schotten vor über zwölf Jahren besiegt, nachdem Prinz Charles Edward Stuart, in dem die Schotten den echten Thronfolger sahen, die Clans vereinigt hatte. Er wollte den deutschen König Georg vom Thron stoßen.

In Lochiels Gesicht trat ein bitterer Zug. Sie hatten ihn Bonnie Prince Charlie genannt, und die Clans hatten ihm ohne zu zögern Herz und Hand verpfändet. Lochiel war damals erst achtzehn gewesen und hatte für die Stuarts zu den Waffen gegriffen. Er wußte noch jetzt, wie stark sein Glaube an die Sache der Patrioten gewesen war. Doch seit der schrecklichen Niederlage von Culloden Moor, in der König Georgs blutdürstiger Sohn die Clans abgeschlachtet hatte, war es mit seiner Naivität vorbei.

Lochiel war zum Flüchtling geworden, der nur ein Ziel kannte: nach Hause in die Sicherheit seines einsamen Tales zurückzukehren. Er und ein Häufchen Überlebender waren gejagt worden wie Tiere, aber da sie nachts wanderten und Pfade benutzten, die nur ihnen bekannt waren, entgingen sie der Gefangennahme.

Es hatte kein Zuhause mehr gegeben, in das Lochiel zurückkehren konnte, nur eine rauchende Ruine anstelle des einstigen prächtigen Wohnsitzes der Blackmoors. Die Schafe und Rinder waren weggetrieben, die loyalen Diener und Clanmitglieder getötet worden; Mutter und Schwester waren dem Gemetzel nur knapp entkommen.

Infolge des Schocks hatte seine Schwester ihr ungeborenes Kind verloren, ein doppelter Schicksalsschlag, da ihr Mann bei Culloden gefallen war. Mutter und Schwester lebten jetzt im Unterland, und seine Schwester hatte wieder geheiratet, aber sie würden diese schrecklichen Ereignisse nie vergessen. Dabei hatten sie mehr Glück gehabt als viele andere ihrer Landsleute, die nicht mit dem Leben davongekommen waren.

Lochiel hatte sich oft gefragt, ob man die Blackmoors wirklich als glücklich bezeichnen konnte. Den alten Familiensitz gab es nicht mehr, sie hatten gleichgültige Verwandte um Hilfe bitten müssen, und er selbst hatte gegen seine Überzeugung gehandelt, als er nicht einmal ein Jahr später in die britische Armee eintrat.

Viele der loyalen Männer, die jetzt unter ihm dienten, waren ebenfalls Überlebende dieses Konflikts. Die meisten waren deshalb in das Hochländerregiment eingetreten, weil sie gegen die Franzosen kämpfen wollten, die Bonnie Prince Charlie zuerst ihre Unterstützung zugesagt und ihn dann erbärmlich im Stich gelassen hatten.

Lochiels Motive waren anderer Art. Merkwürdigerweise hatte er nichts gegen die Franzosen, sondern ihn verfolgte die Erinnerung an die Grausamkeit der englischen Soldaten, die seine Verwandten und seine engsten Freunde auf dem Moorgelände von Culloden umgebracht hatten. Die Sieger hatten keine Gefangenen gemacht, und Lochiel konnte nicht vergessen, wie sie die Verwundeten in die Hügel verfolgt und niedergemäht hatten, um sich dann auf die unschuldigen Frauen und Kinder der verschiedenen Clans zu stürzen.

Als Major in der Siebenten Kompanie war er deshalb berühmt, weil er mutig war und nie die Nerven verlor. Er erwartete von seinen Männern unerschütterliche Loyalität, und wenn jemand gegen die Vorschriften verstieß, folgte die Strafe unerbittlich auf dem Fuß. Doch er war gerecht und verdankte die Achtung seiner Männer sowie der ihm über- und untergeordneten Offiziere vor allem dieser Eigenschaft. Er hatte sich Feinde gemacht, weil er an seinen Überzeugungen festhielt, aber die Zahl seiner Freunde war weitaus größer.

»Der Kompaniefeldwebel hat mir aufgetragen, Ihnen diese Befehle zu überbringen«, wiederholte Barrett. Er verstand nicht, warum der Major keine Anstalten traf, den dicken Beutel zu öffnen, den er in der Hand hielt. Barrett hätte gar zu gern gewußt, wie die Befehle lauteten, und hoffte insgeheim, eine hochgestellte Persönlichkeit wäre zu der Überzeugung gelangt, daß die Wildnis um Fort Shuyler nicht der richtige Ort war, um eine Armee dort überwintern zu lassen. Vielleicht schickte man sie sogar bis zum Frühling nach Albany zurück, damit sie dort auf das Eintreffen der englischen Kriegsschiffe warteten, die an dem entscheidenden Angriff auf Quebec teilnehmen sollten.

Der Winter war recht friedlich verlaufen, denn Montcalm war in Quebec geblieben, und die meisten französischen und kanadischen Truppen hatten sich in ihre Forts verkrochen. Die britischen Regimenter an den großen Seen und am St. Lorenzstrom hatten keine ungewöhnlichen feindlichen Aktivitäten gemeldet. In den schneereichen Monaten Februar und März hatte Barrett seine Pflichten erfüllt, ohne zu murren. Jetzt plagte ihn die Neugierde in bezug auf die neuen Befehle. War es dem Major denn gleichgültig, ob sie endlich von hier fortkamen?

»Bringen Sie mir bitte Tee«, war alles, was Lochiel sagte, bevor er in sein kleines Büro verschwand.

Als Barrett einige Minuten später mit der dampfenden

Teekanne zurückkehrte, lagen die Papiere säuberlich gestapelt auf dem Schreibtisch des Majors. Nichts deutete darauf hin, daß er sie gelesen hatte, doch er wirkte nachdenklich.

»Korporal Martin nimmt Wetten darauf an, daß wir nach Süden geschickt werden«, bemerkte Barrett nebenbei, während er den Tee einschenkte.

»Hoffen Sie das auch?« erkundigte sich der Major.

»Ja, Sir.« Barrett war seit zwei Jahren bei Major Blackmoor und wußte daher, daß man bei ihm mit der Wahrheit am besten fuhr. Er war erst achtzehn Jahre alt, also noch jung genug, um an Helden zu glauben, und betete Lochiel beinahe an.

Dieser lächelte müde und griff nach seinem Tee. »Ich würde Ihnen den Wunsch gern erfüllen, mein Junge, aber ich kann es leider nicht.«

»Wir haben also neue Befehle erhalten?«

»Ja, und sie werden Mr. Martin nicht gefallen. Oberst Hambrick von der Massachusetts-Miliz berichtet von Truppenbewegungen bei den Kanadiern in der Nähe von Fort Oswego. Trupps von missionierten Irokesen, die von Fort Niagara nach Norden zogen, sind gesichtet worden.«

»Glauben Sie, daß Montcalm vorhat, New York anzugreifen, Sir?«

Lochiel wurde ernst. Es lag durchaus im Bereich des Möglichen, daß sich die Kanadier aus diesem Grund sammelten. Der Marquis de Montcalm würde sich durch den tiefen Schnee und die bittere Kälte nicht von dem Versuch abhalten lassen, seinen glänzenden Sieg bei Fort Ticonderoga zu wiederholen. Vor allem, wenn Gerüchte im Umlauf waren, daß General Amherst Quebec angreifen wollte. Sobald die Winterstürme auf dem Atlantik aufgehört hatten, würde eine Flotte von britischen Kriegsschiffen zur Unterstützung der Kolonisten auslaufen, und Montcalm, der sicherlich darüber unterrichtet war, würde ihr Eintreffen bestimmt nicht abwarten. Der Marquis war ein erfahrener Soldat, der ohne zu zögern die schneebedeckten Berge überqueren würde, um Albany einzunehmen. Das war eine deprimierende Vorstellung, die dem englischen Hauptquartier in den Kolonien seit Beginn des Krieges Sorgen bereitete. Lochiels Gesicht war verbissen. In den letzten sechs Monaten hatte er sich immer wieder gesagt, daß die Bürger des Staates New York selbst für sich sorgen konnten. Er hatte keinen Grund, sich den Kopf über das Wohlergehen dieser Menschen zu zerbrechen.

Als er bemerkte, daß Barrett ihn beobachtete, zwang er sich ein Lächeln ab. »Wir haben Befehl, Platz für die Gäste zu schaffen. General Prideaux' Regulars wollen zum Ontariosee vorrücken, um der französischen Eskalation bei Oswego entgegenzuwirken, und einige Milizregimenter werden sie begleiten. Bis jetzt ist eine Konfrontation eher unwahrscheinlich, deshalb brauchen wir uns vorläufig keine Sorgen zu machen.«

»Sie lassen uns immer im dunkeln, was?« fragte die höhnische Stimme von Kompaniefeldwebel Andrew Durning hinter ihnen. Wie Lochiel trug er über dem Waffenrock ein Plaid, das er mit einer Spange aus Rauchquarz an der Schulter befestigt hatte. Nichts hält einen Hochländer besser warm, pflegte er zu sagen, als ein Breitschwert an seiner Seite und ein wollenes Plaid, in das er sich einwikkeln kann.

»Sie hätten Ihren Einfluß auf Amherst dazu benutzen sollen, ihm einzureden, er solle die Siebente den Winter über in Albany lassen«, knurrte er und verzog das Gesicht, weil der Tee kalt geworden war. »Statt dessen haben Sie zugelassen, daß man uns von einem Ort zum anderen schickt, damit wir wie die dreckigen Rangers Friedensstifter und Scout spielen.«

»Sie haben mir selbst erzählt, daß drei Monate Nichtstun in Albany Sie beinahe wahnsinnig gemacht haben«, rief ihm Lochiel ins Gedächtnis. »Wenn wir dorthin zurückkehren, wäre es wieder das gleiche.«

»Aber dort würden wir uns wenigstens nicht den Hintern abfrieren, während wir darauf warten, daß die verdammten Franzosen etwas unternehmen. Dafür zahlen sie uns entschieden zu wenig«, knurrte Andy und hielt die Hände über das kleine Öfchen, das mitten im Zimmer stand. »Sobald ich in Pension bin, schreibe ich einen langen Brief –«

»Möchten Sie Tee, Sir?« unterbrach ihn Barrett, der den Kompaniefeldwebel daran hindern wollte, einen seiner endlosen Vorträge vom Stapel zu lassen. »Ich kann den Tee in der Kanne noch einmal wärmen.«

»Von mir aus.«

Kaum waren die beiden Offiziere allein, sah Durning Lochiel scharf an und fragte geradeheraus: »Was ist mit Ihnen los? Seit wir zu Weihnachten in Albany waren, sind Sie wie ausgewechselt. Am Weihnachtsabend haben Sie das letzte Mal einen Whisky mit mir getrunken, und das hübsche Mädchen aus dem Troßlager, auf das Sie ein Auge geworfen hatten, verzehrt sich vor Sehnsucht nach Ihnen. Außerdem würden meine Männer lieber einem Regiment Franzosen gegenüberstehen als Ihrer miserablen Laune beim Appell. Welche Laus ist Ihnen über die Leber gelaufen?«

Lochiels Gesichtsausdruck war unergründlich, als er ans Fenster trat und die Feuer und Zelte an der Südseite des Forts überblickte. Nicht einmal der Schnee und die schreckliche Kälte hatten die Frauen der Soldaten, die Prostituierten und das Pack abgeschreckt, die ihnen von Albany gefolgt waren. Die meisten Soldaten in Fort Shuyler begrüßten ihre Anwesenheit. Die Frauen kochten, wuschen und nähten für die Männer und waren immer bereit, einen einsamen Mann nachts in ihr Bett zu nehmen. Obwohl Lochiel ihre Dienste in Anspruch genommen hatte, reizten sie ihn in letzter Zeit immer weniger.

»Einige unserer Leute, vor allem Hugh Martin, haben den Eindruck, daß Sie Ihr Herz in West York zurückgelassen haben«, fügte Andy hinzu. »Das würde erklären, warum Sie in letzter Zeit so mürrisch sind.«

»Ich habe in letzter Zeit sehr viele Sorgen gehabt«, sagte Lochiel kühl. »Zum Beispiel frage ich mich, was ich mit einem gewissen Kompaniefeldwebel anfangen soll, der gemeinsam mit meinen Männern müßige Spekulationen über meinen Gemütszustand anstellt.«

Der Ältere hob angewidert die Hände. »Auf so etwas hätte ich gefaßt sein müssen. Wenn es um etwas Persönliches geht, bekommt man von Ihnen nie eine Antwort. Wahrscheinlich finden die Mädchen eben das an Ihnen so unwiderstehlich – Sie sind immer von einem Geheimnis umgeben. Wenn Sie die jungen Damen damit beeindrukken, soll es mir recht sein, aber für mich ist es verdammt unangenehm.«

Lochiel mußte wider Willen grinsen; Andys Tiraden vertrieben jedes Mal seinen Mißmut. Er hatte außerdem keinen Grund, sich über die Beschwerden des Älteren zu ärgern. Der Winter war lang und streng gewesen, und auch er hatte genug von den endlosen Märschen und dem stundenlangen Nichtstun, die zum Soldatenleben gehörten. Die Konfrontation mit Montcalm lag noch in weiter Ferne, und da war es kein Wunder, daß er verdrossen wurde.

Dafür mußte Andy eigentlich Verständnis haben. Daß eine Frau an seiner Gereiztheit schuld sein sollte, war blanker Unsinn. Vielleicht hatte er früher etwas zu oft an leuchtende blaue Augen und ein trotzig vorgeschobenes Kinn gedacht, aber das lag Monate zurück, und Athena Courtland war nur noch eine undeutliche Erinnerung.

Er schlug Andy auf die Schulter. »Machen Sie sich meinetwegen keine unnötigen Sorgen. Wenn ich die Männer ungerechterweise hart angefaßt habe, werde ich es wieder gutmachen – wie immer.« Er stand schon in der Tür, als er sich noch einmal umdrehte. »Und was die Sehnsucht nach einem weiblichen Wesen betrifft, so wissen Sie verdammt gut, daß ich die Frau, die mich länger als eine halbe Stunde interessiert, erst kennenlernen muß.«

Ironischerweise fielen diese spöttischen Worte Lochiel nicht einmal vierzehn Tage später wieder ein, als ein müder Trupp Milizsoldaten in das Fort einmarschierte. In der vorhergehenden Nacht war frischer Schnee gefallen, der das Vorwärtskommen erschwerte, und es war nicht zu übersehen, daß die Männer erschöpft waren und dringend Schlaf brauchten. Er begleitete den Kommandanten des Forts hinaus, um den Trupp zu begrüßen, und spürte dabei, wie warm ihm die Aprilsonne auf den Rücken schien. Der Frühling lag in der Luft, auch wenn es nur die an Kälte gewöhnten Hochländer merkten.

»Es wird uns teuflisch schwerfallen, all diese Männer unterzubringen«, bemerkte Major Eure. Er war ein freundlicher Mann mit einem ausgeprägten Sinn für Humor, den Lochiel schätzte und achtete.

»Meine Männer werden nichts dagegen haben, die Betten mit ihnen zu teilen«, erwiderte er, während die müden Soldaten an ihm vorbeizogen.

»Anscheinend haben wir auch einige Rangers bekommen«, stellte Major Eure fest, als er die grünen Hemden erblickte. Er seufzte. »Es wird nicht leicht sein, sie daran zu hindern, sich mit der Miliz zu prügeln, und die Miliz, sich mit Ihren Regulars zu prügeln. Wieso haben die Franzosen eigentlich nicht längst unsere zerstrittenen Truppen überrannt? Aber jetzt muß ich den Kompaniekommandanten empfangen und mir seine Befehle zeigen lassen. Kommen Sie mit, Major Blackmoor?«

Lochiel schüttelte beinahe unmerklich den Kopf, denn einer der Rangers, die auf die Baracken zugingen, hatte seine Aufmerksamkeit erregt. Es war lange her, daß er die blonden Locken und das kräftige Kinn zum letzten Mal gesehen hatte, doch vergessen hatte er sie nicht.

Der Ranger spürte Lochiels Blick und hob den Kopf. Obwohl er ihn sichtlich nicht wiedererkannte, ging er zu dem Schotten hinüber. »Haben Sie etwas auf dem Herzen, Sir, oder haben Sie mich nur zum Spaß angestarrt?« erkundigte er sich.

Lochiel runzelte die Stirn. Der selbstsichere junge Mann vor ihm brauchte dringend eine Lektion in Disziplin. Er hatte die Daumen in den Gürtel gehakt, lächelte ironisch und schien nicht zur Kenntnis zu nehmen, daß er mit einem Offizier sprach.

»Sie sind also zu den Rangers gegangen«, bemerkte Lochiel, und sein eisiger Tonfall veranlaßte sein Gegenüber, erstaunt die Brauen hochzuziehen.

»Kennen wir einander, Sir?«

Der fragende Ausdruck der blauen Augen vergrößerte nur noch Lochiels Zorn.

»Wir sind einander nie formell vorgestellt worden«, knurrte er, als er sich daran erinnerte, wie dieser junge Schnösel im Stall von Courtland Grace spärlich bekleidet hinter Athena aufgetaucht war und ihr vertraulich den Arm um die Schultern gelegt hatte. »Ich habe Sie im Oktober in West York gesehen. Sie –«

Der Ranger warf den Kopf zurück und begann zu lachen. »Das muß mein Bruder gewesen sein. Er tritt immer wieder ins Fettnäpfchen, und ich muß es ausbaden, wenn man uns miteinander verwechselt.«

Lochiel merkte zu seinem Mißvergnügen, daß dieser unverschämte Kerl ihm gegenüber im Vorteil war. »Ihr Bruder?« wiederholte er.

Der Ranger wurde ernst. Vielleicht spürte er, daß sein Gegenüber gefährlich war. »Ja, mein Bruder Jeremy«, erwiderte er vorsichtig. »Wir sind Zwillinge. Sie haben ihn vergangenen Herbst in West York kennengelernt?«

Lochiels Zorn schwand. Es war nicht fair, wenn er auf diesen Jungen losging, weil sein Bruder Athenas Geliebter war. »Ihr Bruder und ich haben eine gemeinsame Bekannte, eine junge Frau namens Athena Courtland.«

Der Ranger packte Lochiel unvermittelt an dessen blauem Waffenrock. »Athena? Sie haben mit ihr gesprochen? Wann? Ging es ihr gut?«

Obwohl die Hände des Rangers erstaunlich kräftig waren, fiel es Lochiel nicht schwer, ihn wegzuschieben. In seinem Kopf wirbelten die Gedanken durcheinander. War Athena mit beiden ins Bett gegangen? Die Erregung in den blauen Augen des Rangers war nicht zu übersehen. Verdammt noch mal, wie viele Männer in den Kolonien hatte Athena noch beglückt? Wie viele ihrer Liebhaber würde er noch kennenlernen, bevor der Krieg zu Ende war?

»Ich habe Miß Courtland im Oktober im Haus von Egon de Vries kennengelernt.« Lochiels Stimme war so eisig, daß Colm unwillkürlich einen Schritt zurücktrat und sich fragte, womit Jeremy sich diesen Mann zum Feind gemacht hatte. »Es ging ihr offensichtlich gut, und sie fühlte sich anscheinend in der Gesellschaft Ihres Bruders sehr wohl.«

Sein Gegenüber reagierte erstaunlicherweise auf diese Bemerkung ohne eine Spur von Eifersucht, und Lochiel beschloß, keine Fragen mehr zu beantworten. Schließlich konnte der junge Mann seinem Bruder schreiben und sich erkundigen, wie es Athena ging. Er drehte sich abrupt um und folgte Major Eure.

In der Nähe der Unterkünfte hielt ihn Korporal Martin auf, der auf einer Bank saß und seinen geliebten Dolch polierte. »Ich habe gehört, daß wir neue Befehle erhalten haben, Sir«, sagte er, während er aufstand. »Werden wir bald zum Einsatz kommen?«

»Wenn Sie nicht aufhören, Ihren Vorgesetzten Fragen

zu stellen, Korporal, sind acht Stunden zusätzlicher Wachdienst der einzige Einsatz, den Sie erleben werden«, knurrte Lochiel.

»Was, zum Teufel, soll das?« Davie Skelley sah dem Offizier verblüfft nach. »Er hat sich bis jetzt nie geweigert, mit uns über unsere Befehle zu sprechen.«

Martin rieb sich den Bart. »Ich habe dir ja gesagt, Davie, daß eine Frau dahinter steckt.«

»Blödsinn«, widersprach Davie verächtlich. »Der Major würde nie eines Mädchens wegen auf das Vergnügen verzichten, jede Nacht ein anderes weibliches Wesen in sein Bett zu nehmen.«

»Da bin ich nicht so sicher«, meinte Hugh Martin.

Sein Kamerad versetzte ihm einen Rippenstoß. »Du bist ein unheilbarer Romantiker. Der Major hat nur militärische Angelegenheiten im Kopf, und falls er heute abend mit einem Mädchen ins Bett geht, dann hat er es spätestens morgen beim Appell vergessen.«

8. Kapitel

Athenas Gesicht war unter der pelzbesetzten Kapuze kaum zu sehen, doch ihr verzweifelter Gesichtsausdruck mußte einem aufmerksamen Beobachter trotzdem auffallen. Das Dach von Courtland Grace war über dem schneebedeckten Hügel vor ihr aufgetaucht, und ihr graute davor, in das finstere, traurige Haus zurückzukehren.

Tykie, der sie begleitete, kratzte sich seufzend am Kopf. Der Winter war für alle hart gewesen, aber Miß Athena hatte ihn am schlechtesten ertragen. Es war verständlich, daß sie ihr Zuhause nicht mehr mochte, wenn sie darin mit diesem Drachen von Tante zusammenleben mußte, die täglich schwieriger und anspruchsvoller wurde. Amelia Bower war während der Feiertage erkrankt und hatte das Bett hüten müssen; seither kränkelte sie und bestand darauf, sich nur von ihrer Nichte betreuen zu lassen.

»Was der alte Drache braucht, ist ein kräftiger Tritt in den Hintern«, murmelte Tykie vor sich hin. »Sie will sich verwöhnen lassen, das ist alles, was ihr fehlt.«

Seine düsteren Gedanken wurden von Stephen Kensington unterbrochen, der seine graue Stute neben Ballycor lenkte. »Haben Sie denn noch nicht genug, Athena?« fragte er. »Ich friere bis ins Mark.«

»Nur noch eine Runde um die Felder«, bat Athena.

Stephens Ohren unter der Bibermütze waren rot vor Kälte, und der teure Sergemantel hätte sich besser für eine Fahrt in der Kutsche denn für einen scharfen Galopp durch die eisige Winterluft geeignet. Als er in Courtland Grace Besuch machte, war er nicht darauf gefaßt gewesen, Athena auf einen Ausritt zu begleiten; er wußte noch nicht, wie geschickt Athena Menschen manipulieren konnte.

»Von mir aus«, stimmte er zu; er war nicht imstande, ihr zu widerstehen, als sie unter dem glänzenden Marderfell zu ihm aufblickte.

Tykie grinste befriedigt, als Athena Ballycor in Trab fallen ließ. Dem kleinen Mädchen tat es gut, an der frischen Luft zu sein, statt ihre Tante zu betreuen, die den ganzen Tag auf dem Sofa saß, einen Schal um die Schulter gelegt hatte, nörgelte und ständig etwas anderes brauchte, das man ihr bringen mußte.

Dem jungen Kensington machte der Ritt offenbar weniger Spaß als Athena, und es hatte Tykie überrascht, daß er sich überhaupt dazu bereit erklärt hatte. Für gewöhnlich saß er unter Amelias wachsamen Augen auf dem Sofa, während Athena – sichtlich gelangweilt – widerwillig mit ihm plauderte. Stephen kam in letzter Zeit bedauerlicherweise immer öfter, und Prudence hatte neulich bemerkt, der junge Laffe mache Athena ernsthaft den Hof.

Tykie war klar gewesen, daß der junge Kensington etwas anderes im Sinn hatte als eine Heirat, und deshalb hatte er darauf bestanden, das junge Paar auf dem Ausritt zu begleiten. Wenn jemand eine Anstandsdame brauchte, dann war es Athena. Tykie wußte genau, was Stephen Kensington vorhatte, und das würde er verhindern, selbst wenn er ihm dazu mit bloßen Händen das Genick brechen mußte.

»Ich verstehe nicht, warum sie seine Besuche duldet«, murrte Tykie, während er zusah, wie die schlanke Gestalt im blauen Samt zwischen den kahlen Bäumen verschwand und Stephens Stute immer weiter zurückblieb. »Früher hat es ihr nichts ausgemacht, ihn fortzuschicken. Seit Master Jeremy fort ist, hat sich überhaupt alles geändert, und jetzt ist der Winter auch noch so lang und kalt.«

Er seufzte tief und sehnte sich nach der schönen Zeit zurück, als alle Courtlandbrüder zu Hause gewesen waren und Athenas blaue Augen vor Lebensfreude gefunkelt hatten.

Athena erreichte den Stall vor den beiden Männern, stieg ab und wärmte ihre Hände an dem kleinen Öfchen im Sattelraum. Sie war froh, ein paar Minuten für sich zu haben, denn sie war in letzter Zeit überhaupt nicht mehr allein. Sie mußte entweder Tante Amelia etwas bringen oder ihr vorlesen, und seit die Schneestürme des Februars vorbei waren, kam Stephen beinahe jeden Tag vorbei.

Warum erklärte sie ihm eigentlich nicht, er solle fortbleiben? Sie mochte seine Besuche nicht, denn er war langweilig und ichbezogen, und die lüsternen Blicke, mit denen er sie musterte, wenn ihre Tante wegsah, waren ihr widerlich.

»Du hast dich zu einem rückgratlosen Geschöpf entwickelt, Athena«, tadelte sie sich. Ihre glückliche Stimmung war verflogen, als Jeremy im Oktober zu den Rangers zurückkehrte, und sie war auch während der hektischen Ballsaison nicht über ihren Kummer hinweggekommen.

Die Einwohner des Staates West York waren offensichtlich entschlossen gewesen, den Krieg zu vergessen, und hatten unzählige Bälle und Soireen veranstaltet. Athena hatte alle Einladungen ablehnen müssen, weil ihre Tante nicht imstande war, sie zu begleiten, und es gehörte sich nicht, daß sie allein ausging. Am schwersten war es ihr gefallen, die Einladungen aus Albany abzulehnen. In West York wußte niemand genau, wie es um den Krieg stand, und Athena hätte sehr gern mit den in Albany stationierten Offizieren darüber gesprochen.

Aber vielleicht war Tante Amelias Krankheit ein Segen gewesen. Die britischen Regulars waren im Winter in Albany einquartiert worden, und es war sehr wahrscheinlich, daß Major Blackmoor zu den gleichen Veranstaltungen eingeladen worden war wie sie.

Laut Katrine de Vries, die die ganze Ballsaison in Albany verbracht hatte, war Lochiel Blackmoor für die Damen der Held des Tages gewesen. Er hatte so viele Verhältnisse gehabt, daß er keinen einzigen Gedanken an Athena verschwendet haben konnte. Sie versuchte sich einzureden, daß es ihr gleichgültig war, doch sie gestand sich manchmal, daß sie noch immer von seinen Küssen und seinen leuchtenden, silbergrauen Augen träumte.

Sie erfuhr nie, daß Katrines Berichte reine Erfindung waren. In Wirklichkeit war Lochiel Blackmoor auffallend selten in der Öffentlichkeit erschienen, und auch dann nur General Amherst zuliebe, der die Gesellschaft des jungen Offiziers schätzte.

Außerdem hatte sich Katrine in den gut aussehenden Schotten verliebt, hätte es aber nie zugegeben, denn Major Blackmoor weigerte sich beinahe, sie zur Kenntnis zu nehmen. Seine Haltung ärgerte sie maßlos, und jeder gescheiterte Versuch, ihn in ein Gespräch zu verwickeln, oder eine Aufforderung zum Tanz herbeizuführen, erinnerte sie daran, wie leicht es Athena gelungen war, ihn in das Arbeitszimmer ihres Vaters zu locken.

»Gott sei Dank weiß sie nicht, was wirklich zwischen uns vorgefallen ist«, murmelte Athena und schob die Kapuze ihres Umhangs zurück. Es fiel ihr schon schwer genug, Gleichgültigkeit zu heucheln, wenn Katrine wieder einmal von einer neuen Eroberung Lochiels berichtete. Sie nahm sich jedenfalls vor, Katrine an die Luft zu setzen, wenn sie beim nächsten Besuch wieder auf dieses Thema zu sprechen kommen sollte. Auch ihre Geduld hatte Grenzen.

Eine Hand, die sich auf ihren Arm legte, riß sie aus ihren Gedanken. Sie fuhr herum, denn sie befürchtete einen

Augenblick lang, daß Stephen eine Gelegenheit gefunden hatte, mit ihr allein zu sein.

»Ach, du bist es, Tykie«, atmete sie erleichtert auf.

»Ja, es ist nicht der junge Kensington, wie Sie befürchtet haben.« Tykie hielt ebenfalls die Hände über den Ofen. »Als ich ihn das letzte Mal sah, kratzte er fluchend das Eis aus den Hufeisen seiner Stute. Es wird eine Weile dauern, bis er hier sein wird, weil er jetzt nicht auf ihr reiten kann.«

»Du hättest ihm ja dein Pferd anbieten und die Stute selbst zurückführen können«, neckte ihn Athena.

»Das hätte ich tun können.« Als er zu ihr hinunterblickte, merkte er, daß sie lächelte, und fuhr fort: »Warum lassen Sie ihn überhaupt hierherkommen? Warum sagen Sie ihm nicht, daß es keinen Sinn hat, wenn er Ihnen den Hof macht?«

Es dauerte eine Weile, bis Athena antwortete. »Ach, Tykie«, meinte sie schließlich, »es spielt überhaupt keine Rolle, ob Stephen mich besucht oder nicht. Eigentlich spielt überhaupt nichts mehr eine Rolle.« Sie lachte bitter. »Manchmal denke ich sogar, daß ich einen Heiratsantrag von ihm annehmen würde.«

»Das dürfen Sie nicht tun«, platzte Tykie heraus.

In die blauen Augen traten Tränen. »Es hat keinen Sinn, wenn wir uns etwas vormachen, Tykie. Alles hat sich verändert. Vater ist tot, und Colm und Jeremy sind Soldaten, keine übermütigen Jungen mehr. Fletcher hat seit vier Monaten nicht mehr geschrieben, und nicht einmal Major Rogers kann herausbekommen, wo sich sein Regiment befindet. Vielleicht lebt er ja überhaupt nicht mehr.«

Tykie war entsetzt. Diese hoffnungslose, unglückliche Frau konnte nicht seine kühne Athena sein. Wieso hatte er nicht gemerkt, daß sie so unglücklich war? »Das ist noch lange kein Grund, Stephen Kensington zu heiraten«, stellte er zornig fest. »Der Krieg wird nicht ewig dauern, und Ihre Brüder werden einmal zurückkommen. Sie müssen an die Zukunft denken.«

»Ich denke an die Zukunft. Was ist, wenn keiner meiner Brüder den Angriff auf Quebec überlebt? Was ist, wenn ich meine Tante bis an ihr Lebensende pflegen muß? Es macht ihr offensichtlich Spaß, die Kranke zu spielen, obwohl wir beide wissen, daß sie gesund ist wie ein Ochse. O ja, ich denke an die Zukunft. Vielleicht wäre eine Heirat mit Stephen Kensington gar nicht so schrecklich, wie wir beide glauben.«

Sie war fort, bevor er antworten konnte. Der Widerhall ihrer Reitstiefel auf dem Steinboden und das Geräusch der äußeren Tür, die ins Schloß fiel, ließen Tykie zusammenzucken. Er ließ sich auf den dreibeinigen Schemel fallen, der unter der Last ächzte, und schlug die Hände vors Gesicht. Was konnte er nur tun, um ihren Kummer zu lindern und ihr neue Hoffnung zu geben?

Zuallererst mußte er den idiotischen Kensington loswerden, sonst nahm Miß Athena womöglich seinen Antrag wirklich an. Er mußte es nur sorgfältig planen; vorläufig mußte er dafür sorgen, daß sie wenigstens gelegentlich mit sich allein sein konnte. Im Augenblick befand sie sich in so schlechter Verfassung, daß Kensington es bestimmt merkte. Er würde zweifellos die Gelegenheit beim Schopf packen und sie drängen, seine Frau zu werden – und Miß Athena war so unglücklich, daß sie womöglich ja sagte.

»Nur über meine Leiche«, murmelte Tykie; sein Gesichtsausdruck war so wild, daß sein Gehilfe Hale schleunigst aus dem Sattelraum verschwand.

Als Stephen zurückkehrte, war er in miserabler Laune, denn er hatte seine Stute das letzte Stück am Zügel führen müssen. Seine Schläfenadern schwollen drohend an, als Tykie ihm bedauernd mitteilte, Miß Athena sei unerwartet erkrankt.

»Sie hustete unaufhörlich und wurde von Fieberschauern geschüttelt«, berichtete Tykie ernst. »Das Beste, was sie tun konnte, war, direkt zu Bett zu gehen.«

»Vielleicht sollten wir den Arzt kommen lassen«, meinte Stephen und versuchte, besorgt zu klingen. In Wirklichkeit fand er, daß Athena recht geschehen war; warum ritt sie auch bei solch eisiger Kälte aus.

»Ein Senfpflaster und Bettruhe werden bestimmt genügen, damit sie bald wieder auf den Beinen ist«, versicherte ihm Tykie.

Stephen wußte nicht recht, ob er Tykie glauben sollte. Er hatte gehofft, daß sich die ewig jammernde Tante bereits in ihr Zimmer zurückgezogen hatte, wenn sie heimkamen, und daß er endlich mit Athena allein sein würde. Der einstündige Ritt, den er bei dieser Kälte hatte durchhalten müssen, war schon ärgerlich genug, und dann wurde er von dem grinsenden Riesen auch noch im Stich gelassen. Er konnte sich doch nicht umsonst aufgeopfert haben? War Athena wirklich krank oder wollte sie ihm nur aus dem Weg gehen?

Stephen hatte allmählich genug von seiner Rolle als liebeskranker Verehrer. Er würde einfach aufhören, um Athena zu werben, und sich von ihr nehmen, worauf er aus war. Sie war keine schüchterne Jungfrau, die die man mit Samthandschuhen anfassen mußte. Sie war eine leidenschaftliche Frau, die zweifellos die Aufmerksamkeiten eines potenten Mannes begrüßen würde – noch dazu, wenn ihr schottischer Liebhaber schon so lange fort war. Warum sollte er ihr nicht geben, wonach sie wirklich verlangte, statt weiterhin so zu tun, als hätte er tatsächlich die Absicht, sie zu heiraten?

»Ich werde ihr Ihre besten Wünsche überbringen, Master Kensington.«

Stephen blickte in Tykies zusammengekniffene schwarze Augen, und empfand ein seltsames Gefühl in der Magengrube. War es möglich, daß dieser flegelhafte Idiot seine Gedanken erriet? Das größte Hindernis, das sich ihm in den Weg stellte, war seine Angst vor dem riesigen Schotten. Zwischen ihnen herrschte uneingestandene Feindschaft: Stephen war entschlossen, Athena zu erobern, und Tykie war genauso entschlossen, sie davor zu beschützen.

Es wäre für Stephen relativ einfach gewesen, mittels seines Geldes und seines Einflusses in der Kolonie dafür zu sorgen, daß das Problem Tykie diskret aus der Welt geschafft wurde. Doch er wußte, daß Athena an dem Riesen hing, und wollte nicht, daß sie von seinen Aufmerksamkeiten abgelenkt wurde. Andererseits kam es nicht in Frage, daß ihn ein schwachsinniger Diener ausstach, und deshalb war sein Lächeln eisig, als er sich für den Augenblick geschlagen gab.

»Richte Miß Athena aus, daß ich morgen nach ihr sehen werde.«

Tykies Gesichtsausdruck war beinahe engelhaft unschuldig. »Es wäre klüger, wenn Sie warten, Sir, bis Miß Athena Ihnen schreibt, daß Sie sich besser fühlt. Vielleicht geht es ihr morgen noch nicht so gut.«

Stephen wurde rot. Kein Diener hatte das Recht, so unverschämt mit einem Angehörigen der herrschenden Klasse zu sprechen. Er zog kurz in Erwägung, dem respektlosen Kerl eine Ohrfeige zu verabreichen, überlegte es sich aber wieder, als Tykie die Arme vor der Brust verschränkte und erwartungsvoll zu ihm hinuntersah.

»Also gut«, murmelte er. »Ich werde warten, bis deine Herrin soweit wiederhergestellt ist, daß sie mich zu sich ruft.« Er drehte sich um und verlangte vom Stallknecht gereizt, er solle ihn seine Stute bringen.

»Und jetzt kümmern wir uns um Miß Athena«, murmelte Tykie, während er bereits zum Haus unterwegs war.

Wie konnte er sie am besten aufheitern, überlegte er, während er durch die Hintertür in die Küche trat. Prudence befand sich im Keller und holte die Zutaten, die sie zur Zubereitung des Abendessens brauchte, was Tykie nur recht war, denn es wäre bestimmt zu einer Auseinandersetzung gekommen, wenn sie die Spuren seiner schmutzigen Schuhe auf dem sauberen Steinfußboden gesehen hätte.

»Wo ist Miß Athena?« fragte Tykie Nan, die gerade heißes Wasser in die Spüle goß.

»Sie serviert Mrs. Bower im Salon den Tee«, antwortete Nan empört. »Wenn ich Miß Athena nicht so gern hätte, würde ich auf der Stelle kündigen. Es war schon schlimm genug, als die alte Frau uns wie Hühner herumscheuchte, aber jetzt hat sie sich in den Kopf gesetzt, daß nur Miß Athena sie pflegen kann. Das ist nicht fair; Miß Athena kann doch nicht –«

Sie unterbrach sich, als die Hintertür aufging, während Tykie, der befürchtete, daß es Prudence war, schuldbewußt seine Schuhspitzen an der Hose blankrieb. Doch es war Wills, der vor Kälte stampfte und sich die Hände rieb.

»Es ist nur gut, daß Melasse nicht gefriert«, bemerkte er, »sonst hätten wir zwei geplatzte Fässer auf dem Wagen.«

»Warst du in der Stadt?« erkundigte sich Tykie.

Der Lakai nickte. »Kaum jemand ist unterwegs, und die wenigen, die man trifft, jammern nur über das Wetter. Sie behaupten, daß der Frühling spät kommen wird, und ich kann ihnen nur zustimmen. Wo ist Miß Athena?«

»Im Salon bei Mrs. Bower«, antwortete Tykie, denn Nan preßte die Lippen zusammen und schien entschlossen, nichts mehr zu diesem Thema zu sagen.

»Ich habe einen Brief für sie.« Wills zog ein kleines, in Leder eingeschlagenes Päckchen aus seiner Jacke. »Er könnte von Master Fletcher stammen.«

Tykies Freudenschrei war im ganzen Haus zu hören,

und Athena kam herbeigerannt, weil sie überzeugt war, daß in der Küche etwas Schreckliches passiert sein mußte. Sie blieb im Türrahmen stehen und betrachtete verwirrt die drei Gesichter, die sich ihr zuwandten.

»Was ist hier los?« fragte sie, trat in die Küche und stemmte die Hände in die Hüften. »Wo ist Mr. Kensington, Tykie?«

Der Gefragte mußte über ihren mißtrauischen Ton lachen. »Ich habe ihn in den Brunnen geworfen.« Er begann zur allgemeinen Verblüffung, in der Küche einen Freudentanz aufzuführen, so daß die Töpfe und Pfannen an den Wänden klirrten. »Sie haben einen Brief von Fletcher bekommen. Bitte lesen Sie ihn und sagen Sie uns, wie es ihm geht.«

Athena starrte das dicke Päckchen an, das ihr der grinsende Wills entgegenhielt, und sank in einen Stuhl. »Das ist von Fletcher?« wiederholte sie.

»Ja, Miß. John Burke gab es mir, als ich auf der Post war. Es ist gestern abend eingetroffen.«

Athena erbrach mit zitternden Fingern das Siegel und entnahm dem Päckchen seinen Inhalt. Es waren vier lange Briefe; der erste war vom November datiert, der letzte vom März. Athena begann mit dem letzten.

Tykie und Wills trugen die Vorräte herein, während Nan Geschirr spülte, doch aller Blicke wanderten immer wieder zu Athena, und es fiel ihnen schwer, ihre Neugierde im Zaum zu halten. Niemand wagte, das Schweigen zu brechen, als Athena endlich die Seiten zusammenfaltete. Ihrem Gesichtsausdruck war nicht zu entnehmen, ob es sich um gute oder schlechte Nachrichten handelte.

Schließlich räusperte sich Tykie. »Geht es Master Fletcher gut?«

Athena hob den Kopf, auf dem Gesicht ein strahlendes Lächeln. Es war, als sei die Betäubung, die sie bei Jeremys Abreise befallen hatte, verschwunden; sie wußte plötzlich, was sie zu tun hatte.

»Fletcher wurde beim Fall von Louisburg verwundet«, sagte sie. »Ein indianischer Tomahawk traf ihn am Hinterkopf und fügte ihm einen geringfügigen Bruch zu.«

»Du großer Gott!« Prudence war hereingekommen, hatte die letzten Worte gehört und ließ den mit Lebensmittel gefüllten Korb fallen.

»Er versichert mir, daß die Verletzung vollkommen ausgeheilt ist«, fügte Athena hinzu. »Zum Glück hat ein anderer Soldat den Indianer erschossen, bevor dieser Fletcher skalpieren konnte.«

Prudence stöhnte wieder, und Nan erschauerte vor Schreck über das entsetzliche Schicksal, das Fletcher beinahe erlitten hätte.

»Wo ist er jetzt, Miß Athena?« erkundigte sich Wills. Er und Tykie sahen einander an; der Gesichtsausdruck ihrer Herrin beunruhigte sie.

»Nordöstlich von Fort Niagara. Es hat einige Monate gedauert, bis seine Verwundung ausgeheilt war, aber er hofft, daß er rechtzeitig zu seinem Regiment zurückkehren kann, um an dem Angriff auf Quebec teilzunehmen.«

»Sie hätten ihn nach Hause schicken müssen«, meinte Prudence empört. »Wer weiß, ob ihn die Militärärzte richtig behandelt haben.«

»Wenn sie überhaupt welche haben«, fügte Wills hinzu.

»Woran denken Sie, Mädchen?« Athenas Stillschweigen machte Tykie mißtrauisch. Vor allem störte ihn, daß sie das Kinn so entschlossen vorgeschoben hatte, denn das war ein sicheres Zeichen dafür, daß sie sich zu etwas Ausgefallenem entschlossen hatte.

»An genau dasselbe wie du«, erwiderte Athena. »Sie hätten Fletcher nach Hause schicken müssen. Weil sie es nicht getan haben, werde ich mich auf die Suche nach ihm machen.«

Alle Anwesenden protestierten erschrocken, aber Athena schüttelte nur den Kopf.

»Es ist mir gleichgültig, ob eine Reise bei diesem Wetter gefährlich ist, und die militärischen Vorschriften werden mich nicht daran hindern, mit ihm zusammenzukommen. Ich habe den Winter wie eine Einsiedlerin verbracht und zugelassen, daß andere über mein Leben bestimmten und an meiner Stelle Entscheidungen trafen. Damit ist jetzt Schluß. Ich reite morgen früh nach Fort Shuyler, und von dort aus wird es mir leichter fallen, Fletcher aufzuspüren. Sein letzter Brief ist nur vierzehn Tage alt. Er kann seither nicht sehr weit gekommen sein.«

»Warten Sie, Mädchen!«

Tykie faßte sie am Arm, aber sie riß sich los.

»Versuche nicht, mich zurückzuhalten, denn ich bin fest entschlossen. Ich muß mich vergewissern, daß er die Wahrheit schreibt, daß seine Verletzung nicht schwer war, und daß er vollkommen genesen ist.«

»Ich verstehe Sie, Miß Athena«, beruhigte sie Tykie. »Deshalb will ich Ihnen die Reise nicht ausreden, sondern werde Sie begleiten.«

Athena sah ihn ungläubig an. »Du willst mitkommen?«

Der Schotte nickte heftig. »Sie brauchen unterwegs Schutz. Können Sie sich einen besseren Beschützer vorstellen als Tykie Downs?«

Athenas Augen leuchteten auf. »Ich habe es nicht zu hoffen gewagt, Tykie.«

Wie erwartet, fiel Tante Amelia prompt in Ohnmacht, als sie erfuhr, was Athena vorhatte. Nachdem sie mit Hilfe von Hirschhornsalz wieder zu sich gekommen war, begann sie, die Hände zu ringen und über das Schicksal zu jammern, das ihre junge Nichte in der Wildnis ereilen würde.

»Es ist Zeit, daß sie einmal an jemand anderen als nur

an sich denkt«, bemerkte Mercy zu ihrer Mutter; die beiden lauschten schamlos an der Tür.

»Aber Kind, Athenas Sicherheit ist ihr vollkommen gleichgültig. Sie senkt daran, daß niemand sie mehr bedienen und ihr vorlesen wird, sobald Miß Athena fort ist.« Prudence schüttelte angewidert den Kopf.

»Ich habe überhaupt nicht verstanden, warum Miß Athena ihr nachgegeben hat. Es sieht ihr so gar nicht ähnlich«, bestätigte Mercy.

»Ich bin froh, daß Miß Athena diesen Entschluß gefaßt hat«, meinte Prudence, während sie mit Mercy in die Küche zurückkehrte. »Ich habe mir schon Sorgen um sie gemacht, weil sie den ganzen Winter über wie ein Gespenst durch das Haus gegeistert ist. Jetzt ist sie wieder die alte.«

Sie ließ sich auf einen Stuhl fallen, schnitt ein großes Stück Kuchen ab und häufte geschlagene Sahne darauf. »Jedes gebrochene Herz heilt einmal«, stellte sie befriedigt fest.

Athena stöhnte, als sie die Augen öffnete, denn ihre Decke und ihre Kleidung waren feucht. Die Zeltplane, die Tykie vergangenen Abend für sie aufgespannt hatte, war nicht ganz wasserdicht, und zu ihren Füßen hatte sich eine Pfütze aus Regenwasser gebildet. Athena setzt sich auf, schob sich die Haare aus dem Gesicht und bezweifelte, daß sie jemals wieder ein heißes Bad genießen würde. Sie streckte die steifen Glieder und lächelte Tykie müde an, der vor dem rauchenden Feuer saß und friedlich die Brotfladen aus seiner Satteltasche kaute.

»Sie haben geschlafen wie ein Engel und haben nicht die geringste Sehnsucht nach Ihrem weichen Bett zu Hause, was?« fragte er freundlich.

»Ich habe sehr gut geschlafen, danke der Nachfrage, und ich werde nicht nach Hause zurückkehren, nur weil es zufällig seit zehn Tagen regnet.«

Tykie grinste, denn er wußte, daß mehr vonnöten war als Nässe, Hunger und ein hartes Lager, um Miß Athena zum Aufgeben zu bewegen. Als das Wetter schlecht wurde, hatte er versucht, sie zum Umkehren zu überreden, hatte den Versuch aber bald wieder aufgegeben. Seither neckte er sie nur noch damit.

Es sah zu, wie sie aß, und wurde bei ihrem Anblick besorgt. Sie war blaß und hatte dunkle Ringe unter den Augen, obwohl sie behauptete, sie sei nicht müde. Ihre Lokken hatten seit Tagen weder Bürste noch Kamm gesehen, denn Athena versteckte sie sorgfältig unter der Mütze, die sie ständig trug. Sie war Teil ihrer Kostümierung: eine abgenützte Ledermütze, eine Weste, Reithosen und feste, hohe Schuhe – die richtige Ausrüstung für einen jungen Burschen. Diese Aufmachung war ihre Idee gewesen, und Tykie hatte zuerst empört protestiert.

»Ich kann nicht zwei Wochen lang im Damensitz reiten«, hatte Athena erklärt, »und außerdem erregen wir weniger Aufsehen, wenn wir wie zwei Weggefährten aussehen und nicht wie eine Dame und ihr Begleiter.«

Tykie mußte zugeben, daß sich Athena in dieser Kleidung in weit geringerer Gefahr vor Raufbolden befand und es ihnen auch leichter machte, sich unauffällig nach Fletcher zu erkundigen.

»Es gefällt mir trotzdem nicht«, murrte er und schüttelte bedrückt den Kopf, als er sie musterte. Ihre Schuhe waren mit Schlamm bedeckt, und einer ihrer Strümpfe wies ein großes Loch auf.

Trotz ihrer Müdigkeit lächelte sie fröhlich und ihre Augen leuchteten. »Es ist nicht mehr weit, Tykie, wir dürfen jetzt nicht den Mut verlieren.«

Sie stand auf und musterte die kleine Lichtung, in der sie vergangenen Abend ihr Lager aufgeschlagen hatten. Sie hatten vor drei Tagen die letzte Siedlung gesehen und waren seither nur durch einsame Täler zwischen Hügeln geritten. Trotz des Nebels und des rauhen Wetters war die Landschaft prachtvoll. Sie waren an großartigen Wasserfällen vorbeigekommen, und Tykie hatte in den kristallklaren Bächen Forellen gefangen. Nachdem sie die letzten entlegenen Farmen hinter sich hatten, war immer wieder Wild vor ihnen geflüchtet.

Tykie machte sich wegen der Indianer Sorgen, aber sie hatten während der letzten Woche nur Patrouillen der Miliz getroffen, lauter junge Soldaten, die ihnen gern die Richtung wiesen und ihre mageren Rationen mit ihnen teilten. Athena hatte viel gefragt und sich aus ihren Antworten ein klareres Bild der Lage machen können als aus den Gesprächen mit den Milizkommandanten in West York.

Obwohl sie wußte, wo sich die Rangers, zu denen Colm seit einigen Monaten gehörte, aufhielten, hatte ihnen niemand etwas über die Hochländerregimenter sagen können. Athena wußte, daß die Siebente Kompanie den größten Teil des Winters in Albany verbracht hatte und vor einigen Monaten wieder in Marsch gesetzt worden war, aber keiner der Soldaten, mit denen sie sprach, hatte eine Ahnung, wohin man sie geschickt hatte.

Außerdem war es ihr gleichgültig, redete sie sich ein. Von ihr aus konnte Major Blackmoor in die Hände der Algonkins fallen – es machte ihr nichts aus.

Tykie half ihr in den Sattel, und Athena streichelte den nassen Hals des Fuchswallachs. Sie hatte Ballycor absichtlich zu Hause gelassen, denn hätte er sich über die steinigen Pfade und schlammigen Felder quälen müssen, wäre er nie wieder für ein Rennen zu brauchen gewesen.

An diesem Morgen schwiegen sie. Der Regen sammelte sich auf dem Rand von Athenas Mütze und tropfte auf ihren Rücken. Sie fror, fühlte sich unbehaglich, weigerte sich aber, sich einzugestehen, wie müde und entmutigt sie war. Es würde keineswegs so einfach sein, Fletcher zu finden, wie sie angenommen hatte. Was sollte sie anfangen, wenn sie Fort Niagara erreichten und sie erfuhr, daß er bereits wieder der Truppe zugeteilt war? Wie lange würde Tykie noch bereit sein, sie auf ihrer Suche zu begleiten? Inzwischen war Athena auch klar, daß sie ohne ihn nicht weiterreiten konnte.

»Sehen Sie sich das einmal an, Mädchen«, riß sie Tykies Stimme aus ihren Gedanken.

Athena lenkte ihr Pferd neben ihn und hielt bei dem Anblick, der sich ihr bot, den Atem an. Sie befanden sich am Rand eines dunstverschleierten Tals, durch das sich ein friedlicher Fluß wand, der wie ein silbernes Band in der Ferne verschwand. Die Luft war klar und kühl, und der auffrischende Wind brachte den Geruch von Frühling mit.

»Ich könnte wetten, daß Fort Shuyler in der Lichtung dort unten liegt.« Tykie zeigte mit dem Finger in die besagte Richtung. »Und ich könnte wetten, daß der Ontariosee hinter diesen Bergen liegt und es an seinen Ufern vor Franzosen wimmelt.«

Er wandte sich ihr ernst zu. »Wollen Sie nicht lieber zurückbleiben? Ab jetzt ist es kein Spiel mehr. Das dort drüben ist Feindgebiet.«

Athena schüttelte den Kopf. »Ich habe Angst vor den Franzosen. Wenn Fletcher sich dort unten befindet, dann ist das ein Grund mehr, daß wir ihn so rasch wie möglich finden.«

»Ich habe befürchtet, daß Sie so reagieren werden«, murrte Tykie, als sie begann, den Hang hinunterzureiten. Er hatte das unangenehme Gefühl, daß da unten Schwierigkeiten auf sie warten und Miß Athena sich Hals über Kopf hineinstürzen würde. Aber schließlich war er mitgekommen, um auf sie achtzugeben; das Messer, das an seinem Gürtel hing, beruhigte ihn ein wenig. In seinen Satteltaschen befanden sich zwei weitere Messer, und er hatte eine Muskete über seinen Packen gebunden, die griffbereit war, falls es sich als notwendig erwies.

Ich werde nicht zulassen, daß dem Mädchen ein Leid geschieht, nahm er sich vor und warf einen verstohlenen Blick auf die zierliche, tropfnasse Gestalt neben ihm; durch die kahlen Bäume vor ihnen erblickten sie bereits die äußeren Befestigungen von Fort Shuyler.

9. Kapitel

Auf die wenigen verstreuten Gebäude, aus denen die Ansiedlung bei Fort Shuyler bestand, ging Eisregen nieder. Die schmale Wagenspur, die zum Fort führte, bestand aus Morast mit knietiefen Pfützen. Die Zweige der Ahornbäume waren mit roten Knospen bedeckt, aber die Soldaten, die erschöpft durch den Schlamm wateten, bemerkten die Vorboten des Frühlings nicht. Ihre Ausrüstung war durchweicht, und keiner von ihnen sprach, obwohl ihre Stimmung von rechts wegen hätte besser sein müssen. Es war beinahe Mai, und der große Angriff auf Quebec stand kurz bevor.

Lochiel Blackmoor überblickte vom Pferderücken aus den weit auseinandergezogenen Trupp, der wirklich einen jämmerlichen Anblick bot. Man sah deutlich, daß die Männer einen langen Marsch hinter sich hatten. Die unrasierten Gesichter waren von Müdigkeit gezeichnet, und keiner von ihnen hatte einen Blick für Lochiel übrig, während sie auf das Fort zustapften.

»Ein paar Nächte, um sich auszuschlafen, und eine heiße Suppe werden sie bald wieder auf die Beine bringen«, bemerkte Andy Durning, der neben Lochiel hielt. »Und ein Besuch bei unseren hilfsbereiten Mädchen«, fügte er grinsend hinzu.

In den letzten vierzehn Tagen waren unaufhörlich Truppen nach Fort Shuyler gekommen und wieder weitergezogen, denn General Amherst brachte seine Armee in Stellung. Die meisten blieben nur ein bis zwei Nächte, aber Lochiel hatte trotzdem bemerkt, daß die bunt zusammengewürfelten Haufen Miliz nicht mehr sehr kampflustig waren. Auch die Regulars hatten den Winter nicht gut überstanden, und er fragte sich, was geschehen würde, wenn seine Hochländer zum letzten, entscheidenden Kampf antraten.

»Vor allem die kleine Liza«, fuhr der Kompaniefeldwebel fort. »Das ist ein Mädchen, das jeden Mann in Stimmung bringen kann. Sogar Sie.« Er sah den Major erwartungsvoll an.

Doch Lochiel hörte ihm nicht zu, sondern beobachtete einen Soldaten am Ende der Kolonne. Die Rangabzeichen auf seinem abgenutzten, schmutzigen Waffenrock zeigten, daß er im Leutnantsrang stand. Sein unter dem tropfnassen Hut halb verborgenes Gesicht war totenbleich; plötzlich begann er zu schwanken und sank auf die Knie. Hilfreiche Hände griffen zu, um ihn hochzuziehen, aber er winkte seinen Leuten ab, stützte sich auf den Schaft seiner Muskete und kam wieder auf die Beine.

»Der Mann ist krank«, stellte Andy besorgt fest. In diesem Augenblick schwankte der Leutnant wieder und brach ohnmächtig zusammen.

Lochiel gab seinem Pferd die Sporen. »Können wir helfen?« fragte er die kleine Gruppe von Soldaten, die sich um den Bewußtlosen scharte.

Die jugendlichen Gesichter, die zu ihm aufblickten, zeigten deutliche Erleichterung.

»Ist der Leutnant krank?« erkundigte sich Lochiel.

» Nein, Sir. Er wurde im Winter verwundet. Seither bekommt er immer wieder solche Anfälle.«

»Wir sind alle müde und hungrig, Sir«, fügte ein zweiter hinzu. »Schon das genügt für einen solchen Anfall.«

»Bis Fort Shuyler sind es noch drei Meilen.« Lochiel war besorgt, weil der Leutnant noch immer nicht zu Bewußtsein gekommen war. »Ich schlage vor, daß Sie ihn auf mein Pferd heben und daß ich ihn zu dem Farmhaus dort drüben bringe. Seine Bewohner verfügen über medizinische Kenntnisse.«

Die Soldaten sahen einander unsicher an. Keiner von ihnen war älter als neunzehn, und keiner war daran gewöhnt, eine Entscheidung zu treffen. Doch die ruhige Sicherheit des Schotten sowie die Tatsache, daß er einen Vorschlag gemacht hatte, statt ihnen einen Befehl zu erteilen, beeindruckten sie.

»Vielleicht wäre es das Beste«, meinte schließlich einer von ihnen. »Wichtig ist nur, daß der Leutnant gesund wird.«

Die anderen nickten, und Lochiel half ihnen, den Bewußtlosen hinter sich über den Sattel zu legen. »Zwei von Ihnen können mich begleiten, und der Rest soll zum Fort weitermarschieren«, schlug er dem jungen Mann vor, der den Sprecher gemacht hatte.

»Evan und ich werden beim Leutnant bleiben«, erwiderte dieser sofort. »Die übrigen können inzwischen im Fort Major Eure Bericht erstatten. Ich bin Robbie Pritchard«, fügte er hinzu, während er Lochiels Pferd über das aufgeweichte Feld folgte. »Wir sind Milizmänner aus dem Staat West York, doch wir haben in den letzten Monaten in Pennsylvanien gedient.«

»Wann wurde der Leutnant verwundet?«

»Zu Beginn des Winters, Sir. Er sollte entlassen und nach Hause geschickt werden, aber er weigerte sich. Er behauptete, er sei vollkommen in Ordnung, und das stimmt für gewöhnlich auch, es sei denn, er bekommt einen Ohnmachtsanfall.«

»Wie oft kommt das vor?« erkundigte sich Andy. Die Verletzung des Leutnants war offenbar ernster, als Pritchard klar war.

»Es ist erst das dritte Mal seit seiner Verwundung. Ich bitte um Entschuldigung, Sir, aber wohin bringen Sie ihn? Wem gehört das Haus?« Er zeigte auf das Blockhaus vor ihnen.

»Einem Ehepaar namens Bruce und Elizabeth McKenzie«, erklärte Lochiel. Pritchard war offensichtlich noch nicht sicher, ob er die richtige Entscheidung getroffen hatte. »Sie stammen aus Perth in Schottland und ich kann Ihnen versichern, daß sie Ihren Leutnant wesentlich besser pflegen werden als jemand im Fort.«

Als Lochiels Pferd mit seiner Last im Hof stehenblieb, erfaßten die McKenzies die Situation sofort. Bruce McKenzie kam aus der Scheune gelaufen, wo er Geschirre geflickt hatte, hob den Bewußtlosen aus dem Sattel und trug ihn ins Haus. Seine Frau schlug rasch die rauhen Decken auf dem Bett zurück und sah Lochiel fragend an. Dieser erklärte kurz, was geschehen war, und Elizabeth nickte.

»Es ist sicherlich in erster Linie die Erschöpfung«, meinte sie. »Man muß ihn trockenreiben und so lange schlafen lassen, wie er möchte.«

Noch während sie sprach, ging sie zu einer Kommode und zog ein langes, baumwollenes Nachthemd heraus, das ihrem Mann gehörte.

»Das werde ich übernehmen, Madam«, machte sich Pritchard erbötig, als sie begann, dem Leutnant die durchnäßte Uniformjacke auszuziehen. Er war heftig errötet, als ihm klar wurde, was sie vorhatte.

»Sie gehen zum Feuer und wärmen sich auf«, befahl sie in einem Ton, der keinen Widerspruch duldete, »und essen auch etwas vom Stew.« Sie zeigte auf einen Kessel, der im aus Steinen erbauten Kamin hing und von dem der verführerische Duft von gekochtem Fleisch und Kartoffeln ausging. »Auch Sie bleiben, Major Blackmoor«, fügte sie entschieden hinzu. »Sie und der Kompaniefeldwebel, denn Sie sind beide naß bis auf die Knochen.«

»In Ordnung«, lächelte Lochiel. Obwohl Elizabeth McKenzie klein und unscheinbar war, war sie starrköpfig wie alle Schotten und nur dann wirklich glücklich, wenn sie jemanden bemuttern konnte. Er und Andy waren schon einige Male bei ihr zu Gast gewesen und hatten immer das Gefühl gehabt, adoptiert worden zu sein.

»Ich kümmere mich um den Leutnant.« Lochiel nahm ihr das Nachthemd aus der Hand. »Dadurch gerät Mr. Pritchard nicht in Verlegenheit, und Sie können sich um die beiden kümmern.« Er sah sie spitzbübisch an, weil er wußte, daß sie von niemandem Befehle entgegennahm. Doch der hungrige Gesichtsausdruck der beiden Soldaten stimmte sie weich; sie führte sie zum Kamin und schöpfte ihnen dampfendes Stew in zwei Teller.

Lochiel und Andrew hatten oft Verwundete versorgt; der Bewußtlose war in Sekundenschnelle ausgezogen, und Elizabeth nahm seine Kleidungsstücke entgegen und beförderte sie in den Waschzuber. Lochiel bemerkte erleichtert, daß der Kranke, der trockengerieben und zugedeckt worden war, nicht mehr so blaß aussah und jetzt tief und ruhig schlief.

»Wir haben alles für ihn getan, was in unseren Kräften steht, Andy«, sagte er und richtete sich auf.

»Moment mal«, hielt ihn Andy zurück, als er sich vom Bett abwandte. »Was ist das?« Er bückte sich, griff nach einem Gegenstand auf dem Fußboden und betrachtete ihn von allen Seiten. Es war ein silbernes Medaillon, das an einer geflochtenen Kette hing.

»Wahrscheinlich heruntergefallen, als wir ihn ausgezogen haben«, meinte der Kompaniefeldwebel. »Ich werde es einem der beiden Jungen geben.«

»Es wäre besser, wenn wir es Major Eure zur Aufbewahrung anvertrauen«, schlug Lochiel vor. »Dann geht es bestimmt nicht verloren.«

»Sie haben recht. Es sieht wertvoll aus. Hier, stecken Sie es bitte ein, ich möchte nicht die Verantwortung dafür tragen.«

»Essen Sie mit uns?« fragte Bruce McKenzie, als die beiden Schotten zum Feuer traten.

»Diesmal nicht, danke«, lehnte Andy ab, obwohl das Stew verführerisch duftete und er sich gern mit den freundlichen Siedlern unterhielt. »Wir müssen wieder zurück.«

»Ihr beiden bleibt da«, erklärte Lochiel, als die beiden jungen Soldaten aufsprangen. »Ich werde dem Major mitteilen, daß ihr bald nachkommt.«

Die beiden sahen ihn dankbar an, während er nach seinem Dreispitz griff und sich von Elizabeth verabschiedete. Einen Augenblick später ritten er und Andy durch den strömenden Regen zum Fort.

»Dieses verdammte Wetter«, murrte Andy. »Vielleicht regnet es zu Hause auch zuviel, aber der Frühling hat immer gewußt, wann er zu kommen hat.« Er seufzte tief. »Ich sehne mich so sehr nach meinem stillen Tal. Was ist mit Ihnen, Lochiel? Werden Sie nach Hause zurückkehren, wenn der Krieg vorbei ist?«

Andys einfache Frage erfüllte Lochiel mit unerklärlichem Zorn. Er hatte sich während des Winters in seine Arbeit vergraben und nur an seine Berichte, seine Männer und seine Pflichten gedacht. Von zu Hause waren keine Briefe gekommen, so daß es ihm leichter gefallen war zu vergessen, daß er kein Berufssoldat war, daß er sich bald entscheiden mußte, was er nach dem Krieg beginnen wollte.

»Ich habe die Nase voll vom Krieg«, fügte Andy hinzu, während sie durch das Holztor des Forts ritten. »Aber ich glaube, daß es bei Ihnen noch schlimmer ist. Sie sind nicht dafür geschaffen, Lochiel, Ihr Leben lang in der Armee des Königs zu dienen. Die neuen Rekruten sprechen darüber, daß die Menschen in das Hochland zurückkehren und ihren einstigen Besitz wieder aufbauen. Sie würden sich dieser Herausforderung bestimmt gern stellen, vor allem, wenn Sie eine Frau hätten, für die Sie sorgen müssen.«

»Sie haben eine blühende Fantasie, Kompaniefeldwebel«, knurrte Lochiel. Als er sein Pferd vor dem kleinen Stall anhielt, war sein Gesicht ausdruckslos.

Lochiels Ton warnte Andy, und er verstummte. Sie dienten schon so lange zusammen, daß der Kompaniefeldwebel manchmal vergaß, daß Lochiel sein Vorgesetzter war. Doch Lochiels Ton hatte Andy deutlich gemacht, daß er sich mit diesem Thema aufs Glatteis wagte.

Andy seufzte. Als er in sein Quartier zurückwatete, blieb er beinahe im Schlamm stecken. Obwohl Blackmoor ein guter Freund war, konnte er manchmal eine Mauer um sich errichten, die sogar Menschen abschreckte, die ihm im Lauf seines Lebens nähergekommen waren.

Es kam oft genug vor, daß ein Soldat verbittert, sogar gefühllos wurde, und Lochiel hatte es nicht leicht gehabt. Ein zärtliches, liebevolles Mädchen hätte ihm über seinen Kummer hinweghelfen können, aber er interessierte sich nicht für Frauen.

»Dieser verdammte, eigensinnige Kerl«, brummte Andy vor sich hin. Er war jetzt beinahe dreißig Jahre alt. Wann würde er endlich die Greuel von Culloden vergessen und wieder beginnen zu leben?

Der Nachmittag verging mit Inspektionen, Papierkram und Gesprächen mit dem Kommandanten des Forts, Major Eure. Obwohl Lochiel die Routine des Soldatenlebens normalerweise geduldig ertrug, wurde er immer gereizter. Offenbar litten nicht nur seine Männer unter den Folgen der langen Untätigkeit im Winter.

»Morgen fangen wir ernsthaft mit dem Drill an, Andy«, erklärte er dem Kompaniefeldwebel, als sie sich nach dem Abendessen trennten. »Ich werde morgen eine Nachricht nach Albany schicken und um Einsatzbefehle bitten.«

Andy rieb sich die Hände. »Hoffentlich schickt man uns nach Norden. Ich kann es nicht erwarten, es mit Montcalm und seinen Franzosen aufzunehmen.«

Das kleine Zimmer, das Lochiel als Büro und Schlafraum diente, war dunkel. Die Lampe, die schwach auf dem vollgeräumten Schreibtisch brannte, war nicht imstande, die Düsternis zu erhellen, und der Regen trommelte weiter gegen die einfachen Fensterscheiben. Barrett hatte Ausgang, und Lochiel nahm an, daß er mit einigen Freunden ins Lager gegangen war, um zu trinken und sich ein Mädchen anzulachen.

Das geht in Ordnung, dachte Lochiel, während er seine feuchte Jacke auszog und auf einen Stuhl warf. Früher hatte er auch nichts dagegen gehabt, eines der gefälligen Mädchen aus den Zelten in sein Bett zu nehmen, und besonders einer von ihnen war es immer gelungen, das Feuer, das in ihm brannte, zu löschen.

Doch Lochiel hatte das Troßlager seit Ende des Sommers nicht mehr betreten – zur Verblüffung seiner Männer, die die Potenz ihres Majors amüsiert und bewundernd beobachtet hatten. Was hatte sich geändert? Warum fand er keinen Gefallen mehr an solchen Vergnügungen?

Plötzlich überfiel Lochiel eine Erinnerung, die Erinnerung an seidige, weiße Haut und offenes, goldenes Haar, an weiche, zärtliche Lippen, die sich unschuldig auf die seinen preßten. Er spürte wieder Athena unter sich liegen, während er sie leidenschaftlich küßte und ihr Duft ihn einhüllte. Sie hatte sich wie eine Katze unter seinen liebkosenden Händen gestreckt, ihre Augen hatten gestrahlt wie Sterne, und sie zu besitzen war eine Wonne gewesen, die er noch nie zuvor erlebt hatte.

Lochiel fluchte halblaut. Athena Courtland bedeutete ihm überhaupt nichts, denn sie unterschied sich nicht von den leichten Mädchen, die einsamen Soldaten zur Verfügung standen, oder von den reizenden Orientalinnen in fernen Häfen, die Lochiel im Dienst der Königlichen Armee kennengelernt hatte.

Sie hatte sich ihm nur hingegeben, weil ihr Geliebter sich verspätet hatte, und nicht, weil sie ihn liebte. Jeder andere Mann wäre ihr genauso willkommen gewesen. Während Lochiel nach seinem Uniformrock griff, wurde sein Blick hart. Nein, Athena Courtland war auch nicht anders als Liza Hampton, die raffinierte Zauberin mit den vollen Lippen, der es früher immer gelungen war, ihn zufriedenzustellen. Es war an der Zeit, sich selbst zu beweisen, daß er sich an eine Erinnerung klammerte, die es nicht gab, eine Erinnerung, die Liza mit ihren zärtlichen Küssen und erfahrenen Händen rasch vertreiben würde.

Ich hätte längst zu ihr gehen sollen, dachte Lochiel, während er in den Mantel schlüpfte. Er hatte es plötzlich eilig und knurrte gereizt, als ein Gegenstand aus seiner Manteltasche fiel und unter das Feldbett rollte. Er suchte ungeduldig danach, doch sein Ärger verging, als er ihn fand; es war das Medaillon des Milizleutnants. Er war so beschäftigt gewesen, daß er vergessen hatte, es Major Eure zu übergeben. Sorgfältig untersuchte er es und stellte erleichtert fest, daß es unbeschädigt war.

Als seine Finger über die zarte Gravur strichen, sprang das Medaillon auf, und Lochiel erblickte zwei Miniaturen: eine ältere, auffallend schöne Frau, die eine altmodische Frisur trug. Ihre Haare waren nicht gepudert. Ihr Kleid war dunkelblau und am Halsausschnitt bestickt. Ihr Gesicht war von klassischer Schönheit, doch ihr kräftiges Kinn erinnerte Lochiel an etwas, das ihm im Augenblick nicht einfallen wollte.

Das zweite Porträt zeigte ein kleines Mädchen, und Lochiel glaube zuerst, daß es ein Kinderbild der Frau war. Dann erst entdeckte er die Unterschiede zwischen den beiden Gesichtern. Auch das Kindergesicht weckte in Lochiel eine Erinnerung, die er nicht einordnen konnte; doch er war davon überzeugt, daß er das Kind bereits gesehen hatte. Vor allem das Lächeln hatte sich ihm eingeprägt.

»Natürlich!« rief er plötzlich laut. Er war wieder ein junger Mann, der mit den Angehörigen seines Clans für Bonnie Prince Charles in die Schlacht zog. Am Straßenrand standen Dorfbewohner und Kinder und jubelten ihnen zu, und dann hatte sich ein kleines Mädchen von der Hand seiner Mutter losgerissen und war mit ausgestreckten Armen auf ihn zugelaufen. Sie hatte ihm einen kleinen Kuchen aus Hafermehl gereicht, und er hatte ihn entgegengenommen.

»Damit du beim Marschieren keinen Hunger bekommst«, hatte sie ihm erklärt. »Ich habe ihn selbst gebakken.«

Bevor er ihr danken konnte, war sie zu ihrer Mutter zurückgelaufen, aber Lochiel hatte die blauen Augen und das strahlende Lächeln nie vergessen.

Was für ein ahnungsloser, junger Dummkopf ich damals war, dachte er und klappte das Medaillon zu. Doch er war erleichtert, weil er sich wieder erinnerte und endlich wußte, warum Athena eine solch mystische Anziehungskraft auf ihn ausübte. Es war ein Schock für ihn gewesen, als er ihr auf dem Exerzierplatz von Albany das erste Mal in die Augen geblickt hatte. Doch es war keine Zauberei, sondern nur die Ähnlichkeit mit einem kleinen blauäugigen Mädchen mit goldenen Haaren gewesen, an das er sich nur undeutlich erinnerte.

Nein, Athena hatte nichts Mystisches an sich, stellte Lochiel abschließend fest. Sie stand ihm genauso fern wie das kleine Mädchen damals in Schottland, und er war froh, weil er sich nicht von einer raffinierten Frau hatte umgarnen lassen, die keinen weiteren Gedanken wert war.

Doch das brennende Verlangen, das ihn noch vor wenigen Minuten beherrscht hatte, war erloschen, und Lochiel zog kopfschüttelnd den Mantel wieder aus. Er hatte überhaupt keine Lust mehr auf die kleine Liza und beschloß, seine Berichte fertigzustellen, damit Barrett sie morgen abschicken konnte. Er nahm sich vor, am nächsten Morgen zu den McKenzies zu reiten und dem Leutnant das Medaillon persönlich zu übergeben.

Am Morgen regnete es noch immer, und Barrett brachte ihm mißmutig den Tee und die täglichen Berichte.

»Auch die Post aus Albany ist dabei, Sir«, fügte er leise hinzu, damit seine Kopfschmerzen nicht noch ärger wurden.

»Zuviel Whisky vergangene Nacht?« erkundigte sich Lochiel mitfühlend. Barrett blinzelte. Den Ton hatte er vom Major schon lange nicht mehr gehört. Auch die scharfen Falten auf der Stirn und um den Mund waren wie weggewischt. War es möglich, daß man in seiner Gegenwart wieder eine eigene Meinung äußern konnte, ohne daß er einem gleich den Kopf abriß?

Lochiel zog die Handschuhe an. Wie üblich war er schon lange vor dem allgemeinen Wecken auf den Beinen gewesen. »Ich habe drüben bei den McKenzies zu tun. Überanstrengen Sie sich nicht, während ich fort bin, und trinken Sie den Tee; er wird Ihnen guttun.«

Barrett brachte nur ein verblüfftes »Aye, Sir« heraus.

Lochiel war bester Laune, als er durch das Haupttor des Forts ritt. Trotz der Kälte und des Regens hatte er sich schon lange nicht mehr so wohl gefühlt. Der Frühling lag spürbar in der Luft und mit ihm ein neues Leben.

Er grinste, weil es ihm gelungen war, Athena endgültig aus seinen Gedanken zu löschen. Es war Zeit, daß er sich um Abwechslung umsah. Vielleicht würde er nach dem Besuch bei den McKenzies ins Troßlager hinüberreiten, um zu erfahren, was es dort Neues gab.

Im Kamin der McKenzies brannte ein loderndes Feuer,

und der Duft von frisch gebackenem Brot erfüllte den Raum. Elizabeth strahlte, als sie ihn erblickte.

»Ich wollte Ihren Patienten besuchen«, erklärte Lochiel, während er eintrat und seinen Mantel ablegte.

Elizabeth zeigte wortlos auf den Stuhl hinter der Tür, wo ihr Patient zu ihrer Befriedigung gerade die letzten Bissen seines opulenten Frühstücks aß. Beim Anblick des Majors stellte der Leutnant das Tablett weg und erhob sich.

»Kaum daß er heute morgen aufgewacht war, wollte er fort«, berichtete Elizabeth mißbilligend. »Ohne einen Bissen im Magen.«

»Mrs. McKenzie hat mich zum Bleiben überredet, indem sie mir die köstlichste Mahlzeit vorsetzte, die ich seit Jahren zu mir genommen habe«, meinte der Leutnant lächelnd. Er schien sich vollkommen erholt zu haben. Lochiel stellte fest, daß sie beide die gleiche Größe hatten, nur war der Leutnant wesentlich magerer als der Major, und die Uniform schlotterte an ihm. Lochiel nahm an, daß sie ungefähr gleichaltrig waren.

»Setzen Sie sich und essen selbst einen Bissen, Major«, schlug Elizabeth vor. »Ich habe frisch gerührte Butter und Eier, die ich vor einer halben Stunde noch warm aus der Scheune geholt habe. Bruce besucht heute seinen Neffen und wird erst spät abends zurückkommen.«

»Sie sind also Major Blackmoor«, stellte der Leutnant fest, der sich wieder gesetzt hatte und Lochiel neugierig betrachtete. »Mrs. McKenzie hat mir erzählt, daß Sie mich gestern hierher gebracht haben, nachdem ich auf der Straße zusammengebrochen war.«

»Ihre Männer waren viel zu erschöpft, um Sie ins Fort zu tragen«, erklärte Lochiel, während Elizabeth geschäftig auch für ihn etwas Nahrhaftes herrichtete. »Es war viel einfacher, Sie hierher zu bringen.«

»Major Eure war wahrscheinlich von mir enttäuscht«, bemerkte der Leutnant.

»Major Eure bewies sehr viel Verständnis, als ich ihm die Situation schilderte«, widersprach Lochiel.

»Und meine Männer?«

»Um die müssen Sie sich keine Sorgen machen.« Elizabeth stand mit vollbeladenen Tellern vor ihnen. Ihre Wangen waren gerötet, und ein paar Strähnen ihres graumelierten Haares lugten unter dem Häubchen hervor. »Essen Sie jetzt, statt zu sprechen, sonst wird alles kalt.«

Lochiel nahm seinen Teller entgegen und suchte dann in seinen Taschen nach dem Medaillon. »Ich habe Ihnen etwas mitgebracht«, sagte er zum Leutnant, der seine zweite Portion in Angriff nahm. »Mrs. McKenzies Essen läßt einen alles andere vergessen.«

Der Leutnant griff schnell nach dem Medaillon. »Gott sei Dank! Als ich heute früh entdeckte, daß es verschwunden ist, habe ich geglaubt, daß ich es für immer verloren habe.«

»Es ist schön«, meinte Elizabeth, die nähergetreten war.

»Und unbezahlbar, denn es enthält ein Porträt meiner Mutter, die vor vielen Jahren gestorben ist.« Er öffnete das Medaillon und hielt es ihr hin.

»Sie war eine schöne Frau«, stellte Elizabeth fest. »Und wer ist das kleine Mädchen neben ihr?«

Der Leutnant lächelte. »Das ist das Bildnis einer gewissen Miß Athena Courtland, dem hübschesten Mädchen in den Kolonien, im Alter von sechs Jahren.«

Beide blickten verblüfft auf, als Lochiels Teller auf den Boden fiel und in Scherben ging. »Zum Teufel!« fluchte er Major, und seine Hände schlossen sich um den Hals des Leutnants. »Wollen Sie mir einreden, daß auch Sie ihr Geliebter sind?«

Fletcher Courtland war noch durch seine Verletzung geschwächt und deshalb nicht imstande, sich aus dem Würgegriff des Angreifers zu befreien. Es sah aus, als hätte der Major den Verstand verloren. Und was sollte das heißen, daß Athena Liebhaber hatte? Sie sprachen bestimmt nicht von derselben Frau.

»Athena ist meine Schwester, Sir«, erklärte er kalt.

Es dauerte einen Augenblick, bis der wütende Schotte begriff, was sein Opfer gesagt hatte, aber auch dann lokkerte er seinen Griff nur zögernd. Fletcher fügte scharf hinzu: »Ich hätte mich wahrscheinlich schon früher vorstellen sollen. Ich bin Leutnant Fletcher Courtland von der Miliz des Staates West York. Meine Schwester lebt in der gleichnamigen Stadt. Sie behaupten, daß Sie Athena kennen?«

Lochiel bemühte sich, seine Gefühle unter Kontrolle zu bekommen. Er hatte Athenas Bruder angegriffen, hatte sich wie ein betrunkener Raufbold auf einen Mann gestürzt, der sich noch nicht von seiner Verwundung erholt hatte. Sein Benehmen war unverzeihlich.

»Sie haben angedeutet, daß meine Schwester Liebhaber hat«, fuhr Fletcher leise und drohend fort. Elizabeth sah sich nach einer Waffe um, falls es sich als notwendig erweisen sollte, die beiden Kampfhähne zu trennen. »Athena ist knapp achtzehn Jahre alt und führt heute noch ein behütetes Leben. Wollen Sie immer noch behaupten, daß wir von derselben Frau sprechen?«

Lochiel fiel der fröhliche junge Ranger ein, der vor einigen Wochen eine Nacht in Fort Shuyler verbracht hatte. Er war der Zwillingsbruder des Mannes gewesen, der im Stall von Courtland Grace Athena den Arm so zärtlich um die Schultern gelegt hatte.

»Ich würde nicht einmal im Traum der Ehre einer Dame zu nahe treten«, erklärte er. »Trotzdem kann ich Ihnen versichern, Leutnant Courtland, daß wir beide von derselben Dame sprechen.«

Er drehte sich um und verließ das Haus, denn er wußte, was geschehen würde, wenn er blieb; er hätte es sich nie verziehen, wenn er die Hand gegen Athenas Bruder erhob.

»Der Teufel hole alle Courtlands«, murrte er, während er in den Sattel sprang und sein Pferd zum Galopp antrieb. Er bemerkte nicht einmal, daß der Schlamm seine Reithose bespritzte. Er hätte viel dafür gegeben, wenn er diesen Namen nie gehört hätte.

Auf seinem Schreibtisch türmten sich die Berichte, und er sollte mit dem Kompaniefeldwebel die Truppe inspizieren, aber er hatte nicht vor, ins Fort zurückzukehren, sondern lenkte sein Pferd zum Troßlager.

Das Lager bestand aus etwas mehr als einem Dutzend Zelten, die der Regen durchweicht hatte. Unter den kahlen Bäumen brannten einige qualmende Feuer, aber die Menschen, die sich um sie drängten, würdigten den Offizier nicht einmal eines Blicks.

Lochiel stieg ab, schlang die Zügel um einen Pfosten und ging auf ein etwas abseits liegendes Zelt zu. Hoffentlich war Liza da. Sie war zwar nicht gewohnt, bei Tag Besucher zu empfangen, aber er hatte nicht vor, sich abweisen zu lassen.

»Gib es mir, verdammt noch mal! Es gehört mir!«

Die hohe, zornige Stimme kam aus einem schäbigen Zelt, und als Lochiel sich neugierig umdrehte, rannte ihn ein ungekämmter, etwa sechzehnjähriger Bursche, der mit einer Ledertasche in der Hand aus dem Zelt stürzte, beinahe über den Haufen.

»Komm zurück, du dreckiges Schwein!«

Doch Lochiel wich nicht rasch genug aus, und die andere kleine Gestalt, die aus dem Zelt herausschoß, prallte mit voller Wucht gegen ihn.

Ihm blieb einen Augenblick lang die Luft weg, und er bewahrte nur mit Mühe das Gleichgewicht. Seinem jugendlichen Angreifer erging es schlechter; er hatte das Gefühl, gegen einen Baum gerannt zu sein, schrie erschrokken auf und fiel rücklings in den Schlamm.

Lochiel mußte über den komischen Gesichtsausdruck

des Jungen lachen, der unter seiner schäbigen Mütze vorwurfsvoll zu dem Major aufblickte.

»Komm, Junge, ich helfe dir«, sagte Lochiel und streckte die Hand aus.

»Ich brauche keine Hilfe von dir, Lochiel Blackmoor«, widersprach der Junge zornig und schlug Lochiels Hand weg.

»Was, zum Teufel –« Blackmoor musterte die Gestalt vor ihm genauer, und fluchte dann ungläubig. Er griff nach der Jacke des Jungen und zog ihn auf die Beine. »Was, zum Teufel, machst du hier?«

Athena preßte die Lippen zusammen. Sie wollte ihm um keinen Preis zeigen, wie sehr sie das Wiedersehen erschütterte. Außerdem mußte sie ihre Tasche zurückholen, die sich der Junge geschnappt hatte, als sie ihn einen Augenblick aus den Augen ließ.

»Antworte mir, Mädchen.« Lochiel schüttelte sie so heftig, daß Schlammtropfen herumflogen. Um sie hatten sich Zuschauer versammelt, die aber respektvoll Distanz hielten – sie kannten Major Blackmoors Jähzorn.

»Laß mich los!« rief Athena. Sie wehrte sich verzweifelt, aber seine Nähe und die Verachtung in seinen Augen brachten sie aus der Fassung. »Dieser verdammte kleine Bettler hat meine Tasche gestohlen. Ich muß sie wiederhaben!«

»Erst wenn du mir erzählt hast, was du hier suchst.« Lochiel sprach jetzt ruhiger, denn er wollte niemanden, schon gar nicht Athena, merken lassen, wie tief ihn ihr Auftauchen getroffen hatte. Es war ihm nicht schwergefallen, sie trotz ihrer Verkleidung zu erkennen. Schließlich hatte er sie schon mehrmals in diesem Aufzug zu Gesicht bekommen.

Athena traten Tränen der Empörung in die Augen. Sie ertrug die Drohung in seiner Stimme nicht und noch weniger die Tatsache, daß er sie so fest an sich preßte. Sie erschauerte, denn sie erinnerte sich wieder Willen an Gefühle, die sie längst überwunden glaubte.

»Meine Tasche«, wiederholte sie. »Verdammt, Lochiel, laß mich los!«

Er sah, daß sie weinte, obwohl sie versuchte, es zu verbergen, und lockerte sofort seinen Griff.

»Sag mir, was du hier tust«, verlangte er sanfter, »und ich werden dafür sorgen, daß du –«

Wütendes Gebrüll unterbrach ihn, und die Zuschauer zerstreuten sich entsetzt. Lochiel erkannte Tykies Schlachtruf und drehte sich seufzend um, um ihm zu versichern, daß sich Athena nicht in Gefahr befinde, aber er kam nicht mehr dazu. Tykie war davon überzeugt, daß seine Herrin von einem Fremden belästigt wurde, ergriff ihn am Kragen und wollte ihn zu Boden werfen. Zu seiner Verblüffung zerriß nur der Stoff unter seinen Händen, und er mußte zur Kenntnis nehmen, daß es ihm zum erstenmal in seinem Leben nicht gelungen war, einen Gegner niederzuringen.

Erst jetzt musterte er sein Gegenüber genauer. Dieser hatte die Arme vor der Brust verschränkt und betrachtete ihn ruhig; Tykie mußte unwillkürlich an eine junge Eiche denken.

»Das ist ja Major Blackmoor!« Er zupfte verlegen an seinem goldenen Ohrring. »Ich habe Sie nicht erkannt, Sir.«

»Das macht nichts, ich bin vollkommen unverletzt«, beruhigte ihn Lochiel. »Leider kann ich von meinem Hemd nicht dasselbe behaupten.«

»Ich werde dein verdammtes Hemd bezahlen«, knurrte Athena hinter ihm.

Lochiel drehte sich langsam zu ihr um. Trotz ihres verächtlichen Tons hatte er seine Beherrschung wiedergewonnen.

»Das wirst du tatsächlich tun«, stimmte er zu. »Und du wirst auch alle meine Fragen beantworten.«

»Erst, wenn ich meine Tasche wiederhabe.«

Lochiel hatte große Lust, sie übers Knie zu legen, doch er vergaß den Vorsatz, als sein Blick auf den betreffenden Körperteil fiel und er bemerkte, wie knapp die lederne Reithose saß.

Er drehte sich wortlos zu einem der Neugierigen um und bedeutete ihm mit einer Handbewegung, daß der junge Dieb, der mit Athenas Besitz verschwunden war, ihn sofort zurückbringen mußte. Athena beobachtete ihn mißtrauisch; sie war auf sich wütend, weil seine Erscheinung sie so sehr beeindruckte. Er hatte die dunklen Haare im Nacken zusammengebunden, und ihr fiel ein, daß sie ihn nur ein einziges Mal, nämlich auf dem Ball bei de Vries, mit einer Perücke gesehen hatte.

Warum denkst du daran? fragte sie sich erbost. Warum erinnerst du dich an Dinge, die du vergessen solltest? Das Wiedersehen mit ihm hatte sie zwar erschüttert, aber jetzt würde sie ihn dazu benützen, um zu erfahren, wo sich Fletchers Regiment befand.

»Du wirst deine Tasche sofort wiederbekommen«, teilte ihr Lochiel kühl mit. »Und jetzt erkläre mir, was, zum Teufel, du hier suchst.«

»Ich bin daran schuld«, griff Tykie ein, dem der scharfe Ton des Majors seiner Herrin gegenüber nicht gefiel. Er war es gewohnt, daß sie allen Männern den Kopf verdrehte und konnte nicht verstehen, warum Major Blackmoor, den er bewunderte, sie wie ein lästiges Ärgernis behandelte. »Ich habe Miß Athena im Lager zurückgelassen, während ich den Kommandanten des Forts aufsuchte.«

»Und Sie haben geglaubt, daß es sicherer ist, wenn Miß Courtland hierbleibt?« fragte Lochiel ungläubig. Hatte denn keiner von beiden eine Ahnung, um was für ein Lager es sich handelte? Athena konnte froh sein, wenn ihr nichts Schlimmeres zugestoßen war als eine gestohlene Tasche. Zum Glück war sie hochgewachsen und wie ein

Junge gekleidet, nicht wie eine hilflose Frau; und der Dolch an ihrer Seite flößte Respekt ein. Lochiel war davon überzeugt, daß sie nicht zögern würde, ihn zu verwenden.

Doch der Major war noch immer wütend auf die beiden: auf Tykie, weil er Athena allein gelassen hatte, auf Athena, weil sie überhaupt auf diese Idee gekommen zu sein schien.

»Ich nehme an, daß es deine Idee war«, bemerkte er mürrisch, ohne sich um den Nieselregen zu kümmern, der sie alle durchnäßte. »Ich bezweifle, daß Master Downs dich hierher begleitet hätte, wenn du ihn nicht dazu überredet hättest.«

Athena hob den Kopf. »Das geht dich nichts an. Ich wäre dir überhaupt dankbar, wenn du uns in Ruhe ließest. Du bist daran gewöhnt, deine Männer herumzukommandieren, aber wir sind weder Soldaten noch dein persönliches Eigentum. Der Grund, aus dem Tykie und ich hierher gekommen sind, hat nichts mit dir zu tun.«

Sie wurde nervös, als sie seinen düsteren Gesichtsausdruck bemerkte. Sie hatte offenbar das Falsche gesagt, und er war wieder einmal in Wut geraten. Sie konnte nicht wissen, daß Lochiel sich fragte, ob sie wegen Fletcher Courtland hier war, oder ob sie sich auf der Suche nach ihren geliebten Zwillingen befand, von denen einer das Fort vor nicht ganz vierzehn Tagen verlassen hatte.

»Warten Sie, Mädchen«, warnte sie Tykie zu spät. Er war noch nicht dazugekommen, ihr zu sagen, daß Major Eure keine Zeit für ihn gehabt hatte, und daß sie sich vielleicht an Major Blackmoor wenden mußten. Doch Athena hatte den Major offenbar bereits verärgert, denn dieser preßte zornig die Lippen zusammen.

»Major Blackmoor?«

Ein rothaariges, etwa fünfzehn Jahre altes Mädchen schlenderte mit Athenas Tasche in der Hand auf die

Gruppe zu. Ihr fadenscheiniger Umhang war zurückgeschlagen, so daß man einen Teil ihrer kleinen Brüste sah. Athena erfaßte sofort, um welche Sorte Frau es sich handelte, und beobachtete angewidert, wie verführerisch das Mädchen Major Blackmoor anblickte.

»Mein Bruder Joe hat sie gestohlen«, erklärte das Mädchen sachlich. »Er hätte es nicht getan, wenn er gewußt hätte, daß er ein Freund von Ihnen ist.« Sie zeigte geringschätzig mit dem Kopf auf Athena.

Diese richtete sich zornig auf, aber Lochiel kam ihr zuvor und trat zwischen die beiden. »Danke, Ailie.«

Das Mädchen knickste spöttisch und kehrte zu einem der rauchenden Feuer zurück.

Als sie fort war, wandte Athena sich Lochiel zu. »Danke, daß du mir zu meinem Eigentum verholfen hast.« Man merkte, wie schwer ihr diese Worte fielen. »Können wir gehen, Tykie?«

Lochiel verschränkte die Arme. »Es wäre besser für dich, wenn du noch einen Augenblick wartest, Athena.«

Athena sah sich nervös um, aber die Zuschauer hatten sich zerstreut und die drei waren allein. Niemand hatte Athenas Namen gehört. »Wir brauchen nichts von dir«, erklärte sie spitz.

Er zog spöttisch die Augenbrauen hoch. »Willst du nicht einmal wissen, wo sich dein Bruder befindet?« Er war jetzt davon überzeugt, daß sie auf der Suche nach Fletcher war.

Ihr Gesicht leuchtete auf, und er hatte ein schlechtes Gewissen, denn er hatte sie äußerst unfreundlich behandelt. Er spürte, daß ihr die Frage auf der Zunge lag, daß sie sich aber nicht dazu überwinden konnte, sie auszusprechen.

»Fletcher ist hier, Athena«, fügte er hinzu. Er wollte sie nicht auf die Folter spannen, wenn es um etwas ging, das für sie so wichtig war.

»Geht es ihm gut?«

Er wich aus. »Er ist krank gewesen, aber er ist jetzt auf dem Weg der Besserung.«

Sie blinzelte, und er gab ihr sein Taschentuch, um den peinlichen Augenblick zu überbrücken.

»Das hättest du uns auch früher sagen können«, fuhr sie ihn zum Dank an und schneuzte sich dann energisch. Sie fixierte ihn so hochmütig, daß er sich das Lachen verbeißen mußte. Es freute ihn, daß ihre Verführungskünste an ihm abprallten; er hatte keinen Augenblick an die Liebesnacht mit ihr gedacht, sondern nur daran, daß sie noch immer die verwöhnte Range war, die er in Albany kennengelernt hatte.

»Ich bringe dich zu ihm«, bot er ihr an. Sobald er sie ihrem Bruder übergeben hatte, mußte er keinen Gedanken mehr an sie verschwenden.

Ihre Finger berührten einander zufällig, als er ihr die Tasche reichte, und Lochiel erschrak über die Hitze, die in diesem kurzen Augenblick zwischen ihnen aufflammte. Athena spürte sie offensichtlich auch, denn sie riß die Hand zurück und senkte den Kopf, um die Röte zu verbergen, die ihr ins Gesicht gestiegen war.

»Ich kann nicht den ganzen Tag vertrödeln«, murrte er, während er die beiden zu den Pferden begleitete; er wollte sich nicht eingestehen, daß die Gefühle, die in ihm brannten, seine Gedanken Lügen straften.

»Ich werde deine kostbare Zeit ganz bestimmt nicht länger in Anspruch nehmen als unbedingt notwendig«, fuhr Athena ihn an.

Sie funkelten einander so wütend an, daß Tykie verlegen hüstelnd wegsah. Wenn es so weiterging, würden die beiden handgreiflich werden, und er wußte nicht genau, wen er vor wem beschützen mußte.

Er wandte den Blick zum Himmel. »Herr, laß uns Master Fletcher möglichst rasch finden«, murmelte er.

10. Kapitel

»Das ist nicht fair. Das ist überhaupt nicht fair!«

Fletcher sah seine weinende Schwester bekümmert an. Sie vergoß nur selten Tränen, und es schmerzte ihn, daß er die Ursache dafür war.

»Ich denke an dich, mein Kleines. Deine Sicherheit ist mir wichtiger als alles andere.«

Athena lagen bittere Worte auf der Zunge, aber sie zwang sich, sie hinunterzuschlucken. Sie drehte ihm den Rücken zu, sah zum Fenster hinaus und versuchte ihre Fassung wiederzugewinnen. Der winzige Exerzierplatz des Forts lag in hellem Sonnenschein und die Vögel sangen, aber Athenas Herz war von Kummer erfüllt.

»Deine Kompanie wird erst in fünf Tagen abmarschieren.« Sie wandte sich ihm wieder zu und sah ihn bittend an. »Wir könnten wenigstens diese Zeit miteinander verbringen, aber du bestehst darauf, daß ich schon morgen zurückreite.«

»Die Welt ist manchmal ungerecht«, meinte er. »Hast du gehofft, daß ich mit dir nach Courtland Grace zurückkehren würde?«

Sie senkte den Blick. »Ja.«

»Du weißt doch, daß ich das nicht kann.«

Athena seufzte. »Ich habe es wahrscheinlich die ganze Zeit über gewußt. Es ist nur so unfair, daß Tykie und ich den weiten Ritt unternommen haben, um nicht einmal drei Tage mit dir zu verbringen.« Sie ballte die Fäuste. »Und zu allem Überfluß hast du dafür gesorgt, daß wir mit Major Blackmoors Regiment zurückkehren. Warum? Ich habe geglaubt, daß du ihn nicht magst.«

»Mir bleibt nichts anderes übrig, als ihm zu vertrauen.

Ich kann nicht zulassen, daß du allein nach West York zurückreitest.«

Seit dem vergangenen Morgen trafen laufend Berichte im Fort ein, die besagten, daß eine große Zahl missionierter Irokesen nach Norden zum Fort Oswego zogen. Fletcher und Major Eure waren sich darin einig, daß Montcalm begann, seine Truppen zu sammeln. Der Winter war vorbei, und der englische Angriff konnte jeden Augenblick erfolgen.

Inzwischen waren im Fort Befehle eingetroffen. Fletchers Regiment sollte nach Norden zum Champlain-See marschieren, während die Hochländer nach Albany zurückbeordert wurden. Fletcher fürchtete für die Sicherheit seiner Schwester und hatte sie widerstrebend Major Blackmoors Schutz anvertraut. Er hatte gewußt, daß sie darüber nicht glücklich sein würde, und sie hatte genauso reagiert, wie er es erwartete.

»Wir haben immerhin zwei Tage zusammen gehabt«, tröstete er sie und mußte darüber lächeln, wie kampflustig sie vor ihm stand. »Es wäre mir lieber gewesen, wenn wir mehr Zeit füreinander gehabt hätten, aber der Krieg richtet sich nicht nach persönlichen Wünschen.«

Athena biß sich auf die Lippen. Sie sollte eigentlich dafür dankbar sein, daß sie ihn überhaupt gefunden und ihn gemeinsam mit Elizabeth gesundgepflegt hatte. Sobald die freundliche Frau Athenas wahre Identität erfuhr, hatte sie darauf bestanden, daß das junge Mädchen bei ihr wohnte.

Fletcher erhob sich und trat ans Fenster. Er war wieder bei Kräften und konnte es nicht erwarten, Montcalm in der, wie er hoffte, letzten Auseinandersetzung des langen, häßlichen Krieges gegenüberzustehen. »Ich habe tatsächlich nicht viel für Lochiel Blackmoor übrig, obwohl Tykie da anderer Meinung ist. Aber ich kann mir keine bessere Eskorte für dich vorstellen als siebzig wilde Krieger aus dem schottischen Hochland.«

Athena war froh, daß er ihr den Rücken zuwandte und daher ihr Gesicht nicht sehen konnte. Sonst hätte er vielleicht erraten, was sie sich selbst nicht eingestehen wollte – daß sie davor Angst hatte, vierzehn Tage in Lochiels Gesellschaft zu verbringen und auf seinen Schutz angewiesen zu sein. Er mochte sie nicht, und sie hatte mit ihm nur ein flüchtiges Abenteuer erlebt. Warum hatte dann ihr Herz so wild gepocht, als sie an dem regnerischen Morgen vor zwei Tagen sein Gesicht erblickte?

»Bitte tu es mir zuliebe, Kleines.«

Obwohl Fletcher mager und blaß war, sah er ihrem Vater noch immer so ähnlich, daß ihr Herz vor Liebe überquoll. »Du weißt, daß ich dir noch nie nein sagen konnte, wenn du mich so bittest«, beschwerte sie sich. Sie legte ihm die Arme um den Hals, drückte sich an ihn und vergrub die Nase in seinem Hemd.

Ihre Unschuld und ihre Zerbrechlichkeit erfüllten Fletcher mit brüderlicher Liebe. Er mußte wieder daran denken, was Major Blackmoor von ihr gesagt hatte. Sie waren nie mehr auf das Thema zu sprechen gekommen, aber Fletcher war entschlossen, den arroganten Hochländer dafür zur Rechenschaft zu ziehen.

»Wie wäre es, wenn du Tykie erzählst, was wir beschlossen haben?« Er löste sich aus ihrer Umarmung. »Ich habe noch verschiedenes zu erledigen, aber wir können zusammen zu Abend essen.«

»Mrs. McKenzie will, daß wir alle zusammen bei ihr essen«, erinnerte ihn Athena.

Er war bereits in seine Akten vertieft und nickte nur. Athena ging hinaus, zog sich die Mütze ins Gesicht und band ihr Pferd los. In der Nähe spielten einige Soldaten Karten, warfen ihr aber nur einen flüchtigen Blick zu.

Männer haben es entschieden leichter als Frauen, dachte sie. Seit sie ihre Verkleidung trug, hatte ihr niemand auch nur die geringste Aufmerksamkeit geschenkt.

Wenn sie jedoch in einem rüschenbesetzten Kleid dahergekommen wäre, hätten anerkennende Pfiffe und begehrliche Blicke jeden ihrer Schritte begleitet.

»Vielleicht genießt Katrine de Vries diese Aufmerksamkeit«, murmelte sie vor sich hin, »aber mir ist es viel lieber, übersehen zu werden.«

An diesem Abend wurde es zeitig dunkel, und Athena zündete im Blockhaus die dünnen Wachskerzen an, während Elizabeth den Inhalt des im Kamin hängenden Kessels kostete.

»Jetzt schmeckt es richtig«, verkündete sie schließlich. »Dadurch wird Ihr Bruder wieder ein bißchen Fleisch auf die Knochen bekommen.«

Athena dachte daran, wie bereitwillig Mrs. McKenzie das wenige, das sie besaß, mit vollkommen Fremden teilte. Der Abschied würde ihr schwerfallen.

Von draußen erklang das Geräusch von Pferdehufen.

»Ich werde nachsehen, wer es ist«, schlug Athena vor. »Vielleicht kommt Fletcher etwas früher als vorgesehen.« Sie drehte sich um und lief hinaus.

Doch es war Lochiel Blackmoor, der sein Pferd jetzt anhielt und erstaunt aufblickte, als Athena auf ihn zulief. Einen Augenblick glaubte er, daß sie sich freute, ihn zu sehen, aber sie blieb plötzlich stehen, runzelte die Stirn und sah ihn finster an – genau wie in der Nacht, in der sie ihn für ihren Geliebten gehalten hatte.

Er hatte im Augenblick keine Lust, ihre Launen zu ertragen, und als er abstieg und auf sie zukam, war sein Gesichtsausdruck genauso grimmig wie der ihre.

»Ich bleibe nicht zum Essen, daher haben Sie keinen Grund, zornig zu sein.«

Athena ließ sich nicht so leicht einschüchtern. »Entschuldigen Sie. Ich habe Sie für meinen Bruder gehalten.«

Er lachte kurz. »Sie verwechseln mich anscheinend jedesmal mit jemand anderem.«

Sie wurde rot und wandte sich ab, und ihre ablehnende Haltung ärgerte ihn unerklärlicherweise. Seine Hand schloß sich um ihren Oberarm und er drehte sie zu sich herum. Sie hatte ihre Mütze nicht aufgesetzt und sich das Haar aus der Stirn gestrichen, so daß Lochiel jetzt ihre zarten, vollkommenen Züge ungehindert bewundern konnte. Aber ihre Augen waren hart und kalt wie Diamanten, und er reagierte darauf, indem er seinen Griff verstärkte.

»Weil wir gerade allein sind, möchte ich in bezug auf unsere Reise nach Albany einiges klarstellen, Miß Courtland.«

»Ich höre, Major«, erwiderte sie kühl. »Sie müssen mir also nicht den Arm brechen.«

Er ließ sie sofort los. Seine Nähe brachte sie jedes Mal aus der Fassung, und sie wich seinem Blick bewußt aus.

»Was wollen Sie mir mitteilen?« Ihr Ton deutete an, daß es ihr vollkommen gleichgültig war.

»Ihr Bruder hat Sie meinem Schutz anvertraut, und ich pflege meine Pflichten ernst zu nehmen«, begann er ruhig, obwohl er sie am liebsten erwürgt hätte. »Ich werde mich aber nicht durch eine hilflose Frau behindern lassen und auch das Marschtempo meiner Männer nicht verlangsamen.«

Athena war wütend. Wie konnte er wagen anzudeuten, daß sie ihn behindern oder ihm Schwierigkeiten machen würde? Sie wollte schon empört protestieren, überlegte es sich aber wieder, denn er war offensichtlich sehr gereizt. Warum hatte Fletcher ihr das nur angetan?

»Es wird für Sie am sichersten sein, wenn Sie mit dem Troß reisen«, fuhr er fort. »Sie werden Ihre Verkleidung beibehalten, denn ich kann Sie nicht ununterbrochen behüten, und als Junge sind Sie sicherer.«

»Ich habe Tykie, der auf mich aufpaßt«, warf Athena ein.

Lochiel wurde ungeduldig. »Sie haben mir oft genug bewiesen, daß kein Mensch wirklich auf Sie aufpassen kann, nicht einmal Ihr getreuer Tykie. Außerdem leben in dem Zeltlager alle möglichen zweifelhaften Männer, die sich um kein Gesetz scheren. Wenn Sie sich als Frau zu erkennen geben, wird nicht einmal Tykie imstande sein, Sie vor ihnen zu schützen.«

Er war näher an sie herangetreten, während er sprach, und blickte jetzt von oben auf sie hinunter. »Verstehen Sie, was ich meine, Miß Courtland?«

Athena stieg das Blut ins Gesicht. »Mein Bruder würde bestimmt nicht zulassen –«

»Ihr Bruder nimmt an, daß ich Ihre persönliche Anstandsdame spielen werde«, unterbrach er sie, »und ich werde mein Bestes tun, um Sie heil nach Hause zu bringen, aber ich kann Ihnen keine Privilegien zugestehen.«

»Also werden Sie nicht auf mich aufpassen«, stellte Athena fest. Ihr war jetzt klar, daß es ihm vollkommen gleichgültig war, was ihr zustieß; wahrscheinlich würden sie und Tykie selbst zurechtkommen müssen.

»Ich werde dafür sorgen, daß die Leute im Lager Sie in Ruhe lassen, aber ich werde nicht das Schicksal herausfordern, indem ich Ihre wahre Identität enthülle. Sie werden sich entsprechend verhalten müssen, Athena, und wenn Sie keine Lust dazu haben, müssen Sie mit Ihrem Bruder darüber sprechen.«

Er weiß verdammt genau, daß ich es nicht tun werde, dachte Athena. Es gab sonst niemanden, mit dem Fletcher sie nach Hause schicken konnte, und er würde ihr nie erlauben, mit Tykie allein durch die Wildnis zu reiten; die Gefahr eines Indianerüberfalls wurde täglich größer. Es blieb ihr tatsächlich nichts anderes übrig, als sich Lochiels Anweisungen zu fügen, auch wenn er sich noch so widerlich benahm.

»Ich danke Ihnen für Ihre Warnung«, erwiderte sie würdevoll. »Tykie und ich werden im Lager bestimmt zurechtkommen.«

»Das muß sich erst erweisen.«

Sie hätte ihn am liebsten geohrfeigt, aber er lieferte ihr keinen Vorwand dafür. Wie hatte sie nur von diesem unmöglichen, eingebildeten Mann bezaubert sein können?

»Sie müssen mich jetzt entschuldigen«, sagte sie scharf. »Ich möchte Mr. McKenzie und Tykie begrüßen.« Sie drehte sich um, ohne eine Antwort abzuwarten, kletterte geschickt über den Zaun und ging den beiden Männern entgegen. Lochiel sah ihr nach und bemerkte dabei wieder einmal, wie eng ihre Reithose saß. Er hatte vor, später, wenn Athena bereits schlief, wieder vorbeizukommen und mit Mr. McKenzie zu sprechen. Er wußte nicht, ob er sich beherrschen konnte, wenn er noch einmal mit dem kleinen Miststück zusammentraf.

Die Hochländer sollten bei Tagesanbruch abmarschieren, und am Horizont zeigte sich erst ein blasser, silbergrauer Streifen, als Athena und Tykie zum Fort aufbrachen. Auf dem Weg lag Reif; Athena stellte den Kragen ihrer Jacke auf und sehnte sich nach dem warmen Stroh in der Scheune der McKenzies. Elizabeth hatte sich herzlich von ihnen verabschiedet und ihnen ein Bündel mit Verpflegung mitgegeben.

Athena hatte es zuerst abgelehnt, aber Elizabeth hatte nicht lockergelassen. »Ihr müßt bei Kräften bleiben, und ihr werdet bald von der Lagerkost genug haben.«

Sie hatte das zierliche Mädchen umarmt und ihr lange in die blauen Augen geblickt. Was für einen Rat konnte sie einem mutterlosen Kind geben, das innerhalb so kurzer Zeit ihr Herz erobert hatte? Es gefiel ihr nicht, daß Athena so lange mit der Truppe und dem Troß zusammensein würde, aber sie wußte, daß man sich auf Lochiel verlassen konnte.

Athena hätte darüber gelacht, denn sie hatte überhaupt

kein Vertrauen zum Major, schon gar nicht nach seiner Erklärung vom Vortag. Zum Glück waren weder Fletcher noch Tykie dabeigewesen.

Als Athena und Tykie auf dem Exerzierplatz eintrafen, kamen die Schotten gerade zum Appell heraus, und Tykie seufzte glücklich, als die Dudelsäcke zu spielen begannen.

»Es wird mir guttun, eine Zeitlang mit meinen Landsleuten zusammen zu sein«, stellte er fest.

Obwohl sie in die Wildnis zogen, waren die Hochländer in Paradeausrüstung angetreten, denn der Kommandant des Forts, Major Eure, nahm zum letzten Mal den Appell ab. Athena bewunderte wider Willen die selbstbewußte Haltung der Soldaten und den Stolz, mit dem sie ihre Breitschwerter und Tartschen trugen. Kompaniefeldwebel Andrew Durning begleitete Major Eure, und Athena begriff zum erstenmal, warum die schottischen Regimenter so hoch geschätzt wurden.

Tykie hatte ihr erzählt, daß nur Mitglieder der Hochland-Clans in die Elitetruppe der Royal Scots eintreten konnten, und daß man nur aufgenommen wurde, wenn man mindestens einen Meter achtzig groß war. Die meisten von ihnen stammten aus guten Familien oder waren Angehörige des Adels gewesen, bevor König Georg ihnen nach dem Stuart-Aufstand ihre Titel aberkannte. Mit ihren scharlachroten Jacken und Plaids boten sie jedenfalls einen beeindruckenden Anblick.

Sie erschauerte, als sie ihr Pferd anhielt, denn ihr wurde erst jetzt klar, daß sie die nächsten vierzehn Tage mit diesen tapferen, wilden Männern verbringen würde. Sogar Tykie wirkte irgendwie verändert. Während er der klagenden Melodie der Dudelsäcke lauschte, trat ein Ausdruck auf sein bärtiges Gesicht, den sie noch nie an ihm gesehen hatte. Komischerweise fühlte sie sich einsam und irgendwie im Stich gelassen.

Dann traten Lochiel und Fletcher aus den Baracken, und ihr fiel zum ersten Mal auf, daß die beiden beinahe gleich groß und gleich gebaut waren. Es ärgerte sie, daß Lochiel dank seiner mit Goldtressen besetzten Uniform, die seine breiten Schultern betonte, noch männlicher wirkte als sonst.

»Sie werden sofort abmarschieren«, sagte Tykie. »Sie müssen sich von Ihrem Bruder verabschieden.«

Athena schluckte krampfhaft. Sie würde ganz bestimmt heulen, und sie wollte nicht, daß Lochiel sich darüber lustig machte.

Doch im Chaos des Aufbruchs achtete niemand auf sie, und sie konnte Fletcher nur kurz umarmen und ihm Glück wünschen. Lochiel war nirgends zu sehen, und sie war früh darüber. Ihr strömten die Tränen über die Wangen, und Tykie mußte ihr Pferd ans Ende der Kolonne lenken, wo sich die Wagen und Maultiere des Trosses gerade in Bewegung setzten. Das Durcheinander und der Lärm waren unglaublich, und Athena fragte sich, wie die Soldaten, die zur Musik der Dudelsäcke vor ihnen in ordentlichen Reihen marschierten, es ertrugen.

»Das gehört zum Soldatenleben, Mädchen«, grinste Tykie. »Kommen Sie, wir reiten zur Spitze des Trosses, und ich stelle Sie Mutter Hicks vor.«

»Mutter Hicks?« wiederholte Athena.

»Sie ist so eine Art inoffizielle Anführerin des Trosses«, erklärte Tykie. Er sah sie dabei nicht an, aber Athena fiel sein Gesichtsausdruck auf.

»Woher kennst du Mutter Hicks, Tykie?« erkundigte sie sich mißtrauisch. »Und soll das heißen, daß sie – daß sie die Mädchen –«

»Solche Fragen gehören sich nicht für eine Dame, Miß Athena. Mutter Hicks ist, wie sie ist, und damit sollten Sie sich zufrieden geben. Sie hat ein Herz aus Gold, und wenn Sie sich an ihre Anweisungen halten, wird sie Sie behüten wie eine Glucke.«

»Die Bekanntschaft kann noch warten«, meinte Athena kopfschüttelnd. Es sah Tykie ähnlich, das militärische Gegenstück einer Bordellbesitzerin kennenzulernen. Kein Wunder, daß er so oft verschwunden war.

»Und vergiß nicht, daß ich Malcolm heiße«, erinnerte sie ihn, denn ihr selbst würde es schwerfallen, immer daran zu denken.

Tykie zupfte unglücklich an seinem Ohrläppchen. »Ich weiß nicht, was Master Fletcher sagen würde, wenn er wüßte, daß wir die Verkleidung beibehalten. Sie sollten auf dem Heimweg Miß Athena sein, nicht Master Malcolm. Master Fletcher hat sich darauf verlassen, daß Major Blackmoor Sie so behandeln wird, wie es sich für eine Dame gehört.«

»Zum Beispiel ein eigenes Zelt und eine Leibwache?« fragte Athena lachend. »Auf diese Idee kommt Major Blackmoor ganz bestimmt nicht. Es ist kein Spiel, Tykie«, fügte sie ernster hinzu, als sie sich an Lochiels Warnung vor den gefährlichen Männern erinnerte. Einige von ihnen fuhren in den Wagen und andere folgten der Kolonne zu Fuß; große, schmutzige Männer mit Narbengesichtern, in deren Gürtel Waffen steckten.

Lochiel hat recht, dachte sie, während sie sich im Sattel aufrichtete. Es lag wirklich in ihrem Interesse, die Scharade fortzusetzen, denn nicht einmal Tykie konnte mit einem Dutzend bewaffneter, unternehmungslustiger Verbrecher fertig werden.

Als die Sonne höher stieg und vom blauen Himmel herabstrahlte, wurde es wärmer. In den letzten Tagen hatte gutes Wetter geherrscht, und der Pfad über die Berge war trocken. Die von Ochsen gezogenen Wagen des Trosses kamen gut voran.

Athena genoß den Ritt, obwohl sie noch immer wegen

der Trennung von Fletcher traurig war. Am Vormittag durchquerten sie ein fruchtbares Tal mit zahlreichen kleinen Bächen. Die Berge ringsum leuchteten frühlingsgrün, und die Luft war frisch und würzig. Sie erblickten jede Menge Wild, ein- oder zweimal auch Rehgeißen mit Kitzen. Athenas Pferd war drei Tage im Schuppen der McKenzies eingesperrt gewesen und konnte es nicht erwarten zu traben. Athena blieb nichts anderes übrig, als ihm nachzugeben.

Als sie an der Spitze des Trosses vorbeiritt, nickte sie der rothaarigen Frau zu, die im ersten Wagen saß und ausgerechnet ein schlafendes Huhn auf dem Schoß hielt. Die Frau winkte lächelnd zurück, und Athena, die davon überzeugt war, daß Mutter Hicks mit ihr flirtete, wurde rot und gab ihrem Pferd die Sporen.

»Es wäre am besten, wenn Tykie dieser Frau klarmacht, wer ich wirklich bin«, murmelte sie vor sich hin, während sie sich über den Hals des Wallachs beugte. Sie hatte keine Ahnung, was sie tun würde, wenn sie das Interesse der übergewichtigen Prostituierten oder einer ihrer Schutzbefohlenen erregte.

Die Hochländer marschierten etwa eine Meile vor dem Troß, und Athena zügelte ihr Pferd zum Trab. Sie entdeckte sofort Lochiel, der am Ende der Kolonne einen Rotfuchs ritt. Wie üblich trug er keine Kopfbedeckung, und seine schwarzen Locken glänzten in der Sonne. Er saß elegant zu Pferd, und in Athena regte sich wieder einmal der Unmut.

Er war immer Herr der Lage, immer ruhig und selbstsicher, und das nahm sie ihm übel. Am liebsten hätte sie dem arroganten Kerl einen Dämpfer versetzt.

Er wendete den Kopf und sprach zu dem neben ihm reitenden Kompaniefeldwebel. Athenas Groll verwandelte sich in eine dumpfe, unerklärliche Sehnsucht. Sie erinnerte sich unwillkürlich daran, wie diese Lippen von ihrem Mund Besitz ergriffen hatten, wie dieser Mann auf ihr gelegen hatte wie noch kein Mann zuvor, wie er eins mit ihr geworden war und sie Wonnen empfunden hatte, die ihre wildesten Vorstellungen übertrafen.

Athena stöhnte leise, als vollkommen unerwartet hungriges Verlangen von ihr Besitz ergriff. In den einsamen Winternächten, in denen sie sich schlaflos im Bett gewälzt hatte, hatte sie vergeblich versucht, dieses Verlangen zu unterdrücken. Sie redete sich ein, daß ihr Lochiel Blackmoor gleichgültig war und hörte nicht auf die Stimme ihres Herzens. Sie hatte im Garten von Courtland Grace so leidenschaftlich auf ihn reagiert, weil sie ahnungslos gewesen war und keine Erfahrung besaß, und nicht, weil seine Männlichkeit sie hingerissen hatte.

»Ich hasse ihn!« flüsterte sie erbittert. Der Haß mußte doch imstande sein, die weibliche Schwäche in ihr zu besiegen! Sie wendete ihr Pferd, galoppierte zu Tykie zurück und schwor sich, von nun an Abstand zu Lochiel zu halten.

An diesem Abend wurde das Lager auf einer kleinen Lichtung mitten im Wald aufgeschlagen. Der Boden war mit Farnkraut übersät, und winzige Schneeglöckchen steckten die Köpfchen durch die dichte Schicht von Fichtennadeln. Die Leute erhielten Erlaubnis, Feuer zu machen, und bald stieg der Rauch zwischen den Bäumen auf und vermischte sich mit dem Geruch des Stews, das in den Kesseln brodelte.

Obwohl Athena erschöpft war, fütterte und tränkte sie zuerst ihr Pferd, bevor sie vor dem Zelt zusammenbrach, das Tykie am Rand des Lagers aufgestellt hatte. Fletcher war entsetzt gewesen, als er erfuhr, daß seine Schwester auf dem Ritt nach Fort Shuyler unter freiem Himmel geschlafen hatte, und sorgte dafür, daß sie für den Heimweg ein Zelt bekamen. Obwohl sie und Tykie knapp Platz in ihm hatten, bot es ihnen Ungestörtheit, und das war für Athenas Sicherheit unschätzbar.

Sie nahmen die herzhafte Mahlzeit aus Elizabeths Bündel schweigend ein. Athena hatte die Beine untergeschlagen und beobachtete die Vorgänge rings um sich. Sie hatte im Lauf des Tages die Namen ihrer Mitreisenden erfahren und war darüber erstaunt gewesen, wie freundlich und hilfsbereit sie waren.

Es war üblich, daß die Frauen der Soldaten ihren Männern von Feldzug zu Feldzug folgten – ein Jahrtausende alter Brauch. Allerdings hatten nur wenige Hochländer der Siebenten Kompanie ihre Frauen aus Schottland mitgebracht, und die Frauen und Mädchen in diesem Lager waren hauptsächlich Prostituierte. Sie waren nur dazu da, um etwas Freude in das Leben der Soldaten zu bringen, aber keine von ihnen sah so aus, wie Athena sich Huren vorstellte. Die meisten waren jung, wirkten reinlich, waren gut gekleidet, und einige von ihnen konnte man sogar als hübsch bezeichnen.

Was Tante Amelia wohl sagen würde, wenn sie wüßte, daß ihre Nichte in einem Troßlager lebte, das hauptsächlich aus Huren und zweifelhaften Männern bestand, deren Existenz ausschließlich von der Großzügigkeit des Regiments abhing, dem sie folgten?

»Tante Amelia würde überhaupt nichts sagen, sondern einfach an einem Herzanfall sterben«, murmelte Athena.

»Es ist wirklich ein Glück, daß sie Sie nicht sehen kann«, stimmte Tykie zu, der ihrem Gedankengang gefolgt war. Er war nicht damit einverstanden, daß seine geliebte Herrin Männerkleidung trug und unter dem Pöbel lebte, doch die Tatsache, daß sie Master Fletcher gefunden hatten, wog das alles auf. Hoffentlich würde Miß Athena nach ihrer Heimkehr genug von solchen Abenteuern haben und sich endlich so benehmen, wie es sich für eine wohlerzogene junge Dame gehörte.

»Ist das nicht der Junge, der meine Tasche gestohlen hat, Tykie?«

Tykie blickte zum Feuer hinüber. »Ja, das ist Joe Madison. Erinnern Sie sich noch an seine Schwester Ailie?«

Athena verzog geringschätzig den Mund, als sie an die kleine Rothaarige dachte, die Lochiel so herausfordernd angesehen hatte.

»Sie sind Waisen und waren ganz auf sich gestellt, bis Mutter Hicks sie bei sich aufnahm«, fuhr Tykie fort. »Der Junge verdient mit Botengängen Geld und betreut auch die Pferde.«

»Und wenn er nichts Besseres zu tun hat, stiehlt er«, fügte Athena hinzu.

»Allerdings«, bestätigte Tykie. »Es ist am besten, wenn Sie sich von ihm fernhalten, Miß Athena – Malcolm«, fügte er hastig hinzu, als sie die Stirn runzelte.

»Und was ist mit diesem Mädchen, Tykie?« Athena zeigte auf die Gruppe, die um das Feuer saß. »Ist sie auch eine von Mutter Hicks Schützlingen? Ich sehe sie heute zum erstenmal.«

Tykie räusperte sich unbehaglich, weil er sich erst daran gewöhnen mußte, daß die wohlerzogene Miß Athena so unbefangen von Prostituierten sprach. Sie zeigte auf eine junge Frau in einem Kleid aus elfenbeinfarbenem Musselin, das etwas eleganter wirkte als die Kleidung ihrer Kolleginnen. Ihr tiefschwarzes Haar leuchtete im Feuerschein, als sie sich näher zu den Flammen beugte, um sich zu wärmen. Die Luft war bei Sonnenuntergang kühl geworden.

Sie antwortete lachend auf eine Frage und warf den Kopf zurück. Das eng anliegende Kleid betonte ihre vollen Brüste und erinnerte Athena daran, wie unbehaglich sie sich fühlte, weil sie ihre Rundungen mit Tüchern zusammenschnüren mußte.

Von der schwarzhaarigen Frau ging eine schwüle, verführerische Aura aus, und als Athena das unleugbar schöne Gesicht betrachtete, fühlte sie sich merkwürdigerweise in die Defensive gedrängt. Es war ihr ein Rätsel, warum sie gerade diese Frau als Bedrohung empfand. »Das ist Liza Hampton; Sie gehen ihr am besten aus dem Weg«, warnte Tykie. »Soviel ich weiß, ist sie eine Xanthippe, und es ist besser, sie sich nicht zum Feind zu machen.«

»Ich habe nicht die geringste Angst vor ihr. Du vergißt, daß ich in Edinburgh zur Schule gegangen bin und dort mit handgreiflichen Geschöpfen fertig geworden bin, die Miß Hampton zum Abendessen verspeisen würden.«

Tykie mußte grinsen. Er hatte vergessen, daß Miß Athena mit vierzehn den letzten Wunsch ihrer Mutter erfüllt und ein Jahr lang ein sehr bekanntes Mädchenpensionat in Schottland besucht hatte. Die Wirkung hatte zwar nicht lange angehalten, aber trotz ihres Heimwehs hatte Athena den Aufenthalt genossen.

Fiona, die aus Schottland stammte, hatte ihre Heimat einige Male zusammen mit ihrer Tochter besucht. Foster hatte sie nur selten begleitet, weil er sich nicht nach seiner alten Heimat sehnte, und seine Söhne hatten sich nicht dazu überreden lassen, den Staat West York auch nur für kurze Zeit zu verlassen; die stickige Enge der alten Welt schreckte sie ab. Athena hingegen hatten die Besuche bei Fionas Tante in Aberstrath Spaß gemacht, und sie hatte Tykie gegenüber oft erwähnt, wie tief sie die zerklüfteten Berge Schottlands beeindruckt hatten.

»Soviel ich weiß, ist Liza bei den Offizieren sehr beliebt«, fuhr Tykie fort. »Angeblich ist sogar Major Blackmoor sehr von ihr angetan.«

»Tatsächlich?«

Tykie sah sie scharf an, weil ihm etwas an ihrem Tonfall auffiel, aber es war so dunkel, daß er ihr Gesicht nicht mehr klar erkannte. Dann fiel ihm auf, daß er getratscht hatte wie ein altes Weib; er erhob sich steif und streckte sich.

»Ich werde noch einen kleinen Spaziergang unternehmen. Sie werden doch während meiner Abwesenheit vorsichtig sein?«

»Ich werde mich nicht von der Stelle rühren«, versprach Athena.

Er hatte erwartet, daß sie ihn necken würde, denn sie wußte sicherlich, daß sein Ziel Mutter Hicks Zelt war, und war etwas überrascht, als sie nichts dagegen einzuwenden hatte.

»Ich werde nicht zu lange fortbleiben«, versprach er. Es störte ihn, daß er sie allein ließ, aber die verführerische Rothaarige und ihre Talente gingen ihm nicht aus dem Kopf.

»Ich kann selbst auf mich aufpassen«, stelle Athena streng fest, »und außerdem kann ich immer noch schreien, wenn mir jemand etwas tun will. Aber wer beachtet schon einen mageren Jungen in abgetragenen Kleidern, der keinen roten Heller besitzt?«

Tykie stimmte dieser Feststellung zu und mache sich erleichtert auf den Weg. Er pfiff fröhlich vor sich hin, und Athena wartete, bis sie ihn nicht mehr hörte, bevor sie ihren Blechnapf packte und gegen den nächsten Baum schleuderte.

Major Blackmoor hatten sich also in die verführerische Liza Hampton vergafft? Gefielen ihm Lizas nachtschwarze Haare besser als Athenas goldblonde Locken? Er benahm sich wie ein brünstiger Hirsch. Mit wie vielen Frauen war er seit jener Nacht im vergangenen Herbst ins Bett gegangen? Eine? Zwei? Ein halbes Dutzend? Wie viele Frauen brauchte der Schweinekerl, um endlich befriedigt zu sein?

Athena machte sich mit zusammengebissenen Zähnen daran, die Reste des Abendessens wegzuräumen. Gelegentlich unterbrach sie diese Beschäftigung, um Zweige zu zerbrechen und mit ihnen das Feuer in Gang zu halten;

sie bedauerte nur, daß sie mit Lochiel Blackmoors Hals nicht das gleiche tun konnte.

»Dieser verdammte Schuft!« murmelte sie, wandte sich vom Feuer ab und prallte gegen die breite Brust eines Mannes, der sich offenbar lautlos angeschlichen hatte.

Sie zuckte zusammen, doch ihre Angst verwandelte sich in Empörung, als sie Lochiel erkannte. Wie konnte er es wagen, sie so zu erschrecken, noch dazu, wenn sie so wütend auf ihn war?

»Das ist zwar ein Lager für Prostituierte, Major«, bemerkte sie hochmütig, »aber das gibt Ihnen noch lange nicht das Recht, eine Dame zu erschrecken.«

Lochiel mußte sich das Lachen verbeißen, denn sie sah in diesem Augenblick in ihrer abgetragenen Männerkleidung alles andere als damenhaft aus. Auch ihr wütender Gesichtsausdruck paßte nicht gerade zu einem jungen, wohlerzogenen Mädchen.

»Ich bitte um Entschuldigung«, erklärte er steif. »Das nächste Mal schicke ich einen Lakai mit meiner Karte voraus.«

Athena wandte ihm den Rücken zu und spülte wutentbrannt die letzten Teller. »Haben Sie mich aus einem bestimmten Grund aufgesucht, Sir?«

Lochiel zwang sich zur Ruhe. »Ich möchte Sie und Tykie in das Militärlager bringen, wo sich meine Ordonnanz um Sie kümmern kann. Ich möchte nicht, daß Sie weiterhin Geschirr spülen, oder diese Kleidung tragen.«

Es gelang Athena, ihre Überraschung zu verbergen. »Danke, aber ich besitze ein eigenes Zelt. Und was die Kleidung betrifft – diese Sachen sind alles, was ich habe. Außerdem haben Sie mich selbst davor gewarnt, ihren lüsternen Männern meine wahre Identität zu enthüllen.«

Lochiel knirschte mit den Zähnen. Er wollte ihr nicht gestehen, daß er nur deshalb die drohenden Gefahren übertrieben hatte, weil sie ihn im Haus der McKenzies bis zur Weißglut gereizt hatte. Er hatte nie wirklich vorgehabt, sie in das Troßlager zu verbannen, und war überrascht gewesen, als sie sich widerspruchslos fügte, statt zu ihrem Bruder zu laufen.

War ihr denn nicht klar, daß ein Wort von ihm genügte, damit sie vor den Männern in seinem Lager sicher war? Und wußte sie nicht, daß ihr Bruder sie der Obhut von Piers Barrett anvertraut hatte?

Er hatte ihr das alles verschwiegen, weil er so wütend gewesen war. Einige Stunden harter Arbeit und Plackerei hätten sie eigentlich davon überzeugen müssen, daß es für sie besser war, wenn sie bei ihm blieb, und es ärgerte ihn, daß sie weiterhin trotzte. Machte sie nur deshalb Schwierigkeiten, weil sie ihn bestrafen wollte?

»Ich habe gesagt, daß Sie das nicht mehr tun sollen«, knurrte er und riß ihr einen Teller aus der Hand.

»Und wer sollte es Ihrer Meinung nach an meiner Stelle tun?« fragte sie herausfordernd. »Eines Ihrer Liebchen?«

Sie hatte beim Sprechen den Kopf abgewandt, und jetzt berührte ihre Wange beinahe seine Schulter. Obwohl der Abend kühl war, trug er nur seine Reithose und ein eng anliegendes, gewirktes Hemd. Er hatte es nicht bis zum Hals zugeknöpft, und der Wind verfing sich in einer Locke, die unter Athenas Mütze hervorschaute, so daß sie Lochiels Hals streifte.

Athena wurde rot und trat zurück, aber dieser eine Augenblick hatte genügt, um in ihr das Verlangen nach ihm zu wecken. »Gehen Sie«, befahl sie und wich auf die andere Seite des Feuers zurück. Sie wußte jetzt, daß die Gefahr, die ihr drohte, nicht von den Männern im Lager kam, sondern von Lochiels Anziehungskraft, die sie wehrlos machte. »Ich gehe nicht ins Militärlager«, fügte sie entschlossen hinzu. »Tykie und ich bleiben bis zu unserer Ankunft in Albany beim Troß.«

Der flackernde Feuerschein verlieh ihrem Gesicht eine

wilde heidnische Schönheit, und Lochiel konnte das primitive Verlangen nach ihr, das der zarte Duft ihrer Haare in ihm geweckt hatte, nicht unterdrücken. Trotz ihrer unpassenden Kleidung war sie von verführerischer Schönheit; der goldene Schein der tanzenden Flammen fiel auf ihren weißen Hals, und er sehnte sich danach, seine Lippen auf ihr heißes Fleisch zu drücken und zu spüren, wie sie unter seiner Berührung erbebte.

Athena schluckte krampfhaft, als sie das Verlangen in seinem Blick bemerkte. Wenn er sie jetzt berührte, war sie verloren.

Er kam langsam auf sie zu. »Ich bin keine der käuflichen Damen aus dem Troßlager«, sagte sie schnell. »Als mein Bruder mich Ihnen anvertraute, hat er nicht gemeint, daß ich Ihre Konkubine werden soll. Halten Sie so das Versprechen, daß Sie ihm gegeben haben?«

Lochiel schwieg, denn ihm war klar, daß sie die Wahrheit sprach.

»Wenn Sie darauf bestehen hierzubleiben, Miß Courtland, werde ich nicht versuchen, es Ihnen auszureden«, meinte er schließlich. »Vielleicht werden einige Tage primitiven Lebens Sie lehren, daß kindische Wutanfälle oft teuer zu stehen kommen.«

Er drehte sich um und verschwand in der Dunkelheit. Athena kroch in das Zelt, rollte die Bettrolle mit einem Fußtritt auf und warf sich darauf. Zum Teufel mit ihm! Wie konnte jemand, den sie so abgrundtief verachtete, sie so aus der Fassung bringen?

»Ich hasse ihn, ich hasse ihn so sehr«, flüsterte sie. Er war grausam und abscheulich, und sie hatte die Begierde in seinen Augen deutlich erkannt.

Sie schloß die Augen und versuchte zu schlafen, doch die Gedanken an Lochiel ließen es nicht zu. Immer wieder spürte sie seine Nähe, als sie am Feuer gestanden hatten, als seine gebräunte Wange nur Zentimeter von der ihren entfernt gewesen war, und sein Erschauern, als ihre Haare seine Brust streiften. Oder war sie es gewesen, die gezittert hatte, weil sie die Hitze seiner Nähe kaum ertrug?

Athena warf sich auf der schmalen Unterlage schlaflos hin und her. Sie war nicht leichtfertig, sie liebte Lochiel Blackmoor nicht. Warum wurden ihre Knie dann weich, wenn er sie ansah?

»Zum Teufel mit ihm«, flüsterte sie noch einmal und preßte die Augen zusammen, um nicht in Tränen auszubrechen.

Der Wind rauschte in den Bäumen über ihr, und dieses Geräusch vermischte sich mit dem gedämpften Gelächter, das aus den Zelten drang. Athena versuchte vergeblich einzuschlafen; sie hatte sich noch nie in ihrem Leben so einsam gefühlt.

11. Kapitel

Die Dämmerung senkte sich auf die Hügel herab. Der Waldboden war kühl und feucht. Die Sonne ging bernsteinfarben hinter den zerklüfteten Gipfeln unter und färbte die Zweige der Ulmen golden. Fern auf den Feldern trieben ein Siedler und seine Hunde die Herde in den Stall, und das klagende Brüllen der Tiere hallte durch die einbrechende Dunkelheit.

»Der Sonnenuntergang verführt zum Träumen«, murmelte Andrew Durning. »Dabei können die Franzosen jeden Augenblick über dieses Tal herfallen und dem kühnen Siedler dort unten seinen Skalp rauben.«

Der hochgewachsene Mann neben ihm lächelte. »Ich glaube nicht, daß sich die Siedler in diesem Tal von ein paar herumstreifenden Indianern oder Franzosen widerstandslos skalpieren lassen.«

»Ja, die West Yorker Kolonisten geben sich nicht so leicht geschlagen. Sie sind zäh wie Leder und fürchten sich nicht einmal vor dem Teufel«, gab Andy zu.

Lochiel dachte unwillkürlich an eine gewisse junge Frau mit eisernem Willen, der es nichts ausmachte, in der Wildnis zu schlafen oder tagelang im Herrensattel zu reiten.

»Man muß schon aus besonderem Holz geschnitzt sein, wenn man hier überleben will«, stimmte er Andy zu. Der Siedler und seine Herde waren verschwunden, und die Nacht breitete ihren Mantel über die Wiesen. Die Kolonie West York war ein schönes Land, doch Lochiels Gedanken wanderten nach Hause, zu den einsamen Bergen im Nordwesten Schottlands. Es wäre ebenfalls eine Herausforderung, sich dort ein neues Leben aufzubauen und die von den Engländern zurückgelassenen Ruinen wieder zu ihrer früheren Pracht zu erwecken.

»Inzwischen müßten die Burschen das Lager aufgeschlagen haben«, bemerkte er, weil er fand, daß sie schon zu lange mit offenen Augen träumten. Er wendete sich müde von dem Bild vor ihm ab und fragte sich, was eigentlich aus seiner Begeisterung für das Leben beim Militär geworden war.

Da man seit dem Verlassen von Fort Shuyler keine französischen oder indianischen Patrouillen bemerkt hatte, waren auch an diesem Abend Feuer erlaubt worden. Als die beiden Offiziere zurückkehrten, brannten bereits einige, und ihr Schein erhellte die Finsternis. Der Kompaniefeldwebel schnupperte genießerisch, als er den Duft von gebratenem Wild roch.

»Wenn ich an einen unserer früheren Feldzüge denke, bin ich für einen solchen Abend dankbar«, bemerkte er und ging schneller, weil ihm der Hunger zusetzte.

Lochiel nickte. Sie hatten manchmal bei Eisregen oder Schneestürmen ein Lager aufgeschlagen, ihre Ausrüstung war durchweicht gewesen, und die Wege waren durch einen Erdrutsch zugeschüttet oder hatten sich in tiefen, zähen Schlamm verwandelt. Ein Jahr zuvor hatten sie sich nach dem Fall von Fort William Henry in vollkommener Finsternis zurückziehen müssen und waren stundenlang ohne Rast marschiert; ihre Verpflegung hatte aus einer Handvoll Weizenkörnern bestanden. Jetzt, Anfang Mai 1759, waren die Nächte immer noch bitter kalt, aber Lochiel, der viel Schlimmeres ertragen hatte, empfand sie als sehr angenehm.

Seinen Männern schien es genauso zu gehen, denn sie waren in ausgezeichneter Stimmung, während sie um die Feuer saßen und den Rehbraten mit dem eiskalten, klaren Wasser einer Quelle hinunterspülten.

»Wir schließen Wetten auf unseren neuen Einsatz ab, Major«, rief Skelley Lochiel zu.

»Und was glaubt die Mehrheit?« fragte Lochiel, während er sich mit seinem Dolch ein Stück Fleisch von dem auf dem Spieß steckenden Braten abschnitt. Er setzte sich auf den Boden, streckte die Beine aus und begann zu essen.

»Die meisten nehmen an, daß wir in Albany noch einmal kurz gedrillt werden, und daß man uns dann nach Quebec schicken wird«, antwortete Korporal Martin. Er wirkte sichtlich zufrieden; er liebte es, nach einem anstrengenden Tagesmarsch friedlich am Feuer zu sitzen.

»Um so besser für mich«, bemerkte der junge MacLachlan grinsend und rieb sich die Hände. »Ich bin der einzige, der behauptet, daß General Amherst die Siebente nach Westen zu den Truppen von Prideaux schicken wird, damit sie an dem Angriff auf Fort Niagara teilnimmt.«

»Du bist nicht recht bei Trost, Mann«, erklärte Skelley, leckte sich die Finger und schnitt sich noch ein Stück Fleisch ab.

»Ich wette eine Guinee darauf, daß ich recht behalte«, antwortete der junge Schotte.

»Eine Guinee? Wie kommt ihr zu einem solchen Vermögen?« fragte der Kompaniefeldwebel, der die letzten Worte gehört hatte.

»Wir haben im Fort mit der Miliz gewettet«, grinste Skelley. »Die armen Teufel besitzen keine Spur von gesundem Menschenverstand, und mit ihnen zu wetten war einfacher, als einem Blinden was zu stehlen. Wenn ich Oberst der Miliz wäre, würde ich mir alle Haare ausreißen, weil ich so arme Tröpfe befehlige.«

Das war die Weisheit eines Zwanzigjährigen, fand Lochiel. Doch er und die anderen jungen Burschen von der Kompanie waren erfahrene Soldaten, die schon an zahlreichen Schlachten teilgenommen hatten. Sie schwangen ihre schweren Breitschwerter wie altgediente Kämpfer und stürzten sich ohne zu zögern auf mit Gewehren bewaffnete Franzosen.

Die kräftigen Krieger aus dem Hochland waren ausnahmslos furchtlos, auch die jüngsten unter ihnen, doch viele der vertrauten Gesichter waren nicht mehr dabei. Lochiels Herz schmerzte heute noch, wenn er an die Freunde und Kameraden dachte, die sie im gefrorenen Boden vor den Bastionen von Fort William Henry und Duquesne begraben hatten.

Es hatte keinen Sinn, der Vergangenheit nachzutrauern. Er erhob sich. Im Augenblick gab es genügend Sorgen, und eines der schwierigsten Probleme war nur eine halbe Meile entfernt. Er mußte sich jetzt damit befassen, bevor er die Kontrolle darüber verlor.

»Grüßen Sie Liza von mir«, rief ihm eine Stimme nach, als er sein Pferd losband.

Das war natürlich Andy, und Lochiel muße unwillkürlich lächeln. Von ihm aus konnten sie denken, was sie wollten, auch wenn er jetzt nicht vorhatte, Liza zu besuchen. Nein, was er vorhatte, war wesentlich unangenehmer. Er wollte die rebellische Athena Courtland aufsuchen und nachsehen, ob sie schon mürbe geworden war. Sie waren heute so viele Meilen geritten, daß ihr weiches Hinterteil bestimmt wundgerieben war, was ihre Abenteuerlust hoffentlich eindämmte.

Er lächelte spöttisch, während er sein Pferd in Trab fallen ließ.

Mit Einbruch der Nacht war kalter Wind aufgekommen, der die Fichten arg mitnahm. Die Sterne glitzerten frostig auf dem blau-schwarzen Himmel, und über den Berggipfeln erkannte man die Sternbilder des Winter. Im unregelmäßigen Rund der Zelte brannte ein riesiges Feuer, und die meisten Bewohner des Troßlagers hatten sich ringsum versammelt, um sich zu wärmen.

Mutter Hicks hielt auf einer Seite des Feuers Hof und fing eifrig Flöhe von ihrer Decke, während sie sich mit ihren Nachbarn unterhielt. Sie war eine üppige, etwa vierzigjährige Frau, der man trotz ihrer schlaffen Züge noch immer die einstige Schönheit ansah. Ihre freundlichen braunen Augen betrachteten die Welt vorurteilslos, und ihr ansteckendes Lachen tröstete sogar den Unglücklichsten.

Mutter Hicks freute sich darüber, daß Tykie seinen schüchternen Schützling Malcolm endlich dazu überredet hatte, ebenfalls an das Feuer zu kommen. Im Lager wurde bereits über die beiden getratscht. Sarah Hicks fand, daß der Junge gut aussah und jedenfalls alt genug war, um sich für eines ihrer Mädchen zu interessieren.

Doch Tykie war sichtlich entschlossen, so etwas zu verhindern, denn er ließ Malcolm nicht aus den Augen, und sein finsterer Gesichtsausdruck schüchterte sogar das unternehmungslustigste Mädchen ein. Die ehemalige Schankdirne beschloß, mit Tykie ein ernsthaftes Wort zu reden. Ein großer, strammer Junge wie Malcolm mußte in diesem Alter nicht mehr bemuttert werden.

»Weißt du denn nicht mehr, wie du dich als bartloser Junge gefühlt hast, Tykie?« flüsterte sie und beugte sich vor, so daß ihre mächtigen Brüste Tykies Arm streiften.

»Nein«, sagte Tykie sofort. Seine schwarzen Augen glänzten, denn er hatte dem Whisky schon eifrig zugesprochen. »Weißt du nicht, daß Tykie Downs bei seiner Geburt schon ein erwachsener Mann war?«

»Warum hast du dann einen so kümmerlichen Namen? fragte Mutter Hicks mißtrauisch. Sie hatte von den heidnischen Bräuchen in den abgelegenen Tälern Schottlands gehört, von Magie, Hexenkünsten und Geschöpfen, die ahnungslose Menschen mit einem Zauber belegten. Vielleicht sprach Tykie tatsächlich die Wahrheit.

»Er war bei seiner Geburt ein so winziges Würmchen,

daß seine Mutter ihn Tykie nannte« (Tyke bedeutet im amerikanischen Slang ›Wurm‹), mischte sich Athena ein, und hinderte dadurch Tykie daran, eine lange Geschichte zu erfinden: sie wußte aus Erfahrung, wie sich der Whisky auf das Erzähltalent ihres Beschützers auswirkte. Athena hatte zu ihrer Überraschung festgestellt, daß sie Mutter Hicks mochte, und wollte nicht, daß Tykie sie auf den Arm nahm. Die gute Seele war äußerst abergläubisch und imstande, Tykies Behauptungen für bare Münze zu nehmen.

»Du bist kein kleines Würmchen mehr, mein Junge«, meinte Mutter Hicks zweideutig. »Du bist doch meiner Meinung, mein Liebling?«

Doch Tykie war noch nicht so beschwipst, zu vergessen, daß sich eine junge Dame unter ihnen befand. Er murmelte etwas vor sich hin, sah bekümmert zu Athena hinüber und bedauerte, daß er sie mitgenommen hatte.

»Er ist so sittsam, Mutter Hicks«, erklärte Athena, um ihm aus der Schlinge zu helfen. Der arme Tykie konnte nichts dafür, daß er in die Rolle ihres Beschützers gedrängt worden war.

Tykie wurde krebsrot, erhob sich schwankend und stolperte in die Dunkelheit. Vielleicht würde die kalte Nachtluft seinem umnebelten Gehirn guttun, dachte er. Er hätte nicht so viel trinken dürfen, wenn er auf Miß Athena aufpassen wollte.

»Laß ihn gehen, Malcolm«, sagte Mutter Hicks, als Athena sich erhob. »Er folgt nur dem Ruf der Natur und wird gleich wieder da sein.«

Athena kehrte zögernd zum Feuer zurück. Als sie sich bückte, um ihren Blechbecher aus dem dampfenden Kessel mit Kaffee zu füllen, traf sie von hinten ein heftiger Stoß, so daß sie zum Feuer kollerte. Sie konnte sich gerade noch zur Seite rollen, und ihr Schrecken verwandelte sich in Zorn, als sie auf die Beine kam und dem lachenden Joe Madison gegenüberstand.

»Ich konnte nicht widerstehen; dein Hosenboden bettelte um einen kräftigen Tritt«, erklärte er.

»Ich hätte schwer verletzt sein können«, sagte Athena vorwurfsvoll.

»Willst du deswegen etwas unternehmen?« erkundigte sich Joe und verschränkte die Arme. Auf seinem Gesicht lag ein häßlicher Ausdruck, und Athena wurde klar, daß er sie herausforderte. Nahm er ihr übel, daß Lochiel ihn gezwungen hatte, ihr die gestohlene Tasche zurückzugeben?

Athena sah sich im Kreis um, und was sie sah, bestätigte ihre Vermutung. Obwohl in etlichen Gesichtern Mitgefühl lag, spürte sie, daß ihr niemand helfen würde. Wenn man in die Angelegenheiten anderer eingriff, verstieß man gegen die ungeschriebenen Gesetze des Lagers.

Athena wußte jetzt, daß sie mit ihrem Gegner allein fertig werden mußte, hob den Kopf und sagte scharf: »Du hast wohl den richtigen Augenblick abgepaßt, was? Wie lange wartest du schon darauf, daß Tykie verschwindet?«

Ihr hochmütiger und doch würdevoller Ton verunsicherte Joe für einen Augenblick. Malcolm Courtland war ihm von Anfang an ein Dorn im Auge gewesen, aber Joe war nicht bereit, sich einzugestehen, daß er den anderen beneidete – um sein gutes Pferd, seine vornehme Haltung, und auch deshalb, weil er unter Major Blackmoors persönlichem Schutz stand.

Joe faßte sich. »Ich habe darauf gewartet, daß du hinter Tykies Rockzipfel hervorkriechst«, gab er zu. Aus dem Augenwinkel sah er, daß ihm seine Schwester Ailie aufmunternd zunickte, und wurde mutiger. »Du kannst dich nicht ewig hinter ihm verstecken, du Zwerg. Oder steckt mehr dahinter?« Bei dem Gedanken begann er, hinterhältig zu grinsen. »Habt ihr vielleicht eine ... eine besondere Beziehung zueinander?«

Athena schnappte nach Luft, als sie begriff, was er andeutete. Es machte sie wütend, daß dieser ungehobelte Flegel Tykie in dessen Abwesenheit verleumdete, so daß er sich nicht verteidigen konnte. Es war niederträchtig und feige von Joe, und Athena verachtete beide Eigenschaften zutiefst.

»Halte dein ungewaschenes Maul, du Schwein«, brüllte sie, und stürzte sich so unerwartet auf ihn, daß sie ihn überrumpelte.

Sie ballte ihre Rechte zur Faust und schlug ihm voll ins Gesicht. Als Kind hatte sie oft genug Boxkämpfe mit Jeremy und Colm ausgetragen, und konnte einen Schlag anbringen, ohne sich zu verletzen. Obwohl hinter dem Schlag auf Joes Kinn keine echte Kraft lag, verlor Joe, der nicht darauf gefaßt war, das Gleichgewicht und landete mit einem Plumps auf seinem Hintern.

Die Zuschauer wichen laut lachend zurück. Joe schüttelte den Kopf und rappelte sich mit mordlustig funkelnden Augen auf die Beine. Athena wirbelte von Furcht erfaßt zur Seite. Für sie war es kein Machtkampf zwischen rivalisierenden Halbwüchsigen und auch keine Show für die gelangweilten Lagerinsassen. Sie konnte es nicht mit Joe aufnehmen, und es war zu spät, um irgendwem den Grund dafür zu erklären.

Der in seinem Stolz verletzte Joe stürzte sich wutschäumend auf sie. Athena wendete im letzten Augenblick den Kopf zur Seite, so daß der Schlag von ihrem Kinn abglitt; doch er genügte, um sie zu Boden zu strecken. Joe brüllte entzückt auf und wollte sich auf sie werfen.

Sein Jubelruf verwandelte sich in einen Schmerzensschrei, als jemand von hinten seine Handgelenke faßte und ihn wie in einem Schraubstock festhielt.

»Das reicht«, knurrte eine Stimme, und Joe blickte erschrocken zu dem Mann hinter ihm auf.

Die Zuschauer waren verstummt, und Athena, die schwankend auf die Beine kam, sah sich erstaunt um. Was war los? Sie drückte die Hand auf die pochende Wange, drehte sich um und riß die Augen genauso erstaunt auf wie Joe, als sie Lochiel Blackmoor erblickte.

»Sind Sie verletzt?« Er verzog keine Miene – er sah sie nicht einmal an. Athena konnte nur den Kopf schütteln.

»Dann gehen Sie in Ihr Zelt.«

Lochiel empfand kurz bittere Genugtuung, als sie wortlos in der Dunkelheit verschwand, denn es war erst das zweite Mal, seit er Athena kannte, daß sie ihm gehorchte. Er ließ Joes Handgelenke los und sah ohne eine Spur von Mitgefühl zu, wie der Junge sie kräftig rieb und vor Schmerzen zusammenzuckte, als das Blut in die steifen Finger zurückkehrte.

»Malcolm Courtland ist zwar so groß wie du«, erklärte er schließlich, »aber nur halb so schwer, und hat bestimmt noch nie geboxt. Möchtest du einmal ausprobieren, wie es ist, wenn man unter solchen Voraussetzungen angegriffen wird?«

Joe wurde blaß. Er verstand genau, was der Major meinte, und sein Mund wurde trocken, als er in die harten silbergrauen Augen starrte. Die unausgesprochene Drohung, die von der Gestalt des Majors ausging, versetzte ihn in Panik, und er konnte den Blick nicht von den muskulösen Unterarmen abwenden, als Lochiel lässig die Ärmel aufrollte.

»Nun, Joe?«

»N-nein, Sir«, stammelte der Junge und konnte nicht verhindern, daß seine Stimme hoch und schrill klang. Auf seiner Stirn standen Schweißperlen, und sein Mund zuckte nervös.

»Du wirst den Jungen von nun an in Ruhe lassen?«

»Ja, Sir, ich verspreche es, Sir.«

Lochiels kalter, hochmütiger Blick überflog die Zuschauer und veranlaßte selbst die ärgsten Raufbolde, den Kopf abzuwenden. Sogar Mutter Hicks, der selten die

Worte fehlten, spürte, daß es klüger war, den Mund zu halten. Sie beschloß, Liza später in das Zelt des Majors zu schicken. Der Major war ein rauher Geselle, aber für Lizas Reize nicht unempfänglich, und sie würde es bestimmt schaffen, ihn in bessere Stimmung zubringen.

Lochiel wußte jetzt, daß Athena für den Rest der Reise in Sicherheit war. Er war trotzdem auf sich wütend, weil er nicht auf etwas Derartiges gefaßt gewesen war, obwohl er wußte, wie ablehnend die Insassen des Troßlagers Neuankömmlingen gegenüberstanden. Sein Entschluß, Athena den Wölfen vorzuwerfen, hatte zu der Auseinandersetzung mit Joe geführt, und er allein war schuld daran. Seine Laune war auf dem Nullpunkt angelangt, als er zu ihrem Zelt ging, um nachzusehen, wie schwer sie verletzt war.

Athena hatte auf ihrer Bettrolle gesessen und das Gesicht in die Hände vergraben. Als Lochiel kam, sprang sie auf.

»Bleiben Sie, wo Sie sind«, knurrte er und stieß sie zurück. Seine Stimmung besserte sich nicht gerade, als er sah, daß in ihren Augen Tränen standen.

»Zeigen Sie mir Ihr Gesicht.«

Sie weigerte sich, seinen Befehl zu befolgen, und er faßte sie sanft am Kinn und drehte ihren Kopf so, daß er den roten Fleck auf ihrer Wange sah.

»Kann man Sie denn nicht einmal für kurze Zeit allein lassen, ohne daß Sie zu raufen beginnen wie ein Gassenjunge?« erkundigte er sich.

Athena hielt seinen Ton für Verachtung. »Blackmoor, ich habe nicht –«

»Sprechen Sie nicht weiter«, unterbrach er sie, weil ihm die blutunterlaufene Stelle auf ihrer Wange Sorgen bereitete. Bevor er hereinkam, hatte er sein Taschentuch in das eiskalte Quellwasser getaucht, und drückte es ihr jetzt vorsichtig auf das Gesicht. »Es wird ein prächtiger blauer

Fleck«, bemerkte er, während er neben ihr kniete. »Hoffentlich haben Sie ihn nicht verdient.«

»Das habe ich wirklich nicht«, rief Athena und riß sich los. Ihr traten wieder Tränen in die Augen. »Dieser verdammte Feigling hat von Tykie und mir schreckliche Dinge behauptet.«

»Und Sie mußten ihre Ehre verteidigen.« Lochiel verbarg seine Sorge um sie hinter Spott.

Athena senkte den Kopf. Sie war zu benommen und hatte zu große Schmerzen, um sich mit ihm auf ein Wortgefecht einzulassen. »Bitte gehen Sie«, flüsterte sie.

Seine Hände legten sich auf ihre Schultern und drehten sie sanft, aber bestimmt ihm zu.

»Entschuldige, Athena.« Er war so schuldbewußt, daß seine Stimme heiser klang. »Ich möchte dich trösten, nicht verletzten. Ich eigne mich wahrscheinlich mehr als Krankenpfleger für Soldaten, denen man wieder Mut machen muß, und nicht für ein weibliches Wesen, das Trost braucht.«

Während er sprach, zog er sie an sich, so daß ihr Kopf an seiner Brust lag und sie spürte, wie sein Herz klopfte. Dank des nassen Taschentuchs ließ der Schmerz in ihrer Wange allmählich nach. Sie schloß mit einem Seufzer die Augen, und Schmerz und Angst der letzten Minuten vergingen in der Wärme und Sicherheit der starken Arme, die sie umschlossen.

Sie rührte sich so lange nicht, daß Lochiel annahm, sie wäre eingeschlafen. Er hob zögernd sein Kinn aus der goldenen Haarpracht, in der es geruht hatte, und ließ sie vorsichtig los, um sie auf die Decken zu legen. Sie murmelte protestierend und wandte ihm den Kopf zu; ihre blauen Augen blickten sanft und sehnsüchtig, nicht feindselig oder rebellisch. Kein Mensch, und am allerwenigsten er, konnte dieser stummen Bitte widerstehen.

Er legte die Kompresse weg und fuhr vorsichtig über

den bereits dunkler werdenden Bluterguß. »Ich würde alles dafür geben, wenn ich diesen Vorfall ungeschehen machen könnte«, flüsterte er. Seine Finger glitten zu ihrem Kinn, und Athena erschauerte.

»Es war falsch von mir, dich dafür zu bestrafen, daß du stolz bist, denn ich muß gestehen, ich bin es auch. Ich glaube, daß ich dich deshalb begehre, weil du genauso hochmütig bist wie ich.« Seine Lippen glitten zärtlich über die verletzte Wange. »In dir habe ich die passende Gefährtin gefunden.«

Athena flüsterte seinen Namen, und ihre heisere Stimme stachelte seine Leidenschaft an. Er legte sie auf die Bettrolle, als wäre sie aus zerbrechlichem Porzellan, und zog ihre Haarnadeln heraus, so daß die prachtvolle Haarflut auf ihre Schultern fiel. Als er sich über sie beugte, schimmerten seine Augen in dem schwachen Licht silbern, und sie empfand das Gewicht seines Körpers als süße Last.

Lochiel näherte seine Lippen den ihren, die bereits erwartungsvoll geöffnet waren. Ihr Duft und die Weichheit ihres Körpers stiegen ihm zu Kopf, und er küßte sie feurig, bis ihre Leidenschaft nach den langen Monaten der Enthaltsamkeit aufflammte und sie vor Wollust stöhnte.

»Ich will dich besitzen, Athena«, murmelte Lochiel, der plötzlich wußte, daß er seit der Nacht im Garten von Courtland Grace nichts anderes begehrt hatte. »Und ich weiß, daß auch du mich willst.«

Statt einer Antwort drückte sie sich enger an ihn, legte ihm die Arme um den Hals und fuhr ihm mit den Fingern durch das Haar. Sie wußte instinktiv, daß er seit diesem herrlichen ersten Mal bei keiner anderen Frau Befriedigung gefunden hatte.

Sie schloß die Augen und wartete sehnsüchtig auf seinen nächsten Kuß, doch plötzlich ließ der Druck seines Körpers nach. Als sie sich verwirrt aufsetzte, lehnte er mit dem Rücken zu ihr an der Zeltstange, und sein Atem ging keuchend.

»Was ist geschehen?« fragte sie erschrocken.

Er lachte kurz. »Obwohl die Versuchung, deine Reize zu genießen, unglaublich groß ist, fürchte ich, meine liebe Athena, daß es mir unmöglich ist.«

Ihre großen, blauen Augen sahen ihn verständnislos an. »Warum? Was habe ich getan?«

Er wandte wieder den Blick von ihr, denn er ertrug es nicht, sie anzusehen, wenn er sie nicht haben durfte. Warum hatte gerade jetzt seine Vernunft die Oberhand gewonnen? Warum hatte er an Pflicht und Ehre und nicht an ihren süßen Körper gedacht, als er in ihre vor Leidenschaft dunklen Augen blickte? Er war nicht der erste, dem sie sich hingab. Wovor hatte er Angst?

»Du hast nichts getan«, antwortete er. »Mein Gewissen ist daran schuld, obwohl ich bis heute geleugnet hätte, daß ich eines besitze. Ich habe deinem Bruder mein Worte gegeben, Athena. Dazu kommt, daß jeden Augenblick Tykie Downs wütend hereinstürzen kann; deshalb habe ich unser Verhalten noch einmal überdacht.«

Athena starrte ihn verzweifelt an. Sie erinnerte sich genau daran, wie er sie beim letzten Mal zurückgewiesen hatte, und wie sie haltlos geweint und ihn gebeten hatte, sie nicht zu verlassen.

Sie würde sich weder diesmal noch jemals wieder so verzweifelt aufführen. Sie war kein Gegenstand, den Lochiel nach Lust und Laune benützen und dann beiseite legen konnte.

»Mein Bruder wäre sicherlich sehr erfreut, wenn er wüßte, daß du dich wie ein wahrer Gentleman benimmst«, antwortete sie kühl. »Offensichtlich kann er den Charakter eines Menschen besser beurteilen als ich. Und sollten dir deine niederen Instinkte doch zu schaffen machen, dann kann dir vielleicht Liza Hampton Erleichterung verschaffen.«

»Da könntest du recht haben«, pflichtete ihr Lochiel bei. »Ich habe ganz vergessen, daß Miß Hamptons Talente die deinen bei weitem übertreffen. Ich verstehe nicht, warum ich nicht gleich zu ihr gegangen bin statt zu dir.«

Ohne sie noch einmal anzusehen, verschwand er in der Dunkelheit; die trockenen Blätter knirschten unter seinen Stiefeln. Athena ließ sich auf das Lager sinken und vergrub das Gesicht in der Bettrolle, ohne sich um den Bluterguß zu kümmern. Bittere Tränen liefen ihr über die Wangen, während sie versuchte, der Verwirrung in ihrem Herzen Herr zu werden.

Hätte Lochiel sie wirklich begehrt, so hätte ihn das Fletcher gegebene Versprechen nicht daran gehindert, sie zu nehmen. Er war zwar ein Ehrenmann, aber er war auch gewohnt, sich zu holen, was er haben wollte. Und sie hatte ihm zweifelsfrei gezeigt, daß sie ihn ebenfalls begehrte. Warum hatte er sich dann abgewandt? Waren im Fletcher und Tykie tatsächlich wichtiger als sie?

»Er macht sich nichts aus dir, Athena«, flüsterte sie und schluchzte leise auf, als sie daran dachte, daß Lochiel jetzt wahrscheinlich schon in Lizas Armen lag. »Er hat nie etwas für dich übrig gehabt, und es war verrückt von dir, mehr zu erhoffen.«

Sie konnte die Tränen, die ihr über die Wangen liefen, nicht unterdrücken, denn ihr war fast das Herz gebrochen, als Lochiel sie so grausam zurückwies. Außerdem hatte sie sich eingestehen müssen, daß sie sich in dem Augenblick in ihn verliebt hatte, in dem seine Lippen in der Dunkelheit jener lang zurückliegenden Oktobernacht die ihren berührten.

Die Träume, die sie sich nicht einzugestehen wagte, waren durch die verächtlichen Worte des einzigen Mannes zerstört worden, der die Macht besaß, sie zu verletzen.

Athena empfand nur noch Haß. Haß für den Mann, der ihre unschuldige Liebe verspottet hatte. Als Tykie kurz darauf außer sich vor Besorgnis ins Zelt stürzte, schlief Athena bereits den Schlaf der Erschöpfung, und auf ihrem jungen, wehrlosen Gesicht waren noch die Spuren ihrer Tränen zu sehen.

»Entschuldigen Sie, Sir.« Piers Barrett trat unter Major Blackmoors drohendem Blick nervös von einem Fuß auf den anderen. »Draußen wartet ein Kerl, der mit Ihnen sprechen möchte.«

»Ein Kerl?« wiederholte Lochiel scharf. Er legte die Gänsefeder weg und sah seine Ordonnanz ungeduldig an. »Sie wissen doch, daß ich nicht gestört werden will, wenn ich an meinen Berichten arbeite. Von was für einem Kerl sprechen Sie überhaupt?«

»Von diesem, Major«, knurrte seine Stimme vor dem Zelt, die Zeltklappe wurde zur Seite geschlagen, und in der Öffnung erschien Tykies mächtige Gestalt.

Es war noch nicht richtig hell, nur ein rosa Streifen über den Gipfeln im Osten verkündete, daß die Sonne bald aufgehen würde. In einer halben Stunde würde das Regiment geweckt und das Lager abgebrochen werden, aber im Augenblick herrschte noch tiefe Stille. Ein Nachtvogel stieß im Dickicht seinen klagenden Ruf aus, und eine kalte Brise strich durch das Tal.

Lochiel ließ Tykie nicht aus den Augen, während er Barrett mit einer Kopfbewegung bedeutete, das Zelt zu verlassen. Er hatte die ganze Nacht über dem Papierkram gesessen, und seine Stimmung war nicht gerade die beste. Er lehnte sich zurück und verschränkte die Arme

»Was wollen Sie?« fragte er kurz.

»Wie Sie sich sicherlich denken können, handelt es sich um Miß Athena.« Tykies Gesichtsausdruck war unheilvoll, und während er sprach, ballte er immer wieder die Fäuste.

»Ich verstehe. Was ist mit ihr?«

»Haben Sie denn ihr Gesicht nicht gesehen, Mann?« platzte der wütende Tykie heraus. »Der Bluterguß war schon da, als ich nachts ins Zelt zurückkehrte, aber ich habe ihn erst heute früh bemerkt.«

»Meinen Sie den blauen Fleck?«

»Ja, den blauen Fleck. Sie müssen wissen, Major, daß bis heute noch kein Mann es gewagt hat, Hand an Miß Athena zu legen. Eine solche Behandlung verdient sie nicht.«

Lochiel fand zwar, daß der heranwachsenden Athena einige kräftige Klapse auf ihre Kehrseite nur gut getan hätten, aber grundsätzlich hatte Tykie recht. Man hätte sie nicht einer Auseinandersetzung mit Joe Madison aussetzen dürfen.

»Es ist normalerweise schon schwer genug, auf Miß Athena aufzupassen.« In Tykies Stimme mischten sich Zorn und Gewissensbisse. »Ich gebe zu, daß ich sie im Stich gelassen habe, aber wir befinden uns hier in Ihrer Hochländerkompanie, und diese Männer wissen, wie sie sich einer Dame gegenüber zu benehmen haben. Statt dessen lassen Sie zu, daß das Gesindel im Troßlager Athena für einen Jungen hält. Sie hätten sich denken können, daß das zu Schwierigkeiten führen muß.«

Es war nicht zu überhören, daß er seine junge Herrin innig liebte, und seine Worte verstärkten nur Lochiels schlechtes Gewissen. Er hätte nie gestatten dürfen, daß Athena ihre Scharade fortsetzte, hätte nie ein schutzloses junges Mädchen dem unvorhersehbaren Verhalten der Lagerinsassen aussetzen dürfen. Und auf keinen Fall hätte er wieder ihrer verführerischen Schönheit erliegen dürfen.

»Sie haben recht, Tykie. Die Schuld an allem, was gestern abend geschehen ist, trifft ausschließlich mich.« Lochiel erhob sich und begann, im Zelt auf- und abzugehen, ohne zu merken, wie erstaunt ihn sein Besucher beobachtete. »Ich verstehe Ihren Zorn, weil Sie nicht verhindern konnten, daß Athena verletzt wurde, aber Sie haben selbst zugegeben, daß es einem einzelnen Mann so gut wie unmöglich ist, auf sie aufzupassen, selbst wenn die Aufgabe nicht zusätzlich dadurch erschwert wird, daß sie sich einer marschierenden Truppe angeschlossen hat.«

»Sie sollten nur ihr Gesicht sehen, Mann«, knurrte Tykie, dem keine bessere Antwort einfiel. Er war auf eine Konfrontation mit dem rätselhaften Major Blackmoor gefaßt gewesen, nicht auf ein verständnisvolles Gespräch.

»Ich habe es gesehen«, erwiderte Lochiel, und einen Augenblick lang bildete sich zwischen seinen Brauen eine Falte. Möglicherweise hatte ihn dieser Anblick so gerührt, daß er ihren Reizen wieder erlag. Zum Glück hatte ihn seine Vernunft im letzten Augenblick davor bewahrt, den Fehler seines Lebens zu begehen.

»Ich versichere Ihnen, daß es nicht wieder vorkommen wird«, fügte er hinzu, und mußte beinahe über die Zweideutigkeit dieser Feststellung lächeln. »Miß Courtland wird von nun an unter der Aufsicht meines Kompaniefeldwebels stehen, der dafür sorgen wird, daß es zu keinen weiteren Zwischenfällen kommt. Kompaniefeldwebel Durning hat übrigens vier Töchter, und man kann sich darauf verlassen, daß er nicht den Kopf verliert, wenn es um Miß Athena geht.«

Tykie grinste breit, denn das war Musik in seinen Ohren. Endlich hatte er jemanden, der ihm half, seine geliebte Herrin vor Unheil zu bewahren. »Ich werde es Miß Athena mitteilen, wenn sie aufwacht«, versprach er eifrig. »Das arme Mädchen war so erschöpft, daß sie in den Reithosen geschlafen hat, und ich werde –«

Die beiden Männer sahen einander erschrocken an, als

die morgendliche Stille von Gewehrfeuer unterbrochen wurde.

»Was, zum Teufel?« platzte Tykie heraus, während Lochiel an ihm vorbei ins Freie drängte. Er überblickte rasch das Tal unterhalb von ihm und rief dann scharf nach der Ordonnanz.

Als Barrett erschien, atmete er keuchend, und sein Jungengesicht war totenbleich. »Die Wachen haben sich gerade gemeldet, Sir«, rief er, während er herbeilief. »Anscheinend ist eine Gruppe von Indianern in der Dunkelheit über uns gestolpert, und nach der Richtung zu schließen, aus der die Schüsse fielen, ist McKetcham sicher, daß sie das Troßlager angegriffen haben!«

Lochiels Gesicht war grimmig, als er begann, den Soldaten, die halb angekleidet aus den Zelten stolperten, Befehle zuzubrüllen. Sekunden später saß er auf seinem Pferd, trieb das Tier mit den Sporen an, hatte seine Flinte quer über dem Sattel liegen und hielt den blanken Dolch in der Hand.

Die verstreuten Zelte lagen im grauen Morgenlicht vor ihm, und gelegentlich erblickte er das Mündungsfeuer einer Muskete. Er gab dem Pferd rücksichtslos die Sporen und hoffte, daß Athena so vernünftig war, aus der Schußlinie zu bleiben.

Ohne auf die Gefahr zu achten, stolperte er den steinigen Pfad hinunter; als er den Talboden erreichte, tauchten aus einem Dickicht vor ihm vier Männer auf. Lochiel ließ die Zügel los und legte die Flinte an, ließ sie aber wieder sinken, als er die grünen Jagdhemden und die hirschledernen Reithosen der Ranger erkannte. Er ritt auf sie zu.

Ein Mann mittleren Alters mit dunklen, langen Haaren erblickte ihn als erster. Er legte die Muskete in die Armbeuge und wartete, bis Lochiel neben ihm anhielt.

»Leutnant Dartlin Smith von Rogers Rangers«, stellte er sich vor.

»Major Blackmoor, Siebente Hochländerkompanie Seiner Majestät Regulars« erwiderte Lochiel. »Was ist hier los, Leutnant?«

Der Ranger grinste. »Nur ein Stippangriff, nichts von Bedeutung. Wir marschierten nach Westen, als wir plötzlich auf einen Trupp Rothäute stießen, die nach Norden unterwegs waren. Ich weiß nicht, wer von uns überraschter war. Einige meiner Jungen schossen aufs Geratewohl auf sie, und sie spritzten auseinander wie die Hasen. Dabei gerieten sie genau in Ihr Troßlager, und daraufhin müssen sie den Kopf vollkommen verloren haben. Ich habe noch nie ein solches Durcheinander gesehen.«

Er kratzte sich die grauen Bartstoppeln. »Meine Jungs werden sie sofort zusammengetrieben haben. Es ist nicht notwendig, daß sich Ihre Männer einmischen.« Er blinzelte dem Leutnant freundschaftlich zu. »Ich will nicht prahlen, Major, aber sechs meiner Jungen können einen Haufen Rothäute schneller zusammentreiben als Ihre ganze Siebente Kompanie. Schließlich haben wir nicht den ganzen Winter auf unserem Hintern gesessen.«

Lochiel war nicht beleidigt, denn er wußte genau, daß die Rangers zwar keinen großen Wert auf Sauberkeit und Disziplin legten, daß sie aber die besten Soldaten in der Kolonialarmee waren. Im Gegensatz zu den regulären Truppen, die den Krieg im Winter einstellten, waren die Rangers ständig unterwegs gewesen, waren marschiert und hatten sich großartig in Form gehalten. Lochiel war nie mit der europäischen Gewohnheit einverstanden gewesen, in den Wintermonaten am warmen Herd zu sitzen und den Kampf erst wieder im Frühjahr aufzunehmen, aber das war ein Umstand, den ein einzelner nicht ändern konnte. Er tröstete sich mit der Tatsache, daß der Marquis de Montcalm, ein Franzose, sich auch an diese Spielregel hielt.

In diesem Augenblick interessierte sich Lochiel allerdings weder für die Kondition der Rangers noch für das Zusammentreiben der überlebenden Indianer, sondern machte sich Sorgen um die Bewohner des Troßlagers und befürchtete, daß es unter ihnen Tote gegeben haben könnte.

Korporal Martin kam mit etlichen Hochländern auf ihn zugelaufen, die ausnahmslos mit Breitschwertern und Dolchen bewaffnet waren.

»Wir haben das Troßlager inspiziert, Major«, meldete Martin, als er vor dem Wallach des Majors stehenblieb. Seine Leute sammelten sich um die beiden und verglichen dabei unauffällig ihre scharlachroten Uniformen mit der nachlässigen Aufmachung der Rangers.

»Ihr Bericht, Korporal?« fragte Lochiel.

»Zwei Indianer sind tot, der Rest wurde gefangengenommen. Einer der Rangers hat einen Hieb mit einem Tomahawk abbekommen, aber er wird höchstwahrscheinlich mit dem Leben davonkommen.«

»Das war Givhans.« Leutnant Smith schüttelte bekümmert den Kopf. »Er ist noch nicht lange dabei, also kann man ihm keinen Vorwurf daraus machen, daß er einen Fehler begangen hat.«

»Jetzt wird er aber seine Lektion gelernt haben, was, Leutnant?« lachte einer seiner Männer und spuckte einen Strahl braunen Tabaksaft treffsicher auf einen Baumstumpf.

»Wie steht es mit dem Troßlager, Korporal?« fragte Lochiel. Er beherrschte seine Ungeduld nur mühsam, und Martin runzelte die Stirn.

»Das wissen wir noch nicht, Sir. Der meiste Schaden entstand, als sich die Indianer mitten im Lager sammelten. Die Leute gerieten in Panik und es gab auch einige Verwundete, aber ich glaube nicht, daß jemand schwer verletzt wurde.«

Lochiel preßte die Lippen zusammen. »Mir wäre es lieber, wenn Sie keine Vermutungen anstellen, Korporal. Ich möchte das genaue Ausmaß des Schadens und die Namen der Verwundeten erfahren.«

»Aye, Sir.«

Als sich die Hochländer zurückzogen, wandte sich Leutnant Smith seinen Leuten zu. »Wir sollten ihnen dabei helfen, Jungs.«

»Klar, Leutnant«, stimmten die Rangers grinsend zu. »Man weiß ja nicht, in welche Schwierigkeiten die Mädchen noch geraten.«

Die übrigen lachten laut, denn obwohl die Schotten unleugbar männlich und kräftig aussahen, konnten sich die Rangers nicht daran gewöhnen, daß ihre normalen Uniformen aus Waffenröcken mit goldenen Tressen und Kilts bestanden. Sie verschwanden laut lachend und Witze reißend zwischen den Bäumen.

»Hoffentlich macht es Ihnen nichts aus, wenn meine Jungs Sie als Mädchen bezeichnen«, meinte Leutnant Smith. »Wir sind einfach nicht daran gewöhnt, daß Männer Röcke tragen.«

»Und wir nicht an Soldaten, die keine Uniform tragen«, gab Lochiel zurück und musterte vielsagend die grünen Hirschlederhosen und das fleckige Hemd des Rangers. Sein grimmiges Gesicht verzog sich zu einem Lächeln, als der Leutnant zu lachen begann.

»Die Franzosen haben dafür ein Wort: Touché.« Er kratzte sich eifrig. »Wir sollten jetzt einmal nachsehen, was in dem Troßlager los ist.«

Als Lochiel zwischen den eingesunkenen Zelten des Lagers hindurchritt, war die Sonne bereits aufgegangen. Ihre goldenen Strahlen ließen die Baumwipfel aufleuchten; die Luft war angenehm warm und versprach einen schönen Frühlingsmorgen.

Leutnant Smith begab sich zu den gefangenen Indianern, und der Kompaniefeldwebel trat zu Lochiel.

»Sie haben nicht viel Schaden angerichtet«, meldete er. »Die Indianer waren auf der Flucht und gerieten aus Versehen in das Lager. Einige Mädchen rannten in panischer Angst aus den Zelten in den Wald und verletzten sich, weil sie gegen die Bäume prallten.« Er zeigte amüsiert auf die blassen, zitternden Mädchen, die Mutter Hicks mitfühlend wie eine Glucke betreute. »Es war ein Glück, daß die Wilden sie überraschten. Einen richtigen Angriff hätten sie nicht überlebt.«

»Die Bewohner des Troßlagers reisen auf eigene Gefahr«, erklärte Lochiel scharf. »Die britische Armee hat nie Garantien für ihre Sicherheit abgegeben und hat nicht einmal ihre Existenz anerkannt. Wenn sie sich in Zukunft schützen wollen, müssen sie selbst Wachposten aufstellen. Ich habe nicht vor, meiner Kompanie die Verantwortung für diese Leute aufzuhalsen.«

»Das wird nicht notwendig sein, Major«, sagte eine überhebliche Stimme hinter ihm. »Wir können selbst auf uns aufpassen.«

Lochiel sah sich vollkommen unvorbereitet Athena Courtland gegenüber, die eine Muskete in der Hand hielt und breitbeinig vor ihm stand. Als das Kriegsgeschrei der Indianer das Lager weckte, hatte sie ihre Muskete gepackt und war hinausgekrochen. Sie nahm an, daß Tykie bereits hinausgestürzt war, um sie zu verteidigen, und wollte ihm helfen.

Statt dessen hatte sie festgestellt, daß eine Handvoll Rangers die Wilden bereits überwältigt hatte. Sie machte sich auf die Suche nach Tykie, war dabei über Lochiel gestolpert und hatte seine Erklärung gehört. Sie empfand nur Erbitterung für den Mann, der sie am Abend zuvor so schwer gekränkt hatte. »Sie haben einigen von uns schon klargemacht, wie unwichtig wir für sie sind«, fügte sie hinzu, »Sie müssen sich also nicht hinter ihren Vorschriften verschanzen, weil Sie nicht eingegriffen haben.«

»Verdammt noch mal«, fluchte Lochiel. Das Mädchen setzte nicht nur ihr Leben aufs Spiel, sondern verwandelte sich unglaublich schnell in ein barbarisches Wesen, das überhaupt keine Ähnlichkeit mit der Angehörigen der Oberen Zehntausend hatte, die er vor Monaten kennengelernt hatte. War dies das Ergebnis, wenn man Athena Courtland unbeaufsichtigt ließ? Lochiel wollte nicht dafür verantwortlich sein, daß sie sich in eine in Hirschleder gekleidete Wilde verwandelte; es war an der Zeit, daß jemand sie an die Kandare nahm. Er war so wütend, daß er nichts dagegen hatte, sich dieser Aufgabe selbst zu widmen.

»Du verdammter kleiner Idiot«, knurrte er, saß ab und riß ihr die Muskete aus der Hand. Sie wurde blaß, wich aber nicht zurück. »Was denkst du dir eigentlich? Hältst du das Ganze für ein lustiges Spiel, oder bildest du dir ein, daß du ein Trapper bist?«

Sie wollte etwas erwidern, aber er ließ sie nicht zu Wort kommen. Ihre Wange schimmerte jetzt in allen Regenbogenfarben, was ihn noch wütender machte, weil sie ihn daran erinnerte, daß er nicht imstande gewesen war, eine Achtzehnjährige zu beaufsichtigen.

»Ich habe genug von deiner Unverschämtheit und deinem Ungehorsam, Athena«, fuhr er fort. »Seit ich dich zum erstenmal gesehen habe, bist du ein Dorn in meinem Fleisch, und ich werde deinem Leichtsinn ein für allemal ein Ende setzen.«

Athenas Lippen zitterten, aber sie wich seinem Blick nicht aus. Sie hatte noch nie so hemmungslosem Zorn gegenübergestanden, und das Herz klopfte ihr bis zum Hals. Lochiels gerunzelte Stirn, seine steife Haltung und sein Tonfall ließen deutlich erkennen, daß er nahe daran war, die Beherrschung zu verlieren.

»Du kommst jetzt mit mir ins Militärlager zurück«, fuhr er fort und bemerkte zufrieden, daß sie zusammenzuckte, also endlich begriff, daß es ihm ernst war. »Du wirst jedem meiner Befehle widerspruchslos gehorchen. Du wirst mir kein einziges Mal mehr Schwierigkeiten bereiten.«

Athena blickte zu Boden, aber ihr Gesicht nahm den trotzigen Ausdruck an, den er so gut kannte. Er fluchte wieder und packte sie an den Armen.

»Was muß ich noch alles tun, um dich zur Vernunft zu bringen, Athena? Muß ich dich verprügeln oder dich in Ketten legen? Ich warne dich, ich bin zu beidem fähig.«

Es war nicht zu überhören, daß er es ernst meinte. Athena wußte, daß er jetzt ihr Feind war und nicht mehr daran dachte, daß sie seiner Obhut anvertraut war.

»Sie werden nicht zu solchen Maßnahmen greifen müssen, Major«, sagte sie mit bebender Stimme. »Ich werde in diesem verdammten Militärlager bleiben.«

»Gut. Und versprichst du mir, daß du dich so benehmen wirst, wie es sich für eine junge Dame gehört?« Noch während er die Frage stellte, wurde ihm klar, daß Athena sich noch nie so benommen hatte.

Sie antwortete nicht, sondern schaute starr an ihm vorbei.

»Was ist jetzt wieder los?« fuhr er sie an. »Ist das ein neuer Trick?«

»Tykie ist etwas zugestoßen«, rief sie, ohne auf seine Frage einzugehen.

Lochiel drehte sich um und erblickte einen von Maultieren gezogenen Karren, der den Hügel herunterrumpelte. Liza ging neben den Tieren und führte sie am Zügel. Im Wagen saßen Mutter Hicks und Tykie, und Tykies Kopf lag im Schoß der voluminösen Frau. Er war blaß, grinste aber zufrieden, weil er umsorgt wurde. Sein linkes Bein war dick bandagiert und ruhte auf einem Sack.

Der Anblick hätte Lochiel vielleicht amüsiert, wenn Athena nicht so verzweifelt gewesen wäre. Während sie auf die seltsame Gruppe zulief, wurde ihm klar, daß er sie unnötig scharf angefaßt hatte.

Als Tykie Athenas besorgtes Gesicht erblickte, verschwand sein Lächeln. Er richtete sich auf und sah sie schuldbewußt an.

»Du mußt dir keine Sorgen machen, Junge. Mutter Hicks pflegt mich, und ich werde bald wieder in Ordnung sein.«

Athena umklammerte den Rand des Karrens. »Was ist denn geschehen, Tykie?«

Tykie räusperte sich unbehaglich. »Nur ein kleiner Unfall, Junge, kein Grund zur Besorgnis.«

»Der verdammte Schuft hat sich das Bein gebrochen«, mischte sich Mutter Hicks freundlich ein. »Ich habe es für das Beste gehalten, ihn persönlich zurückzuholen. Er darf den Fuß eine Weile nicht belasten. Aber mach dir keine Sorgen, Junge, dein Beschützer wird bald wieder auf den Beinen sein.«

Athena ließ sich nicht so leicht beruhigen. Seit sie Tykie kannte, war er noch keinen Tag krank gewesen, und nach der Auseinandersetzung mit Lochiel war sie ohnehin den Tränen nahe. Nur die Tatsache, daß Mutter Hicks und Liza dabei waren, gab ihr die Kraft, sich zu beherrschen.

»Wie ist es passiert?«

Lochiels tiefe Stimme klang ruhig, und Athena war ihm lächerlicherweise dafür dankbar, daß er ihr die Hand auf die Schulter legte. Lochiel hatte bemerkt, in welchem Zustand sie sich befand, und hielt es für besser, wenn sie nicht in Tränen ausbrach. Obwohl sie ihn noch vor einer Minute am liebsten erdolcht hätte, empfand sie seine Anwesenheit jetzt als seltsam tröstlich.

»Sie waren dicht hinter mir, als ich das Lager verließ«, fügte der Major hinzu, dem auffiel, wie verlegen Tykie war.

»Das stimmt«, gab Tykie zu.

»Und?« drängte Lochiel, als der Verletzte sich räusperte und dann verstummte. Gleichzeitig umfaßte er Athenas Schulter fester, um ihr Halt zu geben.

»Der mutige Junge wollte ein Held sein«, mischte sich Mutter Hicks stolz ein und sah Tykie liebevoll an.

»Ihre Ordonnanz erzählte etwas von Schüssen im Troßlager«, erklärte Tykie, »und es klang ganz nach Indianerüberfall.« Der Blick, den er Athena zuwarf, besagte deutlich, daß er sich nur um sie Sorgen gemacht hatte.

»Er ist also auf ein Pferd gesprungen«, setzte Mutter Hicks den Bericht fort, »und wollte ins Troßlager galoppieren, um uns alle zu retten, als ihn das Pferd abwarf, und zwar ausgerechnet in ein Dornendickicht.«

Tykie war krebsrot geworden. »Als ich das Pferd am Zügel packte, trat es mir auf den Fuß, und dabei ist er gebrochen«, ergänzte er. »Ich will mir gar nicht vorstellen, was Master Fletcher jetzt von mir halten wird.« Er begann allmählich, sich schrecklich leid zu tun.

Es war ein Glück, daß er den Kopf gesenkt hatte, denn so sah er weder, daß Athena sich die Hand vor den Mund hielt, um ihr Lächeln zu verbergen, noch bemerkte er Lochiels belustigten Gesichtsausdruck.

»Mach dir keine Sorgen, mein tapferes Küken«, tröstete ihn Mutter Hicks und tätschelte ihm mütterlich die Hand. »Ich werde dich pflegen, bis du wieder auf den Beinen bist. Du kannst in meinem Wagen mitfahren, und wenn wir am Abend das Lager aufschlagen, werde ich für dich kochen.«

Obwohl die Versuchung sehr groß war, schüttelte Tykie eigensinnig den Kopf. »Ich muß mich um Malcolm kümmern.«

»Das ist nicht notwendig, Tykie«, mischte sich Lochiel ein. Ein spöttisches Lächeln spielte um seine Lippen, als er Athena musterte. »Der Junge kommt mit mir in das

Militärlager. Ich werden dafür sorgen, daß er nicht in Schwierigkeiten gerät.«

»Stimmt das, Junge?« fragte Tykie hoffnungsvoll.

Athena schenkte ihm ihr strahlendstes Lächeln und versicherte ihm mit erzwungener Fröhlichkeit, daß es tatsächlich der Fall sei.

»Dann mache ich mir keine Sorgen mehr«, verkündete Tykie, seufzte erleichtert auf und ließ sich dankbar in Mutter Hicks Schoß zurücksinken.

Der Karren setzte sich knarrend in Bewegung, und Athena fiel plötzlich auf, daß Liza Lochiel keinen Moment aus den Augen gelassen hatte. Die Aufforderung in ihrem Lächeln war nicht zu übersehen, und Athena stieg das Blut in die Wangen. Sie schüttelte die Hand des Majors ab, wartete, bis sie allein waren, und funkelte ihn dann herausfordernd an.

»Mir bleibt wahrscheinlich nichts anderes übrig, als in deinem Lager zu bleiben«, fuhr sie ihn an, »aber das heißt noch lange nicht, daß ich mich von dir in Anwesenheit Dritter zum Idioten stempeln lasse.»

Lochiel zog spöttisch die Brauen hoch. »Wovon sprichst du überhaupt, meine liebe Athena?«

Sie hätte allzugern gewußt, ob er die vergangene Nacht in Lizas Armen verbracht alles. »Ich werde nicht zulassen, daß du aufdeckst, wer ich wirklich bin, schon gar nicht nach dem gestrigen Zwischenfall. Für die Leute im Troßlager bin ich Malcolm Courtland, und das möchte ich bleiben.«

Lochiel warf den Kopf zurück und begann zu lachen, während sie ihn empört beobachtete. Einen Augenblick lang brachte er kein Wort heraus, und sie biß die Zähne zusammen, denn sonst hätte sie ihm mit dem Kolben ihrer Muskete den Schädel eingeschlagen.

Endlich beruhigte er sich und sah sie ernst an. »Du machst dir also Sorgen um deinen Ruf; nach den Schwierigkeiten, in die du dich in letzter Zeit selbst gebracht hast, hätte ich das nie angenommen. Woher der plötzliche Gesinnungswandel, meine Liebe?«

Athena fiel keine Antwort ein, und sie wandte verlegen den Blick ab. Sie tat es nicht wegen Liza Hampton, redete sie sich wütend ein, denn es war ihr vollkommen gleichgültig, was dieses schamlose Weibsbild von ihr hielt.

»Lassen wir es gut sein«, schlug Lochiel nach einer langen Pause vor; er war merkwürdigerweise enttäuscht, weil sie ihm nicht den wahren Grund anvertrauen wollte. »Ich werde es mir überlegen, aber die Geschichte deiner Verkleidung als Angehörige des Troßlagers wird wahrscheinlich in Albany die Runde machen, und das wäre für deinen Ruf bestimmt sehr ungünstig.«

»Ich danke dir für dein Verständnis«, erwiderte Athena eisig und würdevoll, drehte sich um und ging.

Lochiel sah ihr mit zusammengekniffenen Augen nach und wurde wieder von Zorn ergriffen. Diesmal ärgerte er sich allerdings über sich selbst, denn wenn er Athena von Anfang an erlaubt hätte, bei ihm und seiner Kompanie zu bleiben, wäre niemand auf die Idee gekommen, daß sie und Malcolm Courtland ein und dieselbe Person waren. Jetzt war es zu spät, den Fehler wiedergutzumachen, und diese Erkenntnis trug auch nicht gerade zu seiner Stimmung bei.

»Du hast dir eine prachtvolle Grube gegraben, Lochiel«, murmelte er, als Athena zwischen den Zelten verschwand. Wie würde er die nächsten zehn Tage überstehen, wenn er ein störrisches Mädchen beaufsichtigen mußte, bei dem er sich nicht entscheiden konnte, ob er es über das Knie legen oder mit in sein Bett nehmen sollte?

12. Kapitel

In der Mitte der kleinen Lichtung brannte ein Feuer, dessen Flammen in der windstillen Nacht hoch emporstiegen. Die beiden Männer, die daran hockten und aßen, genossen seine Wärme. Sie waren froh, daß sie ihren müden Gliedern endlich Ruhe gönnen konnten, denn sie waren in einem Höllentempo unterwegs gewesen.

Irgendwo im Wald schrie ein Rotluchs, und die beiden Männer sahen einander an.

»Dabei stehen einem die Haare zu Berge, was?« flüsterte einer von ihnen.

»Es klingt genau wie eine schreiende Frau«, bestätigte sein Gefährte.

Der entnervende Schrei ertönte wieder, aber diesmal war er weiter entfernt, und die beiden Männer entspannten sich.

»Ich bin froh, daß wir ihn nicht jede Nacht hören«, meinte der Ältere, rieb sich mit der schmutzigen Hand den Nacken und verzog das Gesicht. »Hoffentlich ist das Geld, das wir bekommen, das ganze wert.« Er warf einen Ast in das Feuer. »Keiner weiß, ob der nächste Schrei von einer Wildkatze oder einem Indianer stammt, der auf unsere Skalps aus ist.«

»Deshalb haben wir ja das da«, rief ihm sein Gefährte ins Gedächtnis und strich über den glitzernden Lauf der Muskete, die auf seinen Knien lag. Asa Brewster war in den Adirondacks geboren und aufgewachsen und fürchtete nichts, das sich im Dickicht des Waldes herumtrieb. Die Überfälle der Mohawks und Algonkins auf die Siedler beunruhigten ihn überhaupt nicht, denn er kannte ihre Gewohnheiten, beherrschte ihre Dialekte und konnte einen Menschen genauso rasch skalpieren wie der beste ihrer Krieger. Außerdem plagten ihn nicht die gleichen Zweifel wie Toddman Tyner, denn er war davon überzeugt, daß sie am Ende ihrer Suche eine ansehnliche Belohnung erhalten würden.

In dieser Hinsicht war Tyner nicht so sicher. Es stimmte schon, daß sie in West York genügend Geld erhalten hatten, um Appetit auf mehr zu bekommen, aber wer garantierte ihnen, daß es bei ihrer Rückkehr wieder Gold geben würde?

»Glaubst du, daß wir das Mädchen finden werden?« fügte er hinzu, während er seinen leeren Becher wegstellte und laut rülpste.

»Das solltest eigentlich du wissen«, meinte Asa. »Du bist derjenige, der den Auftrag übernommen hat, ich bin nur der Scout.«

Toddman Tyner zuckte mit den Achseln. Es war einfach gewesen, der Spur ihrer Beute zu folgen, aber er war nicht darauf gefaßt gewesen, daß sie dabei die unwirtlichsten Berge überqueren mußten, die er je gesehen hatte. Einige Gipfel waren noch schneebedeckt, und er hatte die ganze Zeit vor Kälte gezittert und sich gefragt, ob es der versprochene Betrag wirklich wert war, daß er beinahe erfror.

Aber er verstand sein Geschäft, und es hieß sogar, daß es keinen Menschen auf der Welt gab, der Toddman Tyner entkommen konnte. Er war vor allem auf durch Schuldverschreibungen verpflichtete Knechte und Bedienstete spezialisiert, die ihren grausamen Gutsbesitzern davonliefen, bevor ihr Vertrag abgelaufen war. Einige Male hatte er auch – um exorbitante Beträge – durchgebrannte Bräute ausfindig gemacht, aber nur in Städten, in denen er sich auskannte, zum Beispiel Philadelphia oder West York.

Er war jedenfalls nicht daran gewöhnt, einer verschwundenen Erbin im Winter über Berge und Täler nachzujagen, und war froh, daß er den kleinen, verschlagenen Mann mit hatte, der neben ihm geräuschvoll seine Suppe schlürfte. Brewster war ein Schwachkopf, aber er kannte das Gelände und verstand es, im Wald zu überleben. Deshalb hatte Tyner darauf bestanden, daß Brewster ihn begleitete.

Der große, schmutzige Tyner und der beschränkte, aber loyale Brewster waren ein seltsames Paar. Was sie verband, war die Gier nach der Belohnung, die für das Auffinden einer gewissen Athena Courtland ausgesetzt war; das Mädchen war von mehr als vierzehn Tagen von zu Hause verschwunden.

»Glaubst du, daß sie wirklich eine reiche Erbin ist?« erkundigte sich Toddman, während er eine Tonpfeife aus der Tasche zog.

Asa war seiner Sache nicht ganz sicher. Dieser Hinweis war seinem Auftraggeber während ihres Gesprächs in einer Taverne in Albany entschlüpft. Kensington war betrunken gewesen, und Asa war davon überzeugt, daß der Alkohol an seiner Redseligkeit schuld war.

»Die Courtlands haben Geld«, gab er zu. »Ich weiß aber nicht, ob die Tochter wirklich eine Erbin ist. Sie hat drei Brüder, und beim Tod von Foster Courtland ist der größte Teil des Besitzes an den Ältesten gegangen.«

Ihn störte Tyners berechnende Art. Der Kerl schmiedete ununterbrochen Pläne, und Asa wußte nicht, wie weit er ihm vertrauen konnte. Als er für Stephen Kensington Erkundigungen einholte, hatte er zum ersten Mal von Tyners Ruf gehört. Man konnte sich darauf verlassen, daß er die bestellte Ware lieferte, aber es hieß, daß seine Methoden brutal waren, und er hatte angeblich im vergangenen Jahr in Virginia einen wohlhabenden Grundbesitzer, für den er arbeitete, getötet.

»Master Kensington hat dem Mädchen den ganzen Winter über den Hof gemacht«, fuhr Asa fort. »Es hat ihm natürlich nicht gefallen, daß sie so plötzlich verschwunden ist.«

»Wenn sie Geld hat, ist es für ihn besser, wenn wir sie rasch finden«, stimmte Tyner zu. Er zündete seine Pfeife an und lehnte sich zurück.

Stephen Kensington hatte eine ansehnliche Summe für die umgehende Rückholung von Miß Athena Courtland ausgesetzt. Verliebte junge Männer zahlten immer am besten; Tyner hatte genügend Tratsch über die beiden gehört und war davon überzeugt, daß der junge Mann zum gegebenen Zeitpunkt bereit sein würde, einen weitaus höheren Betrag lockerzumachen.

In der Ferne heulte der jagende Rotluchs wieder, aber diesmal beachtete Toddman ihn nicht, sondern träumte mit zusammengekniffenen Augen von seinem künftigen Reichtum.

Die Nacht war bitter kalt. Die Frühlingssonne hatte die Erde nach dem langen Winter bis jetzt kaum erwärmen können, und die beiden Männer schoben sich so nahe wie möglich an das Feuer heran. Nur wenige Meilen südlich von ihnen brannte ebenfalls ein Lagerfeuer, doch die Männer an ihm waren in wesentlich besserer Stimmung als die beiden.

Vier Hochländer im Kilt tanzten zu den Tönen eines Dudelsacks einen Fling, und die Zuschauer feuerten sie dabei an.

Athena hatte sich in eine Wolldecke gehüllt und sah ebenfalls den Tänzern zu. Sie hätte nie gedacht, das diese hochgewachsenen, breitschultrigen Männer sich so graziös bewegen und so gänzlich in dem Tanz aufgehen konnten.

Davie Skelley und Iain MacLachlan, die beiden jüngsten in der Kompanie, tanzten am leichtfüßigsten, aber Athena war besonders von Hugh Martin beeindruckt, der sich trotz seiner Größe erstaunlich mühelos bewegte.

Athenas Blick wanderte von einem Mann zum anderen; sie hatte sich bereits einige Namen eingeprägt. Die Schotten hatten sie freundlich aufgenommen, und das verdankte sie nur Tykie. Als sie in das Militärlager übersiedelten, war Tykie zu der um das Feuer versammelten Kompanie gehumpelt und hatte die Männer eindringlich darauf aufmerksam gemacht, daß Malcolm Courtland ein Landsmann von ihnen sei und entsprechend behandelt werden müsse. Athena hatte am vorhergehenden Abend beschlossen, ihre Angelegenheiten selbst in die Hand zu nehmen und nicht zu warten, bis Lochiel sich dazu durchrang, ihre Identität geheimzuhalten. Sie wußte nicht, ob sie ihm trauen konnte und wollte sich deshalb den Männern von der Siebenten als Malcolm Courtland vorstellen, bevor Lochiel Gelegenheit gehabt hatte, ihnen etwas anderes zu erzählen. Sie hatte ihr Auftauchen im Lager damit erklärt, daß Joe Madison ihr die Betreuung der Pferde überlassen hatte – ein Paar Worte von Tykie hatten den Jungen davon überzeugt, daß es besser für ihn war, wenn er Athena diesen Wunsch erfüllte.

Wenn sie der Pferdeknecht der Kompanie war, fiel sie am wenigsten auf, und nach Tykies Einführung hatte keiner der Hochländer Einwände gegen ihre Anwesenheit erhoben. Dadurch hatte sie nur noch eine unangenehme Aufgabe erledigen müssen: sie mußte Major Blackmoor mitteilen, daß sie ab sofort zu seiner Kompanie gehörte. Dieses unerfreuliche Gespräch war dadurch hinausgeschoben wurden, daß er bei Tykies Erklärung zu ihrer Person nicht anwesend gewesen war, so daß Athena ihn erst zu Gesicht bekam, als sich die Kompanie in Bewegung setzte. Und auch dann hatte sie nicht mit ihm reden können, weil er in ein Gespräch mit dem Kompaniefeldwebel vertieft war.

Athena hatte erst bei der kurzen Mittagsrast Lochiel über ihnen neuen Aufgabenbereich unterrichten können, und es fröstelte sie jetzt noch, wenn sie daran dachte, wie unangenehm die Unterredung verlaufen war.

»Hast du keine Lust, auch einmal das Tanzbein zu schwingen, Junge?«

Athena schrak aus ihren Gedanken auf, schüttelte den Kopf und rückte auf ihrem Baumstamm zur Seite, um Platz für Kompaniefeldwebel Durning zu machen. Er ähnelte so gar nicht den strengen militärischen Vorgesetzten, die sie bis jetzt kennengelernt hatte; er verdankte seine Beliebtheit bei den Soldaten zweifellos seinem kameradschaftlichen Ton. Daß er sich die Zeit nahm, jetzt mit ihr zu sprechen, war ein weiterer Beweis für seine umgängliche Art. Der Junge war in Begleitung von Tykie Downs, den Andy sehr schätzte, kurz nach Sonnenaufgang im Lager erschienen, und Durning hatte ihn sofort ins Herz geschlossen. Das kam nicht nur daher, daß Malcolms Mutter Schottin gewesen war, sondern dem Kompaniefeldwebel hatte auch die Art gefallen, wie sich der Junge dem ahnungslosen Major Blackmoor als der neue Pferdeknecht der Kompanie vorstellte.

Obwohl es in den in Albany stationierten Hochländerkompanien genügend Pferdeknechte, Köche, Ordonnanzen und so weiter gab, hatte Lochiel nur die Infanteristen und Offiziere auf den langen Marsch nach Fort Shuyler mitgenommen. Es war dem Kompaniefeldwebel nicht schwergefallen, in der Kompanie Freiwillige zu finden, die die Aufgaben der Zurückgebliebenen übernahmen.

Andy hatte nicht viel für Joe Madison übrig gehabt. Der Junge war mit den Tieren lieblos umgegangen und hatte ihnen nur die unbedingt notwendige Pflege angedeihen lassen. Malcolm Courtland hingegen war auf einem Rassepferd, das sich in ausgezeichneter Verfassung befand, in das Lager eingeritten, und daran, wie er im Sattel saß, merkte man, daß er von klein auf mit Pferden vertraut war.

Andy mußte grinsen, denn er erinnerte sich an Lochiels Gesichtsausdruck, als Malcolm keck eine Besprechung unterbrach, um dem Major mitzuteilen, daß er die Stelle von Joe Madison übernommen habe. Zum ersten Mal, seit Andy Lochiel kannte, hatte dieser nicht gewußt, was er erwidern sollte, sondern Malcolm nur fassungslos angestarrt.

Das Ergebnis dieser Szene war, daß Lochiel sich in eine Gemütsverfassung ohnegleichen hineinsteigerte, die er bis jetzt noch nicht überwunden hatte. Er war für den Rest des Nachmittags in brütendes Schweigen versunken und hatte Andy unwirsch angefahren, als dieser Malcolms Namen erwähnte. Nach dem Abendessen war Lochiel in sein Zelt verschwunden, aus dem ihn nicht einmal die Dudelsackmusik herauslockte.

»Hat dich deine Mutter keine schottischen Tänze gelehrt?« erkundigte sich Andy jetzt freundlich.

Athena schüttelte wieder den Kopf; sie hätte gern gewußt, warum ihre Anwesenheit dem Kompaniefeldwebel offensichtlich solches Vergnügen bereitete. Hatte er vielleicht herausgefunden, wer sie war? Nein, das war unmöglich. Für die Männer der Siebenten war sie Malcolm Courtland, und bis jetzt hatte Lochiel es dabei belassen.

Athena fuhr sich mit der Zunge über die Lippen, als sie sich daran erinnerte, wie wütend Lochiel gewesen war. Er hatte die Zähne so fest zusammengebissen, daß seine Kiefermuskeln hervortraten, und sie hatte darauf gewartet, daß er sie bloßstellte. Doch zu ihrer Verblüffung hatte er es nicht getan; sie hätte erleichtert aufatmen können, wenn sie nicht gewußt hätte, daß Lochiel sich nicht so leicht geschlagen gab.

Sie wechselte das Thema. »Es ist ein Jammer, daß Tykie sich den Fuß gebrochen hat. Ich habe ihn schon tanzen gesehen und könnte darauf wetten, daß ihn keiner Ihrer Männer bei einem Ghillie Callum übertreffen kann.«

»Die Wette würde ich gern halten«, seufzte Andy, »denn MacLachlan behauptet, daß er bei diesem Tanz unschlagbar ist.« Er dachte an das Geld, das bei einer solchen Wette zu gewinnen war, und seufzte wieder.

In diesem Augenblick war der Tanz zu Ende, und die Zuschauer spendeten Beifall, riefen einander einige fröhliche Bemerkungen zu und zerstreuten sich dann.

»Wohin gehen sie?« fragte Athena neugierig.

»Zu den Mädchen.«

»Ach so.« Athena wurde purpurrot, aber das Feuer war schon so weit heruntergebrannt, daß Andy es nicht bemerkte. Sie zog mit dem Absatz ihres Stiefels Linien in den Staub und fragte zögernd: »Geht auch Major Blackmoor manchmal mit?«

»Und ob, Junge«, meinte Andy unbefangen. »Besonders eines der Mädchen hat es ihm angetan.« Er schlug sich auf das Knie, als er sich daran erinnerte, wie oft der Major die schöne Liza besucht hatte. Doch er erwähnte nicht, daß die Leidenschaft des Majors in letzter Zeit deutlich abgekühlt war und daß er sie letzte Nacht nicht in sein Zelt gelassen hatte. Er war offenbar sehr deutlich geworden, denn Andy hatte Lizas Gesichtsausdruck gesehen, als sie davonstürmte.

»Warst du denn noch nie bei einem Mädchen, Junge?« erkundigte er sich und versetzte Athena einen aufmunternden Rippenstoß. Sie murmelte etwas Unverständliches und wandte den Kopf ab, und daraus schloß Andy vollkommen richtig, daß der Junge wohl noch nie mit einer Frau zusammengewesen war. Merkwürdigerweise weckte diese Tatsache seinen Beschützerinstinkt. Der Junge hatte etwas an sich, das Andy ans Herz ging. Vielleicht waren es die unschuldigen blauen Augen, oder die schmächtige Gestalt, aber was immer es war, er war entschlossen, den mutterlosen Jungen gut zu behandeln; schließlich hatte ihn auch Tykie darum gebeten.

»Es tut nie gut, etwas zu überstürzen, wozu man noch nicht bereit ist«, bemerkte er jetzt so väterlich, wie es ihm möglich war. Er hatte vier Töchter und war deshalb nicht ganz sicher, wie man mit einem Jungen umgehen mußte, der an der Schwelle zum Mannesalter stand, aber er wußte noch, was sein Vater gesagt hatte, als er in diesem Alter war.

»Ich bin davon überzeugt, daß Malcolm nie eine fleischliche Sünde mit einem der Mädchen aus dem Troßlager begehen wird«, sagte eine spöttische Stimme hinter ihnen.

Andy spürte, wie die Gestalt neben ihm erstarrte; Lochiel war gerade rechtzeitig gekommen, um Andys letzte Worte zu hören. Der Ausdruck in den silbergrauen Augen und die fest zusammengepreßten Lippen waren ein Hinweis darauf, daß der Major sich in äußerst ungnädiger Stimmung befand.

»Trinken Sie ein Glas mit mir«, forderte ihn Andy auf, um ihn von dem Bürschchen neben ihm abzulenken.

Doch Athena hatte nicht vor, sich vor der Auseinandersetzung mit dem Major zu drücken. Wenn der Kompaniefeldwebel versuchte, sie vor Lochiel zu beschützen, würde dessen Laune nur noch schlechter werden, und obwohl sie Andy für seine Hilfe dankbar war, würde er nicht immer zur Hand sein.

Sie nahm ihren ganzen Mut zusammen, erhob sich und stellte sich Lochiel. »Wollen Sie mit mir sprechen, Major?«

Sie versuchte, sich respektvoll zu benehmen, und er fand, daß es nicht zu ihr paßte, wenn sie zerknirscht war. Die Feststellung, daß Athenas zermürbende Kampflust ihm mehr imponierte als ihre Fügsamkeit, stachelte seinen Zorn noch mehr an.

»Ja«, bestätigte er kurz. »Unter vier Augen, wenn es dir nichts ausmacht.«

Als Athena dem Major aus dem Lichtschein des Feuers

folgte, sah ihr Durning mitfühlend nach. Lochiels Zelt stand in einiger Entfernung von den anderen, und sie bekam es mit der Angst zu tun, als er die Zeltklappe zurückschlug und sie hineingehen ließ. Seine junge Ordonnanz warf nur einen Blick auf das Gesicht des Majors und verschwand dann lautlos.

Im Gegensatz zu dem kleinen Zelt, in dem Athena und Tykie geschlafen hatten, war das Zelt des Majors geräumig. An der Mittelstütze hing eine Lampe und in der Ecke stand ein Feldbett, auf dem eine rauhe Wolldecke lag. Athena war das männliche Charisma des Majors, der jetzt hinter ihr eintrat, sehr deutlich bewußt.

»Du kannst aufhören, den aufmerksamen Zuhörer zu spielen«, fuhr er sie an. »Du hast mich oft genug daran erinnert, daß du nicht einer meiner Soldaten bist. Das ist jammerschade, denn du stellst ein disziplinäres Problem dar, das ich am liebsten mit erprobten militärischen Methoden lösen würde.«

Folter und Zwang? fragte sich Athena. Er wollte doch nicht wirklich handgreiflich werden?

»Und schiebe nicht das Kinn so eigensinnig vor. Ich bin heute abend nicht in der Stimmung für einen Machtkampf.«

Das Herz klopfte ihr bis zum Hals, und ihr Mund war trocken. Die Nacht war bis auf den Schrei eines Nachtvogels vollkommen still.

»Ich habe dich nicht früher zur Rede gestellt«, begann er, »weil ich tatsächlich Angst hatte, daß ich dich mit bloßen Händen erwürgen würde. Zum Teufel, Athena, was hast du dir eigentlich gedacht? Glaubst du, daß die ganze Welt so sicher ist wie Courtland Grace? Glaubst du, daß du dich nach Lust und Laune ausleben kannst, ohne die Auswirkung zu fürchten, die dein Benehmen haben kann?«

Athena antwortete nicht, sondern sah ihn nur mit großen Augen an.

»Du scheinst dieses Abenteuer für ein Spiel zu halten, in dem du mich, meine Männer und sogar Tykie und deinen Bruder so manipulieren kannst, wie es dir in den Kram paßt. Die Siebente Hochländerkompanie ist nicht als amüsanter Zeitvertreib für Athena Courtland aus England hierhergeschickt worden. Ich muß dich hoffentlich nicht daran erinnern, daß wir uns im Krieg befinden und daß ich deine Anwesenheit hier nur dulde, weil ich Fletcher mein Wort gegeben habe. Schließlich ist es nicht meine Gewohnheit, die Vorschriften zu umgehen, indem ich Zivilisten unter meine Fittiche nehme.«

»Es war vermutlich nicht richtig von mir, daß ich Joe Madisons Stelle übernommen habe, ohne –«

»Nicht richtig?« Er trat einen Schritt auf sie zu, und sie mußte sich zusammenreißen, um nicht zurückzuweichen.

»Nicht richtig?« wiederholte er ungläubig. Er blickte ihr in die Augen und fühlte sich einen Augenblick lang hilflos. Wie konnte er Athena begreiflich machen, daß die Gefahren, die ihr drohten, brutale Wirklichkeit waren? Er hatte genügend Frauen gesehen, die von feindlichen Soldaten abgeschlachtet worden waren, und konnte nicht zulassen, daß ihr das gleiche zustieß. Noch ärger war die Vorstellung, daß ihre goldblonden Locken am Gürtel eines blutdürstigen Algonkins baumelten.

»Ich habe dir mein Wort gegeben, darüber nachzudenken, ob du deine Anonymität beibehalten sollst«, fuhr er fort. »Dir muß doch klar sein, daß ich die Lösung wählen würde, die für dich die beste ist, aber du hast trotzdem die Angelegenheit selbst in die Hand genommen.«

Sie sah den Puls in seinem sonnengebräunten Hals pochen, und seine aggressive Männlichkeit verwirrte sie. »Ich kann mich selbst schützen«, erwiderte sie.

»Wirklich?«

Seine Arme schlossen sich um sie, und sie schnappte erschrocken nach Luft.

»Wenn ich das Versprechen vergäße, das ich deinem Bruder gegeben habe, wenn mein Pflichtgefühl mich im Stich ließe, könntest du dich dann noch immer schützen?«

Sie spürte die Anspannung in seinen Muskeln und hörte aus seiner Stimme die Gewalttätigkeit heraus. Als sie versuchte, sich aus seinem Griff zu lösen, stellte sie fest, daß sie sich nicht rühren konnte, und in ihr regte sich Angst.

»Antworte mir, Athena. Wieso bist du so sicher, daß du dich vor mir schützen könntest?«

Sie antwortete nicht, und er schüttelte sie leicht. »Du kannst dich nicht einmal vor einem Mann schützen, der versprochen hat, auf dich aufzupassen. Wie willst du dich dann vor Indianern, Franzosen oder jedem anderen Menschen schützen, der dir etwas antun will?«

Ihre Lippen zitterten, aber sie war entschlossen, ihm nicht zu zeigen, daß sie sich fürchtete.

»Ich habe keinen Grund, mich gegen dich zu verteidigen, Lochiel. Du würdest es nicht wagen, mich zu vergewaltigen.«

»Das wäre gar nicht notwendig, denn es gibt andere Möglichkeiten, mir zu holen, was ich von dir will. Du hast ja schon genügend Männer gehabt, um dir darüber klar zu sein, was für eine Art Frau du bist.«

Er fing die Hand ab, die nach seiner Wange schlug. Im nächsten Augenblick drückte er sie so fest an sich, daß sie sich nicht wehren konnte, beugte den Kopf und küßte sie leidenschaftlich.

Athena stöhnte und versuchte, den Kopf wegzudrehen, aber Lochiel hielt sie fest. Sein hartes Glied preßte sich gegen ihre Reithose, und sie hatte das Gefühl, daß seine Hitze sie versengte. Anstelle ihrer Angst trat Verlangen, das so stark war, daß sie ihm nicht widerstehen konnte.

»Nein«, keuchte sie unter seinen Küssen, aber das vertraute Gefühl zwischen ihren Schenkeln spottete ihrer Abwehr.

Lochiels Hände strichen unter der Lederweste über ihre weiche Haut, lösten ungeduldig den Leinenstreifen, der ihre Brüste einschnürte, so daß ihre Fülle nicht mehr verborgen war. Seine Finger glitten über ihre Schultern und öffneten alle Knöpfe, auf die sie trafen, bis er die rosa Brustwarzen unter seinen Handflächen spürte.

Lochiel liebkoste und küßte sie weiter, sein männlicher Geruch betäubte ihre Sinne und erfüllte sie mit köstlichem Verlangen. Athena wurde in seinen Armen weich, ihre Lippen erwiderten seine Küsse, und er mußte nicht in ihre dunkel gewordenen Augen blicken, um zu wissen, daß ihre Leidenschaft der seinen gleichkam.

»Ich war vor Verlangen nach dir beinahe verrückt, Athena«, flüsterte er heiser. »Ich will dich nicht mehr bestrafen, sondern nur noch lieben.«

Ihre Lippen preßten sich auf die seinen, sie schlang ihm die Arme um den Nacken und zog ihn enger an sich. Seine Hände schlossen sich um ihr Gesäß, er drückte sie leidenschaftlich an sich, und sie begannen, sich in einem Rhythmus zu bewegen, der so alt ist wie die Welt.

Athena stieß einen leisen, erleichterten Seufzer aus, als Lochiel sie hochhob; sie wollte nicht mehr leugnen, daß sie nach ihm verlangte, daß es ihre Bestimmung war, von ihm geliebt zu werden. Er legte sie auf die rauhen Decken und glitt mit Zunge und Lippen über ihr Kinn und ihre Halsgrube. Ein Zittern durchlief sie, das seinen Ursprung im Zentrum ihres Frauentums hatte.

»Lochiel«, flüsterte sie, und er sah das Verlangen in ihren Augen.

Er kniete neben dem Feldbett nieder, schloß sie in die

Arme und ergriff von ihrem Mund Besitz, während sie ungeduldig die Knöpfe an seinem Hemd öffnete.

»Lochiel! Sie haben dem Jungen doch nichts getan?« ertönte Andrew Durnings besorgte Stimme vor der Zeltklappe, und die beiden Liebenden fuhren auseinander. Athena legte sich die Hand auf den Mund und Lochiel drückte ihr Gesicht an seine Schulter. Wenn sie auch nur einen Laut von sich gab, würde Andrew hereinstürzen, weil er annahm, daß Lochiel Malcolm Courtland mißhandelte.

»Lochiel? Sind Sie da?«

Lochiel schloß die Augen und lehnte den Kopf eine Sekunde lang gegen den Athenas. Er holte tief Luft und versuchte, den warmen Körper, der sich so leidenschaftlich an den seinen drückte, und die leicht geöffneten Lippen zu vergessen. Er hätte eigentlich froh darüber sein müssen, daß in dem beleuchteten Zelt keine Schatten Andrew verraten hatten, was drinnen vorging, aber er konnte nur an das pochende Verlangen seines Körpers und an die Nähe der einzigen Frau denken, die er wirklich besitzen wollte.

»Es ist alles in Ordnung, Andy«, sagte er beinahe müde und trat ins Freie. Athena sah ihm mit großen, erschrockenen Augen nach und versuchte, ihre Tränen zu unterdrücken.

Einen Augenblick später kam Lochiel wieder herein, blieb stehen und betrachtete sie wortlos. Seine Haare waren zerwühlt und das Hemd stand offen, so daß man die gebräunte Brust sah. Athena erzitterte wieder, als sie sich an seine Wärme und Kraft erinnerte.

»Zieh dich an«, befahl er schließlich, ohne sich um den schmerzlichen Ausdruck ihres Gesichts zu kümmern.

Sie knöpfte wortlos ihre Weste zu und steckte die Locken auf, die sich durch seine leidenschaftliche Umarmung gelöst hatten. Lochiel lehnte mit dem Rücken zu ihr an dem Schreibtisch und massierte sich den Nacken.

»Soll ich jetzt gehen?« fragte sie leise.

Als er sich umdrehte, stand sie vor ihm, und trotz ihrer schäbigen Kleidung fand er, daß sie noch nie so schön ausgesehen hatte.

»Nein, du bleibst hier.« Er sprach viel schärfer, als er vorgehabt hatte. Sie zuckte zusammen, aber er ließ sich nicht erweichen. »Ich gehe für eine Weile fort und will nicht, daß du in Schwierigkeiten gerätst. Du schläfst hier, bis ich entscheide, was mit dir geschehen soll.«

»Hier?« Athena wurde feuerrot, als ihr Blick zum schmalen Feldbett wanderte.

Lochiel runzelte die Stirn. »Ich werde auf dem Boden schlafen.«

Die Röte ihrer Wangen vertiefte sich. »Oh.«

»Ich erwarte, daß du mir gehorchst«, bemerkte er warnend.

»Warte, Lochiel.« Sie legte ihm die Hand auf den Arm, als er an ihr vorüberging, und er blickte ungeduldig zu ihr hinunter.

»Was willst du?«

»W-wohin gehst du?«

Um seine Lippen spielte ein unangenehmes Lächeln. »Nur weil wir die Nacht miteinander verbringen werden – wenn auch platonisch –, hast du noch lange nicht das Recht, meine liebe Athena, dich in meine persönlichen Angelegenheiten zu mischen.«

Liza Hamptons verhaßter Name lag ihr auf der Zunge, aber sie brachte es nicht fertig, ihn auszusprechen. Sie wollte sich nicht vor ihm demütigen. Sie wandte sich wortlos ab und sah deshalb nicht die Enttäuschung auf Lochiels Gesicht, als er zornig das Zelt verließ.

Erst als seine Schritte verklungen waren, warf sie sich auf sein Feldbett, vergrub das Gesicht im Kissen und versuchte, den Geruch seines Körpers nicht wahrzunehmen. »Ich hasse ihn!« flüsterte sie, während ihr Tränen der Verzweiflung über die Wangen liefen.

Sie weinte sich in einen unruhigen Schlaf. Nachts erwachte sie einmal kurz, doch die Bettrolle, die sie für Lochiel zurechtgelegt hatte, war leer, und sie schloß die Augen rasch wieder.

Als sie zum zweiten Mal aufwachte, begann bereits der Morgen zu grauen. Sie wandte den Kopf und entdeckte Lochiel, der schlafend auf der Bettrolle lag. Er hatte also die Nacht doch nicht mit Liza verbracht!

Ihr Herz verkrampfte sich seltsam, als sie sein Profil betrachtete. Selbst im Schlaf blieben seine Gesichtszüge unnachgiebig, doch Athena bewunderte trotzdem ihre klassische Vollkommenheit. Die schwarzen Haare waren ihm in die Stirn gefallen, und sie unterdrückte nur schwer das Verlangen, sie ihm zurückzustreichen. Allmählich wurde ihr klar, daß sie nicht mehr einschlafen konnte, wenn Lochiels gleichmäßiger Atem sie ständig an seine Anwesenheit erinnerte.

Sie griff nach Weste und Schuhen und kroch geräuschlos hinaus. Draußen atmete sie erleichtert auf, weil sie dem engen Zelt und Lochiels gefährlicher Nähe entkommen war.

Obwohl es kühl war und in den Baumkronen Nebel lag, spürte man den Frühling in der Luft. Athena ging vorsichtig an den schlafenden Soldaten vorbei, bis sie auf Angus McCutcheon stieß, der Wache stand.

»Die Pferde müssen erst nach dem Wecken versorgt werden«, erklärte er ihr; er nahm offenbar an, daß sie sich bereits ihren Pflichten widmen wollte. »Du kannst dich nochmals aufs Ohr legen.«

Athena lächelte ihn an. Er war sanft und freundlich und erwiderte ihr Lächeln sofort.

»Marsch ins Bett mit dir, Junge!« wiederholte er. »Du

mußt nicht beweisen, daß du ein besserer Arbeiter bist als der verdammte Madison. Du siehst nicht nur ehrlich und anständig aus, du bist es auch.«

»Ich konnte nicht schlafen«, gestand sie, während sie sich auf einen Baumstumpf setzte. Auf dem Hang wieherte eines der Pferde und Angus mußte lachen, als er ihre leuchtenden Augen bemerkte.

»Unternimm doch einen kleinen Ritt«, schlug er vor. »Denk nur daran, daß dich bei deiner Rückkehr Arbeit erwartet, also übertreibe nicht.«

»Das hebe ich mir lieber für den Tagesmarsch auf.« Athena rieb sich die Kehrseite, um zu verdeutlichen, was sie meinte. Sie saß ohnehin jeden Tag lange genug im Sattel. »Aber ich könnte ein Stück spazierengehen«, fügte sie hinzu. Wenn sie zurückkam, würde Lochiel bestimmt schon aufgestanden sein, und sie mußte sich mit den Pferden befassen. Das bedeutete, daß sie ihn bis zum Abend nicht sehen würde.

»Sei vorsichtig!« mahnte Angus.

Athena zeigte ihm den Dolch, der in ihrem Gürtel steckte, und setzte sich in Bewegung. Sie fühlte sich im Wald immer zu Hause, und der herrliche Morgen löste die Spannung in ihr.

An einem solchen Morgen fiel es einem schwer zu glauben, daß das Land sich im Kriegszustand befand und daß bereits zahlreiche Siedler durch Indianerüberfälle ums Leben gekommen waren. Genausowenig verstand Athena, wieso ein Mann wie Lochiel Blackmoor imstande gewesen war, solche Unordnung in ihr behütetes Leben zubringen. Er war genauso lästig wie Stephen Kensington.

»Jetzt beschäftigst du dich schon mit beiden verdammten Narren«, verspottete sie sich. Es war besser, wenn sie die Sonne und die Stille des Waldes genoß und alles andere vergaß.

Sie folgte dem Bach stromabwärts und stand schließlich

am Ufer eines kleinen Sees. Leichter Dunst lag über seiner regungslosen Oberfläche, und die ersten Sonnenstrahlen fielen auf die bunten Kiesel auf seinem Grund.

Athena zog die Schuhe aus und platschte durch die seichten, sandigen Stellen. Dann sah sie sich um, stellte fest, daß sie bis auf einen einsamen Seetaucher allein war, schlüpfte aus Hose und Hemd, zog die Spangen aus ihrem Haar und tauchte ins Wasser.

Es war so kalt, da sie nach Luft schnappte, aber sie schwamm mit kräftigen Stößen weiter, und bald ließ das Kribbeln in ihren Gliedern nach. Sie seufzte zufrieden; warum war ihr diese Möglichkeit nicht früher eingefallen?

Sie schwamm zum Ufer zurück und rieb sich mit Sand sauber, bis ihre Haut rosig glühte. Es war zwar nicht so wirkungsvoll wie duftende Seife, dachte sie kichernd, aber sie fühlte sich wunderbar sauber und erfrischt. Sie richtete sich im knöcheltiefen Wasser auf, streckte die Arme in die Höhe und wandte ihr Gesicht der Sonne zu, die hinter den Hügeln aufging.

»Athena!«

Sie fuhr herum, so daß aus ihren nassen Haaren Tropfen sprühten. Lochiel stand am Ufer und musterte sie wütend.

Doch als ihre Blicke sich trafen, wich sein Zorn einem anderen Gefühl, und sie senkte die Arme und blieb regungslos stehen. Lochiel war so leise gekommen, daß nicht einmal der Seetaucher geflüchtet war. Im Wald herrschte tiefe Stille, und Lochiel hörte Athenas Atem.

Sie stand vor ihm wie ein fluchtbereites Reh. Das Sonnenlicht fiel auf ihren nackten Körper, und Lochiels Augen liebkosten die Vertiefungen, in die die Sonnenstrahlen nicht drangen. Ein Hunger, den er zu lange geleugnet hatte, brannte immer stärker in ihm. Er ging langsam ins Wasser, ohne sich um die teuren Lederstiefel zu kümmern, die er trug, und zwang sie mit der Macht seines

Blicks, nicht vor ihm zu fliehen. Sie hielt ihm stand und sah ihm zitternd entgegen. Er streckte langsam die Hand aus und berührte sie, und die blauen Augen leuchteten auf. Sie flüsterte seinen Namen. Er hob sie hoch, trug sie ans Ufer und legte sie sanft in den warmen Sand.

Athena sah regungslos zu, wie er seine Kleidung ablegte. Er ließ sie keine Sekunde aus den Augen, und dann war er neben ihr, nahm sie in die Arme und drückte sie an seinen Körper, der um so vieles größer und stärker war als der ihre. Ihr kühles Fleisch erwärmte sich in seiner Umarmung, und sie ließ den Kopf nach hinten gegen seinen Arm sinken, als seine Lippen ihre Halsgrube fanden.

In der traumhaften Stille des Waldes sprach keiner von ihnen ein Wort. Lochiels Mund berührte fordernd ihre Lippen, die sich ihm willig öffneten. Eine Fülle von Empfindungen überflutete sie – der Sand an ihrer Haut, die Wärme der Sonne, der berauschende Duft des Waldes, und immerzu Lochiel, dessen brennende Küsse alles andere auslöschten.

Athena erwachte unter seinen suchenden Händen zum Leben; sie erforschten die Rundung ihrer Hüften und glitten dann weiter hinunter. Er saugte zärtlich an ihren Brustwarzen, die steif wurden und anschwollen; Athenas Begierde wuchs. Sie flüsterte seinen Namen.

»Ich habe geglaubt, daß du davongelaufen bist, Athena«, murmelte er, und seine Stimme war jetzt noch heiser vor Angst. »Ich habe geglaubt, daß ich dich durch meine Unfreundlichkeit für immer verloren habe.« Seine Hand glitt an ihren Schenkeln hinauf, ergriff von ihrer seidigen Haut Besitz, und sie erbebte unter der Macht ihres Verlangens.

»Gestern abend warst du nicht... unfreundlich«, widersprach sie leise. »Ach, Lochiel, ich wollte –«

»Ja, ich weiß, was du wolltest.« Sein Körper glitt an dem ihren hinunter.

Sie konnten nicht mehr warten. Seit ihrem ersten leidenschaftlichen Beisammensein in Courtland Grace waren sie von Hunger nach dieser Vereinigung erfüllt gewesen, die sinnloser Stolz verhinderte. In jedem von ihnen brannte die Flamme des Begehrens, und Athena zog ihn auf sich herunter; ihr Herz wußte, daß nur er imstande war, das Feuer zu löschen, das sie verzehrte.

Sein erigiertes Glied berührte sie, und sie spreizte die Beine, um sich ganz dem Mann hinzugeben, der die Macht besaß, sie zu versklaven. Lochiels Arme umschlangen ihre Hüften und hoben sie zu sich hoch, und sie wölbte sich ihm entgegen.

Seine Lippen ließen die ihren nicht los, und unter seinen heißen Küssen schwindelte ihr. Er berührte ihr Frauentum, und sie entflammte und konnte es nicht mehr erwarten, eins mit ihm zu werden.

Er drang langsam in sie ein, und Athena hob ihm ihre Hüften entgegen, um ihn bis in ihre tiefste Tiefe aufzunehmen. Er glitt hinein und wieder heraus; bei seiner Berührung hielt sie den Atem an. Ihre Knochen schienen zu schmelzen; sie wurde von einer Woge der Leidenschaft immer höher getragen.

Sein Griff um ihre Hüften wurde stärker, er drang noch tiefer ein, füllte sie gänzlich und verstärkte seine Bewegung. Sie bewegte sich im gleichen berauschenden Rhythmus wie er, bis sie alles um sich herum vergaßen.

Als Athena glaubte, es nicht länger ertragen zu können, erreichte sie plötzlich den Höhepunkt, die Ekstase, und die Sterne rissen sie in ihren Taumel mit. Sie gab sich Lochiel uneingeschränkt hin, klammerte sich an ihn, und als er sich in sie ergoß, überschritten sie die Grenzen ihrer Vorstellungskraft. Dann verebbten die Wogen der Leidenschaft allmählich und sie kehrten erschöpft in die Wirklichkeit zurück.

13. Kapitel

Athena wuchtete den schweren Militärsattel mit zusammengebissenen Zähnen hoch und legte ihn auf Glenrobbies breiten Rücken. Sie kroch unter seinen Bauch, schnallte den Gurt fest und zog die Steigbügel herunter. Dann polierte sie den Sattel mit einem Tuch und glättete die sorgfältig geflochtene Mähne des schwarzen Wallachs noch einmal.

Als hinter ihr Stimmen erklangen, fuhr sie herum. Ihr Herz begann wild zu pochen, denn Major Blackmoor und Kompaniefeldwebel Durning kamen auf sie zu. Beide waren aufbruchbereit; Lochiel hatte die schwarzen Haare unter dem Dreispitz ordentlich im Nacken zusammengebunden, und seine enganliegende braune Hose betonte seine muskulösen Oberschenkel. Er lächelte zu einer Bemerkung von Andy und sah unwiderstehlich jung und sorglos aus.

Lochiel und Athena hatten sich nicht einmal eine Stunde zuvor am Ufer des Sees getrennt. Er hatte zugesehen, wie sie sich ankleidete, und sein Gesichtsausdruck hatte sie erröten lassen.

»Geh lieber allein zurück«, hatte er gemeint. »Wir wollen keinen Anlaß zum Tratsch geben; ich hoffe sehr, daß uns niemand beobachtet hat.«

Dann war er mit dem Finger dem Umriß ihres Kinns gefolgt. »Ich wüßte nämlich nicht, wie ich jemandem erklären sollte, daß ich gerade mit meinem Pferdeknecht geschlafen habe.«

Seine Augen hatten übermütig gefunkelt. Er hatte nur die Hose angezogen, und Athena hätte am liebsten seine kräftige, nackte Brust gestreichelt.

Lochiel hatte ihre Hand umschlossen, als könne er Gedanken lesen. »Die Trommeln haben wahrscheinlich schon zum Wecken geschlagen«, sagte er heiser, denn auch ihm fiel es schwer, sich von ihr zu trennen.

Sie hatte ihn nur widerwillig verlassen. Sein Abschiedskuß hatte ihr den Atem geraubt. Sie hatte sich für ihn wie eine Blume geöffnet und ahnte nicht, welche Selbstbeherrschung es ihn kostete, sie gehen zu lassen.

Die Soldaten waren bereits auf den Beinen, und Athena hatte schleunigst die Pferde getränkt und ihnen Futter gegeben. Dann hatte sie jedes einzelne Tier sorgfältig gestriegelt und gesattelt, Glenrobbie als letztes. Der Wallach gehörte Lochiel, und sie hatte ihm geduldig Mähne und Schwanz geflochten und ihn gestriegelt, bis sein Fell glänzte.

»Sehen Sie sich Ihr Pferd an, Lochiel«, rief der Kompaniefeldwebel, als er Glenrobbie erblickte. »Als ginge es zu einer Parade.«

Lochiel war nicht damit einverstanden, daß Athena so schwer arbeitete. Er nahm ihr den Putzlappen aus der Hand und meinte sanft: »Du mußt dir nicht soviel Mühe geben, Junge.«

Athena blickte rasch zu Boden, denn sie wollte keinen Verdacht erregen, indem sie jedes Mal errötete, wenn Major Blackmoor sie auch nur ansah. Aber es fiel ihr schwer, gleichgültig zu bleiben, denn er sah in seinem dunkelblauen Waffenrock hinreißend aus. Sein männlicher Geruch erinnerte sie an ihre Vereinigung am Ufer des kleinen Sees, und das Verlangen nach ihm erwachte wieder.

»Was ist mit meiner Stute, Junge?«

Andys Stimme riß Athena in die Wirklichkeit zurück und machte ihr klar, daß das leidenschaftliche Zwischenspiel tatsächlich nicht mehr gewesen war: ein kostbarer Augenblick im harten Militärleben, den sie sich gestohlen hatten.

Als sie Andy seine Stute brachte, war seine Überraschung echt. »Du bist tatsächlich ein Juwel.« Er versetzte Athena einen kräftigen Schlag auf den Rücken, der sie beinahe umwarf.

Lochiel stimmte insgeheim Andys Bemerkung zu. Er würde nie wieder eine Frau wie dieses ungebärdige Mädchen finden. Er nahm Glenrobbies Zügel von ihr entgegen und spürte die Wärme ihrer Finger, die die seinen streiften.

»Wirst du dich dem Versorgungswagen anschließen?« fragte er. Er hatte vorgehabt, in Andys Gegenwart mit Athena kurz angebunden zu sein, aber als er in ihre lächelnden Augen blickte, erfüllte ihn wieder Zärtlichkeit. »Du kannst gern mit dem Kompaniefeldwebel und mir reiten.«

»Ich wollte heute beim Troß bleiben.« Athena mußte schlucken, bevor sie die Worte herausbrachte. »Ich möchte wissen, wie es Tykie geht.«

Andy grinste, als er und Lochiel aufsaßen. »Eine Ahnung sagt mir, daß Tykie dank der aufopfernden Pflege von Mutter Hicks vor Zufriedenheit strahlt«, meinte er.

Lochiel lenkte sein Pferd zu Athena und umfaßte lässig ihr Kinn mit den Fingern. »Versprich mir, Malcolm, daß du keine Boxkämpfe mit Madison und seinen Freunden mehr austragen wirst.« Der Blick seiner silbergrauen Augen strafte seinen leichtfertigen Ton Lügen.

Bevor sie antworten konnte, hatte er Glenrobbie bereits gewendet und ritt zur Spitze der Kolonne, die sich inzwischen gebildet hatte. Ein Dudelsack stimmte einen Marsch an, und die Kompanie setzte sich in Bewegung. Ihre Waffen glitzerten im Sonnenschein und ihre Kilts schwangen im Takt zu ihren Schritten.

In Athenas Augen traten Tränen, die sie rasch wegwischte. Er hatte noch nie so sanft zu ihr gesprochen, und ihre brennenden Lippen sowie ihr schmerzender Körper erinnerten sie an die leidenschaftliche Hingabe, mit der sie einander geliebt hatten.

»Ich liebe ihn«, flüsterte sie.

»Willst du zurückbleiben, Malcolm? Hör auf, mit offenen Augen zu träumen und sitz auf, du Tunichtgut!«

Sie lachte Andrew Durning verlegen an, saß auf und galoppierte zum Troß. Als sie an Liza Hampton vorbeikam, die auf dem ersten Wagen saß, verzichtete sie nur ungern darauf, ihrer Konkurrentin die Zunge zu zeigen.

Es spielte offenbar keine Rolle, daß Liza schön und sehr erfahren war. Lochiel hatte sich für Athena entschieden, die jetzt mit leuchtenden Augen neben dem Wagen hielt, in dem Tykie lauthals sang.

Athena verbrachte beinahe den ganzen Tag in seiner Gesellschaft. Tykies bandagierter Fuß ruhte weich auf Sarah Hicks' Knie; die beiden hänselten einander den lieben langen Tag. Er konnte den Blick nicht von Athena wenden; sie hatte noch nie so glücklich ausgesehen. Ihre Wangen waren rosig angehaucht und sie lachte unbefangen wie ein Kind.

»Du freust dich schon auf das Nachhausekommen, was, Malcolm?« fragte er und war sehr stolz auf sich, weil er daran gedacht hatte, sie nicht Miß Athena zu nennen.

Bevor sie antworten konnte, fuhr er fort: »Wenn wir zurückkommen, werden wir deinen Hengst wieder trainieren. Amhersts Feldzug wird demnächst beginnen, und die braven Bürger von West York werden für jede Abwechslung dankbar sein.«

Sarah zupfte ihn zärtlich am Bart. »Wenn das Pferd wirklich so schnell ist, wie du behauptest, wirst du ja ein reicher Mann werden. Wirst du mich vergessen, wenn du erst einmal in Geld schwimmst, du haariges Scheusal?«

»Du bist eine Frau, die man nicht so leicht vergißt«, antwortete er vielsagend.

An diesem Abend schlugen sie das Lager am Mohawk

auf, und Athena bewilligte den erschöpften Pferden eine Extraration Hafer. Infolge der Schneeschmelze in den Bergen führte der Mohawk Hochwasser, und die wenigen Kähne, die Athena erblickte, schossen den Fluß beunruhigend schnell hinunter.

Diese mit Fracht für Schenectady beladenen Kähne waren der erste Hinweis darauf, daß sie die Wildnis hinter sich ließen. Sie hatten für die Strecke viel weniger als die vorgesehenen vierzehn Tage gebraucht. Am nächsten Abend würden sie Schenectady erreichen; von dort würden sie und Tykie über die Hügel nach West York reiten, während die Siebente Kompanie am Hudson entlang nach Albany marschieren würde.

Dort würde Lochiel mit General Amherst und den Obersten zusammenkommen, die die britischen Regulars befehligten, und dort würde die Entscheidung darüber fallen, ob die schottischen Regimenter Brigadegeneral Prideaux am Georgsee bei seinem Angriff auf Oswego unterstützen oder ob sie mit Amherst nach Ticonderoga, Crown Point und Montreal marschieren würden, um an dem Angriff teilzunehmen, der die Südroute nach Kanada öffnen sollte.

Doch ganz gleich, wohin die Siebente geschickt wurde – Lochiel befand sich überall in Gefahr. Einst war es Athena vollkommen gleichgültig gewesen, was ihm zustieß, ja sie wär sogar froh gewesen, wenn er ins Gras gebissen hätte. Doch jetzt zerriß ihr die Vorstellung, er könne sterben, beinahe das Herz.

Die Hochländer teilten ihre Gefühle allerdings keineswegs; als Athena die Pferde versorgt hatte und ins Lager zurückkehrte, herrschte überall fröhlicher, lauter Trubel. Einige Männer bewiesen ihre Künste im Schwerttanz, während andere ihr Glück bei den Karten suchten.

Zuerst lehnte Athena Hugh Martins Aufforderung, sich an einer Kartenpartie zu beteiligen, ab, doch dann gab sie nach und setzte sich zu den Männern. Fletcher hatte sie seinerzeit einige Kartenspiele gelehrt, und sie spielte so gut, daß ihre Gegner bald erbittert fluchten.

»Du hast unverschämtes Glück«, brummte Angus McCutcheon, als sich neben Athena allmählich ein kleines Häufchen Silbermünzen ansammelte. Er zog kräftig an der vergilbten Pfeife und befahl: »Gib noch einmal.«

»Nein, für mich ist Schluß.« Hugh Martin warf sein Blatt auf die Decke.

»Auch für mich«, schloß sich ihm Davie Skelley an, der gerade betrübt zusah, wie Athena seine letzten Münzen einstrich. Er kratzte sich mißtrauisch den Bart: »Wo hast du Kartenspielen gelernt, Junge?«

»Offenbar nicht bei dem gleichen Lehrer wie du«, erwiderte Athena frech. Der arrogante Davie hatte schwere Verluste hinnehmen müssen.

Hugh und Angus lachten laut, während die anderen Spieler Davie tröstend auf die Schulter klopften.

»Du hast eine spitze Zunge, Junge«, knurrte Davie, ohne es wirklich ernst zu meinen. »Was sagen Sie zu Master Courtland, Major?« wandte er sich an Lochiel, der zu ihnen getreten war. »Er hat mich um einen Wochensold erleichtert.«

Athena hatte den Kopf tief gesenkt, während sie die Münzen einsammelte, und ließ sich bei dieser Tätigkeit Zeit, damit niemand die Röte bemerkte, die ihr bei Lochiels Erscheinen in die Wangen gestiegen war.

Lochiel antwortete nicht sofort. Das Bild, das Athena zwischen den hochgewachsenen Schotten bot, hatte ihn genauso verblüfft wie der Berg Silbermünzen, den sie gerade in ihre Taschen stopfte. Diese ungehobelten, mißtrauischen alten Krieger hatten sie tatsächlich aufgefordert mitzuspielen, und Athena hatte sie offenbar mühelos um ihr Geld erleichtert. Was sollte er mit diesem ungestümen Geschöpf anfangen, das sich überhaupt nicht so benahm, wie man es von einer wohlerzogenen jungen Dame erwartete?

»Was wirst du mit deinem Gewinn anfangen, Junge?« fragte Davie, bevor Lochiel etwas sagen konnte.

»Ich kenne ein Mädchen im Troßlager, das für ein paar Silberstücke eine Menge tun würde«, fügte Angus hilfsbereit hinzu.

»Ich sollte meine Ersparnisse lieber dorthin tragen, als sie hier an einen bartlosen Jungen zu verlieren«, stimmte Davie Skelley zu und erhob sich. »Wer begleitet mich zu unseren willigen Schönheiten? Major?«

Athenas Herz krampfte sich zusammen, denn sie erinnerte sich an Andy Durnings Bemerkung über die schöne Liza Hampton, in die Lochiel angeblich verliebt war.

Ihr kam es vor, als ob die Stille kein Ende nehmen wollte, bis Lochiel endlich antwortete. »Ihr werdet leider ohne mich gehen müssen, Jungs.«

»Und was ist mit dir, Malcolm?« fragte Hugh Martin plötzlich.

Athena hob verblüfft den Kopf. »Mit mir?«

»Natürlich«, bekräftigte Angus. »Du hast mir doch erzählt, daß du die Freuden des Fleisches noch nicht kennengelernt hast. Berufe dich nur nicht auf dein Alter – ich habe mit dreizehn zum erstenmal ein Zimmermädchen verführt.«

»Was sagst du dazu, Junge?« stichelte Angus.

»Ich ... ich ...« Sie sah Lochiel hilfesuchend an.

»Meines Wissens bevorzugt Miß Hampton etwas ältere ... Männer«, stellte dieser ernsthaft fest.

»Sie müssen es ja wissen, Major«, lachte jemand.

Athena erhob sich puterrot. Sie wollte keine obszönen Witze mehr über Lochiel und die Prostituierte hören, die er anscheinend bevorzugte.

»Bleib hier, Malcolm!« befahl Lochiel, und Athena blieb gehorsam stehen. Sie war zwar versucht, nicht zu reagieren, scheute aber die Szene, die dann unweigerlich folgen würde, während die Hochländer grinsend zusahen. Zum Glück wandte sich Davie Skelley in diesem Augenblick zum Gehen, und die übrigen schlossen sich ihm an.

»Athena!« Lochiel kam auf sie zu.

Sie blickte auf. »Ja, Sir?«

Er hatte sie wegen ihrer Widerspenstigkeit tadeln wollen, vergaß es jedoch, als er in ihr Gesicht blickte. Selbst im Lumpen war sie etwas Besonderes, und er erinnerte sich an die Szene von heute morgen am Ufer des Sees.

»Möchten Sie etwas?« fragte sie atemlos, denn jetzt schlug ihr Herz sehr schnell.

Lochiels Lippen zuckten, denn in ihrer Unschuld hatte sie ihm das Stichwort geliefert. »Ich will tatsächlich etwas von dir, Athena.«

Sie hielt den Atem an. »Du willst –«

»Einen Kuß. Als Lohn dafür, daß ich dich vor meinen lästigen Hochländern gerettet habe.«

»Gerettet?« wiederholte Athena mit hochgezogenen Brauen empört. »Du hast dich über mich lustig gemacht, weil du genau gewußt hast, daß ich mich nicht verteidigen –«

Der Satz wurde nie beendet, denn Lochiel nahm sie in die Arme und küßte sie leidenschaftlich. Sie legte ihm die Arme um den Hals und drückte sich an ihn. Sofort flammte die Leidenschaft in beiden wieder auf; Lochiels Glied regte sich, und Athena erschauerte.

»War der Preis zu hoch?« fragte Lochiel lächelnd, als er sie endlich losließ.

»Ganz bestimmt nicht«, seufzte sie. Ihre Arme lagen noch immer um seinen Hals, und die Schüchternheit in ihren strahlenden Augen rührte ihn.

»Dann bin ich also nicht unbescheiden, wenn ich um einen zweiten Kuß bitte?«

»Ich würde Sie nie für unbescheiden halten, Major.«

»Lochiel«, flüsterte er. »Nenne mich bei meinem Namen, Athena.«

»Lochiel«, murmelte sie, aber das Wort ging in seinem hungrigen Kuß unter.

Schritte, die sich durch das Unterholz näherten, trieben sie auseinander. Lochiel schob Athena hinter sich und zog den Dolch; seine Blicke durchsuchten die Dunkelheit.

»Was ist geschehen, MacLachlan?« fragte er plötzlich scharf. Der Mann stolperte aus dem Dickicht.

»Algonkins, Sir. Sie haben soeben südlich von hier eine Siedlung überfallen. Einer der Überlebenden hat es bis in unser Lager geschafft. Mutter Hicks verbindet ihn gerade.«

Lochiels Augen wurden schmal. Indianerüberfälle waren keine Seltenheit, doch die Tatsache, daß ein Trupp sich so weit nach Osten wagte, konnte nur bedeuten, daß sich das Volk der Irokesen für den Krieg rüstete, und daß die Franzosen ihre Aktivitäten unterstützten.

»Haben sie Gefangene gemacht?« fragte er kurz.

»Nein, Sir, aber sie haben Schaden angerichtet.«

Lochiel preßte die Lippen zusammen. »Korporal Martin soll so viele Männer wie möglich zusammentreiben. Vielleicht können wir den Siedlern helfen.«

»Ja, Sir.«

Er hatte Athena vergessen, denn er beschäftigte sich bereits mit den Hilfsmaßnahmen. Sie mußten zweifellos Brände löschen, Verwundete versorgen und Vieh in die Scheunen zurücktreiben – also keine militärischen Aufgaben erfüllen. Seine Männer würden enttäuscht sein und lieber den Indianern nachreiten wollen, aber das hatte keinen Sinn. Die Algonkins waren längst genauso rasch und lautlos im Wald verschwunden, wie sie aufgetaucht waren.

»Die roten Schufte«, murmelte Andy Durning, der auf seiner Stute mit Glenrobbie im Schlepptau erschien. Sein

Gesichtsausdruck war mörderisch. »Ich habe die Jungs aufsitzen lassen; sie warten nur noch auf Ihren Befehl, Major.«

Lochiel stieg auf und wollte den Wallach in Trab setzen, als jemand ihn am Ärmel zupfte. Er blickte hinunter und runzelte die Stirn, als er Athena sah.

»Ich bitte um die Erlaubnis, Sie begleiten zu dürfen, Sir«, sagte sie formell.

»Die Erlaubnis wird nicht erteilt«, antwortete Lochiel kalt.

»Aber Sir –«

»Die Erlaubnis wird nicht erteilt, Junge. Vielleicht sind die Indianer noch in der Nähe.«

Athena schluckte krampfhaft. Die Algonkins waren verschlagen; sie legten sich oft im Gebüsch auf die Lauer und erledigten ihre Opfer aus dem Hinterhalt. Was wußte ein in Schottland aufgewachsener Major schon von Rothäuten? »Bitte, Lochiel.«

»Du bleibst hier, Malcolm.« Sein Ton duldete keinen Widerspruch. »Du würdest uns nur behindern.« Als er ihr verzweifeltes Gesicht sah, wurde er weicher. »Versprich mir, daß du hierbleiben wirst«, fügte er sanfter hinzu.

Athena konnte seinem Blick nicht widerstehen. »Ich verspreche es.«

»Braver Junge.«

Er tätschelte ihr väterlich die Wange, doch gleichzeitig liebkosten seine Finger ihren Haaransatz, ohne daß Andy es merkte. Als er sich auf den Weg machte, sah ihm Athena sehnsüchtig nach.

Sie wußte nachher nicht mehr, wie lange sie neben dem Feuer auf und ab gegangen war und die Fragen der durch den Tumult geweckten Männer beantwortet hatte. Viele von ihnen brachen ebenfalls zur Siedlung auf. Die schottischen Clans waren ein kampflustiges Volk, und die Hochländer waren entschlossen, es den Wilden heimzuzahlen, die gewagt hatten, eine schlafende englische Siedlung anzugreifen.

Athena standen Tränen in den Augen. Sie hatte Lochiel versprochen hierzubleiben, und er verließ sich darauf. »Ich darf ihn nicht enttäuschen«, flüsterte sie, aber die Angst um ihn war stärker als alle anderen Gefühle.

Endlich faßte sie einen Entschluß und lief zu Lochiels Zelt. Sie stöberte in seinen Sachen, bis sie eine seiner Offizierspistolen fand. Sie überzeugte sich davon, daß die Waffe schußbereit war, steckte sie in den Gürtel und rannte zum Flußufer, an dem ihr Pferd mit Fußfesseln graste. Ihr wäre ihre Muskete lieber gewesen, weil ihr die Waffe vertraut war, aber sie hatte keine Zeit mehr, sie zu holen. Außerdem würde Tykie ihr nie erlauben fortzureiten, wenn er herausbekam, was sie vorhatte.

Der Wallach ließ sich von ihr die Fußfesseln abnehmen, schnaubte jedoch unruhig. Athena redete ihm gut zu, während sie die Zügel ordnete, doch als sie sich auf seinen Rücken schwingen wollte, warf er den Kopf hoch und bäumte sich auf.

»Halte still, du verdammtes Biest!« rief Athena und versuchte, die Zügel wieder zu fassen, die er ihr aus der Hand gerissen hatte. Der Wallach bäumte sich wieder auf und weigerte sich, sie aufsitzen zu lassen.

»Was ist denn mit dir los?« fragte Athena; das Tier hatte sich noch nie so ungebärdig benommen. Sie wollte ihn gerade wieder beruhigen, als sie instinktiv das Gefühl einer drohenden Gefahr empfand und herumwirbelte. Sie schnappte nach Luft, aber es war viel zu spät, und die große Hand, die sich auf ihren Mund preßte, schnitt buchstäblich ihren Hilferuf ab.

Lochiel und sein kleiner Trupp kehrten erst im Morgengrauen in das Lager zurück. Ihre Uniformen rochen nach Rauch und alle Gesichter waren von Müdigkeit gezeichnet. Lochiel übergab sein Pferd einem der wartenden Männer und ging zu seinem Zelt. Auf Andys Vorschlag hin hatte er das Wecken um zwei Stunden verschieben lassen und hatte es jetzt eilig, ins Bett zu kommen.

Er war nicht sicher, ob er Ruhe finden würde, denn er sah immer noch die geschwärzten Häuser und Scheunen und die Leichen der Siedler vor sich. Die Algonkins hatten die Männer mit Tomahawks niedergeschlagen und sie im Straßenstaub liegen lassen.

Als Lochiel die Frau bemerkte, die in seinem Bett schlief, verzogen sich seine Lippen zu einem Lächeln. Wie lange hatte Athena auf ihn gewartet, bevor sie zu Bett ging? Plötzlich war er ihr für ihre Anwesenheit zutiefst dankbar. Vielleicht fand er Ruhe, wenn er ihren weichen, warmen Körper neben sich spürte, und konnte das Entsetzen der vergangenen Nacht vergessen.

Er zog den Waffenrock aus, beugte sich über sie und wollte ihr über die Haare streichen. Doch sein Blick wurde hart, als er statt Athenas goldener Locken wirre, spröde schwarze Haare erblickte.

»Was, zum Teufel?« Er riß die Decken von der schlafenden Gestalt.

Liza Hampton richtete sich schläfrig blinzelnd auf; sie hatte ihr Mieder gelockert, und jetzt quollen ihre runden Brüste verführerisch heraus. Sie rieb sich die Augen und lächelte ihn strahlend an.

»Ich bin müde geworden, während ich auf dich gewartet habe«, gestand sie und fuhr sich mit der Hand durch die Haare. »Hoffentlich stört es dich nicht, daß ich mich ein bißchen ausgeruht habe.«

»Es stört mich sogar sehr«, stellte Lochiel kalt fest. »Wer hat dich hereingelassen? Barrett?«

Liza schob die Lippen schmollend vor. Sie hatte angenommen, daß er sie mit einem leidenschaftlichen Kuß wecken würde. »Ich habe mich hereingeschlichen. Niemand weiß, daß ich bei dir bin.« Sie warf den Kopf zurück und musterte ihn mißtrauisch. »Was ist denn geschehen, Lochiel? Du hast es früher immer begrüßt, wenn ich dir nachts Gesellschaft geleistet habe.«

Jetzt lag ein bittender Ton in ihren Worten, und als sie es merkte, verstummte sie. Lochiel war kein geduldiger Mensch, und sie mußte vorsichtig vorgehen, wenn sie ihn wiedererobern wollte. Denn jetzt war ihr klar, daß sie ihn verloren hatte. Als er sich im Herbst ihr gegenüber kühl verhielt, hatte sie angenommen, daß die vermehrte Arbeit durch den bevorstehenden Feldzug ihm keine Zeit für sie ließ, aber inzwischen war sie klüger geworden. Wenn sie nur nicht so blind gewesen wäre!

»Ich bin sehr müde, Liza«, erklärte Lochiel, der sich gerade das Hemd über den Kopf zog. »Ich würde jetzt gern einige Stunden schlafen.«

Sie war so sehr in den Anblick seines muskulösen Oberkörpers vertieft, daß sie die Ungeduld in seiner Stimme überhörte. Die Sehnsucht nach ihm pochte zwischen ihren Beinen – sie begehrte ihn so sehr! Sie war mit so vielen Männern ins Bett gegangen, und dennoch konnte sie sich nicht von dem Hochländern losreißen. Wenn sie ihn verlor, konnte sie nicht weiterleben.

»Darf ich nicht hierbleiben?« fragte sie in einem Ton, der nie seine Wirkung auf ihn verfehlt hatte.

Lochiel wusch sich gerade die schmutzigen Hände; es fiel ihm schwer, keinen Wutanfall zu bekommen. »Leider nein«, antwortete er schließlich gleichmütig und wandte sich ihr zu.

Sie hatte sich verführerisch auf seinem Bett ausgestreckt, der zerknüllte Rock war hochgerutscht und gab die langen, schlanken Beine frei – es war ein Bild, das jeden Mann entflammen mußte. Früher hatte Lochiel darauf reagiert, aber jetzt fand er ihre vollen Brüste und den roten Schmollmund beinahe vulgär; er hatte nichts mehr für nachtschwarze Haare übrig, sondern sehnte sich nur noch nach der warmen, goldenen Schönheit einer bestimmten, leidenschaftlichen Frau.

»Aber Lochiel –«

»Es ist Zeit, daß du gehst, Liza.«

Er bückte sich rasch, packte ihr Handgelenk mit eisernem Griff und zog sie auf die Beine. Die Ungeduld in seinen Augen erschreckte sie, und sie hatte Mühe, die bitteren Worte hinunterzuschlucken, die ihr auf der Zunge lagen.

»Bitte, Lochiel«, schmeichelte sie. Ihr Blick wanderte tiefer, zu der Stelle, an der der Gegenstand ihrer Sehnsucht nur auf ihre Berührung wartete, um zum Leben zu erwachen. Sie drückte sich enger an Lochiel, ihre Brüste streiften seine nackte Brust. »Bitte –«

»Ich habe gesagt, daß du gehen sollst.« Lochiel stieß sie von sich, so daß sie stolperte und beinahe stürzte. In seiner Stimme lag nur müde Gleichgültigkeit, und sie begriff endlich, daß es ihr nicht gelingen würde, ihn zu erregen.

Liza zitterte vor Wut, als sie sich den Schal um die Schultern legte. Es machte ihr nichts aus, wenn Lochiel Blackmoor sie nicht mehr begehrte! Eine Menge Männer waren bereit, einen Monatssold dafür zu geben, daß sie einmal mit ihr schlafen durften. Er würde schon noch erkennen, daß sie die einzige war, die ihn befriedigen konnte, und würde gekrochen kommen...

»Warte einen Augenblick, Liza.«

Sie wandte sich mißtrauisch und doch hoffnungsvoll um. Hatte er es sich überlegt? War ihm klar geworden, daß er sich wie ein Narr aufführte?

Doch seine Frage erstickte den letzten Funken Hoffnung in ihr.

»Hast du zufällig Malcolm Courtland gesehen, als du hereinkamst?«

Liza hätte am liebsten vor Enttäuschung geschrien. Wie

gern hätte sie ihm das Gesicht zerkratzt! Es war schon schlimm genug, daß er sie hinauswarf, obwohl sie vor Sehnsucht nach ihm brannte, aber das ging zu weit!

»Allerdings.« Ihr Lächeln war bezaubernd. »Als ich herkam, machte er sich gerade auf den Weg ins Troßlager. Er erklärte Piers, daß er zu Mutter Hicks ging, um die Nacht bei Tykie zu verbringen.« Liza wartete auf Lochiels Reaktion, aber er wandte sich wortlos ab, als hätte er ihre Anwesenheit bereits vergessen.

Als sie vor dem Zelt stand, lachte sie gehässig. »Vielleicht habe ich ihn verloren«, flüsterte sie, »aber ich habe wenigstens dafür gesorgt, daß auch Malcolm Courtland ihn nicht bekommt.«

Liza dachte eifersüchtig an das geheimnisvolle Mädchen, das zur Zeit Lochiels Favoritin war, tröstete sich aber mit dem Gedanken, daß sich die Fremde nicht mehr im Lager befand. Lochiel würde sie mit der Zeit vergessen und dann würde Liza zur Stelle sein und alle ihre Verführungskünste einsetzen, um ihn wieder in ihre Netze zu locken.

Sie lachte, weil sie die einzige war, die von Lochiels und Tykies Geheimnis wußte. Es war ihr vollkommen gleichgültig, was aus dem Mädchen geworden war, das sich Malcolm nannte, und sie zerbrach sich auch nicht den Kopf darüber, warum Lochiel sie gezwungen hatte, sich als Junge zu verkleiden. Nein, all das war Liza gleichgültig, denn bald würde Lochiel wieder ihr allein gehören.

14. Kapitel

Lochiel ließ sein schaumbedecktes Pferd in Trab fallen und betrachtete ungläubig Courtland Grace, das soeben in sein Blickfeld geraten war. Es sah aus, als wäre jeder Raum strahlend hell erleuchtet. War Amelia Bower, die mit den Kerzen immer so sparsam umgegangen war, plötzlich zur Verschwenderin geworden? Was, zum Teufel, war geschehen? War es möglich, daß sich Athena auf Courtland Grace befand?

Lochiel hatte Glenrobbie zwei Tage lang erbarmungslos angetrieben und weder dem Pferd noch sich Ruhe gegönnt. Er war kaum wiederzuerkennen: seine Reithose war fleckig, und die Bartstoppeln auf seinem Kinn waren drei Tage alt. Die Müdigkeit hatte tiefe Furchen in sein Gesicht gegraben.

Es war vier Tage her, daß Athena aus dem Lager verschwunden war, und Lochiel verfluchte die Zeit, die er damit vergeudet hatte, sie in den Ruinen von Deerfield Towne zu suchen. Er war davon überzeugt gewesen, daß sie ihm trotz seines Befehls gefolgt war; er spürte noch jetzt die Angst, die ihn bei der Vorstellung ergriffen hatte, daß Athena den blutdürstigen Algonkins in die Hände gefallen war; für Tykie war dies die einzig mögliche Erklärung für ihr Verschwinden.

Lochiel hatte in Deerfield und seiner Umgebung das Unterste zuoberst gekehrt, und seine Männer hatten ihm dabei bereitwillig geholfen, obwohl sie nicht begriffen, wieso er ein solches Aufhebens um Malcolm machte. Alle mochten den Jungen und machten sich Sorgen um ihn, aber sie verstanden die Besessenheit ihres Majors nicht.

Erst als Lochiel die Suche einstellte und die Bewohner

des Troßlagers verhörte, erfuhren die Hochländer verblüfft, warum Lochiel nicht aufgab. Liza Hampton war bei dem scharfen Verhör durch den verzweifelten Major zusammengebrochen und hatte zugegeben, daß sie gesehen hatte, wie Malcolm Courtland in der Nacht des Überfalls durch Algonkin mit zwei fremden Männern fortgeritten war.

»Nur war es nicht Malcolm«, stellte sie bitter fest, denn sie wußte, daß sie Lochiel jetzt für immer verloren hatte. »Es war ein Mädchen – es nahm seine Kappe ab und zeigte den beiden ihre Haare.« Sie schluchzte verzweifelt; sie hatte das Mädchen um ihre goldenen Locken beneidet. Natürlich liebte Lochiel die Fremde; sie hatte ihn noch nie so blaß und verzweifelt erlebt. Er hatte sie rücksichtslos verhört; sie war davon überzeugt, daß er gewalttätig geworden wäre, wenn sie ihm nicht die Wahrheit gesagt hätte.

Die Nachricht von ihrem Geständnis hatte sich wie ein Lauffeuer durch das Lager verbreitet. Noch während Lochiel und Tykie die weinende Liza zwangen, die beiden Männer genau zu beschreiben, stellten seine Männer die wildesten Vermutungen über die Fremde an.

»Natürlich ist sie Major Blackmoors Geliebte«, meinte Hugh Martin. »Der Major war noch nie wegen einer Frau so aus dem Häuschen.«

Doch seine Kameraden widersprachen ihm; der Major benahm sich eher so, als wäre ihm sein Eigentum gestohlen worden, und nicht wie ein verzweifelter Liebhaber. Als er aufbrach, um die beiden Unbekannten zu verfolgen, war unschwer zu erkenne, daß er auf Rache aus war, und das konnten die leidenschaftlichen, kampflustigen Hochländer gut verstehen.

Während des langen Ritts nach West York hatte Lochiel Qualen gelitten. Weder er noch Tykie hatten die Männer aufgrund von Lizas Beschreibung erkannt, und Lochiel wollte nicht glauben, daß Athena freiwillig mit ihnen fortgeritten war. Sein Zorn auf sie war grenzenlos. Er war darauf gefaßt, daß sie sich impulsiv und unbesonnen verhielt – aber nicht tollkühn. Warum hatte sie nicht seine Rückkehr abgewartet, bevor sie sich mit Fremden in die Wildnis wagte? Und warum, zum Teufel, hatte sie ihm keine Nachricht hinterlassen?

Die Möglichkeit, daß sie sich nicht in West York befand, ging Lochiel nicht aus dem Sinn, und deshalb war sein Gesichtsausdruck düster, als er in den Hof von Courtland Grace einritt. Doch als er die vielen Kutschen vor dem Gebäude erblickte, vergaß er seine Befürchtungen. Die Courtlands gaben offensichtlich eine Party, und das hätte Amelia Bower bestimmt nie getan, wenn sie nach wie vor allein war. Oder doch? Er preßte die Lippen zusammen. War Athena womöglich doch hier gelandet? Hatte sie vergnügt dieses gesellschaftliche Ereignis organisiert, während er sein Pferd zuschanden ritt, um sie zu finden?

»Guten Abend, Sir.« Hale, der junge Stallbursche auf Courtland Grace, hatte das Hufgetrappel gehört und war nachsehen gegangen. In Tykies Abwesenheit fungierte er als Verwalter.

»Das ist ja Major Blackmoor«, rief er, als er den Fremden erkannte. »Willkommen in Courtland Grace, Sir!« Seine Begeisterung war echt, denn er bewunderte den Schotten seit der Nacht, in der er Miß Athena vor den Pferdedieben gerettet hatte.

»Danke, Hale.« Lochiel zog die Handschuhe aus und reichte dem Stalljungen, der inzwischen Glenrobbies Zügel ergriffen hatte, seine Peitsche.

»Sind Sie auch zu der Feier gekommen?«

Lochiel runzelte die Stirn. »Feier?«

Hales Lächeln wurde breiter. »Ja, Sir. Das ganze Tal ist außer sich, aber alle wünschen Miß Athena das Beste.«

»Miß Courtland ist also hier?« fragte Lochiel.

»Natürlich, Sir. Sie ist seit Mistreß Bowers –« Hale unterbrach sich, weil der Major kehrtgemacht hatte und auf das Haus zuging. Er ist zu vornehm, um sich Tratsch anzuhören, dachte Hale. »Reib das Pferd ab und gib ihm zu trinken«, befahl er seinem Helfer. »Und gehe sorgfältig mit ihm um. Das ist nämlich ein Vollblutpferd, falls du es nicht gemerkt hast.«

Während Lochiel über den Rasen ging, drangen die Klänge einer Gavotte an sein Ohr. Durch die offenen Terrassentüren erblickte er die tanzenden Paare, und sein Mißmut nahm zu. Wenn Athena ihm keine zufriedenstellende Erklärung geben konnte, würde er ihr den hübschen Hals umdrehen.

Er klopfte an die Eingangstür, und ein Diener in Kniehosen aus Satin, gesticktem Rock und gepuderter Perücke öffnete. Es war Wills, der genauso hochnäsig dreinsah wie ein waschechter Londoner Butler.

»Guten Abend, Sir. Sie wünschen?«

»Ich bin Major Blackmoor von Seiner Majestät Hochländern und möchte Miß Courtland sprechen.«

Wills' Haltung änderte sich schlagartig. Er hatte Lochiel zwar nie kennengelernt, aber der Name war ihm vertraut. »Bitte treten Sie ein, Sir«, sagte er und gab die Tür frei.

Lochiel hatte das Haus noch nie betreten, doch beim Anblick der Eingangshalle verflog sein Ärger. Im Gegensatz zu der überwältigenden Üppigkeit europäischer Prunkgebäude prahlte Courtland Grace nicht mit zahllosen Antiquitäten und Kunstgegenständen. Die wenigen Gravierungen an den blaßgelben Wänden waren von unaufdringliche Noblesse, und die unter der geschwungenen Treppe stehende Anrichte aus Kirschenholz mit Einlegearbeit war von bezaubernder Schlichtheit. Das Blumenarrangement darauf bestand nicht aus Glashaus-Orchideen, sondern aus wildwachsenden Blumen, die am Vormittag gepflückt worden waren.

Die Teppiche auf dem [illegible]olzboden waren abgenutzt, aber noch immer schön, und ihre angenehmen Farben – weinrot, creme und blau – fanden im Salon und dem Wohnzimmer ihre Fortsetzung. Das Haus erinnerte Lochiel an sein Vaterhaus Tor Blackmoor, das die Engländer niedergebrannt hatten. Auch dort hatte man sich sofort wohl gefühlt, denn man war von liebevoll gepflegten, zweckmäßigen und schön proportionierten Einrichtungsgegenständen umgeben, die nicht wie Ausstellungsstücke wirkten.

Lochiel konnte sich gut vorstellen, wie Athena hier aufgewachsen war. Er hörte beinahe ihr kindliches Lachen, sah sie mit ihrem Bruder herumtollen und bewunderte die von bunten Bändern zusammengehaltenen goldenen Locken.

Doch er zwang sich in die Gegenwart zurück. Die elegant gekleideten Gäste im Ballsaal waren ein deutlicher Hinweis darauf, daß seine Sorge um Athena vollkommen fehl am Platz gewesen war. Sie hatte es offenbar deshalb so eilig gehabt, nach Hause zu kommen, weil sie die Party nicht versäumen wollte.

»Ich werde Miß Athena mitteilen, daß Sie hier sind, Major. Würden Sie bitte die Freundlichkeit haben, im Salon zu warten?«

Der Lakai hoffte inbrünstig, daß Major Blackmoor nicht beleidigt sein würde, weil er in ein Hinterzimmer verbannt wurde. Wills konnte ihm schließlich nicht gut klarmachen, daß seine äußere Erscheinung keinesfalls zu dem formellen Anlaß paßte.

Wills stellte mißbilligend fest, daß der Major aussah, als sei er von einem langen, anstrengenden Feldzug zurückgekehrt. Seine Kniehose war verschmutzt, sein Waffenrock zerknittert und die Bartstoppeln in seinem Gesicht zeigten, daß er sich seit Tagen nicht rasiert hatte. Außerdem störte Wills der merkwürdige Ausdruck in den Augen des Majors. Er hatte zwar von Tykie und Hale nur das Beste über Major Blackmoor gehört, doch er war anderer Ansicht, denn der Major wirkte wie ein Besessener: ruhelos, gereizt und einschüchternd.

»Miß Athena wird in Kürze bei Ihnen sein«, fügte er höflich hinzu, während er Lochiel in einen in Rosa und Blau gehaltenen Raum führte.

»Ich habe es überhaupt nicht eilig«, behauptete der Hochländer, doch seine Augen straften seine Worte Lügen, und Wills überkam ein unbehagliches Gefühl.

Lochiel trat an das Fenster, zog die schweren Vorhänge zurück und blickte in den dunklen Garten hinaus. Höflicher Applaus aus dem Ballsaal verriet ihm, daß der Tanz zu Ende war. Er drehte sich um, verschränkte die Arme vor der Brust und wartete auf Athena.

Im Ballsaal hatten die Musiker inzwischen ein gemessenes Menuett angestimmt. Ambrose Kensington hatte es bestellte, denn er hatte die vorhergehende Gavotte mit Athena getanzt und war jetzt vor Anstrengung krebsrot. Er wischte sich die Stirn mit dem Taschentuch ab und lächelte erleichtert, als sein Sohn zu ihnen trat und höflich um Athenas Hand bat.

»Nimm sie nur, mein Junge«, erklärte Ambrose bereitwillig. »Ich werde diesen Tanz lieber auslassen.«

»Mein Vater hat dich viel zu lang für sich in Anspruch genommen«, raunte Stephen. »Jetzt bin ich an der Reihe.«

Das Lächeln, das Athena ihm schenkte, hatte bereits den ganzen Abend auf ihren Lippen gelegen. Dann bemerkte sie, daß Wills ihr winkte, und versuchte, ihre Hand aus Stephens Griff zu lösen.

»Was ist los?« Er hielt sie fest.

»Wills will mir etwas sagen.«

Stephen würdigte den Lakaien nicht einmal eines Blicks. »Ganz gleich, worum es geht, es kann warten«, sagte er und führte sie auf das Parkett. »Dieser Tanz gehört mir.«

Ihm war natürlich bewußt, daß sie an diesem Abend das eleganteste Paar waren. Stephen trug einen braunrot- und goldgemusterten Rock, der an den Handgelenken und am Hals mit zarten Mecklenburger Spitzen besetzt war und ausgezeichnet zu Athenas elfenbeinfarbenem Ballkleid paßte.

Sie sah liebreizend aus. Ihr schimmerndes Seidenkleid zog alle Blicke auf sich und betonte ihren anmutigen Körper. Schwarze Samtbänder verzierten Ärmel und Oberteil, und der weite Rock war vorn gerafft, so daß man den schwarzen Unterrock sah. Dazu trug sie Ballschuhe aus weißem Ziegenleder und schwarze Seidenstrümpfe.

Ihr einziger Schmuck war ein Saphiranhänger an einer Silberkette. Ihre Haare waren nicht gepudert, und hinter einem Ohr steckte eine Blüte aus winzigen Diamanten und Perlen. Ihre Wangen waren gerötet, und ihre blauen Augen leuchteten, während Stephen mit ihr tanzte. Jeder, der sie sah, fand, daß sie das ideale Paar waren.

Als der Tanz zu Ende war, versank Athena in einen tiefen Knicks und lächelte zu ihm auf, für den Fall, daß sie jemand beobachtete. Sie mußte ihm bald entkommen, denn sie konnte nicht mehr lange so tun, als wäre sie überglücklich. Ihr Kiefer schmerzte, weil sie unaufhörlich lächelte, und sie konnte kaum noch die neidischen Blicke von Katrine de Vries ertragen, die Athena haßte, weil sie ihr Stephen gestohlen hatte. Wenn sie wüßte –

Ein schriller Schrei aus einer Ecke des Saals veranlaßte Athena, sich aufzurichten. »Was ist los?« fragte sie Stephen, der dank seiner Größe die Menge überblickte.

»Anscheinend ist Mrs. Axminster in Ohnmacht gefallen«, berichtete er. Mrs. Axminster war die Frau des Pfarrers.

»Hoffentlich ist es nichts Ernstes.«

Stephen lachte. »Du weißt doch, daß sie jedes Mal ohnmächtig wird, wenn sie sich in eines dieser engen Korsetts zwängt. Ich glaube nicht – mein Gott, das ist doch nicht möglich!«

Athena verrenkte sich den Hals, um etwas zu sehen, aber die Gäste, die sich um Mrs. Axminster drängten, bildeten eine undurchdringliche Mauer. »Was ist denn geschehen, Stephen?« fragte sie, als im Raum plötzlich Stille eintrat.

In diesem Augenblick teilte sich die Menge vor ihr, und Athena erblickte Lochiel Blackmoor, der zielstrebig auf sie zuging. Empörtes Geflüster folgte ihm.

»Er sieht aus, als hätte er eine Woche lang in der Uniform geschlafen«, bemerkte Katrine de Vries zu ihrer Mutter. »Hast du seinen Gesichtsausdruck gesehen? Kein Wunder, daß Mistreß Axminster die Besinnung verloren hat.«

»Er hätte sich wenigstens rasieren können«, bemerkte ihre Mutter mißbilligend.

»Wie kann er es wagen!« Stephen war vor Empörung krebsrot. »Hast du ihn eingeladen, Athena? Athena!«

Athena antwortete ihm nicht, obwohl er sie grob am Arm schüttelte. Nur Lochiel bemerkte die Freude in ihren Augen, als er vor ihr stehenblieb.

Er ist gekommen, dachte Athena frohlockend. Sie hatte darum gebetet, und es machte ihr überhaupt nichts aus, daß sein Aussehen ihre Gäste erschreckt hatte und Mrs. Axminster sogar in Ohnmacht gefallen war. Er war gekommen; alles andere war unwichtig.

»Darf ich fragen, was das bedeuten soll, Major Blackmoor?« fragte Stephen eisig. »Ich kann mich nicht erinnern, Ihnen eine Einladung geschickt zu haben, und es ist äußerst beleidigend von Ihnen, in dieser Aufmachung zu erscheinen.«

Die Gäste drängten sich enger um Athena und die drei Männer, um nur ja kein Wort zu versäumen.

»Ich bitte um Entschuldigung, Mr. Kensington«, erwiderte Lochiel unbeeindruckt. »Ich hatte nicht vor, Ihre Gäste zu stören, sondern wollte Miß Courtland sprechen. Ich hatte keine Lust, noch länger im Salon zu warten, und bitte um Vergebung, wenn ich mit meinem ungehörigen Erscheinen jemanden beleidigt habe.«

Seine Augen blickten spöttisch, und seine Haltung war so arrogant, daß die Männer empörte Blicke wechselten und die jungen Frauen hinter ihren Fächern erröteten. Sogar in abgetragener Reithose und schweißfleckigem Hemd schien Lochiel den Raum zu beherrschen, auch wenn er nach Pferden und Sattelzeug roch. Seine ursprüngliche Männlichkeit hatte etwas gefährlich Anziehendes an sich, und die Fächer der Damen flatterten, auch wenn es nicht zu übersehen war, daß er nur Augen für Athena hatte.

Seine Nähe raubte ihr den Atem, und sie konnte den Blick nicht von seinem geliebten Gesicht abwenden. Sein kaum verhüllter Zorn ängstigte sie nicht, denn er konnte unmöglich ihr gelten – schließlich war er offensichtlich ihretwegen gekommen.

»Lochiel –«

Stephens nächste Worte übertönten ihre leise Stimme. »Sie werden Athena nicht mehr als Miß Courtland bezeichnen, Sir. Von heute an ist sie meine Frau, und Sie würden gut daran tun, sich dies einzuprägen.«

Die Stille, die im Ballsaal herrschte, dröhnte in Athenas Ohren. Lochiel war unter seiner Bräune blaß geworden, und in seinem Kiefer zuckte ein Muskel. Sie streckte instinktiv die Hände nach ihm aus, doch angesichts seines Blicks ließ sie sie hilflos sinken.

Lochiel verbeugte sich spöttisch und beleidigend kurz in Stephens Richtung. »Ich bitte um Entschuldigung. Als Miß Courtland vor vier Tagen aus meinem Lager verschwand, war ich über ihre Absichten nicht im Bilde. Ich hoffe nur, Sir, daß Sie keinen Grund haben werden, enttäuscht zu sein, wenn Sie Ihre ›jungfräuliche Braut‹ ins Ehebett führen.«

Er drehte sich um und verließ den Raum, ohne sich um den Tumult zu kümmern, der hinter ihm ausbrach.

Er hatte bereits die halbe Strecke nach West York zurückgelegt, als er hinter sich Athenas Stimme hörte, die seinen Namen rief. Er hielt Glenrobbie fluchend an. Was, zum Teufel, wollte sie jetzt von ihm? Sie hatte ihm doch deutlich zu verstehen gegeben, daß sie ihn nicht mehr brauchte.

Ihr Kleid schimmerte im Mondlicht wie Silber, und Lochiel sog die Luft scharf ein, weil sie so überirdisch schön aussah. Sie hielt den nervös stampfenden Hengst neben ihm an.

»Bist du allein gekommen, oder folgt dir dein Mann nach?«

Sie schluckte bei seinem Ton krampfhaft. »Ich bin in dem Durcheinander aus dem Haus geschlüpft. Lochiel, er wird dich wegen deiner letzten Äußerung fordern.«

Er lachte kurz. »Soll ich mich vor der Rache eines beleidigten Stallknechts fürchten? Mir ist nicht unbekannt, wie Duelle ausgetragen werden.«

Athena unterdrückte die Tränen, die ihr in die Augen stiegen. Wie konnte sie die Mauer durchbrechen, die er um sich errichtet hatte? Was konnte sie tun, um den schrecklichen Zorn und die Verachtung auszulöschen, die in seiner Stimme lagen? Sie mußte ihm erklären, was geschehen war, damit er nicht mehr böse auf sie war, sondern ihr half.

Sie setzte zum Sprechen an, als Lochiel plötzlich nach ihr griff, so daß Ballycor erschreckt den Kopf hochwarf, und sie schmerzhaft an der Schulter packte.

»Warum, Athena?« knirschte er. »Warum hast du ihn geheiratet, ohne mir ein Wort davon zu sagen?«

Sie sah ihm in die Augen, und zum ersten Mal in ihrem Leben verließ sie ihr Mut, und sie wendete den Blick ab. »Ich habe ihn nicht geheiratet, Lochiel, jedenfalls nicht so, wie du annimmst.« Sie holte tief Luft, weil ihr seine wachsende Ungeduld bewußt wurde. Sie hatte ihm so viel zu erklären – wie sollte sie ihn dazu bringen, ihr zuzuhören?

»Die beiden Männer, die ins Lager kamen, um mich zu holen, erzählten mir, daß es einen Todesfall in meiner Familie gegeben habe«, fuhr sie leise fort. »Deshalb mußte ich so plötzlich fort. Hat Piers Barrett dir nicht meine Nachricht übergeben?«

»Ich habe keine Nachricht erhalten.« Lochiels Griff verstärkte sich, denn er wollte nicht weich werden. Ihre Nähe und ihr zartes Fleisch unter seinen Händen raubten ihm beinahe den Verstand, doch er wollte sich nie wieder von diesem Weibsstück hereinlegen lassen.

Athena sah ihn verwirrt an. »Toddman Tyner, einer der beiden Männer, versprach, Piers Bescheid zu geben. Ich verstehe nicht –«

»Es ist ohnehin unwichtig«, unterbrach sie Lochiel. »Du lügst, denn du bist hierher zurückgekehrt, um Kensington zu heiraten, und nicht, um dem Begräbnis eines erfundenen Verwandten beizuwohnen.«

»Es ist die Wahrheit!« Athenas Stimme brach beinahe. »Meine Tante Amelia ist gestorben, und als ich heimkam, erfuhr ich, daß sie einer Trauung in Stellvertretung zwischen Stephen und mir zugestimmt hatte. Sie hat die Papiere einen Tag vor ihrem Tod unterzeichnet. Ich wußte nichts davon, und Stephen behauptet, daß er die Zeremonie deshalb vollzogen hat, weil es niemanden mehr gibt, der sich um mich kümmert.«

»Erwartest du tatsächlich, daß ich dir glaube, Athena?« fragte Lochiel höhnisch. »Du bist doch viel zu klug, um eine so lächerliche Lüge zu erfinden. Warum hast du mir nicht gestanden, daß du Kensington längst versprochen warst?« Seine Finger gruben sich tiefer in ihre Schulter, und sie zuckte zusammen.

»Vielleicht spielt es keine Rolle«, fügte er nachdenklich hinzu; er ließ sich nicht einmal durch die Tränen rühren, die ihr über die Wangen flossen. »Ich hatte vergessen, was für Spaß es dir macht, arglose Soldaten zu verführen. Haben dir deine Ranger-Liebhaber und ich genügend Abwechslung in deinem langweiligen Leben geboten? Ich möchte nur wissen, ob Kensington klar ist, an was für eine Frau er sich gefesselt hat.«

»Bitte laß mich los«, flüsterte Athena. »Du tust mir weh.«

Er gehorchte und stieß sie von sich, als könne er ihre Nähe nicht mehr ertragen. Ballycor erschrak, als sich das Gewicht seiner Reiterin verlagerte, tänzelte nervös, und Athena verlor das Gleichgewicht. Sie glitt aus dem Sattel und landete hart auf dem Boden. Dort vergrub sie das Gesicht in dem weichen Gras am Wegrand und brach in Tränen aus.

Im nächsten Augenblick hob Lochiel sie sanft hoch. »Habe ich dich verletzt, Athena? Das wollte ich nicht.«

»Geh weg«, schluchzte sie.

»Athena, so laß mich doch –«

»Rühr mich nicht an! Rühr mich nie wieder an!« Sie wich vor ihm zurück wie ein verwundetes Tier, das Angst vor Schlägen hat, und das erschreckte ihn mehr als ihre Tränen. Er drückte sie fester an sich und beobachtete sie besorgt. Sie hatte aufgehört, sich gegen ihn zu wehren, legte das Gesicht an seinen Waffenrock und hielt die Augen geschlossen, als wolle sie ihn nicht zur Kenntnis nehmen.

»Sieh mich an, Athena!«

Sie antwortete nicht, nur die Tränen flossen ihr weiter über die Wangen. Er versuchte mit zitternder Hand, sie wegzuwischen.

»Rühr mich nicht an«, wiederholte sie und riß sich von ihm los, als hätte sie seine Berührung verbrannt.

»Athena! Wo bist du, Athena?«

Der goldene und der dunkle Kopf gingen gleichzeitig in die Höhe. Athena stieß Lochiel weg. Ihr schönes Kleid war voller Grasflecke, und ihr tränenverschmiertes Gesicht war zerkratzt. Sie drückte sich die Hand auf den Mund und sah dem näherkommenden Reiter entgegen, während Lochiel sich schützend vor sie stellte.

»Athena!«

Sie schrie leise auf, als sie die Stimme erkannte und ihr klar wurde, daß nicht Stephen ihr gefolgt war, sondern ihr geliebter Bruder Fletcher.

»Ich bin hier!« Sie raffte ihr Röcke zusammen und lief ihm entgegen.

Im nächsten Augenblick lag sie in seinen Armen. Der Trost und die Wärme, die sie empfing, erinnerten sie bitter daran, wie sehr sie sich nach dem gleichen Schutz durch den schweigenden Mann hinter ihr gesehnt hatte.

»Mein kleiner Liebling«, flüsterte Fletcher, als ihre Tränen seine Weste benetzten. »Ich bin gekommen, sobald ich es erfuhr. Dir ist doch nichts geschehen, oder?«

Sie wollte ihm sagen, daß jetzt alles gut war, weil er bei ihr war, konnte aber vor Schluchzen nicht sprechen. Fletcher hob den Kopf und sah Major Blackmoor an, der Athena schweigend betrachtete.

»Mein Regiment wurde durch Major Baker nach Albany zurückbeordert«, erklärte Fletcher dem Major. »Sobald wir den Befehl erhielten, ritt ich hinter Ihrer Kompanie her, um sie einzuholen und Athena selbst nach Hause zu bringen. Sie können sich meine Überraschung vorstellen, als ich nur Tykie vorfand, der wilde Geschichten von feindlichen Pelzjägern erzählte, die Athena entführt hatten. Meine Verwirrung wurde noch größer, als ich endlich in Courtland Grace eintraf und das Haus in Aufruhr vorfand. Alle männlichen Gäste im Ballsaal bewaffneten sich gerade, um Athenas verletzte Ehre zu rächen.«

»Das darf nicht wahr sein«, flüsterte Athena.

»Aber es ist wahr. Es war gar nicht so leicht, die Herren zu beruhigen. Ich habe keine Ahnung, was Sie gesagt haben, Blackmoor, aber ich versichere Ihnen –«

»Wie hast du mich gefunden?« unterbrach ihn Athena rasch, um ein Gespräch zwischen Fletcher und Lochiel zu verhindern. Sie hätte es nicht ertragen, wenn die beiden zu den Waffen gegriffen hätten.

»Kensington nahm an, daß du dich in dein Zimmer zurückgezogen hättest.« Fletcher zog ein Taschentuch heraus und trocknete liebevoll ihre Tränen. »Zum Glück war Mercy im Bilde, denn jetzt kann ich unter vier Augen mit dir sprechen. Ich hatte keine Zeit, mit Stephen zu reden, und ich möchte zuerst hören, was du dazu zu sagen hast. Du hast doch nicht wirklich in eine Heirat mit ihm eingewilligt?«

»Ich bezweifle, Leutnant, daß es Ihnen recht ist, wenn ein Außenstehender Zeuge dieses Gesprächs wird.«

Lochiels abschließender, kalter Ton traf Athena wie ein Schlag. Wenn sie ihm nur erklären könnte, was geschehen war! Aber die beiden Männer standen einander so feindselig gegenüber, daß es aussichtslos war. Sie drehte sich zu Lochiel um und sah, daß er nach Glenrobbies Zügeln griff. Wollte er ohne ein weiteres Wort aus ihrem Leben verschwinden?

»Bitte, Lochiel...«

Er hielt einen Augenblick in der Bewegung inne, und Athena hoffte schon, daß er sie ansehen würde. Doch er schwang sich unvermittelt in den Sattel, und Roß und Reiter verschwanden hinter einer Wegbiegung.

»Reiten wir zum Haus zurück, Athena«, schlug Fletcher vor. Sein Herz verkrampfte sich, wenn er sie ansah. Er war zwar zornig und verwirrt und wußte nicht, worunter seine Schwester so litt, aber er versuchte trotzdem, sie zu trösten. Es hatte ihn erschüttert, daß sie Stephen Kensingtons Frau war, denn er hatte dem arroganten Kerl nie getraut und konnte sich nicht vorstellen, daß sie freiwillig bereit gewesen war, ihn zu heiraten.

Fletcher wußte noch nicht, daß seine Tante gestorben war, und nahm daher an, daß seine Schwester Stephen aus freien Stücken zum Mann genommen hatte. Seine kleine Schwester hatte sich sehr verändert; waren vielleicht ihre Erlebnisse seit dem Tod ihres Vaters daran schuld? Wäre alles anders gekommen, wenn er und die Zwillinge sie nicht verlassen hätten? Es war eine unangenehme Frage, die er nicht beantworten konnte.

Er hob sie auf Ballycor und umschloß dann tröstend ihre kalten Finger, die sich um die Zügel klammerten. »Wir werden gemeinsam mit allen Problemen fertig werden, Athena, das verspreche ich dir.«

Sie versuchte zu lächeln, aber ihre Lippen zitterten. Wie konnte sie ihm erklären, daß der Mann, den sie aus tiefster Seele liebte, ihr gerade das Herz gebrochen hatte? »Ich glaube nicht, Fletcher, daß etwas –«

Der laute Knall einer Muskete zerriß die Stille der Nacht, unterbrach Athena und weckte zwei Perlhühner, die kreischend davonflogen. Doch auch Athena schrie auf, als ihr Bruder unter dem Aufprall der Bleikugel, die sich in seinen Körper bohrte, schwankte. Noch bevor er zusammenbrach, war sie abgesessen und hatte ihn in die Arme geschlossen. Sein Blut befleckte das Mieder ihres Kleides.

»Nein!« schrie sie hysterisch. »Nein, Fletcher, nicht! Bitte, helft mir doch!«

15. Kapitel

Lochiels Gesicht war ausdruckslos, als er dem Sekretär in das im ersten Stock liegende elegante Arbeitszimmer General Amhersts folgte. Er hatte keinen Blick für die Antiquitäten und prachtvollen Möbel in der Halle übrig, denn seine Gedanken weilten bei anderen Dingen.

Lochiel war daran gewöhnt, daß ihn der General zu den unmöglichsten Zeiten zu sich rief, und es überraschte ihn deshalb nicht, daß der Befehlshaber der englischen Truppen in einem seidenen Schlafrock hinter seinem Schreibtisch saß. Lochiel schätzte den General als militärisches Genie und mochte ihn trotz seiner übertriebenen Vorsicht auch persönlich. »Setzen Sie sich, Major«, forderte ihn der General auf und bedeutete seinem Sekretär, den Raum zu verlassen. »Soviel ich weiß, ist die Siebente Kompanie gestern in Albany eingetroffen.«

Lochiel nickte, erwähnte jedoch nicht, daß er bereits vor zwei Tagen zurückgekommen war. Es ging niemanden etwas an, daß er diese Zeit damit verbracht hatte, sich volllaufen zu lassen; heute morgen war er in einem billigen Wirtshaus in einem Bett aufgewacht, das vor Flöhen wimmelte. Er war froh darüber gewesen, daß sich außer ihm niemand im Bett befunden hatte.

Er schob den unangenehmen Gedanken von sich, doch die Erbitterung über Athenas Treulosigkeit, die an seinen alkoholischen Exzessen schuld war, ließ sich nicht so leicht verdrängen. Inzwischen hatte der General den Federkiel weggelegt, lehnte sich zurück und legte die Fingerspitzen aneinander.

»Sie fragen sich wahrscheinlich, warum ich Sie zu dieser nächtlichen Stunde kommen ließ«, begann er.

Lochiel lächelte. »Natürlich, um über Strategie zu sprechen. Sie haben mir oft genug erzählt, daß Sie Ihre Feldzüge planen, wenn der Rest der Welt längst zu Bett gegangen ist.«

General Amherst mußte lachen. »Dann können wir uns ja gleich an die Arbeit machen«, meinte er. »Die Zusammenkunft mit Franklin und seinen Kolonisten findet morgen früh um acht Uhr statt. Oberst Wallace Baker und Brigadegeneral Wolfe werden ebenfalls daran teilnehmen. Ich halte es für vorteilhaft, wenn wir beide uns vorher unterhalten. Ich möchte wissen, was Sie von den französischen Truppenbewegungen am Ontariosee halten. Ich möchte mir ein klares Bild von der Lage machen, bevor ich mich auf die Kolonisten stürze.«

Lochiel nickte, denn er wußte, wie sorgfältig General Amherst seine Feldzüge plante, auch wenn ihm die Befehlshaber der kolonialen Streitkräfte und die hohen Beamten ständig mit Fragen zusetzen. Normalerweise unterstützte er den General gern, doch im Augenblick lenkte ihn einer der Namen ab, die Amherst genannt hatte. »Oberst Baker von der Miliz des Staates West York wird morgen also ebenfalls dabei sein?«

Sein Gegenüber nickte. »Er wird ausführlich auf das Gebiet nördlich von Crown Point eingehen. Er kennt Champlain wie seine Westentasche, und weil ich auch eine Division Rangers geerbt habe, wird es uns nicht an Scouts fehlen. Möchten Sie etwas trinken?« Er erhob sich und entnahm dem Schränkchen hinter sich eine Kristallkaraffe.

Lochiel lehnte dankend ab, doch jetzt war der General in Fahrt. »Ich habe heute mit Baker gesprochen, und er hat erwähnt, daß er vor zwei Tagen einen seiner besten Offiziere durch einen tragischen Unglücksfall verloren hat: einen jungen Leutnant namens Fletcher Courtland. Mir fällt nicht ein, woher ich den Namen kenne. Wir waren doch beide letzten Herbst in West York, Major – hat es dort nicht eine Familie dieses Namens gegeben?«

»Allerdings«, bestätigte Lochiel scheinbar gleichgültig. »Miß Courtland wurde Ihnen auf dem Ball der de Vries vorgestellt.«

General Amherst strahlte auf. »Natürlich, jetzt erinnere ich mich. Eine Schönheit, allerdings für meinen Geschmack etwas zu vorlaut. Sie hat mir Fragen über den Feldzug gestellt, mit denen sich eine Frau wirklich nicht befassen sollte.« Er schüttelte den Kopf und trank einen Schluck. »Der Unfall ihres Bruders ist äußerst bedauerlich.«

»Was ist ihm zugestoßen?«

»Es ist eine merkwürdige Geschichte. Fletcher Courtland ist offenbar zur Hochzeit seiner Schwester nach Hause gekommen, doch bei seiner Ankunft war die Hochzeitsgesellschaft in Auflösung begriffen. Die Männer wollten einen Lynchtrupp bilden und einen Kerl jagen, der die Ehre der Braut beschmutzt hatte.«

Er beugte sich grinsend vor. »Das alles habe ich von Baker erfahren, und der gibt nichts auf Tratsch. Wer weiß, was noch alles dahintersteckt.«

»Trotzdem ist Miß Courtlands Bruder etwas zugestoßen«, brachte ihn Lochiel aufs Thema zurück.

General Amherst hatte einen interessierten Zuhörer gefunden und war nur allzugern bereit, weiterzuerzählen. »Einer von Bakers Ordonnanzen, der an dem Abend anwesend war, erzählte ihm, daß die Braut das Haus ohne Angabe von Gründen verlassen hatte und daß Leutnant Courtland ihr folgte. Einer von Miß Courtlands rachsüchtigen Verehrern, der den Leutnant in der Dunkelheit für den gesuchten Schurken hielt, schoß auf ihn.« Er schüttelte den Kopf. »Ich möchte nur zu gern wissen, was über sie gesagt wurde. Der Kerl hat in ein Wespennest gestochen.«

Lochiel schwieg.

General Amherst drehte nachdenklich sein Glas zwischen den Fingern. »Es ist ein Jammer, vor allem wegen der jungen Dame. Ich muß jedoch zugeben, daß es mich nicht übermäßig überrascht. Ihre Schönheit ist dazu angetan, Männer zu Gewalttaten zu treiben.«

»Und ihr Bruder ist tot«, sagte Lochiel heiser. Der General zog erstaunt die Augenbrauen hoch.

»Habe ich das tatsächlich gesagt?«

Lochiel beugte sich vor. »Er ist also am Leben?«

Amherst seufzte. »Aber nicht mehr lange. Oberst Baker hat gemeint, daß es angesichts seiner Verletzung nur eine Frage der Zeit – verdammt, Junge, wo gehen Sie hin?«

Lochiel drehte sich in der Tür um und verbeugte sich kurz. »Ich bitte um Entschuldigung, Sir. Mir ist gerade eingefallen, daß ich etwas Unaufschiebbares erledigen muß.«

Ohne sich darum zu kümmern, daß der General seinen Namen rief, nahm er zwei Stufen auf einmal, als er die Treppe hinuntersprang. Die Straßen waren leer und er ließ Glenrobbie traben, sobald sie den Hudson entlang nach Norden ritten.

Es war ein Glück, daß Glenrobbie ausgeruht und in Form war, sonst hätte er das mörderische Tempo nie durchgestanden. Schlafende Siedlungen und Viehherden flogen an ihnen vorbei, während sie der gewundenen Straße folgten. Als der Mond aufging, genügte Lochiel sein Licht, um den Wallach in Galopp fallen zu lassen.

Der Morgen graute beinahe, als Lochiel auf dem erschöpften Pferd in den Hof von Courtland Grace einritt. Ein warmer Wind wehte, und die Sterne verblaßten bereits. Im Fenster der Sattelkammer brannte eine einsame Kerze, und als Lochiel absaß, trat eine mächtige Gestalt in die Tür.

»Wer ist da?« fragte eine vertraute Stimme.

»Ich bin es, Tykie, Lochiel.«

Die Gestalt zögerte einen Augenblick, bevor sie näherkam, und Lochiel zog die Brauen hoch, als er die Muskete entdeckte, die Tykie in der Hand hielt. Er drehte sich wortlos um und lockerte Glenrobbies Sattelgurt.

»Sobald er abgekühlt ist, muß er trockengerieben und getränkt werden«, ordnete Lochiel an. »Wo ist Hale?«

»Ich habe Befehl, Sie nicht auf den Besitz der Courtlands zu lassen, Major.« Tykies Stimme war vor Bedauern und Verlegenheit rauh.

Lochiel zog die Augenbrauen spöttisch hoch. »Tatsächlich?«

Tykie sah ihn an wie ein treuer Hund, der nicht weiß, weshalb man ihn geprügelt hat. »Der Befehl kam von Mr. Kensington.«

»Als Athenas Mann hat er wohl das Recht dazu«, stellte Lochiel fest. »Also schön, Tykie, erschieß mich, wenn du mußt, aber erzähle mir zuerst, wie es Fletcher geht. Und erzähl mir auch, wie Athena das alles erträgt.«

Tykie zögerte einen Augenblick, dann warf er die Muskete auf den Boden und wandte sich ab. Seine Schultern zuckten, als würde er schluchzen.

Lochiel erschrak; offenbar war Fletcher gestorben – warum würde dieser Bär von einem Mann sonst weinen? Bevor er etwas sagen konnte, fuhr Tykie herum. In seinen geröteten Augen lag der ganze Schmerz eines einfachen Menschen, der die Welt nicht mehr versteht.

»Ich weiß nicht mehr, wohin ich mich wenden soll, Major«, platzte er heraus. »Als Master Fletcher mit mir aus dem Lager nach Hause ritt, glaubte ich, daß jetzt alles gut werden würde. Aber das stimmte nicht, nichts wird jemals wieder gut werden. Als wir zurückkamen, war Mistreß Bower noch nicht einmal kalt, und trotzdem veranstaltete dieser Schurke Kensington eine Hochzeitsfeier für unser kleines Mädchen und behauptete, er habe sie durch einen Stellvertreter geheiratet. Ich sage Ihnen –« Er verstummte erschöpft.

»Durch einen Stellvertreter?« wiederholte Lochiel verständnislos. »Soll das heißen, daß Kensington die Trauung durch Stellvertreter nach dem Tod von Mistreß Bower veranstaltet hat?«

»Ja, oder so ähnlich. Verlangen Sie nicht, daß ich es Ihnen erkläre, denn ich verstehe es nicht.«

»Ist Master Fletcher noch am Leben, Tykie?«

Tykie blinzelte, denn die strenge Stimme des Majors hatte ihn wieder zu sich gebracht. Verdammt, er hatte ja geflennt wie ein Kind.

»Master Fletcher?« wiederholte er unsicher.

Lochiel biß die Zähne zusammen. Der arme Tykie hatte zu viele Schocks erlitten, und die Schatten unter seinen Augen wiesen darauf hin, daß er vollkommen erschöpft war. Vermutlich schmerzte der gebrochene Fuß auch noch. »Lebt er noch?« wiederholte Lochiel leise.

Tykie ließ den Kopf sinken und seine Hände ballten sich zu Fäusten. »Ja, aber niemand weiß, wie lange.«

»Und ist Miß Athena bei ihm geblieben, oder –« Lochiel war auf sich selbst wütend, weil er den Rest der Frage nicht über die Lippen brachte. Tykie verstand ihn trotzdem.

»Sie wollte Master Stephen nicht in sein Haus folgen, solange es ihrem Bruder so schlecht geht.«

Lochiel blickte zu dem einzigen beleuchteten Fenster im ersten Stock des Hauses hinauf.

»Ja, sie ist bei ihm«, bestätigte Tykie. »Seit er dorthin gebracht wurde, hat sie das Zimmer nicht verlassen. Warten Sie, Major –«, rief er, als Lochiel sich in Bewegung setzte. Er spürte die Ungeduld des Majors und rang nach den richtigen Worten. »Ich habe gehört, was Sie im Ballsaal über Miß Athena gesagt haben, und jetzt weiß es schon die halbe Kolonie. Es steht mir nicht zu, Sie nach Ihren

Gründen zu fragen, oder warum sie das arme Mädchen so verletzt haben, aber –« Er unterbrach sich und sah Lochiel hilflos an. »Wenn ich Sie zu ihr hinauflasse – versprechen Sie mir, daß Sie ihr nicht wieder weh tun?« fragte er schließlich.

Lochiel sah unwillkürlich Athenas tränenüberströmtes Gesicht und dem Schmerz in ihren Augen vor sich, als sie ihn vor zwei Nächten stumm angeblickt hatte.

»Ich werde ihr nicht weh tun, Tykie«, versprach er.

Auf Tykies müdes Gesicht trat ein hoffnungsvolles Lächeln. Vielleicht war die Zukunft doch nicht so trostlos, wie er angenommen hatte. »Ich hole den Schlüssel.«

Im Haus war es dunkel,und Tykie fluchte, während er die Kerzen in der Halle anzündete. Schließlich reichte er Lochiel eine von ihnen und zeigte auf die Treppe.

»Sie haben ihn ins Elternschlafzimmer gelegt. Es hätte Miß Athenas Hochzeitszimmer sein sollen.« Er hüstelte verlegen. »Soll ich ihr sagen, daß Sie hier sind, oder wollen Sie hinaufgehen?«

»Was, zum Teufel, sucht der Kerl in diesem Haus?«

Tykie blinzelte verblüfft, denn er hatte von Wills noch nie diesen Ton gehört. Der Lakai stand in der Tür zum Salon; seine Haare waren wirr und er trug abgenützte Pantoffel. Er hatte offensichtlich auf dem Sofa geschlafen, doch sein Aussehen hinderte ihn nicht daran, sich den beiden Männern zu stellen.

»Major Blackmoor ist auf Courtland Grace nicht mehr willkommen«, erklärte er scharf. »Zum Glück habe ich im Salon geschlafen, um zur Stelle zu sein, wenn Miß Athena etwas braucht, denn sonst hättest du ihm im Haus freie Hand gelassen, Tykie. Bist du verrückt geworden?«

»Ich bin nicht – ich habe nicht –« stammelte Tykie, verstummte dann und trat von einem Fuß auf den anderen. Ganz gleich, was Wills oder wer immer im Haushalt von ihm dachte oder wie die Befehle von Stephen Kensington lauteten, der Major hatte das Recht, mit Miß Athena zu sprechen!

»Ich wollte sehen, wie es Leutnant Courtland geht, Wills«, sagte Lochiel ruhig.

»Haben Sie noch nicht genug angerichtet?« fuhr ihn Wills an. Die Sorge um seine Herrin und seinen schwer verwundeten Master gab ihm den Mut, den Hochländer so unhöflich zu behandeln. Er wandte sich an Tykie. »Begleite ihn bitte hinaus, oder soll ich Master Fosters Pistolen holen und es selbst tun?«

»Ich bedaure, aber mich wird niemand dazu bringen, dieses Haus zu verlassen, bevor ich mit Miß Courtland gesprochen habe«, mischte sich Lochiel ein. Er verschränkte die Arme vor der Brust und lächelte den verwirrten Wills spöttisch an.

»Ich bin jetzt Mrs. Kensington, Lochiel. Würdest du dir das bitte merken?«

Die drei Männer drehten sich um, als die leise Stimme vom Treppenabsatz ertönte. Athena trug einen blauen Morgenmantel, ihre Haare wurden nur von einem Samtband zusammengehalten, und sie wirkte unwiderstehlich verführerisch. Lochiel bemerkte allerdings sofort die blassen, eingesunkenen Wangen und ihre gedrückte Haltung. Obwohl sie immer noch das Kinn kampflustig vorschob, waren die blauen Augen matt und glanzlos.

»Ich habe ihn hereingelassen, Miß Athena«, gestand Tykie bedrückt. Er hatte gehofft, daß sie dem Major in die Arme sinken würde.

Lochiel hatte vielleicht das gleiche gehofft, ließ es sich jedoch nicht anmerken. »Ich bin gekommen, sobald ich von dem Unfall erfuhr, Mrs. Kensington«, antwortete er höflich. »Ich hatte keine Ahnung, daß ich Ihren Besitz unerlaubterweise betrat.«

Athenas Ausdruck veränderte sich nicht; sie blieb genauso distanziert wie an dem Abend, an dem er sie kennengelernt hatte.

»Wir können im Salon unter vier Augen sprechen«, sagte sie. »Bitte bringe Brandy für den Major, Wills.« Erst als ihr Blick auf Tykies unglückliches Gesicht fiel, wurde ihr Ton weicher. »Es ist gut, daß du ihn hereingelassen hast, Tykie. Major Blackmoor und ich müssen eine Menge klarstellen.«

Während Wills den Brandy holte, führte Athena Lochiel in den Salon und stellte ihre Lampe auf einen Tisch. Er sah ihr wortlos zu, als sie eine zweite Lampe anzündete. Sie richtete sich auf, warf den Kopf zurück, so daß ihr die goldenen Locken auf den Rücken fielen, und zog den Morgenmantel, der aufgegangen war, zu.

»Ich habe nicht viel Zeit«, teilte sie ihm im selben unbeteiligten Tonfall mit, »denn ich will Fletcher nicht so lange allein lassen.«

»Verdammt, Athena«, knirschte Lochiel. »Was für ein Spiel treibst du jetzt?«

»Spiel? Das ist kein Spiel, Lochiel. Ich bin mit Stephen Kensington verheiratet und werde es bleiben.«

Er sah sie ungläubig an. Sie meinte es offenbar ernst, und ihre Kopfhaltung erinnerte ihn unangenehm an sein eigenes Verhalten. Sein Blick wanderte zu ihren Händen und dem goldenen Ring an ihrem Finger.

»Falls du jetzt bereit bist, mir zuzuhören, möchte ich dir erklären, was geschehen ist«, sagte Athena ruhig.

Er hätte sie am liebsten geschlagen, nicht, weil sie ihn verspottete, sondern weil er keine andere Möglichkeit sah, die Mauer zu durchbrechen, die sie um sich errichtet hatte. Was, zum Teufel, war mit ihr los?

»Ich nehme es dir nicht übel, daß du mir nicht zuhören wolltest«, fuhr sie fort. »Tykie hat mir erzählt, daß du nie die Nachricht erhalten hast, die ich Piers Barrett zukommen ließ, und daß ihr beide davon überzeugt wart, ich sei skrupellosen Fallenstellern in die Hände gefallen. Ich hatte nie vor, euch solche Sorgen zu bereiten.«

Lochiel sprach nicht, denn die Erinnerung an die Tage, in denen er befürchtet hatte, daß eine Bande Algonkins sie als Gefangene mitgenommen hatte, schmerzte noch immer. Vielleicht erriet Athena, was er dachte, denn sie trat ans Fenster, zog die Vorhänge zurück und starrte in die Dunkelheit hinaus.

Sie drehte sich auch nicht um, als sie weitersprach. »In der Nacht des Algonkin-Überfalls kamen zwei Männer in das Lager, die mich suchten. Natürlich hielten sie mich für einen Jungen und behandelten mich zunächst grob. Du kannst dir ihre Überraschung vorstellen, als sie entdeckten, wer ich wirklich war.«

»Hatte Kensington sie geschickt?«

Athena nickte. »Meine Tante war unerwartet gestorben, und er hoffte, daß ich noch rechtzeitig zum Begräbnis kommen würde.«

»Wie freundlich von ihm«, bemerkte Lochiel sarkastisch.

Sie reagierte nicht auf seinen Ton, sondern sprach weiter. »Als ich beschloß, mich auf die Suche nach Fletcher zu begeben, tat meine Tante alles in ihrer Macht Stehende, um mich daran zu hindern. Wahrscheinlich gelangte sie durch meine Haltung zu der Überzeugung, daß sie die Kontrolle über mich vollkommen verloren hatte. Laut meiner Kammerzofe Mercy war sie an dem Tag, an dem Tykie und ich aufbrachen, außer sich; Dr. Nolan nimmt an, daß der Schock für ihr schwaches Herz zuviel war.

Kannst du dir vorstellen, wie erleichtert sie gewesen sein muß, als Stephen, der nichts von meiner Abwesenheit wußte, am nächsten Morgen zu ihr kam und um meine Hand anhielt? Sie kam auf die Idee, einen Heiratsvertrag aufsetzen zu lassen, um sicher zu sein, daß es jemanden gab, der sich nach meiner Rückkehr um mich kümmern würde.«

»Kensington begnügte sich jedoch nicht mit einem Vertrag, sondern schlug statt dessen eine Trauung durch Stellvertreter vor«, sagte Lochiel anzüglich. »Damit hatte er dich sicher, ob du nun einverstanden warst oder nicht.«

»Es stimmt, daß die Trauung durch Stellvertreter seine Idee war.« Athenas Augen funkelten. »Aber er wollte nie davon Gebrauch machen. Erst als Tante Amelia einige Tage später unerwartet starb, wurde ihm klar, daß es in meinem Interesse lag, wenn er seine Rechte wahrnahm. Schließlich hatte ich keinen Vormund und konnte nicht allein auf Courtland Grace leben, bis meine Brüder nach Hause kamen.«

»Wie edel von Kensington«, höhnte Lochiel. »Ich hatte keine Ahnung, daß du so verliebt in ihn warst.«

»Verdammt, Lochiel«, fuhr sie ihn an. Warum machte er es ihr so schwer? »Du selbst hast mich davon überzeugt, daß eine Heirat mit Stephen nicht das Schlechteste ist, das mir zustoßen kann. Was du damals – in der Nacht – zu mir gesagt hast, und wie du – du –« Sie verstummte, weil sie Angst hatte, daß die Schutzmauer, die sie um sich errichtet hatte, zerbrechen würde.« Und dann wurde Fletcher verwundet –« Sie kam nicht weiter, denn ihre Stimme brach. Sie wendete sich ab und biß sich auf die Lippen, um die Tränen zu unterdrücken.

Lochiel ballte hilflos die Fäuste. Wenn er sie berührte, würde sie zusammenbrechen – und das würde ihr Stolz ihm nie verzeihen. »Wie geht es Fletcher?« fragte er statt dessen.

Sie zuckte mit den Achseln. »Er ist noch nicht zu sich gekommen, seit Stephen und Wills ihn nach Hause gebracht haben. Dr. Nolan hat ihn zweimal zur Ader gelassen, aber das hat nichts genützt.«

»Hast du eine Ahnung, wer der Schütze war?«

»Du hast an diesem Abend alle aufgebracht, Lochiel. Es kann jeder gewesen sein.«

»Athena –«

Sein Ton war sanfter geworden; sie trat beunruhigt einen Schritt zurück und war erleichtert, als Wills mit einem Tablett hereinkam, auf dem eine Karaffe und ein Kognakschwenker standen.

»Ist das alles, Mrs. Kensington?« fragte er und blickte vielsagend zu Lochiel hinüber.

Athena nickte entschieden. Sie brauchte keinen Beschützer. Während der einsamen Stunden, in denen sie Fletcher gepflegt hatte, war es ihr gelungen, sich einzureden, daß ihre Liebe zu Lochiel tot war. Er hatte an ihr gezweifelt, war herzlos davon geritten – ihr blieb gar nichts anderes übrig, als sich an Stephen Kensington um Hilfe zu werden.

In der Nacht, in der Fletcher verwundet wurde, war sie froh darüber gewesen, daß Stephen bei ihr war. Er hatte ihre Hilferufe gehört, war am Schauplatz erschienen und hatte sofort alles Nötige veranlaßt. Fletcher wurde auf einer Tragbahre nach Courtland Grace gebracht, die übrigen Freiwilligen auf die Suche nach dem Schützen geschickt, und dann hatte er Athena in die Arme geschlossen und sie liebevoll getröstet.

Während der nächsten Tage hatte er sich im Hintergrund gehalten, war immer zur Stelle gewesen, wenn Athena ihn brauchte, hatte sich ihr aber nie aufgedrängt. Er hatte von sich aus erklärt, daß er bis zu Fletchers Genesung in das Haus seiner Eltern zurückkehren würde und damit Athena eine Last von der Seele genommen.

Die Abneigung und Verzweiflung, die sie beherrscht hatten, als sie erfuhr, daß sie mit ihm verheiratet war, waren langsam verschwunden. Das Leid, das Athena ertragen hatte, brachte sie dazu, sich dem Mann zuzuwenden, den sie nie hatte lieben wollen, und dem Mann abzuschwören, den sie liebte.

»Falls Sie noch etwas brauchen – ich bin in der Nähe«, bemerkte Wills vielsagend.

»Danke, Wills«, erwiderte Athena ernst, obwohl sie die Vorstellung amüsierte, daß der magere, nicht mehr junge Lakai versuchen wollte, den kräftigen Hochländer aus dem Haus zu befördern.

»Ich kann nicht glauben, daß du bereit bist, weiterhin mit einem Schwein wie Kensington verheiratet zu sein.«

Als Athena sich umdrehte, stand Lochiel mit dem Kognakschwenker in der Hand vor ihr. Der Zorn, der in ihr aufflammte, kam vor allem daher, daß sie sich eingestehen mußte, daß seine Nähe sie noch immer erregte.

»Stephen ist bereit, mit mir ein neues Leben zu beginnen«, fuhr sie ihn an. »Das ist mehr, als du mir je bieten kannst. Stephen weiß von uns – er weiß, daß du und ich –« Sie errötete, zwang sich aber weiterzusprechen. »Er ist bereit, mich zur Frau zu nehmen, obwohl kein Mann von Ehre hinnehmen würde, was ich getan habe. Indem er mir verzieh, sorgte er dafür, daß trotz deiner Äußerung vor den bei meiner Hochzeitsfeier anwesenden Gästen kein Makel auf dem Namen Courtland liegt.«

Etwas klirrte, und sie sah, daß das Glas in Lochiels Hand zersplittert war. Er warf die Scherben in den Kamin, ergriff sie an den Armen und schüttelte sie unbarmherzig.

»Verdammt, Athena! Du sprichst, als wäre alles, was zwischen uns geschehen ist, schmutzig und hätte deinen Namen besudelt. Sag mir, daß du das wirklich glaubst, und ich verlasse dieses Haus sofort und komme niemals wieder.«

Sie wollte antworten, aber er ließ es nicht dazu kommen, sondern zog sie an sich und drückte die Lippen auf ihren Mund. Athena versuchte, den Kopf wegzudrehen, aber Lochiel gab nicht nach; sein Kuß wurde immer leidenschaftlicher, bis sie das Gefühl hatte, daß er ihr die Seele aus dem Leib sog. Plötzlich erwiderte sie seinen Kuß, legte ihm die Arme um den Hals und drückte sich enger an ihn. Sie wurde von den Gefühlen, die sein Kuß in ihr geweckt hatte, überwältigt, und ihr Verlangen nach ihm erwachte.

»Sag es mir, Athena«, flüsterte Lochiel, während seine Lippen auf ihrer Haut brannten. »Sag mir, daß Kensington dich genauso küßt. Sag mir, daß du lieber mit ihm als mit mir ins Bett gehst, und daß er es besser versteht als ich, deine Leidenschaft zu befriedigen.«

Seine Lippen fanden wieder die ihren; durch ihre Adern floß Feuer und erweckte ihr Frauentum zum Leben. Sie schluchzte, als sie spürte, daß sein Glied steif wurde; sie verlangte nach ihm und wußte dennoch, daß es Wahnsinn wäre, seiner Leidenschaft nachzugeben.

»Nein«, rief sie und riß sich los. Sie haßte sich, weil sie seinen Kuß erwidert hatte, haßte ihn, weil er ihr mühsam erworbenes Gleichgewicht zerstört hatte, und in ihrer Verzweiflung schlug sie ihm ins Gesicht.

»Du bist vielleicht imstande, mich mit deinen erfahrenen Küssen schwankend zu machen«, gestand sie zitternd, »aber du wirst nie meinen Geist oder mein Herz besitzen. Ich habe mich entschieden: Ich werde sie Stephen schenken. Seit ich dich kenne, hast du mich nur gedemütigt und beschimpft. Stephen hat nie ein unfreundliches Wort zu mir gesagt. Wie kann ich euch miteinander vergleichen, wenn du nie so werden wirst wie er?«

Lochiels Gesicht hatte sich umdüstert. Einen Augenblick lang war er in Versuchung, sie in die Arme zu schließen, ihr den Morgenmantel herunterzureißen, in sie einzudringen und ihr zu beweisen, daß sie log. Er, nicht Kensington, wußte, wie man sie liebkosen und berühren mußte, bis sie sich nur noch nach ihm sehnte.

Er verlor beinahe die Beherrschung, riß sich aber im

letzten Augenblick zusammen. Ein grimmiges Lächeln trat auf seine Lippen, und seine Augen wurden kalt.

»Wie Sie wollen, Mrs. Kensington«, sagte er leise. »Ich wünsche Ihnen Glück in Ihrem Eheleben.«

Damit machte er kehrt und verließ den Salon. Athena erschauerte. Sie hatte sich richtig entschieden, redete sie sich ein, während ihr die Tränen über die Wangen liefen. Lochiel hatte ihr nie gesagt, daß er sie liebte, sondern sie nur benützt, um sein männliches Bedürfnis zu stillen. Wenn sie ihm heute abend nachgegeben hätte, so hätte sie damit die letzte Chance verspielt, das Ansehen der Courtlands zu retten.

Sie war Stephens Frau, obwohl sie nur eine ahnungslose Schachfigur in Tante Amelias Spiel gewesen war. Lochiel war Schotte, und sobald seine Dienstzeit in den Kolonien zu Ende war, würde er ohne sie in sein Hochland zurückkehren – womöglich schwängerte er sie vorher noch. Nein, sie hatte die richtige Wahl getroffen.

Sie hörte Stimmen im Hof, lief zum Fenster und schob den Vorhang zur Seite. Lochiel ritt auf Glenrobbie aus dem Stall. Tykie sagte etwas zu ihm, aber es war offensichtlich, daß er nicht zuhörte.

Im nächsten Augenblick trieb er das Pferd unbarmherzig mit der Peitsche an, und das Tier fiel in Galopp. Augenblicke später waren sie in der Dunkelheit verschwunden. Athena wandte sich resigniert ab: Jetzt mußte sie alle Hoffnung fahren lassen.

16. Kapitel

»Bist du wirklich sicher, Stephen, daß du ein so großes Haus bauen willst? Sechzig Räume für euch beide sind entschieden zuviel.«

Stephen Kensingtons Augen wurden schmal, als er seinen Vater ansah. Die beiden Männer hatten sich nach dem Abendessen in Ambroses Arbeitszimmer zurückgezogen, damit Stephen mit seinem Vater über das Haus sprechen konnte, das er für seine schöne Frau bauen wollte. Er hatte keine Kritik erwartet und mußte jetzt seinen Unmut unterdrücken.

»Athena wird mir bald genügend Söhne schenken, aber darum geht es nicht.« Er hob hochmütig den Kopf. »Unser Haus soll die Bürger des Staates West York daran erinnern, daß der Name Kensington Achtung verdient.«

»Das ist ein schönes Ziel«, gab Ambrose zu und betrachtete die Zeichnungen vor ihm. »Aber denke an die Kosten. Deine Mutter und ich haben dir das erforderliche Land geschenkt, und wir werden dich bestimmt unterstützen, aber...« Er verstummte und hüstelte dezent.

»Wegen der Kosten mußt du dir keine Sorgen machen, Vater. Das geht in Ordnung.«

Ambrose lachte lautlos. »Die Mitgift deiner kleinen Braut war wohl größer, als wir angenommen haben, was? Ich hatte keine Ahnung, daß die Courtlands so reich sind!« Seine rotgeäderten Augen leuchteten vor Stolz. »Es war richtig von dir, daß du sie geheiratet hast, als sie durchbrannte, mein Junge. Deine Mutter und ich waren zwar überrascht, aber es gab wohl keine andere Möglichkeit, dem reiselustigen Täubchen die Flügel zu stutzen.«

»Das stimmt.«

»Ich war davon überzeugt, daß die Leute diese Lösung kritisieren würden; die Courtlands sind sehr beliebt.« Ambrose füllte sein Glas wieder. »Doch bis jetzt sind alle der Meinung, daß du dich richtig verhalten hast. Die einzige Möglichkeit, dieses eigenwillige Füllen zu zähmen.«

»Du willst doch nicht andeuten, daß ich Athenas Hand durch einen Trick gewonnen habe«, sagte Stephen kühl.

»Kein Mensch in der Kolonie nimmt so etwas an«, versicherte Ambrose seinem Sohn hastig. Er zog sich die Perücke vom Kopf und begann, sie energisch zu kämmen. »Das Mädchen hat oft genug bewiesen, daß sie sich nicht wie ein sanftes Lämmchen am Gängelband führen läßt. Ich habe immer gefunden, daß sie sich sehr undamenhaft benimmt. Aber eben das magst du ja an ihr, nicht wahr?«

Stephen dachte an Athenas verführerische Schönheit und die süßen Geheimnisse ihres Körpers, die er noch erforschen mußte. »Allerdings«, bestätigte er.

Ambroses Bauch bebte vor Lachen. »Wenn sie dich nicht gewollt hätte, so hätte sie längst einen Mordskrach geschlagen. Im Gegenteil, sie scheint mit dem Arrangement sehr zufrieden zu sein; warum sollte dann jemand in der Kolonie annehmen, daß du sie durch einen Trick dazu gebracht hast, dich zu heiraten?«

Natürlich hatte sein Vater recht, dachte Stephen, während er die Pläne zusammenrollte. Athena hatte ihn überraschend bereitwillig als Ehemann akzeptiert und ihm die unangenehme Konfrontation erspart, die er erwartet hatte. Jetzt stand ihnen nur noch Fletcher im Weg, und sobald sich der arme Teufel entschieden hatte, ob er leben oder sterben wollte, hatte Athena keine Ausrede mehr, ihm die ehelichen Rechte zu verweigern.

Während Stephen sein Glas lehrte, wurden seine Augen schmal. Er betete darum, daß Fletcher Courtland –

»Entschuldigen Sie, Sir.«

Ein Diener stand in der Tür.

»Was ist los, Hunt?« Ambrose setzte sich die Perücke wieder auf und wuchtete sich auf die Beine. Die Information, die er an diesem Abend von seinem Sohn erhalten hatte, war erfreulich. Wenn seine Stieftochter tatsächlich so reich war, wie Stephen andeutete, dann würden seine eigenen finanziellen Probleme bald gelöst sein. Er würde es natürlich sehr diskret anstellen müssen, aber –

»Ein Besucher möchte Sie sprechen, Sir«, wandte sich Hunt an Stephen. »Er hat keinen Namen genannt, und ich habe keine Ahnung, wer er ist.« Sein Gesichtsausdruck verriet deutlich, was er von dem Besucher hielt.

»Hast du ihn hereingeführt?«

Hunt richtete sich beleidigt auf. »Ich habe ihn vor der Tür stehen lassen, Sir.«

Ambrose kicherte. »Dann ist er bestimmt kein Bekannter von mir. Deine Freunde, Stephen, gehören zu den Leuten, die man vor der Tür warten läßt. Geh nur, sieh nach, wer es ist. Ich trinke mein Glas allein aus.«

Stephen zwang sich, seinen Ärger zu unterdrücken, klemmte sich die Pläne unter den Arm und ging hinaus. Er konnte seinen fetten, dummen Vater nicht ausstehen und würde erst dann glücklich sein, wenn er und Athena in dem prachtvollen Haus lebten, das er auf dem Grundstück, welches seine Eltern ihm geschenkt hatten, errichten wollte. Der Teufel sollte den rotgesichtigen, betrunkenen Narren holen. Im Herbst konnte das Haus fertig sein, und dann würde er nie wieder die quälend langweiligen Gespräche mit seinem Vater führen müssen!

Die Nachtluft war angenehm kühl, aber Stephen hatte nur Augen für den Mann, der im Schatten der nahen Hecke auf ihn wartete.

»Was, zum Teufel, suchen Sie hier?« fragte Stephen, sobald er Toddman Tyner erkannte. »Sie haben mir ihr Wort darauf gegeben, daß Sie nach Philadelphia zurückkehren werden, sobald ich Sie ausbezahlt habe.«

»Das ist ja das Problem, Sir«, meinte Toddman höflich. »Ich bin noch nicht ausbezahlt worden.«

Stephen hätte am liebsten laut gestöhnt, denn das stimmte. Wieviel hatte er dem Mann bei ihrer Zusammenkunft in Albany überhaupt geboten? Er hatte zuviel getrunken und war offenbar mit seinem Angebot viel zu großzügig gewesen. Außerdem hatte er Athena um jeden Preis finden wollen. Und Tyner hatte sie wie versprochen unbeschädigt abgeliefert.

»Wieviel schulde ich Ihnen?« fragte er kalt.

»Mit drei Guineen wäre alles beglichen.«

Stephen war froh, daß Tyner in der Dunkelheit nicht sehen konnte, daß er zusammengezuckt war. Drei Guineen! Mehr, als die meisten Männer von Tyners Kaliber in einem Jahr ehrlicher Arbeit verdienten. Hatte er dem unappetitlichen Kerl tatsächlich so viel versprochen?

»Brewster behauptet, daß Sie ein Gentleman sind, der sein Wort hält«, erwähnte Tyner höflich, aber sein Tonfall besagte deutlich, daß er sich nicht mit ein paar Shilling abspeisen lassen würde.

»Natürlich stimmt das«, antwortete Stephen hochmütig. »Entschuldigen Sie die Verzögerung. Ich lasse morgen durch meinen Bankier in Albany eine Zahlungsanweisung auf Ihren Namen ausstellen, und –«

Ein Finger klopfte ihm sanft auf die Brust. »Keine Anweisungen, Mr. Kensington. Gold. Darauf haben wir uns geeinigt, und das werde ich jetzt von Ihnen bekommen.«

Stephen hatte Mühe, nicht die Beherrschung zu verlieren. Er hatte nicht die Absicht, einen so großen Betrag zu bezahlen, und überlegte bereits, wie er dem mürrischen Kerl beibringen konnte, daß er mit dem zufrieden sein müsse, was er bekam.

»Gut. Dann bis morgen, Mr. Tyner«, sagte er, nickte kurz und ging ins Haus zurück. In der Halle fing ihn seine Mutter ab, eine dicke, nervöse Frau, die stundenlang plappern konnte und ihre Familie sowie die Kummer gewohnte Dienerschaft zur Verzweiflung brachte.

»Was soll ich nur tun, Stephen?« jammerte sie. In ihren Augen standen Tränen.

»Ist etwas nicht in Ordnung, Mutter?« fragte Stephen, obwohl er in Gedanken noch bei Toddman Tyner war.

»Dieses schreckliche Mädchen, das dein Vater unbedingt als Küchenhilfe anstellen wollte, hat den Braten fallen lassen, den Belle drei Tage lang gebeizt hat, und die Hunde haben ihn erwischt, bevor jemand eingreifen konnte!« Jetzt liefen ihr die Tränen über die Wangen.

»Das ist wirklich ein Jammer«, bemerkte Stephen gleichgültig. »Kann ich dir irgendwie helfen?«

Leda Kensington rang die dicklichen Hände. »Du weißt genau, daß er morgen unseren Gästen serviert werden sollte. Ich habe keine Ahnung, was wir ihnen jetzt vorsetzen sollen, und Marianne de Vries würde es in der ganzen Kolonie herumerzählen, wenn ich etwas so Gewöhnliches wie Geflügel auf den Tisch bringe!«

Stephen hatte Mühe, sein mitfühlendes Lächeln beizubehalten. Verdammt, er hatte das Abendessen im kleinsten Kreis, das seine Mutter morgen zur Feier seiner Hochzeit veranstaltete, vollkommen vergessen. Angesichts von Amelia Bowers kürzlichem Hinscheiden und der Tatsache, daß Fletcher Courtland vor fünf Tagen angeschossen worden war, wäre eine größere Feier geschmacklos gewesen. Ein Abend mit geistlosem Geplauder war für Stephen eine Tortur, aber er hatte seiner Mutter zuliebe zugestimmt. Sie hatte sogar Athena dazu überredet, das Krankenbett ihres Bruders für kurze Zeit zu verlassen und an der Soiree teilzunehmen. Das würde den Abend erträglicher gestalten und ihm eine Ausrede liefern, warum er sich das Geld für Toddman Tyner noch nicht beschafft hatte. Dadurch hatte er mehr Zeit, eine Lösung zu finden, mit der er den lästigen Kerl loswerden konnte.

»Hörst du mir überhaupt zu, Stephen?« jammerte seine Mutter. »Was soll ich nur tun?«

»Verdammt, Weib«, rief Ambrose Kensington ungeduldig aus dem Salon. »Mit deinem Gezeter über die morgige Mahlzeit störst du meinen Frieden. Hat Belle dir nicht gesagt, daß im Selchhaus noch ein halbes Schwein hängt?«

Ledas Tränen flossen jetzt in Strömen. »Schwein! Mr. Kensington, wir können unmöglich Schweinefleisch auftischen.«

»Dir wird schon das Richtige einfallen.« Stephen tätschelte seiner Mutter beruhigend die Hand. »Du hast es immer geschafft.« Damit war seine Geduld allerdings erschöpft; er ließ sich seinen Mantel bringen und ging zum Stall, um in die Stadt zu reiten und sich im Kreis seiner Freunde einige Drinks zu genehmigen.

Während er darauf wartete, daß sein Pferd gesattelt wurde, dachte er daran, was sein Vater an diesem Abend gesagt hatte. Hielten die Leute seine Trauung durch Stellvertretung mit Athena tatsächlich für einen Segen? Bewunderten sie ihn wirklich, weil er es wagte, eine eigenwillige Frau zu zähmen, mit der es kaum jemand aufnehmen wollte?

Er lächelte zufrieden. Wenn das der Fall war, dann hatte sich alles viel besser entwickelt, als er je angenommen hätte.

Das Licht aus dem Speisezimmer der Kensingtons schimmerte durch die Spalten der zugezogenen Vorhänge; das Klirren der Bestecke auf Porzellan und das laute Gelächter der Gäste drangen sogar durch die geschlossenen Fenster ins Freie. Die angeregte Unterhaltung sowie die zahlreichen leeren Weinflaschen, die aus dem Raum geschafft wurden, waren Hinweise darauf, daß Leda Kensingtons Party ein einmaliger Erfolg war.

Im Stall hinter dem Haus setzte sich ein gähnender

Stallbursche in der Nähe der Tür auf einen Schemel, um die kühle Nachtluft zu genießen, bis er die Kutschen der Gäste vorfahren mußte. Über den dunklen Bergen glitzerten die Sterne, und die sanfte Brise vom Fluß brachte die Düfte des Frühlings mit sich. Der Stallknecht gähnte wieder, kratzte sich, lehnte den Kopf an die Wand und schloß zufrieden die Augen. Im nächsten Augenblick schlief er tief und fest, und sein Schnarchen übertönte ein seltsames Rascheln in den Hecken an der anderen Seite des Hofes.

Der Garten von Kensington Manor war vor Jahren von einem italienischen Landschaftsarchitekten gestaltet worden, den Leda zu diesem Zweck hatte kommen lassen. Buchsbaum, Flieder und zahllose andere Straucharten waren in geometrischen Mustern auf dem Besitz gepflanzt worden, um den typischen hügeligen Park eines englischen Landsitzes nachzuahmen. Im Laufe der Jahre waren die Büsche unerwartet hoch gewachsen, und so sah man vom Erdgeschoß aus nur noch Teile des Gartens. Das erleichterte es natürlich Menschen, die nicht gesehen werden wollten, sich heimlich zu nähern.

Toddman Tyner kauerte zwischen den Buchsbaumbüschen unterhalb der erleuchteten Fenster des Speisezimmers, so daß er die Gespräche der Gäste ohne weiteres belauschen konnte. Er hatte den größten Teil des Tages vergeblich auf eine Nachricht von Stephen gewartet und war dann nach Kensington Manor hinausgeritten. Doch als er an die massive Eichentür klopfte, hatte ihm ein unfreundlicher Lakai erklärt, daß Mr. Kensington Gäste zu seiner Hochzeitsparty erwarte und nicht gestört werden wolle.

Tyner war klar, daß Kensington nicht vorhatte, seine Schuld zu bezahlen; er würde also gewisse Maßnahmen ergreifen müssen. Er wußte noch nicht genau, was er unternehmen würde, aber die herausgeputzten Laffen, die er durch die Vorhangspalten erblickte, bereiteten ihm keine Sorgen. Wenn er zuschlug, dann geschah es schnell und ohne Zeugen.

»Ich habe dir schon gesagt, Stephen, daß ich Fletcher lange genug Mercy überlassen habe. Ich muß gehen!«

Tyner blickte zu der Terrasse hinüber, und sein Interesse nahm zu, als Stephen heraustrat. Er hatte eine junge Frau in einem dunkelgrünen Kleid am Arm gefaßt und wollte sie sichtlich zurückhalten. Tyner schlich vorsichtig von Busch zu Busch, bis er sich in unmittelbarer Nähe des jungen Paares befand.

»Du kannst doch bestimmt noch ein Weilchen bleiben«, schmeichelte Stephen.

»Es tut mir leid, aber es geht nicht. Deine Mutter hat mir versprochen, daß ich nur kurz bleiben muß, und ich sollte schon längst zu Hause sein.«

Tyner bewunderte die Entschlossenheit in der leisen Stimme und die stolze Kopfhaltung der jungen Frau. Außerdem gefiel ihm, wie sie Kensingtons Griff abschüttelte.

»Ich wäre dir dankbar, wenn du mir mein Pferd bringen ließest«, fügte sie sanfter hinzu.

Sie wendete leicht den Kopf, und Tyner sah zum erstenmal ihr Gesicht deutlich. Heiliger Strohsack, sie ist das Frauenzimmer von Courtland, dachte er verblüfft. Wer hätte vermutet, daß das zerlumpte kleine Etwas, das er nach West York zurückgebracht hatte, in Wirklichkeit ein so verführerisches weibliches Wesen war?

»Ich hätte mich doch näher mit ihr befassen sollen«, murmelte er vor sich hin, denn er hatte sich oft mit den Frauen vergnügt, die er heimbringen sollte. Es hatte ihm besonderen Spaß gemacht, wenn sie schrien, kratzten und bissen, vor allem die Jungfrauen. Soviel er wußte, hatte ihn aber keine beschuldigt – dafür hatte er mit seinen Drohungen und Schlägen schon gesorgt.

Athena Courtland hatte ihn überhaupt nicht gereizt –

Reithosen, hohe Schuhe und flache Brüste waren nicht sein Fall; doch jetzt wurde ihm klar, daß sie sich wahrscheinlich geschnürt hatte, denn das enganliegende Kleid ließ ihre weiblichen Formen deutlich erkennen.

Ja, sie war eine Schönheit, aber er hatte noch nie versäumten Gelegenheiten nachgetrauert. Er wollte seine drei Guineen kassieren; Kensingtons Frau interessierte ihn nicht. Nach allem, was er inzwischen über sie gehört hatte, war es gefährlich, ihr nahezutreten. Schließlich hatte die Hälfte der männlichen Bewohner von West York versucht, den Mann zu lynchen, der sie beleidigt hatte.

Inzwischen hatte sich Stephen damit abgefunden, daß er Athena nachgeben mußte. Es verdroß ihn, daß er noch eine Nacht warten mußte, bevor er seine Lust stillen konnte, weil Athena darauf bestand, ihren sterbenden Bruder zu pflegen. Verdammt, hatte sie nicht einmal eine Stunde Zeit für ihn? Schließlich schuldete eine Frau ihrem Mann dieses Entgegenkommen, auch wenn ihre Heirat von tragischen Ereignissen überschattet war.

»Kannst du Fletcher wirklich nicht eine Nacht lang in Mercys Obhut lassen?« fragte er heiser. »Nur heute nacht?«

Tyner lächelte grimmig, als er Stephens bittenden Ton hörte. Der feurige junge Mann hatte die junge Dame also noch nicht besessen – interessant. Wie konnte er daraus Vorteil ziehen?

»Sobald die Gefahr für Fletcher gebannt ist, haben wir soviel Zeit für uns, wie wir wollen«, tröstete ihn Athena. Sie hatte ein schlechtes Gewissen, denn sie hatte sich vorgenommen, ihm eine vorbildliche Frau zu sein. Doch er mußte ihre Besorgnis verstehen; Fletchers Fieber stieg von Tag zu Tag.

Einen Augenblick herrschte Stille, dann räusperte sich Stephen. »Meinetwegen. Ich lasse die Kutsche einspannen.«

Athena runzelte die Stirn. »Ich bin auf Ballycor herübergeritten.«

Stephen ergriff ihre Hand. »Und Mutter hat deshalb beinahe einen Herzanfall bekommen. Gott sei Dank hat dich niemand auf dem riesigen Tier gesehen. Kannst du nicht in einem ordentlichen Fahrzeug reisen, wie es sich für eine wohlerzogene junge Dame gehört?«

»Der Weg über die Felder ist halb so lang, und Ballycor überspringt jeden Zaun zwischen unseren Besitzungen. Wenn ich mit dem Wagen gefahren wäre, hätte es eine halbe Stunde länger gedauert.«

Stephen lachte nachsichtig, obwohl er entschlossen war, die ungehörigen Gewohnheiten seiner Frau so rasch wie möglich abzustellen. »Wenn du unbedingt willst, kannst du nach Hause reiten, aber ich bestehe darauf, daß ich dich begleite. Es ist spät und zu gefährlich für dich, allein unterwegs zu sein.«

Er war verschwunden, bevor sie antworten konnte, und sie ging unruhig auf und ab. Hoffentlich beeilte er sich. Sie hätte nicht kommen, Fletcher nicht Mercy überlassen dürfen. Eine Stunde genügte, damit –

»Hör auf!« flüsterte sie und ballte die Fäuste. Fletcher würde am Leben bleiben. Sie hatte Jeremy und Colm verständigt, und die beiden mußten jeden Tag eintreffen. Ihre Anwesenheit würde Fletcher zusätzliche Kraft geben.

Tyner kniff nachdenklich die Augen zusammen. Er mußte keine komplizierten Pläne schmieden, um zu seinem Geld zu kommen – die Schönheit im Seidenkleid war alles, was er brauchte, um eine prompte Zahlung zu erreichen. Und wenn er sein Vergnügen mit ihr hatte, bevor er sie ihrem Mann zurückbrachte, um so besser.

Am besten, er entführte sie im Schutz der Dunkelheit. Tyner fuhr sich mit der Zunge über die Lippen, während sein Plan Gestalt annahm. Er mußte ihr den Mund zuhalten, bevor sie schreien konnte, und sie nach Albany schaffen, wo er ein Dutzend sicherer Verstecke wußte.

Aber vielleicht war das gar nicht nötig. Er hatte sie unterwegs respektvoll behandelt; sie würde sich sicherlich an ihn erinnern und ihm bereitwillig in den Garten folgen, wenn er etwas Dringendes mit ihr zu besprechen hatte.

Tyner setzte sich vorsichtig in Bewegung und wollte gerade ihren Namen rufen, als ihn eine laute Stimme im Garten stehenbleiben ließ.

»Hören Sie mit diesem Theater auf, Kensington! Raus damit, bevor ich die Geduld verliere!«

Dieser wütende Ausruf veranlaßte Tyner, in sein Versteck zurückzukehren, während Athena auf der Terrasse überrascht erstarrte. Wer sprach so unhöflich mit Stephen?

»Beherrschen Sie sich doch, Sir! Man wird uns hören!«

Athena zuckte zusammen, als sie Ambrose Kensingtons Stimme erkannte und ihren dicken Schwiegervater unter einem Spalier mit Kletterrosen in der Nähe des Hauses erblickte. Der Mann, der mit ihm sprach, wandte ihr den Rücken zu, so daß sie ihn nicht erkennen konnte.

»Die Hälfte Ihrer Gäste ist betrunken«, stellte der Fremde verächtlich fest, »und nicht imstande, uns zuhören.«

Athena wurde klar, daß sie ein vertrauliches Gespräch belauschte, und sie drückte sich an die Hauswand. Sie wollte unbemerkt bleiben und hoffte nur, daß sie kein unangenehmes Geheimnis erfahren würde.

Tyner, dem ebenfalls klar war, daß hier geheime Dinge besprochen wurden, rührte sich nicht. Manchmal gelangte man durch solche Zufälle zu sehr interessanten Informationen, und er vergaß für den Augenblick Athena und seine drei Guineen.

»Spucken Sie's aus, Ambrose«, befahl der Fremde.

»Warum haben Sie auf dieser Zusammenkunft bestanden? Schließlich ist alles seit Tagen abgemacht.«

Ambrose wischte sich den Schweiß von der Stirn und sah den Fremden ängstlich an.

»Genau um diese Abmachung geht es«, platzte er heraus. »Ich mache nicht mehr mit.«

Der Fremde warf den Kopf zurück und lachte verächtlich. Jetzt erkannte Athena ihn: Es war Thomas Painsley, ein Kaufmann aus Albany, der beim Abendessen ihr gegenüber gesessen hatte. Ihr Vater hatte gelegentlich Geschäfte mit ihm getätigt, und er hatte angeblich ein Vermögen gemacht, indem er in die Waren investierte, die die Kolonie in rauhen Mengen über den Atlantik nach England schickte. Er war hochgewachsen, gut gekleidet und sah hübsche Frauen gern. Obwohl er in West York Achtung genoß, fragten sich viele, woher sein Erfolg im Seehandel kam. Foster Courtland hatte die Beziehung zu ihm Jahre vor seinem Tod abgebrochen, weil man Painsley skrupellose Geschäftsmethoden nachsagte.

Athena hatte ihn nie gemocht, denn sein durchdringender Blick war ihr unangenehm. Jeremy erzählte ihr einmal, daß er bei ihrem Vater um ihre Hand angehalten und daß dies zum Abbruch der Geschäftsbeziehung durch Foster beigetragen hatte. Painsley war um zwanzig Jahre älter als Athena und hatte angeblich Frau und Kind in England zurückgelassen. Er sprach nie darüber, wodurch er noch geheimnisvoller wirkte, aber wenige Frauen konnten seinem guten Aussehen und wenige Männer seiner Geschäftstüchtigkeit widerstehen.

»Sie wollen aussteigen, Ambrose?« fragte Painsley jetzt. »Das fällt Ihnen reichlich spät ein, finden Sie nicht? Überlegen Sie nur, was geschehen würde, wenn Sie diese... angenehme Einnahmequelle verlieren, bevor Sie ihre Schulden zurückgezahlt haben. Sehnen Sie sich plötzlich nach dem Schuldturm?«

»Ich habe eine andere Möglichkeit gefunden, meine finanzielle Lage zu verbessern.« Ambrose hatte sich offensichtlich wieder in der Gewalt. »Ich habe genug für Sie getan, Painsley, und möchte jetzt unsere Verbindung beenden.«

Eine lange Pause folgte, die Athena Sorgen bereitete. Womöglich wurde Painsley gewalttätig!

»Wie Sie meinen, Ambrose«, sagte Painsley leise und drohend. »Sie können aussteigen, wenn Sie wollen, aber erst nach diesem letzten Austausch. Die Ware ist bezahlt, und Sie wissen, was geschehen würde, wenn wir nicht liefern.«

»Gut, für dieses Mal gebe ich nach, aber lassen Sie mich in Zukunft in Frieden.«

Der andere verbeugte sich spöttisch. »Wenn Sie nach Frieden streben, mein Freund, dann hoffe ich, daß Sie ihn finden werden.«

Er drehte sich um und verschwand in der Dunkelheit, rief aber noch zurück: »Am Sonntag um Mitternacht, wie vereinbart.«

»Meine Leute werden bei der Mühle warten«, erwiderte Ambrose kläglich. Niedergeschlagen blieb er noch einen Augenblick stehen, dann trat er wütend nach einem Erdklumpen. Sein Gesichtsausdruck war rebellisch, aber er hatte sichtlich auch Angst. Sowohl Athena als auch Tyner überlegten, was sie mit der Information anfangen konnten, zu der sie zufällig gelangt waren.

Athena vergaß das Zwischenspiel sofort, weil Stephen ihr Ballycor brachte und sie zusammen in die Nacht davongaloppierten. Die Sorge um Fletcher überschattete alles andere, und sie reagierte kaum auf Athenas fröhliches Geplauder. In Courtland Grace verabschiedete sie sich kurz von ihm, ohne ihn hineinzubitten, und Wills war der einzige, der Stephens Gesicht sah, als Athena die Treppe hinauf ins Krankenzimmer eilte.

»Deine Herrin hat große Sorgen«, bemerkte Stephen, als er den neugierigen Blick des Lakaien bemerkte. Es ärgerte ihn, daß er sich nicht besser beherrscht hatte, aber Athena hätte ihm zumindest zärtlich Gute Nacht sagen können.

»Ihre Geduld ist ihr in dieser schweren Zeit eine große Hilfe, Sir«, erwiderte Wills.

Stephen runzelte die Stirn. Machte sich der Kerl über ihn lustig? Ihm genügte schon Tykies Unverschämtheit; diesen Ton würde er sich von keinem anderen Diener gefallen lassen. Er wartete nur, bis sie ganz ihm gehörte.

Stephen verließ das Haus, ohne sich nach seinem Schwager zu erkundigen. Er würde Athena noch einige Tage lang gewähren lassen, doch dann war Schluß mit der Krankenpflege und dem Verhätscheln. Er würde ihr klarmachen, daß ihr Mann und ihr gemeinsames Leben allen anderen Verpflichtungen gegenüber Vorrang hatten.

»Tu mir wenigstens den Gefallen und stirb bald, mein lieber Fletcher«, sagte Stephen laut. »Damit wäre alles viel einfacher.«

Für Athena verliefen die Tage genauso wie die anderen seit Fletchers Unfall. Sie schlief wenig, und dann immer nur kurz auf dem Sofa im Krankenzimmer. Prudence schickte die Mahlzeiten auf einem Tablett hinauf und Mercy redete Athena so lange gut zu, bis sie eine Kleinigkeit zu sich nahm.

Das Fieber wütete nach wie vor in Fletchers geschwächtem Körper; seine Haut war wachsbleich und durchscheinend, seine Glieder wurden von Krämpfen geschüttelt. Athena rieb ihn immer wieder mit einem Schwamm ab, um ihm Kühlung zu verschaffen, und versorgte geduldig die häßliche Wunde, die die Musketenkugel oberhalb seines Herzens in der Schulter hinterlassen hatte. Die Wunde heilte zwar zusehends, doch das Fieber wollte nicht weichen.

»Ich fürchte für Miß Athenas Leben genauso wie für das des Masters«, äußerte Tykie an einem schönen Frühlingsmorgen nicht lange nach der Party bei Kensingtons Prudence gegenüber.

Prudence beugte sich über den großen Eichentisch und knetete Teig für eine Pastete. Sie richtete sich auf, schob eine Haarsträhne aus der Stirn und sah den Hochländer an.

»Blaß und dünn genug ist sie«, gab sie zu. »Sie ißt kaum etwas, obwohl ich ihr ihre Lieblingsspeisen hinaufschicke. Wenn das noch lange so weitergeht, wird sie auch noch krank.«

»Wenn doch Master Colm oder Master Jeremy endlich zurückkämen«, meinte Tykie bedrückt. In seiner Verzweiflung dachte er nicht einmal daran, einen Löffelvoll von der Pastetenfüllung zu naschen. »Ich kann nicht glauben, daß sie keinen Urlaub bekommen, wenn Master Fletcher so krank ist.«

»Die Armee hat im Augenblick andere Sorgen als das Schicksal eines einzelnen Menschen«, bemerkte Prudence; ihr Ton deutete allerdings an, daß Fletchers Gesundheit eigentlich wichtiger war als der gesamte Krieg. Es war ein Jammer, daß niemand wußte, wo sich die Courtland-Zwillinge befanden, sonst hätten Tykie und sie sich längst auf den Weg gemacht und sie heimgeholt.

»Major Blackmoor könnte sie bestimmt finden«, stellte Tykie fest.

»Ich wäre dir dankbar, wenn du diesen Namen in meiner Küche nicht erwähnst«, fuhr ihn Prudence an. »Du wirst doch noch wissen, daß seine Bemerkung über Miß Athena die eigentliche Ursache für Master Fletchers Verwundung war.«

Tykie nickte nachgiebig, denn er hatte nicht vor, mit Prudence zu streiten, befaßte sich jedoch in Gedanken weiterhin mit dieser Möglichkeit. Im Gegensatz zur allgemein kursierenden Meinung war er nach wie vor davon überzeugt, daß außer Miß Athenas Brüdern es bis jetzt niemand so gut wie der Major verstanden hatte, mit ihr umzugehen. Während des langen Ritts von Fort Shuyler nach Hause hatte er die beiden oft genug beobachtet. Ein- oder zweimal war er beinahe sicher gewesen, daß Major Blackmoor Athena übers Knie legen würde. Vielleicht hatte sie es auch gemerkt, denn sie war sofort sanft und fügsam geworden – etwas noch nie Dagewesenes.

»Ich sehe nach den Tieren.« Tykie erhob sich etwas mühsam, weil sein gebrochener Fuß noch immer schmerzte. »Ballycor muß trainiert werden, wenn er die Rennen dieser Saison gewinnen soll«, fügte er hinzu. Prudence würde sofort Verdacht schöpfen, wenn er ohne weitere Erklärung einen langen Ritt mit dem Hengst unternahm.

Außerdem würde ein ordentlicher Ritt sicherlich Ballycors Muskeln lockern. Miß Athena wäre bestimmt ebenfalls der Ansicht, daß Ballycor in den letzten Monaten zu wenig Bewegung gehabt hatte, und nichts gegen einen kleinen Ausritt einzuwenden haben – vielleicht nach Albany und zurück?

»Prudence! Tykie!«

Die beiden sahen einander erschrocken an, als sie Athenas atemlose Stimme aus dem Korridor hörten, aber keiner faßte seine Angst in Worte.

»Das ist Miß Athena«, murmelte Prudence und wischte sich hastig die Hände an der Schürze ab. »Was um Himmels willen –«

Sie wurde durch ihre Herrin unterbrochen, die wie ein Wirbelwind zur Tür hereinfegte. Die Müdigkeit in ihrem Gesicht war unübersehbar, aber ihre Augen leuchteten.

»Fletchers Fieber ist gesunken!« rief sie. »Tykie, hole Dr. Nolan, so rasch du kannst. Jetzt glaube ich, daß er am Leben bleibt.«

»Ach, wenn das nur wahr wäre.« Tykie liefen die Tränen über die Wangen.

»Er wird gesund werden.« Athena richtete sich auf. »Ihr werdet schon sehen.« Ihre Überzeugung war ansteckend.

Dr. Nolan war mit seiner Diagnose vorsichtiger, aber sie wirkte dennoch ermutigend auf die kleine Gruppe, die sich im Wohnzimmer versammelt hatte. Es rührte und belustigte den alten Herrn, wie sich die Diener schützend um ihre Herrin scharten, die sich erhob, als er nach der Untersuchung zu ihnen kam.

Ihm fiel gar nicht auf, daß ihr Mann nicht dabei war. Er kannte Athena von Kindesbeinen an, und für ihn würde sie immer eine Courtland bleiben. Er hatte kaum glauben können, daß diese geistsprühende Frau bereit gewesen war, einen arroganten Lümmel wie Stephen Kensington, den Dr. Nolan insgeheim verachtete, zu heiraten.

Er lächelte die erwartungsvollen Gesichter ermutigend an.

»Wie geht es ihm, Doktor?« fragte Athena heiser. Tykie hatte ihr beschützend den Arm um die Schultern gelegt, und sie sah sehr hilflos und zerbrechlich aus.

»Die Gefahr ist noch nicht gebannt«, erwiderte der Arzt wahrheitsgemäß, »aber daß das Fieber gesunken ist, halte ich für ein gutes Zeichen. Ein sehr gutes Zeichen.«

»Wird er am Leben bleiben?« fragte Tykie geradeheraus.

Dr. Nolans Lächeln vertiefte sich. »Ich würde sagen, daß seine Chancen gut stehen.«

»Gott sei gedankt«, sagten Prudence und Mercy gleichzeitig, während Wills und Tykie strahlten.

Athena konnte kaum die Freudentränen zurückhalten. Fletcher würde am Leben bleiben! Plötzlich trugen ihre Beine sie nicht mehr, und hätte Tykie sie nicht gestützt, wäre sie zusammengebrochen.

»Wenn Sie sich nicht ausruhen, Miß Athena, werden

Sie selbst krank werden«, hörte sie Dr. Nolan aus großer Entfernung sagen. Sie murmelte etwas Unverständliches, als Tykie sie hochhob und in ihr Zimmer trug. Sie schlief schon, bevor Prudence und Mercy sie ausgezogen hatten, aber das Lächeln wich nicht von ihren Lippen.

Am nächsten Abend saßen Athena und Mercy im Wohnzimmer und besserten Fletchers Kleidungsstücke aus. Er würde ja in nicht allzulanger Zeit wieder auf den Beinen sein, und seine Sachen befanden sich in einem entsetzlichen Zustand. »Es ist ein Wunder, wie rasch sich Master Fletcher erholt, seit er kein Fieber mehr hat«, meinte Mercy. Athena nickte glücklich.

»Mistreß Kensington hat sich heute in der Kirche nach Ihnen erkundigt«, fügte Mercy hinzu. »Ich habe ihr gesagt, daß es Master Fletcher besser geht, daß Sie ihn aber nicht zu früh sich selbst überlassen wollen.«

Athena grinste. »Wahrscheinlich nimmt sie an, daß meine Seele der Verdammnis anheimfallen wird, weil ich so viele Gottesdienste versäumt habe.«

Dabei fiel ihr ein, daß heute Sonntag war, der Tag, den Thomas Painsley im Gespräch mit Ambrose Kensington erwähnt hatte. Um Mitternacht würde sich bei der Mühle etwas Ungewöhnliches ereignen, etwas, das ihr Schwiegervater beenden wollte und worauf Painsley großen Wert legte.

Athena war plötzlich entschlossen, selbst nachzusehen, womit sich ihr Schwiegervater nachts befaßte. Die Mühle, von der die Rede gewesen war, stand etwa vier Meilen unterhalb des Dorfangers am Fluß. Sie konnte mit Ballycor ohne weiteres hinreiten und Fletcher inzwischen Mercys Pflege überlassen.

Athena verriet niemandem, was sie vorhatte, vor allem nicht Tykie, der es ihr bestimmt verboten hätte. Sie wußte zwar, daß ihr Vorhaben unter Umständen gefährlich war, aber das änderte nichts an ihrem Entschluß. Als die Uhr halb zwölf schlug, vergewisserte sie sich, daß Fletcher friedlich schlief und Mercy in der Nähe war, und verließ dann leise das Haus.

Sie war wieder so gekleidet wie während ihrer Suche nach Fletcher, und als sie sich im Spiegel sah, wurden wehmütige Erinnerungen in ihr wach. Sie spürte Lochiels Anwesenheit beinahe körperlich wieder, empfand neuerlich die Gefühle, die sie im Kreis der tapferen Hochländer erfüllt hatten. Doch dieser Teil ihres Lebens war vorbei, rief sie sich streng ins Gedächtnis. Sie war Stephen Kensingtons Frau und nicht mehr das in Lochiel Blackmoor verliebte, unerfahrene junge Mädchen.

Als Athena sich dem Stall näherte, vernahm sie aus Tykies Kammer lautes Schnarchen und konnte gerade noch einen Lachanfall unterdrücken. Nach einer üppigen Mahlzeit schlief Tykie besonders tief, und Prudences Sonntagsessen wirkte bei ihm besser als ein Schlafmittel.

Athena führte Ballycor vorsichtig aus dem Stall und sattelte ihn rasch und geräuschlos. Er spürte offenbar ihre Eile, denn er schnaubte laut, als sie den Sattelgurt festzog.

»Sei still, sonst hört uns Tykie doch noch«, flüsterte sie und saß schnell auf. Der Vollmond hing gelb über den Bäumen, und sobald sie im Freien waren, trieb Athena Ballycor zum Galopp an.

Die Mühle stand an einer Krümmung des seichten Flusses eine halbe Meile flußabwärts von der Hütte des Müllers. Athena hatte als Kind Tykie oft hierher begleitet und zugesehen, wie der Weizen von Courtland Grace zu Mehl gemahlen wurde. Infolge des hellen Mondlichts würde es schwierig sein, Ballycor zu verbergen, deshalb stieg sie in einiger Entfernung von der Mühle ab und band ihn an einen Baum. Der Hengst senkte friedlich den Kopf und begann zu grasen.

Athena schlich geräuschlos durch die Bäume, bis sie sich stromabwärts von der Mühle befand. Obwohl es bereits nach Mitternacht war, nahm sie bei dem Gebäude keine Bewegung wahr. Hatte sie sich vielleicht bezüglich des Treffpunkts geirrt?

Doch dann leuchtete in dem offenen Schuppen neben der Mühle ein schwaches, flackerndes Licht auf. Augenblicke später erschien etwas weiter stromaufwärts, wo eine Brücke über den Fluß führte, ein zweiter Lichtschein. Die beiden Lichter bewegten sich aufeinander zu und erreichten gleichzeitig eine grasbestandene Erhebung in der Nähe des Flußufers. Erst jetzt konnte Athena erkennen, daß es zwei Laternen waren, die an von Maultieren gezogenen Karren hingen.

Aus dem Schatten tauchten Männer auf und begannen, lange Holzkisten von einem Karren auf den anderen zu verladen. Es handelte sich ganz offen sichtlich um eine Transaktion – aber mit welcher Ware? Und wer waren die Händler? Bei einer geheimen Zusammenkunft um diese Zeit konnte es sich nur um etwas Ungesetzliches handeln.

Athena schlich näher. Sie hatte vorsichtshalber statt ihrer schweren Schuhe Mokassins aus Hirschleder angelegt, in denen sie sich geräuschlos bewegen konnte.

Sie duckte sich hinter ein Faß, das an der Wand der Mühle lehnte, und strengte sich an, um wenigstens die Gesichter der Männer zu erkennen, aber dazu war es zu dunkel.

Sie biß sich unentschlossen auf die Lippen. Eigentlich sollte sie in die Stadt reiten und Hilfe holen, aber das würde nichts nützen. Wagen und Waren würden längst über alle Berge sein, wenn sie zurückkehrte.

»Im Namen des Königs: Halt!«

Der aus der Dunkelheit kommende Befehl überraschte alle. Die Männer an den Karren hielten einen Augenblick lang verblüfft inne, dann ließen sie ihre Last fallen und begannen zu rennen. Pistolenschüsse knallten, und ein halbes Dutzend Reiter galoppierte auf die Lichtung.

»Ich will alle haben, Sergeant! Wenn jemand Widerstand leistet, erschießen Sie ihn.«

Athena Herz schlug wild, und als der Anführer der Operation an ihr vorbeiritt, duckte sie sich noch tiefer hinter das Faß. Er hielt neben dem Mühlrad, und das Mondlicht beleuchtete seine scharfen Züge.

»Lochiel!« flüsterte sie erschrocken.

Er trug die Uniform eines Hochländeroffiziers, aber die Soldaten, die er befehligte, waren keine englischen Regulars. Sie waren aber auf jeden Fall im Nahkampf ausgebildet, denn sie wurden ohne besondere Anstrengung mit den Männern bei den Karren fertig.

»Das dürften alle sein, Major Blackmoor«, rief schließlich einer von ihnen.

»Stellen Sie sie in einer Reihe auf, Sergeant«, befahl Lochiel. Er war noch immer zu Pferd und musterte vom Sattel aus die Reihe der vor ihm stehenden Gefangenen. Dann stieg er ab und übergab die Zügel einem jungen Soldaten.

»Trennen Sie sie in zwei Gruppen«, fuhr er fort. »Auf einer Seite die Kolonisten, auf der anderen die Kanadier, und –«

»Einen Augenblick, Sir«, unterbrach ihn eine jugendliche Stimme. »Ich habe noch einen gefunden.«

Athena schrie erschrocken auf, als eine Hand sie am Kragen packte. In ihrer Aufregung hatte sie sich zu weit vorgewagt, so daß ein aufmerksamer Soldat sie bemerkt hatte.

»Er hat sich hinter einem Faß versteckt«, berichtete er, während er Athena aus ihrem Versteck zerrte. Dann musterte er sie noch einmal und fügte hinzu: »Der dürfte aber harmlos sein. Er ist ja beinahe noch ein Junge.«

Athena gab ihren Widerstand auf, hob den Kopf und sah Lochiel an, der sichtlich erschrak.

»Harmlos, Jacobs?« wiederholte er. »Da bin ich nicht so sicher.«

Er beugte sich vor, durchsuchte rasch Athenas Kleidung und zog einen Revolver aus ihrem Gürtel. Ohne sich um Jacobs' überraschten Ausruf zu kümmern, sah er sie drohend an.

»Ich habe mich ohnehin gefragt, was aus dieser Waffe geworden ist«, bemerkte er. Es war der Revolver, den Athena in jener Nacht an sich genommen hatte, als sie in Begleitung von Asa Brewster und Toddman Tyner das Lager verlassen hatte.

»Ich hatte vor, ihn zurückzugeben«, sagte Athena, doch Lochiel hatte sich bereits umgedreht und erteilte in äußerst scharfem Ton Befehle. Während seine Männer sie ausführten, waren er und Athena für kurze Zeit allein, und er wandte sich ihr zu.

»Sind Sie zufällig vorübergekommen, Mrs. Kensington, oder gehören sie womöglich zu diesem unappetitlichen Haufen?«

Er hatte die Arme vor der Brust verschränkt und musterte sie ungeduldig. Athena bekam angesichts seines Zorns Angst und ärgerte sich im gleichen Augenblick über sich selbst. Was hatte sie von ihm zu befürchten? Er bedeutete ihr nichts.

»Ich gehöre nicht zu ihnen«, erwiderte sie von oben herab, »und ich habe nicht die geringste Ahnung, wer sie sind. Ich habe mich hinter dem Faß versteckt, um herauszubekommen, was –«

»Du verdammte kleine Närrin«, knirschte Lochiel, und die Verachtung in seiner Stimme ließ sie erblassen. Er hatte nie zuvor so gefühllos zu ihr gesprochen, und ein Schmerz erfüllte sie, den sie längst überwunden glaubte.

Plötzlich wußte sie, daß sie weder Angst noch Haß empfand, sondern daß ihr Herzklopfen daher rührte, daß sie Lochiel noch immer hoffnungslos liebte. Diese

Liebe war daran schuld, daß sie so heftig auf seinen Ton reagierte.

»Ich mußte einfach heute abend hierherkommen«, verteidigte sie sich hochmütig, um ihre Gefühle zu verbergen. »Ich mußte herausbekommen, was Ambrose Kensington mit diesem –« Sie unterbrach sich und sah ihn unsicher an. »Ich weiß nicht einmal, worum es dabei geht.«

Ihre kindliche Enttäuschung besänftigte Lochiels Zorn. »Du bist noch immer genauso impulsiv wie früher«, stellte er fest. »Bist du nie auf die Idee gekommen, Athena –«

»Wir haben alles verladen, Major, und sind abmarschbereit. Wollen Sie die Schurken verhören, bevor wir sie fortbringen?«

Lochiel drehte sich seufzend zum Sergeanten um. »Haben Sie mit Ihren Fragen Erfolg gehabt?«

Der Sergeant zuckte mit den Achseln. »Ich habe nichts Neues erfahren. Die meisten haben eine Heidenangst, aber der einzige Name, den sie nennen, ist der von Ambrose Kensington. Ihr Anführer muß ein schrecklicher Mensch sein, denn keiner ist bereit, ihn zu verraten.«

»Wenn wir sie erst einmal in Gewahrsam genommen haben, werden sie schon sprechen«, meinte Lochiel. »Bringen Sie sie fort, Sergeant. Je früher sie hinter Schloß und Riegel sitzen, desto besser. Bailey kann sich um die Kisten kümmern.«

»Und was ist mit dem da, Sir? Soll ich ihn mitnehmen?« Der Sergeant zeigte auf Athena.

»Dieses Angebot ist verlockend, Sergeant«, erwiderte Lochiel. »Er ist zwar ein blutdürstiger kleiner Teufel, aber ich werde sicherlich allein mit ihm fertig.«

»Ja, Sir.«

»Erzähl mir, was heute nacht hier los war«, verlangte Athena, sobald sich die Gefangenen in Bewegung gesetzt hatten.

Lochiels Gesichtszüge wurden wieder hart. »Ihre Einmischung ist für eine verheiratete Frau äußerst ungehörig, Mrs. Kensington. Statt Ihren hübschen Hals mit unüberlegten Eskapaden in Gefahr zu bringen, sollten Sie lieber zu Hause bleiben und Ihrem Mann das Bett wärmen.«

»Das ist nicht fair, Lochiel«, protestierte Athena.

»So?« Er packte sie an den Armen. »Dir sollte allmählich klar werden, daß dein Status als verheiratete Frau eine gewisse Verantwortung beinhaltet, zu der auch ein damenhaftes Benehmen gehört. Glaubst du, daß dein Mann über den Skandal erfreut wäre, wenn deine Anwesenheit an diesem Ort bekannt würde?«

Was würde Stephen tatsächlich sagen, fragte sich Athena. Sie hatte keine Ahnung, und sie wußte noch immer nicht, um was für eine Ladung es sich bei der Transaktion handelte. Sie wußte nicht einmal, warum Lochiel als Offizier in eine private Angelegenheit eingriff, und er würde es ihr offensichtlich auch nicht verraten. Sie hatte sich mehr als dumm benommen.

»Bist du allein gekommen?« fragte Lochiel.

Sie nickte wortlos.

»Auf Ballycor?«

»Ja. Ich habe ihn weiter unten am Fluß angepflockt.«

»Dann geh dorthin zurück und reite nach Hause. Ich werde dich nicht fragen, wieso du von dieser Zusammenkunft erfahren hast, aber es ist durchaus möglich, daß man dich zu einer Befragung holt, falls die Gefangenen weiterhin schweigen und uns nicht die notwendigen Informationen liefern.«

Athena traute ihren Ohren nicht. Lochiel würde sie doch nicht einem Verhör unterziehen? »Kann ich es dir nicht jetzt und hier erklären?« fragte sie schüchtern.

Sein Gesicht zeigte keine Regung, und sie konnte kaum glauben, daß dies derselbe Mann war, der sie auf dem goldenen Sandstrand eines einsamen Sees so zärtlich geliebt hatte. »Wir haben einander nichts mehr zu sagen, meine liebe Mrs. Kensington. Sie hätten die Folgen Ihres unvernünftigen Verhaltens bedenken sollen, bevor Sie Ihr Zuhause verließen. Wenn Sie der Gedanke an ein Verhör in Albany erschreckt, können Sie sich ja an Ihren Mann um Beistand wenden. Wenn sich allerdings herausstellen sollte, daß Stephen an den Verbrechen seines Vaters beteiligt war, werde ich persönlich dafür sorgen, daß beide aufgehängt werden.«

Er stieß sie von sich. »Verschwinde, bevor ich es mir anders überlege und dich doch noch mitnehme.«

Athena rieb sich die schmerzenden Arme. Wie hatte sie diesen grausamen, herrschsüchtigen Mann jemals lieben können?

»Ich hasse dich, Lochiel Blackmoor«, flüsterte sie.

»Das Gefühl beruht auf Gegenseitigkeit, Madam.«

Sie wandte sich wortlos um und floh, während Lochiel stehenblieb und versuchte, mit seinem Zorn und dem Aufruhr in seinem Herzen fertig zu werden, den diese Kindfrau unweigerlich auslöste.

»Korporal Bailey!«

Ein junger Mann kam herbeigelaufen. »Ja, Sir?«

»Folgen Sie dem Jungen, bis er sicher zu Hause ist«, befahl Lochiel. »Aber sorgen Sie dafür, daß er Sie nicht bemerkt.«

»Ja, Sir.« Der Korporal machte sich offenbar über Lochiels seltsamen Befehl keine Gedanken.

Lochiel wandte sich jetzt dem Verladen der Kisten zu. Sie enthielten Musketen, die aus Albany hinausgeschmuggelt worden und für die mit den Franzosen sympathisierenden Algonkins bestimmt waren. Wenn Ambrose Kensington tatsächlich Hochverrat begangen hatte, wie Lochiel vermutete, würde es ihn sehr wahrscheinlich das Leben kosten. Er ließ sich sein Pferd bringen und dachte dabei darüber nach, welche Folgen dies für Athena haben würde.

Als die Soldaten und die Karren mit den Waffen verschwunden waren, trat Stille ein. Eine Eule begann zu heulen, verstummte jedoch, als die Tür der Mühle aufging. Ein Mann lugte hinaus, vergewisserte sich, daß er allein war, trat dann ins Freie und schob den Riegel vor. Sekunden später eilte er in die entgegengesetzte Richtung wie die Soldaten davon.

Als Tyner sein Pferd losband, grinste er. Er wußte zwar noch nicht genau, was er mit dieser Information anfangen würde, aber ihm würde bestimmt etwas Brauchbares einfallen. Sein Grinsen wurde breiter, als ihm das Gespräch zwischen Lochiel Blackmoor und Athena Kensington einfiel.

»Mein lieber Freund«, kicherte er vor sich hin, als er an den ahnungslosen Stephen Kensington dachte, »drei Guineen werden nicht einmal annähernd die Kosten für die Informationen decken, die ich dir bezüglich deiner Frau liefern kann.«

17. Kapitel

Athena beugte sich vor und blies die Lampe auf dem Nachtkästchen aus. Obwohl das Zimmer jetzt im Dunkel lag, konnte man in dem großen Spiegel deutlich ihr weißes, gesticktes Negligé erkennen. Sie trat näher und prüfte aufmerksam ihr Spiegelbild – ihr Gesicht war blaß und ihre Augen angstvoll geweitet.

Sie wandte sich seufzend ab und ließ das Negligé zu Boden gleiten. Dann legte sie sich quer auf das Bett; ob Stephen wohl der Anblick, der sich ihm bot, gefallen würde? Sie schluchzte leise auf und preßte das Gesicht in das Kissen.

Das Schlafzimmer, in dem sich Athena befand, war – gelinde gesagt – üppig eingerichtet. Mahagonitäfelung und kostbare Tapisserien bedeckten die drei Meter hohen Wände. Die Möbel waren aus Sandelholz und mit Elfenbein intarsiert, und die zwanglos im Raum verteilten Kunstgegenstände stammten aus den besten Auktionshäusern Frankreichs und Italiens. Sogar die Laken, auf denen Athena lag, waren aus Satin und dufteten nach Rosenessenz.

Athena drehte sich auf den Rücken und starrte zur Decke empor. Sie hätte alles dafür gegeben, jetzt in ihrem Schlafzimmer in Courtland Grace zu sein, dessen Möbel aus Kiefern- und Ahornholz ihr von Kindesbeinen an vertraut waren. Die protzigen Allüren der Kensingtons waren ihr zuwider; das Schlafzimmer bedrückte sie.

Die Uhr im Korridor schlug zehn. Wo blieb Stephen? Er hatte ihr versprochen, bald zu kommen, und das gierige Leuchten in seinen Augen, als er ihr die Hand küßte, hatte deutlich gezeigt, daß er es nicht erwarten konnte, ihre Ehe zu vollziehen.

Warum hatte sie sich nur bereit erklärt, nach Kensington Manor zu übersiedeln? Warum hatte sie nicht darauf bestanden, Fletchers wegen noch eine Zeitlang in Courtland Grace zu bleiben? Sie seufzte, denn damit hätte sie das Unvermeidliche doch nur aufgeschoben. Stephen hatte Fletcher am Tag zuvor besucht und sich selbst davon überzeugt, daß er auf dem Weg der Besserung war. Athena hatte keinen Grund mehr, bei ihrem Bruder zu bleiben, und es war ihr nichts anderes übriggeblieben, als seiner Forderung nachzugeben.

Sie hatte vor der Vereinigung mit ihrem Mann Angst. Er würde sich bestimmt mit tierischer Begierde keuchend und stöhnend auf sie stürzen, und die hinreißende Ekstase, die sie mit Lochiel kennengelernt hatte ... Ihr stiegen Tränen in die Augen, denn sie wußte, daß sie diese Seligkeit nie mehr erleben würde.

Sie wälzte sich unruhig hin und her; ihr fast nackter Körper wurde vom Mondschein in silbernes Licht getaucht; ihr war nicht bewußt, welch verführerischen Anblick sie bot. Ihr Zusammentreffen mit Lochiel bei der Mühle lag zwei Tage zurück; war dieses Wiedersehen vielleicht die Ursache für ihre plötzliche Abneigung gegen Stephen?

Athena hatte seither beinahe ständig an Lochiels scharfgeschnittenes Gesicht, seine tiefe, angenehme Stimme und das Herzklopfen gedacht, das seine Nähe ihr verursacht hatte. Obwohl sie sich im Zorn getrennt hatten, liebte sie ihn immer noch; sie hatte keinen einzigen Gedanken daran verschwendet, was aus Ambrose werden würde, wenn er sich tatsächlich eines Verbrechens schuldig gemacht haben sollte.

Würde man ihn verhaften? Was konnte man ihm vorwerfen? Merkwürdigerweise war es ihr vollkommen gleichgültig. Ihre angeborene Neugierde war dem Bedürfnis gewichen, von Lochiel zu träumen; die Erinnerung an ihn hatte die langsam wachsende Zuneigung zu dem Mann, den sie geheiratet hatte, verdrängt.

Schritte im Korridor ließen Athena zusammenfahren. Sie hielt den Atem an, wartete darauf, daß Stephen eintrat, und war unsäglich erleichtert, als sie die Stimmen ihrer Schwägerinnen hörte, die sich in ihre Zimmer zurückzogen.

Du mußt dich damit abfinden, sagte sie sich streng. Sie erhob sich, schlüpfte in einen Morgenmantel und glättete ihr Haar. Sie würde Stephen einfach holen und das Ganze so rasch wie möglich hinter sich bringen.

Inzwischen saß der halb betrunkene Stephen im Arbeitszimmer seines Vaters und starrte einen unwillkommenen Besucher, der vor wenigen Minuten eingetroffen war, feindselig an. Stephen war darüber verärgert, daß dieser ungehobelte, pockennarbige Mann ihn daran hinderte, seine ehelichen Rechte wahrzunehmen. Wie konnte er ihn ohne größere Auseinandersetzung loswerden?

»Sie kommen vermutlich wegen Ihres Geldes«, bemerkte er ungeduldig und schenkte sich Rum nach, ohne seinem Gast etwas anzubieten.

Tyner, der die Beleidigung registriert hatte, kniff die Augen zusammen. »Nicht nur deshalb, Sir«, widersprach er, »ich hätte Ihnen auch einiges über Ihre Frau zu erzählen.«

Stephen musterte sein im Lederstuhl lümmelndes Gegenüber kalt. Tyners Selbstsicherheit ging ihm allmählich auf die Nerven, und er wollte eine entsprechende Bemerkung machen, bekam jedoch keine Gelegenheit dazu.

»Sie haben ein flatterhaftes kleines Geschöpf geheiratet«, fuhr Tyner fort. »Aber sie ist eine solche Schönheit, daß so etwas zu erwarten war. Sie versteht es ausgezeichnet, den Männern den Kopf zu verdrehen.« Er sah Stephen vielsagend an. »Da kommt es nicht überraschend, wenn ein Mann bereit ist, alle möglichen Risiken einzugehen, um mit ihr zusammenzukommen.«

Stephen stellte sein Glas ab. Trotz des Nebels, der sein Gehirn einhüllte, spürte er genau, worauf Tyner hinauswollte. Er hatte in seinem Leben zu oft Menschen bestochen, um nicht zu wissen, daß das Ganze auf Erpressung hinauslief.

»Wie wär's, wenn Sie mir verraten, wovon Sie sprechen?« schlug er ruhig vor.

Tyner erzählte bereitwillig von dem Treffen zwischen Athena und Lochiel bei der Mühle. Seine Schilderung wirkte glaubwürdig, obwohl er Stephen keinerlei Hinweise auf die Identität des Mannes gab, mit dem Athena zusammengekommen war. Er erwähnte auch nicht die Verladung der Waren oder die Tatsache, daß Stephens Vater daran beteiligt war, denn Stephen schien nichts davon zu wissen. Mit dieser Information hatte Tyner andere Pläne, die er in die Tat umsetzen wollte, sobald Ambrose Kensington verhaftet worden war.

Stephen hörte schweigend zu. Ihm war leichte Röte in die Wangen gestiegen, aber sonst gab es keinen Hinweis auf den Zorn, der ihn erfüllte, weil Athena ihn offensichtlich betrogen hatte. Stephen war klar, daß Tyner nicht log; Athena hatte schon früher einen Geliebten gehabt, also war es glaubhaft, daß sie sich wieder einen zugelegt hatte.

In Stephens Schläfe pochte eine Ader. Wie konnte die treulose Hure es wagen, ihn zu hintergehen, obwohl sie verheiratet waren? Wie konnte sie es wagen, ihm die ehelichen Rechte mit der Ausrede zu verweigern, daß sie ihren kranken Bruder pflegen mußte, und statt dessen einem Liebhaber in die Arme zu sinken?

Er begann, mit dem Zeigefinger Muster auf die Tischplatte zu zeichnen. »Und der Name dieses Mannes, Mr. Tyner?«

Sein Gegenüber breitete scheinbar überrascht die Hände aus.

»Habe ich tatsächlich vergessen, ihn zu erwähnen? Wie dumm von mir.«

Stephen Lippen wurden schmal. »Ich habe keine Lust zu solchen Spielchen. Wieviel wollen Sie?«

Tyner unterdrückte nur mit Mühe sein befriedigtes Grinsen. Obwohl Kensington sich eisern beherrschte, war seine rasende Eifersucht deutlich zu spüren. Sein Verstand setzte anscheinend aus, wenn es um seine goldblonde Frau ging. »Ich würde zehn Guineen für einen angemessenen Betrag halten«, antwortete er deshalb. »Sie werden sich daran erinnern, daß Sie mir drei davon noch aus unserer letzten Abmachung schulden.«

Auf Stephens Stirn standen Schweißperlen, und der Zorn verzerrte sein Gesicht. Er sprang auf und zeigte unbeherrscht zur Tür. »Raus mit Ihnen! Raus, bevor ich Ihnen eine Kugel in den Kopf jage. Zehn Guineen sind ein absurder Betrag, den kein normaler Mensch jemals bezahlen würde. Ihnen steht überhaupt nichts zu, Sie Schuft, weder drei Guineen noch zehn, und wenn Sie sich noch einmal hier zeigen, lasse ich Sie in Ketten legen.«

Tyner war überraschend schnell auf den Beinen. Auf diese heftige Reaktion war er nicht gefaßt gewesen; hatte er Stephens Begierde nach seiner blauäugigen Braut vielleicht doch überschätzt? »Sieben Guineen für den Namen ihres Liebhabers, und drei, die Sie mir von vorher schuldig sind«, versuchte er es noch einmal. Doch seine Stimme war nicht mehr sanft, und seine Augen blickten feindselig.

»Raus!« knurrte Stephen. Er riß die oberste Lade des Schreibtischs auf, nahm die Pistole seines Vaters heraus und richtete sie auf Tyners Gesicht.

Dieser hatte Zeit seines Lebens sehr klar zwischen leeren Drohungen und Mordlust unterscheiden können. Seine erster Plan war offensichtlich schiefgegangen, und er hatte nicht vor, sich jetzt und hier einen anderen auszudenken. Er ließ Stephen nicht aus den Augen, während er rückwärts durch den Raum ging und dann das Haus so rasch wie möglich verließ.

Als Stephen allein war, sank er in seinen Stuhl und drückte die Handballen auf die Augen. Er sah buchstäblich rot, und sein Zorn war grenzenlos. Wie im Traum sah er Athena nackt im Gras liegen. Sie lachte ihren Geliebten hingebungsvoll an, der ebenfalls nackt war und sie leidenschaftlich küßte.

Er glaubte zu hören, wie seine Frau vor Wollust stöhnte und erschauerte, als kräftige, braungebrannte Hände ihre seidige Haut liebkosten. Ihre goldenen Locken bedeckten den Boden, und ihr Geliebter vergrub das Gesicht kurz in ihnen, bevor seine Lippen zu ihren Brustwarzen wanderten. Athena spreizte die Beine, um ihn in sich aufzunehmen, und die beiden wurden eins, während der Rhythmus einer zügellosen Leidenschaft sie vereinte.

Er konnte es nicht ertragen! Stephen fegte mit dem Arm alles, was auf dem Schreibtisch stand, auf den Boden, dann erhob er sich schwankend. Er mußte Tyner finden, bevor es zu spät war, er mußte wissen, wer der Mann war, den er für immer aus Athenas Herz vertreiben mußte. Am liebsten hätte er das niederträchtige Weibsstück getötet!

Er schleuderte sein geleertes Glas auf den Boden, so daß es zersplitterte, und ging in die Halle. Seine Haare waren zerrauft, seine Halsbinde hatte sich gelockert, und sein Gesicht war bleich.

Athena, die bei seinem Erscheinen erschrocken auf dem Treppenabsatz stehengeblieben war, erkannte sofort, daß Stephen betrunken war. Einen schrecklichen Augenblick lang glaubte sie, daß er hinaufkommen und sie vergewaltigen würde, doch er griff zu ihrer Verblüffung nach seinem Mantel. Wo wollte er zu dieser Stunde noch hin?

Stephen war gerade dabei, die Handschuhe anzuziehen, als ihn lautes Klopfen an der Tür zusammenfahren ließ. »Was, zum Teufel?« knurrte er, während er sie aufriß. »Sind Sie es, Tyner?«

»Ich bitte wegen der Störung um Entschuldigung, Sir«, sagte eine Männerstimme. »Wir möchten Mr. Ambrose Kensington sprechen.«

»Gehen Sie mir aus dem Weg«, fuhr ihn Stephen an. »Für so etwas habe ich keine Zeit.«

Athena schnappte nach Luft, als Stephen von zwei Männern zurückgedrängt wurde, die in die Halle traten. Beide waren groß und breitschultrig, doch vor allem der Mann in der scharlachroten Uniform erregte ihre Aufmerksamkeit. Er hatte einen Degen umgeschnallt, seine kniehohen Stiefel waren glänzend poliert, und der mit goldenen Litzen besetzte rote Rock sowie das schneeweiße Halstuch betonten seine männliche Erscheinung. Athenas Blick wanderte zu dem Gesicht unter der Perücke und dem Dreispitz, und sie hob erschrocken die Hand zum Mund. Es war Lochiel!

»Auch ich bedaure die Störung, Mr. Kensington«, erwiderte er ruhig, aber bestimmt, »aber wir müssen dringend mit Ihrem Vater sprechen.«

Als Lochiel zu reden begann, hatte Stephen den Kopf gehoben und ihn trotz seiner Trunkenheit erkannt. »Sie sind es tatsächlich, Blackmoor«, flüsterte er, und plötzlich konzentrierte sich der gesamte Haß, der ihn erfüllte, auf diesen Mann, der im Gegensatz zu ihm Athenas Körper besessen hatte.

»Sie Schwein«, krächzte er, denn er war plötzlich davon überzeugt, daß Lochiel der Mann war, den Tyner mit Athena bei der Mühle gesehen hatte. Die Vorstellung, daß diese Augen den nackten Körper seiner Frau betrachtet, daß diese Hände ihn erforscht hatten, trieb Stephen zum Wahnsinn.

Er stieß ein unmenschliches Gebrüll aus und stürzte sich auf den erschrockenen Lochiel, um ihn zu erwürgen. Dieser hatte sich jedoch schnell gefaßt und wehrte die ausgestreckten Hände ab, die daraufhin nur seine Halsbinde zerreißen konnten; im nächsten Augenblick hielt ein eiserner Griff Stephens Arme umschlossen.

»Der Mann ist ja betrunken«, rief Leutnant Wilkes, der zugesehen hatte, verblüfft.

»Und möchte mir am liebsten das Herz aus dem Leib reißen«, fügte Lochiel hinzu, der nicht einmal schwerer atmete, obwohl Stephen sich wütend gegen ihn wehrte. »Würden Sie mir erklären, was dieser Angriff soll, Sir?« fragte er höflich.

»Was Sie getan haben, Blackmoor, kann nur mit dem Tod gesühnt werden«, keuchte Stephen, dem der Schweiß über das Gesicht lief. In seiner Wut merkte er nicht einmal, daß sein Gegner wesentlich stärker war als er; der Gedanke an Rache füllte ihn vollkommen aus. »Hat die Hure geschrien, als Sie sie nahmen?« fragte er mit schwerer Zunge. »Stöhnte sie vor Lust, als Sie ihre Brüste liebkosten und –«

Als Lochiel klar wurde, wovon Stephen faselte, erfaßte ihn wilde Wut. Er konnte nicht zulassen, daß der betrunkene Narr so von Athena sprach, auch wenn er ihr Mann war. Er stieß Stephen von sich und zog seinen Degen.

»Nicht, Lochiel!«

Er erkannte ihre Stimme früher als Stephen und fuhr herum. Athena kam im hauchdünnen Negligé die Treppe herunter; ihre Locken fielen ihr bis auf die Hüften herab und sie sah schöner aus denn je.

Hatte sie Stephen das Bett gewärmt? Die Vorstellung war Lochiel unerträglich. Sein Blick wanderte von dem rotgesichtigen, betrunkenen Stephen zu Athena, der Frau, die sie beide begehrten.

»Du darfst nicht, Lochiel«, flüsterte sie, und ihre großen blauen Augen sahen ihn flehend an. Er wendete sich ab, weil er wußte, daß er ihr sonst nicht widerstehen konnte.

»Geh hinauf«, befahl Stephen, dessen Eifersucht erwacht war. »Was hier geschieht, geht dich nichts an.«

»Tu, was er sagt, Athena«, fügte Lochiel hinzu.

»Verdammt noch mal, was ist da unten los? Kann man nicht einmal in seinem eigenen Haus ruhig schlafen?«

Alle Gesichter wandten sich dem Treppenabsatz zu, auf dem der wütende Ambrose stand. Eine Nachtmütze mit einer Quaste bedeckte seine zerrauften Haare, und er sah genauso gefährlich aus wie der kleine Spaniel, der ihm gefolgt war und jetzt zu seinen Füßen kauerte. Hinter Ambrose standen seine Frau und seine Töchter; mit ihren zerdrückten Nachthäubchen und den mit Creme beschmierten Gesichtern wirkten sie wie Karikaturen ihrer selbst.

Lochiel hätte trotz des Ernstes der Situation am liebsten laut gelacht. Er hatte noch nie eine so absurde Gruppe wie die Kensingtons in Nachtkleidung gesehen; dann merkte er jedoch, daß die mit offenem Mund neben ihm stehende Athena ebenfalls hinaufstarrte. Das war jetzt ihre Familie, fiel ihm ein, und seine Heiterkeit war wie weggewischt.

»Ich möchte unter vier Augen mit Ihnen sprechen, Sir«, wandte er sich höflich an Ambrose.

Dieser war stehengeblieben, als er die beiden Offiziere bemerkte. Dann entdeckte er das Negligé seiner Schwiegertochter, die unbekümmert neben einem der beiden Eindringlinge stand, und wurde puterrot.

»Verdammter Rotrock«, platzte er heraus, ohne sich um den Leutnant der West Yorker Miliz zu kümmern; seine Verachtung galt allein Lochiel. »Wie können Sie es wagen, meinen häuslichen Frieden um diese Stunde zu stören? Wieso hast du ihn überhaupt hereingelassen, Stephen?

Ich erlaube nicht, daß ein dreckiger Regular mein Haus beschmutzt.«

»Mr. Kensington!« schrie Leda entsetzt.

»Halte den Mund, Weib«, brüllte Ambrose, »und ihr drei geht auf eure Zimmer. Es genügt, daß er Stephens Frau schöne Augen macht; als nächstes seid ihr an der Reihe.«

Aramintha und Eliza kreischten entsetzt auf, und der Lärm brachte Ambrose noch mehr in Wut. »Wo ist meine Pistole?« fragte er, während er die Treppe hinunterstapfte.

»Einen Augenblick, Mr. Kensington.« Lochiel war entschlossen, diesem Unsinn ein Ende zu setzen. Wen wollte Ambrose beeindrucken? Bestimmt nicht seine Frau und seine Töchter; viel wahrscheinlicher sollte sein Poltern seine Angst verbergen, weil er bereits ahnte, was auf ihn zukam.

»Leutnant Wilkes und ich sind in offizieller Eigenschaft hier«, fuhr Lochiel in einem Ton fort, der keine Unterbrechung duldete. »Obwohl ich die ungehörige Stunde bedaure, habe ich den Auftrag –«

»Ich verlange, daß Sie dieses Haus sofort verlassen«, befahl Ambrose scheinbar unbeeindruckt, doch auf seiner Stirn standen Schweißperlen. »Wenn die Armee etwas von mir will, muß sie mir etwas Besseres als einen Rotrock schicken, noch dazu einen verdammten Hochländer.«

»Ambrose Kensington«, sagte Lochiel in die plötzliche Stille hinein, »auf Befehl des kommandierenden Generals Jeffrey Amherst und des Gouverneurs dieser Kolonie verhafte ich Sie im Namen Seiner Majestät, König Georg der Zweite. Sie werden des Hochverrats beschuldigt, und es liegt in meiner –« Der Rest seiner Worte ging in Ledas Aufschrei unter, die ohnmächtig zusammenbrach.

»Sie verdammtes Schwein!« Athena schrie auf, als Stephen sich auf Lochiel stürzte. War Stephen verrückt?

Wußte er nicht, daß Lochiel ihm mit bloßen Händen das Genick brechen konnte?

Doch Lochiel würdigte Stephen keines Blicks. Er stieß ihn beiseite wie ein lästiges Insekt und drängte sich zur Treppe durch. Erst jetzt bemerkte Athena, daß auch ihr Schwiegervater zusammengebrochen war und mit wachsbleichem Gesicht nach Atem rang.

»Athena!«

Sie lief sofort zu ihm; erschrocken sah sie, daß Ambroses Lippen sich bläulich verfärbt hatten und sein Atem pfeifend ging.

»Es ist nicht so schlimm, wie es aussieht«, beruhigte er sie. »Sieh zu, daß du Riechsalz findest und schicke jemanden um den Arzt.«

»Kann ich irgendwie behilflich sein, Madam?«

Der alte, vertraute Diener Hunt war durch den Lärm wach geworden und heruntergekommen, um nachzusehen, ob man ihn brauchte. »Major Blackmoor hat um Riechsalz gebeten. Weißt du, wo ich es finden kann?«

Hunt hielt ihr die Phiole mit Hirschhornsalz hin, die er vorsichtshalber mitgenommen hatte, und Athena griff dankbar nach ihr. Inzwischen hatten Lochiel und Leutnant Wilkes Ambrose auf den Teppich gelegt, und Lochiel benützte seinen Dolch, um den engen Kragen von Ambroses Nachthemd aufzuschneiden. In diesem Augenblick kam Leda Kensington wieder zu sich, sah, wie der Hochländer sich über ihren Mann beugte, und stieß einen markerschütternden Schrei aus.

»Halte ihn zurück, Stephen! Er schneidet deinem Vater die Kehle durch!«

Ihr Sohn befolgte diese Aufforderung nur zu gern. Einen Offizier der Armee anzugreifen war normalerweise ein Verbrechen, aber kein Richter in der Kolonie würde ihn verurteilen, wenn er durch den Angriff verhindern wollte, daß sein Vater ermordet wurde.

Stephen hatte zähneknirschend zugesehen, wie seine treulose Frau nach der Pfeife ihres Geliebten tanzte, und seine Wut war grenzenlos. Noch dazu hatte der Schurke Athena mit seinen Blicken liebkost, als gehöre sie ihm und nicht ihrem gesetzlich angetrauten Mann. Stephens Blut kochte.

Jetzt stürzte sich Stephen auf den Dolch, den Lochiel auf den Fußboden gelegt hatte. Dieser hielt Ambrose gerade die Phiole mit Hirschhornsalz unter die Nase und bemerkte nicht, was Stephen plante, doch Athena sog plötzlich erschreckt die Luft ein. Er hob den Kopf und sah, daß Stephen triumphierend die Waffe schwang.

In der Halle trat Stille ein, als Lochiel sich langsam erhob. Die Dienerschaft, die sich inzwischen versammelt hatte, flüsterte unruhig, und auf dem Treppenabsatz standen Leda und ihre Töchter, als wären sie zu Salzsäulen erstarrt.

»Legen Sie den Dolch weg, Kensington«, sagte Lochiel leise.

»Damit Sie meinen Vater damit töten können?« höhnte Stephen. Er hatte bemerkt, daß Lochiel sich zwischen ihn und Athena gestellt hatte – glaubte dieses Schwein tatsächlich, daß er seiner eigenen Frau etwas antun würde?

»Sie wissen ganz genau, daß ich den Kragen Ihres Vaters aufgeschnitten habe, damit er mehr Luft bekommt«, erwiderte Lochiel.

»Mein Vater hatte schon früher solche Anfälle und überlebte sie immer ohne Ihr Eingreifen. Sie sind derjenige, der eine Gefahr für sein Leben darstellt, und ich werde dafür sorgen, daß Sie kein weiteres Unheil anrichten können.«

Athenas Hals war wie zugeschnürt. Athena war noch nie so nahe daran gewesen, die Beherrschung zu verlieren. Seine Haare waren zerrauft, sein Gesichtsausdruck drohend, und die Hand mit dem Dolch bebte vor Wut.

»Legen Sie ihn weg«, wiederholte Lochiel.

Stephen erblickte hinter der Schulter des Majors Athenas blasses Gesicht mit den weit aufgerissenen Augen. Ihre vollen Lippen waren leicht geöffnet und zitterten, und er glaubte, vor Zorn zu ersticken, als er begriff, daß sie nicht um ihn Angst hatte, sondern um seinen Rivalen.

Er stürzte sich mit einem heiseren Schrei auf den Major, doch er hatte einen Fehler begangen, als er sich durch Athena ablenken ließ. Eine Hand schloß sich plötzlich wie ein Schraubstock um sein Gelenk. Als er aufsah, blickte er in Augen, aus denen die blanke Mordlust leuchtete, und er lernte zum ersten Mal in seinem Leben Angst kennen.

Er begriff, daß der Major ihn bedenkenlos töten würde. Er hatte oft genug von der Wildheit der schottischen Hochländer gehört und erkannte sie jetzt in seinem Gegner. Wie konnte Athena einen solchen Mann lieben? fragte er sich und vergaß den Schmerz in seinem Handgelenk. Wenn er Zeit zum Nachdenken gehabt hätte, wäre ihm vielleicht zu Bewußtsein gekommen, daß seine verwegene Frau und ihr Geliebter vom gleichen Schlag waren; nur ein Hochländer konnte Athena zähmen.

»Ich habe Sie bereits zweimal aufgefordert, die Waffe fallen zu lassen, Kensington.« Während Lochiel sprach, verstärkte er den Druck auf Stephens Handgelenk; etwas knackte, Stephen schrie vor Schmerz auf und der Dolch fiel klirrend auf den Boden.

Die Spannung löste sich unvermittelt, und die Zeugen der Auseinandersetzung zwischen den beiden Männern gerieten in Bewegung. Leda lief die Treppe hinunter und fiel neben Ambrose auf die Knie, während Hunt die übrigen Diener anwies, ihren Herrn auf das Sofa im Salon zu tragen. Aramintha und Eliza schluchzten hysterisch, und der arme Leutnant Wilkes stand unschlüssig neben der Eingangstür und wünschte sich meilenweit weg.

Lochiel hob seinen Dolch auf und steckte ihn in den

Gürtel; dabei fiel sein Blick auf Athena, die seltsam verloren mitten in dem Durcheinander stand. Obwohl er die aufsässige oder unbefangen fröhliche Athena am meisten liebte, verkrampfte sich sein Herz vor Zärtlichkeit für dieses kindliche Wesen.

Er drängte sich zu ihr durch. »Soll ich dich nach Hause bringen, Athena?« fragte er leise. »Es hat nicht viel Sinn, wenn du hierbleibst. Ich bin verpflichtet, Ambrose ohne Rücksicht auf seinen Zustand zu verhaften, und es wird keine angenehme Szene sein.«

Sie sah zu ihm auf; in ihren Augen lag Entschlossenheit. Er fuhr mit dem Finger sanft ihr Kinn entlang.

»Was ist los, Mädchen?«

Athena erzitterte bei der Berührung, und ihr Blick wanderte zu Stephen, der ihr den Rücken zuwandte, während Hunt das verletzte Gelenk bandagierte. Sie empfand Mitleid für ihren Mann, denn obwohl sie über seine Gewalttätigkeit entsetzt gewesen war, verstand sie, was ihn dazu getrieben hatte. Sie begriff, daß sie zu ihm halten mußte, auch wenn ihr Herz sich nach einem anderen sehnte. Stephen brauchte sie jetzt, und sie mußte mit der Erkenntnis leben, daß ihre Liebe zu Lochiel nur ein vergänglicher Traum gewesen war.

Sie sah Lochiel kalt an. »Du willst mich nach Hause bringen? Mein Zuhause ist jetzt Kensington Manor, Lochiel. Und was deine hartnäckigen Einmischungen betrifft« – sie zeigte auf das Zimmer, in dem der bewußtlose Ambrose lag –, »findest du nicht, daß du schon genügend Unheil angerichtet hast?«

Sie ging hocherhobenen Hauptes zu ihrem Mann, legte ihm die Hand auf den Arm und redete besorgt auf ihn ein. Lochiel erfuhr zum erstenmal, was Eifersucht ist, und begriff gleichzeitig, daß er Athena verloren hatte. Athena, die Frau mit dem Namen einer Göttin und der Schönheit eines Engels, war ihm entglitten wie Quecksilber.

Warum hatte sie sich von ihm abgewandt und Stephen Kensington genommen? Sie mußte doch spüren, daß er nicht der Richtige für sie war. Stephens kleinliche Persönlichkeit würde Athenas Elan bald zerdrücken wie die zarten Flügel eines Schmetterlings.

Lochiel erinnerte sich an den Morgen auf dem sandigen Strand. Kensington würde nie imstande sein, sie so zu lieben, konnte nie die gleiche leidenschaftliche Reaktion in ihr wecken. Verdammt, warum hatte sie sich für ihn entschieden?

»Major Blackmoor?«

Er sah Leutnant Wilkes scharf an, der unter diesem Blick errötete. »Was wollen Sie?«

»Doktor Nolan ist eingetroffen. Wollen Sie mit ihm sprechen?«

»Ja.«

Die Diagnose war nicht gut, das merkte sogar der junge Leutnant, als er Ambroses graues Gesicht erblickte. Lochiel sprach kurz mit dem Arzt, aber so leise, daß Wilkes ihn nicht verstand, dann bedeutete er dem Leutnant, ihm in den Korridor zu folgen.

»Wir können heute nacht nichts mehr unternehmen«, erklärte er. »Es ist am besten, wenn wir uns in der Stadt ein Zimmer nehmen und morgen früh wiederkommen.«

Der Leutnant nickte stumm; ihm graute bereits jetzt vor der Nacht in einem Wirtshaus, denn der Major war in höllischer Stimmung. Hunt begleitete die Männer zur Tür und schüttelte bedauernd den Kopf, als Lochiel ihn etwas fragte.

»Dr. Nolan hat ihr ein Schlafmittel gegeben, Sir; Sie können sie unmöglich jetzt sprechen.«

Der Major fuhr sich müde mit der Hand über die Augen. Es hatte nicht viel Sinn, wenn er Leda Kensington sein Bedauern aussprach. Wenn ihr Mann starb, wie es jetzt den Anschein hatte, würde sie ohnehin ihn dafür verantwortlich machen. Wenn er sie jetzt aufsuchte, schürte er damit nur ihren Haß. Dr. Nolan war davon überzeugt gewesen, daß Ambrose frühestens am Morgen das Bewußtsein wiedererlangen würde – falls es überhaupt dazu kam. Lochiel hatte nicht vor, die Familie zu quälen, indem er den Kranken nicht aus den Augen ließ. Ganz gleich, was Athena von ihm hielt – so herzlos war er nicht.

»Es ist eine bedauerliche Situation«, sagte Hunt. »Mr. Kensington hat die Verbrechen, derer Sie ihn beschuldigen, bestimmt nicht begangen, Sir.«

»Leider irrst du dich.« Lochiel setzte den Dreispitz auf und sah zu den Bediensteten hinüber, die vor der Tür zum Salon standen. Aramintha und Eliza waren mit ihrer Mutter in den ersten Stock verschwunden, und auch Stephen war nicht zu sehen. Ob Athena ihn in ihr Schlafzimmer geführt hatte, um seinen verletzten Stolz zu heilen?

Er ging in die Dunkelheit hinaus zu Glenrobbie, den er am Fuß der Truppe angebunden hatte. Er saß auf und wollte ihn zum Galopp antreiben, als sich eine Hand auf seinen Steigbügel legte.

Er wendete den Kopf und erblickte einen Mann, den er noch nie gesehen hatte. Im schwachen Licht, das aus dem Haus fiel, erkannte er ein pockennarbiges Gesicht und tiefliegende dunkle Augen. Aus Erfahrung wußte er, daß er es wahrscheinlich mit einem jener skrupellosen Typen zu tun hatte, die es überall gibt – Taschendiebe, Einbrecher, Räuber; der Mann neben ihm gehörte sichtlich zu der gleichen Kategorie.

»Was, zum Teufel, willst du?« fragte er.

»Ich möchte nur kurz mit Ihnen sprechen, Sir.«

»Ich habe keine Zeit für Leute wie dich. Verschwinde lieber, bevor ich einen Grund finde, dich zu verhaften.«

Tyner ließ den Steigbügel los, aber das änderte nichts

daran, daß er entschlossen war, sich an Stephen Kensington zu rächen. Er hatte die Vorgänge in der Halle des Hauses durch ein Fenster verfolgt, und auch die Szene zwischen Athena, dem Major und Stephen mitbekommen. Jetzt war er davon überzeugt, daß Zweifel, die er bei den richtigen Personen weckte, seine Probleme sehr wirkungsvoll lösen konnten.

»Mr. Kensington hat mir den Auftrag erteilt, das Courtland-Mädchen zu finden, Sir.« Er sprach leise, damit ihn der zweite Offizier nicht hörte. »Er wollte mir drei Guineen dafür bezahlen, daß ich sie zurückbringe, denn es hatte in ihrer Familie einen Todesfall gegeben.«

»Das weiß ich alles«, unterbrach ihn Lochiel. »Und es interessiert mich nicht im geringsten, wenn Mr. Kensington dir einen überhöhten Betrag dafür bezahlt, daß du seine Frau rechtzeitig zum Begräbnis ihrer Tante nach Hause bringst.«

Er riß Glenrobbie herum und winkte dem wartenden Wilkes.

»Sie haben mich nicht richtig verstanden, Sir«, protestierte Tyner. »Die alte Frau war noch nicht tot. Als Brewster und ich uns auf die Suche nach dem Mädchen machten, war sie noch am Leben. Auch die Papiere für eine Trauung durch Stellvertretung waren noch nicht unterschrieben. Das hat er mir selbst gesagt. Warum erzählt Kensington Ihrer Meinung nach seiner Frau und allen anderen Leuten solche Lügen?«

Lochiel schwieg einen Augenblick, dann schüttelte er ungeduldig den Kopf. »Die Kensingtons interessieren mich nicht mehr. Wenn du über sie tratschen willst, mußt du dir einen anderen Zuhörer suchen.«

Damit galoppierten die beiden Offiziere davon, und Tyner ballte enttäuscht die Fäuste. Verdammt! Er war so sicher gewesen, daß der Hochländer den Köder schlucken würde.

Macht nichts, tröstete er sich und zuckte gleichmütig mit den Achseln. Es gab noch eine Möglichkeit, für Kensingtons Sturz zu sorgen und dabei auch noch Geld zu verdienen. Dazu war nur ein kurzer Ausflug nach Albany notwendig; wenn er sofort aufbrach, konnte er vor dem Morgen dort sein.

18. Kapitel

Athena hob die Tasse an die Lippen, mußte jedoch feststellen, daß der Tee kalt war. Sie stellte die Tasse hin, fuhr sich mit der Hand durch die wirren Locken und erhob sich steif. Sie war erschöpft, weil sie in dieser Nacht nicht geschlafen hatte. Das Kleid, das sie vor einer Stunde übergestreift hatte, war bereits hoffnungslos zerknittert, doch sie kümmerte sich nicht darum.

Die Uhr im Salon schlug sechs; sie trat in den Korridor. Vielleicht war Hunt schon wach und würde ihr frischen Tee bringen. Als sie durch die Halle ging, klopfte es an die Tür. Sie strich ihren Rock glatt, öffnete und stand Lochiel gegenüber. Einen Augenblick lang sahen sie einander wortlos an, dann bemerkte er ihr Aussehen.

»Was ist geschehen, Athena?« Er faßte sie an den Schultern.

»Ambrose ist vor einer Stunde gestorben.«

»Mein Gott. Hast du die ganze Nacht bei ihm gewacht?«

Sie nickte. »Dr. Nolan ist gerade gegangen. Ambrose ist nicht mehr zu sich gekommen.«

»Und seine Frau?«

»Dr. Nolan mußte ihr noch eine Dosis Laudanum geben. Sie war äußerst erregt – es war sehr unangenehm.« Ihr Gesicht umschattete sich, als sie sich an Ledas hysterisches Gejammer und an die schrecklichen Dinge erinnerte, die sie über Lochiel gesagt hatte, obwohl dieser nicht am Tod ihres Mannes schuld war.

Lochiel konnte sich vorstellen, was Athena in dieser Nacht mitgemacht hatte. Er verfluchte sich, weil er ihr nicht eindringlich genug zugeredet hatte, nach Hause zu gehen, doch dann fiel ihm ein, daß er nicht mehr für sie verantwortlich war.

»Was tun wir jetzt, Major?«

Lochiel hatte den Leutnant beinahe vergessen. Er ließ Athena los und fragte sachlich: »Wo befindet sich Ihr Mann, Mrs. Kensington?«

»Er schläft noch.« Athena wollte sich nicht daran erinnern, wie erleichtert sie gewesen war, als Stephen sich endlich zurückgezogen und sie mit Dr. Nolan allein gelassen hatte. Seine Wut auf Lochiel, sein verstauchtes Handgelenk und die durch den übermäßigen Genuß von Rum verursachten Kopfschmerzen hatten ihn in miserable Laune versetzt, die für Athena unerträglich gewesen war.

»Jemand wird ihn leider wecken müssen«, meinte Lochiel eisig.

Athena reagierte genauso eisig. Sie standen einander wie Fremde gegenüber, die sich eben erst kennengelernt haben. Bei ihrem ersten Zusammentreffen waren sie Widersacher gewesen, und obwohl sie ihn inzwischen verzweifelt liebte, waren sie noch immer Widersacher.

»Du hast gestern abend behauptet, daß Ambrose Verrat begangen hat«, sagte sie. »Was hat er getan? Was befand sich in den Kisten?«

»Musketen. Um seine schwindelerregenden Schulden zurückzahlen zu können, entschloß er sich, sein Land zu verraten, indem er den französischen Algonkins Gewehre verkaufte.«

Athena biß sich auf die Lippen. Sie wußte nicht, was sie mehr aufregte: diese Neuigkeit oder Lochiels gefühllose Art. »Ich schicke Hunt zu Stephen, damit er ihn holt«, sagte sie

Ach, Lochiel, dachte sie, als sie das Zimmer verließ, wenn es nur zwischen uns anders gekommen wäre. Sie konnte kaum glauben, daß er sie vor etwas mehr als zwei

Wochen in die Arme geschlossen und zärtlich geliebt hatte.

Es war ihr äußerst schwer gefallen, ihn zu verlassen, ohne zu wissen, ob er heil und gesund aus Deerfield zurückkehren würde. Noch größer war ihre Verzweiflung gewesen, als sie bei ihrer Heimkehr erfuhr, daß ihre Tante gestorben und sie selbst durch eine Stellvertreter-Trauung Stephens Frau geworden war.

»Nach all dem Schrecklichen, das du mir in jener Nacht sagtest, blieb mir nichts anderes übrig, als mich an Stephen zu wenden«, flüsterte Athena, die eigensinnig ihre Tränen unterdrückte. Stephen hatte ihr in den dunklen Tagen nach Fletchers Verwundung beigestanden, hatte sie getröstet und sich widerspruchslos damit abgefunden, daß sie keine Jungfrau mehr war. Obwohl Athena Lochiel noch immer liebte, hatte sie erkannt, daß sie zu Stephen halten mußte, denn sie konnte mit einem Soldaten, der nie behauptet hatte, sie zu lieben, nicht glücklich werden.

»Du könntest nach Courtland Grace zurückkehren, während ich in Albany bin«, schlug Stephen vor, als er herunterkam, um mit Lochiel zu sprechen und Anordnungen für Ambroses Begräbnis zu treffen. »Ich werde wahrscheinlich einige Tage brauchen, um diese Angelegenheit zu klären, und du würdest dich hier nicht wohlfühlen.«

Bei dem Gedanken, nach Hause zurückzukehren, vollführte Athenas Herz einen Freudensprung. Sie hatten sich ins Arbeitszimmer begeben, weil sie dort ungestört miteinander sprechen konnten.

»Vielleicht braucht mich deine Mutter«, wandte sie pflichtbewußt ein. »Die Vorbereitungen für das Begräbnis –«

»Bevor ich nach Albany reite, werde ich im Pfarrhaus vorbeisehen und mit Reverend Axminster alles regeln«, versprach Stephen.

Athena war so gerührt, daß sie ihm die Arme um den Hals legte und ihn küßte, ohne sich durch den Rumgeruch oder die Bartstoppeln auf seinem Kinn stören zu lassen. »Das ist wirklich freundlich von dir. Du wirst doch nicht lange ausbleiben, nicht wahr?«

Diese plötzliche Zärtlichkeit verblüffte Stephen, und er legte ihr ungeschickt den Arm um die Schultern. Er war letzte Nacht zwar betrunken gewesen, aber er hatte weder Tyners Behauptungen noch die plötzliche Erkenntnis vergessen, daß Athena das Verhältnis mit Lochiel fortgesetzt hatte.

Als er sie jetzt betrachtete, das liebliche Gesicht, die klaren Augen, das offene Lächeln, war es ihm unmöglich, Tyners Worten zu glauben, und sein Mißtrauen und seine Eifersucht verflogen. Er war davon überzeugt, daß Athena nicht fähig war, ihn zu betrügen.

»Ich werde rechtzeitig zum Begräbnis zurück sein«, versprach er. Er zog sie enger an sich, beugte den Kopf, um sie zu küssen, und sie bot ihm pflichtschuldig die Lippen.

»In diesem Fall sollten wir uns beeilen, Mr. Kensington. Wenn es um solche Anschuldigungen geht, bringt General Amherst nur wenig Geduld auf.«

Lochiel war gerade rechtzeitig in der Tür aufgetaucht, um den Austausch von Zärtlichkeiten zwischen Mann und Frau zu sehen, und Athena senkte niedergeschlagen den Kopf. Doch dann riß sie sich zusammen, streifte ihren Rock glatt und richtete sich auf.

»Ich reite nicht mit Ihnen, Blackmoor«, erklärte Stephen. »Außerdem wird es den General bestimmt interessieren, daß ein britischer Soldat zum Tod meines Vaters beigetragen hat.«

Bei seinem Ton fröstelte es Athena. Wenn sich herumsprach, was vorgefallen war, würden die Leute sich fragen, warum ein englischer Offizier und nicht ein Angehöriger der Miliz den Auftrag erhalten hatte, die Verhaftung vorzunehmen. Wenn es Stephen gelang, die kaum unterdrückten Vorurteile neu zu entfachen, würde niemand auf den Gedanken kommen, daß Lochiel als Offizier des Königs das Recht hatte, bei einem Verbrechen gegen die Krone die Untersuchung zu führen. Sie befürchtete, daß ihm Schwierigkeiten erwachsen würden – und daß vielleicht sogar seine Sicherheit gefährdet war.

»Ich werde Sie persönlich zum General begleiten, Kensington«, erwiderte Lochiel so entschieden, daß Stephen in ohnmächtigem Zorn die Hände ballte.

»Wenn Sie darauf bestehen...« knurrte er. »Aber ich erhebe Einspruch.«

»Ich nehme den Einspruch zur Kenntnis«, erwiderte Lochiel ironisch. »Ihr ergebener Diener, Mrs. Kensington.«

Er war zu Athena getreten, ergriff ihre Hand und küßte sie. »Ich bedaure, daß wir Ihnen Unannehmlichkeiten bereitet haben.«

Sie wollte ihm scharf antworten, aber die Wärme seiner Hand weckte wohlbekannte Gefühle in ihr. »Gehen Sie möglichst rasch«, flüsterte sie.

Lochiel preßte die Lippen zusammen, doch bevor er etwas sagen konnte, erschien Hunt in der Tür.

»Ihr Pferd ist gesattelt, Sir«, teilte er Stephen mit, der Lochiel und Athena mit zusammengekniffenen Augen beobachtet hatte. »Ich habe mir auch erlaubt, die Kutsche für Mrs. Kensington zu bestellen, damit sie sich nach Courtland Grace begeben kann.«

Nur Lochiel, der vor Athena stand, bemerkte ihren erleichterten Gesichtsausdruck. »Ich möchte sehr gern nach Fletcher sehen«, sagte sie. »Danke, Hunt.«

Hunt verbeugte sich. »Ich habe es gern getan, Madam.«

Während der Heimfahrt bemühte sich Athena, ihre Tränen weiterhin im Zaum zu halten. Nach den entsetzlichen Ereignissen der vergangenen Nacht war sie erschöpft und vollkommen durcheinander. Sobald Stephen nach Hause zurückkehrte und die Untersuchung gegen Ambrose vorbei war, wollte sie die Vergangenheit vergessen. Der Krieg konnte nicht mehr lange dauern, Lochiel würde mit seiner Kompanie nach England zurückkehren, und dann würde sie nichts mehr an diese hoffnungslose Liebe erinnern.

Als die Kutsche vor der Eingangstür von Courtland Grace hielt, kam Tykie strahlend herbeigelaufen und half ihr beim Aussteigen. Sein Lächeln wurde breiter, als er feststellte, daß sie allein war.

»Sie haben ihn also verlassen, Mädchen?« fragte er geradeheraus.

Athena sah ihn verständnislos an. »Wen?«

»Den jungen Kensington mit seinem Pickelgesicht. Eine Nacht in seinem Haus hat genügt, damit Sie erkennen, wohin Sie wirklich gehören, was?«

»Wie kannst du so etwas sagen, Tykie!« rief Athena, obwohl Tykie natürlich nichts von der Tragödie wissen konnte, die sich in der vergangenen Nacht abgespielt hatte. »Mein Mann mußte unerwartet nach Albany reiten und hat entschieden, daß ich bis zu seiner Rückkehr in Courtland Grace bleiben soll.«

»Sie sind bestimmt müde, Mädchen.« Tykies Lächeln war verschwunden.

»Ich habe diese Nacht kein Auge zugetan«, gestand Athena, während sie die Treppe hinaufgingen. »Du kannst dir nicht vorstellen, was geschehen ist.« In ihrem Gesicht lag solcher Kummer, daß Tykie sie unterbrach.

»Das kann alles warten, Miß Athena. Sie werden jetzt ein Weilchen schlafen, und dann wird Prudence Ihnen etwas zum Essen herrichten.«

Athena war zu müde, um mit ihm zu streiten. »Wo ist mein Bruder?«

»Er ruht sich in seinem Zimmer aus, und Sie werden das gleiche tun.«

»Zu Befehl«, murmelte sie; es würde himmlisch sein, wieder im eigenen Bett zu liegen.

Zur allgemeinen Befriedigung schlief Athena bis zum späten Nachmittag. Inzwischen hatte ein wandernder Kesselflicker die Nachricht von Ambrose Kensingtons Tod und den gegen ihn erhobenen Anschuldigungen nach Courtland Grace gebracht; doch obwohl die Dienerschaft ihre Neugierde kaum bezähmen konnte, wartete sie geduldig, bis ihre Herrin von selbst aufwachte.

Als Athena endlich in einem rostroten Kleid mit blaßgelbem Unterrock die Treppe herunterkam, sah sie ausgeruht und frisch aus. Ihre Augen funkelten übermütig, als sie Wills fragte, ob Prudence ihr eine Kleinigkeit zurechtmachen könne.

»Ich bin am Verhungern«, gestand sie, und Wills fand, daß sie jetzt endlich wieder die alte Athena war.

»Ich bin davon überzeugt, daß sich etwas finden wird, Miß«, erwiderte er gespielt ernst. »Darf ich hinzufügen, daß es gut tut, Sie wieder hier zu haben?«

Sie war eine einzige Nacht fortgewesen, doch sie war glücklich, wieder zu Hause zu sein. »Danke, Wills. Befindet sich Fletcher noch in seinem Zimmer?«

»Nein, Miß, er nimmt den Tee auf der Terrasse ein.«

»Dann werde ich ihm Gesellschaft leisten.«

»Sehr wohl, Miß.«

Als sie auf die Terrasse trat, saß Fletcher mit dem Rükken zu ihr im warmen Sonnenschein. Er war mager geworden, aber sie war froh, daß er am Leben war. Sein Gesicht, das sie im Profil sah, war blaß und abgezehrt, und die Hand, in der er die Teetasse hielt, zitterte leicht, doch hatte er ungeheure Fortschritte gemacht. Mit der Zeit würde der schmerzliche Zug aus seinem Gesicht verschwinden, die Sonne würde Farbe auf seine Wangen zaubern, und Prudences Mahlzeiten würden dafür sorgen, daß seine Kräfte zurückkehrten.

»Bist du endlich aufgewacht, du Faulpelz?« fragte er, als Athena ihm von hinten die Arme um den Hals legte und ihre Wange an die seine drückte.

Sie konnte nur dann glücklich sein, dachte sie, wenn sie sich auf Courtland Grace befand und zumindest einer ihrer Brüder bei ihr war. Dann fiel ihr ein, daß sie nur kurze Zeit hierbleiben würde und daß sie die düstere Atmosphäre von Kensington Manor erwartete, sobald Stephen zurückkehrte.

»Wir haben schon von Ambroses Tod gehört«, sagte Fletcher. »Es muß schrecklich gewesen sein. Warst du dabei, Kleines?«

Sie erzählte ihm alles, was geschehen war; die Worte überstürzten sich, so erleichtert war sie, endlich wieder mit ihm sprechen zu können. Sie ließ nichts aus, nicht einmal die Auseinandersetzung zwischen Lochiel und dem betrunkenen Stephen, gestand aber nicht, daß sie in der entscheidenden Nacht bei der Mühle gewesen war. Sie wollte ihren Bruder nicht unnötig aufregen.

»Es ist wirklich tragisch«, bemerkte er, als sie endlich verstummte. »Ich hatte keine Ahnung, daß sich Ambroses Finanzen in einem so erbärmlichen Zustand befanden. Hat Stephen denn nichts davon gewußt?«

Athena biß von dem Zitronentörtchen ab, das Prudence als Dessert geschickt hatte, und schüttelte den Kopf. »Stephen wußte weder über die Aktivitäten seines Vaters noch über seine finanzielle Lage Bescheid. Er war entsetzt, als Lochiel es heute früh erwähnte.«

»Vater hat immer behauptet, daß Ambrose nicht mit Zahlen umgehen konnte, und er fand Leda viel zu extravagant«, meinte Fletcher. »Wenn man sich jeden Luxus leistet, und wenn ein unfähiger Verwalter einige falsche Entscheidungen trifft, kann man sehr schnell bis über beide Ohren in Schulden stecken. Ich wäre aber nie auf die Idee gekommen, daß ein so friedlicher Mensch wie Ambrose den Franzosen Waffen verkaufen würde, um seine Verluste hereinzubringen. Es ist ein gefährliches Geschäft, und ich kann mir nicht vorstellen, wie der arme, dicke Ambrose sich Waffen schmuggelnden Algonkins gegenüber behaupten konnte.«

Athena schwieg und dachte an Thomas Painsley; für sie stand fest, daß er die treibende Kraft gewesen war. Zweifellos gehörte er zu Ambroses zahlreichen Gläubigern und hatte seine Stellung benützt, um den armen Mann in seine dunklen Geschäfte zu verstricken. Vielleicht war sogar Erpressung im Spiel gewesen, dachte sie, als ihr die Szene in Kensingtons Garten einfiel.

Sie hatte niemandem erzählt, was sie damals gehört hatte, denn sie war davon überzeugt, daß Lochiel Painsleys Namen von den Männern erfahren würde, die er verhaftet hatte. Athena wollte nicht von sich aus noch mehr Schande über die Kensingtons bringen. Hoffentlich erwies sich Lochiel als Gentleman und zog sie nicht in die verdammte Geschichte hinein.

Lochiel ein Gentleman? Sie hätte beinahe höhnisch gelacht. Seine hervorstechendsten Eigenschaften waren Arroganz und Rücksichtslosigkeit.

»Wirst du zu ihm zurückkehren, wenn er wiederkommt, Athena?«

Sie sah Fletcher verständnislos an. »Was?«

Fletcher hatte sie beobachtet und bemerkt, daß etwas sie beunruhigte. Es störte ihn, daß er keine Ahnung hatte, was in ihrem Kopf vorging.

»Ich wollte wissen, ob du nach Kensington Manor zurückkehren wirst, wenn Stephan aus Albany heimkommt. Dir ist doch klar, daß die Familie in großen Schwierigkeiten steckt. Es gibt keinen Grund, warum du dich mit einem mittellosen Haufen von Gesetzesbrechern belasten solltest.« Es war das erste Mal, daß Fletcher die unerwartete Heirat seiner Schwester erwähnte.

»Stephen wird bestimmt die Schulden seines Vaters erben«, fuhr er fort. »Auch der Skandal macht mir Sorgen. Wie werden deiner Meinung nach unsere Freunde und Nachbarn auf die Tatsache reagieren, daß sich ein Verräter unter uns befunden hat? Um das gesellschaftliche Ansehen der Kensingtons dürfte es geschehen sein.«

Athena preßte die Lippen zusammen, was Fletcher schmerzhaft an ihre Mutter erinnerte. Fiona war gelegentlich störrisch wie ein Maultier gewesen und hatte sich nicht von ihren Absichten über Recht und Unrecht abbringen lassen. Obwohl Foster und Fiona einander innig geliebt hatten, waren oft genug die Funken zwischen ihnen geflogen. Athena war ihrer Mutter viel zu ähnlich geworden, fand Fletcher.

»Ich bin Stephens Frau«, stellte Athena entschieden fest. »Obwohl unsere Ehe unter sehr ungewöhnlichen Umständen zustande gekommen ist, werde ich ihn nicht für die Taten seines Vaters verantwortlich machen. Ich werde sie nicht als Vorwand benützen, um ihn zu verlassen.«

»Verdammt noch mal, Athena«, fluchte Fletcher wütend. »Deine Ehe ist Tante Amelias Werk, nicht deines. Angesichts dieser Ereignisse hast du eindeutig das Recht, sie aufzulösen. Niemand, und schon gar nicht deine Familie, wird dir einen Vorwurf daraus machen.«

Sie sah ihm herausfordernd in die Augen. »Ich habe nicht vor, Stephen zu verlassen. Natürlich war ich genauso entsetzt wie du, als ich bei meiner Rückkehr aus Fort Shuyler feststellte, daß Stephen und Tante Amelia hinter meinem Rücken über meine Zukunft entschieden hatten. Aber ich hatte schon vorher daran gedacht, Stephen zu heiraten, und als du verwundet wurdest und er sich meiner so liebevoll annahm, wurde mir klar, daß ich es viel schlechter hätte treffen können.«

»Bist du sicher?«

Athenas Selbstsicherheit geriet ins Wanken, als sie an Lochiel dachte. »Stephen hat mir bereits bewiesen, daß er ein freundlicher, aufmerksamer Ehemann sein wird.« Sie schenkte mit gesenktem Kopf Tee ein, so daß er ihr Gesicht nicht sehen konnte.

»Freundlich und aufmerksam, so ein Unsinn! Du wirst mit ihm nie glücklich werden. Nach einem Monat wird dich die ganze Familie unerträglich langweilen, Athena; ich kenne dich viel zu gut.«

»Bitte, Fletcher, du darfst dich nicht aufregen.« Athena hatte die Röte bemerkte, die ihm in die Wangen gestiegen war.

»Sag mir, daß du ihn liebst, dann werde ich nie mehr behaupten, daß du einen Fehler begangen hast«, erklärte er hart.

»Entschuldigen Sie, Sir.«

Fletcher fuhr sich mit der Hand über die Augen; Wills war im ungeeignetsten Augenblick erschienen. Was sollte er nur mit seiner eigensinnigen kleinen Schwester anfangen? Er war durch die Schußwunde und die Kopfverletzung im vergangenen Winter noch zu geschwächt, um klar denken zu können, geschweige denn, die Sache selbst in die Hand zu nehmen. Wenn nur die Zwillinge zurückkämen und der verdammte Krieg zu Ende wäre! Doch auch das würde nichts nützen. Athena war offenbar entschlossen, Stephens Frau zu bleiben, obwohl sie ihn weder liebte noch mit der Eheschließung einverstanden war. Die kühne, verwegene, temperamentvolle Athena von früher hätte einer solchen Manipulation nie zugestimmt. Diese verdammte Amelia Bower!

»Was ist, Wills?« fragte er.

»Mistreß de Vries und ihre Tochter möchten Miß Athena einen Besuch abstatten.«

Bruder und Schwester stöhnten laut auf und brachen dann gleichzeitig in Gelächter aus.

»Wahrscheinlich wollen sie dir kondolieren«, bemerkte Fletcher.

»Ganz bestimmt nicht«, widersprach Athena. »Sie wollen aus erster Hand erfahren, was sich wirklich abgespielt hat.«

»Soll ich sie wegschicken?« fragte Wills unschuldig, doch sein Ton deutete an, daß es ihm ein Genuß wäre.

»Bitte sie von mir aus herein«, seufzte Fletcher resigniert. »Es sei denn, du möchtest es nicht, Athena.«

»Warum soll ich ihnen den Spaß verderben?« fragte sie trocken. In Wirklichkeit war es ihr viel lieber, wenn sie mit Marianne und Katrine über Ambroses Tod statt mit ihrem Bruder über Stephen sprechen mußte.

Sie stützte Fletcher, während sie mit ihm hineinging. Niemand, und schon gar nicht ihre Brüder, dufte je von ihrer Liebe zu Lochiel Blackmoor erfahren, und niemand durfte wissen, daß sie nie einen Mann gefunden hätte, wenn Stephen nicht gewesen wäre. Nur Stephen war bereit gewesen, sich darüber hinwegzusetzen, daß sie keine Jungfrau mehr war, und sie mußte ihre Brüder davon überzeugen, daß sie als seine Frau glücklich war. Wenn es später so kommen würde, wie Fletcher prophezeit hatte, würde sie diese Bürde allein tragen müssen – wahrscheinlich bis an ihr Lebensende.

Als Stephen zwei Tage später nach Courtland Grace zurückkehrte, waren im Westen drohende Gewitterwolken aufgestiegen und über den dunklen Himmel zuckten Blitze. Er warf Wills achtlos seinen tropfnassen Mantel zu und folgte wortlos Athenas Stimme in den Salon. Wills musterte mißbilligend die Abdrücke seiner Stiefel auf dem polierten Boden. Miß Athena hätte wirklich einen zivilisierteren Mann heiraten können. Es war allgemein bekannt, daß Kensington ein Spieler und Weiberheld war, ganz davon zu schweigen, daß er unmäßig trank und ständig schlechter Laune war. Miß Athena gehörte nicht zu den schüchternen jungen Mädchen, die ihren älteren Familienangehörigen widerspruchslos gehorchten. Warum hatte sie sich dann den Abmachungen gefügt, die Mistreß Bower für sie getroffen hatte?

»Ich werde die Frauen nie verstehen«, murmelte Wills, während er den nassen Mantel weghing.

Als Stephen das Zimmer betrat, schenkte Athena Marianne und Katrine de Vries gerade Tee ein. Sie wandte ihm den Rücken zu, und er musterte unverhohlen ihre schlanke Gestalt, die durch das enganliegende, cremefarbene Kleid betont wurde.

In ihm erwachte brennendes Verlangen. Er hatte lange genug darauf gewartet, Athena Courtland zu besitzen, aber heute nacht würde sie in seinen Armen liegen; nur der Weltuntergang konnte ihn daran hindern.

Athena fiel auf, daß ihre Gäste verstummt waren, und als sie sich umwandte, stand Stephen vor ihr. Die dunklen Haare klebten an seiner Stirn, und sie brauchte eine Weile, bis sie begriff, was sein Gesichtsausdruck bedeutete.

»Wie schön, daß du endlich wieder da bist, Stephen.« Sie unterdrückte ihren Widerwillen und lief mit ausgestreckten Armen auf ihn zu. Er küßte sie höflich auf die Wange, doch der Ausdruck in seinen Augen verriet ihr, daß er es nicht dabei bewenden lassen würde.

Er legte seiner Frau besitzergreifend den Arm um die Taille und nickte den Besucherinnen zu. »Guten Abend, Marianne, Katrine.« Er kannte die de Vries, seit er zurückdenken konnte; durch Athenas herzliche Begrüßung hatte sich seine Stimmung gebessert, und so unterhielt er sich jetzt ungezwungen mit den beiden Damen.

Katrine hatte das junge Paar mit zusammengekniffenen Augen beobachtet. Sie war seit Athenas romantischer Trauung durch Stellvertretung von Neid und Wut erfüllt; sie hatte nicht nur Stephen an ihre verhaßte Rivalin verloren, sondern war auch in den Hintergrund gedrängt worden – was ihr gar nicht behagte –, während Athena Courtlands Abenteuer in der gesamten Kolonie die Runde machte.

Der Skandal, der die Kensingtons getroffen hatte, war für Katrine ein Trostpflaster gewesen. Sie hatte darauf bestanden, daß sie und ihre Mutter Athena täglich besuchten, um Näheres darüber zu erfahren, wie es Stephen in Albany erging. Katrine hatte sehnlichst darauf gewartet, daß Athena einmal auf die Nase fiel, aber die Leute, mit denen sie über dieses Thema sprach, bedauerten fast ausnahmslos die unglückliche junge Frau.

Unglücklich! Katrine hätte am liebsten laut geschrien. Wie schaffte es Athena immer wieder, jeden davon zu überzeugen, daß sie unschuldig war, wenn sie in Wirklichkeit aufsässig und zügellos war und in der guten Gesellschaft nichts verloren hatte? Warum hatte Stephen sie geheiratet, obwohl er wußte, daß sie seit Monaten ein Verhältnis mit einem schottischen Offizier hatte?

»Hoffentlich war deine Zusammenkunft mit General Amherst nicht zu unangenehm«, bemerkte Athena. Marianne und Katrine beugten sich erwartungsvoll vor, und Athena nickte unmerklich. Deshalb waren sie also da, diese unleidlichen, klatschsüchtigen, aufdringlichen Weiber. Am liebsten hätte sie ihnen einen Tritt in ihre Kehrseite versetzt.

»Er war überaus herzlich«, antwortete Stephen, während er sich einen Drink einschenkte. Er ließ sich in einen Lehnstuhl fallen, schlug die Beine übereinander und weigerte sich – zur Enttäuschung der de Vries –, auf Einzelheiten einzugehen.

Als Katrine und ihre Mutter merkten, daß sie nicht mit weiteren Informationen rechnen konnten, verabschiedeten sie sich. Athena ließ ihre Abschiedsküsse über sich ergehen und atmete auf, als Wills die Tür hinter ihnen schloß.

»Gott sei Dank, daß sie fort sind«, bemerkte Stephen von der Tür zum Salon aus, in der er mit einem Glas in der Hand lehnte. Er musterte den weißen Hals seiner Frau mit gierigen Blicken. »Ich habe geglaubt, wir würden nie mehr allein sein.«

Athena schluckte. Er erwartete doch nicht ernsthaft, daß sie direkt mit ihm ins Bett gehen würde?

»Athena.« Er stellte sein Glas weg und trat zu ihr; seine Hände glitten über ihre Schultern.

»Du bist also wieder da, Stephen. Hoffentlich war der Ritt durch den Regen nicht allzu unangenehm.«

Stephen brachte es fertig, nicht aufzustöhnen, als Fletcher auf der Treppe erschien. Gab es hier eine Verschwörung, um ihn von seiner Frau fernzuhalten? Er schüttelte seinem Schwager mißmutig die Hand und ärgerte sich insgeheim darüber, daß Fletcher sich so rasch erholte. Obwohl sich dieser noch steif bewegte und nach wie vor einen Verband um Schulter und Brust trug, wies nichts mehr darauf hin, daß er dem Tode nahe gewesen war.

»Die Straßen waren noch passierbar«, knurrte Stephen. »In Albany dürfte es etwas weniger geregnet haben.« Er wandte Fletcher demonstrativ den Rücken zu und ergriff Athenas Hand. »Kannst du sofort mit mir nach Hause zurückkehren?«

Auf diese Frage war sie nicht gefaßt gewesen. Sollte sie Courtland Grace so bald wieder verlassen?

»Bei diesem Wetter könnt ihr euch unmöglich auf den Weg machen«, protestierte Fletcher und zeigte auf die Fensterscheiben, gegen die der Regen trommelte. »Prudence hat ein köstliches Mahl zubereitet. Du kannst doch wenigstens zum Abendessen bleiben?«

Stephen blieb nichts anderes übrig, als zuzustimmen, denn er wollte Fletcher nicht verärgern: Er war jetzt mit Athenas Brüdern verwandt, und es lag in seinem Interesse, gute Beziehungen zu ihnen herzustellen. Er nickte widerwillig, doch sein Verlangen nach Athena verdrängte alle anderen Gedanken aus seinem Kopf.

»Wir möchten gern erfahren, was in Albany geschehen ist«, meinte Athena, als die drei in den Salon zurückkehrten.

Fletcher reichte Stephen ein frisch gefülltes Glas. Dieser nahm wieder im Lehnstuhl Platz und bemerkte bitter: »Das war vielleicht eine Zeitverschwendung! Ich habe noch nie einen unfähigeren Haufen Idioten gesehen als Amherst und seine Obersten. Ich konnte ihnen überhaupt nichts über die Geschäfte meines Vaters erzählen, und jetzt sieht es so aus, als würde durch seinen Tod der wahre Anführer der Operation unbekannt bleiben.«

»Dein Vater hat also nicht allein gearbeitet?« fragte Fletcher interessiert.

Stephen lachte höhnisch. »Mein Vater war viel zu feige und zu dumm, um so etwas auf die Beine zu stellen. Ich nehme an, daß er nur eine unbedeutende Figur in dem Spiel war; doch er hat leider die Wahrheit mit ins Grab genommen.«

Athena war darüber entsetzt, wie herzlos Stephen von Ambrose sprach. Ihr fiel eine der Fragen ein, die Fletcher ihr am Vortag gestellt hatte: ›Weißt du wirklich Athena, was für einen Mann du geheiratet hast?‹

Stephens schadenfrohes Gelächter brachte sie in die Gegenwart zurück. »Etwas hat mir allerdings Vergnügen bereitet: Blackmoor hat sich bei dieser Geschichte unsterblich blamiert.«

Athena runzelte die Stirn. »Was meinst du damit?«

Stephen lachte wieder. »Ach, komm schon, Athena, dir muß doch klar sein, daß er sich wie ein Idiot angestellt hat. Er hat es nicht geschafft, meinen Vater vor Gericht zu bringen, hat durch seine Stümperei Ambroses Tod herbeigeführt und dadurch verhindert, daß man Ambroses Partner jemals dingfest machen wird.«

»Major Blackmoor hat deinen Vater nicht getötet«, platzte Athena heraus. »Jedenfalls nicht direkt«, fügte sie rasch hinzu, als ihr Mann sie finster anblickte.

»Bei der Mühle sind ja mehrere Gefangene gemacht worden«, unterbrach Fletcher die peinliche Stille. »Einer von ihnen wird bestimmt den Namen des Anführers genannt haben.«

»Da irrst du dich.« Stephen erhob sich, um sein Glas nachzufüllen. »Diese Schufte wußten tatsächlich überhaupt nichts. Natürlich konnte jeder den Mann beschreiben, der die Aktionen leitete, aber keiner kannte seinen Namen. Ein gerissener Kerl, was? Aber es war eine Wonne zuzusehen, wie Blackmoor auf die Nase fiel.«

Athena schwieg, obwohl sie nervös mit ihren Fingern spielte. Hatte Lochiel sich wirklich lächerlich gemacht? Hatte Stephen durch seine bissigen Bemerkungen dem General gegenüber bewußt zu diesem Eindruck beigetragen?

Ich weiß, wer der zweite Mann ist, rief sie sich ins Gedächtnis. Wenn ich nach Albany reite und dem General den Namen nenne, wird nicht nur der Verräter vor Gericht gestellt, sondern Lochiel wird viel besser dastehen.

»Was will General Amherst in dieser Angelegenheit jetzt unternehmen?« erkundigte sie sich.

Stephen zuckte mit den Achseln. »Er ist sehr beschäftigt. Im Augenblick gibt es Wichtigeres, mit dem er sich befassen muß.«

Athena erhob sich lässig. »Ich werde einen Blick in die Küche werfen und nachsehen, wie es um unser Abendessen steht.«

»Du kannst es aber auch nie erwarten«, neckte sie Fletcher.

Athena küßte ihn lachend auf die Stirn. Doch kaum hatte sie den Salon verlassen, rannte sie in ihr Zimmer und rief nach Mercy. Als ihre Zofe hereinkam, saß Athena am Schreibtisch, kritzelte hastig einige Zeilen auf ein Blatt Papier und zog sich gleichzeitig aus.

»Bring mir mein Reitkleid«, befahl sie kurz.

»Sie wollen ausreiten, Miß?« Mercy rümpfte die sommersprossige Nase, als sie zum Fenster hinausblickte.

»Tykie und ich reiten aus«, stellte Athena richtig.

Mercy wußte, daß jeder Versuch, ihre Herrin umzustimmen, zum Scheitern verurteilt war. Also nahm sie ein dunkelblaues Reitkleid aus dem Schrank und suchte in der vollgestopften Truhe nach Hut, Handschuhen und Peitsche.

»So« Athena legte die Feder weg, faltete das Blatt Papier zusammen und legte es beiseite. Dann schlüpfte sie aus dem Kleid und Unterrock und streifte mit Mercys Hilfe das Reitkleid über.

»Gib jetzt genau acht«, sagte sie, während sie die Jacke zuknöpfte. »Ich muß eine sehr dringende Angelegenheit erledigen, aber das darf Stephen auf keinen Fall erfahren.«

Mercy bekam große Augen. Sie war es gewohnt, in die Streiche ihrer Herrin verwickelt zu werden, aber wenn es um Athenas Mann ging... »Ich glaube nicht, daß ich imstande sein werde, ihn zu täuschen, Miß Athena.«

»Mach dir keine Sorgen.« Athena deutete mit dem Kopf auf den Schreibtisch. »Ich habe einen Brief für Fletcher hinterlassen, in dem ich ihm alles erkläre. Es ist nur eine Vorsichtsmaßnahme, für den Fall, daß ich es nicht schaffe, noch heute nacht zurückzukehren.«

»Und Mister Kensington?« fragte Mercy besorgt, während sie ihrer Herrin die Reithandschuhe reichte.

»Ich habe Fletcher gebeten, das Ganze in die Hand zu nehmen.« Die Erleichterung in Mercys Gesicht entlockte Athena ein Lächeln. Offenbar war sie nicht die einzige, die über Stephens Wutanfälle Bescheid wußte. »Mach dir keine Sorgen«, wiederholte sie. »Du mußt ihn nicht anlügen. Aber tu mir den Gefallen und verrate ihm erst so spät wie möglich, daß ich das Haus verlassen habe. Und gib Fletcher meine Mitteilung möglichst bald.«

»Ohne daß Mr. Kensington es merkt?« Mercy begann zu begreifen.

Athena setzte den Hut auf. »Genau.«

Sie verließ das Haus durch den Dienstboteneingang und lief über den durchweichten Hof zum Stall. Tykie und Hale saßen in der Sattelkammer und reparierten Pferdegeschirre. Tykie zog die buschigen Augenbrauen hoch.

»Sie wollen in diesem Wetter ausreiten, Mädchen?« Sein Ton deutete an, daß wohl nur ein Vollidiot zu etwas Derartigem fähig war.

»Wir reiten zusammen aus«, erwiderte Athena. Sie war fest entschlossen, General Amherst aufzusuchen, und würde sich durch nichts davon abhalten lassen. Zuerst hatte sie allein reiten wollen, aber eine verheiratete Frau, die ohne Begleitung vor der Tür des Generals erschien, würde vermutlich nicht vorgelassen werden. Der General war als recht konservativ bekannt.

»Kann man es nicht aufschieben?« stöhnte Tykie, obwohl er nur zu genau wußte, was es bedeutete, wenn seine Herrin das Kinn eigensinnig vorschob. Es war zwar bereits Juni, aber über dem Tal lag feuchte Kälte, die durch Mark und Bein ging, und er hatte sich auf das warme Abendessen gefreut.

»Das kann man nicht.« Athena schüttelte den Kopf und zog die Schultern zurück. »Kommst du jetzt mit oder bleibst du hier?«

»Ich habe vermutlich keine Wahl.« Tykie ärgerte sich, als er Hales amüsiertes Grinsen bemerkte, und versetzte ihm mit seiner riesigen Pranke einen Klaps. »Du machst dich wohl auf meine Kosten lustig?«

Es war ein sanfter Stupser gewesen, aber Hale kippte mitsamt dem Schemel, auf dem er saß, nach hinten.

Athena hielt sich die Hand vor den Mund, um nicht laut zu lachen – es sah zu komisch aus.

»Der Junge bedauert mich, weil ich wieder einmal in eines Ihrer haarsträubenden Abenteuer hineingezogen werde, Miß Athena«, brummte Tykie.

Hale schüttelte nachdrücklich den Kopf, obwohl er genau das gedacht hatte. Als Tykie eine ungeduldige Handbewegung machte, sprang er jedoch schleunigst auf und lief in den Stall, um die Pferde zu satteln.

»Wir reiten nach Albany«, erklärte Athena, sobald sie allein waren. Sie mußte Courtland Grace verlassen, bevor Stephen Verdacht schöpfte, und blickte besorgt durch das kleine Fenster hinaus. »Bitte sage es Hale nicht. Er müßte Stephen die Wahrheit gestehen, und ich will nicht, daß mein Mann uns folgt.«

Diese geheimnisvollen Andeutungen machten Tykie neugierig, aber gleichzeitig war er begeistert. Es war ein Vergnügen, diesen eingebildeten Laffen an der Nase herumzuführen, ganz davon zu schweigen, daß Miß Athena ihre Unternehmungslust wiedergefunden hatte. Was immer sie vorhatte – er würde sie vorbehaltlos unterstützen.

Minuten später trabten die beiden die Straße hinunter. Tykie hatte sich einen schweren schwarzen Umhang über die Schultern geworfen, während Athena die Kapuze ihres Umhangs über den Kopf gezogen hatte. Unter Ballycors Hufen spritzte Schlamm auf, und Athena musterte besorgt die Straße. Der Donner hatte zwar aufgehört, aber es regnete noch immer. Stephen hatte erwähnt, daß die Straßen nach Albany noch passierbar waren, aber Athena wußte aus Erfahrung, wie rasch sie sich in zähen Morast verwandeln konnten.

»Ich kehre auf keinen Fall um«, sagte sie sich immer wieder vor. Sie war entschlossen, General Amherst Thomas Painsleys Namen zu nennen, und nur eine Sintflut konnte sie daran hindern.

Tykie und Athena waren bis auf die Haut durchnäßt, als sie im Hof eines Gasthofs in Albany von ihren Pferden stiegen. Tykie führte seine Herrin in die Gaststube, schüttelte sich wie ein nasser Hund und erklärte der Kellnerin, daß er unbedingt mit dem Besitzer sprechen müsse.

»Du verstehst es, Mädchen herumzukriegen«, stellte Athena fest, als die Kellnerin verschreckt davoneilte. Sie hatte die Kapuze zurückgestreift und den Hut abgenommen; im Schein des im Kamin brennenden Feuers schimmerten ihre Haare golden.

»Es ist ein elendes Loch«, meinte Tykie bedauernd. »Ich hätte einen anderen Gasthof vorgezogen, aber nirgends war auch nur ein Kämmerchen frei.«

Beide waren darüber erstaunt gewesen, wie viele Soldaten unterwegs waren. Dutzende Kompanien von Regulars und Milizsoldaten in voller Ausrüstung waren an ihnen vorbeigezogen. Athena hatte über ihren häuslichen Problemen vollkommen vergessen, daß der Angriff auf Quebec bevorstand, doch jetzt wurde ihr bewußt, daß der Krieg schreckliche Realität war.

Fletcher hatte einen Tag zuvor bemerkt, wie leid es ihm tat, daß er bei dem großen Angriff auf Kanada nicht dabei sein konnte, doch als Athena die jugendlichen Gesichter der Soldaten sah, empfand sie tiefe Erleichterung. Sie war froh, daß Fletcher zu Hause war, daß ihm das schreckliche Gemetzel erspart blieb, welches offensichtlich bevorstand.

Wenn sie nur gewußt hätte, wo die Zwillinge steckten! Die Angst um die beiden machte ihr wirklich zu schaffen. Keiner von ihnen hatte auf die verzweifelten Briefe geantwortet, in denen sie ihnen von Fletchers Verwundung berichtete. Sie hatte nur ein paar Zeilen von Majors Rogers erhalten, in denen er ihr mitteilte, daß ihn ihre Post in einem Biwak in New Hampshire erreicht habe. Er wollte sie ihren Brüdern so rasch wie möglich zukommen lassen, befürchtete jedoch, daß sie sich in Geduld fassen mußte. Auf General Wolfes Ansuchen waren Rogers' Rangers auf Erkundung nach Kanada geschickt worden, und es würde geraume Zeit vergehen, bis sie die Briefe ihrer Schwester erhielten.

Inzwischen war der Besitzer des Gasthofes herbeigeeilt. Er wischte sich die Hände an der schmutzigen Schürze ab und begrüßte den riesigen Hochländer herzlich. »Es tut gut, Sie wieder zu sehen, Mr. Downs. Was soll es denn heute sein? Ein Krug von meinem besten Ale, oder –«

Tykie zeigte auf Athena, die noch immer vor dem Kamin stand, und der Wirt bemerkte auf den ersten Blick, daß es sich bei diesem Gast um eine vornehme Dame handelte.

»Ich brauche für Mrs. Kensington ein Extrazimmer, Tibble«, erklärte Tykie, »und ein Glas von deinem besten Met. Das Abendessen ist offenbar auch schon fertig«, bemerkte er schnüffelnd. »Laß uns auch etwas bringen.«

»Es gibt in ganz Albany kein freies Extrazimmer mehr, Mr. Downs«, jammerte der Besitzer. »Überall sind Soldaten einquartiert –«

Tykie griff nach der Weste des Wirts und bekam dabei auch die Haut des armen Mannes zu fassen. »Ein Extrazimmer für Mrs. Kensington«, wiederholte er zwar leise, aber drohend, ohne den Rücken seiner Herrin aus den Augen zu lassen, die seine Methoden bestimmt nicht gutgeheißen hätte.

»Ich werde sehen, was ich tun kann«, versprach der Wirt.

Tykie ließ ihn befriedigt los. »Du bist ein Juwel, Tibble.«

Der Wirt murmelte vor sich hin und rieb sich die Brust, während er Athena in einen kleinen Raum neben der Küche führte. Die Vorhänge vor dem einzigen Fenster waren zugezogen, und vor ihm stand ein Tisch. Das Tischtuch war zerknittert, aber sauber.

Das genügt, dachte Tykie glücklich. Miß Athena war zwar weder erschöpft noch am Verhungern, aber er hätte sie nie im Gastzimmer allein gelassen. Durch die geschlossene Tür drang das brüllende Gelächter der Gäste und das Klirren der Bierkrüge. Das Wirtshaus Crown West war zwar nicht der richtige Aufenthaltsort für eine Dame, aber Tykie hatte sich nicht davon abbringen lassen, Athena an einem warmen, trockenen Ort unterzubringen, während er sich auf die Suche nach General Amhersts Hauptquartier begab.

Angesichts der vielen Soldaten und der vor Menschen wimmelnden Straßen hatte Tykie sich geweigert, Miß Athena mitzunehmen, wenn er zu dem Fort hinaufritt und sich erkundigte, wo er den General finden konnte. Er wußte zwar noch immer nicht, was sie von dem Befehlshaber der Armee wollte, aber es schickte sich nicht, daß sie wie ein verwahrlostes Kind aussah, wenn sie ihn aufsuchte. Miß Athena hatte zuerst heftig protestiert, dann aber eingesehen, daß er recht hatte.

»Ich komme zurück, sobald ich ihn gefunden habe, Miß«, versprach er ihr jetzt. »Inzwischen bringt Ihnen Master Tibble etwas zu essen und zu trinken.«

Sie lächelte ihn an. »Danke, Tykie.«

Mit diesem Lächeln im Herzen machte sich Tykie auf den Weg. Inzwischen nahm Athena den tropfnassen Umhang ab und hing ihn auf einen Haken neben der Tür. Der winzige Raum war stickig, aber sie war wenigstens allein. In einem Glasschrank standen Zinnkrüge, und die zahlreichen Kerzen ließen den dunklen, verregneten Nachmittag vergessen.

Athena ließ sich mit einem erleichterten Seufzer in einen Stuhl sinken und fuhr sich mit der Hand durch die feuchten Locken. Sie war froh, daß sie Tykie nachgegeben hatte. Es wäre kein Vergnügen gewesen, auf dem nervös tänzelnden Ballycor durch die schlammigen, überfüllten

Straßen zu reiten und sich nach General Amhersts Aufenthaltsort zu erkundigen. Außerdem verstand es Tykie besser als sie, den Menschen Informationen zu entlocken.

Die größte Schwierigkeit bestand darin, Zutritt zum sicherlich gut bewachten Haus des Generals zu erlangen, aber hier war Athena ihrer Sache sicher. Der General würde sich bestimmt daran erinnern, daß er sie im Oktober auf Bountiful kennengelernt hatte und ihr eine kurze Audienz gewähren. Plötzlich fiel ihr ein, daß Lochiel vielleicht bei ihm war, und ihr Herz schlug zu ihrem Verdruß schneller.

Du darfst von nun an nur noch an Stephen denken, ermahnte sie sich streng. Doch als sie sich an die gierigen Augen ihres Mannes erinnerte, fiel es ihr schwer, die gleiche Zärtlichkeit für ihn zu empfinden wie in der Nacht, in der Ambrose gestorben war.

»Entschuldigen Sie, Mrs. Kensington.«

Sie blickte erschrocken auf; der Wirt stand in der Tür.

»Ja?«

»Ein Gentleman ist soeben eingetroffen, der ein Extrazimmer möchte. Ich habe ihm gesagt, daß ich keines mehr habe, aber er will nur rasch eine Mahlzeit zu sich nehmen. Er ist seit einigen Jahren ständiger Gast bei mir und ich möchte ihn ungern wegschicken. So etwas ist schlecht für das Geschäft, das verstehen Sie doch?«

»Und Sie möchten, daß ich dieses Zimmer mit ihm teile?« Athena wußte, daß so etwas häufig vorkam.

Bei ihrer verständnisvollen Frage fiel ihm sichtlich ein Stein vom Herzen. Sie war eine reizende junge Dame, fand er, ganz anders als ihr ungehobelter Lakai. Es war Mr. Downs' Glück, daß er bei jedem seiner Aufenthalte in der Stadt einen Wochenlohn für Mr. Tibbles bestes Ale springen ließ – sonst hätte ihn dieser längst an die Luft gesetzt.

»Natürlich werde ich als Anstandsperson anwesend

sein«, fügte er hastig hinzu. Athena hatte inzwischen den Umhang abgelegt, und Tibble stellte fest, daß sie tatsächlich eine Dame war, noch dazu eine liebreizende, deren Ruf leicht Schaden nehmen konnte, wenn sie in einem von Tibbles Extrazimmern mit einem Fremden zu Abend aß.

Athena lächelte amüsiert, und Tibble trat verlegen von einem Fuß auf den anderen. »Ich habe nichts dagegen, meinen Tisch mit dem Gentleman zu teilen, vorausgesetzt, er ist damit einverstanden.«

»Das wird er sicherlich sein, Miß, ganz bestimmt.«

Tibble eilte davon und rechnete sich dabei im Geist aus, wie viel er durch das zweimal vergebene Zimmer zusätzlich verdiente.

Eine Kellnerin brachte Athena einen Krug Met, und diese trank gerade durstig, als hinter ihr die Tür aufging.

»Guten Abend, Madam. Mr. Tibble ließ mich wissen, daß Sie die Güte haben, Ihren Tisch mit mir zu teilen. Das Wetter ist elend, und ich bin Ihnen für Ihre Großzügigkeit dankbar.«

Der Sprecher war ein hochgewachsener, hagerer Mann in einem grauen Mantel. Athenas im Kerzenlicht leuchtende goldene Haare schienen seinen Blick magisch anzuziehen.

Sie stellte den Krug ab und blickte ihm lächelnd in die Augen. »Sie sind willkommen«, begann sie, aber die Worte erstarben auf ihren Lippen. Im Raum trat beklemmende Stille ein, als auch er sie erkannte.

Athena erhob sich mit wild klopfendem Herzen und stieß dabei den Krug um. Sie riß sich zusammen und murmelte eine Entschuldigung, aber offenbar war es schon zu spät dafür.

Der Fremde durchquerte den Raum mit zwei großen Schritten und blieb vor ihr stehen. Sein Lächeln war nicht mehr angenehm, und seine Stimme jagte ihr einen

Schauer über den Rücken, als er spöttisch fragte: »Gibt es einen Grund dafür, daß ein Zusammentreffen mit mir Sie aus der Fassung bringt, Miß Courtland?«

Athena holte tief Luft und hob tapfer den Kopf. »Keineswegs«, sagte sie ruhig. »Warum sollte ich aus der Fassung geraten, Mr. Painsley?«

19. Kapitel

Tyner trank einen kräftigen Schluck Brandy, seufzte zufrieden und legte die Füße auf den Tisch. Er hatte nur selten Gelegenheit, ein so ausgezeichnetes Getränk zu genießen, und die Vorstellung, daß er sich ohne weiteres eine zweite Flasche leisten konnte, wenn er Lust dazu hatte, versetzte ihn in Hochstimmung.

»Wünschen Sie jetzt das Abendessen, Sir?«

Die Besitzerin des Merry Widow Inn stand in der Tür. Sie behielt ihren erwartungsvollen Gesichtsausdruck bei, obwohl ihr Gast die schmutzigen Füße auf ihr sauberes Tischtuch gelegt hatte. Dinah Partridge war eine penible Frau, aber Sauberkeit wurde unwichtig, wenn es um einen Gast ging, der die Taschen voller Geld hatte. Mr. Tyner konnte von ihr aus die Hühnerknochen auf den Boden werfen und in ihren Zinnkrug pissen, vorausgesetzt, er warf mit Geld um sich. In einem Beruf wie dem ihren mußte man imstande sein, Prioritäten zu setzen.

»Bring mir ein Stück von dem Schwein, das draußen am Spieß brät«, befahl Tyner, »und eine Flasche von deinem besten Wein. Heute feiere ich.«

Dinah lächelte ihn strahlend an und eilte davon. In letzter Zeit war das Geschäft nicht sehr gut gegangen, weil die vielen Soldaten in der Stadt die besseren Leute abschreckten, aber dieser große Kerl würde sie dafür schadlos halten; er konnte von ihr alles bekommen, was sein Herz begehrte.

Tyner schenkte sich den Rest des Brandys ein und warf die leere Flasche auf den Boden. Gab es etwas Besseres, als in einem Gasthaus ein Extrazimmer zu bekommen, und eine dralle Wirtin obendrein, die bestimmt nicht zimperlich sein würde. Er griff grinsend in die Tasche, schüttelte den schweren Lederbeutel zum hundertsten Mal und genoß das Klirren der Goldmünzen.

»Das hast du gut gemacht, Toddy«, murmelte er. »So leicht bist du noch nie zu einem Vermögen gekommen.«

Es war ein Kinderspiel gewesen. Er war am Tag nach Ambrose Kensingtons Tod in Albany eingetroffen und hatte Thomas Painsley, der eine stadtbekannte Persönlichkeit war, ohne große Mühe gefunden. Allerdings hatte er beinahe einen ganzen Tag warten müssen, bis Painsley ihn empfing, aber Tyner konnte es sich leisten, geduldig zu sein. Sein Gefühl sagte ihm, daß Painsley diese Angelegenheit ohne großes Aufheben regeln würde. Dieses Gefühl bestätigte sich, als er dem reichen Kaufmann gegenübersaß, der das Leben genauso realistisch sah wie Tyner. Sie waren sofort zur Sache gekommen.

»Ihnen ist doch klar, daß das Erpressung ist«, hatte Painsley bemerkt, als sein Gegenüber verstummte. Er sagte es vollkommen sachlich und zeigte nicht die geringste Erregung. Der Straßenlärm drang nur gedämpft durch die Fenster, und das Sonnenlicht fiel auf den kostbaren orientalischen Teppich, der den Eichenboden bedeckte und Tyner auf den ersten Blick aufgefallen war. Die wertvolle Einrichtung und Painsleys elegante Kleidung überzeugten ihn davon, daß sein Opfer gut bei Kasse war.

»Sie können es nennen, wie Sie wollen«, hatte Tyner achselzuckend erwidert. »Ich sehe es als Warenaustausch. Für zehn Guineen bekommen Sie den Namen der Person, die Ihr Gespräch mit Kensington belauscht hat.«

Painsley hatte die Augen zusammengekniffen. »Und wie steht es mit Ihnen, Mr. Tyner? Kaufe ich mit den zehn Guineen auch Ihr Stillschweigen?«

Tyner nickte nachdrücklich. »Sie können sich erkundigen, wenn Sie wollen. Hier kennt man mich.«

Die langen Finger trommelten geräuschlos auf den

Schreibtisch. »Nehmen wir an, Sie geben die zehn Guineen aus und haben dann Appetit auf eine weitere Entschädigung. Ich bin kein sehr geduldiger Mensch und lege keinen Wert darauf, Mr. Tyner, daß Sie den Rest meines Lebens immer wieder fordernd vor meiner Tür stehen.«

Ihre Blicke trafen sich, und Tyner lief ein Schauer über den Rücken. Dieser Painsley war ein merkwürdiger Kerl, aber Tyner ließ sich nicht so leicht ins Bockshorn jagen. Painsleys hageres, bleiches Gesicht und seine brennenden Augen würden Tyner nicht von seiner Forderung abbringen.

»Wir müssen einander vertrauen«, antwortete er einfach.

»Das werden wir wohl müssen«, gab Painsley zu.

Der Geschäftsmann musterte den schäbig gekleideten Mann schweigend. Er kannte diese Sorte Menschen. Skrupellos, unappetitlich, gewalttätig; Tyner besaß außerdem gerade genügend Intelligenz, um gefährlich zu sein. Painsley glaubte ihm ohne weiteres, daß er das Gespräch in Kensingtons Garten belauscht hatte, und er mußte sich mit aller Macht beherrschen, um sich nicht anmerken zu lassen, daß er vor Zorn kochte.

Dieser verdammte Ambrose Kensington! Er hätte nie einem Gespräch im Garten zustimmen dürfen. Außerdem hatte ihn die vereitelte Aktion bei der Mühle den größten Teil seiner Männer und viel Geld gekostet. Als er von dem Fiasko erfuhr, hatte er die Beherrschung verloren und seiner Wut freien Lauf gelassen. Das Ergebnis war, daß seine neueste Geliebte einen gebrochenen Kiefer hatte und seine elegante Wohnung ein Trümmerhaufen war.

Inzwischen hatte er sich beruhigt. Seine Verschwiegenheit hatte sich bezahlt gemacht, denn keiner der Männer, die für ihn arbeiteten, kannte seinen Namen, und selbst wenn einige etwas ahnen sollten, würden sie es sich nie anmerken lassen. Painsley hatte ihnen sehr deutlich klargemacht, was sie im gegenteiligen Fall erwartete.

Ambrose Kensington war der einzige gewesen, auf den er sich nicht verlassen konnte, und Ambrose war tot. Er würde sich Tyners Schweigen mit zehn Guineen erkaufen, und dann hatte er es nur noch mit der Person zu tun, die dieser erwähnt hatte. Stellte dieser Unbekannte eine Gefahr dar? Die Zeit verging, und Painsley war nicht bereit, untätig herumzusitzen und darauf zu warten, daß man ihn verhaftete.

Er sperrte die oberste Schreibtischschublade auf und entnahm ihr einen kleinen Lederbeutel, den er Tyner zuwarf. Dieser öffnete ihn gierig und zählte den Inhalt auf seine Handfläche.

»Da sind fünfzehn Guineen drinnen«, stellte er erstaunt fest, während er die Münzen wieder in den Beutel gleiten ließ.

»Es ist Ihr Glück, mein Freund, daß Sie mich darauf aufmerksam gemacht haben. Es überzeugt mich von Ihrer Ehrlichkeit.« Painsley betonte das letzte Wort spöttisch, aber Tyner war zu glücklich, um es zu bemerken.

»Sie geben mir fünfzehn Guineen für den Namen?«

»Und für die Versicherung, daß wir beide nie wieder miteinander zu tun haben werden.«

Diesmal überhörte Tyner die Drohung in der Stimme des anderen nicht, und die böse Vorahnung kehrte wieder. Er wußte nicht, was ihn an dem Mann störte, der mit der gepflegten Perücke und der Satinweste wie das Musterbild eines reichen Kaufmanns aussah. Warum hatte er denn den Eindruck, daß er dem Teufel in die Augen sah?

»Falls sich unsere Wege wieder kreuzen, wäre es ein bedauerliches Versehen Gottes«, versicherte er hastig.

Painsley amüsierte diese aus tiefstem Herzen kommende Bemerkung. Er schwieg einen Augenblick, dann sagte er: »Ich bin sehr beschäftigt, Tyner, und habe keine Zeit mehr für Sie. Den Namen des Gentleman, wenn ich bitten darf.«

Tyner hatte es genauso eilig hinauszukommen. Die fünfzehn Guineen brannten in seiner Tasche, und ihm lief das Wasser im Mund zusammen, wenn er sich vorstellte, wofür er sie ausgeben würde.

»Es ist kein Gentleman, Mr. Painsley. Es war eine Dame, und sie war an dem Abend, an dem ich –«

»Diese Geschichte haben Sie mir schon erzählt«, unterbrach ihn Painsley. Seine Gedanken überschlugen sich. Eine Frau? Verdammt, sie hatte wahrscheinlich das Geheimnis inzwischen allen ihren Freundinnen erzählt.

»Es war die junge Kensington.« Tyner genoß es, zur Abwechslung die Oberhand zu haben.

»Eine von Ambroses Töchtern?« Das war nicht so schlimm. Aramintha und Eliza waren wahrscheinlich noch dümmer als ihr einfältiger Vater und würden das Gespräch im Garten nie mit den Ereignissen bei der Mühle in Verbindung bringen.

Tyner schüttelte den Kopf. »Nicht die Töchter, sondern Stephens Frau mit den goldenen Locken. Athena Kensington persönlich.«

Tyner mußte jetzt noch grinsen, als er sich in seinem Extrazimmer im Merry Widow Inn an Painsleys erstauntes Gesicht erinnerte. Er hatte die fünfzehn Guineen in die Tasche gesteckt und das elegante Büro ohne ein weiteres Wort verlassen. Er war unsagbar zufrieden mit sich. Er hatte seine Information nicht nur gewinnbringend verkauft, sondern auch dafür gesorgt, daß Stephen Kensington nicht ungeschoren davonkam.

Was würde Painsley mit Stephen anfangen? Tyner fröstelte, als er an die kalten, glitzernden Augen dachte. Es würde auf keinen Fall angenehm sein. Es war auch sehr wahrscheinlich, daß Athena in Mitleidenschaft gezogen wurde. Sie tat Tyner beinahe leid, aber dann zuckte er gleichmütig mit den Achseln. Painsley hatte ihn gut bezahlt, und damit war die Geschichte für ihn erledigt.

»Ich bringe das Essen, Mr. Tyner.«

Er bemerkte anerkennend den Duft von Schweinebraten, Kohl und Bratäpfeln, der Dinah Partrigde begleitete. Als sie das Tablett vor ihm abstellte, wanderte sein Blick zu ihrem runden Hintern. Sie kreischte auf, als er sie kräftig hineinkniff, blieb aber bei ihm stehen.

»Bist du wirklich eine lustige Witwe, meine Süße?« erkundigte er sich.

»Das hängt davon ab, was du springen läßt, Junge.«

Er lachte laut. »Versuchen wir es einmal.«

Sie ergriff wortlos seine Hand. Tyner vergaß sein Abendessen und folgte ihr begeistert die Treppe hinauf. Dinah führte ihn in ein leeres Zimmer, stellte die Laterne ab und schlug die Decken auf dem Bett zurück. Sie war nicht besonders schön, aber er hatte allerhand über ihre Künste gehört. Angeblich war sie nicht für jeden zu haben, und er hätte sich am liebsten die Hände gerieben. Fünfzehn Guineen konnten wahrlich Wunder wirken.

»Mach die Tür zu, Süßer«, flüsterte sie heiser und zog die Haarnadeln heraus, so daß ihr die roten Locken auf die Schultern fielen.

Er gehorchte und dachte dabei, wie herrlich es wäre, wenn diese Nacht nie zu Ende ginge.

Es war merkwürdig – Tyner erlebte tatsächlich den nächsten Sonnenaufgang nicht mehr. Die Gäste im Merry Widow Inn stellten am nächsten Morgen entsetzt fest, daß während der Nacht einer von ihnen im Schlaf ermordet und beraubt worden war.

»Das überrascht mich überhaupt nicht«, bemerkte einer der Gäste, nachdem die Leiche fortgeschafft worden war und Dinahs Kellnerinnen das Frühstück zuvorkommend wie immer servierten. »Er konnte gestern abend nicht genug mit seinem Beutel mit Goldmünzen angeben.«

»Es ist eine Schande, daß es ausgerechnet hier geschehen mußte«, meinte sein Gefährte. »In Miß Dinahs Gasthaus werden die Kunden für gewöhnlich nicht im Bett erstochen.«

»Sie wird darüber hinwegkommen. Zu viele Leute wissen, was für ein Juwel sie ist. Es war ein unglücklicher Zufall.«

Tatsächlich war der Zwischenfall bald vergessen. Ungefähr um die gleiche Zeit, als Athena im Crown West Inn Met trank, füllte sich das Merry Widow mit Nachtschwärmern, während die Besitzerin ihre Gäste freundlich wie immer bediente. Bald nachdem das Abendessen aufgetragen war, wurde sie in die Kammer hinter der Küche geholt, die ihr als Büro diente, weil jemand sie sprechen wollte.

»Sie haben heute ein volles Haus«, bemerkte der Fremde.

»Um mich um mein Geschäft zu bringen, braucht es mehr als einen Mord«, erwiderte sie.

»Soviel ich weiß, hat man keine Hinweise auf den Täter gefunden.«

Sie schüttelte den Kopf. »Natürlich nicht –«

»Und der Beutel mit Gold, der angeblich gestohlen wurde?«

Dinah schob den Riegel an der Tür vor, bückte sich und fuhr mit der Hand an der Unterseite des Tisches entlang, an dem sie den Papierkram erledigte. Tyners Beutel mit Goldmünzen hing außer Sichtweite neugieriger Augen an einem Haken.

Der Mann mit den scharfen Gesichtszügen zählte die Münzen und zog verärgert eine Augenbraue hoch. »Er hat sich sofort daran gemacht, das Geld auszugeben, nicht wahr?«

Dinah zuckte mit den Achseln.

»Ich nehme an, daß es sich ausschließlich um rechtmäßige Ausgaben handelt«, fügte er vielsagend hinzu.

Sie sah ihn herausfordernd an. »Selbstverständlich.«

Er nahm eine Münze aus dem Beutel und drückte sie ihr in die ausgestreckte Hand. »Nur für den Fall, daß er etwas übersehen hat«, meinte er, dann machte er kehrt und verschwand.

Das Wetter war nicht besser geworden. Die Temperatur war unablässig gesunken, während eine Sturmfront über die Gegend hinwegfegte. Der Mann mit dem hageren Gesicht stellte den Mantelkragen auf und ging zum nahegelegenen Gasthof, der auch über Ställe verfügt, und dessen Besitzer Tibble in einem ständigen Konkurrenzkampf mit dem Merry Widow lag. Obwohl Dinahs Essen besser war, fand Painsley, daß es klüger war, wenn er an diesem Abend nicht bei ihr speiste. Er war zwar nicht besonders hungrig, aber er hatte eine lange Reise vor sich und wollte vorher noch eine nahrhafte Mahlzeit zu sich nehmen.

Er verlangte in barschem Ton ein Extrazimmer, und Master Tibble, für den feststand, daß der Fremde ein vermögender Mann war, sorgte schleunigst dafür, daß ein bereits anwesender Gast sein Extrazimmer mit Mr. Painsley teilte. Dieser war keineswegs davon angetan, gemeinsam mit jemand anderem zu speisen, und betrat das Extrazimmer mißmutig, obwohl er äußerlich höflich blieb. Man kann sich seine Verblüffung vorstellen, als er die entzückende junge Dame erblickte, die ihm bei Tisch Gesellschaft leisten würde, und feststellte, daß es sich um niemand anderen als Athena Kensington handelte.

Sie wandte sich zu ihm um, und ihre Augen weiteten sich erschrocken, als sie ihn erkannte. In diesem Augenblick wurde Thomas Painsley von einer Art Machtrausch erfaßt. Fortuna stand wieder einmal auf seiner Seite, und als Athena sich ihm tapfer stellte, konnte sie nicht wissen, daß ihr Schicksal unwiderruflich besiegelt war.

Tykie Downs ging ruhelos wie ein Tier im Käfig auf und ab und blickte alle paar Minuten auf die Uhr. Wo zum Teufel blieb Miß Athena? Warum war sie verschwunden, ohne eine Nachricht zu hinterlassen? Verdammt, das Mädchen war unmöglich!

»Ja?« fragte er ungeduldig, als die Tür aufging und der nervöse Master Tibble hereinkam.

»Ich habe mich im Schankraum erkundigt, Mr. Downs. Niemand hat bemerkt, daß die Dame mein Haus verließ.«

Tykie fuhr sich verzweifelt mit der Hand durch die Haare. »Man kann sie ja nicht weggezaubert haben. Hast du keine Ahnung, wer der ›Gentleman‹ gewesen sein kann, mit dem sie das Extrazimmer geteilt hat?«

Tibble breitete hilflos die Arme aus. »Ich habe Ihnen bereits dreimal gesagt, Mr. Downs, daß ich ihn noch nie gesehen habe.« Er gestand allerdings nicht, daß er Mrs. Kensington belogen hatte, als er behauptete, der Gentleman sei sein ständiger Gast. Womöglich hätte sie sich daraufhin geweigert, mit dem Fremden zusammen zu speisen. Warum, zum Teufel, mußte sie ausgerechnet aus seinem Etablissement auf so dramatische Weise verschwinden? Er befürchtete ohnehin, daß Tykie einen seiner berüchtigten Wutanfälle bekommen würde.

»Ich bin nur fortgegangen, um eine Flasche Wein zu holen. Als ich zurückkehrte, war der Raum leer.«

Tykie begann wieder, hin und her zu gehen. Was um Himmels willen sollte er jetzt tun? Als Tykie General Amherst endlich gefunden hatte, hielt dieser gerade eine Einsatzbesprechung mit seinem Stab ab und konnte erst am nächsten Morgen Besuche empfangen. Sollte Tykie zwei Zimmer mieten und einfach warten, bis Miß Athena zurückkam? Aber falls ihr etwas Schreckliches zugestoßen war...

Sei kein Idiot, sagte er sich. Wer sollte Miß Athena etwas antun? Wahrscheinlich hatte sie eine Besorgung machen wollen. Doch was war mit dem Gentleman, den Tibble beschrieben hatte? Hing sein Verschwinden mit dem Athenas zusammen? Verdammt, warum hatte das Mädchen keine Nachricht hinterlassen?

»Entschuldigen Sie, Sir.«

Ein etwa dreizehnjähriges Mädchen stand in der Tür, hatte die Hände unter ihrer Schürze versteckt und knickste schüchtern. Das Gesicht unter dem Häubchen war blaß, und ihr Blick wanderte nervös zwischen ihrem Brotgeber und Tykie hin und her.

»Was soll das?« fragte Master Tibble so scharf, daß sie erschreckt zurückwich. »Du vergißt schon wieder deine Pflichten, du faules Stück? Verschwinde in die Küche, bevor ich dir...«

Er unterbrach sich mit einem Aufschrei, weil eine riesige Hand seinen Unterarm umschloß. »Laß das Mädchen zu Wort kommen, Tibble«, befahl Tykie.

»Es ist wegen der Dame«, stammelte das Mädchen. »Ich habe gehört, wie Master Tibble Molly vor einer Minute nach ihr gefragt hat.«

»Weißt du, wohin sie gegangen ist, Kitty, oder ist das wieder einer deiner dummen Späße?« fragte ihr Arbeitgeber gereizt.

»Nein, Sir, ich habe sie wirklich gesehen.« Kittys Gesichtsausdruck wurde verträumt, als sie sich daran erinnerte, wie schön die Dame gewesen war. Sie hatte noch nie so goldblonde Haare oder so ein elegantes Kleid gesehen.

»Und was hat sie getan, Mädchen?«

Die mühsam unterdrückte Ungeduld in Tykies Stimme riß Kitty aus ihren Gedanken.

»Sie und ein Gentleman mit einem schwarzen Umhang sind durch den Hintereingang fortgegangen«, erzählte sie. »Ich habe gerade Eimer ausgeleert. Sie hatte nicht einmal die Kapuze über den Kopf gezogen, und ihr schönes Haar wurde ganz naß.«

»Ist sie freiwillig mit ihm mitgegangen?«

Kitty sah Tykie verständnislos an.

»Hat sie sich gewehrt oder um Hilfe gerufen?« mischte sich Tibble besorgt ein. Wenn eine vornehme Dame aus seinem Gasthaus entführt worden war, war er ruiniert.

Kitty strahlte auf. »Um Himmels willen, nein. Der Gentleman hatte sie höflich am Arm gefaßt. Ich glaube aber, daß sie es eilig hatten.«

»In welche Richtung sind sie gegangen?« wollte Tibble wissen.

Sie zuckte mit den Achseln. »Das habe ich nicht gesehen.«

»Verdammt!« platzte Tykie heraus, denn er war genauso klug wie zuvor. Er fühlte sich vollkommen hilflos und schlug wütend mit der Faust in seine Handfläche.

»Es sieht so aus, als könnten wir nichts tun«, bemerkte Tibble schüchtern und hoffte, daß Tykie seinen Zorn nicht an ihm oder seinem Gasthaus auslassen würde. Er wußte, welchen Schaden der große Schotte bei einer Rauferei anrichten konnte.

Lastendes Schweigen trat ein, und die Falten auf Tykies Stirn wurden immer tiefer. Was sollte das heißen, daß sie nichts tun konnten? Miß Athena mußte gefunden werden. Aber wie? Wo sollte er in einer so großen Stadt mit seiner Suche beginnen? Doch plötzlich glätteten sich seine Sorgenfalten. »O ja, es gibt etwas, das ich tun kann«, flüsterte er.

Tibble und Kitty blickten erwartungsvoll zu ihm auf, aber er zog es vor, sie im dunkeln zu lassen. Statt dessen bohrte er Mr. Tibble seinen Finger in die Brust. »Ich bin in einer Stunde wieder hier. Falls Mr. Kensington inzwischen zurückkehrt, sag ihr, daß sie auf mich warten soll.«

»Selbstverständlich, Mr. Downs.« Horatio Tibble war entschlossen, den Befehl auszuführen; er hatte den Eindruck, daß der Fortbestand seines Gasthauses davon abhing.

Einige Minuten später trabte Tykies Wallach die steile Straße zum Fort hinauf. Die Tatsache, daß Ballycor noch im Stall stand, hatte Tykies Unruhe vergrößert. Obwohl Athena sich gern über Konventionen hinwegsetzte, sah es ihr nicht ähnlich, spurlos zu verschwinden, und Tykie war jetzt davon überzeugt, daß sie sich in Gefahr befand. Es war besser, wenn er sich an Major Blackmoor um Hilfe wandte, denn dieser war nicht nur viel klüger als Tykie, sondern kannte sich auch in Albany besser aus und wußte, wo er mit der Suche beginnen mußte.

Der Wachposten am Tor des Forts erkannte Tykie sofort wieder, denn dieser hatte ihn vor nicht einmal einer Stunde nach General Amhersts Aufenthaltsort gefragt. »Sie haben den General also noch immer nicht gefunden?« fragte er jetzt.

»Jetzt suche ich Major Blackmoor«, erklärte Tykie. Sein Gesichtsausdruck deutete darauf hin, daß er entschlossen war, den Major um jeden Preis aufzustöbern.

»Blackmoor?« wiederholte der Posten, der sich fragte, was dieser Riese vorhatte. Nur ein Narr wagte sich bei einem solchen Wetter zweimal ins Freie.

»Ja. Er ist bei der Siebenten Hochländerkompanie Seiner Majestät Regulars.«

»Sie müssen dort drüben beim Wachhäuschen fragen.« Der Posten zeigte in die angedeutete Richtung. Während der nächsten halben Stunde wurde Tykie von einem Gebäude zum nächsten geschickt, bis ihn schließlich jemand zu einem kleinen Büro am Ende der Baracken wies, in denen die Regimenter der Hochländer untergebracht waren.

Tykies Stimmung besserte sich wesentlich, als er beim Eintreten feststelle, daß er sich unter Landsleuten befand, denn die beiden Offiziere, die am Schreibtisch saßen, sprachen Gälisch miteinander.

»Major Blackmoor wurde heute abend zu einer Lagebesprechung zu General Amherst befohlen«, erwiderte einer von ihnen auf Tykies Frage. »Die Siebente Kompanie soll bei Tagesanbruch abmarschieren.«

Tykie unterdrückte ein Stöhnen, als er an den langen, nassen Ritt zum eleganten Haus am anderen Ende der Stadt dachte, in dem der General Quartier bezogen hatte. Er bedankte sich und ging zur Tür; in diesem Augenblick wurde sie von außen aufgestoßen und er konnte gerade noch zur Seite springen.

»Geben Sie doch acht!« knurrte er.

»Deine Laune ist immer noch nicht besser geworden, was?« fragte eine spöttische Stimme.

Tykie starrte den grinsenden Lochiel sprachlos an. Dieser musterte ihn freundlich, rief sich aber gleichzeitig ins Gedächtnis, daß Tykie in Athenas Diensten stand, was unter Umständen unangenehme Folgen für ihn haben konnte.

Der Hochländer strahlte. »Bin ich froh, daß Sie da sind«, rief er erleichtert. »Ich brauche Hilfe, und wir haben nicht mehr viel Zeit.«

Lochiel schloß die Tür und nickte dem Offizier, der ihm ein gefülltes Glas reichte, dankbar zu. Er lehnte sich an den Schreibtisch, trank einen Schluck und musterte Tykie nachsichtig.

»Was ist es diesmal, mein Freund? Ist deine Herrin von bösen französischen Trappern entführt worden, oder hat sie gar ihren armen Mann um eines rothäutigen Kriegers willen verlassen? Ich warne dich: Ich bin nicht bereit, ihretwegen den Helden zu spielen.«

Tykies Gesicht war bei diesen Worten immer länger geworden, doch als er merkte, daß Lochiel ihn nur auf den Arm nahm, platzte er heraus: »Diesmal sind es keine Indianer oder Trapper, Major. Miß Athena ist aus dem Crown West Inn verschwunden, und –«

Lochiel bemerkte, daß die anderen interessiert zuhörten, hob die Hand, um Tykies Redefluß zu stoppen, und schob ihn in einen kleinen Nebenraum. Er schloß die Tür und verschränkte die Arme.

»Was soll das heißen, daß Athena verschwunden ist?« fragte er scharf. »Was sucht sie überhaupt in Albany?«

Er hörte Tykie aufmerksam zu und schwieg dann einen Augenblick. Tykie hielt den Atem an und atmete erleichtert auf, als er bemerkte, daß der Major sich aufrichtete.

»Wir sollten uns wirklich um diese Angelegenheit kümmern«, meinte Lochiel.

Tykies Herz machte einen Freudensprung. »Ich habe gewußt, daß Sie mir helfen werden, Sir; ich habe gewußt, daß Sie Athena nicht im Stich lassen würden.«

Lochiel runzelte die Stirn. »Mir ist Mrs. Kensingtons Wohlergehen gleichgültig«, sagte er derart kühl, daß Tykie einen Schritt zurücktrat. »Ich helfe ihr nur, weil ich indirekt an dem Unfall, den ihr Bruder vor einigen Wochen erlitten hat, schuld war.«

Tykie nickte, doch seine eben erst erwachte Hoffnung war wieder geschwunden.

»Wir sollten mit unserer Suche im Crown West beginnen«, meinte Lochiel, als die beiden Männer im Regen davonritten.

»Ich habe Ihnen schon gesagt, daß nur das Küchenmädchen gesehen hat, wie Miß Athena das Gasthaus verließ«, widersprach Tykie.

Lochiel lachte. »Da irrst du dich sehr, mein Freund. Wenn das Gasthaus so voll ist, wie du sagst, muß noch jemand etwas bemerkt haben, denn Mrs. Kensington ist wohl kaum die Person, die man leicht übersieht.« Seine

Stimme war rauh geworden, er preßte die Lippen zusammen, und auf seinem Gesicht lag ein Ausdruck, den Tykie zuvor erst einmal bei ihm gesehen hatte – als sie beide angenommen hatten, daß Athena von den Algonkins entführt worden war.

Master Tibble war ganz und gar nicht erfreut, als ein Offizier in seinem Schankraum auftauchte. Er wollte protestieren, verstummte jedoch, als ihn ein Blick der silbergrauen Augen traf, der ihm durch und durch ging, und führte die beiden Männer ohne ein weiteres Wort in das kleine Zimmer, in dem er Athena zum letzten Mal gesehen hatte.

»Ich habe Mr. Downs bereits gesagt, daß die Lady keine Nachricht hinterlassen hat«, murmelte er mürrisch und hoffte, daß der breitschultrige Kerl möglichst rasch verschwinden würde. Es war schlecht für das Geschäft, wenn sich Uniformierte bei ihm herumtrieben.

»Ich bin davon überzeugt, daß einer Ihrer Gäste gesehen hat, wie Mrs. Kensington das Haus verließ«, widersprach der Offizier. »Entweder jemand, der gerade eintraf, oder ein Gast, der hinausging, um sich zu erleichtern. Sie werden jeden einzelnen befragen und mir dann über das Ergebnis berichten.«

Tibble war empört. Der Mann behandelte ihn, als habe er gegen das Gesetz verstoßen oder als verkehre bei ihm der gleiche Pöbel wie im Merry Widow. Im Crown West wurden die Gäste jedenfalls nicht im Schlaf ermordet.

»Ich werde mit ihnen sprechen«, erklärte er widerwillig, »aber ich werde bestimmt nichts erfahren.«

Lochiel sah ihn spöttisch an. »O doch, Sie werden etwas erfahren. Sobald Ihre Gäste begreifen, daß ich keinen von ihnen, sondern eine Frau suche, werden sie Ihnen bereitwillig alles erzählen, was sie wissen.«

»Master Tibble hat nicht viel für Sie übrig, Major«, bemerkte Tykie, sobald der Wirt den Raum verlassen hatte.

»Sie haben ihn in seinem Stolz verletzt, indem Sie andeuteten, daß im Crown West zweifelhafte Kunden verkehren.«

»Ich habe bei dem zum Dienst in der Marine verdonnerten Abschaum schon anständigere Leute gesehen«, brummte Lochiel.

»Ihre Uniform wird den Leuten rasch die Zunge lokkern«, prophezeite Tykie. »Ich kenne die Tpyen: Für ein Butterbrot würden sie ihre eigene Schwester verkaufen.«

»Ich möchte wissen, warum du Athena überhaupt hierhergebracht hast«, bemerkte Lochiel.

»Sie war naß und fror, und die Straßen waren voller Soldaten. Nirgends gab es ein freies Zimmer, und ich habe nicht angenommen, daß sie mit einem Fremden davonlaufen würde.«

»Du hast noch immer keine Ahnung, warum sie mit General Amherst sprechen wollte?« Lochiel war vor dem kleinen Tisch stehengeblieben und vergaß seine Frage, als ihm der Zinnkrug auffiel. Das Tischtuch wies einen Fleck auf, als wäre der Inhalt des Gefäßes verschüttet worden; er hob den Deckel hoch und stellte fest, daß der Krug nur noch wenig Flüssigkeit enthielt.

Hatte Athena den Krug umgestoßen? Sie war unhöflich, unverblümt und arrogant, aber sie war eine Dame – und Damen verschütteten keine Getränke. Er kniff nachdenklich die Augen zusammen. War der Krug während eines Kampfes umgestoßen worden? Hatte der Fremde, den anscheinend niemand kannte, Athena überwältigt und sie gezwungen, mit ihm zu kommen? Laut Kitty war dies nicht der Fall gewesen, aber der dunkle Fleck auf dem Tischtuch beunruhigte Lochiel.

Verdammt, dachte er wütend. War das wieder einer ihrer idiotischen Streiche? Wann würde sie lernen, daß ihre impulsive Art sie immer wieder in Gefahr brachte –

oder zumindest den Menschen, die sich um sie sorgten, vorzeitig zu grauen Haaren verhalf?

»Sie hat mir nicht gesagt, was sie vom General will«, antwortete Tykie, dem Lochiels Schweigen nicht aufgefallen war. »Ich habe sie gefragt –«

»Major Blackmoor, hier ist ein Gentleman, der gesehen hat, wie die Dame mein Gasthaus verließ.«

Tibble war atemlos ins Zimmer gestürzt, und beide Männer wandten sich ihm sofort zu. Lochiel sah den schwitzenden kleinen Mann, der in schlammbespritzter Weste und Reithosen neben dem Wirt stand, fragend an.

Dieser Gentleman hieß Franklin Biers und war von Natur aus schüchtern. Sein einziges Vergnügen im Leben bestand darin, daß er gelegentlich der scharfen Zunge seiner Frau entfloh und mit seinen Freunden im Crown West einige Becher Ale leerte.

»Ich hätte nie hierher kommen sollen«, murmelte er händeringend mit zitternder Stimme. Der Offizier hatte bis jetzt kein Wort gesagt, schweige denn ihn bedroht, aber die Ungeduld in den eiskalten Augen brachte Biers um den Rest seiner Fassung.

»Mistreß Biers hat mir ja prophezeit, daß ich in Schwierigkeiten kommen würde«, jammerte er. »Ich hätte nie etwas über die junge Dame sagen sollen, aber sie tat mir so leid, weil dieser grobe Mann sie wie ein Wilder die Straße entlang zerrte.«

»Was für ein Mann?« fragte Lochiel scharf.

»Ich – ich weiß nicht, wer er ist«, stammelte Biers. »Er war hochgewachsen, hatte ein hageres Gesicht und trug einen grauen Mantel; aber ich kenne ihn nicht.«

Lochiel stöhnte innerlich. Diese vage Beschreibung half ihm nicht weiter. »Haben Sie gesehen, in welche Richtung die beiden gingen? Wartete eine Kutsche auf sie?«

Biers schüttelte den Kopf. »Sie gingen zu Fuß. Vielleicht hat er sie in das Merry Widow gebracht; er erwähnte, daß er seine Kutsche dort gelassen habe.«

Lochiel wollte lieber nicht daran denken, in welche schrecklicher Lage Athena sich vielleicht befand. Seit Tykie ihn geholt hatte, war über eine Stunde vergangen. Wohin hatte man sie gebracht? Vielleicht wußte jemand im Merry Widow mehr darüber.

Tykie erriet, was er dachte. »Es ist besser, wenn ich allein zum Merry Widow gehe, Major«, wandte er ein. »Ich kenne Dinah Partridge, die Besitzerin. Einem Offizier wird sie nichts erzählen; Sie würden nur Ihre Zeit vergeuden. Überlassen Sie es mir.«

»Von mir aus«, knurrte Lochiel, »aber ich komme mit.«

Tykie schüttelte den Kopf. »Es ist besser, wenn sie Sie nicht sieht. Haben Sie doch Vertrauen zu mir.«

»Das habe ich ohnehin immer, du elende Laus. Mistreß Partridge wird aber bestimmt nichts dagegen haben, wenn ich auf der Straße auf dich warte.«

Ohne Tibble und den zitternden Biers auch nur eines Blickes zu würdigen, ging Lochiel hinaus und überließ es Tykie, ihm zu folgen. Diesem war klar, daß er diesmal im Crown West mehr als den üblichen Schaden angerichtet hatte, deshalb grub er in seiner Tasche nach den Münzen, die Athena ihm anvertraut hatte.

»Wir bleiben Freunde, Tibble, nicht wahr?« meinte er leutselig, während er den Betrag zwischen den beiden Männern aufteilte.

Die Augen des Wirtes leuchteten auf. »Ich freue mich immer, wenn ich einem meiner Gäste behilflich sein kann.«

Lochiel und Tykie eilten schweigend die Straße hinunter. Die wenigen Fußgänger, die ihnen begegneten, wichen den beiden beeindruckenden Gestalten vorsichtig aus und atmeten erleichtert auf, wenn sie an ihnen vorüber waren.

Aus dem Schankraum des Merry Widow drang brüllendes Gelächter; Zinnkrüge wurden heftig auf die Tische geknallt. Lochiel sah Tykie besorgt nach, der gerade in der Eingangstür verschwand. Diese verdammte Athena! Sie war das unmöglichste weibliche Wesen, das er jemals kennengelernt hatte; falls ihr Verschwinden wieder nur auf eine Laune zurückzuführen war, würde er sie eigenhändig erwürgen.

Tykie erschien einige Minuten später wieder und schüttelte noch in der Tür den Kopf. »Hier ist nicht viel zu erfahren. Heute nacht wurde ein armer Teufel im Schlaf erstochen, und die Idioten da drinnen sprechen von nichts anderem.«

»Hast du auch mit dieser Partridge gesprochen?«

Tykie nickte. »Sie behauptet, daß sie niemanden gesehen hat, auf den Athenas Beschreibung paßt.«

»Verdammt«, fluchte Lochiel.

»Was tun wir jetzt, Major?« fragte Tykie hoffnungslos. »Wir können doch nicht darauf warten, daß Miß Athena in das Crown West zurückkommt.«

»Natürlich nicht, denn es ist sehr gut möglich, daß ihr etwas zugestoßen ist.«

»Sehen Sie, Major«, flüsterte Tykie plötzlich, legte Lochiel die Hand auf den Arm und zeigte auf den Eingang zum Merry Widow. Auf der Schwelle stand eine Frau, deren Gesicht durch die Kapuze ihres schäbigen Umhangs verdeckt wurde. Sie sah sich verstohlen um und verschwand dann in der Dunkelheit.

»Das war Dinah Partridge«, bemerkte Tykie aufgeregt. »Anscheinend hat sie Angst davor, daß ihr jemand folgt. Wir sollten uns vielleicht davon überzeugen, wohin sie geht.«

Lochiel blickte zum Gasthof hinauf, denn die Fenster im ersten Stock, deren Läden fest geschlossen waren, zogen ihn unerklärlicherweise an. »Du kannst ihr folgen, Tykie«, meinte er, »während ich Mrs. Partridges Abwesenheit benützen werde, um mich in ihrem Etablissement umzusehen.«

Sie trennten sich ohne weitere Worte. Lochiel hätte nicht erklären können, warum er zurückblieb, wenn anzunehmen war, daß Dinah Partridge sie zu Athena führen würde. Ein sechster Sinn hatte sich in ihm geregt, als er zu den dunklen Fenstern des Gasthauses emporblickte, und er wurde das Gefühl nicht los, daß Athena hier war, auch wenn sich sein Verstand darüber lustig machte. Lochiel umging den Schankraum und stieg die Treppe hinauf, die unter seinem Gewicht verräterisch knarrte. Das Treppenhaus war dunkel und roch nach feuchter, schimmliger Bettwäsche. Am oberen Treppenende war es still, und Lochiel zögerte, weil er sich einer langen Reihe von Türen gegenübersah. Er näherte sich der ersten und wollte gerade anklopfen, als er von drinnen die unverkennbaren Geräusche von quietschenden Bettfedern und ungezügelter Leidenschaft vernahm. Bei der zweiten Tür meldete sich niemand, und bei der dritten fluchte der Bewohner des Zimmers schlaftrunken.

»Was wollen Sie?« bellte ihn der Gast im vierten Zimmer an, als Lochiel die Tür aufriß. Sein Mund klappte auf, als er einen Offzier vor sich sah.

»Ich suche eine junge Frau, die aus dem Crown Inn verschwunden ist«, sagte Lochiel ungerührt. Er hatte den Mann vor ihm sichtlich aus tiefem Schlaf gerissen; er trug eine Zipfelmütze und ein weites Nachthemd, unter dem seine mageren Beine hervorsahen, und konnte es kaum erwarten, in sein warmes Bett zurückzukehren.

»Sie ist ungefähr zur gleichen Zeit wie ich hier eingetroffen«, erklärte er zu Lochiels Überraschung, nachdem ihm dieser Athena beschrieben hatte. »Ihr Begleiter sah unangenehm aus, und ich habe den Eindruck, daß sie nicht sehr glücklich mit ihm war.«

»Haben die beiden ein Zimmer genommen?«

Der Mann zeigte zum Ende des Korridors. »Das letzte Zimmer rechts. Sobald sie drinnen waren, haben sie einen Höllenlärm gemacht. Macht es Ihnen etwas aus, wenn ich wieder zu Bett gehe? Sonst hole ich mir in dem zugigen Korridor noch den Tod!«

Aber Lochiel war schon zum letzten Zimmer unterwegs.

Wenn Athena etwas zugestoßen war...

Als er an die Tür klopfte, rührte sich drinnen nichts. Doch etwas an der unnatürlichen Stille beunruhigte ihn; er zog seinen Revolver und klopfte noch einmal.

Auf der anderen Seite der Tür saß Athena gefesselt und geknebelt in tiefer Finsternis auf einem Stuhl. Ihr Herz schlug schmerzhaft gegen ihre Rippen. Sie wagte nicht, ein Geräusch zu machen, wagte nicht zu hoffen, daß vor der Tür jemand stand, der ihr helfen wollte. Nein, es war zweifellos diese schreckliche Dinah Partridge, die so schadenfroh gelacht hatte, als Thomas Painsley ihr einen schmutzigen Fetzen in den Mund gestopft und sie an den harten Stuhl gefesselt hatte.

Und wenn es Painsley selbst war? Athena zitterte, als sie sich daran erinnerte, wie lüstern er sie betrachtet hatte, als er ihr verriet, daß sie am Morgen nach Acadia abreisen würden.

»Von dort geht es per Schiff nach Frankreich«, hatte er hinzugefügt, während seine Finger mit ihren Haaren spielten. »Nachdem du jetzt die Wahrheit über mich weißt, hat es wenig Sinn für mich, hierzubleiben. Hier würde man mich wegen meiner Taten hängen, während mich in Frankreich ein königlicher Empfang erwartet. Und du, meine Liebe, wirst als meine neueste Geliebte freundlich aufgenommen werden.«

Athena hatte vergeblich versucht, ihre Fesseln zu lokkern. Painsley hatte ihr genußvoll zugesehen, und sich dann so nahe zu ihr gebeugt, daß sie seinen heißen Atem auf der Wange spürte.

»Sobald ich hierher zurückkomme, werden wir unsere Beziehungen beginnen«, hatte er geflüstert. »Es ist dein Glück, Athena, daß ich dich so anziehend finde. Wenn jemand anderer mein kleines Geheimnis entdeckt hätte, wäre es ihm wesentlich schlechter ergangen.«

Er grinste amüsiert über ihren entsetzten Gesichtsausdruck. »Offenbar wäre dir der Tod lieber als meine Zärtlichkeiten. Aber du brauchst keine Angst zu haben, ich bin ein erfahrener Liebhaber.« Seine Hand schloß sich um ihre Brust, und Athena zuckte bei der Berührung zusammen. »Du wirst noch um den Genuß betteln, den ich dir verschaffen kann. Ich bin kein unerfahrener Schuljunge wie dein Mann, ich kann einer Frau geben, wonach sie sich sehnt.«

Sie hatte ihn haßerfüllt angefunkelt, aber er hatte nur gelacht und war davongeschlendert. Athena hatte seither jedes Zeitgefühl verloren, und als es zum ersten Mal an die Tür klopfte, war sie erstarrt, weil sie annahm, daß Painsley zurückgekommen war.

»Wenn du im Zimmer bist, antworte mir, Athena!«

Sie stöhnte leise; sie war davon überzeugt, daß sie träumte. Ihre Fantasie spielte ihr einen Streich, denn der Mann dort draußen konnte unmöglich Lochiel sein.

»Athena!«

Sie stöhnte wieder und weigerte sich zu glauben, daß ihre Gebete erhört worden waren. Entsetzen erfüllte sie, als die versperrte Tür aufgebrochen wurde und sich im Türrahmen die Gestalt eines Mannes abzeichnete. Schritte durchquerten den Raum, und dann beugte er sich über sie und zerrte ihr den Knebel aus dem Mund.

»Bist du es wirklich, Lochiel?« flüsterte sie.

Statt einer Antwort zog er die Gefesselte an sich, und drückte ihr Gesicht an seinen Hals und spürte den Puls, der dort schlug.

»Ach, Lochiel!« Es war der atemlose Seufzer eines getrösteten Kindes.

Lochiel drückte sie an sich, und ihr warmer Körper besänftigte die Angst, die ihn seit Tykies ersten Worten erfüllt hatte. Er zog seinen Dolch und schnitt hastig die Stricke durch, die sie festhielten. Sie schlang ihm die Arme um den Hals.

»Hat er dir etwas angetan, Athena?« Seine Lippen streiften ihre Wange, als er sich schützend über sie beugte.

Ihre Stimme klang gedämpft, weil sie das Gesicht in seinem Waffenrock vergrub.

»Nein, aber er drohte mir, daß er mich töten würde, wenn ich einen Fluchtversuch unternehme. Er hatte eine Pistole in den Falten seines Mantels verborgen, so daß niemand außer mir davon wußte. Mir blieb nichts anderes übrig, als mit ihm mitzukommen.« Sie erschauerte krampfhaft. »Als er mich hier allein zurückließ, sagte er, daß er wiederkommen würde, und daß – daß –«

Lochiel ließ sie vorsichtig los und zündete die Kerze auf dem Nachtkästchen an. Ihre Augen waren noch immer vor Angst geweitet, und Lochiel mußte nicht fragen, was Painsley mit ihr vorgehabt hatte.

Sein zärtlicher Gesichtsausdruck veränderte sich nicht, obwohl er von mörderischer Wut erfüllt war. »Wer ist dieser Mann?« fragte er.

»Thomas Painsley.« Athena beruhigte sich allmählich, und in ihre Wangen kehrte die Farbe zurück. »Deshalb bin ich ja nach Albany gekommen, Lochiel«, erklärte sie. »Er ist der Mann, der für den Waffenschmuggel bei der Mühle verantwortlich ist. Ich wollte es General Amherst mitteilen, weil Stephen erwähnte, daß keiner der Männer, die ihr bei der Mühle gefangengenommen habt, seinen Namen kennt.«

Lochiel wollte sie schütteln, sie schlagen, weil sie es ihm

nicht in jener Nacht gesagt hatte, doch dann erinnerte er sich daran, daß er derjenige gewesen war, der nicht hatte hören wollen. Tiefe Reue erfüllte ihn, und er strich ihr sanft die Haare aus dem Gesicht. »Ich bringe dich jetzt in das Crown West zurück«, schlug er vor. »Dort bist du in Sicherheit, und sobald Tykie zurückkehrt, kommen wir beide hierher und erwarten Master Painsley.« Sein Gesichtsausdruck verhieß für Painsley nichts Gutes.

»Das darfst du nicht tun, Lochiel«, protestierte sie angsterfüllt. »Er und diese Partridge haben wegen der Ereignisse bei der Mühle bereits einen Menschen ermordet, und zwar in diesem Zimmer!«

Lochiels Augen wurden schmal. »Bist du deiner Sache sicher? Hat Painsley es dir selbst erzählt?«

Athena schüttelte den Kopf. »Nein, ich kann es nur vermuten, aber der Mann, der vergangene Nacht hier ermordet wurde, war Toddman Tyner.«

Lochiel sah sie verständnislos an, und sie fügte schnell hinzu: »Er und Asa Brewster waren die Männer, die Stephen nach Tante Amelias angeblichem Tod nach Fort Shuyler schickte, damit sie mich nach Hause holten. Obwohl Tyner nicht sehr vertrauenerweckend wirkte, hat er mich gut behandelt, und ich hätte ihm nie den Tod gewünscht.«

Als sie Asa Brewsters Namen erwähnte, war ein merkwürdiger Ausdruck auf Lochiels Gesicht getreten, doch in ihrer Aufregung fiel es ihr nicht auf.

»Bitte, Lochiel, bring mich so rasch wie möglich von hier fort.«

Ihre heisere, flehende Stimme und die Angst in ihren Augen erregten Lochiel wie noch nie zuvor. Er löste vorsichtig ihre Finger, die sich in seinem Waffenrock verkrampft hatten, und sie wendete ihm das Gesicht zu, so daß ihre halbgeöffneten Lippen nur Zentimeter von den seinen entfernt waren. Er murmelte ihren Namen beinahe ohne zu merken, daß er sprach, und konnte sich wieder einmal dem Zauber nicht entziehen, den sie auf ihn ausübte. Was hatte diese Frau an sich, das ihn so in ihren Bann schlug? Wie konnte er sich so hoffnungslos zu der Frau eines anderen hingezogen fühlen?

Athena hatte atemlos geseufzt, als er ihren Namen flüsterte, und sich ihm ergeben, ohne überhaupt zu merken, was sie tat. Als er sie an sich zog, legte sie ihm die Arme um den Hals und spürte dabei, wie sein Herz klopfte.

»Ich habe darum gebetet, daß du mich rettest, Lochiel«, murmelte sie.

»Ich war nie imstande, mich von dir fernzuhalten«, gestand er. »Bitte schließe die Augen, Athena.«

Sie gehorchte und erschauerte, als sein Mund sich auf den ihren legte. Sein Kuß war zärtlich und fordernd zugleich, und seine Lippen weckten in ihr das gleiche Bedürfnis, das ihn erfüllte. In diesem Augenblick vergaßen beide alles: die Gefahr, der Athena so knapp entgangen war, den Haß, in dem sie sich getrennt hatten, und sogar Athenas Mann, dem eigentlich allein das Recht zustand, sie zu küssen.

Athenas Herz erzitterte vor Glück, und ihr Körper war von schamlosem Verlangen erfüllt. Sein Kuß hatte ihre Liebe zu ihm, von der sie angenommen hatte, daß sie für immer gestorben sei, wieder geweckt, so daß sie vor Leidenschaft glühte. Sie sank auf den Boden und spürte nicht einmal die harten Bretter.

Athenas Haar hatte sich gelöst und lag wie ein Fächer um ihren Kopf. Lochiel löste seinen Mund von dem ihren und betrachtete sie. Sie war schön, schöner als jede Frau, die er je gesehen hatte; von seinem Verlangen überwältigt, drückte er erneut seinen Mund auf den ihren; der Kuß war zeitlos wie die Liebe selbst.

»Verdammt, Blackmoor, habe ich es mir doch gedacht!«

Athena schrie erschrocken auf, als sie über Lochiels

breite Schulter blickte und ihren Mann in der Tür stehen sah. Stephen lehnte keuchend im Türrahmen, und sein Gesicht war so verzerrt, daß sie ihn kaum erkannte.

»Ich war in jedem Gasthof in dieser verdammten Stadt. Ich habe gewußt, daß ich euch finden werde. Eine Zusammenkunft mit General Amherst«, fügte er zu Athena gewandt verächtlich hinzu. »Hast du wirklich geglaubt, daß ich diesen Unsinn schlucken würde?«

»Bitte, Stephen –« begann sie, aber die Worte blieben ihr im Hals stecken, als Stephen die Pistole zog und sie auf Lochiel richtete.

Lochiel erhob sich rasch und zog Athena ebenfalls in die Höhe. Sie sah ihn bittend an, als er sie sanft zur Seite schob, aber er schüttelte nur warnend den Kopf.

»Also, Kensington?« Lochiel hatte sich Stephen zugewandt, stützte die Hände in die Hüften und wartete. Es hatte keinen Sinn, daß er auch nur versuchte, ihm die Situation zu erklären, denn Stephen würde ihm nie glauben, und in gewissem Sinn hatte er ja auch recht.

»Sie haben es immer verstanden, Athena in Ihr Bett zu locken, Blackmoor, nicht wahr?«

Stephens Stimme bebte vor Wut, doch die Hand, die die Pistole hielt, zitterte nicht. »Ich kann mir vorstellen, daß ihr euch seit dem Tag, an dem ihr euch zum ersten Mal gesehen habt, gepaart habt wie die Tiere.«

»An dem ersten Mal war Ihr Eingreifen schuld, Kensington«, bemerkte Lochiel spöttisch. »Muß ich Sie an den Brief erinnern, den der von Ihnen beauftragte Brewster mir im vergangenen Oktober überbrachte?«

Stephen geriet einen Augenblick lang aus der Fassung, doch dann lächelte er wieder boshaft. »Vielleicht war ich daran schuld, Blackmoor, aber das spielt jetzt keine Rolle mehr. Sie werden diesen Raum nicht lebend verlassen, und kein Richter wird mich verurteilen, weil ich den Mann getötet habe, der mich zum Hahnrei gemacht hat.«

Hinter Lochiel sog Athena erschreckt die Luft ein. Stephen war wahnsinnig genug, seine Drohung wahrzumachen; was würde er dann Athena als Strafe dafür antun, daß sie ihn betrogen hatte?

»Wie können Sie sich für einen Hahnrei halten?« fragte Lochiel kühl, »wenn die Frau, die Sie angeblich betrogen hat, nicht Ihre gesetzlich angetraute Frau ist?«

Stephen sah ihn verständnislos an. »Wovon sprechen Sie, zum Teufel?«

»Von der Tatsache, daß Amelia Bower noch am Leben war, als Sie Brewster und einen armen Kerl namens Toddman Tyner nach Fort Shuyler schickten, um Athena zu suchen. Es ist doch merkwürdig, daß Sie ihr die Teilnahme am Begräbnis eines Menschen ermöglichen wollten, der noch gar nicht tot war.«

»Es ist schon möglich, daß sie noch nicht tot war«, gab Stephen zu, »aber sie hat die Dokumente stellvertretend für Athena unterschrieben, und damit ist Athena gesetzlich meine Frau.«

»Womit haben Sie ihr gedroht, damit sie sich bereit erklärte, die Papiere zu unterschreiben? Ist es möglich, daß Sie sie unter solchen Druck gesetzt haben, daß ihr schwaches Herz den Aufregungen nicht gewachsen war?«

»Das ist doch nicht möglich, Stephen«, rief Athena; als ihr klar wurde, was Lochiel andeutete, preßte sie sich die Hand auf den Mund.

»Ich habe sie nicht getötet, wenn Sie darauf hinauswollen«, platzte Stephen heraus. »Ich wollte nur, daß sie die Papiere unterschreibt, aber das eigensinnige Weibsbild weigerte sich.«

»Und deshalb haben Sie sie bedroht, bis ihr nichts anderes übrig blieb, als zu unterschreiben.«

Stephen biß sich auf die Lippen. »Ich schwöre, daß ich sie nicht angerührt habe.«

Lochiel zweifelte nicht mehr daran, daß Stephen Athenas Abwesenheit ausgenützt und ihre Tante dazu gezwungen hatte, die Papier zu unterschreiben. Aber warum hatte er zwei Männer in die Wildnis geschickt, um Athena zu suchen – es sei denn, er hätte damals schon vorgehabt, Amelia zu ermorden? Es war eine schreckliche Vorstellung, und Lochiel glaubte plötzlich nicht mehr, daß Stephen zu feige war, den Revolver abzufeuern, den er in der Hand hielt.

»Warum hast du das getan, Stephen?« flüsterte Athena.

»Mir blieb nichts anderes übrig!« erwiderte Stephen zornig. »Der Besitz meines Vaters war hoch verschuldet; ich mußte also eine andere Einkommensquelle erschließen, und meine einzige Hoffnung warst du, Athena. Ich wußte, daß du mich nie freiwillig heiraten würdest, auch wenn du den ganzen Winter über freundlich zu mir warst. Aber auch das spielt ja jetzt keine Rolle mehr. Du hast immer nur Blackmoor gewollt!« Sein Lachen war das eines Menschen, der kurz davor ist, wahnsinnig zu werden.

»Ich hätte die Papiere anfechten können, als ich nach Hause kam, aber ich habe es nicht getan«, versuchte Athena ihn zu beruhigen. »Ich habe dich wirklich gern gehabt, Stephen, und ich wollte deine Frau sein.«

Stephen sah sie gequält an, und einen Augenblick lang schwankte seine Pistole, doch dann erinnerten ihn ihre auflösten Haare und ihre zerdrückte Kleidung daran, in welcher Situation er sie gefunden hatte, und er schüttelte den Kopf.

»Vielleicht sagst du die Wahrheit«, gab er zu, »aber dein Bruder Fletcher hätte nie zugelassen, daß wir verheiratet bleiben. Das merkte ich schon an dem Abend, als er während unserer Hochzeitsfeier eintraf. Deshalb blieb mir nichts anderes übrig, als ihn loszuwerden. Es tut mir nur leid, daß ich ihn nicht besser getroffen habe.«

Athena erblaßte. »Du hast auf meinen Bruder geschossen?« Als er hochmütig nickte, stieß sie einen erstickten

Laut aus und stürzte sich mit ausgestreckten Händen auf ihn.

»Athena, nein!«

Lochiels Arm umfaßte sie, als sie an ihm vorüberlief, und er zog sie mit einem Ruck an sich.

»Laß mich los«, schrie sie. »Er hat versucht, Fletcher zu töten!«

Als Stephen sah, wie selbstverständlich Lochiel Athena an sich drückte, war es mit seiner Selbstbeherrschung vorbei. »Tritt zur Seite, Athena«, knurrte er. Er hob die Pistole, zielte sorgfältig, und obwohl Athena sich nicht vom Fleck gerührt hatte, drückte er auf den Abzug.

Als die Waffe dröhnend losging, schloß Athena die Augen und klammerte sich blindlings an Lochiel. Ihm blieb keine Zeit mehr, sie wegzustoßen, und in diesem Augenblick, in dem er wußte, daß sie beide sterben würden, wurde ihm zutiefst klar, wie unendlich er sie liebte.

Sobald der Rauch sich verzogen hatte, stellte er verblüfft fest, daß sie beide am Leben waren, und daß Athena sich nach wie vor verzweifelt an ihn klammerte.

»Es ist eine Verschwendung«, sagte eine Stimme von der Tür her, »aber es war leider nicht zu umgehen.«

Lochiel blickte auf und sah das hagere, grinsende Gesicht eines Mannes vor sich, von dem er instinktiv wußte, daß er Thomas Painsley war. Der Kaufmann hielt noch immer die rauchende Waffe in der Hand und zeigte gleichgültig auf die zu seinen Füßen liegende Leiche Stephens.

»Dein Mann war ein Narr, Athena«, bemerkte er verächtlich. »Du wirst mich hoffentlich zärtlich dafür belohnen, daß ich ihn dir vom Hals geschafft habe.«

»Lieber sterbe ich«, rief Athena tapfer, obwohl sie in Lochiels Armen zitterte.

Lochiel reagierte blitzschnell und griff nach der nicht abgefeuerten Pistole, die Stephen im Tod aus der Hand gefallen war. Er zielte kurz, drückte ohne zu zögern ab und traf den ahnungslosen Kaufmann. Painsley starrte verblüfft auf das Blut, das aus seiner Brust quoll. Er griff nach der Wunde, stieß ein gurgelndes Geräusch aus und stürzte zu Boden.

In diesem Augenblick ertönte aus dem unteren Korridor Tykies brüllende Stimme. Die Treppe knarrte besorgniserregend, als er wie ein Besessener hinaufstürmte.

»Ist alles in Ordnung, Miß Athena? O mein Gott!« Er stöhnte verzweifelt, als keine Antwort aus dem Zimmer kam. »Ich bin zu spät gekommen.«

Er blieb im Türrahmen stehen. In einer Hand hielt er einen Schürhaken, mit der anderen umklammerte er die sich verzweifelt wehrende Dinah Partridge. Jetzt blickte er verständnislos auf die Leiche von Thomas Painsley hinunter, die in einer Blutlache zu seinen Füßen lag.

»Tot! Er ist tot!« murmelte er ungläubig, dann sah er die Frau neben ihm drohend an. »Die Hure wollte ihn warnen!« erklärte er und beutelte sie wie ein Hund eine Ratte. »Ich bin ihm gefolgt, wie Sie mir aufgetragen haben, Major, aber er ist mir in der Dunkelheit entschlüpft. Ich habe geglaubt, daß ich zu spät komme.«

Lochiel antwortete nicht, sondern beobachtete Athena, die sich aus seinen Armen gelöst hatte und bei Stephen kniete. Er wollte sie tröstend an sich ziehen, hielt aber inne, als er ihre schluchzend hervorgestoßenen Worte vernahm.

»Es tut mir so leid, Stephen«, murmelte sie unglücklich; ihre Reue war so groß, daß Lochiel den Eindruck bekommen mußte, sie trauere um jemanden, den sie zärtlich geliebt hatte.

Er wandte sich unbemerkt ab und ließ die Arme hilflos sinken. Nur Tykie sah die Hoffnungslosigkeit in den silbergrauen Augen.

20. Kapitel

Stephen Kensingtons Begräbnis fand an einem schönen Nachmittag im Juni statt. In den Bäumen, die das Grab beschatteten, sangen Vögel, und Reverend Axminsters leise Stimme verschmolz mit dem Summen der Bienen.

Athena stand zwischen Fletcher und der weinenden Leda. Ein Schleier verbarg ihr Gesicht, und ihre goldenen Haare wurden von einem schwarzen Hut verdeckt; ihr schwarzer Rock flatterte im Sommerwind. Sie war bemüht, sich auf die Worte des Pfarrers zu konzentrieren, der lange darüber nachgedacht hatte, wie er Stephens Vorzüge preisen konnte, ohne anzudeuten, was für ein Mensch er wirklich gewesen war.

Zum Glück kannten nur wenige Bewohner von West York die Wahrheit über Stephens plötzlichen Tod. Athena lächelte zynisch, als sie die kleine Gruppe betrachtete, die sich am Grab versammelt hatte. Die meisten hatte nicht die Trauer um Stephen, sondern die Neugierde hergetrieben. Die de Vrieses hatten überhaupt nicht versucht zu verheimlichen, warum sie gekommen waren, und Marianne und Katrine starrten Athena offen an. Katrine hatte sogar andeutet, daß Athena nur recht geschehe, wenn sie nach zwei Monaten Ehe schon Witwe war. Wenn Fletcher seine Schwester beim Verlassen der Kirche nicht zurückgehalten hätte, so hätte Athena dem Lästermaul eine schallende Ohrfeige versetzt.

Niemand würde jemals erfahren, was für ein Mensch Stephen gewesen war, schon gar nicht die geschwätzige Katrine, hatte Athena nach einem Gespräch mit Fletcher beschlossen. Ein erstaunliches Geständnis von Mercy am Tag nach Stephens Tod hatte sie in diesem Entschluß bestärkt. Das Geheimnis, das Mercy ihrer erschrockenen Herrin verriet, hatte ihr bestätigt, daß ihr Mann zu allem fähig gewesen war.

»Es war ein oder zwei Tage, nachdem Sie nach Fort Shuyler aufgebrochen sind, Miß Athena«, erzählte Mercy. »Mr. Kensington kam hierher, um Sie zu besuchen, und war wütend, als er herausfand, daß Sie fort sind. Im Haus waren nur Mrs. Bower und ich, und es kam im Arbeitszimmer zu einem schrecklichen Streit zwischen den beiden.«

»Ein Streit?« ermunterte sie Fletcher, als sie verstummte.

»Ja, Sir. Ich konnte ihn bis in die Küche brüllen hören. Ich hatte Angst, aber ich wagte nicht, mich einzumischen.«

»Was geschah dann?« fragte Athena.

»Er verließ das Haus, und Mrs. Bower ging zu Bett. Sie wollte mir nicht einmal antworten, als ich sie fragte, ob sie etwas brauche. Einige Tage später kam er wieder zurück, und diesmal behandelte er sie noch schlechter. Sie befanden sich wieder im Arbeitszimmer, und Mrs. Bower rief um Hilfe. Ich lief zum Stalle, um Hale zu holen, aber Mr. Kensington fing mich ab und sagte mir, daß ich mich auf eine Menge Schwierigkeiten gefaßt machen müsse, wenn ich mich um Dinge kümmerte, die mich nichts angingen.«

»Sprich weiter, Mercy«, sagte Fletcher freundlich, als das arme Mädchen mit Tränen in den Augen verstummte.

Mercy zwang sich zur Ruhe. »Es gibt nicht mehr viel zu erzählen, Sir. Nachdem Master Stephen das Haus verlassen hatte, ging ich ins Arbeitszimmer; Mrs. Bower saß totenbleich in einem Stuhl. Ich fragte sie, ob ich den Arzt holen solle, aber sie wollte nur ihr Riechsalz. Ich half ihr, als sie zu Bett ging, und dort fanden wir sie am nächsten Morgen.«

»Laut Doktor Nolan hatte ihr Herz einfach aufgehört zu

schlagen«, ergänzte Athena. Fletchers braune Augen waren dunkel vor Zorn. Sie waren beide der Ansicht, daß Stephen Tante Amelia nicht nur gezwungen hatte, stellvertretend für Athena die Papiere zu unterschreiben, sondern daß er ihr auch solche Angst eingejagt hatte, daß ihr schwaches Herz versagte. »Stephen hat über die erbärmlich schlechte Lage seines Vaters Bescheid gewußt und hatte es deshalb so eilig, mich zu heiraten«, meinte Athena. »Wahrscheinlich nahm er an, daß meine Mitgift groß genug sein würde, um die Kensingtons vor der Katastrophe zu retten.« Ihre Stimme wurde bitter. »Es ist kein Wunder, daß er bei meiner Rückkehr so freundlich zu mir war. Er wollte mich glücklich machen, damit ich den Ehevertrag nicht anfocht.«

»Damit hatte er offenbar auch Erfolg«, rief ihr Fletcher ins Gedächtnis. Er hatte nie begriffen, warum eine so rebellische und selbstsichere Frau wie Athena bereit gewesen war, eine lebenslange Verbindung mit einem Mann einzugehen, den sie nicht liebte.

Als seine Schwester schwieg, fuhr er fort: »Ich hätte allerdings die Heirat durch Stellvertreter erst nach einer genauen Untersuchung akzeptiert. Das spürte Stephen offenbar und versuchte deshalb, mich zu beseitigen.«

Athena, die zwischen den Trauergästen am Friedhof stand, erschauerte, als sie sich an diese Gespräch erinnerte. Wie sehr hatte sie Stephen gehaßt, als er zugab, daß er Fletcher hatte töten wollen. Sie hätte ihm am liebsten das Gesicht zerfleischt; aber sie hatte ihm niemals den Tod gewünscht.

Sie dachte mit Schaudern an den entsetzlichen Augenblick, als er zu ihren Füßen starb. In diesem Augenblick hatte sie ihre Abneigung und ihren Haß bitter bereut. Doch sie hatte keinen Grund, sich Vorwürfe zu machen, sagte sie sich, denn sie traf nicht die geringste Schuld an seinem Tod.

Das leise Raunen, das durch die Trauergemeinde ging, brachte Athena in die Gegenwart zurück. Sie blickte auf und sah einen Mann in scharlachroter Uniform, der den Friedhof betrat. Sie traute ihren Augen nicht – es war Lochiel. Was suchte er hier? Laut Tykie war die Siebente Hochländerkompanie am Morgen nach Stephens Tod nach Kanada in Marsch gesetzt worden.

Lochiel blieb am Rand der Trauergemeinde stehen, ohne einen von ihnen eines Blickes zu würdigen. Er verschränkte die Arme und wendete seine Aufmerksamkeit dem Pfarrer zu, ohne sich um die Unruhe zu kümmern, die sein Eintreffen hervorgerufen hatte. Keiner der hier Versammelten hatte offenbar die empörenden Worte vergessen, mit denen Lochiel Stephen Kensington an jenem Abend bedacht hatte, an dem Fletcher angeschossen wurde, und neugierige Blicke streiften die junge Witwe und ihren Bruder. Würde es nach der Trauerfeier zu einer Konfrontation kommen? Katrine de Vries brachte es fertig, bei der Aussicht auf dieses Ereignis hemmunglos zu kichern.

Athena war froh darüber, daß ein Schleier ihr Gesicht verbarg; davon überzeugt, daß ihre Augen leuchteten und ihre Wangen gerötet waren, legte sie Fletcher die Hand auf den Arm, und er drückte sie beruhigend, obwohl auch sein Gesicht unbeweglich geworden war.

»Gestatten Sie mir, Leutnant Courtland, Ihnen zu dem Tod Ihres Schwagers mein Beileid auszusprechen.« Nach dem Ende der Trauerfeier war Lochiel zu der kleinen Gruppe der Verwandten des Toten getreten und hatte sich an Fletcher gewandt. Jetzt drehte er sich zu Athena um. »Mein Beileid gilt auch Ihnen, Mrs. Kensington«, fügte er hinzu. »Mir ist bewußt, wie innig Sie Ihren Mann geliebt haben.«

Athena starrte ihn entsetzt an. Wie konnte er so etwas sagen? Wie konnte er auch nur einen Augenblick glauben, daß sie den Mann lieben konnte, der auf ihren Bruder geschossen hatte?

»Ihre Anwesenheit ehrt uns, Major«, erwiderte Fletcher. Weil ihm die neugierigen Gesichter bewußt waren, die sich um die Familie drängten, um nur ja kein Wort zu versäumen, fügte er hinzu: »Sie müssen uns jetzt entschuldigen, wir wollen auch den anderen Anwesenden für ihre Anteilnahme danken.«

Lochiel verbeugte sich. »Ich verstehe.« Er sah Athena noch einmal an, sagte aber nur: »Leben Sie wohl, Mrs. Kensington.«

Sie sah ihm nach, als er durch den Friedhof ging und Glenrobbie von dem Torpfosten losband. Die goldenen Litzen seiner Uniform funkelten im Sonnenschein und erinnerten sie schmerzlich daran, daß er zu General Amhersts Truppen gehörte, die bald vor den Mauern von Quebec dem mächtigen Heer von Louis de Montcalm gegenüberstehen würden. Sie konnte ihn nicht gehen lassen, ohne ein letztes Mal mit ihm zu sprechen und ihn zu fragen, warum er sich am Abend von Stephens Tod so kalt von ihr abgewendet hatte.

»Lochiel, warte!«

Ohne sich um die neugierigen Blicke zu kümmern, raffte Athena den Rock und lief aus dem Friedhof hinaus. Lochiel war stehengeblieben, als sie ihn rief, aber er ließ sich seine Ungeduld deutlich anmerken. Verdammt, dachte er wütend, warum mußte Athena immer so schön aussehen, selbst wenn sie Trauer trug?

»Ich war etwas erstaunt, als der Pfarrer von Stephens Heldentod sprach«, bemerkte er, um das Schweigen zwischen ihnen zu brechen.

Athena warf den Kopf zurück. »Die Behauptung, daß Stephen sein Leben verlor, weil er mich vor Thomas Painsley beschützte, war meine Idee. Was hätte ich sonst tun sollen? Zugeben, daß Stephen versucht hatte, Fletcher zu töten, und daß er mir nach Albany gefolgt war, weil er glaubte, daß du und ich –« Sie unterbrach sich, weil ihr bewußt war, daß Stephens Verdacht an diesem Abend begründet gewesen war.

»Fletcher und ich waren der Ansicht, daß seine Mutter nicht erfahren dürfe, was für ein Mensch ihr Sohn wirklich gewesen ist; noch dazu hat sie kurz zuvor ihren Mann verloren«, schloß sie kühl. »Nur Reverend Axminster kennt die Wahrheit und war so freundlich, sich in der Grabrede nicht darauf zu beziehen.«

Lochiel bemühte sich, standhaft zu bleiben. Es sah den stolzen Courtlands ähnlich, daß sie logen, um nicht zugeben zu müssen, daß Stephen versucht hatte, seinen Schwager zu töten. Er hätte daran denken müssen, daß Athena jedes Mittel recht war, um ihren Namen und den des Mannes, den sie liebte, zu schützen. Ja, sie hatte Stephen Kensington geliebt, das hatte sie im Mary Widow Inn deutlich gezeigt.

»Ich bedauere den Verlust, den Sie erlitten haben, Mrs. Kensington«, sagte er kalt. »Ich habe es für notwendig gehalten, heute hier anwesend zu sein, um allen Gerüchten vorzubeugen, die die freundlichen Menschen von West York in bezug auf den Tod Ihres Mannes verbreiten würden. Doch ich konnte heute feststellen, daß Sie und Ihr Bruder auch ohne mein Dazutun eine akzeptable Lösung gefunden haben.«

Athena starrte ihn verständnislos an. Der Ton, in dem er mit ihr sprach, brach ihr das Herz. Warum haßte er sie so sehr, warum?

»Bitte, Lochiel –«

Bei der Nennung seines Namens runzelte er die Stirn. Wie brachte sie es fertig, so unschuldig, so schrecklich verletzlich auszusehen, wenn sie nur auf Täuschung aus war? Wie konnte sie es wagen, ihn mit tränenerfüllten Augen anzusehen, wenn er wußte, daß alles nur Theater war? Es würde andere geben, die sie trösteten, nachdem Stephen aus dem Weg geräumt war. Wenn alles gut ging und General Wolfe Quebec einnahm, würden ihre beiden Liebhaber, die bei den Rangers dienten, zweifellos bald zurückkehren, und diesmal war kein Stephen Kensington vorhanden, der sich einmischte.

»Sie haben von der Zukunft nichts zu befürchten, Madam,« stellte er fest. »Ihr guter Name hat nicht gelitten, und jetzt, da Sie allein sind, werden sich sicherlich genügend Männer finden, die bereit sind, Sie zu trösten.« Er lächelte spöttisch. »Sie könnten sogar, wenn Sie Lust dazu haben, eine ›lustige Witwe‹ werden.«

Athena wich zurück, als hätte er sie geschlagen. Wollte er damit andeuten, daß sie wie Dinah Partridge mit jedem Mann ins Bett gehen würde, wenn er bereit war, dafür zu zahlen? Glücklicherweise saß dieses Weibsstück jetzt im Gefängnis.

»Sehen Sie mich nicht so erschrocken an«, fuhr Lochiel fort. »Eine Witwe nimmt in der Gesellschaft einen beneidenswerten Platz ein. Niemand erwartet, daß sie sich streng an Konventionen hält, und wenn sie sich einen Liebhaber oder zwei zulegt, nimmt die Gesellschaft wesentlich weniger Anstoß daran als bei einer unverheirateten Jungfrau. Natürlich muß man dabei diskret vorgehen, das ist eines der ungeschriebenen Gesetze.«

Athena glaubte, nicht richtig gehört zu haben. Lochiel sprach mit ihr, als sei sie eine Hure, eine gefallene Frau, die man verachtet.

Sie überwand ihren verletzten Stolz und sah dem Mann, den sie liebte, offen in die Augen.

»Du glaubst doch nicht wirklich, Lochiel, daß ich mich jemals so verhalten könnte? Gerade du müßtest am besten wissen, daß es niemals einen Mann außer –«

»Da bist du ja, Athena! Mutter und ich haben dich überall gesucht!«

Athena unterdrückte einen unwilligen Ausruf, als Katrine de Vries auf sie zueilte.

»Ihre Anwesenheit beim Begräbnis hat uns überrascht, Major Blackmoor«, fuhr Katrine fort und hob den Kopf, damit er ihr blasses, schön geschnittenes Gesicht bewundern konnte. Sie hatte beinahe vergessen, wie gefährlich gut der Hochländer aussah, und erschauerte, als sie sich vorstellte, wie es sein müsse, wenn ein solcher Mann sie küßte.

»Werden Sie zum Abendessen bleiben? Soviel ich weiß, hat Athenas Schwiegermutter eine Mahlzeit für die Trauergäste vorbereitet.«

Lochiel wollte bereits ablehnen, doch dann fiel sein Blick auf Athena, die steif neben ihm stand. »Ich möchte es um nichts in der Welt versäumen«, versicherte er Katrine.

Für Athena war der Nachmittag beinahe unerträglich. Sie stand verloren neben dem riesigen Büffet im Speisezimmer der Kensingtons und beobachtete unglücklich jeden affektierten Blick, den ein weibliches Wesen Lochiel zuwarf. Dieser hatte sich vollkommen unbefangen unter die Gäste gemischt; sein tadelloses Benehmen und sein verdammter Charme hatten bald den feindseligen Blicken ein Ende gesetzt, die ihn zuerst begrüßt hatten. Sogar Leda hatte ihn willkommen geheißen, doch Athena nahm an, daß die arme Frau noch immer unter Schock stand und kaum wußte, mit wem sie sprach.

Obwohl Lochiel sie nie angesehen hatte, ließ sich Athena durch sein Benehmen nicht täuschen. Sie spürte, daß er sie genau beobachtete und sie das unglückliche Opfer in einem erbarmungslosen Spiel war. Sie fragte sich immer wieder, warum er ihr Feind geworden war. Warum hatte er in Albany sein Leben aufs Spiel gesetzt, wenn er sie haßte? Warum hatte er sie so zärtlich geküßt und sich dann kalt von ihr abgewendet, sobald Thomas Painsley tot zu seinen Füßen lag?

Eine kichernde Mädchenstimme lenkte Athenas Aufmerksamkeit auf Katrine de Vries. Diese stand in der Nähe der Tür, lächelte Lochiel verführerisch an und reagierte offenbar auf eine witzige Bemerkung, die er ihr ins Ohr geflüstert hatte. Er schien sich gut zu unterhalten, und Athena stellte ihren Teller ab und eilte fluchtartig hinaus. Sie hatte genug von Lochiels Spott, von Elizas und Araminthas Tränen, von Ledas unaufhörlichem Schnüffeln. Sie mußte der erstickenden Atmosphäre des Leichenschmauses entrinnen, sonst verlor sie den Verstand.

Der einzige, der sah, daß sie den Raum verließ, war Lochiel. Er verabschiedete sich unvermittelt von der verdutzten Katrine und begab sich rasch in die Halle. Er erblickte gerade noch Athenas Rücken auf dem nächsten Treppenabsatz, dann verschwand sie aus seinem Blickfeld. Er nahm zwei Stufen auf einmal, während er ihr folgte.

Der Westflügel von Ambrose Kensingtons Haus war so menschenleer, daß er unheimlich wirkte. Die wenige Dienerschaft war unten im Speisezimmer versammelt, denn Leda hatte nach Ambroses Tod einen Großteil ihres Personal entlassen müssen.

Es fiel Lochiel nicht schwer, Athena zu finden, denn in der Stille war das Rascheln ihrer Röcke deutlich zu vernehmen. Sie stand mit dem Rücken zur Tür in einem üppig eingerichteten Schlafzimmer. Rote Vorhänge umgaben das ungeheure Himmelbett, und das Muster von Engelsköpfen und verschlungenen Weinranken setzte sich in dem Stoff fort, mit dem das Sofa und die Stühle bespannt waren. Die Stukkatur auf der Decke sollte eine Kuppel vortäuschen, und das Fries am oberen Teil der Wände wies das gleiche Muster auf wie die Bettvorhänge.

Lochiel sah sich angewidert um und wendete seine Aufmerksamkeit dann wieder Athena zu. Sie hatte den Hut abgenommen und den Kopf gesenkt und näherte sich langsam dem Bett. Ihre Finger strichen über die gestickte Bettdecke, und ihr Gesicht wirkte durch das hochgeschlossene schwarze Kleid noch blasser, als es ohnehin war.

Was sie wohl dachte? War das ihr und Stephens Schlafzimmer gewesen? Träumte sie von der Zeit, als sie und Stephen hier als Mann und Frau geschlafen hatten und Stephen die gleiche Leidenschaft in ihr geweckt hatte wie Lochiel?

Eine einzelne Träne lief ihr über die Wange, und ihre Lippen zitterten. Das war mehr, als Lochiel ertragen konnte.

»Du trauerst also immer noch um ihn?« stellte er fest.

Athena fuhr herum und sah ihn erschreckt aus großen Augen an. Sein Zorn war beinahe greifbar, und sie wich vor der Hitze seines Körpers zurück.

»Mir war nie klar, daß du ihn so sehr liebtest«, fügte Lochiel hinzu. »War er als Liebhaber wirklich so gut?«

Sie drückte sich an den Bettrand und stützte sich auf die Decke. »Was willst du eigentlich von mir, Lochiel?« fragte sie mit zitternder Stimme. »Warum hörst du nicht auf, mich zu verletzen?«

Er konnte ihr nicht antworten, denn er wußte es selbst nicht. Ihm war nur klar, daß sie ihn an der Nase herumgeführt hatte, denn sie hatte ihre Liebe dem lästigen, feigen Trunkenbold Kensington geschenkt.

»Du hast dir von Anfang an genommen, worauf du aus warst, Athena«, antwortete er leise. »Das war für dich nicht schwierig, denn deine Liebhaber waren im Krieg, und dein Mann hatte sich noch nicht in deinem Netz gefangen. Ich will nicht behaupten, daß ich unsere Vereinigung nicht genossen habe, aber es war für meinen Mannesstolz ein schwerer Schlag, als ich erkannte, daß ich dir nur als Ersatz diente, und daß du mich mit deinem süßen Lächeln und deinen unschuldigen blauen Augen hereingelegt hattest.«

Er trat drohend auf sie zu und stand jetzt so nahe vor ihr, daß sie den Kopf zurücklegen mußte, um ihm ins Gesicht zu sehen. »Ich verstehe nicht, was du meinst«, flüsterte sie mit wild klopfendem Herzen. Konnte dieser grausame, haßerfüllte Mann der gleiche sein, den sie geliebt hatte?

»Tatsächlich nicht?« Lochiels Ton war unangenehm. »Es ist an der Zeit, dir zu zeigen, daß es auch Männer gibt, denen es nicht gefällt, von dir gegängelt zu werden. Jeder von uns muß irgendwann für die Folgen seines Verhaltens geradestehen.«

Er griff nach dem Halsausschnitt ihres Kleides, und Athena schrie auf, als er es bis zur Taille aufriß, so daß ihre Brüste freilagen. Seine Hände waren überall, zerrten und rissen; er hielt sie mit seinem Körper fest, so daß sie sich nicht von ihm befreien konne.

Als sie nackt war und vor Angst keuchte, stieß er sie auf die Bettdecke. Athena kroch auf die andere Seite des Bettes und kauerte sich dort zusammen. Lochiel versperrte lachend die Tür und begann dann, sich auszuziehen und seine Kleidungsstücke auf den Boden zu werfen.

»Hör auf, Lochiel«, bat sie von Entsetzen erfüllt. »Willst du mich vergewaltigen – wie ein schmutziges Tier?«

Er warf das letzte Kleidungsstück beiseite. Sein Körper war hager und braun gebrannt und genauso kräftig und männlich, wie Athena ihn im Gedächtnis hatte, aber diesmal erfüllte sie der Anblick mit Panik und Widerwillen. Ihr Blick wanderte hilflos zu seinem anschwellenden Glied, und sie wich noch weiter zurück. Sie sah sich nach einer Waffe um. Niemand im Haus würde sie hören, wenn sie schrie, aber wenn sie –

Die Matratze gab unter seinem Gewicht nach, und sie schrie auf, als er sie in die Arme schloß. »Ich habe dir schon einmal gesagt, Athena«, murmelte er ihr ins Ohr, »daß es zwischen uns nie eine Vergewaltigung geben kann.«

Sein heißer Mund nahm den ihren gefangen und sie versuchte, den Kopf wegzudrehen. Seine Arme schlossen sich enger um sie, so daß sich ihre Brustwarzen an seine Brust und ihre schlanken Beine an seine kräftigen Schenkel drückten. Sie konnte der brennenden Hitze seines Kusses nicht entgehen und stöhnte leise, als seine Zunge sich den Weg zwischen ihre Lippen erzwang.

Seine Finger zogen die Nadeln aus ihren Haaren, so daß diese sich über das Kissen ergossen. Lochiel ließ seine Lippen zu ihrem nackten Hals wandern, während seine Hand über ihren flachen Bauch und weiter hinunter zwischen ihre Schenkel wanderte.

»Bitte, Lochiel –« stöhnte Athena mit wild hämmerndem Herzen. Sie haßte ihn, weil er schamlose Erregung und schmerzhaftes Verlangen in ihr weckte.

»Du kannst nicht behaupten, daß ich dich gegen deinen Willen nehme«, flüsterte Lochiel. »Du wurdest dafür geschaffen.«

Sie kämpfte gegen die Leidenschaft, die ihr Blut erhitzte und ihre Glieder erschlaffen ließ. Lochiel drückte ihre Beine mit den Händen auseinander, Athena wollte sich ihm entziehen, schob sich aber statt dessen unter ihn; jede Faser ihres Wesens verlangte nach ihm.

»Du hast nie etwas anderes von mir gewollt, nicht wahr, Athena?« fragte er rauh. »Nein, du hast von keinem Mann etwas anderes gewollt, und ich werde dafür sorgen, daß du es bekommst.«

Seine Hände liebkosten sie weiter und straften seine haßerfüllten Worte Lügen, bis sie nach ihm verlangte wie nie zuvor; der Zauber seiner Berührung, seines Geruchs, seines harten, männlichen Körpers löschte alles außer seiner Anwesenheit und ihrer brennenden Liebe zu ihm aus.

»Bezeichnest du es noch immer als Vergewaltigung?« fragte Lochiel und hob seine Lippen gerade so lange von den ihren, daß er in ihr von Leidenschaft erhitztes Gesicht blicken konnte. Seine Finger berührten und erforschten weiterhin, sein Glied war bereit, in sie einzudringen.

»Nein«, flüsterte sie, unfähig zu lügen, wölbte ihm ihren Körper entgegen, und vergaß jeden Widerstand, während sie darauf wartete, daß er endlich von ihr Besitz ergriff. »Nein, Lochiel, ich möchte –«

Er lachte triumphierend, und Athena schnappte nach Luft, als sein geschwollenes Glied tief in sie eindrang und sich in ihr bewegte; der Genuß überstieg alles, was sie bis jetzt kennengelernt hatte. Ihre Finger liebkosten die dunklen Haare in seinem Nacken, ihre Lippen öffneten sich seinem fordernden Kuß. Wie hatte sie ihn fürchten können? Wie hatte sie Widerwillen empfinden können, wenn diese wunderbare Ekstase alles überstieg, was sie je erträumt hatte?

Doch plötzlich stieß er sie in einem Rhythmus, der nicht mehr sanft war, und ritt sie schnell und rücksichtslos, so daß der Genuß zu einem dumpfen Druck und dann zu Schmerz wurde.

»Warte, Lochiel«, keuchte sie, doch er kümmerte sich nicht um sie, sondern fuhr im gleichen wilden Rhythmus fort, bis sie plötzlich spürte, daß er sich in sie ergoß. Sie wölbte sich ihm entgegen, als das Verlangen in ihr erblühte, aber da war es zu spät. Sobald Lochiel befriedigt war, zog er sich so unvermittelt aus ihr zurück, daß sie aus ihrem Traum gerissen wurde, jäh in die Wirklichkeit zurückkehrte und benommen begriff, was er getan hatte.

Sie öffnete langsam die Augen, während ihr Körper noch vor ungestilltem Verlangen pulsierte, und sah, daß Lochiel die Hände in die Hüften stemmte und sie mit einem unangenehmen Lächeln musterte.

Sie wich vor ihm zurück. »Du hast es absichtlich getan«, stieß sie hervor.

»Wie klug von dir, das zu erkennen«, erwiderte er gleichmütig. Er zog sich rasch an, während sie auf dem Bett kauerte, das Gesicht in den Händen vergrub und von Schluchzen geschüttelt wurde. »Leb wohl, Athena«, sagte er kalt. »Herzlichen Dank für einen unterhaltsamen Nachmittag.« Er sperrte die Tür auf, ging hinaus und schlug sie hinter sich zu.

21. Kapitel

Athena landete mit einem Plumps auf dem weichen Rasen, auf den sie der nervöse junge Hengst abgeworfen hatte. Tykie lachte dröhnend, während sie sich rasch aufrappelte und den Staub von ihrem Reitkleid klopfte, das bereits mit Grasflecken von früheren Stürzen bedeckt war.

»Sie versuchen es tatsächlich noch einmal?« fragte Tykie ungläubig, als sie nach den Zügeln griff und Anstalten traf, wieder aufzusitzen. »Es ist das vierte Mal, daß er Sie abgeworfen hat.« Er musterte ihren schlanken Körper mißtrauisch, weil er davon überzeugt war, daß sie von oben bis unten mit blauen Flecken übersät war.

»Er muß lernen, wer seine Herrin ist«, erwiderte Athena entschieden. Sie schob einige lose Haarsträhnen unter ihren Hut, stellte den Stiefel in den Steigbügel und schwang sich auf den Rücken des Tieres. Sie trieb es zum Trab an, ritt die Auffahrt mit ihm hinunter und wieder hinauf, und behielt über den Zaun leicht, aber beständig die Kontrolle über ihn, für den Fall, daß er wieder bocken würde.

Als er sich friedlich verhielt, ritt sie ihn im kurzen Galopp und freute sich, als er gehorchte; er bewegte sich genauso elegant wie sein Vater. Sie hielt ihn neben Tykie an, und die Augen des Schotten leuchteten, als er seiner Herrin beim Absitzen half.

»Sie haben heute Fortschritte mit ihm gemacht, Mädchen. Ich könnte wetten, daß er schon kommenden Herbst Rennen bestreiten kann.«

Sie streichelte liebevoll den schwarzen, seidigen Hals. »Ballycor kann auf seinen Sohn stolz sein. Es tut mir nur leid, daß er nicht die Farbe seines Vaters geerbt hat.«

Tykie nahm dem jungen Hengst den Sattel ab und lachte. »Nachdem seine Mutter schwarz wie Kohle ist, mußte sich ein Elternteil durchsetzen.«

»Sie hätten einen Kompromiß schließen können«, beharrte Athena. »Er hätte grau sein können.«

»Ach, Mädchen, wenn es um Männer und Frauen geht, kann es nie einen Kompromiß geben.«

Athena runzelte die Stirn. »Manchmal bist du klüger, als es für dich gut ist, Tykie.«

Er sah sie scharf an, antwortete aber nicht. Sie nahmen den Hengst zwischen sich und gingen zu dem Gatter, das den Hof vom Weideland trennte. Tykie öffnete das Tor, nahm dem Rappen das Zaumzeug ab und versetzte ihm einen Klaps auf die Kruppe. Das junge Tier galoppierte mit wehendem Schwanz davon.

»Ist es nicht ein herrlicher Tag, Tykie?« fragte Athena, die ihren Unmut bereits wieder vergessen hatte. Sie stützte den Fuß auf den Zaun und ließ sich die warme Julisonne ins Gesicht scheinen. Die sanfte Brise brachte das Blöken der Schafe und den Duft der Fichten mit sich, und sie hätte sich am liebsten wie ein junger Hund im Gras gewälzt. Witwen, die ihren Mann erst vor sechs Wochen verloren haben, sollten sich gesetzter benehmen, ermahnte sie sich.

Es fiel ihr schon leichter, ohne Schuldbewußtsein an Stephen zu denken. Fletcher hatte Leda ein großzügiges Angebot für ihr Ackerland gemacht und dadurch der armen Frau ermöglicht, das Haus und die Dienerschaft zu behalten. Gleichzeitig hatte er damit Ambroses Pächter von ihrer harten Herrschaft befreit.

Da jetzt zu Courtland Grace viel mehr Ackerland gehörte, bekam Athena Fletcher nur selten zu Gesicht. Er und Tykie ritten täglich über den Besitz, Fletcher erstellte sorgfältig einen Bebauungsplan und beaufsichtigte die Pächter so freundlich und gerecht, daß er ihnen rasch ans

Herz wuchs. Obwohl er noch immer gelegentlich an Schwindelanfällen litt, hatte er wieder Fleisch auf den Knochen und war jetzt braungebrannt. Es war kaum zu glauben, daß er noch im Frühjahr dem Tod nahe gewesen war.

Der Sommer war ins Land gezogen, die Pferche waren mit Schafen gefüllt, jede Milchkuh hatte ein gesundes Kalb neben sich, und in Courtland Grace herrschte träge Zufriedenheit. Die warmen, friedlichen Tage waren Balsam für Athenas seelische Wunden. Auch die Nachrichten über den Krieg waren nicht bedrohlich; im Augenblick lagen General Wolfe und seine Armee bei der Ile d'Orléans unterhalb von Quebec den Franzosen in einer Art Pattstellung gegenüber, die wenig oder gar kein Blutvergießen erwarten ließ. Bei ihm befanden sich auch sechs Kompanien Rangers, und Athena war davon überzeugt, daß die Zwillinge, wenn sie bei diesen Truppen dabei waren, sich zur Zeit nicht in Gefahr befanden.

Was jedoch Lochiel und seine Hochländer betraf – bei diesem Gedanken war es um Athenas Seelenfrieden geschehen. Warum konnte sie an Lochiel nie genauso unbeteiligt denken wie an Stephen? Warum krampfte sich ihr Herz jedesmal zusammen, wenn sein Name fiel? Trotz der Zeit, die inzwischen verstrichen war, konnte sie nicht vergessen, wie grausam er sie am Tag von Stephens Begräbnis behandelt hatte.

Tykies tiefe Stimme riß Athena aus ihren Gedanken. »Master Fletcher kommt nach Hause.«

Sie hob den Kopf und sah dem Reiter entgegen, der in einiger Entfernung auf das Haus zuritt, doch sie runzelte plötzlich die Stirn. »Fletcher ist heute nicht auf Sweetbriar ausgeritten. Hältst du dieses Pferd für einen Rotfuchs?«

Tykie schob sich das Haar aus der Stirn und kniff die Augen zusammen. »Nein, es ist braun, und auch keine Stute.«

Athena richtete sich auf und hielt den Atem an. In Kriegszeiten bedeuten einsame Reiter oft schlechte Nachrichten, und der Mann, der auf sie zukam, war nicht ihr Bruder Fletcher, auch wenn er zu weit von ihr entfernt war, als daß sie ihn erkennen konnte.

Nun verschwand der braune Hengst hinter einer Wegbiegung und tauchte dann unter den hohen Eichen vor dem Haus auf. Der Reiter nahm seinen Dreispitz ab und musterte das stille Haus vor ihm. Als Athena seine blonden Locken erblickte, stieß sie einen ungläubigen Schrei aus.

»Es ist Colm! Tykie, es ist Colm!«

»Sie haben recht, Mädchen«, stimmte er ihr zu.

Athena lief bereits, den Namen ihres Bruders rufend, über das Gras. Dieser stieg ab, ließ die Zügel fallen und lief ihr mit ausgestreckten Armen entgegen. Sekunden später hatte ihm Athena die Arme um den Hals geschlungen und küßte ihn lachend und weinend auf das unrasierte Gesicht.

»Es tut so gut, wieder zu Hause zu sein«, sagte er.

»Du bist doch nicht verletzt?« fragte sie besorgt, ohne ihn loszulassen.

Er lachte. »Ich? Du weißt doch, daß ich unverwundbar bin. Ich bin zu einem anderen Truppenteil versetzt worden, das ist alles.«

Er musterte sie erst jetzt näher und schüttelte langsam den Kopf. »Du hast dich zu einer richtigen Schönheit gemausert, Athena. Jeremy hat es mir schon erzählt, aber ich wollte es nicht glauben. Du bist kein langbeiniges Füllen mehr.«

»Du hast Jem erst vor kurzem gesehen?« fragte Athena eifrig. »Wo ist er?«

»Wir sind seit Monaten an verschiedenen Orten stationiert gewesen. Als ich zum letzten Mal von ihm hörte, war er unterwegs in Kanada.«

»Und du?« fragte Athena besorgt. »Wohin bist du versetzt –«

Hinter Athena erklang freudiges Gebrüll, und sie konnte gerade noch zur Seite treten, bevor Tykie Colm in seine Arme schloß. Obwohl der junge Mann hochgewachsen und kräftig war, verschwand er in Tykies Umarmung. Athena sah mit Tränen in den Augen zu, wie die beiden einander auf den Rücken klopften, begann jedoch dann, ihren Bruder ungeduldig am Ärmel zu zupfen.

»Komm hinein. Du brauchst Ruhe und etwas zu essen. Prue hat bestimmt schon das Brot aus dem Ofen genommen. Du bist fürchterlich dünn geworden.«

»Hör auf, dich wie eine Glucke aufzuführen«, neckte sie Colm. »Ich bin besser in Form als je zuvor, dafür hat Major Rogers gesorgt. Und außerdem wäre ich an deiner Stelle still, Athena. Sieh doch dich an – hast du dich im Schlamm gewälzt?«

»Ich habe versucht, Ballycors aufsässigen Sohn zuzureiten.« Sie drehte sich lachend um sich selbst. »So hat er mir meine Geduld gelohnt.«

»Erzähl mir bloß nicht, daß du das entsetzliche weiße Biest immer noch hast«, stöhnte Colm.

Athena nickte.

»Soviel ich weiß, wurden in diesem Gebiet beinahe alle Pferde vom Militär requiriert. Ballycor hätte gut in den Stall eines aufgeblasenen Obersten gepaßt. Wie ist er diesem Schicksal entgangen?«

Athena zuckte mit den Achseln. »Wahrscheinlich war er ihnen zu wild.« Sie wollte ihm nicht erklären, daß Lochiel ihren geliebten Hengst gerettet hatte.

»Ich habe in West York übernachtet«, erzählte Colm, während sie zu dritt zum Haus gingen, und musterte seine Schwester besorgt. »Soweit ich erfahren habe, hast du seit Jeremys letztem Besuch eine Menge durchgemacht.«

Athena lächelte ihn strahlend an. »Das ist alles vorbei, Colm. Nichts von dem, was geschehen ist, belastet mich noch.« Sie hatte selbst das Gefühl, daß sie nicht sehr überzeugend klang. »Du hast gewußt, daß Fletcher angeschossen wurde?« fragte sie zögernd.

»Ja. Der Brief, in dem du mir von dem Unfall berichtet hast, hat mich erst vor einem Monat erreicht. Glücklicherweise traf er zugleich mit einem zweiten Brief ein, in dem du mir mitteiltest, er sei bereits auf dem Weg der Genesung. Ich wollte sofort nach Hause kommen, aber ich bekam keinen Urlaub. Doch der Brief ersparte mir die Sorge, ob er die Verletzung überlebt hat.«

»Es geht ihm schon sehr gut«, versicherte ihm Athena. »Du wirst es selbst feststellen können.«

Die beiden Courtland-Brüder sahen einander eine Stunde später wieder, als Fletcher von den Feldern zurückkam. Colm ruhte wie ein verwöhnter Pascha gebadet, rasiert und frisch gekleidet auf der Terrasse in einem Lehnstuhl und ließ sich von Athena, Prudence und Mercy umsorgen.

Es war ein rührender Anblick, denn beiden Männern war klar, daß sie Glück gehabt hatten, indem sie bis jetzt dem Tod entgehen konnten. Nach der Begrüßung saßen sie auf der Terrasse beisammen, und Colm erzählte, wo er sich im Winter herumgetrieben hatte. Er brachte auch eine Neuigkeit mit: die Kolonialtruppen befanden sich endlich in den Positionen für einen Angriff auf Montcalms Armee.

»Wir haben den ganzen Frühling vergeudet, weil Amherst sich nicht entscheiden konnte, wohin er uns schikken sollte«, fügte Colm hinzu. »Sein Spitzname, ›der vorsichtige Kommandant‹, paßt ausgezeichnet zu ihm.«

Fletcher nickte ernst. »Angeblich denkt er lieber ein Jahr lang nach, bevor er ein Risiko eingeht, und es überrascht mich nicht, daß so wenig weitergegangen ist, seit ich mich ins Zivilleben zurückgezogen habe.«

»Ich kann dir versichern, daß die Dinge jetzt in Bewegung geraten werden«, meinte Colm. »Beim Lake George sind elftausend Regulars und Milizleute zusammengezogen worden, und das Gerücht geht um, daß der Chevalier de Bourlamaque sich in dem Augenblick aus Fort Ticonderoga zurückziehen wird, in dem Amherst angreift. Er glaubt angeblich nicht mehr an einen französischen Sieg.«

»Dann wird nur noch Crown Point die südliche Route nach Kanada blockieren.« Colms Begeisterung hatte Fletcher angesteckt. »Sobald sich Amhersts Truppen am Ufer des St. Lorenzstroms mit den Einheiten von General Wolfe vereinen, kann der Angriff auf Quebec beginnen.«

»Ich habe das Gefühl, daß Jeremy sich gerade dort befindet«, erklärte Colm, der plötzlich ernster geworden war. Sein Zwillingsbruder befand sich sehr wahrscheinlich bei den sechs Rangerkompanien, die Anfang Juni zu Wolfe gestoßen waren.

»Diesmal habe ich keine Angst vor einer Niederlage«, fügte er selbstsicher hinzu, vor allem Athenas wegen, die schweigend zuhörte, deren verkrampfte Hände jedoch ihre Spannung verrieten. »Zweiundzwanzig Fregatten und Linienschiffe sind vor einigen Woche aus England eingetroffen und ankern jetzt im St. Lorenzsstrom.«

»Dann wird Quebec jetzt belagert?« fragte Fletcher.

»Ja. Die Flotte steht unter dem Befehl von Vizeadmiral Charles Saunders. Ich habe bis jetzt nur Gutes über ihn gehört. Wenn Quebec sowohl zu Lande wie zu Wasser belagert wird, wird ihnen nichts anderes übrigbleiben, als sich zu ergeben.«

»Wenn Amherst nur endlich aufhörte, seine Truppen zu verzärteln und sie in Marsch setzte«, seufzte Fletcher. Der General hatte Fletchers Meinung nach zu lange gezögert, denn wenn Soldaten müßig herumsaßen, litt der Kampfgeist darunter.

Athena stand plötzlich auf, denn sie wollte nichts mehr

davon hören. Wenn Colm und Fletcher darüber sprachen, klang alles so einfach, als müsse die Kolonialarmee sich nur mit Wolfes Truppen vereinigen, damit Montcalm sich einschüchtern ließ und sich ergab.

Allen mußte doch klar sein, daß die Franzosen nicht müßig herumgesessen hatten, während General Amherst unentschlossen zögerte. Vielleicht war Quebec inzwischen schon so gut befestigt, daß die Truppen, die angriffen, in den sicheren Tod marschierten.

»Vielleicht ist er nicht dort«, flüsterte sie, während sie ihre Röcke zusammenraffte. »Vielleicht haben sie ihn woanders hingeschickt – nach Crown Point oder zum Lake George.« Aber sie dachte dabei nicht an ihren Bruder Jeremy.

Colm blieb noch zwei Tage in Courtland Grace, begleitete Fletcher, wenn er zu den Pächtern ritt, und versuchte das friedliche Gefühl wiederzufinden, das er hier immer empfunden hatte. Zwei Tage waren eine kurze Zeit für einen kriegsmüden jungen Mann, der zu der nächsten Schlacht unterwegs war, aber Athena und Fletcher waren unermüdlich bestrebt, seinen Aufenthalt so angenehm wie möglich zu gestalten, um ihn auf andere Gedanken zu bringen.

Sie ritten kurz nach Sonnenaufgang aus und kehrten, bevor die Hitze einsetzte, nach Hause zurück, wo Prudence ein üppiges Frühstück bereithielt. Am Abend aß Tykie mit ihnen, eine Gewohnheit von altersher, die Tante Amelia abgestellt hatte, und im großen Haus erscholl wieder fröhliches Lachen. Doch es war eine jämmerlich kurze Atempause; allen war schmerzlich bewußt, daß Jeremy in ihrem Kreis fehlte und daß Colm binnen kurzem ebenfalls dort sein würde.

Der Abschied fiel allen schwer. Athena, Fletcher und die gesamte Dienerschaft hatten sich am frühen Morgen auf der Vordertreppe versammelt, doch alle sahen bedrückt zu Boden. Nur Tykie war besserer Laune, weil er beschlossen hatte, seinen jungen Herrn in die Stadt zu begleiten, wo Colm zu seiner Rangerkompanie stoßen sollte.

Colm schüttelte seinem älteren Bruder die Hand und umarmte ihn dann wortlos. Prudence und Mercy, die beide laut jammerten, bekamen schallende Küsse, die sie aufheitern sollten. Das Ergebnis war jedoch, daß Mercy laut losheulte, während Prudence sich abwandte und sich geräuschvoll schneuzte.

»Bevor du dich versiehst, Prudie, bin ich wieder da«, versicherte ihr Colm. »Und dann werden wir so viel futtern, daß du den Tag noch verwünschen wirst, an dem wir zurückgekommen sind.«

»Das würde ich nie tun, Master Colm«, protestierte Prudence. »Ich bin ja dazu da, um für Sie und Master Jem zu kochen.«

Gleichzeitig drückte sie ihm ein umfangreiches Bündel in die Arme, das, wie sie ihm versicherte, genügend Essen für den langen Marsch nach Kanada enthielt.

Als Colm das Bündel in seine Satteltasche steckte, hatte er eher den Eindruck, daß dieser Vorrat bis zum Kriegsende reichen würde. Er mußte grinsen, wurde aber wieder ernst, als er sich Athena zuwandte.

Sie stand blaß, mit niedergeschlagenen Augen neben Fletcher. Sie bemühte sich zwar zu lächeln, aber ihr Kummer war nur zu augenscheinlich. Colm drückte sie heftig an sich, und der Blick, den er Fletcher dabei zuwarf, besagte deutlich, daß sein Bruder sich ab nun doppelt um seine Schwester kümmern müsse.

»Während ich fort bin, mußt du dafür sorgen, daß dein launenhafter weißer Hengst in Form bleibt«, erklärte Colm Athena. »Trey Warwick hat mir versprochen, in meinem Namen auf ihn zu wetten. Wage ja nicht, ihn das erste Rennen verlieren zu lassen!«

Athena lächelte unter Tränen. »Ich verspreche es dir.«

Colm schwang sich in den Sattel und blickte übermütig auf sie hinunter. »Und versprich mit auch, daß du dir keine weiteren Ehemänner zulegen wirst – zumindest nicht, bevor Jeremy und ich zurückkehren.«

Athena mußte wider Willen lächeln. »Ich verspreche, daß ich nächstes Mal warten werde, bis ihr Gelegenheit gehabt habt, ihn in Augenschein zu nehmen.«

Er beugte sich hinunter und küßte ihre Fingerspitzen. »Ein großzügiges Versprechen, meine Liebe.«

Er winkte allen noch einmal zu und gab seinem Pferd die Sporen. Fletcher drückte Athena tröstend an sich, während sie Colm schweigend nachsahen.

Ich darf nicht um ihn weinen, dachte Athena und biß sich auf die Lippen. Sie hatte nicht geweint, als Fletcher beinahe gestorben war, als Stephen vor ihren Augen erschossen wurde, und nicht einmal, als Lochiel ihr das Herz gebrochen hatte. Wenn sie jetzt weinte, riß sie nur Wunden auf, die langsam zu heilen begannen.

Die Zwillinge waren jetzt Rangers, sagte sie sich, die sich geräuschlos anschleichen und mit dem Wald verschmelzen konnten. Sie brauchte sich keine übertriebenen Sorgen um sie zu machen.

Aber was war mit den britischen Regimentern? Athenas Herz war plötzlich von Angst erfüllt, als sie sich daran erinnerte, wie verächtlich ihr Jeremy geschildert hatte, daß sie mit wehenden Fahnen, zu Hörnerklang und Trommeln in Paradeuniform in die Schlacht zogen. Es war den Franzosen leicht gefallen, die Rotröcke niederzumähen, denn ihre dicht gedrängten Reihen boten ein leichtes Ziel.

Die britischen Befehlshaber würden doch inzwischen aus den fürchterlichen Niederlagen eine Lehre gezogen und ihre Leute darauf gedrillt haben, so anzugreifen wie die Franzosen und die Indianer: indem sie hinter Bäumen, Erdwällen oder sonst irgend etwas in Deckung gingen? In den dichten Wäldern Neuenglands konnte man nicht nach europäischer Art Krieg führen, bei der die Heere einander gegenüberstanden. Das mußten die bisherigen Gemetzel sie doch gelehrt haben?

Fletcher erschrak über die Furcht in Athenas Augen. Er drückte sie fester an sich und riß sie damit aus ihren Gedanken. Sie war sehr blaß, als sie sich ihm zuwandte.

»Du brauchst keine Angst zu haben, Kleines. Die Zwillinge waren immer schon imstande, auf sich achtzugeben.«

Sie nickte und versuchte zu lächeln, schaffte es jedoch nicht. Sie wandte den Kopf ab, denn in ihren Augen brannten Tränen, und sie wollte sich nicht einmal selbst eingestehen, daß ihre Angst nicht den Zwillingen galt.

Lochiel Blackmoors Gesicht war von Müdigkeit gezeichnet, doch sein Grinsen war beinahe übermütig, während er sein Pferd unter dem Krachen der Musketen und den klagenden Tönen der Dudelsäcke durch die Reihen seiner Männer lenkte. Der Pulverrauch hing dicht in der Luft und verdunkelte die untergehende Sonne, als Andrew Durning mit staubverschmiertem Gesicht an seiner Seite auftauchte.

»Es ist vorüber, Junge. Der Chevalier ist fort und Carillon ist unser.«

Lochiel faßte den erschöpften Kompaniefeldwebel an der Schulter. »Wieviel Mann haben wir verloren?«

Andy grinste. »Nach allem, was ich gesehen habe, sind unsere Verluste gering. Bourlamaque, dieser Feigling, hat kehrtgemacht und ist weggerannt.«

Lochiels Spannung ließ nach; die Erleichterung war so groß, daß er seine Müdigkeit vergaß. General Amhersts Truppen, darunter die Siebente Hochländerkompanie, hatten seit dem Morgen Fort Ticonderoga eingekreist und unaufhörlich mit Musketenfeuer und Artilleriesalven belegt. Der Chevalier de Bourlamaque, der offenbar kein sehr entschlossener Mann war, hatte dem Angriff nur wenig entgegengesetzt; als die Sonne unterging, hatte er das Fort in die Luft gesprengt und es den Angreifern überlassen.

»Von hier sind es nur fünfzehn Meilen zum Crown Point«, fügte Andy hinzu, während sich Lochiel aus dem Sattel schwang. »Wir könnten in einer Stunde weitermarschieren und –«

Lochiel mußte lachen. »Bis dahin ist es finster, und die Männer sind erschöpft. Es ist besser, wenn wir bis zum Morgen warten. Vielleicht wissen die Franzosen bei Crown Point dann schon, daß Ticonderoga gefallen ist, und geben das Fort freiwillig auf.«

General Amherst war offensichtlich der gleichen Meinung wie Lochiel, denn nach einer kurzen Besprechung mit seinen Offizieren wurde beschlossen, in den Ruinen des Forts zu lagern und am nächsten Tag im Morgengrauen nach Crown Point zu marschieren. Obwohl Lochiel übermüdet war, konnte er nicht einschlafen. Er lag auf seiner Bettrolle, hatte die Arme hinter dem Kopf verschränkt und lauschte dem Schrei einer Eule in einem nahen Baum. Die Anwesenheit des Nachtvogels war für ihn das sicherste Zeichen, daß sich im Wald keine Indianer oder Franzosen herumtrieben.

Die Nachtluft war kühl und roch nach feuchter Erde, was ihn zu seinem Ärger an den herbstlichen Garten von Courtland Grace und an das erste Mal erinnerte, als er Athena in den Armen gehalten hatte. Die Spannung in seinem Körper war plötzlich wieder da, und er verfluchte sich, weil er seinen Gedanken freien Lauf gelassen hatte.

Sie war jetzt Vergangenheit, eine Erinnerung, die mit der Zeit verblassen würde, bis er ihr Gesicht nur noch undeutlich vor sich sah. Sie hatte die brutale Bestrafung durch ihn verdient, aber wenn Lochiel jetzt daran dachte, brachte es ihm keine Befriedigung. Statt dessen wurde er von einer Sehnsucht erfaßt, die durch das leise Säuseln des Windes in den Ästen über ihm verstärkt wurde.

Sein Jähzorn flammte auf. Dieses verdammte Weibsbild! Er hatte längst gelernt, bei jedem Wetter seine Gedanken auszuschalten und in dem Augenblick einzuschlafen, in dem er sich in sein Plaid hüllte und sich auf den Boden fallen ließ. Doch trotz seiner Erschöpfung konnte er diesmal das Bild von Athenas schlankem Körper nicht aus seinen Gedanken verdrängen. Erst als am Horizont ein blaßrosa Streifen auftauchte, fielen ihm die Augen zu, aber da war es zu spät. Als die Trommeln zum Wecken schlugen, fuhr er fluchend hoch; sein Kopf pochte und seine Stimmung war dementsprechend.

Der Marsch nach Crown Point spielte sich genauso ab, wie Athena es befürchtet hatte: Die Regimenter marschierten in dichten Kolonnen hinter den Trommeln und Hörnern, und die Fahnen flatterten in der steifen Brise. Der Zug war beinahe eine Meile lang; in der Nacht waren drei Kompanien Rangers zu ihnen gestoßen, so daß die Milizverbände jetzt weit über tausend Mann zählten. Niemand dachte an einen Hinterhalt, denn alle glaubten, daß sie ein verlassenes Fort vorfinden würden.

Lochiel ritt an der Spitze, obwohl ihm die unruhige Stute, die er statt Glenrobbie ritt (der Hengst hatte ein Hufeisen verloren), nur Ärger verursachte. Dazu kam das endlose Geschwätz von Hauptfeldwebel Durning, den es überhaupt nicht beeindruckte, wenn Lochiel um Ruhe ersuchte.

»Sobald uns Crown Point in die Hände fällt, bleibt den Franzosen nichts anderes übrig, als nach Acadia zu fliehen«, bemerkte Andy gerade. »Wenn unsere Truppen am Ufer des St. Lorenzstroms zu den Männern von General Wolfe stoßen, ist der verdammte Montcalm erledigt.«

»Ihr Optimismus ist verfrüht«, warnte ihn Lochiel.

»Wenn die Franzosen das Fort nicht aufgegeben haben, steht uns ein Kampf bevor.«

Andy zeigte auf die lärmende, respekteinflößende Kolonne hinter ihm. »Sobald sie sehen, was auf sie zukommt, werden sie in die Hügel flüchten«, lachte er.

Lochiel antwortete nicht, denn genau in diesem Augenblick scheute seine Stute vor einer Kette Wachteln, die aus dem hohen Gras neben der Straße aufflogen. Es gelang ihm, sie unter Kontrolle zu bringen, indem er heftig am Zaum riß und sie mit dem Druck seiner Knie auf die Straße zurückzwang.

»Ich habe immer gewußt, daß Sie mit Frauen gut umgehen können«, bemerkte Andy bewundernd.

Lochiel warf seinem geschwätzigen Gefährten einen eiskalten Blick zu. Andy hatte diesen Ausdruck bei ihm oft genug gesehen und verstummte sofort. Der Major war wieder einmal schlechter Laune, und Gott allein wußte, was daran schuld war.

Wenn man dem ersten Eindruck traute, war Crown Point tatsächlich verlassen. Als die vordersten Reiter endlich die beeindruckenden Befestigungen erblickten, stand die Sonne bereits hoch am Himmel. Auf dem Feld vor den Mauern des Forts standen keine Zelte, und hinter der starken Palisade aus Baumstämmen stieg kein Rauch auf. Das Dutzend Rangers, die zur Erkundung ausgeschickt worden waren, kehrte mit der Nachricht zurück, daß das Fort offensichtlich verlassen war. Die Nachricht verbreitete sich unter den Soldaten in Windeseile, und von überall stiegen Jubelrufe auf. Die Dudelsäcke jaulten triumphierend, und die Truppe erhielt Befehl, in das Fort einzurücken.

Nachher konnte sich Lochiel nicht mehr daran erinnern, aus welcher Richtung die ersten Musketenschüsse gekommen waren, denn im Fort befand sich tatsächlich niemand mehr. Später stellte sich heraus, daß sich eine

Handvoll Irokesen, die vielleicht über den Rückzug der Franzosen enttäuscht waren, noch in der Gegend herumtrieb und auf eine Gelegenheit wartete, zu ein paar Skalps zu kommen. Obwohl sie die große Zahl der Soldaten einschüchterte, hatten sie noch rasch in die dichte Kolonne gefeuert, bevor sie in den Wäldern untertauchten.

Die ersten Schüsse kamen aus den Bäumen links von der Straße, und Lochiels Stute bäumte sich entsetzt auf. Es gelang ihm nur dank seiner ausgezeichneten Reitkünste, das Tier im Zaum zu halten, das sonst in seiner Panik die Soldaten hinter ihm niedergetrampelt hätte. Bei der zweiten Salve zielten die Irokesen bereits genauer, und Lochiel duckte sich instinktiv, als eine Kugel dicht an seinem Kopf vorbeipfiff. Seiner Stute erging es nicht so gut; sie wurde von einer Kugel in die Brust getroffen und brach tot zusammen.

Als das Tier stürzte, flog Lochiel durch die Luft und schlug mit dem Kopf auf einem Steinhaufen am Straßenrand auf. Er hörte, wie sein Schlüsselbein bei dem Aufprall brach, und sein letzter Gedanke, bevor er ohnmächtig wurde, war, daß er zum Glück nicht Glenrobbie geritten hatte.

»Seid vorsichtig, Jungs! Ihr wollt Bahrenträger sein? Wollt ihr ihn auf den Boden werfen?«

Diese zornigen Worte und der Schmerz in seiner gebrochenen Schulter brachten Lochiel wieder zu sich. Ihm wurde allmählich bewußt, daß er auf einer schwankenden Bahre aus Segelleinen lag und ihn bei jeder Bewegung Wellen von Schmerz durchzuckten. Er war nicht lange ohnmächtig gewesen, denn die Sonne, die ihn blendete, als er die Augen aufschlug, stand knapp über den Baumwipfeln.

»Stellen Sie ihn hierher, Korporal«, befahl die gleiche Stimme. »Einige Verwundete sind schlechter dran als er, und um die werden wir uns zuerst kümmern.«

Lochiel biß die Zähne zusammen, als die Tragbahre auf den Boden gestellt wurde. Er hatte schon vorher Knochenbrüche erlitten, aber der zerrende Schmerz bei jeder Bewegung verriet ihm, daß es ein besonders komplizierter Bruch war, und er hatte Angst davor, daß ein gleichgültiger Feldscher seine Schulter einrichten würde.

Wo war Andy? fragte er sich. Andy war der einzige Mensch, den er kannte, der einen gebrochenen Knochen so einrichten konnte, daß er nicht verpfuscht wurde. Außerdem würde Andy sich Zeit nehmen und ihm einen kräftigen Schluck aus der Whiskyflasche einflößen, um den Schmerz zu betäuben; dann würde er mit sanften, geduldigen Fingern herumtasten, bis der Knochen in die richtige Lage litt.

Lochiel zwang sich, die Augen zu öffnen. Er erblickte verschwommen ein Gesicht, das er nicht kannte, und nahm seine ganze Kraft zusammen, um Andys Namen zu flüstern.

»Sie sind also bei Bewußtsein, Major Blackmoor?« sagte eine unbekannte Stimme mitfühlend. Lochiels Gesichtsausdruck war unschwer zu entnehmen, daß er heftige Schmerzen litt. »Wir werden diese Schulter im Handumdrehen eingerichtet haben.«

Doch Lochiel hörte nicht zu. Sein Blick wanderte an dem Fremden vorbei zu einem anderen Gesicht, das sich vorbeugte, und er bemerkte ungläubig das kräftige Kinn, die dunkelblauen Augen und die eigensinnigen goldblonden Locken.

»Athena«, flüsterte er, und etwas in seiner Stimme veranlaßte die blauen Augen unter den erstaunt hochgezogenen braunen Brauen, näherzukommen.

»Was sagst du dazu, Colm?« fragte der Mann, der sich über Lochiel beugte. »Major Blackmoor hält dich für ein Mädchen.«

Colm Courtland stieß einen erstaunten Ausruf aus, als

Lochiels Name erwähnt wurde. Er schob den Korporal zur Seite und musterte das wachsbleiche Gesicht vor ihm. Die Haut spannte über den Backenknochen, und der Körper zitterte, weil das Fieber einsetzte. Lochiels Augen standen offen, und einen Augenblick lang sahen die beiden Männer einander an. Langsam kehrte bei Lochiel die Erinnerung wieder; das war doch der freche, junge Ranger, dem er bei Fort Shuyler gegenübergestanden hatte. Es handelte sich zweifelsfrei um den gleichen Mann, der ihm lachend erklärt hatte, daß sowohl er als auch sein Zwillingsbruder Athenas Geliebte waren.

»Geh zum Teufel«, knurrte er, von blindem Haß erfüllt. Bevor der erschrockene Colm reagieren konnte, packte ihn eine überraschend kräftige Hand am Hals und drückte unbarmherzig zu; der Korporal mußte Colm helfen, die Hand wegzureißen.

»Der Mann ist offensichtlich vor Schmerzen wahnsinnig«, keuchte der Korporal, als Lochiel das Bewußtsein verlor und wieder schlaff zusammensackte. »Oder er hält dich für jemand anderen. Was für einen Namen hat er noch genannt? Athena? Kennst du jemanden, der Athena heißt?«

Colm hustete, massierte sich den schmerzenden Hals und musterte nachdenklich das Gesicht des Bewußtlosen. »Schon möglich«, sagte er leise, gab aber keine weitere Erklärung ab.

22. Kapitel

»Mrs. Kensington?«

Athenas Kopf fuhr in die Höhe. »Jetzt hast du mich aber erschreckt, Nate!« rief sie, während sie sich hastig erhob und sich die Hände am Rock abwischte.

Der junge Mann mit dem freundlichen Gesicht und den schüchternen braunen Augen errötete. »Mrs. Goodson hat mir gesagt, daß Sie im Garten sind, und gemeint, daß ich Sie sofort aufsuchen soll.« Seinem Ton war zu entnehmen, daß er erwartete hatte, sie bei einer damenhaften Beschäftigung anzutreffen, zum Beispiel beim Abschneiden von Rosen, aber nicht beim Unkrautjäten.

Athena hatte einen Schmutzstreifen auf der Wange, und ihren Musselinrock zierten Grasflecke, doch für Nate Belker war sie noch immer das schönste Geschöpf, das er je gesehen hatte. Als Kind hatte er zwar mit Athena und den Zwillingen gespielt, und sein Vater, der Hufschmied des Dorfes, hatte die Pferde von Courtland Grace beschlagen, aber er war trotzdem in ihrer Gegenwart immer unbeholfen und sprachlos gewesen. Schon als Kind hatte sie ihn fasziniert, und als sie heranwuchs und immer entzükkender wurde, gelangte er allmählich zu der Überzeugung, daß er nicht würdig war, mit ihr zu sprechen.

»Worum geht es, Nate?« fragte Athena, der sein betretendes Schweigen auffiel. Seit sie den Kinderschuhen entwachsen waren, hatte Nate nie recht gewußt, wie er sie behandeln sollte. Sie hatte sich immer schon gefragt, ob er womöglich romantische Gefühle für sie hegte, doch ganz West York wußte, daß er sich nichts sehnlicher wünschte, als Mercy zu ehelichen.

Bei ihrer Frage vertiefte sich die Röte in Nates Gesicht.

Wie konnte er ihr erklären, daß sie überhaupt nicht wie eine Witwe aussah? Sie trug ein pfirsichfarbenes Kleid mit Spitzen am Halsausschnitt und dreiviertellangen Ärmeln, und ein dazu passendes Häubchen; sie erinnerte ihn an eine seltene, schöne Blume, die zu jung und zu bezaubernd war, um bereits einen Mann geheiratet und wieder verloren zu haben.

»Wahrscheinlich wolltest du dich selbst davon überzeugen, wie empörend ich mich benehme, indem ich mich weigere, Trauer um meinen Mann zu tragen«, bemerkte Athena, nahm das Häubchen ab und schüttelte den Kopf, so daß sich ihr langen Haare lösten. Beim Anblick der goldenen Pracht erstarrte Nate entzückt, und Athena begann zu lachen.

»Stimmt das etwa nicht?« hänselte sie ihn. »Oder wolltest du vielleicht Mercy besuchen?« Sie sah ihn von der Seite an, denn sie wußte, daß Mercy allmählich ihre kindliche Schwärmerei für Jeremy vergaß und begonnen hatte, beim Sonntagsgottesdienst schüchterne Blicke mit dem Sohn des Schmieds zu tauschen.

»O nein, Mrs. Kensington«, platzte Nate heraus. »Ich bin zu Ihnen gekommen, ich habe einen Brief für Sie, den Mr. Benjamin von Ihrem Bruder Malcolm gebracht hat.«

Athena wurde ernst. »Von Colm?«

Nate nickte, grub in seiner Hosentasche und überreichte ihr ein zerknittertes Stück Papier. Sie bedankte sich zerstreut, und er griff an seine Mütze und machte sich auf den Heimweg, als ihn ihre Stimme stehenbleiben ließ.

»Geh doch in die Küche und laß dir von Prudence etwas zu trinken geben. Heute ist es heiß und die Küche ist kühl.«

Nate grinste vergnügt. »Danke, Mrs. Kensington, das werde ich sehr gern tun.«

Athena sah ihm nach, als er zu der kleinen Tür lief, die aus dem Kräutergarten in die Küche führte. Er hoffte sicherlich, daß er einen Blick auf seine geliebte Mercy erhaschen würde. Der arme, schüchterne Nate. Wann würde er endlich den Mut aufbringen, sie um ihre Hand zu bitten, oder ihr wenigstens anzudeuten, was er für sie empfand?

»Du bist gerade die Richtige, um anderen Ratschläge in bezug auf die Liebe zu geben«, stellte sie spöttisch fest. Sie setzte sich auf die Gartenmauer und entfaltete den Brief.

Colm hatte ihr versprochen, sie zu verständigen, falls er verlegt würde, und sie überflog besorgt sein Gekritzel. Crown Point. Ihr Herz setzte kurz aus. Er würde doch nicht an General Amhersts Angriff auf die uneinnehmbare Festung teilnehmen? Sie warf einen Blick auf das Datum und stellte fest, daß der Brief über drei Tage alt war. In der Zeit konnte alles mögliche geschehen sein.

Athena las weiter, und plötzlich sprang ihr ein Name entgegen, der sie alles übrige vergessen ließ. Lochiel Blackmoor! Ihr stockte der Atem, und sie überflog rasch Colms frustrierend kurze Beschreibung seines Zusammentreffens mit dem Hochländer.

»Du kannst dir meine Überraschung vorstellen«, schrieb er, »als ich plötzlich dem Mann gegenüberstand, der dir so viele Schwierigkeiten verursacht hat. Dabei wurde mir auch klar, daß ich ihn bereits einmal gesehen hatte: dieses Frühjahr im Fort Shuyler, wo er mich mit Jeremy verwechselte. Ich möchte gar zu gern wissen, was mein Bruder getan hat, um sich die Feindschaft des Majors zuzuziehen, denn obwohl er eine gebrochene Schulter und hohes Fieber hatte, versuchte er mich zu erwürgen, als Korporal Hastings und ich ihn auf einer Tragbahre in das Fort trugen. Er ist kein Mensch, den ich in Wut bringen möchte, denn Hastings und ich hatten Mühe, ihn von mir loszureißen. Es sieht Jeremy ähnlich, sich Feinde zu machen und es dann mir zu überlassen, mit ihnen zurechtzukommen.«

Es folgte eine kurze Schilderung des bevorstehenden Marsches nach Quebec, aber der Brief war bereits Athenas Fingern entglitten. Lochiel war krank! Eine gebrochene Schulter und dazu Fieber. Sie erstarrte, denn sie erinnerte sich schaudernd daran, welchen Schaden das Fieber anrichten konnte.

Es war drei Tage her, daß Colm Benjamin Parker diesen Brief übergeben hatte. Drei Tage, vielleicht mehr, in denen die Hitze des Fiebers Lochiels Körper verheert haben konnte. Athena erinnerte sich an Fletchers Schilderung der nachlässigen Pflege, die ihm ein häufig betrunkener Militärarzt hatte zuteil werden lassen: er hatte scherzhaft hinzugefügt, daß er ohnehin Glück gehabt hätte, weil sich überhaupt ein Arzt in der Nähe befand. Erging es Lochiel ähnlich? Oder, was noch schlimmer war, betreute ihn jemand, der keine Ahnung von ärztlicher Versorgung hatte?

»Warum kümmere ich mich überhaupt darum?« fragte sich Athena, während sie rastlos zwischen den Sommerblumen auf und ab ging. Sie runzelte die Stirn, und ihre Augen leuchteten zornig. Lochiel Blackmoor bedeutete ihr überhaupt nichts. Warum sollte sie sich Sorgen machen, wenn er krank war? Er war sicherlich kräftig genug, um ein gebrochenes Schlüsselbein zu überleben.

»Hoffentlich lehrt das den arroganten Lümmel, etwas bescheidener zu sein!« Sie trat zornig nach einem Stein auf dem Weg, ohne sich darum zu kümmern, daß die leichten Schuhe, die sie trug, nicht für eine solche Verwendung gedacht waren.

Im nächsten Augenblick schlug ihr Stimmung um, und sie begann am ganzen Körper zu zittern. Sie war davon überzeugt, daß die übrigen Offiziere sich nicht um Lochiel kümmerten, weil sie weder Zeit noch Lust hatten, sich der Verwundeten anzunehmen. Sie hatten ihn vermutlich im aufgegebenen Fort zurückgelassen, in dem es niemanden gab, der ihn pflegte, oder sie hatten ihn bis zur nächsten Siedlung mitgetragen und dort einem ungebildeten Farmer anvertraut, dem es gleichgültig war, ob Lochiel am Leben blieb oder starb.

»Das ist doch alles Unsinn, Athena«, murmelte sie. Und wenn es Lochiel tatsächlich so ergangen war, dann sollte sie froh darüber sein. Es war das mindeste, das er verdient hatte.

Erst als ihr die heißen Tränen auf die Hand fielen, merkte sie, daß sie weinte. Plötzlich war der Zorn wie weggeblasen; sie war von schmerzlicher Sehnsucht erfüllt und leugnete nicht mehr vor sich selbst, daß sie Lochiel trotz allem noch immer liebte. Im nächsten Augenblick lief sie zum Stall, stolperte dabei über ihren Rock und rief unter Tränen:

»Tykie! Tykie!« Ihr war bewußt, daß jeder Augenblick kostbar war.

Doch schließlich ritt Athena ohne Tykie fort, denn weder er noch Fletcher würden ihr erlauben, in ein Gebiet zu reiten, in dem es jeden Augenblick zum Kampf kommen konnte. Sie legte Fletcher nur einen kurzen, erklärenden Brief auf seinen Schreibtisch, sattelte Ballycor und ritt davon. Sie hatte ihre Locken wieder einmal unter der alten Mütze versteckt und trug Reiterhosen und Lederweste.

Als sie das aufgegebene Fort erblickte, war es beinahe Nacht. Crown Point lag zwischen den Hügeln westlich vom Lake Champlain. Im Spätabendlicht schimmerte der Fluß silbrig, ein warmer Wind blies durch das Tal, und ihm hohen Gras zirpten die Grillen. Fern auf den Feldern trieb ein Hirte seine Herde zusammen, und nur das Bellen seiner Hunde und das Muhen der Rinder störten die abendliche Stille.

Athena hielt den schaumbedeckten Ballycor auf dem felsigen Hügelkamm an. Sie hatte den Hengst viel zu scharf geritten, dachte aber trotzdem nicht an sein Wohlergehen. Sie betrachtete das Fort und hätte gern gewußt, ob der Rauch, der zwischen den Bäumen emporstieg, von einem englischen oder einem französischen Lagerfeuer stammte. Ihr wurde wie so oft zu spät klar, daß sie voreilig gewesen war. Wann sie unterwegs haltgemacht und sich bei den Siedlern erkundigt hätte, so hätten diese ihr bestimmt sagen können, ob die Briten das Fort erobert hatten.

»Du warst unbesonnen wie immer, was?« fragte sie sich tadelnd.

Es blieb ihr schließlich nichts anderes übrig, als zum Fort hinunterzureiten; vorsichtshalber legte sie dabei die Hand auf den Griff des Revolvers, den sie im Gürtel stekken hatte. Niemand, nicht einmal die Franzosen, würden auf einen einzelnen Reiter schießen, redete sie sich ein.

Es wurde jetzt rasch dunkel, und ein kühler Wind kam auf. Athena zitterte in der dünnen Weste, und je näher Ballycor den Befestigungen kam, desto schneller klopfte ihr Herz. Ihre Nervosität übertrug sich offenbar auf den Hengst, denn er begann zu schnauben und den Kopf zurückzuwerfen. Im Wald herrschte tiefe Stille, und sie starrte jedes Gebüsch an, als lauerte darin ein blutrünstiger Indianer.

Das Tor des Forts war geschlossen. Athena hielt davor an und sah sich nach einem Lebenszeichen um. Wenn das Fort noch besetzt war, hätte sie inzwischen bestimmt ein Posten angerufen, also mußte es verlassen sein. Wie war aber dann der Rauch zu erklären, der durch die Bäume aufstieg?

»He du! Was suchst du hier?«

Athena fuhr erschrocken herum und versuchte, in der immer tiefer werdenden Dunkelheit den Sprecher zu erkennen. Ihre Hände faßten die Zügel fester, und Ballycor, der die Unruhe seiner Herrin spürte, tänzelte nervös.

»Hast du keine Ohren, Junge? Ich habe dich gefragt, was du hier suchst!«

Athenas wild klopfendes Herz beruhigte sich allmählich, weil sie merkte, daß die Stimme eher amüsiert als zornig klang. »Entschuldigen Sie, aber ich spreche ungern mit jemandem, den ich nicht sehen kann«, rief sie.

»Du bist ganz schön frech, was?« Links von ihr raschelte es in den Büschen, und Athena hielt den Atem an, als ein hochgewachsener Mann ins Freie trat. Als er näherkam, erkannte sie, daß er Lederhosen und ein oft geflicktes Flanellhemd trug. Über seine Schulter hingen Fallen, in der Armbeuge trug er eine Muskete. Der lange, schwarze Bart und das zottige Haar wiesen darauf hin, daß er von Kamm und Rasiermesser nicht viel hielt, und Athena atmete erleichtert auf.

Es war nur ein Trapper, ein Mann, der sich seinen Lebensunterhalt damit verdiente, daß er im nördlichen Neuengland und dem großen Northwest Territory Biber, Silberfüchse, Marder und Waschbären fing. Sie kannte diese Art Menschen von Kindesbeinen an und wußte, daß man nichts von ihnen zu befürchten hatte, wenn man ihnen friedlich entgegentrat.

Als er vor ihr stehenblieb und sie eingehend musterte, erklärte sie ihm: »Ich suche meinen Bruder.« Es war am besten, wenn sie sofort mit der Wahrheit herausrückte.

»Er ist bei den Rangers, und ich habe erfahren, daß er verwundet wurde, als Carillon und Crown Point fielen. Haben Sie eine Ahnung, ob General Amhersts Truppen noch hier sind?«

»Die sind sei drei oder vier Tagen fort«, antwortete er gemächlich. »Carillon ist nach kurzem Kampf gefallen, und Crown Point wurde aufgegeben, als die Armee eintraf.«

»Aber die Feuer – ich habe Rauch gesehen –«

Der Bart zuckte und Athena begriff, daß der Mann lächelte.

»Das ist mein Abendessen, das ich über dem Feuer brate. Willst du mir Gesellschaft leisten, Junge? Dort brutzelt ein ausgezeichneter Wildbraten.«

»Danke, aber ich möchte weiterreiten, bevor es zu dunkel wird.« Sie zögerte. »Sie sagen, daß die Franzosen das Fort aufgegeben haben. Wieso gab es dann Verwundete? Ist es zu einem Gefecht gekommen... oder zu einem Hinterhalt? Mein Bruder –«

Er verlagerte die Fallen auf die andere Schulter und zeigte nach Osten. »Als Amhersts Männer das Fort besetzten, lauerten ein paar Rothäute dort drüben bei den Bäumen. Wahrscheinlich hatten sie für ihren Geschmack zu wenig Weiße ins Jenseits befördert, denn sie schossen aufs Geratewohl auf die Rotröcke und verschwanden dann in die Hügel. Angeblich sind einige Soldaten getötet worden.«

Athena biß sich auf die Lippen. »Und wohin wurden die Verwundeten gebracht? Ich nehme an, daß sie sich nicht mehr im Fort befinden.«

Er deutete mit dem Daumen auf die Straße hinter ihm. »Sie wurden nach Harryton gebracht. Das ist eine kleine Siedlung, die gleich hinter der Hügelkette liegt.«

Athena, die es plötzlich eilig hatte, bedankte sich bei dem Mann und gab Ballycor die Sporen. Der Hengst setzte sich in Bewegung, und seine langen Beine schienen die Straße zu schlucken. Obwohl Athena in der Dunkelheit kaum noch etwas sah, trieb sie den Hengst weiter an. Sie hatte keine Angst mehr vor dem dunklen Wald, denn jetzt fürchtete sie etwas anderes.

Harryton bestand aus höchstens einem halben Dutzend Häusern, und wären die flackernden Lagerfeuer außerhalb des Orts nicht gewesen, hätte Athena ihn vielleicht gänzlich übersehen. Sie zügelte Ballycor am Rand eines unbebauten Feldes und blickte sich suchend um, bis sie endlich die vertrauten grauen Zelte der britischen Armee entdeckte. Sie zählte im schwachen Mondlicht ein halbes Dutzend und fragte sich, wie viele Soldaten hier wohl biwakierten. Befand sich Lochiel unter ihnen, oder gehörte er zu den Toten, von denen der Trapper gesprochen hatte?

Athena trieb Ballycor an und ritt mutig in das Lager ein. Dort hielt sie im Lichtschein des nächsten Lagerfeuers und blickte zu dem Wachtposten hinüber, der zu ihr gelaufen kam.

»Du hast hier nichts zu suchen, Junge«, erklärte er ihr mißtrauisch, bevor sie ein Wort sagen konnte. »Zivilisten ist der Zutritt zu Militärlagern verboten.«

Athena warf den Kopf zurück; sie wollte verdammt sein, wenn sie sich durch einen gewöhnlichen Infanteristen daran hindern ließ, Lochiel zu sehen.

»Ich kann Ihnen versichern, daß meine Anwesenheit hier weitaus berechtigter ist, als Sie annehmen.«

Er zögerte, weil ihn ihre hochmütige Art und ihre blitzenden blauen Augen beeindruckten, und das benützte Athena, um Ballycor in Bewegung zu setzen. Der Posten, der darin eine Aggression sah, faßte sich schnell, stellte sich dem Hengst in den Weg und legte die Muskete an. Ballycor schnaubte und warf den Kopf hoch, und Athena blieb nichts anderes übrig, als ihn zu zügeln.

»Hören Sie mal, Freundchen«, begann sie zornig, »Ihnen ist wohl nicht klar –«

»Was zum Teufel ist hier los, McMillan?«

Aus der Dunkelheit war ein weiterer Soldat aufgetaucht, der einen Blechteller mit einem Stück Wildbraten in der Hand hielt. »Kann man nicht einmal in Ruhe essen?«

»Colm«, rief Athena ungläubig. »Ich bin es, Colm.«

Der Ranger fuhr bei ihren Worten herum, und seine Augen wurden immer größer, während er den Hengst und den zierlichen Jungen musterte, der ihn ritt. »Verdammt noch mal«, knirschte er, als er Athena endlich erkannte; dann brach er in einen Wortschwall aus.

»Was, zum Teufel, suchst du hier? Woher wußtest du, wo ich mich befinde, und was für Zeugs trägst du da? Du siehst aus – nein, sag kein Wort.« Ihm wurde gerade noch rechtzeitig klar, daß er sie nicht bloßstellen durfte.

Er trat zu ihr, zog sie unsanft vom Pferd und drückte ihr dabei die Hand auf den Mund, damit sie sich nicht durch eine unbedachte Bemerkung verriet.

»Nimm das Pferd meines ... meines Bruders, McMillan, und sieh zu, daß es gefüttert und getränkt wird.«

Der Posten bekam große Augen. »Ihr Bruder, Sir?«

»Ja, mein Bruder«, wiederholte Colm. »Komm mit, Junge.« Damit zog er Athena mit sich fort.

»Seit wann redet ein britischer Soldat einen Ranger mit ›Sir‹ an?« war Athenas erste Frage, als Colm sie endlich hinter einem der Zelte losließ.

»Seit General Amherst mich zum Hauptmann ernannt hat. Ich meldete mich freiwillig dazu, Quartiere für die Verwundeten aufzutreiben, und er hielt mein Mitgefühl wahrscheinlich für Mut und beschloß – verdammt«, unterbrach er sich wütend. »Hör auf, das Thema zu wechseln, Athena. Was suchst du hier?«

Ihr stiegen die Tränen in die Augen. »Ich komme wegen deines Briefs«, antwortete sie und schluckte krampfhaft, weil ihr klar war, daß sie ihm die Wahrheit gestehen mußte. »Ist Lochiel noch hier?«

»Lochiel Blackmoor?« fragte Colm ungeduldig. »Ja, und es geht ihm nicht besonders. Aber was –«

»Bitte«, flüsterte Athena, »ich möchte mit ihm sprechen.«

Colm sah sie überrascht an; der Ausdruck auf ihrem Gesicht sprach Bände. »Komm.« Er faßte sie am Arm.

Das Zelt, in das er sie führte, war dunkel, und nur das flackernde Licht eines nahen Feuers fiel auf die regungslose Gestalt, die auf einer Pritsche lag. Athena kniete neben der Pritsche nieder, legte Lochiel die Hand auf die heiße Stirn und strich ihm sanft das dunkle Haar aus dem Gesicht.

»Könnt ihr denn nichts gegen das Fieber tun?« fragte sie Colm verzweifelt.

»Wir haben alles versucht«, antwortete dieser. »Wir müssen einfach den Dingen ihren Lauf lassen.« Er verstummte, musterte sie und fragte dann plötzlich: »Liebst du ihn, Athena?«

Sie nickte und wandte den Kopf ab, weil ihr die Tränen über die Wangen liefen. In diesem Augenblick stöhnte Lochiel auf und bewegte sich, und Athena beugte sich über ihn.

Lochiel schlug mühsam die Augen auf, vor denen ihm alles verschwamm. Einen Augenblick lang glaubte er, daß er das Gesicht des Kindes vor sich hatte, dessen Bild Fletcher Courtland in einem Medaillon bei sich trug. Nein, das stimmte nicht, fiel ihm ein, es war ja Athenas Porträt gewesen, und es war beinahe, als sei sie jetzt bei ihm und als strichen ihm ihre kühlen Hände zärtlich über die fieberheiße Stirn. Aber das war nicht möglich, denn sie befand sich in Kensington Manor.

Er stöhnte wieder und war erstaunt, als das schöne Gesicht nicht verschwand, sondern näher kam. »Lochiel?«

Er starrte sie ungläubig an. »Athena?« Seine Stimme war beinahe unhörbar. »Bist du wirklich hier?«

»Sei still, Liebster«, sagte sie. »Du sollst nicht sprechen, du mußt deine Kräfte schonen.«

»Aber –«

»Bitte sei still, Lieber«, flehte Athena, der sein hageres, vom Schmerz gezeichnetes Gesicht Angst einjagte.

»Ich will dir helfen, aber du darfst deine Kraft nicht vergeuden, indem du sprichst.«

Er schwieg einen Augenblick, dann verzogen sich seine Lippen zu der Andeutung eines Lächelns. »Ich muß den Verstand verloren haben, denn ich lasse mir von einem Kind wie dir Befehle erteilen.«

Athenas Herz brach beinahe vor Liebe zu ihm, und sie griff nach seiner Hand. Er drückte sie tröstend, und in ihr regte sich Hoffnung.

Colm hatte sie aufmerksam beobachtet und bemerkt, wie rasch Lochiel sich entspannte. Die Liebe seiner Schwester zu diesem arroganten Mann, dessen Mut auf dem Schlachtfeld legendär war, berührte ihn tief. Zum ersten Mal in seinem Leben machte ihn ihre Gegenwart verlegen.

»Du frierst ja, Athena«, bemerkte er schließlich. »Komm mit mir ans Feuer. Es gibt Suppe und heißen Tee.«

Wie er erwartet hatte, schüttelte sie den Kopf, und er verließ sie ohne ein weiteres Wort. Als er in die Dunkelheit hinaustrat, wurde sein Gesicht grimmig. Major Blackmoors Schulter heilte, aber das Fieber, das seine Kraft untergrub, wollte nicht sinken. Es war klar, daß er nicht mehr lange durchhalten konnte, und Colm wußte nicht, was Athena tun würde, wenn der Major nicht überlebte.

Athena hätte sich bestimmt über die Gefühle ihres Bruders lustig gemacht. Lochiel würde nicht sterben, dafür würde sie sorgen. Sie rollte die Jackenärmel auf und machte sich an die Arbeit. Damit das Fieber sank, mußte sie ihm Kühlung verschaffen, und das tat sie mit kalten Kompressen. Sie wechselte sie laufend und rieb seinen Körper mit feuchten Tüchern ab.

»Du bist ja verrückt, Athena«, stellte Colm fest, als er einige Stunden später zurückkam und seine Schwester müde neben dem Feldbett kauerte. »Das alles haben wir schon versucht. Ich nehme an, daß es kein gewöhnliches Fieber ist, sondern eine Krankheit, die er sich auf einem Feldzug geholt hat. Es ist am besten, wenn du jetzt ein wenig schläfst und das Fieber seinen Lauf nehmen läßt.«

Athena preßte die Lippen zusammen und schüttelte eigensinnig den Kopf. Doch als die Stunden vergingen, gelangte sie zu der Erkenntnis, daß Colm vielleicht recht hatte. Lochiel reagierte nicht auf ihre Pflege, und sein Atem ging flach und rasselnd.

»Es ist hier einfach zu kalt«, stellte sie laut fest. Die feuchte Nachtluft war eisig, und sie fröstelte, obwohl sie sich eine schwere Jacke um die Schultern gelegt hatte.

Wie sollte sie Lochiel warmhalten? Sie hatte sich von Colm so viele zusätzliche Decken wie möglich erbettelt, und es gab jetzt nichts mehr, das sie noch für Lochiel tun konnte. Es sei denn, fiel ihr plötzlich ein, sie wärmte ihn mit der Hitze ihres Körpers. Sie faßte zum ersten Mal Mut, als sie sich daran erinnerte, wie Tykie sie auf dem Ritt nach Fort Shuyler in den kalten Nächten in den Bergen unter der einzigen Decke, die sie besaßen, an sich gedrückt hatte.

»Ich kann dich vielleicht nicht so gut wärmen wie Tykie mich«, flüsterte sie, zog Jacke und Stiefel aus und schlüpfte neben ihm ins Bett, »aber ich tue, was ich kann.«

Sie legte die Arme um ihn und drückte ihren Körper an den seinen. Seine fieberheiße Haut brannte an der ihren, doch sie hielt ihn einfach fest.

Die Nacht war ruhig und sehr dunkel, denn der Mond war längst untergegangen. Athena rührte sich nicht, sondern lauschte nur Lochiels Atem. Die wilde, schmerzende Liebe brannte noch immer in ihrem Herzen, und sie schloß ihn fester in die Arme und vergrub das Gesicht an seiner Schulter. Zum ersten Mal seit Stephens Tod erfüllte sie Frieden, und als ihre Lider schwer wurden, schloß sie die Augen und schlief ein.

Sie erwachte in dieser Nacht ein einziges Mal. Neben ihr atmete Lochiel ruhig, sein Arm lag quer über ihre Brust. Seine Stirn fühlte sich kühl an; als Athena begriff, daß das Fieber endlich gesunken war, drückte sie sich an ihn, schloß die Augen und schlief wieder ein.

»Sag einmal, Athena, legst du dich immer in das Bett eines Mannes, ohne seine Aufforderung abzuwarten?«

Beim Klang der spöttischen Stimme riß Athena die Augen auf und starrte verwirrt in Lochiels amüsiertes Gesicht. Er stand in Uniform neben ihr, trug den Arm in der Schlinge, hatte die Haare glatt gekämmt und sich rasiert. Obwohl sein Gesicht müde war und er dunkle Schatten unter den Augen hatte, sah er keinesfalls wie ein Mensch aus, der noch vor wenigen Stunden dem Tod nahe gewesen war.

»Wieso hast du das Bett verlassen?« fragte sie zornig.

»Die unerwartete Anwesenheit einer zweiten Person in meinem Bett führte mich zu sehr in Versuchung«, antwortete er. »Ich hatte geglaubt, dich in der Nacht nur im Fieberwahn erblickt zu haben, und du kannst dir mein Entzücken vorstellen, als du warm und sehr wirklich neben mir lagst.«

Athena erhob sich und knöpfte hastig ihre Bluse zu. Lochiels wunderbare Heilung hatte sie aus der Fassung gebracht, und sie wußte nicht recht, was sie dem lächelnden Mann sagen sollte, der sie so liebevoll neckte.

»Du warst vergangene Nacht schwer krank«, sagte sie unsicher und bemühte sich, die Freude zu unterdrücken, die in ihr aufstieg. »Fühlst du dich wirklich kräftig genug, um aufzustehen?«

Er lächelte sie entwaffnend an. »Abgesehen von den Schmerzen, die mir diese verdammte Schulter verursacht, fühle ich mich wohl. Das Fieber habe ich mir vor Jahren im feuchten Frachtraum eines Schiffes geholt. Es tritt von

Zeit zu Zeit auf, meist in Zusammenhang mit einer anderen Krankheit – zum Beispiel einem gebrochenen Schlüsselbein.«

Während er sprach, nahm er ihre Schönheit hungrig in sich auf. Er konnte kaum glauben, daß sie zu ihm gekommen war, als er sie brauchte, und wagte zum ersten Mal, darüber nachzudenken, warum sie es getan hatte – durfte er daraus wirklich schließen, daß er ihr nicht gleichgültig war?

»Du mußt hungrig sein«, sagte Athena unsicher. »Soll ich dir etwas zu essen bringen?« Ihr Herz hämmerte, und es verschlug ihr den Atem, als sie die Zärtlichkeit in seinen Augen sah.

Er griff nach einer ihrer seidigen Locken und strich nachdenklich darüber; dann fragte er unvermittelt: »Warum bist du gekommen, Athena?«

Sie konnte die brennende Liebe nicht mehr unterdrükken, die sie in seiner Nähe überwältigte. »Ach Lochiel«, flüsterte sie mit leuchtenden Augen, »ich –«

»Verdammt, Athena, du hast ihn tatsächlich geheilt.«

Lochiel ließ sie abrupt los, und Athena starrte verwirrt von ihm zu ihrem Bruder Colm, der erstaunt in der Zeltöffnung stand. Es trat Stille ein, bis Lochiel endlich sprach.

»Ich verstehe allmählich«, sagte er langsam. »Du bist nicht meinetwegen hierhergekommen, sondern wegen dieses Hauptmannes von den Rangers, nicht wahr, Athena?«

»Ich war gar nicht gewußt, daß Colm hier ist«, antwortete sie aufrichtig. »Ich bin wegen deiner Verwundung gekommen – ich wollte dir helfen.«

Lochiel überhörte dieses geflüsterte Geständnis. Wie dumm von ihm, auch nur einen Augenblick zu glauben, daß sie ihn wirklich liebte. Zu Beginn hatte er nichts anderes gewollt, als sie zu besitzen, und hatte ihre übrigen

Liebhaber in Kauf genommen. Jetzt wußte er, daß er viel mehr von ihr wollte, daß ihm ihr Körper allein nicht genügte. Er wollte ihr Herz erobern, jeden ihrer Gedanken und Träume mit ihr teilen, wollte die Gewißheit haben, daß ihre Liebe nur ihm gehörte. Doch dazu würde es offensichtlich nicht kommen, denn er hatte wieder einmal irrtümlich angenommen, daß Athena etwas für ihn übrig hatte; ihre Anwesenheit in diesem Zelt setzte allen seinen Illusionen in bezug auf sie für immer ein Ende.

»Du warst wohl sehr erstaunt, als du ihn hier erblickt hast«, sagte er und zeigte auf Colm.

»Natürlich«, erwiderte Athena verwirrt. »Ich liebe meinen Bruder sehr, aber er ist nicht der Grund, warum ich –« Sie brach unvermittelt ab, als Lochiel sie an der Schulter packte und zu sich herumdrehte.

»Was hast du gesagt?«

»Ich habe gesagt, daß ich überrascht war, hier auf meinen Bruder zu treffen.«

Lochiels Herz klopfte wild, als er sie bei den Armen packte. »Willst du damit sagen, Athena, daß –?«

»Was, zum Teufel, wollen Sie eigentlich?« fragte Colm und riß Athena aus Lochiels Griff, ohne sich um dessen Schulter zu kümmern. »Wenn Sie sie beleidigen, Major, bekommen Sie es mit mir zu tun.«

Lochiel ließ Athena mit schmerzverzerrtem Gesicht los. Er blickte schwer atmend von einem zum anderen und verfluchte sich, weil ihm nie die Ähnlichkeit zwischen ihnen aufgefallen war. War es möglich – konnte er wirklich so dumm gewesen sein?

»Aber er ist nicht der Mann, der dich vergangenen Oktober in Courtland Grace besucht hat«, sagte er schließlich; er war noch immer nicht bereit, sich seinen Irrtum einzugestehen.

»Das war mein Bruder Jeremy«, erklärte Athena, die

sich überhaupt nicht mehr auskannte. »Colm und Jeremy sind Zwillinge, hast du das nicht gewußt?«

»Ich habe es nicht gewußt«, flüsterte er.

Was, zum Teufel, hatte dieses Gespräch zu bedeuten? fragte Colm sich verdutzt. Der Major war plötzlich wieder blaß geworden; es ging ihm offenbar nicht so gut, wie er ihnen einreden wollte. Und was machte es aus, wenn er nicht gewußt hatte, daß Athenas Brüder Zwillinge waren? Athena schien das alles sehr gut zu verstehen.

»Du hast doch nicht geglaubt, Lochiel«, flüsterte sie entsetzt, »daß die beiden – daß ich –«

Sie wandte ihm den Rücken zu, um ihre Fassung wiederzugewinnen. Kein Wunder, daß er sich immer wieder von ihr zurückgezogen hatte, wenn sie glaubte, daß endlich alle Mißverständnisse zwischen ihnen ausgeräumt waren. Sie verstand erst jetzt seine rohen Bemerkungen über ihre Liebhaber, und war empört, weil er sie eines solchen Verhaltens verdächtigt hatte.

»Du hättest mich fragen sollen«, fuhr sie ihn mit Tränen in den Augen an. »Du hättest mehr Vertrauen zu mir haben müssen, wenn es um Jeremy und Colm und auch um Stephen ging. Vermutlich hast du angenommen, daß ich ihn liebe, während ich die Heirat durch Stellvertreter nur deshalb nicht angefochten habe, weil du mir klar und deutlich gesagt hattest, daß ich dir gleichgültig bin.«

Sie schwieg erschöpft, und Lochiel sprach erst nach einiger Zeit. »Du hast an jenem Abend an seiner Leiche geweint, Athena. Du wirst mir doch nicht einreden wollen, daß deine Trauer nur gespielt war.«

»Natürlich habe ich um ihn getrauert«, rief Athena, »und sein Tod wird stets mein Gewissen belasten, aber das heißt doch nicht, daß ich ihn geliebt habe.«

Lochiel, der sich geschlagen geben mußte, sah sie verzweifelt an. Er erfaßte erst nach und nach, was sein Hochmut und seine Eifersucht sie beide gekostet hatte. »Ich habe nicht gewußt –«

»Das hast du tatsächlich nicht«, unterbrach sie ihn bitter, »denn du hättest mich fragen können, statt anzunehmen, daß ich mich kaum von einer Hure unterscheide.«

»Mein Gott, Athena, ich habe doch nicht wirklich geglaubt –« Er unterbrach sich, weil er einsah, daß er ihre Empörung nicht mit Worten beschwichtigen konnte, auch wenn er jetzt ergriff, daß er in Wirklichkeit nie so von ihr gedacht hatte. Seine Eifersucht war sein Verderben gewesen; sie hatte ihn dazu gebracht, Athena mit Worten zu geißeln und damit ihre Liebe für immer zu zerstören.

»Ich hasse dich, Lochiel Blackmoor.« Athena stand mit blutendem Herzen vor den Scherben ihrer Träume. »Wenn du mich nur gefragt hättest, statt einfach anzunehmen, daß ich – daß ich –. Ist dir denn in jener Nacht nicht klar geworden, daß du der erste warst?«

»Athena –«

»Der erste und einzige Mann, Lochiel. Nicht einmal Stephen –.« Sie konnte nicht zu Ende sprechen; sie hätte ihn am liebsten mit ihrem Zorn überschüttet, ihm die schrecklichen Anschuldigungen heimgezahlt, aber sie war wie betäubt und so müde, so fürchterlich müde.

»Ich hasse dich, Lochiel«, wiederholte sie, aber diesmal klangen die Worte matt. »Ich hoffe, daß ich dich niemals wiedersehen werde.«

Sie trat, ohne ihn noch einmal anzusehen, in das graue Licht des beginnenden Tages hinaus, und Colm, der den Schock über die Szene, die er miterlebt hatte, noch nicht überwunden hatte, schloß sich ihr an. Lochiel, der wußte, daß es keinen Sinn hatte, ihnen zu folgen, brach müde auf seiner Pritsche zusammen und vergrub erschüttert den Kopf in den Händen.

23. Kapitel

Die von fünfzehntausend französischen Soldaten und einer beeindruckenden Phalanx von Kanonen verteidigte Stadt Quebec widerstand mühelos der dreimonatigen Belagerung durch Brigadegeneral James Wolfe und seine erschöpfte Armee. Als der Sommer sich dem Ende näherte, ging den Briten allmählich die Munition aus, und die Zahl der Soldaten verringerte sich infolge von Desertionen und Krankheiten drastisch. General Wolfe mußte zugeben, daß Quebec so gut wie uneinnehmbar war, wie die Franzosen prahlerisch behauptet hatten.

Zu dem Zeitpunkt, als der Kampfgeist der Truppen einen Tiefpunkt erreicht hatte, drang eine Handvoll Rangers, darunter Jeremy Courtland, in die Stadt ein, um festzustellen, wo es, wenn überhaupt, einen schwachen Punkt gab. Obwohl nur zwei von ihnen zurückkehrten, berichteten sie, daß sie einen kaum bekannten Pfad entdeckt hatten. Er führte durch die sonst unersteigbaren, Abrahams Ebene genannten Klippen, auf denen Quebec errichtet worden war.

Am Abend des 12. September 1759 befahl General Wolfe, ein halbes Dutzend Flachboote zu Wasser zu lassen; die Flut trug sie rasch an den französischen Batterien vorbei, und sie landeten bei der Anse du Foulon. Die kleine französische Patrouille am Fuß der Klippen war bald überwältigt, und im Morgengrauen hatten bereits über fünftausend britische Regulars Abrahams Ebene erklettert und harrten Wolfes Befehl, die Stadt zu stürmen.

Der Marquis de Montcalm hatte erwartet, daß der Angriff von Beauport östlich von Quebec kommen würde, wo Wolfe bis jetzt seine Feuerkraft konzentriert hatte. Der

Überfall von Westen kam für ihn vollkommen überraschend. Er verlegte rasch seine Truppen, um den unerwarteten Angriff aufzuhalten, aber es war bereits zu spät. Die Briten hatten inzwischen eine der größten französischen Batterien erobert und damit den St. Lorenzstrom den britischen Kriegsschiffen geöffnet, die jetzt die Stadt mit ihren Geschützen beschießen konnten.

Die französischen Truppen waren nicht imstande, den Angriff abzuwehren, und traten einen ungeordneten Rückzug an. Der Marquis de Montcalm war von einer Kugel in die Brust getroffen worden und befahl zwei Soldaten, ihn auf sein Pferd zu setzen und festzuhalten, so daß seine Männer nicht merkten, daß ihr Kommandant tödlich verwundet war. Doch sein Mut war vergeblich, denn er starb kurze Zeit darauf. Sobald sein Tod bekannt wurde, fiel Quebec, und damit mußten die Franzosen ihre Hoffnung auf ein französisches Reich in Amerika begraben.

Wie überall, wurde auch in West York der britische Sieg festlich begangen. Die Bewohner von Courtland Grace hatten mehrfachen Grund zum Feiern, denn der Fall von Quebec beendete nicht nur den Krieg, sondern führte auch die Zwillinge wieder heim – und zu einer unerwarteten Hochzeit.

Diese Hochzeit fand an einem kühlen, wolkenverhangenen Morgen nach Kriegsende im großen Ballsaal von Courtland Grace statt. Als Prudence das Läuten der Kirchenglocken vernahm – sie schob gerade eine riesige Platte mit gebratenem Schinken in das Backrohr, um ihn warmzuhalten –, geriet sie in Verzweiflung.

»Die Gäste werden jeden Augenblick eintreffen, und wir sind noch nicht so weit!« jammerte sie, wischte sich die Hände an der Schürze ab und griff nach einem Löffel. »Wir haben viel zu wenig zu essen!«

Mercy mußte lachen, denn sie und Wills hatten während der letzten halben Stunde zahllose Gerichte auf dem im Speisezimmer aufgestellten Bufettisch arrangiert. Fletcher hatte auf einem großen Souper und einem Ball nach der Zeremonie bestanden, und Prudence hatte sich selbst übertroffen.

Unter den Speisen befanden sich drei mit Äpfeln gefüllte knusprig braun gebratene Wildgänse und ein Wildbraten, der sich tagelang über einem schwachen Feuer am Spieß gedreht hatte. Mit Melasse gesüßte Kürbisse ergänzten den glasierten Schinken, und die geräucherten Fische waren eine Lieblingsspeise der Braut. Frischgebakkene Apfel-, Quitten- und Kirschkuchen dampften unter Leinentüchern, und überall standen Körbchen mit Orangen, Tamarinden und Süßigkeiten. Bier, Apfelbrandy und Rum waren aus dem Keller heraufgebracht worden, und für anspruchsvollere Gäste standen Madeira und roter Bordeauxwein bereit. Die Dienerschaft hatte sich fein gemacht, und nur Prudence trug noch ihre Arbeitskleidung.

»Es reicht für alle«, erklärte Mercy beruhigend und nahm ihr den Löffel aus der Hand. »Du könntest dich jetzt fertigmachen, während ich nachsehe, ob Reverend Axminster alles hat, was er für die Zeremonie braucht.«

»Kümmere dich lieber zuerst um Miß Athena«, schlug Prudence vor. »Sie wird verträumt am Fenster stehen und die Zeit vergessen. Mister Fletcher würde ihr das Fell über die Ohren ziehen, wenn sie zu Master Jeremys Hochzeit zu spät kommt.«

»Ich sehe nach ihr«, versprach Mercy, denn Prudence hatte recht. In den letzten Monaten sah Athena oft stundenlang zum Fenster hinaus, und Mercy hatte manchmal das Gefühl, daß ihre junge Herrin ihr völlig fremd geworden war. Etwas bedrückte sie sichtlich, doch sie sprach nicht darüber.

Mercy stieg seufzend die Treppe hinauf. Seit Mrs. Bowers Tod hatte sich sehr viel verändert, und obwohl die

Zwillinge heil und gesund aus dem Krieg zurückgekehrt waren und Master Jeremy im Begriff stand, ein entzückendes junges Mädchen zu heiraten, sehnte sich Mercy nach den früheren glücklichen Tagen zurück, und hatte den Verdacht, daß es allen anderen Bewohnern von Courtland Grace ebenso erging.

Zu ihrer Überraschung stand Athena voll angekleidet mit einer Bürste in der Hand vor dem großen Spiegel.

»Du hast wahrscheinlich geglaubt, daß ich nicht weitergekommen bin als bis zu Korsett und Strümpfen«, sagte sie übermütig. »Du hättest wissen können, Mercy, daß ich niemals zu Jeremys Hochzeit zu spät kommen würde.«

»Wer hat Ihnen denn beim Ankleiden geholfen, Miß?« fragte Mercy, denn Athena hätte nie allein mit den zahlreichen Unterröcken zurechtkommen können.

»Anne Marie«, erwiderte Athena; sie meinte damit Jeremys junge kanadische Braut. Obwohl alle erstaunt gewesen waren, als Jeremy mit dem schüchternen, braunäugigen Mädchen aus Quebec zurückgekommen war, hatten sie sie rasch ins Herz geschlossen, als sie erfuhren, daß Anne Marie Jeremy und seinen Gefährten davor gerettet hatte, von den Franzosen gefangengenommen zu werden. Jeremy hatte zu der sechs Mann starken Patrouille gehört, die Quebec erkunden sollte, und nur er und sein Freund waren den Franzosen entkommen. Als sie durch die Straßen der Stadt flohen, wurden sie von einer französischen Patrouille verfolgt; Anne Marie Bretogne hatte sich ihrer erbarmt, sie in ihrer Kutsche versteckt und dem Kutscher befohlen, sie an den Stadtrand zu fahren; nur dadurch hatte General Wolfe von dem Fußpfad erfahren können.

»Meine Eltern waren Franzosen, aber sie sympathisierten mit den Engländern«, hatte Anne Marie erzählt. »Obwohl es nie bewiesen werden konnte, wurden sie von radikalen französischen Patrioten getötet, darunter einem hochrangigen Offizier.«

»Das ist doch nicht möglich«, hatte Athena entsetzt ausgerufen.

Die junge Französin hatte ernst genickt. »Eines Nachts brannte es in unserem Haus, und die beiden starben in ihren Betten. Ich war damals bei Verwandten zu Besuch, aber Freunde haben mir erzählt, daß es in dieser Nacht heftig regnete. Unter diesen Umständen konnte es ohne menschliches Dazutun kaum zu einem Brand kommen.«

»Und um ihretwillen hast du Jeremy und seinen Gefährten gerettet?« fragte Colm.

Anne Marie wurde rot und sah Jeremy, der neben ihr auf dem Sofa saß, verlegen an. »Qui et non. Ich wollte ihnen helfen, vor allem, weil sie auf der Flucht waren, aber nicht nur um meiner Eltern willen.« Das Rot auf ihren Wangen vertiefte sich. »Er brauchte dringend Hilfe und sah so freundlich aus, daß ich – ich –«

Jeremy hatte zärtlich gelacht und ihre Hand ergriffen. »Marie will damit ausdrücken, daß meine Schönheit und mein Charme sie bezaubert haben, so daß es bei ihr Liebe auf den ersten Blick war. Sie war sofort fest entschlossen, mich unter Einsatz ihres Lebens zu retten.«

Sie hatten alle darüber gelacht, doch allen war auch bewußt, wieviel Anne Marie für Jeremy aufgegeben hatte. Sie liebten einander fraglos von ganzem Herzen, und Athena erinnerte sich an den Abend, an dem die beiden auf Courtland Grace eingetroffen waren. Damals hatte sie die beiden um ihr Glück beneidet, und ihr Herz war schwer geworden, weil sie nicht das gleiche Glück mit Lochiel erleben konnte.

»Ich werde nie rechtzeitig mit meiner Frisur fertig werden«, rief sie plötzlich und warf die Bürste auf das Bett. Sie wollte nicht an Lochiel denken und fürchtete sich zugleich vor der zunehmenden Erkenntnis, daß er das schreckliche Gemetzel bei Quebec nicht überlebt haben könnte.

»Kommen Sie, ich helfe Ihnen, Miß Athena«, sagte Mercy beschwichtigend; ihr war der plötzliche Stimmungsumschwung ihrer Herrin nicht entgangen.

Athena stand regunglos vor dem großen Spiegel, während Mercy ihre widerspenstigen blonden Locken kämmte. Konnte es wahr sein, daß Lochiel tot war? Laut Colm hatten mehrere Hochländerregimenter am entscheidenden Angriff auf Quebec teilgenommen; sie hatten zwar gesiegt, aber schwere Verluste erlitten. Unter den Toten befand sich auch General Wolfe.

»Möchtest du etwas über Lochiel erfahren?« hatte Colm sie gefragt, als sie am Abend nach seiner Rückkehr in sein Zimmer gekommen war. Als sie nickte, hatte er geseufzt. »Es tut mir schrecklich leid, Athena, ich habe keine Ahnung, was aus ihm geworden ist. Die Siebente Hochländerkompanie war bei der Anse du Foulon, als der Befehl zum Angriff kam, aber ich habe nie erfahren können, wieviel Mann sie verloren haben. Ich bemühte mich wirklich, es herauszubekommen, doch es herrschte ein solches Durcheinander, und dann kehrte auch noch Jeremy mit Anne Marie zurück –«

»Ich verstehe«, hatte Athena gesagt und sich schweigend zurückgezogen. Sie hatte Lochiels Namen nie wieder erwähnt und war Colm dafür dankbar, daß er es ebenfalls nicht tat.

»So, Miß, jetzt ist die Frisur in Ordnung.«

Mercys Stimme riß Athena in die Wirklichkeit zurück. Sie blickte in den Spiegel und stellte fest, daß Mercy sich selbst übertroffen hatte.

»Nach Miß Bretogne werden heute Sie die Schönste sein, Miß Athena«, seufzte Mercy träumerisch.

»Verdreh mir nicht den Kopf mit solchem Gerede«, wehrte Athena ab, doch es klang nicht sehr überzeugend.

Sie trug ein blaßgelbes Satinkleid, dessen weiter Rock mit breiten Einsätzen versehen war, die mit leuchtendblauen Bändern zusammengerafft waren, so daß man die himmelblauen Unterröcke sah. Das spitzenbesetzte Oberteil war mit winzigen blauen Kornblumen bestickt, und als Ergänzung dazu trug Athena eine Kette aus tropfenförmigen Aquamarinen.

»Darf ich hereinkommen, Athena?« fragte eine leise Stimme von der Tür her.

Athena und Mercy klatschten begeistert in die Hände, als Anne Marie schüchtern eintrat. Die dunkelhaarige Kanadierin sah in dem einfachen weißen Kleid aus moirierter Seide, das die örtliche Näherin eilig für sie angefertigt hatte, entzückend aus. Ihre Unterröcke raschelten, als sie sich auf Athenas Bitte vor ihr drehte; dann musterte sie besorgt das Gesicht ihrer künftigen Schwägerin.

»Glaubst du, daß es Jeremy gefallen wird?« fragte sie ängstlich.

»Natürlich«, erwiderte Athena, und wandte sich dann an Mercy. »Wo sind die Sachen meiner Mutter?«

»Hier, Miß Athena.«

Anne Marie verschlug es den Atem, als sie die Schachtel öffnete, die ihr Athena in die Hände legte. »Ich kann das unmöglich annehmen«, rief sie, während sie einen spinnwebdünnen Schleier hochhob, der mit zarten Blumen bestickt und mit Hunderten winziger Zuchtperlen besetzt war.

»Natürlich kannst du«, widersprach Athena entschieden. »Hier sind das dazugehörige Taschentuch und ein Paar Handschuhe, die dir bestimmt passen werden. Meine Mutter trug sie bei der Hochzeit mit meinem Vater, und ich bin davon überzeugt, daß sie sie dir heute geschenkt hätte.«

Anne Marie hatte Tränen in den Augen, als Athena und Mercy den Schleier in ihren glänzenden braunen Haaren feststeckten. Sie hatte Quebec mit nichts außer ihren Kleidern verlassen, die sie am Leib trug, und hatte nur gewußt, daß der Mann, den sie vor der Gefangennahme gerettet hatte, für sie der Mann fürs Leben war. Sie hatte nicht gewußt, daß Jeremy Courtland so reich war, und war nicht auf eine Familie gefaßt gewesen, die sie so herzlich aufnahm, daß sie sich sofort zu Hause fühlte.

»Ihr wart alle so gut zu mir«, sagte sie und schloß Athena in die Arme. »Als ich mit Jeremy hierherkam, ließ ich mir nicht träumen –«

»Hör auf zu weinen«, befahl Athena zärtlich. Sie war darüber erstaunt, wie gern sie das schüchterne junge Mädchen hatte, und verstand zum ersten Mal, warum Jeremy darauf bestanden hatte, sie mitzubringen. »Du willst doch bei der Zeremonie keine roten Augen haben?«

»Mon dieu, non!« erklärte Marie und schneuzte sich so energisch in Fionas seidenes Taschentuch, daß alle lachen mußten.

Anne Marie und Jeremy hatten auf einer einfachen Hochzeit bestanden, doch die Gäste füllten alle vier Stuhlreihen, die Wills im Ballsaal aufgestellt hatte. Unter ihnen befanden sich Leda Kensington sowie Katrine de Vries und ihre Eltern. Katrine hatte sich freundlicherweise bereit erklärt, während der Zeremonie auf dem Fortepiano zu spielen.

Athena amüsierte sich insgeheim über die ehrfurchtsvollen Blicke, die Katrine Colm und Fletcher zuwarf, denn die beiden wirkten in ihrer festlichen Kleidung überaus attraktiv. Fletcher, dem es normalerweise gleichgültig war, was er trug, hatte sich besonders fein herausgeputzt, nachdem Marie Anne ihn gefragt hatte, ob er ihr die Ehre erweisen würde, ihr Brautführer zu sein. Colm war Jeremys Begleiter, und Tykie unterstützte Wills, der Zeremonienmeister war. Athena mußte sich auf die Lippen beißen, um nicht laut zu lachen, als sie als Brautjungfer hinter

Anne Marie durch das Kirchenschiff ging und Tykie zum ersten Mal in voller Pracht erblickte. Er trug eine enganliegende Kniehose aus Brokat, silbergraue Strümpfe, die seine mächtigen Waden voll zur Geltung brachten, und ein kunstvoll geknotetes Halstuch.

Als die Zeremonie begann und Reverend Axminster die rituellen Worte sprach, schlug Athenas Stimmung um. Sie schluckte krampfhaft, während Jeremy seiner Braut den Ring ansteckte; als die beiden die Worte wiederholten, durch die sie zu Mann und Frau wurden, krampften sich Athenas Finger um ihr Bukett, und ihr Herz war von solchem Kummer erfüllt, daß sie sich abwenden mußte. Sie sehnte sich so schmerzhaft nach Lochiel wie noch nie zuvor, und stellte sich zum ersten Mal der Erkenntnis, daß ohne ihn das Leben für sie nicht lebenswert war.

Sobald die Zeremonie zu Ende war, flüchtete sie aus dem Raum, weil sie die lächelnden Gesichter um sich nicht mehr ertrug. Während alle nach vorn stürzten, um Braut und Bräutigam zu gratulieren, drängte sich Athena ins Freie und ließ draußen ihren Tränen freien Lauf. Sie warf sich in das kühle Gras und schluchzte, als wolle ihr das Herz zerspringen; der Kummer, den sie so viele Monate schweigend ertragen hatte, brach endlich aus ihr hervor.

»Es ist nicht fair«, murmelte sie erstickt. Warum hatte sie sich in einen Mann wie Lochiel Blackmoor verliebt, dessen unerbittlicher Stolz alles zerstört hatte, was zwischen ihnen bestand? Warum hatte sie ihr Herz einem Mann geschenkt, der jetzt vielleicht tot auf dem Schlachtfeld von Quebec lag?

»Wenn ich ihm nur gesagt hätte, wie sehr ich ihn liebe«, murmelte sie. »Ich hätte mich nie darüber ärgern dürfen, daß er mich beschuldigte, zwei Liebhaber zu haben. Wie hätte er auch wissen sollen, daß Colm und Jeremy meine Brüder sind?«

Sie holte tief Luft, setzte sich auf und wischte sich die Tränen vom Gesicht. Es war höchste Zeit, daß sie ins Haus zurückkehrte, aber sie schämte sich ihrer geschwollenen Augen und ihres staubigen Kleides, was den scharfen Blicken der versammelten Damen sicherlich nicht entgehen würde.

»Es sieht dir ähnlich, ausgerechnet bei Jeremys Hochzeit Trübsal zu blasen«, schalte sie sich. Sie erhob sich müde, ging über den Rasen zu den Ställen und wusch sich das Gesicht mit kaltem Wasser aus der Pumpe. Die Vorstellung, daß sie ins Haus zurückkehren mußte, war unerträglich, aber es gehörte sich Jeremy und seiner jungen Frau gegenüber, daß sie an der Hochzeitsfeier teilnahm. Sie mußte lernen, mit ihrem Kummer zu leben, und konnte nur hoffen, daß irgendwann –

»Athena!« Sie wandte sich schuldbewußte dem Haus zu. War ihre Abwesenheit bereits aufgefallen? Doch auf dem Weg zwischen Eingangstür und Ställen war niemand zu sehen. War es nur Einbildung gewesen?

»Athena!« Sie fuhr herum und erblickte Glenrobbie, der um die Ecke der Scheune bog. Lochiel zog die Zügel so scharf an, daß der Wallach sich aufbäumte, und starrte sie finster an.

»Man hat mir in der Stadt von der Hochzeit erzählt. Sag mir nur nicht, Athena, daß ich zu spät gekommen bin.«

Athena hatte das Gefühl, daß ihr Hals zugeschnürt war, so daß es ihr schwer fiel zu sprechen. »Zu spät?« flüsterte sie.

»Ja, zu spät«, wiederholte er. »Wen hast du diesmal geheiratet? Ich werde nicht zulassen, daß du bei ihm bleibst.«

»Ich habe niemanden geheiratet.« Sie wagte kaum zu hoffen, daß sie seinen Zorn richtig deutete. »Mein Bruder Jeremy wurde heute getraut.«

Lochiel, der inzwischen abgestiegen war, sah sie erstaunt an. »Dein Bruder? Einer der Zwillinge?«

Athena nickte.

»Willst du damit sagen, daß ich mein Pferd beinahe zuschanden geritten habe, um zu verhindern, daß du zum zweiten Mal den Falschen heiratest, während du in Wirklichkeit überhaupt nicht die Absicht hattest, irgendwen zu heiraten?«

Athena nickte wortlos.

»War es also nicht falsch von mir, all diese Monate zu hoffen, daß du an mich denkst und dich ein kleines bißchen nach mir sehnst?«

»Das wäre möglich«, antwortete sie verwirrt, dann platzte sie heraus: »Bitte, Lochiel, mach dich nicht über mich lustig, das ertrage ich nicht.«

Ehe sie sich's versah, hatte er sie hochgehoben und in die Arme geschlossen. Sein Herz pochte an ihrer Wange, dann nahmen seine Lippen die ihren mit einem Kuß gefangen, der ihren Trübsinn vergehen ließ, als wäre er nie gewesen.

»Was für ein Narr bin ich doch gewesen, Athena«, murmelte er. »Ich nahm lieber das Schlechteste von dir an, weil ich mir nicht eingestehen wollte, wie hoffnungslos ich im Netz deiner Reize gefangen bin. Ich habe mich wie ein Verrückter benommen, weil ich den Gedanken nicht ertrug, daß du jemand anderen liebst, jemand anderem erlaubst, dich in den Armen zu halten und zu küssen.« Athena, die ihren Ohren kaum traute, stiegen Tränen in die Augen. Konnte das der gleiche Mann sein, der sie in der Vergangenheit so grausam verletzt hatte? Die silbergrauen Augen hatten sie noch nie so zärtlich angeblickt.

»Als Stephen starb und du an seiner Leiche weintest, hielt ich deinen Kummer für Liebe«, fuhr er fort. »Ich hätte mir zugetraut, die Liebhaber auszustechen, die du meiner Ansicht nach hattest, aber wie sollte ich gegen den Geist eines Toten kämpfen? Ich habe dich nur aus Verzweiflung so schlecht behandelt. Ich habe geglaubt, daß ich dich nie wiedersehen würde, und dann kamst du zu mir, als ich krank war und dich brauchte. Als ich an jenem Morgen erwachte und dich neben mir sah, begann ich wieder zu hoffen, daß du mich vielleicht doch ein wenig liebtest.«

»Und dann sahst du Colm und nahmst an, daß ich seinetwegen gekommen war«, warf Athena ein.

Lochiel nickte. »Ich habe mich unverantwortlich benommen. Statt dir zu vertrauen, beging ich den genau gleichen Fehler wieder. Warum? Weil ich dich über alles liebte und den Kummer nicht noch einmal ertragen wollte, den mir deine angeblichen Verhältnisse verursachten. Doch jetzt kenne ich die Wahrheit, und während des langen Feldzugs in Kanada träumte ich nur von dir, Athena. Ich betete darum, aus dem Feldzug gesund heimzukommen, damit ich dich um Verzeihung bitten konnte. Ich kam so rasch, wie es mir möglich war. Du kannst dir nicht vorstellen, wie mir zumute war, als ich erfuhr, daß heute nachmittag in Courtland Grace eine Hochzeit stattfindet.«

Er ließ sie los. »Ich hätte es nicht ertragen, dich noch einmal zu verlieren.«

»Ich habe ja nicht geheiratet«, erinnerte ihn Athena.

»Das weiß ich inzwischen, aber ich weiß nicht, ob es nicht dennoch dumm von mir war, hierherzukommen. Der Krieg ist vorbei, und du kannst endlich im Kreis deiner Familie in Frieden leben. Mit welchem Recht verlange ich von dir, daß du alles aufgibst, was dir lieb und teuer ist, und mit mir in ein rauhes Land ziehst, von dem du nichts weißt?«

Während er sprach, hatte er sich von ihr abgewandt, und Athena sah seinen Rücken ungläubig an; sie war davon überzeugt, daß der Zauber, in dem sie gefangen war, sich auflösen würde, sobald sie eine Bewegung machte.

Sie wollte nicht feststellen müssen, daß alles nur ein Traum gewesen war, daß Lochiel sie nicht in die Arme geschlossen und geküßt hatte, daß er sie nicht gebeten hatte, alles aufzugeben, was sie besaß, und seine Frau zu werden. Sie schlang die Arme um ihn und drückte die Wange an seinen Rücken.

»Ihnen müßte inzwischen doch klar sein, Major Blackmoor, daß ich mich in Courtland Grace nur langweilen würde, sobald die Gefahr eines französischen Angriffs gebannt ist. Die Vorstellung, daß ich mir in der Wildnis des schottischen Hochlands ein neues Leben aufbauen könnte, reizt mich. Können Sie mir mehr darüber erzählen?«

Jetzt war es Lochiel, der seinen Ohren nicht traute; er löste sich aus ihren Armen und wandte sich ihr zu.

»Es wird nicht einfach sein. Du hast keine Ahnung, wie primitiv das schottische Hochland, vor allem im Winter, sein kann.«

»Da irren Sie, mein Herr«, widersprach Athena schelmisch. »Ich bin nicht nur in Edinburgh zur Schule gegangen, sondern ich habe mich in das Hochland verliebt, als meine Mutter und ich es vor vielen Jahren besuchten. Wir sahen sogar, wie Bonnie Prince Charlie und seine Clans durch das Dorf Aberstrath marschierten. Dort lebte nämlich die Tante meiner Mutter.«

Sie erschrak, als Lochiel sie plötzlich an den Armen packte. »Wie alt warst du damals?«

»Fünf oder sechs.« Sie war verwirrt, denn auf diese Reaktion war sie nicht gefaßt gewesen. Doch bevor sie etwas sagen konnte, begann er laut zu lachen.

Als er wieder sprechen konnte, stellte er fest: »Und du kleines Luder mußtest unbedingt mit den Soldaten flirten und ihnen Plätzchen geben, die du angeblich selbst gebacken hattest.«

»Ich hatte nur eines«, verteidigte sich Athena, »und das

gab ich dem Soldaten, der mir am besten gefiel. Aber –« Sie unterbrach sich und sah ihn mit großen Augen an. »Woher weißt du das? Ich habe es dir nie erzählt, und du konntest ja nicht dort gewesen sein! Oder?«

»Ich habe diesen Tag nie vergessen, Athena, genausowenig wie das schöne Kind, das mich so liebevoll anlächelte. Es sieht so aus, als wäre unser Schicksal von diesem Tag an besiegelt gewesen, obwohl keiner von uns dies damals wußte.«

»Dann kannst du jetzt nicht mehr daran zweifeln, daß ich trotz der schweren Zeit, die uns bevorsteht, gern mit dir dorthin zurückkehren werde.« Athena sprach jetzt sehr ernst. »Wie könnten es schwere Zeiten sein, wenn wir zusammen sind?«

Lochiels durch die Kriegsjahre verhärteten Züge entspannten sich. »Hat es jemals eine Frau wie dich gegeben?« flüsterte er.

Er schloß sie wieder in die Arme und küßte sie, bis ihr schwindelte und es auf der Welt nur Lochiel und seine Umarmung gab.

Dann ließ er sie vollkommen unerwartet los. »Du hast doch gesagt, daß dein Bruder heute geheiratet hat?«

Athena starrte ihn verständnislos an. Wie konnte er daran denken, während er sie küßte?

»Sind die Gäste noch anwesend?« fragte er, als sie schwieg.

»Ja, aber –«

»Und der Pfarrer?«

Sie nickte und schnappte nach Luft, als Lochiel sie hochhob und sich mit ihr im Kreis drehte. »Warum warten wir dann noch? Dein Bruder wird bestimmt nichts dagegen haben, wenn sein Hochzeitstag auch der unsere ist.«

»Das kannst du nicht ernst meinen!« protestierte Athena.

»Und ob ich das kann«, widersprach er vergnügt. »Es ist

eine glänzende Gelegenheit, denn Pfarrer und Gäste sind bereits vorhanden.«

»Ich weiß nicht recht, Lochiel –«

Er stellte sie wieder auf den Boden, ließ sie aber nicht los. »Bedenke nur, mein Liebling«, fügte er hinzu, »daß wir heute unsere Hochzeitsnacht feiern können, wenn wir jetzt getraut werden.«

Athena erschauerte, als seine Lippen von ihrem Ohr zu ihrem Hals wanderten und Verlangen in ihr weckten. »Es ist wirklich schwierig, solchen Argumenten zu widersprechen«, murmelte sie.

»Du bist also einverstanden?« fragte er erwartungsvoll.

Doch sie hatte keine Gelegenheit mehr, ihm zu antworten, denn er faßte sie bei der Hand und sie liefen lachend wie Kinder über den Rasen in das Haus.

Epilog

An einem warmen Sommerabend im August schlenderten Lochiel und seine Frau durch den Garten, um den Sonnenuntergang zu bewundern, und ihre Hunde rannten fröhlich vor ihnen her. Hinter den mit blühendem Heidekraut bedeckten Hügeln wetterleuchtete es. Die Sonne hing wie eine riesige rote Kugel unterhalb einer Wolkenbank, und am Abendhimmel glitzerten die ersten Sterne.

Athena setzte sich ins weiche Gras und lehnte mit einem zufriedenen Seufzer den Kopf an die Brust ihres Mannes. Der Abendwind löste ein paar Strähnen ihres Haares, und Lochiel atmete ihren süßen Duft tief ein.

»Es ist ein schöner Abend«, murmelte er, obwohl er nicht die Landschaft betrachtete. Die letzten Strahlen der Sonne vergoldeten die Oberfläche des Sees im Tal und spiegelten sich in den Fensterscheiben des Tor Blackmoor-Hauses, in dem Lochiel und Athena wohnten. Lochiel bemerkte nichts davon. Er betrachtete das zarte Profil seiner Frau, und wie jedesmal, wenn er sie in den Armen hielt, war sein Herz von Frieden erfüllt. Er beugte den Kopf und liebkoste mit den Lippen ihre Schläfe, aber Athena löste sich lachend aus seiner Umarmung.

»Denkst du nie an etwas anderes?« neckte sie ihn. »Ich habe geglaubt, daß wir den Sonnenuntergang bewundern wollen.«

»Inzwischen solltest du wissen, daß mir die Natur vollkommen gleichgültig ist, wenn du neben mir sitzt. Es war nur ein Vorwand, damit ich ungestört mit dir beisammen sein kann.«

»Wir sind heute abend in Tor Blackmoor allein«, widersprach Athena. »Tykie ist ins Dorf gegangen, und Colm ist bei den Gillians zum Abendessen eingeladen.«

Lochiel stöhnte laut, als er daran dachte, daß Tykie unbeaufsichtigt durch die Gegend wanderte. »Ich warte jedesmal auf die Katastrophe, wenn dein geliebter Tykie jeder Witwe in dieser Gegend den Hof macht. Der Tag wird unweigerlich kommen, an dem sie voneinander erfahren, und dann können wir uns auf einiges gefaßt machten.«

Athena mußte lachen. Sie lebten seit einem Jahr in Schottland, und Tykie hatte sich sofort für die einheimischen Schönheiten interessiert. Athena und Colm hatten bereits darauf gewettet, welche von ihnen das Rennen machen würde, bevor der Winter einbrach.

»Und was deinen Bruder Colm betrifft«, fuhr Lochiel streng fort, »ist es höchste Zeit, daß er das Gillian-Mädchen heiratet und einen eigenen Hausstand gründet.«

Athena fuhr ihm zärtlich mit dem Finger über die Wange. »Du weißt genau, daß Colm und Moira heiraten werden, sobald ihr Haus beziehbar ist. Er hat mir heute früh erzählt, daß das Dach so gut wie fertig ist und die Möbel jeden Tag eintreffen müßten.«

Lochiel griff nach ihrer Hand und küßte ihre Fingerspitzen. Er und Athena hatten sich sehr gefreut, als Colm gefragt hatte, ob er sie nach Schottland begleiten dürfe. Keiner von ihnen war darauf gefaßt gewesen, daß Colm sich in das nebelverhangene Hochland und in Moira Gillian verlieben würde. Sie lebte bei ihren Eltern, die Lochiels Pächter waren. Lochiel hatte seinem Schwager an dem Tor Blackmoor gegenüberliegenden Ufer des Sees mehrere Morgen Land geschenkt, und dort hatte Colm ein Haus für sich und seine Braut gebaut.

Obwohl Lochiel Colm mochte, konnte er es nicht erwarten, mit Athena in dem schönen Haus, das sie auf den Ruinen des alten Tor Blackmoor errichtet hatten, allein zu sein. Im letzten Jahr hatte sich sehr viel verändert, dachte

Lochiel. Er war davon überzeugt, daß sich die Bewohner von West York noch heute den Mund darüber zerrissen, daß er und Athena am selben Tag geheiratet hatten wie Jeremy und Anne Marie.

Jeremy und seine Frau lebten jetzt in Kensington Manor, das ihnen Leda Kensington günstig verkauft hatte, bevor sie mit ihren Töchtern in die ergiebigeren Jagdgründe von Albany übersiedelte. Jeremy hatte die Inneneinrichtung des Hauses von Grund auf verändert, um sie seinem einfachen Geschmack anzupassen, und als er die schweren, eichenen Bücherregale in Ambroses ehemaligem Arbeitszimmer entfernte, war eine Ledertasche zum Vorschein gekommen, welche die von Amelia Bower unterschriebenen Stellvertreterpapiere sowie ein langes Testament enthielt. Dieses Testament hatte Lochiels und Athenas Leben entscheidend beeinflußt.

Alle hatten verblüfft zur Kenntnis genommen, daß Fiona Courtlands Tante – eine über neunzigjährige Frau –, die im Frühjahr gestorben war, ihrer Großnichte Athena ihr gesamtes Vermögen hinterlassen hatte. Athena hatte nicht nur eine großzügige Rente erhalten – die ausreichte, um Tor Blackmoor im alten Glanz wiedererstehen zu lassen –, sondern auch den Bauernhof in Aberstrath sowie ein großes Stadthaus in Edinburgh geerbt. Lochiel und Athena hatten vor, sich während der strengen schottischen Winter in diesem Stadthaus aufzuhalten.

»Kein Wunder, daß Stephen so sehr auf die Heirat mit dir versessen war«, hatte Fletcher nach der Testamentsverlesung bemerkt. »Du warst über Nacht zur reichen Erbin geworden, ohne eine Ahnung davon zu haben.«

»Stephen hat vermutlich durch Tante Amelia von dem Testament erfahren«, hatte Jeremy hinzugefügt, »und sie zweifellos durch Drohungen dazu gebracht, seinen Inhalt erst nach deiner Rückkehr von Fort Shuyler bekanntzugeben.«

»Und weil er wußte, daß sein Vater schwer verschuldet war, zwang er Tante Amelia dazu, stellvertretend die Heiratspapiere zu unterschreiben«, ergänzte Athena. »Damit konnte er sicher sein, daß er meine gesamte Erbschaft in die Finger bekam.« Sie dachte bitter daran, wie vertrauensvoll sie bereit gewesen war, die Heirat mit ihm anzuerkennen.

»Das alles ist jetzt Vergangenheit, mein Liebling«, hatte Lochiel sie getröstet. »Ich werde sofort dem Anwalt deiner Tante schreiben, damit er dafür sorgt, daß wir bei unserem Eintreffen in Edinburgh das Erbe antreten können.«

Sie hatte ihm die Arme um den Hals gelegt und ihn mit leuchtenden Augen geküßt. »Und du hast behauptet, daß der Wiederaufbau von Tor Blackmoor für uns eine schwere Zeit sein würde«, neckte sie ihn.

»Mir hätte klar sein müssen, daß das Glück auf meiner Seite steht, solange meine goldene Hexe bei mir ist«, hatte er geantwortet.

Ja, dachte Lochiel, der den prachtvollen Sonnenuntergang ganz vergessen hatte, mein Schicksal hat sich endgültig zum Besseren gewandt, seit ich den größten Schatz meines Lebens gewonnen habe.

»Du bist so still«, bemerkte Athena. »Woran denkst du? An Colms Hochzeit?«

Lochiel schüttelte den Kopf.

»An Fletchers Hochzeit?«

Sie hatte erst an diesem Tag einen Brief von Mercy erhalten, die inzwischen glücklich mit ihrem geliebten Nate verheiratet war.

Sie berichtete, daß Fletcher sich offensichtlich für Katrine de Vries' junge Kusine Mikka interessierte, die bei ihren Verwandten zu Besuch weilte. Das Mädchen sollte zwar Ende des Sommers nach Holland zurückkehren, aber Mercy hatte optimistisch vorhergesagt, daß es nicht dazu kommen würde, vorausgesetzt, Fletcher brachte endlich den Mut auf, um ihre Hand anzuhalten. Athena und Lochiel waren davon überzeugt, daß sie sich deshalb keine Sorgen machen mußten.

»Ich denke weder an deine Brüder noch an ihre verdammten Hochzeiten«, knurrte Lochiel und drückte sie sanft ins Gras. Er beugte sich über sie, und seine Hand glitt zärtlich über ihren leicht gerundeten Bauch. »Mir ist nur eingefallen, daß du bald recht dick sein wirst, daß ich dich dann eine Zeitlang nicht mehr lieben kann, und ich möchte von der Möglichkeit Gebrauch machen, solange es noch geht.«

In Athena erwachte die Leidenschaft, die seine Liebkosungen unweigerlich in ihr weckten. »Es wäre das Klügste«, stimmte sie zu, und im nächsten Augenblick raubte ihr sein Kuß den Atem, als wäre es das erste Mal.

Lochiels Hände vollführten die vertrauten Bewegungen, öffneten ihr Mieder, streiften ihr die Strümpfe herunter; er flüsterte ihr zärtliche Worte ins Ohr, bis sie nackt vor ihm lag. Dann fuhr er mit den Fingern über ihre weißen Schenkel; er kannte ihren Körper bis ins letzte Detail, und doch war er jedesmal aufs neue von seiner Vollkommenheit bezaubert.

»Du hast den Weg in meine Seele gefunden, meine Geliebte«, flüsterte er die Worte, die er seit einer Mondnacht in einem weit zurückliegenden Herbst aussprechen wollte, »und ich fürchte, daß ich dich nie mehr aus ihr vertreiben kann.«

Ihre blauen Augen blickten in die seinen, als sie leise fragte: »Warum solltest du es denn wollen?«

Er lachte und liebkoste ihre rosa Brustwarzen. Athena stöhnte vor Wonne, und ihre Hände glitten über seinen muskulösen Rücken. Sie wölbte sich ihm entgegen und zog ihn an sich. Ihre nackten Körper waren vereint, und Athena seufzte, als er sie erfüllte.

Sie verloren sich in der Wonne des Augenblicks, und ihre Leidenschaften brannten, als sie sich unter dem aufgehenden Mond in dem vertrauten Rhythmus wiegten: Lochiel, der zärtliche und doch feurige Liebhaber, und Athena, die einzige Frau, deren Liebe ihn jemals befriedigen konnte.